Himmelstürmer Verlag

Mehr Informationen über den Autor unter:
www.lars-blumenroth.de

Himmelstürmer Verlag, Kirchenweg 12, 20099 Hamburg
Himmelstürmer Verlag is part of Production House GmbH
E-mail: info@himmelstuermer-verlag.de
www.himmelstuermer.de

Coverfoto: Thorsten Horvath, www.maleperceptions.de

Das Modell auf dem Coverfoto steht in keinen Zusammenhang mit dem Inhalt des Buches und der Inhalt des Buches sagt nichts über die sexuelle Orentierung des Modells aus.

Umschlaggestaltung: Olaf Welling, Grafik-Designer, AGD, Hamburg. www.olafwelling.de

Originalausgabe, September 2008
Rechtschreibung nach Duden, 24. Aufl.

Printed in Czech Republic.

ISBN 978-3-940818-04-1

L. B. Roth

Das Meer in seinen Augen

Himmelstürmer Verlag

Für Sonja Reusch und Marcel Doganci
Danke für alles

Prolog

Bei dir

Wenn es etwas gibt
Das ich vermisse
Hier
Dann das Meer
Die Weite
Grenzenlos
Die Ferne
Die Sonne
Das Wasser
Den Himmel
Hätt' so gerne
Alles
Hier
Doch wenn ich
In deine Augen seh
Finde ich all das
Und mehr
Bei dir

D. Gessen

Gessen ließ sich von seinem Navigationssystem in eine der verzweigten Straßen des Gewerbegebietes leiten. Zu beiden Seiten standen kalte Bürobauten, wie es nicht anders zu erwarten war. Obwohl er absolut keinen Grund dafür hatte, wurde er allmählich nervös. Der Vertrag lag sicher schon für ihn bereit und er würde ihn nur noch unterschreiben müssen. Es war alles längst abgesprochen. Kein Zurück mehr. Er würde sich in Ruhe die Gegend und vor allem seinen neuen Arbeitsplatz anzuschauen können. Trotzdem schwitzte er leicht in seinem Anzug. Dabei lief die Klimaanlage schon auf höchster Stufe.

»Ziel erreicht«, meldete die elektronische Frauenstimme. Gessen sah sich nach einer Parkmöglichkeit um. Der weiße Büroturm mit den blauen Fenstern ragte gleich neben ihm in den Himmel. Er verließ die Straße und steuerte den Wagen einen schmalen Weg an dem Gebäude vorbei. Man hatte ihm versichert, dass ihm einer der Besucherparkplätze zur Verfügung stehen würde. Als er wieder aus dem Schatten des Büroturms hinausfuhr, befand er sich auf einem mittelgroßen Parkplatz, vollgestellt mit schwarzen und grauen Limousinen. Sein roter Mercedes stach hier sofort als Ausreißer hervor. Unsicherheit machte sich in ihm breit. Aber er durfte nicht unsicher sein. Nicht jetzt, da eine Umkehr schon zu spät war. Also fuhr er den Wagen am Ende des Platzes in eine freie Parkbucht und stellte den Motor ab. ›Nur für Besucher‹, mahnte das Schild vor ihm. Gessen lächelte verhalten. Ja, er kam als Besucher, aber er würde den Platz als zweithöchster Mann des Unternehmens wieder verlassen.

Gessen versuchte sich zu entspannen, indem er ein paar mal tief durchatmete. Dann stieg er aus dem Wagen in die Sommerhitze. Es fühlte sich an, als wäre er plötzlich in voller Montur in eine Sauna geraten. Schnell schnappte er sich seinen Aktenkoffer und ging um das Gebäude herum zum Haupteingang.

»Guten Tag, wo darf ich sie anmelden?«, sagte eine freundliche Blondine am Empfang, die offensichtlich für ihn ihre Arbeit am Computer unterbrach.

»Ich habe einen Termin bei der Elco GmbH mit Herr ...« Er zog die Visitenkarte hervor und las den Namen ab.

»Jobim«, half ihm die Empfangsdame auf die Sprünge, wobei sie das ›J‹ spanisch aussprach. Gessen versuchte sich den Laut einzuprägen. Wie eine Mischung aus ›Ch‹ und ›R‹.

»Ja, genau«, antwortete Gessen und ärgerte sich insgeheim, dass er sich den Namen seines zukünftigen Chefs so schlecht merken konnte. Aber verübeln durfte man es ihm nicht, schließlich hatte es bislang keinen Kontakt zwischen ihnen gegeben. Das Organisatorische war allein über die Mutterfirma abgelaufen, für die Gessen bis dato gearbeitet hatte. Es war ein mutiger Schritt, sich in ein fast fremdes Unternehmen versetzen zu lassen, auch wenn das Tätigkeitsfeld letztlich nicht sonderlich anders sein würde und sein Gehalt erfreulicherweise sprunghaft anstieg.

»Ja, ich schicke Herrn Gessen hoch«, sprach die Blonde vom Empfang in ihr Headset. Dann unterbrach sie die Verbindung mit einem Knopfdruck und lächelte ihn an. »Sie müssen in die fünfte Etage, dort werden Sie abgeholt.«

»Vielen Dank.« Gessen trat in die Richtung, die ihm gewiesen wurde und rief den Aufzug. Es dauerte nicht lange, bis die Metalltüren auseinander glitten und das mit getönten Spiegeln ausgekleidete Innere preisgaben. Kurz warf Gessen noch mal einen Blick zum Empfang, doch die Blonde hatte sich wieder an die Arbeit gemacht und tippte eifrig Daten in die Tastatur. Im Aufzug las er die Namensschilder der anderen Firmen. Zwei davon waren ihm bekannt – ebenfalls Tochtergesellschaften seines bisherigen Arbeitgebers. Ohne eine solche Verbindung wäre eine Bewerbung seinerseits wahrscheinlich vergebens gewesen. Gessen schüttelte den Kopf. Heutzutage lief nichts mehr ohne das berüchtigte ›Vitamin B‹. Aber ihm sollte es recht sein. So konnte er endlich mit seiner Familie den Traumurlaub buchen, den er sich schon immer gewünscht hatte.

Die Türen des Fahrstuhls öffneten sich und ein gelackter Typ sah ihn mit einem Lächeln an, das ohne weiteres für Zahnpasta hätte werben können.

»Hallo, Sie müssen Ansgar Gessen sein«, sagte der Fremde und streckte ihm strahlend die Hand entgegen.

Gessen lächelte zögerlich. »Ja, der bin ich.« Er ergriff die Hand. »Mit wem habe ich die Ehre?«

»Paolo Jobim!«, sagte der Fremde, als müsse Gessen ihn schon längst kennen. »Ich habe mir gedacht, dass ich sie persönlich abhole.«

Gessen nickte zweifelnd. Irgendwie hatte er das Gefühl, dass man ihn auf den Arm nehmen wollte. Der Mann vor ihm sah aus wie Ende zwanzig, aber keinesfalls wie ein Geschäftsführer. Schon gar nicht wie der Chef eines Inkassounternehmens, das auf dem besten Weg war, Marktführer zu werden. Da musste eine Verwechslung vorliegen, ganz bestimmt.

Jobim ging ein paar Schritte vor. »Als erstes werde ich Ihnen kurz das Unternehmen zeigen. Ist nicht sonderlich viel. Sie sind da sicher ganz andere Größen gewöhnt.«

Trotz seiner Zweifel folgte Gessen dem Jungspund in die Büroräumlichkeiten.

»Hier zur Linken sitzt die Technik. Ich werde Sie nachher noch vorstellen. Gerade durch befindet sich unser Call-Center – hört man ja. Wenn Sie möchten, können Sie später mal reinhören. Ich hab die Mannschaft schon auf Ihren Besuch vorbereitet.« Jobim sah Gessen auffordernd an. »Sie haben doch Interesse, in die einzelnen Bereiche mal reinzuschauen?«

»Natürlich«, sagte Gessen und fühlte sich überrumpelt.

»Aber ich sehe schon, das ist alles ein wenig viel.« Jobim sah ihn abschätzend an. »Keine Angst, Sie werden sich hier schneller als Sie denken wie zu Hause fühlen. Ach, hier ist die Küche.« Jobim zeigte auf eine Tür. »Wollen Sie was trinken?«

»Nein«, sagte Gessen und fügte schnell noch ein »Danke« an. Er fühlte sich in der Gegenwart des jungen Mannes unwohl. Irgendwie konnte er immer noch nicht glauben, dass dieser Typ ab sofort sein neuer Vorgesetzter sein sollte.

Jobim nickte. »Dann sollten wir vielleicht in mein Büro gehen. Ihr Büro wird übrigens gegenüber liegen.« Er zeigte auf einen Raum, dessen Wände fast gänzlich aus Glasscheiben bestanden. Gessen verspürte augenblicklich eine Abneigung gegen diesen Arbeitsplatz. Aber noch war es zu früh, sich über solche Sachen zu beschweren.

Sie betraten Jobims Geschäftszimmer, der einzige Raum, dessen Wände nicht aus Glas bestanden. Hier konnte niemand einfach so hineinsehen. Der junge Unternehmer schloss die Tür und lächelte ihn wieder herausfordernd an. »Wollen Sie vielleicht etwas Richtiges trinken?«

»Wie meinen?«, fragte Gessen.

»Alkohol«, sagte Jobim knapp. Sein Lächeln wurde schwächer. »Wenn Sie möchten ...«

»Oh, nein danke« Gessen überlegte, ob er etwas bezüglich Alkohol am Arbeitsplatz sagen sollte, verzichtete aber darauf.

»Setzen Sie sich doch bitte.« Jobim ließ sich in seinen viel zu groß erscheinenden Chefsessel fallen und legte die Füße hoch.

Gessen verzog unwillkürlich das Gesicht. Jetzt wusste er, was ihn an seinem Gegenüber besonders störte. Es war nicht das südländische Aussehen und auch nicht das offensichtlich viel zu geringe Alter, sondern diese seltsame Art. Irgendwie kam Jobim zwar freundlich und zuvorkommend an, aber dennoch hatte alles, was er sagte, einen überheblichen und rotzigen Klang.

»Übrigens«, sagte Jobim nachdem er Gessen ein paar Sekunden gemustert hatte, »wir sind ein sehr junges Unternehmen.«

»Das ist mir schon aufgefallen«, antwortete Gessen betont gelassen.

»Man hat mir gesagt, dass Sie wohl eher der klassische Typ sind.« Jobim räusperte sich. »Aber ich denke, das wird sich bald ändern, wenn Sie sich erst mal hier eingelebt haben.«

Gessen lächelte verhalten.

»Wissen Sie«, fuhr Jobim fort, »wir verstehen uns als eine große Familie. Diese Art von Unternehmensführung ist Ihnen sicher bekannt.«

»Ja, natürlich«, sagte Gessen und bemerkte den bissigen Ton in seiner Stimme. Er durfte sich von diesem Schnösel nicht aus der Fassung bringen lassen!

»Schön«, sagte Jobim. »Ich schlage vor, dass wir uns duzen – ich bin Paolo.«

Gessen schluckte. »Ansgar.«

»Ich hoffe, du hast nichts dagegen, wenn ich dich den Mitarbeitern auch als Ansgar vorstelle, Ansgar.«

»Ist das üblich?«, fragte Gessen und spürte langsam Zorn in sich aufsteigen.

Dieses selbstgefällige Gehabe würde ihn sicher über kurz oder lang zur Weißglut bringen. Aber vielleicht, versuchte er sich zu beruhigen, war das alles auch nur Taktik, um ihn kennen zu lernen.

»Wie gesagt, wir sind ein junges Unternehmen und wir sind eine Familie, natürlich duzen wir uns, egal welchen Job wir ausüben.«

Gessen nickte.

Ruckartig nahm Jobim seine Füße vom Tisch und beugte sich zu Gessen hinüber. »Das alles wird dir vielleicht ein wenig komisch vorkommen am Anfang, aber man gewöhnt sich schnell daran, versprochen.« Er zwinkerte ihm zu.

Gessen antwortete nicht. Was sollte er auch sagen?

»Die Renovierungsarbeiten machen übrigens gute Fortschritte«, wechselte Jobim unvermittelt das Thema. »Gestern wurden neue Fliesen gelegt.«

Gessen zog fragend die Augenbrauen hoch. »Woher wissen Sie ...«

»Du!«

Zögernd nahm Gessen seinen Satz wieder auf. »Woher weißt du von dem Haus?«

Jobim lachte. »Ich wohne gleich gegenüber. Da bekomme ich quasi alles live mit.« Dann sah er Gessen ernst in die Augen. »Also, wir sollten besser Freunde werden.« Er lachte künstlich.

In Gessen drehte sich alles. Er fühlte sich irgendwie überfahren. Der Gedanke, mit diesem unsympathischen Menschen nicht nur den Arbeitsplatz teilen zu müssen, sondern in Zukunft auch unmittelbar nebenan zu wohnen, vergällte ihm jeglichen positiven Gedanken.

»Wie sieht es mit Familie aus?«, fragte Jobim und lächelte ihn seltsam an.

»Ich bin verheiratet und habe einen Sohn«, sagte Gessen zögerlich.

»Wie alt?«

Gessen zögerte wieder. Was sollte das? Er hatte keine Lust, mit diesem Ekelpaket über sein Privatleben zu reden. Andererseits war es in der Tat mehr als wichtig, dass er mit diesem Typen auskam. »Siebzehn.«

»Meine Freundin hat auch einen Sohn in diesem Alter«, sagte Jobim. »Ich werde Merlin sagen, dass er deinem Sohn mal ein wenig die Gegend zeigen soll. Ein Freund ist immer gut, wenn man in eine neue Stadt kommt. Und Neuss ist ganz sicher nicht Hamburg.« Jobim lachte wieder gespreizt.

»Da ist sicher was dran«, sagte Gessen matt.

»Du bist angespannt«, stellte Jobim fest. »Willst du vielleicht doch etwas trinken?«

Gessen schüttelte den Kopf. »Danke.«

»Na gut.« Jobim seufzte. »Also, in einem Monat ist es dann so weit.« Er holte ein Dokument aus der Schublade und schob es beiläufig über den Tisch. »Vorher geht's noch in Urlaub?«

»Ja«, antwortete Gessen und nahm seinen Vertrag entgegen. Eine innere

Unruhe erfasste ihn. Er überlegte einen Augenblick, ob er tatsächlich unterschreiben sollte. Seine Frau war ohnehin gegen diese ganze Umzugsaktion. Lediglich sein Sohn freute sich auf ein neues Leben weit weg von Hamburg.

»Wohin soll es denn gehen?«, fragte Jobim.

»Nach Neuss«, antwortete Gessen automatisch.

Jobim runzelte die Stirn.

»Ach, der Urlaub?«, fragte Gessen blöd. »Wir – wir fliegen nach Barbados.«

Jobim spitzte anerkennend die Lippen. »Schön.«

Dann unterschrieb Gessen endlich.

»Herzlich Willkommen bei der Elco GmbH«, sagte Jobim und zwinkerte spitzbübisch.

Sonntag

Zu dir

Bist du
Oder bist du nicht
Auf der anderen Seite
Mein helles Licht
Mein Weg von hier
Über die Klippen
Zu dir

M. Nagy

1

David ließ sich auf sein Bett fallen. Irgendwie fühlte es sich an, als würde nach den drei Wochen Barbados nun noch ein weiterer Urlaub folgen. Es kam ihm befremdlich vor, dass das Zimmer bereits mit seinen alten Möbeln eingerichtet war. Alles war so fremd, aber auf groteske Weise auch vertraut. Die Regale, das Bett auf dem er nun lag, sein Kleiderschrank, der Schreibtisch, ja sogar sein Computer und der Fernseher, alles war bereits aufgestellt und fertig angeschlossen. Er würde nur noch die Kartons auspacken müssen, die sich unter dem Fenster stapelten. Bald schon würde dieses Zimmer fast genau so aussehen, wie sein altes in Hamburg, das es nun nicht mehr gab. Das Haus in Hamburg hatte er bereits sein ganzes Leben bewohnt. Er kannte dort jeden Winkel. Dieses Haus hier hatte er bisher nur auf Bauplänen und Entwürfen gesehen. Vor drei Monaten hatte hier überhaupt noch kein Haus gestanden. Jetzt würde er hier wohnen und neben seinem Koffer auch die Kartons auspacken müssen.

David drehte sich auf den Rücken. Hamburg. Das war etwas ganz anderes. Aber er war nicht traurig. Nein, er hatte sich geradezu gefreut, als sein Vater plötzlich mit dieser Neuigkeit angekommen war. Ihm gefiel die Vorstellung ein ganz neues Leben zu beginnen. In Hamburg hatte er die zehnte Klasse absolviert und es gab niemanden von seinen Klassenkameraden, dem er hinterhertrauerte. Zuletzt war alles irgendwie ein wenig aus dem Ruder gelaufen. Hier in Neuss würde er die Chance ergreifen und noch mal von vorn anfangen. Vielleicht würde er ja auch Freunde finden. Das war eigentlich das Hauptproblem in Hamburg gewesen. Er hatte dort niemanden, den man als Freund bezeichnen konnte. Eigentlich gab es überhaupt niemanden, mit dem er wirklich befreundet war. Ein paar seiner Klassenkameraden hatten ihn zwar verabschiedet, aber im Grunde machte sich keiner von ihnen wirklich Gedanken um ihn.

Mit einem Ruck stand David auf und streckte sich. Draußen dämmerte es bereits. Es wurde Zeit, dass er ein paar seiner Sachen auspackte. Morgen würde er seinen ersten Tag an der neuen Schule verbringen. Auch das war irgendwie komisch. Er hatte nicht mal Zeit, sich hier richtig einzuleben und schon musste er wieder zur Schule, so als ob sich nichts geändert hätte. Aber, hatte sich überhaupt etwas geändert? Er lebte jetzt in einer anderen Stadt. Er wohnte mit seinen Eltern in einem anderen Haus. Die einzige Sorge machten ihm die Leute, mit denen er ab sofort zu tun haben würde. Würde er mit seinen neuen Klassenkameraden besser klar kommen? Wie würden die Lehrer sein? War das nicht im Grunde überall immer das Gleiche? Wenn er über die Äußerungen seines Vaters bezüglich dessen neuen Vorgesetzten nachdachte, konnte es sehr wohl sein, dass ihm die neue Ausgangsposition doch nicht die erhofften positiven Veränderungen bringen würde.

David öffnete den ersten Karton und nahm einen Stapel Bücher heraus. Nachdenklich stellte er sie auf den Schreibtisch. Zumindest würde er nun die

Gelegenheit haben, sich noch mal ganz neu zu arrangieren. In Hamburg hatte man ihn in eine Rolle hineingepresst, bis er schließlich der Meinung seiner Mitschüler entsprochen hatte. Hier kannte ihn noch keiner. Niemand würde wissen, wie es ihm in Hamburg ergangen war. Keiner würde in ihm einen Schwächling sehen, wenn er sich nicht als solcher ausgab. Im Grunde konnte er sich ganz neu erfinden. Deshalb hatte er seinen Vater in dieser Idee auch unterstützt. Er brauchte die Möglichkeit, noch mal von vorn anzufangen. Und diese Chance würde er nutzen.

David sah einen Moment träumend aus dem Fenster. Gegenüber stand ein großes Einfamilienhaus, dessen rote Backsteine im Licht der untergehenden Sonne leuchteten. Im Fenster rechts neben der Eingangstür sah er eine Frau, die mit irgendwas beschäftigt war. David kniff die Augen zusammen und beobachtete sie einen Moment lang. Dann bückte er sich wieder über den Karton und hob einen weiteren Bücherstapel heraus, stellte ihn neben den anderen auf den Schreibtisch und blickte wieder unversonnen hinaus. Es gefiel ihm, das Haus gegenüber zu beobachten. Irgendwo in seinen Kartons hatte er noch ein Fernglas. Wenn das kein Anreiz war, noch heute sämtliche Kartons auszupacken. David lächelte und griff wieder nach den Büchern, als er innehielt. Auf dem Boden des Kartons lag ein Buch, das er mit Absicht versteckt hielt. Er holte es hinaus. Das Cover sah ein wenig billig aus und ließ auf einen Krimi schließen. David hatte das Buch gleich zwei Mal gelesen, seit er es im Internet ersteigert hatte. Es war eines von jenen Büchern, denen man ihren homosexuellen Inhalt nicht unbedingt sofort ansehen konnte. Aber trotz des harmlosen Covers hatte es ihm einiges an Überwindung gekostet, es tatsächlich zu sich nach Hause schicken zu lassen, denn ein Buch kaufte man nicht für seine Umschlaggestaltung. Nicht auszudenken, wenn seine Mutter das Paket in die Hände bekommen hätte. Er würde vor Scham sicher in Ohnmacht fallen.

David wollte das Buch gerade beiseite legen, als sich die Tür hinter ihm öffnete.

»Kommst du klar?«, fragte seine Mutter.

Erschrocken ließ David das Buch fallen. »Ja«, presste er hervor und hob das geheime Werk wieder auf. Er errötete.

»Ist irgendwas?« Seine Mutter klang augenblicklich alarmiert. Natürlich entging es ihr nicht, dass David ihr plötzliches Auftauchen unangenehm fand.

»Was soll sein?«, fragte David und gab sich Mühe, möglichst unverfänglich zu klingen. Das Buch legte er mit dem Cover nach unten auf einen der Stapel.

»Ich dachte nur«, sagte seine Mutter. »Du bist so – still.«

»Für normal redet man auch nicht, wenn man allein ist«, antwortete er. Seine Gesichtsfarbe schien langsam wieder zum Ausgangspunkt zurückzukehren und er fühlte sich wieder sicherer. Seine Mutter schien nicht an dem Buch interessiert zu sein. Nicht auszudenken, wenn sie da mal reinschaute. Trotz Kriminalhandlung wurden so ziemlich auf jeder Seite irgendwelche sexuellen Dinge beschrieben. Das war für ihn selbst natürlich interessant, aber seiner Mutter würde er seine Vorliebe für solche Literatur kaum erklären können.

»Bist du aufgeregt wegen morgen?«, fragte sie und sah ihn mitleidig an.

David schüttelte den Kopf. Natürlich würde er seiner Mutter nichts von den Gedanken erzählen, denen er noch zuvor nachgehangen war. Sie würde es nicht verstehen. Für sie war er stets der brave Vorzeigesohn. Es passte einfach nicht in das schicke Bild, wenn er ihr gestand, dass man als lieber Junge noch lange nicht bei allen gut ankam. Bei manchen Typen konnte man sogar in echte Schwierigkeiten geraten, wenn er da an die Leute dachte, die ihm bisher in der Schule immer zugesetzt hatten. Um so wichtiger war es, dass er sich nun an der neuen Schule umgehend ein neues Image aufbaute. Er brauchte Freunde!

»Was ist das denn für ein Buch?«, fragte seine Mutter und riss ihn aus seinen Gedanken. David zuckte zusammen und sah auf den Stapel, auf den er seinen geheimen Krimi gelegt hatte.

»Ähm ...«, fing er an. Aber seine Mutter hatte sich das Buch schon genommen und betrachtete das Cover. Hilflos stand David vor ihr und rieb sich nervös die Hände. »Das ist nur – ein Krimi.« Hoffentlich kam sie nicht auf die Idee, den Klappentext zu lesen ...

Seine Mutter drehte das Buch um. David wurde schwarz vor Augen. Gleich auf der Rückseite standen doch die entscheidenden Hinweise, die er seiner Mutter gern verheimlichen würde. Homoerotischer Krimi. Schwule. Sex.

»Es geht um so einen Jungen, der irgendwann durchdreht und Leute umbringt«, sagte David schnell.

Seine Mutter sah entsetzt auf. »Sowas liest du?«

»Ich – ich habe es geschenkt bekommen.«

»Von wem bekommst du denn solche Bücher geschenkt?«, fragte sie irritiert und legte das Buch zurück.

»Ein Abschiedsgeschenk von ein paar Klassenkameraden.«

Sie nickte. Doch David hatte das Gefühl, dass seine Mutter ihm nicht glaubte. Konnte es wirklich sein, dass Mütter immer wussten, wenn ihre Kinder ihnen etwas vormachten?

»Na gut«, sagte sie schließlich und ging zur Tür. »Wenn du Hilfe brauchst«, sagte sie, während sie sich noch mal umdrehte, »ich könnte ...«

»Nein, Mom, ich schaff das schon«, unterbrach David sie.

Seine Mutter nickte und zog die Tür hinter sich zu. Er war erleichtert endlich wieder allein zu sein. Sofort schob er den Sexkrimi zwischen die Bücherstapel, für den Fall, dass seine Mutter wieder herein kam. Sie kontrollierte ab und an ganz gern, was David eigentlich immer vollkommen albern fand. Dieses Mal hätte sie allerdings fast Erfolg gehabt mit ihrer Neugier. Nachträglich wurden ihm noch die Beine weich. Er würde sich einen sicheren Platz für das Buch überlegen müssen. Es war nicht auszuschließen, dass ihn seine Mutter noch mal darauf ansprechen oder gar danach suchen würde.

Augenblicklich ging die Zimmertür wieder auf und seine Mutter streckte den Kopf herein. »Willst du noch Abendbrot?«

David lächelte. »Nein, danke.« Er hatte es ja gewusst!

Ihr Blick glitt zu dem Bücherstapel, dann wieder zu ihm. »Bist du immer noch froh, dass wir nun hier ...«

»Ja, Mom«, unterbrach David sie.

»Aber – deine Freunde ...« Sie sah ihn fragend an.

»Mom, wir haben doch schon oft genug drüber gesprochen. Ich werde den Leuten, die ich vermisse, schreiben. Vielleicht kann ich ja auch mal in den Ferien hoch. Das wird schon.«

»Ja, du hast recht.« Sie zog sich kurz zurück, nur um dann noch mal ganz in das Zimmer zu kommen. »Weißt du«, fing sie an, »ich finde es bewundernswert, wie vernünftig du bist.«

David nickte, weil er nicht wusste, was er darauf antworten sollte. Jetzt würde die übliche Lobeshymne folgen. Er würde es einfach schweigend ertragen und warten, bis sie fertig war.

»Andere Jungen in deinem Alter hätten sich auf jeden Fall geweigert, ihre Zelte abzubrechen, um irgendwo noch mal neu anzufangen.« Sie hielt einen Augenblick inne, dann fuhr sie fort: »Manchmal habe ich das Gefühl, dass du viel weiter bist, als – andere. Wir sind stolz auf dich, Davi. Ich glaube, Papa ist dir sehr dankbar, dass du ihn so unterstützt hast.« Sie warf einen Blick nach draußen auf das andere Haus. »Oh, die können von drüben sicher hier reinschauen.« Eilig ging sie zum Fenster. »Wir sollten hier unbedingt ein paar Gardinen ...«

»Nein, Mom«, sagte David sofort. »Du weißt doch, dass ich keine Gardinen mag.«

»Aber wenn wir jetzt Nachbarn haben – also so dicht an unserem Haus – dann sollten wir wirklich ...«

»Mich stört das nicht. Wenn ich mich beobachtet fühle, kann ich immer noch das Rollo runterlassen.« Er zog kurz an dem Gurt, der die Jalousie vor dem Fenster herunterließ. Das Zimmer verdunkelte sich etwas.

»Also ich würde mich ja nicht wohl fühlen, wenn ...«

»Musst du doch auch nicht, Mom, ich muss ja mit dem Zimmer hier klarkommen.« David zögerte einen Moment. Seine Mutter ließ ihre Augen wieder über die Bücherstapel wandern. »Vielleicht stört es mich ja wirklich irgendwann«, sagte David schnell, »dann können wir immer noch Gardinen kaufen oder was auch immer.«

»Ja, du hast recht«, sagte seine Mutter und ging endlich wieder zur Tür. »Das ist vernünftig. Ich bin sicher, dass dir die Gardinen gefallen würden.«

»Bestimmt, Mom, und jetzt lass mich doch bitte allein, ich habe noch eine Menge auszupacken.«

Sie sah ihn wieder fragend an.

»Die Kartons, Mom, morgen muss ich zur Schule, da habe ich keine Zeit.

Seid ihr denn schon fertig mit allem?«

»Nein, noch lange nicht!« Sie seufzte resigniert. »Dann mach mal, Davi.«

Die Tür schloss sich und David konnte den nächsten Stapel Bücher bergen. Draußen war die Dämmerung schon ein gutes Stück fortgeschritten und gegenüber brannte nun Licht. David spähte interessiert hinüber. Jetzt konnte er seine neue Nachbarin besser erkennen. Sie hatte langes, rötliches Haar, das ihr glatt über die Schultern hing. Mensch, er musste doch irgendwo in den Kartons sein Fernglas haben!

2

Hanne lauschte einen Moment vor dem Zimmer ihres Sohnes. Sie wurde das Gefühl nicht los, dass er ihr etwas verheimlichte. Irgend etwas stimmte doch nicht. Aber sie widerstand der Versuchung, noch ein drittes Mal hineinzugehen. David war ohnehin schon mehr als gutmütig, das wusste sie sehr wohl. Wenn sie manchmal die Geschichten von anderen Müttern hörte, konnte sie wirklich froh sein, einen solch ruhigen Jungen zu haben. Doch das änderte nichts an ihrer Neugier. David war siebzehn. In diesem Alter begannen eigentlich die Probleme – wenn nicht schon früher. Davon war aber nichts zu spüren. Um so wichtiger schien es ihr, dass sie als Mutter ein wachsames Auge auf ihr Kind hatte.

»Hanne?« Ihr Mann rief aus dem Zimmer auf der anderen Seite, ihrem neuen Schlafzimmer. Schnell schlich sie ein Stück von Davids Tür weg.

»Ja?«, fragte sie schließlich und sah ihren Mann ausgestreckt auf dem Bett liegen. »Müde?« Sie zog eine Augenbraue hoch.

»Ja«, sagte Ansgar leise. »Der Flug war doch ein wenig anstrengend.«

»Wir haben aber noch eine Menge zu tun«, sagte sie vorwurfsvoll. »Du kannst dich jetzt nicht einfach zur Ruhe legen.«

»Was machst du denn?«, fragte Ansgar und sah sie ernst an. »Nervst du wieder den Jungen?«

»Ach.« Hanne winkte ab. »Irgendwas stimmt mit ihm nicht.« Sie trat ans Bett und setzte sich vorsichtig auf die Kante.

»Mit David ist schon alles in Ordnung, lass ihn nur mal. Der braucht auch seine ungestörte Zone.«

»Du sagst das fast, als würde ich seine Privatsphäre missachten«, sagte Hanne aufgebracht.

»Manchmal kannst du ganz schön hartnäckig sein, Hanne«, grinste Ansgar. »Meist steckt aber nichts dahinter, als deine Neugier.«

»Ansgar! Jetzt hör aber auf!« Hanne wurde langsam sauer. »Ich versuche nur zu helfen!«

»Und ich sage, da gibt es nichts zu helfen. Der Junge muss morgen in eine für ihn fremde Welt. Ist doch klar, dass er mal ein wenig allein sein will.«

»Ich habe doch gesagt, dass wir besser nicht in Urlaub fliegen, aber du wolltest ja unbedingt.« Hanne funkelte ihren Mann böse an. »Und jetzt bist du es selbst, der keine Kraft mehr hat.«

»Ach, Hanne, du siehst das alles zu verbissen. Lass die anderen einfach mal in Ruhe und gönn dir selbst auch mal welche. Wir können genauso gut erst morgen auspacken ...«

»Morgen musst du zur Arbeit!«

»Oder übermorgen, oder am Wochenende. Was macht das schon für einen Unterschied?«

»Für mich einen großen! Ich will nicht in einem Haus wohnen, in dem es aussieht, als würden alle nur zu Besuch sein.«

Ansgar schwieg. Er lag einfach mit geschlossenen Augen und seinem Sommeranzug auf dem Bett und rührte sich nicht. Hanne wusste, dass er ihr nun keine Beachtung mehr schenken wollte. In seinen Augen führte sie sich albern auf und sah Gespenster. Aber war das wirklich so einfach?

»Meinst du nicht, wir muten David zu viel zu?«, fragte sie schließlich und piekte Ansgar in die Seite.

»Wir haben schon darüber gesprochen«, sagte der nur knapp.

»Ja, natürlich haben wir schon darüber gesprochen. Aber dass David keinen Mucks von sich gibt, weil er dir einen Gefallen tun will, heißt noch lange nicht, dass er keine Probleme mit dem Umzug hat.«

»Hanne«, sagte Ansgar und richtete sich auf. »Du allein scheinst plötzlich ein Problem zu haben. Wir haben doch über alles gesprochen und du hast dich mit dem Umzug einverstanden erklärt. Ich habe hier eine sehr viel bessere Stelle ...«

»Aber werden wir auch glücklich?«, fragte sie dazwischen.

Ansgar ließ sich zurückfallen. Seine Augen waren starr auf die weiße Decke gerichtet. Würden sie hier glücklich werden? Das wusste er natürlich nicht. Wenn er an seinen neuen Chef dachte, war er fast geneigt, diese Frage zu verneinen.

»Was überlegst du?«, bohrte Hanne nach. Natürlich sah sie ihrem Mann an, dass etwas in ihm vorging. »Ist es wegen der neuen Stelle?« Mit einem Mal gab sie sich verständnisvoll und legte ihre Hand auf die seine.

»Weißt du, ich habe mir diese Frage schon so oft gestellt. Ich habe keine Ahnung, ob es richtig war, mich für Neuss zu entscheiden. Jetzt sind wir hier. Es bringt nichts mehr, noch darüber zu lamentieren.«

»Nein, es ist niemals zu spät!«, sagte Hanne. »Wir können immer noch unsere Sachen packen und einfach wieder zurück. Vielleicht nicht mehr in unsere alte Wohnung, aber immerhin nach Hamburg.«

Ansgar schmunzelte. »Ja«, sagte er ruhig, »vielleicht können wir das. Aber vorerst probieren wir es hier.«

Wenn es nach Hanne ginge, würden sie eher heute als morgen ihre Sachen packen und wieder zurückziehen. Selbstverständlich wusste sie, dass dies keine Option war. Die Verträge waren unterschrieben und eine Umkehr wäre finanziell einfach nicht durchführbar. Fertig.

»Warum?«, sagte Hanne düster und schlug mit der Hand auf die Bettdecke. »Wenn du dir selbst nicht sicher bist, warum dann alles?«

»Vom Kopf her war Neuss die einzig richtige Entscheidung.«

»Und was ist mit deinem Herz?«

»Da war ich mir absolut nicht sicher, bis David sich für den Umzug eingesetzt hat«, sagte Ansgar ruhig. »Ich glaube nicht, dass er es nur für mich gemacht hat.«

Hanne seufzte. »Da haben wir es doch schon wieder. Welcher normale Junge von siebzehn Jahren verlässt schon freiwillig alles, was ihm bis dato lieb und teuer ist?«

»Vielleicht hat er einfach Lust, etwas Neues zu probieren.«

»Ach, Ansgar.« Hanne ließ sich schlaff neben ihren Mann sinken. »Wir hätten einfach den Urlaub lassen sollen. Das war nur zusätzlicher Stress.« Tränen stiegen ihr in die Augen. »Es ist alles viel zu knapp geworden. Wir haben überhaupt keine Zeit uns hier richtig einzuleben. Du musst arbeiten, Davi zur Schule und was mache ich?«

Ansgar legte den Arm um seine Frau. »Du machst unsere Wohnung ein wenig schick.« Er räusperte sich. »Oder du erkundest mal die Stadt und gehst ein wenig einkaufen.«

Hanne antwortete nicht. Sie konnte es immer noch nicht fassen, dass ihr Mann und vor allem ihr Sohn so viel besser mit der neuen Situation klar kamen als sie selbst. Es kam ihr so vor, als hätte man sie plötzlich von all ihren Bekannten und Freundinnen abgeschnitten. In Neuss kannte sie niemanden und sie würde auch so schnell keine Leute kennenlernen, da sie weder zur Arbeit noch zur Schule ging. Daran lag es vielleicht. Sie fühlte sich einsam, kaum dass sie hier wohnte.

»Und dein neuer Chef wohnt gegenüber in diesem Backsteinhaus?« Sie versuchte so unverfänglich wie möglich zu klingen. Ansgar schien nicht gerade viel von seinem neuen Vorgesetzten zu halten.

»Ja«, sagte er nur kurz.

»Vielleicht sind sie ja nicht so schlimm, wenn man sie erst mal kennt?« Hanne hob vorsichtig ihren Kopf.

»Bitte lass mich damit in Ruhe«, sagte Ansgar und schloss die Augen.

»Aber du hast doch gesagt, dass dein neuer Chef eine Frau hat und einen Sohn. Vielleicht wäre es gar nicht mal so schlecht für dich und deine Stellung in der Firma, wenn wir uns ein wenig mit ihnen ...«

»Nein, Hanne.« Ansgars Stimme klang unerwartet scharf. »Ich habe keine Lust, meine freie Zeit mit diesem Heini zu verbringen.«

»Na gut, du musst ja auch nicht. Aber ich werde mir seine Frau trotzdem mal näher anschauen«, sagte Hanne trotzig. »Ich will wissen wer die Leute sind, die geradewegs in unser Haus reinschauen können.«

3

Merlin hatte die Sporttasche lässig über den Rücken geworfen. Gut gelaunt ging er der in Abendrot getauchten Trauerweide am Ende der Straße entgegen. Er liebte den Anblick der Natur gleich vor dem Haus. Wenn man an den Bäumen vorbei den kleinen Weg hinunter ging, fand man sich unmittelbar auf einer kleinen Parkanlage wieder. Ab und an trafen sich hier am Wochenende ein paar Jugendliche, die sich dann lautstark betranken. Merlin schaute ihnen gern aus dem Fenster zu, wie sie miteinander Spaß hatten. Er dachte an den Jungen, der ihm gestern aufgefallen war. Soweit er wusste, ging er nicht in seine Schule, die sich gleich am anderen Ende des Parks befand. Diese Tatsache machte den Jungen erst recht interessant. Als Merlin sich vor knapp zwei Jahren eingestanden hatte, schwul zu sein, hatte er sich auch gleich entschieden, niemals einen Jungen anzuflirten, der mit ihm gemeinsam zur Schule ging. Eigentlich war das nicht mal sein eigener Entschluss gewesen, sondern vielmehr der Rat seiner Mutter. Aber er hatte sofort verstanden, dass er sich mit dieser Entscheidung nur Probleme fern hielt, die nicht unbedingt nötig waren. Außerdem schien es auf seiner Schule ohnehin keine anderen schwulen Jungen zu geben.

»Träumst du?«, rief plötzlich eine Stimme. Merlin sah erschrocken zur Seite. Neben ihm schaute seine Mutter aus dem Küchenfenster und winkte ihm zu. Sie lachte. Merlin hatte gar nicht mitbekommen, dass er unwillkürlich vor dem Haus stehen geblieben war. Er sah sich kurz um, winkte ihr zu und lief dann zur Haustür, die sich auch gleich öffnete.

»Ich hab dich mal geweckt, nicht dass du noch die Nacht draußen verbringst.« Seine Mutter hielt ihm die Tür auf.

»Danke Ma, du bist so aufmerksam«, sagte Merlin und grinste sie frech an, während er die Tür krachend ins Schloss warf.

»Na, immerhin bist du mein Sohn, da sollte man als Mutter schon ein wenig wachsam sein, und es wird ja schon dunkel draußen ...« Sie ging wieder in die Küche. »Willst du Pfannkuchen? Ich mache gerade welche.«

»Aber Ma! So spät noch Pfannkuchen?«, fragte Merlin belustigt. »Was ist los mit dir? Du bist doch sonst nicht so – ungesund.«

»Lin, ungesund wäre es, wenn ich auf diese Dinger verzichten würde, obwohl ich gerade Lust darauf habe. Willst du nun auch einen?«

»Bist du schwanger, Ma?«, fragte Merlin plötzlich ernsthaft.

Selma zog die Stirn in Falten, so als ob sie große Sorgen zu tragen hätte. »Jetzt wo du es sagst – es könnte sein – aber – nein.« Sie zwinkerte ihm zu. »Du kannst deiner Mutter schon zutrauen, dass sie weiß, wie man richtig verhütet. So ein Fehler wie bei dir passiert sicher kein zweites Mal.« Selma liebte diese Neckereien mit ihrem Sohn.

»Du bist so einfühlsam, Ma.«

»Pfannkuchen?«

»Damit könntest du einiges wieder gut machen, aber trotzdem: Nein danke, ich für meinen Teil habe noch eine Figur zu verlieren.«

»Ach, und ich etwa nicht?«, fragte Selma in gespielter Empörung. »Wenn das so ist, kann ich ja noch Nutella drauf schmieren.«

Merlin lachte. »Das hättest du vorher sagen sollen, dann nehme ich natürlich auch einen.«

»Bist du sicher? Nicht dass du noch über Nacht ganz schrecklich zunimmst und der süße Typ von gestern Abend sich deswegen nicht für dich interessiert.«

Merlin hielt inne. »Woher weißt du das schon wieder?«

»Du hattest deine Zimmertür auf.«

»Du beobachtest mich?«

»Wenn ich ehrlich bin, musste ich mich nicht sonderlich auf die Lauer legen«, lachte Selma. »Ist ja nicht das erste Mal, dass du die Halbstarken unten im Park ausspionierst.«

»Ma!« Merlin war entsetzt. »Ich spioniere nicht, ich ...«

»Wie dem auch sei und wie immer du das nennen willst. Warum gehst du nicht einfach zu ihnen und machst mit?«

Merlin überlegte einen Moment. Das war in der Tat eine gute Frage.

»Weißt du, Schatz, sie kennen dich nicht, du kennst sie nicht. Das ergibt doch eine Fülle von neuen Möglichkeiten.«

»Vielleicht ist genau das mein Problem«, sagte Merlin. »Ich habe das Gefühl, dass ich nicht in diese Gruppen hineinpasse. Was soll ich sagen? ›Hallo, ich bin Merlin. Ich kann zwar nicht zaubern, dafür bin ich aber schwul‹? Ich glaube, so funktioniert das nicht.«

»Ach herrje, worüber sich Adonis wieder Gedanken macht. Wie wäre es, wenn du einfach du selbst bist?« Selma rümpfte die Nase und drehte sich um. »Scheiße!« Hastig zog sie einen verbrannten Teigfladen aus der Pfanne.

»Das ist halt nicht so einfach, wie du dir das vorstellst, Ma. Wenn ich nämlich so bin, wie ich bin, dann gehe ich nicht da runter und dränge mich in eine Gruppe, nur weil mir der – ein Typ gefällt.«

»Genau, welcher ist es denn überhaupt?«, fragte Selma, der nicht entgangen war, dass ihr Sohn sich beinahe verraten hätte. »Der Blonde mit dem roten Shirt?«

»Ist doch egal, wer – ja, der...«

»Dacht ich mir doch. Sieht wirklich nett aus, aber ich glaube nicht, dass du bei dem Chancen hast.«

»Warum?«, fragte Merlin verblüfft.

»Der ist ganz offensichtlich in das Mädel mit den schwarzen Haaren verknallt.«

»Woher weißt du ...«

»Mensch, Kind, vom Schlafzimmerfenster kann man sehr viel besser spionieren, als von deinem. Wundert mich eh, dass du noch nicht auf die Idee gekommen bist, deinen Hochstand zu verlegen.«

»Danke, ich werde drüber nachdenken. Lass deinen nächsten Pfannkuchen nicht auch noch anbrennen, sonst könnte das mit der Befriedigung deiner Gelüste schwierig werden.«

»Sehr aufmerksam. Dafür gibt es eine Kalorienbombe extra. Du solltest dir schnell einen Freund suchen, damit du die Energie wieder los wirst.«

»Ma!«, rief Merlin empört. »Ich gehe doch zum Sport!«

»Das ist aber nicht das Gleiche, das kannst du mir glauben.« Selma zwinkerte ihrem Sohn schelmisch zu.

»Was kann ich denn dafür, dass alle tollen Kerle hetero sind?«

»Ein wenig mehr anstrengen?« Selma ließ den Pfannkuchen auf einen Teller gleiten. »Hier, für Nutella bist du zuständig.«

»Danke. Aber wenns denen halt nicht auf der Stirn tätowiert ist?«

»Ich finde, manchen sieht man es sehr gut an.«

Merlin lachte. »Leider stelle ich mir meinen Freund aber ein wenig unauffälliger vor.«

»Schwule Jugendgruppen?«

»Ach.« Merlin winkte ab. »Ich habe keinen Bock auf sowas. Ich will jemanden kennenlernen, der ...«

»... dich wachküsst?« Selma lachte. »Spätzchen, das Leben ist kein Traum.«

»Mensch, ich will doch nur, dass ich meinen Freund normal kennen lerne, ohne dass ich gleich alles von ihm weiß und ohne dass ich mir meiner Sache schon sicher sein kann.«

Selma nahm ihren Sohn in den Arm und drückte ihn. »Ich halte das auch für eine schöne Vorstellung. Wenn es dir das wert ist zu warten, dann warte. Lass dich von mir nicht drängen. Ich will nur nicht, dass du am Ende meinst, etwas verpasst zu haben. Solche Mittelaltervorstellungen mit dem Prinzen und so hast du nämlich nicht von mir ...«

»Schon gut.« Merlin wollte sich aus der Umarmung befreien, aber seine Mutter hielt ihn fest. »Ma?« Er fühlte ihren schmalen Körper an seinem, spürte das Schütteln. »Weinst du?« Sie nickte und Merlin streichelte ihr den Rücken. Dann löste sie sich schließlich von ihm und wischte sich über die Augen.

»Tut mir leid, ich wollte dich nicht vollheulen.«

»Nichts passiert, das bisschen Wasser wird trocknen«, sagte Merlin, sah seine Mutter aber weiterhin ernst an. »Es ist wegen Paolo, richtig?«

Selma nickte.

»Willst du dich von ihm trennen?«

Selma zuckte mit den Schultern. »Ich weiß es nicht.« Sie wendete einen Pfannkuchen. »Ich liebe ihn, aber irgendwie ist es nicht mehr so wie früher. Manchmal habe ich das Gefühl, er hat noch eine andere nebenher.«

Merlin schluckte.

»Vielleicht ist es aber auch nur die Gewohnheit«, sagte sie. »Irgendwann schlafen gewisse Dinge eben ein, die das Leben eigentlich interessant machen sollten.« Sie seufzte. »Ach, was rede ich drum herum. Irgendwie klappt es im Bett nicht mehr wirklich. Wir leben sozusagen aneinander vorbei. Früher waren wir ein eingespieltes Team, aber heute ... Er hat kaum noch Lust, und wenn, dann habe ich meine Tage oder bin sonstwie unpässlich.« Sie schwieg einen Moment. »Aber wegen sowas beendet man keine Beziehung.«

Merlin blickte betreten auf den Boden.

»Was ist mit dir los?«, fragte Selma. »Dir ist das doch nicht unangenehm, oder? Ich meine, vielleicht sollte ich als Mutter sowas nicht erzählen, aber – Lin?«

Merlin sah auf. »Ich glaube, mir ist nicht gut.«

Sofort war Selma alarmiert zur Stelle. »Was hast du?«

»Muss der Pfannkuchen sein, mir ist schlecht«, sagte Merlin knapp, drehte sich um und lief aus der Küche.

»Aber du hast doch noch gar keinen gegessen«, sagte Selma verwirrt. Dann lief sie hinterher.

Oben lag Merlin auf seinem Bett, zusammengerollt wie ein Baby. »Sag mir sofort was los ist, Lin!« Selma war vollkommen aufgebracht. So merkwürdig hatte sie ihren Sohn noch nie erlebt. »Lin!«

Merlin begann plötzlich zu schluchzen. »Ich hab – einfach nur – Bauchschmerzen, okay?«

»Aber Schatz«, sagte Selma und setzte sich neben ihren Sohn aufs Bett. Ihre Hand streichelte über sein schwarzes Haar. »Irgendwann wirst du schon einen finden, der dir gefällt. Lass dich nicht von mir und meinen unromantischen Ratschlägen durcheinander bringen.«

Merlin nickte. »Danke Ma.«

»Weißt du eigentlich, dass wir seit heute neue Nachbarn haben? Paolo hat ja gesagt, dass sie einen Jungen in deinem Alter haben. Ich habe ihn heute gesehen. Vielleicht solltest du dir den mal näher angucken.«

»Du fängst ja schon wieder an«, sagte Merlin und wischte sich lächelnd die Tränen aus dem Gesicht.

»Na, er sieht echt gut aus.«

»Ich glaube, ich habe momentan echt keine Lust auf eine Enttäuschung. Die Jungs, die ich toll finde, stehen nun mal auf Mädchen, da kann ich nichts machen.«

Selma streichelte ihm über den Kopf. »Stimmt, du hast es ja schon bei so vielen versucht, ich vergaß.«

»Jetzt wirst du gemein.«

»Ach, Lin, lass dich nicht drängen. Du machst das schon.« Sie küsste ihn auf die Stirn. »Ich liebe dich.«

»Ich dich auch, Ma.«

4

David hörte seine Eltern streiten. Irgendwie plagte ihn das schlechtes Gewissen, dass er auf die Wünsche seiner Mutter keine Rücksicht genommen hatte. Er hatte diesen Umzug gewollt und seinen Vater in dieser Idee unterstützt. Immer wieder hatte sie ihn gefragt, ob er diesen Schritt denn wirklich gehen wolle und natürlich hatte er gemerkt, dass sie diejenige war, die es nicht wollte. Auch sein Vater war sich nicht wirklich sicher gewesen, das war ihm schnell klar geworden. Er hatte das Gefühl, dass sie nur hier waren, weil er es so wollte. Und nun gab es wieder Streit.

Er kippte einen Karton mit Kram aus und wühlte darin herum. Die Hälfte würde er ohnehin nie wieder brauchen. Warum hatte er den ganzen Mist überhaupt eingepackt? Das Zimmer war mitlerweile viel zu dunkel, um noch unangestrengt etwas sehen zu können. Aber gerade als er sich entschied, das Licht anzumachen, fand er plötzlich das gesuchte Fernglas. Er nahm es auf und stellte sich vor das Fenster. Gegenüber stand die rothaarige Frau noch immer in der inzwischen beleuchteten Küche. Sie war aber nicht mehr allein. David hob das Fernglas vor die Augen. Im ersten Moment war alles schwarz. Er suchte das Ziel. Das Bild wurde heller und ein diffuses Licht erschien. Schnell stellte er die Schärfe ein. Dann stützte er seine Ellbogen auf das Fensterbrett ab, damit er nicht so wackelte. Vor seinen Augen unterhielt sich die Frau mit einem Typen. Sie lachten. David richtet seine Aufmerksamkeit auf sein neues Opfer. Viel konnte er nicht sehen, da der Kerl sich mit dem Hintern an die Arbeitsplatte gleich vor dem Fenster lehnte. Er hatte ein hellblaues T-Shirt an mit einem bunten Emblem darauf, das an die Siebziger erinnerte. Dazu Jeans und schwarzes Haar. Mehr konnte er nicht ausmachen. Aber der Typ machte eindeutig einen jüngeren Eindruck als die Frau. Vielleicht ihr junger Liebhaber? David grinste. Wenn dem so war, könnte seine Spannerei ja noch ganz interessant werden. Die Frau drehte sich plötzlich hastig um und Hantierte außerhalb seiner Sicht. Da musste sich wohl der Herd befinden. Jetzt drehte sich der Typ zur Seite und David sah, dass er ungefähr in seinem Alter sein musste. Das musste der Sohn der Nachbarfamilie sein, den sein Vater mal kurz erwähnt hatte. Demnach also der Sohn des Chefs seines Vaters. David wusste ja, wie sein Vater gegenüber seinem neuen Vorgesetzten eingestellt war, aber das hieß noch lange nicht, dass er nicht ein wenig spannen durfte. Und der Junge sah alles andere als schlecht aus. Das Shirt zeichnete einen athletisch durchtrainierten Körper ab und das Gesicht schien auf diese Entfernung sehr fein geschnitten. Er hatte wohl einen südländischen Einfluss.

»Davi?«, rief seine Mutter plötzlich durch die Tür. Vor Schreck ließ er das Fernglas fallen. Er hatte gar nicht mitbekommen, dass die Fehde seiner Eltern zwischenzeitlich beigelegt worden war.

»Ja?« Er drehte sich schnell vom Fenster weg, für den Fall, dass seine Mutter gleich wieder hereinplatzen würde.

»Möchtest du nicht doch noch was essen?« Wie erwartet ging die Tür auf. »Du stehst ja im Dunklen!« Sofort knippste sie das Licht an. »Das ist schlecht für die Augen, das weißt du doch.«

»Hab's vergessen.«

Sie schaute irritiert auf den Kram, der auf dem Boden verstreut lag. »Weit bist du aber nicht gekommen.«

»Ich glaub, ich hab ein wenig geträumt«, sagte David und versuchte, möglichst natürlich zu klingen. Nicht, dass seine Mutter wieder einen Aufhänger fand, um doch noch mal ersthaft mit ihm zu reden.

»Ach so, willst du nun mit uns zu Abend essen? Ich bin ja der Meinung, dass wir solche Traditionen auch weiterführen sollten, aber dein Vater meint, ich sollte dich in Ruhe lassen.«

David dachte an den Jungen von nebenan. »Ich habe eigentlich keinen großen Hunger.«

»Na dann komm halt für den kleinen Hunger mit runter.« Seine Mutter wandte sich ab und wollte schon hinunter gehen, als David sich entschied, dem Wunsch seiner Mutter nicht zu folgen.

»Mam?«

»Ja, was denn?« Sie drehte sich noch mal zu ihm um.

»Ich glaube, ich bleibe wohl doch oben.«

Sie sah ihn einen Augenblick prüfend an. »Du weißt wieviel Wert ich darauf lege?«

David nickte. Aber er wollte jetzt nicht mit seinen Eltern zu Abend essen. Der Junge von nebenan war viel interessanter.

»Gut, dann hat dein Vater wohl recht und du brauchst deine Ruhe«, sagte seine Mutter und gab sich keine Mühe, den vorwurfsvollen Unterton zu verbergen.

Erleichtert atmete David aus, als er sie die Treppe hinunter gehen hörte. Kurz darauf folgte sein Vater ihr. Er lauschte noch einen Moment, bis er die leisen Gesprächsfetzen von unten vernahm. Dann schaltete er das Licht wieder aus, schnappte sich das Fernglas und legte sich zurück auf die Lauer.

Drüben lagen sich die Frau und der Junge in den Armen. Was war passiert? Mit einem Mal ärgerte sich David über seine Mutter, die ihn immer störte. Hatten sie sich etwa gestritten? Dann sah er, dass die rotharige Frau weinte. Irgendetwas musste vorgefallen sein. Er beobachtete die Hände des Jungen, die über den Rücken der Frau streichelten und sie trösten wollten. Es irritierte David ein wenig, dass die beiden so liebevoll zueinander waren. Vielleicht waren sie am Ende doch ein Paar? Schließlich lösten sie sich aber voneinander. Gebannt beobachtete David, wie der Junge etwas sagte. Wie mochte wohl seine Stimme klingen? So ohne Ton war das, was dort unten vor sich ging, wie ein entfernter Traum. Gern hätte er gewusst, was die beiden sich zu sagen hatten.

Es klopfte an der Tür. »David?«

David legte hastig das Fernglas beiseite. »Was ist denn?«, fragte er, während er zum Bett hastete, um sich darauf zu setzen. Als die Tür aufging, tat er so, als hätte er sich gerade aufgesetzt.

»Du hast ja schon wieder das Licht aus«, sagte seine Mutter und drückte den Schalter.

David sah sie mit zusammengekniffenen Augen an. »Ich habe noch keine Nachttischlampe.«

»Was machst du?«

»Ich liege ein wenig auf dem Bett und denke nach.«

Sie sah sich aufmerksam um. In der Hand hielt sie ein Frühstücksbrettchen mit Broten. »Ich habe dir doch noch was zu Essen gemacht, Davi.«

David seufzte. »Danke.«

»Wenn du nicht willst, kann ich es natürlich wieder mit runter nehmen. Dann bekommst du die Brote eben morgen mit in die Schule.«

»Das – wäre auch eine Idee.« David überlegte, wie er seine Mutter am Besten wieder los wurde – wirksam und dauerhaft. Aber ihm fiel nichts Gescheites ein.

»Gut, dann habe ich mir die Mühe also umsonst gemacht.«

»Du brauchst morgen nichts machen«, sagte David schnell. Er konnte es nicht leiden, wenn seine Mutter diese Psychotricks anwandte, aber wehren konnte er sich genausowenig dagegen.

»Ach, morgen sind die Brote längst dröge.« Sie drehte sich ab.

»Dann ...«, fing David an, hielt aber inne.

»Ja?«

Er überlegte einen Augenblick. Dann sagte er: »Vielleicht ist ein kleiner Snack doch nicht so schlecht.«

»Wusste ich es doch.« Mit einem Lächeln brachte sie ihm die Brote. »Ich kenne doch meinen Sohn.«

»Ja, das stimmt wohl«, antwortete David und nahm das Essen an.

Seine Mutter entfernte sich wieder. Bevor sie die Tür schloss, sagte sie noch: »Ich komme nachher noch mal rein und hole das Brettchen ab. Du vergisst es sicher.« Das Licht ließ sie natürlich an.

Unwillig biss David in ein Brot mit Käse. Er hatte wirklich keinen Hunger. Aber seiner Mutter zuliebe würde er alles aufessen, und er würde das Brettchen selbst in die Küche bringen, damit sie sich einen anderen Grund suchen musste, noch mal bei ihm vorbei zu schauen. Er grinste gequält. Warum konnte sie nicht einfach mal auf seinen Vater hören?

Er schnappte sich wieder das Fernglas und beugte sich vor das Fenster. Diesmal wollte er das Licht nicht wieder ausschalten. Also musste er vorsichtig sein. Wenn er das Geschehen drüben verfolgen konnte, war es genauso möglich, dass man ihn von drüben sehen konnte.

Als er den Blick wieder auf die gegenüberliegende Küche richtete, sah er nur die Frau. Sie stand desorientiert vor dem Fenster und bewegte hektisch den Mund. Dann stürmte sie voran. David hielt mitten in der Kaubwegung inne. Was war denn jetzt los? Das musste er auf jeden Fall richtig verfolgen. Sofort lief er zur Tür, löschte das Licht und eilte zurück. Die Küche war leer – zumindest der Fensterausschnitt, den er einsehen konnte. Die anderen Zimmer auf der Frontseite waren nicht beleuchtet. Doch! Im ersten Stock ging plötzlich das Licht an und die Frau stand im Türrahmen. David wackelte zu stark mit dem Fernglas, als dass er etwas Genaues hätte beobachten können. Schnell stützte er sich auf die Fensterbank, um ein ruhiges Bild zu bekommen. Mit großen Augen nahm er das Zimmer in sich auf, das genau gegenüber seinem lag, vielleicht etwas niedriger. Die Frau stand vor einer Fläche, die David kurz darauf als Bett identifizierte. Der Junge lag darauf. Dann setzte sich die Frau und sie redeten wieder. Nach einiger Zeit verließ sie das Zimmer. Der Junge aber blieb. David wartete gespannt. Das war also sein Zimmer, dachte er erfreut. In seinem Kopf tummelten sich einige Vorstellungen, in welchen Situationen er den Jungen noch würde beobachten können. Drüben hielten sie offenbar nicht viel von Vorhängen. Kurz darauf entschied sich David, dass er wohl doch mit seiner Mutter Gardinen kaufen würde. Sicher war sicher.

5

David brachte eine halbe Stunde später das Brettchen hinunter und hörte seine Eltern wieder streiten. Seit sie in ihrem neuen Heim angekommen waren, schienen sie nichts anderes mehr zu tun zu haben. Als er in die Küche trat, herrschte augenblicklich betretenes Schweigen. Manchmal fragte David sich, ob seine Mutter wirklich dachte, dass er nichts von den Streitereien mitbekam, nur weil sie in seiner Anweseheit angestrengt schwiegen.

»Ich habe gedacht, ich bringe doch noch schnell das Brettchen runter, damit du nicht dran denken musst.« David legte den Gegenstand auf die Anrichte. Das machte er immer so, weil er davon ausging, dass man am nächsten Morgen noch mal Brote darauf legen konnte. Aber er wusste sehr wohl, dass seine Mutter immer ein Neues nahm und das benutzte schon in der Frühe abwusch.

»Danke Davi«, sagte sie und sah ihn liebevoll an. Das war auch so eine Masche. Wenn sie sich gerade mit seinem Vater stritt, war sie immer besonders nett zu ihm.

»Kein Thema«, sagte David. Er sah für einen Moment zwischen den beiden hin und her.

»Willst du uns etwas sagen?«, fragte seine Mutter und machte eine auffordernde Geste.

Ja, natürlich wollte er etwas sagen. Am liebsten, dass er ab sofort nicht mehr gestört werden wollte, wenn er die Nachbarn bespannte. Aber das würde das Verständnis seiner Mutter bei weitem sprengen. Also schüttelte er den Kopf.

»Gehst du jetzt schlafen?«

»Ja, gleich.«

»Denk dran, du musst morgen früh raus, mach nicht mehr so lange.«

»Mensch Hanne«, mischte sich Ansgar ein, »der Junge ist kein Kind mehr.«

»Aber sicher ist er noch ein Kind!«, rief sie spitz. »Was verstehst du schon davon?«

Bevor sein Vater etwas erwiedern konnte, sagte David: »Ihr könnt euch gern weiter streiten, aber es gibt sicher bedeutend bessere Themen.«

Seine Mutter sah ihn mit aufgeklapptem Mund an, während sein Vater vor sich hin grinste.

»Für Mam bin ich halt immer ein Kind und für Paps schon erwachsen.« David lächelte. »Beides hat seine Vor- und Nachteile. So, ich bin jetzt auf meinem Zimmer. Gute Nacht.«

Er ließ seine sprachlosen Eltern in der Küche zurück und kletterte in den ersten Stock hinauf. In dem Zimmer auf der anderen Straßenseite saß der schwarzhaarige Junge noch an seinem Schreibtisch direkt vor dem Fenster. David zog sich im Dunklen aus und blieb eine Weile nackt mitten im Raum stehen. Der Gedanke, dass der Junge ihn würde sehen können, wenn er jetzt das Licht einschaltete, erregte ihn. Aber er ließ das Licht aus. Stattdessen nahm er sich wieder das Fernglas und stützte sich auf. Der Junge war in irgendwelchen Büchern vertieft. Ab und an schrieb er ein wenig. Dann sah er auf und es machte den Eindruck, als würde er geradewegs zu David hinüber gucken. Aber das war natürlich Quatsch. Trotzdem war es interessant, das Gesicht seines Gegenübers mal frontal zu sehen. Es sah witzig aus, wie er das Stiftende mit den Lippen hielt und sein Schreibuntensil wippen ließ, bis ihm die Lösung für seine Aufgabe oder was auch immer eingefallen war. Ja, David war zu der Erkenntnis gelangt, dass der Junge irgendwelche Schulaufgaben machen musste. Warum sonst sollte jemand so spät noch am Schreibtisch sitzen und nicht vor dem Fernseher?

Unten regten sich seine Eltern. David legte sich vorsorglich mitsamt dem Fernglas ins Bett. Obwohl er sich ja schon für diesen Abend verabschiedet hatte, konnte man bei seiner Mutter nie wissen, erst recht nach dem Umzug, der sie offenbar noch unruhiger gemacht hatte, als sie ohnehin schon war. Er lauschte den Schritten auf der Treppe und dachte dabei nur an den Jungen nebenan. Zumindest schien es bei denen auch die ein oder andere Problematik zu geben, obgleich David der Unterschied zu seiner Familie nicht entgangen war. Die rothaarige Frau war eindeutig lockerer als seine Mutter. Das erkannte er auch auf Distanz.

Kurz setzten die Schritte vor seinem Zimmer aus. David wusste, dass seine Mutter horchte. Zu seiner Überraschung kam sie aber nicht rein, sondern ging ins Badezimmer, um sich für die Nacht vorzubereiten. Trotzdem blieb David unter seiner Decke liegen. Solange seine Mutter noch herumlief, war die Gefahr noch nicht gebannt. Er wollte nicht riskieren, dass sie ihn zufällig nackt erwischte. Für sie war das sicher eine Sünde. David musste kichern. Sie kaufte ihm noch immer in regelmäßigen Abständen Schlafanzüge, damit er sich durch die Kälte keinen steifen Hals holte oder ähnliches. Besonders musste man auf die Nieren achten, da konnte man sich schnell verkühlen. Was würde sie wohl sagen, wenn er jetzt einfach so einschlief und sie ihn am nächsten Morgen nackt im Bett vorfinden würde?

Zehn Minuten später war alles still und David erhob sich vorsichtig. Das Fernglas fest in der Hand positionierte er sich wieder vor dem Fenster. Auf der anderen Seite packte der Junge gerade seine Bücher zusammen. Offenbar war er genau zur richtigen Zeit wieder aufgestanden. Er beobachtete, wie nach und nach der Schreibtisch leer geräumt wurde. Schließlich stand der Junge auf und verließ das Zimmer. David klebte weiterhin gebannt am Fenster. Ihm fiel ein, dass er sich noch nicht die Zähne geputzt hatte. Das würde er noch machen müssen. Nur nicht jetzt, denn er wollte auf keinen Fall seine Mutter wieder auf den Plan rufen. An die wollte er jetzt absolut nicht denken. Er würde erst gehen, wenn auf der anderen Straßenseite das Licht erloschen war.

Ein paar Minuten später tauchte der Junge wieder auf und stellte sich mitten ins Zimmer, während er sich die Zähne putzt. Fast hätte David laut aufgelacht. Wer machte denn sowas? Der Junge störte sich aber nicht daran. Hier und da räumte er etwas beiseite. Eine Hand stets an der Zahnbürste. Dann verschwand er wieder aus dem Raum, nur um kurze Zeit darauf wieder zurück zu kommen – diesmal ohne Zahnpasta um den Mund. Er setzte sich auf das Bett, das mitten in den Raum hinein ragte und zog sich die Schuhe aus. David dachte darüber nach, dass sein eigenes Bett immer direkt an der Wand stand. Überhaupt hatte er nicht so ein großes Bett, wie der Junge drüben. Das Zimmer gegenüber machte einen recht modernen und geschmackvollen Eindruck. Wenn er an sein eigenes Zimmer dachte, fiel ihm gleich ein Prospekt für Jugendzimmer ein. Obgleich die Möbel seinen Vater sicher einiges gekostet hatten, sah alles sehr kindlich aus. Da drüben allerdings wohnte auf den ersten Blick ein Erwachsener.

Der Junge erhob sich wieder und öffnete seine Hose. Davids Atem setzte aus. Wie in Zeitlupe sah er die Hände, die zum Hosenbund glitten und die Knöpfe lösten. Dann drehte er sich um und die Hose glitt über den Hintern die Beine hinunter. Viel war nicht zu sehen. David schnappte nach Luft, nur um gleich wieder in Atemnot zu geraten. Der Junge zog mit einem Ruck sein Shirt hoch und entblößte einen muskulösen Bauch. Mit aufgerissenen Augen sog David jede einzelne Kontur in sich auf, die er durch das Fernglas erspähen konnte. Mit einem Mal war das Glas viel zu unscharf, die Entfernung viel zu groß. Der Jung behielt seinen Slip an. Schwarz. Solche Unterhosen sollte seine Mutter mal kaufen, dachte sich David. Sie kaufte ihm immer die weißen Dinger mit schmalem Bund. Dann streckte sich der Junge noch einmal und ließ sich einfach auf sein Bett fallen. Schon wollte sich David damit abfinden, dass er heute nicht mehr zu sehen bekam, als sein Gegenüber eine andere Lichtquelle anknipste und sich noch mal erhob, um das Deckenlicht auszustellen. Diesmal zog er noch den schwarzen Slip aus, bevor er sich ins Bett legte. Aufgrund der anderen Lichtverhältnisse blieb die Körpermitte des Jungen für David in dieser Nacht ein Bereich, mit dessen Ausschmückung er seine Fantasie beauftragen musste. Ein paar Minuten hielt er zwar noch das Fernglas an die Augen gedrückt, aber in dem anderen Raum regte sich nichts mehr. Schließlich wurde das Licht gelöscht und David blickte ins Dunkle. Endlich konnte er sich die Zähne putzen und in seinen wohl verdienten Schlaf sinken, denn in einem hatte seine Mutter recht: Er musste früh wieder raus.

Montag

Komm rüber

Komm zu mir
Ich warte auf dich
Nehme dich auf
Komm rüber
Zu mir rauf
Ich zieh dich
Zu mir hin
Ertaste dich
Mit meinem Sinn
Komm rüber
Leg dich hin
Komm

M. Nagy

6

Es war schon hell, als Davids Mutter ins Zimmer kam. »Du musst langsam aufstehen«, sagte sie, wie jeden Morgen, wenn er zur Schule musste. Und da die Ferien nun vorbei waren und er in eine neue Schule gehen musste, weckte sie ihn besonders früh.

Schlaftrunken nahm David den Wecker von seinem Nachttisch und kontrollierte die Zeit. Er hatte noch eine halbe Stunde.

»Sag mal, ziehst du den Schlafanzug nicht an, den ich dir gerade neu gekauft habe?«

David ließ sich kraftlos ins Kissen zurückfallen. »Jetzt nicht, okay?« Natürlich hatte er vergessen, das Teil noch vor dem Schlafen anzuziehen. Es war viel erotischer, mit dem Gedanken an seinen neuen Nachbarn im Bett zu liegen und nichts anzuhaben. Plötzlich war er hellwach. Er hatte nichts an! Schnell zog er seine Bettdecke über den Oberkörper. Seine Lenden waren glücklicherweise bedeckt gewesen, als seine Mutter ins Zimmer gekommen war.

»Irgendwas stimmt mit dir nicht«, sagte sie nachdenklich. Ihr Gesichtsausdruck verriet, dass sie nicht locker lassen würde, ehe sie hinter das vermeintliche Geheimnis gekommen war.

»Ach, Mam, es ist alles in Ordnung, lass mich einfach noch ein bisschen schlafen, okay?« David zog die Decke über den Kopf.

»Du musst zur Schule, Davi! Du willst doch nicht gleich am ersten Tag zu spät kommen!« Sie zog die Bettdecke wieder ein Stück hinunter, allerdings nicht so schwungvoll, wie sie es normalerweise tun würde. David begriff aber, dass es wohl besser war, nachzugeben. Er wollte nicht riskieren, dass sie ihn doch nackt im Bett erwischte.

Mit einem künstlichen Grinsen im Gesicht sagte er: »Hast gewonnen.« Vorsichtig setzte er sich auf, wobei er darauf achtete, dass die Bettdecke ihn gut verhüllte.

Seine Mutter verließ das Zimmer aber nicht. Sie bedachte ihn mit einem seltsamen Blick, der nicht mehr aufhören wollte. Irgendwie wurde er das Gefühl nicht los, dass sie nun solange dort stehenbleiben würde, bis er aus dem Bett stieg.

»Schläfst du nackt?«, fragte sie schließlich.

David war von der Naivität dieser Frage dermaßen überrollt, dass er sofort wahrheitsgemäß mit »ja« antwortete. Er hätte sich augenblicklich ohrfeigen können, aber nun war es raus und es gab kein Zurück mehr.

»Gibt es dafür einen Grund?« Sie sah ihn mit großen Augen an.

Was sollte er ihr sagen? Dass er es erregender fand und sich davon heißere Träume mit dem Nachbarsjungen erhoffte? »Ich – ich fand den Schlafanzug einfach unbequem. Und da es ja eh so heiß ist ...«

Sie sagte eine Weile nichts. Es schien, als müsse sie erst überlegen. Kurz öffnete sie den Mund, schloss ihn wieder, nur um danach zu fragen: »Schläfst du ab jetzt immer nackt?«

David zögerte einen Augenblick. Dann entschied er sich aber, wieder die Wahrheit zu sagen: »Ja.«

»Gut, ich werde dann keine Schlafanzüge mehr kaufen.« Sie ging aus dem Zimmer. Von der Treppe aus rief sie ihm noch zu: »Aber beschwer dich im Alter nicht!«

»Versprochen!«, antwortete er laut und fügte leise an: »Das bisschen Rheuma werde ich wohl ertragen können.« Dann schlug er die Decke zurück und sprang aus dem Bett.

Knapp dreißig Minuten später verließ er das Haus, nicht ohne einen verstohlenen Blick auf zu den Nachbarn rüberzuwerfen. Die Wolken spiegelten sich im oberen Fenster, sodass David nichts sehen konnte. Aber es hätte ohnehin nicht viel zu sehen gegeben, dachte er, zumindest nicht mehr als gestern. Er ging an der Trauerweide vorbei den kleinen Weg hinunter zu den Wiesen. Fast sah es hier aus, wie in einem kleinen Park. Gegenüber lag schon die Schule, die er ab heute besuchen würde. Wieder dachte er darüber nach, wie schwachsinnig es war, seiner Mutter zuliebe so früh aus dem Haus zu gehen. Wenn er langsam ging, würde er höchstens fünf Minuten brauchen. Aber auch nur, weil der Eingang zur Schule auf der anderen Seite lag und er ganz um den Block herum laufen musste. Ab morgen würde er eine halbe Stunde länger schlafen, das war klar. Er warf einen Blick auf seine Armbanduhr. Zwanzig vor acht. Dann begutachtete er das graue Gebäude mit den knallig blauen Fensterrahmen. Wenn er irgendwo in den oberen Stockwerken Unterricht hatte, würde er gut einen Blick auf sein Zuhause werfen können – und noch wichtiger: Das Haus gegenüber. Vielleicht ging der Junge ja zufällig auch hier zur Schule. David drehte sich um und betrachtete das Nachbarhaus durch die Sträucher und Bäume. Viel war nicht zu sehen, aber die roten Backsteine leuchteten hervor. Und ganz oben befand sich ein Fenster, das nicht vom Blattwerk verdeckt wurde. Dann entdeckte er die Parkbank, die sich gleich am Ende des kleinen Weges befand. Er schlenderte darauf zu und setzte sich. Wenn er schon so viel Zeit hatte, konnte er auch hier warten, bis die Schule anfing. Der eigentliche Grund für seine Entscheidung war natürlich die Aussicht, dass er eventuell dem Nachbarjungen begegnen würde. Ein langes, herzhaftes Gähnen zwang seinen Mund auf, sodass er sich die Hand vor das Gesicht halten musste. Über ihm zwitscherten ein paar Vögel um die Wette, während der frische Morgenwind durch die Bäume strich. So hart die Bretter der Bank auch waren, sie verlockten dazu, sich gleich hier noch mal für ein Stündchen hinzulegen. Wieder gähnte er und kniff dabei die tränenden Augen zusammen. In Gedanken verfluchte er seine Mutter. Warum konnte sie ihn nicht einfach schlafen lassen?

»Hast du mal Feuer?«, fragte plötzlich eine Stimme. David riss die Augen auf. Vor ihm stand – oh Gott – der Junge, den er gestern die ganze Zeit beobachtet hatte. Er hatte ein schwarzes Shirt an und eine beige Skaterhose. Lässig hielt er ihm eine Zigarrette hin. Dann fragte er noch mal: »Und? Hast du?«

»Oh, ich – also, ich – ich rauche nicht«, stotterte David und wäre am liebsten gleich vom Erdboden verschwunden.

»Klasse, ich auch nicht«, sagte der Junge und steckte die Zigarrette weg.

»Aber, warum ...«

»War eine doofe Idee von meiner Mutter.«

David sah den Jungen irritiert an. »Von deiner Mutter?«

»Ja, genau.«

»Warum will sie denn, dass du rauchst?« David konnte nicht glauben, dass es irgendwo auf der Welt eine Mutter gab, die ihrem Sohn ernsthaft empfahl, das Rauchen anzufangen.

»Ach«, machte der Junge und hob die Schultern kurz an, »vergiss es einfach, okay?«

David wusste nicht, was er darauf sagen sollte, also nicke er, während der Nachbarsjunge unschlüssig vor der Bank stand.

»Ich geh dann mal«, sagte der Junge schließlich und wandte sich ab.

Wie versteinert blieb David auf der Bank sitzen und sah ihm nach. Erst als der Abstand schon zu groß war, fiel ihm ein, dass er eigentlich hätte hinterhergehen müssen. Er hätte ihn fragen können, ob er auch hier zur Schule ging, wie er denn hieß, irgendwas. Aber nein, er blieb einfach blöd auf der Bank sitzen und gaffte ihm nach.

Den Kopf voller Gedanken, nahm David seine Tasche und ging auf dem schmalen Weg über die Wiese dem Schulgebäude entgegen. Ein Blick auf die Uhr verriet ihm, dass er sich beeilen musste, es war eine Minute vor acht. Da er heute den ersten Tag an dieser Schule verbringen würde, musste er erst ins Sekretariat. Hoffentlich war es dafür nicht schon zu spät. Seine Mutter fiel ihm mahnend ein, die etwas von einem schlechten Eindruck gesagt hatte.

7

Merlin widerstand angestrengt der Versuchung, sich doch noch umzusehen. Aber nach seinem misslungenen Spruch wollte er auf keinen Fall zurückschauen. Das wäre zu auffällig gewesen. Stattdessen verfluchte er im Stillen seine Mutter und ihre dämlichen Ideen. Wie hatte er sich nur darauf einlassen können? Erst gestern war er noch felsenfest der Meinung gewesen, dass er solche Aktionen auf keinen Fall brauchte. Und jetzt? Gleich am Morgen danach machte er sich zum Narren, indem er einen Nichtraucher nach Feuer fragte, nur um kurz darauf seine dumme Anmache auffliegen zu lassen. Jetzt konnte er nur hoffen, dass der Typ nicht auf seine Schule ging. Aber weshalb sollte er sonst morgens auf der Parkbank sitzen? Sicher nicht, um die Natur zu genießen. Merlin rief sich den

Anblick des Jungen noch mal vor Augen, wie er dort saß und vor Müdigkeit gähnte. Blonde kurze Haare, die wunderbar mit der sonnenbraunen Haut kontrastierten. Sein erster Gedanke war, dass der Typ geradewegs von seinem Surfbrett gestiegen sein musste. Natürlich hatte Merlin sich auch von dem Vorschlag seiner Mutter beirren lassen. Verdammt, manchmal lag sie aber auch dermaßen daneben! Sie wusste einfach nicht, was es bedeuten konnte, an einer öffentlichen Schule schwul zu sein. Merlin fand es in Ordnung, dass seine Klassenkameraden es wussten und er kam auch gut damit klar, wenn ihn einer dieser Prollbrüder anpöbelte. Damit musste man wohl leben. Aber er wollte auf keinen Fall die Aufmerksamkeit auf sich ziehen, indem er sich an Jungs aus der Schule heranmachte. Man musste ja nichts provozieren.

Als er um das Schulgebäude herumging, sah er von Weitem schon seine Freundin Linda. Sie stand wie immer vor dem Schultor und rauchte zusammen mit ein paar Typen. Er stand schon fast neben ihr, da bemerkte sie ihn und fiel ihm mit einem langen Seufzer um den Hals.

»Morgen Süßer«, sagte sie. »Ich habe absolut keinen Bock. Machen wir blau?«

Merlin drückte sie von sich. Er fand es immer ein wenig unangenehm, dass sie ihn in der Öffentlichkeit ›Süßer‹ nannte. Die Typen, mit denen sie sich bis gerade unterhalten hatte, schauten ihn schon seltsam an. »Lust habe ich auch keine, aber wenn ich schon wieder Deutsch schwänze ...«

»Ach, der Stolte merkt das doch eh nicht!« Linda lachte.

Merlin dachte nur an den Jungen. Er wollte ihm so schnell nicht noch mal begegnen. Und in seiner Vorstellung trat der Typ jeden Moment am Ende des Gebäudes um die Ecke. Ein Blick auf die Uhr verriet ihm, dass es genau jetzt klingeln müsste. Wie auf Kommando ertönte die Schulglocke.

»Komm, lass uns rein«, sagte Merlin und zerrte Linda auf den Schulhof.

»Mensch, warum so hektisch?« Kopfschüttelnd warf sie ihre Zigarettenkippe auf den Boden und rief ihren Rauchkumpeln noch etwas zu. Merlin zog sie aber unerbittlich auf den Eingang des ersten Gebäudes zu. Erst als sie im Flur waren und mit zahllosen anderen Schülern die Treppe hinaufstiegen, passten sie ihr Tempo wieder an.

»Mann, jetzt sag mir endlich, was mit dir los ist!«, fauchte Linda. »Ich kann sowas absolut nicht leiden, das weißt du!« Sie funkelte ihn böse an.

»Ich habe mich heute morgen ein wenig blamiert, das ist alles«, sagte Merlin zerknirscht.

Mit einem Mal hellte sich Lindas Gesicht wieder auf. »Das ist natürlich was anderes. Du willst also untertauchen.« Sie kicherte. »Los, erzähl schon!«

Als sie auf ihrem Gang angekommen waren, zog Merlin seine Freundin an sich heran und murmelte ihr die Geschichte zu. Dann ließ er wieder von ihr ab.

»Das ist ja süß!«, lachte Linda. »Mensch, das ist doch kein Grund für so eine Raserei.«

»Sei ein bisschen leiser, okay?«

»Was ist denn?«, fragte ein Typ aus einer höheren Klasse. »Hat der Schwuli endlich nen Stecher?«

Ein paar Jungs neben ihm lachten laut.

»Warum? Bist du eifersüchtig, Schätzchen?«, fragte Linda herausfordernd. Zu Merlins Genugtuung lachten nun die anderen noch heftiger, schlugen dem Typ auf die Schulter und zogen ihn weiter.

»Diese Idioten!«, schimpfte Linda. »Ich kann das nicht ab!«

»Halb so wild«, sagte Merlin und zwinkerte ihr zu. »Ich wünschte nur, ich hätte wenigstens ein bisschen von deiner Schnauze.«

»Hast du! Aber du machst sie in den entscheidenden Momenten eben nicht auf.« Sie grinste ihn frech an. »Und deine Mutter ist wie immer einfach die Wucht. Du glaubst doch wohl nicht, dass meine Mutter mir Tipps geben würde, wie ich am Besten einen Kerl angrabe, oder?«

»Irgendwie hatte ich befürchtet, dass du die Sache auch noch gut findest.«

»Ja, natürlich. Ich meine, sie hat doch recht, oder nicht?«

»Aber sowas bringt mich nicht weiter, Linda, sondern nur in peinliche Situationen.« Merlin sah sich um. »Stell dir nur mal vor, der Typ läuft mir hier über den Weg. In nullkommanix weiß die ganze Schule, dass ich meine Mitschüler anmache. Das trägt nicht gerade zu einem friedlichen Leben hier bei.«

»Ach, du siehst das alles zu schwarz. Warum solltest du dich denn nicht hier umgucken dürfen?« Unerwartet hob sie ihre Stimme. »Sind doch bestimmt genügend Schwule hier, oder etwa nicht?«

»Verdammt!« Merlin schlug Linda auf den Arm. »Lass den Scheiß!«

»Nur weil die sich nicht öffentlich zu ihrem Schwulsein bekennen, heißt das noch lange nicht, dass du allein bist.«

»Klar, aber ...«

»Deine Mutter hat recht. Du solltest endlich mal einen an Land ziehen.«

Eigentlich wollte Merlin noch etwas dazu sagen, aber der Deutschlehrer bahnte sich gerade einen Weg durch die Schüler, um das Klassenzimmer aufzuschließen. Als sie schließlich auf ihren Plätzen saßen, zwinkerte Linda ihm zu. In solchen Momenten wünschte sich Merlin nichts sehnlicher, als neben Linda zu sitzen. Doch bei der letzten Änderung der Sitzordnung hatte man sie auseinandergesetzt, damit sie nicht so viel schwätzen konnten. Jetzt saß Merlin also allein an einem Tisch, während Linda ihren mit der Klassenbesten teilen musste. Ein Vorteil, der besonders bei Arbeiten unschätzbar viel wert war. Merlin vermutete, dass Linda seit Bekanntgabe ihres neuen Platzes nichts mehr für die Schule getan hatte.

Missmutig holte er seine Materialien hervor und knallte sie vor sich hin. Draußen tanzten die grünen Blätter der Bäume im Sonnenlicht. Merlin wunderte sich plötzlich darüber, wie schnell die Sommerferien doch vorübergegangen waren und wie sehr sie sein Leben doch verändert hatten. Dagegen war der

Schulalltag absolut ohne Veränderung geblieben. Irgendwie seltsam. Bisher hatte der Beginn eines neuen Schuljahres immer auch ein Gefühl mitgebracht, das ihm auch Veränderung versprach. Dieses Jahr würde es ganz sicher Neuerungen geben, doch er fühlte sich, als ginge das letzte Schuljahr einfach weiter. Vielleicht, weil er dieses Jahr nicht weggefahren war, sondern seine Ferien zu Hause verbracht hatte. Fast jeden Tag hatte er sich mit Linda getroffen, was letztlich für sie beide recht anstrengend geworden war. Und jetzt würde alles fast so wie immer weitergehen.

Plötzlich flog ihm ein Papierkneul an die Stirn. Linda lachte laut auf, hielt sich aber sofort die Hände vor den Mund. Irritiert nahm Merlin das Stück Papier und entfaltete es. In ihrer sauberen Handschrift stand dort: *Wie sieht er denn aus? Träum nicht, schreib mir!*

Merlin grinste. Sofort machte er sich daran, das, was er noch im Gedächtnis hatte, mitzuteilen. Vorne fing Herr Stolte an, ein paar salbungsvolle Sätze zum neuen Schuljahr zu sagen: »Ab jetzt seid ihr freiwillig in der Schule. Wer also keine Lust mehr hat, kann jederzeit abbrechen und sich einen Job suchen. Aber trotzdem wünsche ich ...«

Das Gelaber interessierte Merlin nicht. Er hatte nur diesen Jungen im Kopf, den er Linda gerade beschrieb. Erst als der Rektor den Raum betrat und alles ruhig wurde, hob auch er den Kopf. Wie vom Donner gerührt saß er auf seinem Stuhl. Gleich neben Rektor März stand sein Tagtraum. Ihm wurde schwarz vor Augen. Bitte, lass ihn nicht in diese Klasse kommen! Aber seine Befürchtung wurde mit Stoltes Worten an den Jungen bestätigt: »Na dann ein herzliches Willkommen.«

Der Rektor zog sich zurück und Merlin wünschte sich, er könnte jetzt einfach mit ihm gehen.

»Psst«, machte Linda und warf ihm einen fragenden Blick zu. Merlin versuchte ihr möglichst unauffällig zu verdeutlichen, dass sein Alptraum soeben wahrgeworden war, aber sie verstand nichts – wie immer, wenn es ihm mal wirklich wichtig war, nonverbal mit ihr zu kommunizieren.

»Jetzt darf auch wieder Ruhe einkehren«, tönte Stolte, obwohl es gar nicht so unruhig war. »Wir haben einen neuen Mitschüler bekommen.«

Linda sah mit kullernden Augen zwischen dem Neuen und Merlin hin und her. Dann machte sie eine fragende Geste. Merlin nickte. Sie klappte ungläubig den Kiefer hinunter.

8

Genau vor dieser Situation hatte sich David gefürchtet. Im Stillen verfluchte er sich, dass er sich von dem Nachbarsjungen hatte aufhalten lassen. Wenn seine Mutter wüsste, dass er es nicht rechtzeitig zur Schule geschafft hatte, obwohl sie ihn vorsorglich eine halbe Stunde eher aus dem Bett geworfen hatte, würde sie ihn demnächst doch glatt mitten in der Nacht wecken. Aber selbst das wäre nicht halb so schlimm, wie das, was ihm nun bevorstand.

Die Klasse wurde plötzlich ganz leise. Alles schaute ihn an. David spürte, wie die Blicke ihn schwindelig machten. Immer wieder musste er sich ins Gedächtnis rufen, dass ihn noch niemand kannte. Keiner wusste, dass er eigentlich ein schwächlicher Typ war. Das Schlimme war nur, dass auch er niemanden kannte.

»So, da jetzt endlich alle zuhören ...« Stolte räusperte sich. »Ich bin der Deutschlehrer, Herr Stolte.« Die Lehrkraft reichte ihm die Hand und sah ihn aufmunternd an.

David erwiderte den Händedruck mechanisch. Er wusste, was man nun von ihm erwartete. Natürlich musste er sich jetzt vor der gesamten Klasse vorstellen. Hoffentlich würde seine Stimme nicht versagen. In Gedanken malte er sich die Blamage aus, wenn er seinen eigenen Namen nun dahinstammelte. Die Blicke der Schüler kitzelten ihn.

»Wie wäre es mit einer kurzen Vorstellung?«, fragte Stolte schließlich und besiegelte Davids Befürchtungen.

»Ja«, sagte David zu Stolte und drehte sich zur Klasse. Er sah wahllos einigen Schülern ins Gesicht. Aber außer Neugier konnte er nichts in deren Augen finden. Wenn er es sich jetzt verscherzte ... »Hallo«, fing er an, weil er spürte, dass er bereits zu lange nichts gesagt hatte. In Gedanken formulierte er hektisch eine Vorstellung. »Also – ich bin David, siebzehn Jahre alt und – ich komme aus Hamburg.« Sollte er noch etwas sagen? Alle sahen ihn an, als wollten sie sein Äußeres in sich aufsaugen, um sein Bild mit den soeben erhaltenen Daten zu verschmelzen. Niemand sagte was. Und dann sah David in der letzten Reihe ein bekanntes Gesicht: Der Nachbarsjunge. Sein Herz setzte für einen Moment aus. Plötzlich fand er es noch schlimmer, dass er doch jemanden in dieser Klasse kannte – sofern man hier von ›kennen‹ sprechen konnte. Aber nach kurzem Zögern lächelte der Junge ihm zu und zerstreute seine Ängste.

»Ja, gut«, sagte Stolte endlich. »Dann setzen Sie sich mal irgendwo hin.«

David sah sich kurz um. Ein paar Plätze waren gleich vorne am Lehrerpult frei, aber er gab sich einen Ruck und bahnte sich einen Weg durch die Tische nach hinten. Der Junge hatte ihn angelächelt, da würde er wohl nichts dagegen haben, wenn er sich zu ihm an den Tisch setzte. Allein durfte er eh nicht sitzen, das hatte er sich fest vorgenommen. Wenn er sich als Neuer gleich ausgrenzte, indem er sich nicht neben jemanden setzte, würde er erst recht einen schwierigen Start haben.

»Hi«, sagte der Junge, als er bei ihm ankam.

»Ich – also – hier ist doch noch frei, oder?«

»Klar, setz dich.« Der Junge grinste ihn an. Dann sah David im Augenwinkel, dass er eine kleine Geste zu jemanden anderes machte.

Augenblicklich wurde er unsicher, setzte sich aber trotzdem auf den Stuhl. Fahrig nahm er ein Schreibheft heraus und fürchtete, gleich ausgelacht zu werden, weil alle anderen entweder Schreibblöcke oder Ordner vor sich liegen hatten. Hefte waren wohl etwas für die Unterstufe.

Plötzlich flog ein zusammengefaltetes Stück Papier auf den Tisch. Der Junge nahm es schnell an sich. David sah schräg gegenüber ein Mädchen, das zu ihnen hinübersah. Zuerst fühlte er sich gar nicht angesprochen, weil er sie anhand ihres Grinsens als Zettelwerferin identifizierte. Dann spürte er aber, dass da mehr war. Irgendwie wurde ihm wieder unwohl. Machte sie sich über ihn lustig? Warum warf sie ein Briefchen herüber? Teilte sie seinem neuen Tischnachbarn darin etwa mit, wie doof sie ihn fand? Angestrengt versuchte er, diese Art von Gedanken aus seinem Kopf zu halten. Doch das war gar nicht so einfach, wenn man einen Großteil seines Lebens damit zugebracht hatte, immer auf diese Weise zu denken. Er schloss die Augen und versuchte sich ein paar Dinge vorzustellen, die in dem Zettel stehen könnten und nichts mit ihm zu tun hatten. Als er die Augen wieder öffnete, schrieb sein Nachbar gerade etwas zurück. Dabei benutzte er die linke Hand als Sichtschutz. David sah weg. Vorn schrieb der Lehrer Stolte einen Stundenplan an die Tafel. Aber das Mädchen lenkte ihn ab. Immer wieder schaute sie zu ihnen hinüber, wohl um zu kontrollieren, ob ihre Antwort fertig war. Dann zwinkerte sie ihm unerwartet zu. David überlegte einen Augenblick, ob das wirklich ihm galt und ob er irgendwie darauf reagieren sollte, als sie den Blickkontakt auch schon wieder abbrach und nach vorn sah. Er hätte zumindest lächeln müssen, fiel es ihm zu spät ein. Was sollte sie jetzt von ihm denken?

»Ähm, hast du noch einen Kuli oder so?«, unterbrach sein Nachbar die Überlegungen.

Irritiert sah David erst ihn, dann den fremden Kugelschreiber auf dem Tisch an.

»Der ist leer«, sagte der Junge.

»Ach so.« Eilig kramte David in seiner Tasche nach seinem Ersatzstift. »Hier«, sagte er und reichte einen Kugelschreiber weiter.

»Danke. Ich bin übrigens Merlin.«

»David«, sagte David und hielt Merlin seine Hand hin. Irgendwie kam ihm diese offizielle Begrüßung komisch vor, aber nun war es zu spät sie zurückzuziehen.

»Ich weiß«, antwortete Merlin, ergriff aber dennoch die Hand. David spürte sein Gesicht warm werden. Natürlich wusste er seinen Namen, den hatte er ja vorhin schließlich vor allen gesagt. Dann bemerkte er, dass Merlin immer noch seine Hand hielt. Automatisch zog er sie zurück, was wohl einen etwas abweisenden Eindruck machte. Zumindest schaute Merlin irgendwie seltsam und wandte sich von ihm ab. Wieder wurden Briefchen ausgetauscht, aber David gab sich Mühe, nicht neugierig zu schauen. Er versuchte sich auf den Lehrer zu konzentrieren, der ein paar Schülerfragen zum neuen Schuljahr beantwortete.

Sorgfältig schrieb David den Stundenplan von der Tafel ab.

»Du hast aber eine schöne Schrift«, sagte Merlin plötzlich.

David erstarrte. Er dachte an seine Mitschüler in Hamburg, die ihn immer wegen seiner ordentlichen Schrift ausgelacht hatten. Irgendwie stimmte es ja auch, er hatte eine richtige Mädchenschrift.

»Wenn ich so schreiben müsste, würde ich ja ewig brauchen, bis ich was fertig hätte«, fügte Merlin noch hinzu.

David sah ihn an. Er suchte nach einem Anzeichen, dass sein Nachbar ihn hochnehmen wollte, fand aber keines. Trotzdem versuchte er abzulenken: »Wenn du überhaupt nichts schreibst, bin ich auch mit Hammer und Meißel schneller.«

Merlin zog eine Augenbraue hoch. »Du bist aber kein Streber, oder?«

David hielt die Luft an, dann sagte er: »Ich hoffe nicht.« Natürlich war er ein Streber. Dafür haben sie ihn in Hamburg immer gehasst. Aber das konnte er wohl kaum zugeben.

»Gut.« Merlin grinste ihn an. »Aber so schlecht wäre es gar nicht, dann würde ich hier hinten nämlich mal was mitbekommen.«

»Vielleicht – ich kann dir ja helfen«, sagte David unsicher. Mit solchen Sätzen stärkt man bestimmt nicht den Eindruck eines harten Typen, dacht er sich.

»Für den Anfang würde es reichen, wenn du mir deinen Stundenplan kopierst. Noch ist er ja gleich.«

»Wieso noch?«, fragte David sofort.

»Na, nächstes Halbjahr können wir dann wählen, was wir weiter belegen.« Merlin lächelte. »Hat der Stolte doch gerade eben erklärt. Bist wohl doch kein Streber, was?«

»Scheint so«, sagte David und freute sich, dass man ihn als unaufmerksam einstufte. Das Image des Strebers wollte er nun wirklich nicht mehr.

»Wegen vorhin«, fing Merlin an. »Tut mir leid.«

»Was tut dir leid?«, fragte David verwirrt.

»Na, wegen der dummen – Aktion. Das mit dem Feuer. Ich meine, für normal rauche ich nicht, aber ...«

»Aber«, unterbrach David ihn, »heute hattest du mal Bock drauf und ich hatte kein Feuer. Da muss ich mich doch entschuldigen, oder?«

Merlin zögerte. Dann sagte er: »Ja«. Sofort zuckte er aber zusammen. »Nein, natürlich nicht. Ich meine, ja, ich wollte mal eine rauchen, aber ich finde es gut, dass du – kein Feuer hattest.«

»Da habe ich ja was Gutes getan«, sagte David. Er merkte, dass er lockerer wurde. Dieser Merlin schien ganz nett zu sein.

Aus den Augenwinkeln nahm David eine Bewegung wahr. Kurz darauf landete wieder ein Briefchen auf dem Tisch und rutschte über den Rand. Das Mädchen schräg gegenüber lachte laut auf, was ihr die Aufmerksamkeit des

Lehrers einbrachte. Und dann sah David, dass die Luftpost geradewegs zwischen seinen Beinen lag.

»Ähm«, flüsterte Merlin, »der ist sicher für mich.«

David wurde rot. Schnell nahm er den Zettel aus seinem Schritt und reichte ihn weiter.

9

Merlin beobachtete den Neuen verstohlen. Seine Mutter hatte recht gehabt, er sah süß aus, auch wenn er das selbst nie so sagen würde. Besonders gefielen ihm die braunen Augen. Merlin liebte braune Augen. Davids Braun waren nicht dunkel, sondern strahlten einen hellen erdigen Ton aus. Wie Sonnenlicht auf Herbstlaub. Sofort musste er über diesen schwülstigen Vergleich grinsen. Wenn er das seiner Mutter erzählte, würde sie ihn wieder als hoffnungslosen Romantiker abstempeln. Wahrscheinlich hatte sie damit sogar recht, auch wenn er sich selbst nicht so fühlte.

Er wartete noch einen Moment, bis David sich etwas notierte, dann faltete er das Zettelchen auseinander. *Klappt doch! Ich weiß gar nicht, wovor du immer Panik schiebst.* Grinsend sah er zu Linda auf. Sie machte eine gewinnende Geste.

»So, Linda wiederholt jetzt noch mal für alle, was ich gerade gesagt habe«, erhob Stolte seine Stimme.

Linda sah ihn mit großen Unschuldsaugen an. Aber wie immer würde der Lehrer nicht mehr auf diese Masche hereinfallen.

»Linda?«, sagte er fordernd.

Sie sah sich kurz hilflos um, entschied sich dann aber für die Wahrheit. »Ich habe nicht aufgepasst.«

»Das habe ich gemerkt.« Stolte sah sie beleidigt an. »Wie wollen Sie mit einem solchen Verhalten das Abitur bestehen?«

»Ach, wissen Sie, bis dahin kann man noch viel lernen.« Linda grinste ihn frech an.

»Warten Sie nicht zu lang damit. Erkundigen Sie sich bei Ihren Mitschülern, wo Sie die Bücher herbekommen.« Stolte wies an die Tafel, an der ein paar Titel standen. »Und für Sie da hinten«, richtete er sich an Merlin, »gilt das natürlich genauso.«

»Na klasse«, murmelte Merlin und beugte sich zu David hin. »Das ist immer so, wenn Linda eins drauf bekommt, dann ich auch. Irgendwie gelten wir hier als eine Person.«

»Ist das deine Freundin?«, fragte David.

»Nein – also, wir sind nur Freunde.« Merlin überlegt, ob diese Antwort vielleicht blöd klang. Aber David nickte und notierte sich etwas, das Stolte gerade gesagt hatte. Er würde noch früh genug von den anderen über Merlins sexuelle Ausrichtung aufgeklärt werden. Sowas sprach sich immer sehr schnell rum. Vielleicht sähe es aber besser aus, wenn er es ihm selbst sagte. Dann würde er auch verstehen, weshalb er sich für die billige Anmache mit der Zigarette entschuldigt hatte. Mal sehen, Linda wusste doch sonst immer was zu tun war – er würde dann konsequent das Gegenteil machen. Ein Schmunzeln zog sich über sein Gesicht, als er das so auf den Zettel schrieb und wieder zurück warf.

Ein paar Minuten später kam das Briefchen zurück und landete wieder bei David. Merlin war sich ziemlich sicher, dass Linda das mit voller Absicht machte und ihm entging auch nicht, dass sein neuer Tischnachbar wieder leicht rot wurde. Bestimmt fragte er sich, was er hier mit Linda zu schreiben hatte. Merlin faltete das Papier unter Ausschluss der Öffentlichkeit auseinander. *Na klar. Sag's ihm. Besser als wenn er es von anderen erfährt.*

Merlin überlegte lange. Sollte er es ihm wirklich so einfach vor den Latz knallen? Was ging es ihn überhaupt an? Er selbst wollte ja auch nicht wissen, mit wem andere in die Kiste gingen – obwohl, in diesem Fall interessierte ihn das sogar mal. Er schrieb: *Ich weiß nicht. Ich warte mal ab, ob sich eine Gelegenheit ergibt. Meinst du er ist auch schwul?* Dann knüllte er das Papier wieder zusammen und warf es zurück. Als sie es las, sah sie auf und verdrehte die Augen. Merlin wusste sofort, was sie dachte. Machte er sich die Sache wirklich immer zu kompliziert? Mensch, er kannte diesen David doch noch nicht mal eine Stunde.

Frag ihn, wenn du es wissen willst!, schrieb Linda zurück. Das war mal wieder typisch für sie. Kaum ahnte sie, dass man ihre Vorschläge nicht annehmen würde, wurde sie bockig und verweigerte sich. Dabei wusste Merlin, dass es für sie nichts Schöneres gab, als eben solche Spekulationen. Wenn er da an ihre gemeinsamen Abende in den Ferien dachte ... In stundenlangen Gesprächen hatten sie erörtert, wer aus der Klasse schon mal Sex gehabt hatte und wer nicht, wer worauf stand und wer mit wem zusammen passen würde.

»Was willst du wissen?«, fragte David plötzlich und riss ihn aus seinen Gedanken. Dann bemerkte Merlin den Blick seines Tischnachbarn. Er hatte den Zettel dummerweise offen liegen lassen.

»Ach.« Merlin schluckte. Was sollte er ihm nun sagen? »Das ist – also – ich hab da ein wenig Stress mit einem – Bekannten von Linda«, sagte er. »Da hab ich sie einfach mal gefragt, ob der mich nicht leiden kann.«

»Oh«, machte David und wandte sich wieder ab. Doch Merlin wurde das Gefühl nicht los, dass seine Ausrede absolut nicht glaubwürdig war. Irgendwie hatte er ein Talent dafür, sich mit solchen Geschichten immer tiefer reinzureiten. Sie kannten sich noch nicht mal wirklich und schon musste er eine Lüge nach der anderen auftischen. Richtig romantisch.

»Wieso bist du eigentlich von Hamburg hier runter?«, fragte er schnell, um wieder ein harmloses Gespräch herzustellen.

»Mein Vater hat hier einen neuen Job bekommen – bei Elco.«

»Eloquent Collectors GmbH?« Merlin riss die Augen auf.

»Ja, ich glaube dein Vater arbeitet da, oder?«

Jetzt war Merlin sprachlos. »Also – ja, aber – nein, er ist nicht mein Vater. Ist der Freund von meiner Mutter.«

»Oh, mein Vater meinte, dass sein neuer Chef mit seiner Familie gleich gegenüber wohnen würde, da dachte ich ...«

»Woher weißt du – Moment ...« Ihm fiel ein, dass seine Mutter gesagt hatte, dass Paolo ein neuer Geschäftsführer unterstellt würde. Dazu kam dann ihr Hinweis, dass gegenüber neue Leute eingezogen sind und der Junge ...

»Wir sind Nachbarn?«, fragte er endlich fassungslos.

»Sieht so aus«, sagte David. »Zumindest habe ich dich gestern in das Haus gegenüber gehen sehen.«

»Das ist ja ein Zufall!«

»Hat dein Vater – also, ähm – hat er denn nichts gesagt?«

»Nee, sonst würde ich doch nicht so dämlich gucken«, sagte Merlin und lachte. »Dass wir Nachbarn sind, ist aber eigentlich vollkommen logisch. Die Häuser in unserer Straße gehören ja der Elco. Also kein Zufall. Witziger ist da schon, dass wir jetzt auch noch zusammen in einer Klasse sitzen.«

»Die beiden Herren in der letzten Reihe dürfen jetzt auch gern wieder ihre Aufmerksamkeit nach vorn richten«, sagte Stolte ein wenig ungehalten.

Sie waren augenblicklich still. Merlin tat sofort so, als würde er sich nun endlich die wichtigen Informationen von der Tafel abschreiben. Dabei schrieb er nur einen weiteres Zettelchen für Linda. Er musste ihr die unglaublichen Nachrichten sofort mitteilen. Aber noch bevor er fertig war, klingelte es zur Pause. Mit einem Mal sprang die komplette Klasse auf und packte ihre Sachen zusammen.

»Was ist denn jetzt los?«, fragte David verwirrt.

»Ihr könnt die Sachen ruhig liegen lassen, wir treffen uns gleich wieder hier«, rief Stolte und wartete an der Tür.

»Na, wir müssen raus«, sagte Merlin und knüllte das Stück Papier zusammen, um es in der Hosentasche verschwinden zu lassen.

»Was?« David war vollkommen perplex. »Wir dürfen nicht in der Pause im Klassenzimmer bleiben?«

Merlin lachte. »Nein. Durfte man das etwa an deiner bisherigen Schule?«

»Natürlich«, sagte David.

»Tja, hier darf man das leider nicht. Hat irgendwas mit der Brandschutzversicherung zu tun. Wenn du mich fragst: Totaler Schwachsinn.«

»Das heißt, wir müssen jetzt die kompletten zwanzig Minuten draußen verbringen?« David konnte es nicht glauben.

»Genau das bedeutet es. Oder du versuchst einen Platz in der Caffeteria zu bekommen. Aber das ist so gut wie aussichtslos.«

»Mensch, wo machen wir denn unsere Hausaufgaben, wenn wir nicht mal in der Klasse bleiben können?«

»Also doch ein Streber«, lachte Merlin. »Wenn du dir schon Sorgen um die Hausaufgaben machst, na dann Prost Mahlzeit.«

Linda kam zu ihnen rüber und fragte: »Kommst du mit ihr die Raucherecke?«

Merlin überlegte. Irgendwie wollte er nicht sofort zusagen. Er hatte das Bedürfnis bei David zu bleiben. »Kommst du mit?«, fragte er ihn.

Aber David schüttelte den Kopf. »Danke, ich rauche nicht. Ich denke du auch nicht?«

»In der Raucherecke kann man nicht nur rauchen«, sagte Linda und zwinkerte ihm zu. »Oder, Lin?«

Merlin wurde schlagartig unwohl. Das war wieder so typisch, dass sie ihn vor Fremden bei seinem Spitznamen nennen musste.

»Lin?«, fragte David auch sofort.

»Das ist sein Spitzname, niedlich, was?«, erklärte Linda.

Merlin atmete tief durch. Manchmal dachte er darüber nach, ihr die Freundschaft zu kündigen.

»Passt eher zu dir, oder?«, sagte David. »Ich meine, wegen Lin-da.«

»Also ich finde, das passt genauso gut bei Mer-lin«, antwortete Linda. »Aber sicher ist das auch ein Grund, weshalb Lin und ich so gut befreundet sind. Wir haben ja praktisch den gleichen Spitznamen, wenn man so will.« Sie grinste. Das Wort ›befreundet‹ hatte sie besonders deutlich hervorgehoben.

»Können wir jetzt vielleicht ...«, fing Merlin an, wurde aber von Stolte unterbrochen.

»Wenn die Herrschaften nun auch langsam das Zimmer verlassen könnten. Ich möchte abschließen.«

10

Als um vierzehn Uhr die letzte Stunde vorbei war, fühlte sich David erleichtert. Der Tag hatte sich nicht so schlimm gestaltet, wie er es sich vorgestellt hatte. Zumindest hatte er nicht damit gerechnet, so schnell Leute zu finden, mit denen er sich überhaupt unterhalten konnte. Aber das änderte nichts an der Tatsache, dass es ein anstrengender Tag gewesen war. Es war gar nicht so leicht, sich an seine eigenen Vorgaben zu halten und kein Weichei mehr zu sein. Trotzdem hatte ihn niemand wegen seiner eher dürftigen Rolle blöd angemacht. Ganz im Gegenteil, Linda hatte gesagt, dass sie Machotypen nicht leiden konnte, sie stünde eher auf Leute mit Grips. Und Merlin schien ja nicht so der Draufgänger zu sein.

»Hast du eigentlich eine Freundin?«, fragte Linda, die plötzlich vor ihm stand.

»Nein.« David schüttelte den Kopf und packte nebenher seine Sachen ein.

»Ziemlich ungewöhnlich in deinem Alter, oder?« Sie zwinkerte ihm zu.

»Warum?«, fragte David verwirrt. Natürlich ahnte er, worauf sie hinaus wollte.

»Na, ich meine, für jemanden, der aussieht wie du ...«

»Ach, Linda, jetzt wird's langsam albern«, sagte Merlin plötzlich. Er schwang sich gerade den Rucksack auf den Rücken.

»Warum denn das?«, wollte Linda empört wissen. »Ist doch nun mal so. Jungs, die gut aussehen, die haben auch eine Freundin.«

»Ziemlich oberflächlich, oder?« Merlin sah mit einem Mal irgendwie genervt aus. »Lass es einfach, okay?«

David wusste nicht, was er dazu sagen sollte. Es hatte plötzlich den Anschein, als sei Merlin wegen irgendwas sauer. Vielleicht war er eifersüchtig? Aber warum hatte er dann gesagt, dass Linda nicht seine feste Freundin war?

»Na, dann werde ich euch mal allein lassen. Bis morgen«, sagte Linda, drehte sich um und ging.

»Was – was war das denn jetzt?«, fragte David hilflos.

»Ach, manachmal hat sie so Anfälle«, sagte Merlin knapp und ging aus dem Klassenzimmer.

David stand noch einen Moment an seinem Platz und sah vollkommen perplex hinterher. Dann nahm auch er seine Tasche und lief auf den Gang. Von Merlin oder Linda war nichts zu sehen. Er hoffte nur, dass er die beiden nicht irgendwie verärgert hatte. Das wäre ja ein gelungener Start. Dann sah er aber, dass Merlin am Schultor auf ihn wartete.

»Ich glaube, Linda ist wegen irgendwas eingeschnappt«, sagte er nur. Dann gingen sie zusammen um die Schule herum über die Wiese. David dachte einen Augenblich darüber nach, ob sie sich nicht vielleicht auf die Bank setzen sollten. Sie könnten sich ein wenig unterhalten. David wollte mehr darüber erfahren was zwischen Linda und Merlin ablief.

»Irgendwie – also – man hat das Gefühl, dass ihr doch – zusammen seid«, sagte David schließlich, als sie an der Bank vorbeigingen.

Merlin blieb wie angewurzelt stehen. Dann lachte er. »Nein, wir sind nur beste Freunde.«

Das Lachen beruhigte David. Es hatte etwas Ehrliches. »Ich dachte nur, weil ihr – so ...«

»Heißt aber nichts«, sagte Merlin schnell. Dann ging er weiter den kleinen Weg an der Trauerweide vorbei zur Straße.

David lief missmutig hinterher. Gern würde er sich noch mit Merlin unterhalten, noch mehr von ihm erfahren. Aber gerade hatte er das Gefühl, dass Merlin ihm auswich.

Als sie oben zwischen ihren Häusern standen, drehte sich Merlin noch mal um. Er schien über etwas nachzudenken. So, als ob er ihm noch etwas sagen wollte, sich dann aber doch nicht traute.

»Ja?«, fragte David, um ihn zu ermutigen. Aber Merlin hatte sich bereits entschieden.

»Nichts. Schon gut.« Er lächelte. »Ich denke, ich geh jetzt wohl besser nach Hause.«

»Okay.« Was anderes fiel David nicht ein. Er wollte auf keinen Fall den Eindruck vermitteln, dass er sich aufdrängte.

»Dann – guten Heimweg«, sagte Merlin, drehte sich um und lief auf das Backsteinhaus zu.

David ging ebenfalls nach Hause. Am liebsten hätte er Merlin noch hinterhergeschaut, bis er tatsächlich hinter der Tür verschwunden war. Aber das hätte für einen möglichen Beobachter sicher komisch ausgesehen. Sofort kontrollierte David, ob seine Mutter vielleicht aus dem Fenster schaute. Erleichtert stellte er fest, dass dem nicht so war. Dafür kam sie sofort angelaufen, als er die Tür aufschloss.

»Hallo Davi, wie war die Schule?«

»Wie immer, Mam.« Ohne ein weiteres Wort stürmte er hinauf in sein Zimmer. Natürlich war ihm klar, dass er seine Mutter nicht einfach so würde abspeisen können. Erst recht nicht, nachdem er sich gestern Abend schon so untypisch benommen hatte. Aber er wollte trotzdem als erstes einen Blick nach drüben werfen. Jetzt, da er mit Merlin in eine Klasse ging, würde sich die Spannung zwar schnell legen, aber vorerst brannte er noch darauf, seinen Nachbarn ein wenig unter die Lupe zu nehmen. Achtlos ließ er seine Tasche auf den Boden fallen und beugte sich vor das Fenster, das Fernglas fest in der Hand. Doch zu seiner Enttäuschung fand er Merlins Zimmer leer vor. Auch in der Küche hielt sich niemand auf. Zumindest nicht für ihn sichtbar.

Es klopfte an der Tür. Mit einem Seufzer ließ er das Fernglas sinken. »Ich komme jetzt runter.«

Trotzdem sah seine Mutter kurz herein. »Ich habe das Essen fertig.«

»Ja, Mam, ich komme doch jetzt. Lass mir nur einen Moment ...«

»Wir warten, Schatz.« Sie sah ihn fragend an.

»Wir?« David war verwirrt.

»Dein Vater und ich. Er wird seine Mittagspause jetzt immer so spät nehmen, damit wir gemeinsam essen können. Das ist doch großartig, oder nicht?«

David lächelte angestrengt. »Großartig«, sagte er, »ich bin sofort unten.«

Seine Mutter nickte und verschwand. Das hatte ihm gerade noch gefehlt. Bisher galt immer nur das Wochenende als Pflichtprogramm, was das gemeinsame Mittagessen anging. Aber jetzt arbeitete sein Vater nur ein paar Minuten entfernt, da war es doch fast logisch, dass er zum Essen nach Hause kam und sie selbstverständlich alle zusammen bei Tisch sitzen mussten. Missmutig trottete er hinunter. Am liebsten würde er gleich klarstellen, dass er keine Lust hatte, auch noch mitten in der Woche diesen Familienpflichten, wie seine Mutter es immer nannte, nachzukommen.

»Da bist du ja endlich. Ich habe dir schon was aufgetan«, sagte seine Mutter und winkte ihn an den Tisch. »Komm, dein Vater hat nicht ewig Zeit.«

»Machen – machen wir das jetzt immer so?«, fragte David vorsichtig an. Er wollte seiner Mutter nicht schon wieder auf die Füße treten.

»Hier zusammen essen?« Seine Mutter strahlte über das ganze Gesicht. »Es ist doch wirklich schön, dass wir das jetzt können, oder nicht?«

Sein Vater räusperte sich. »Also meinetwegen musst du nicht mit uns zusammen essen«, sagte er. »Es reicht, wenn deine Mutter und ich ...«

»Ach, natürlich isst David mit. Das passt doch alles wunderbar.« Damit fegte seine Mutter das Thema vom Tisch und David beschloss zumindest für heute nichts mehr dazu zu sagen. »Aber jetzt erzähl doch mal, wie es an der neuen Schule war«, drängelte sie.

»Gut«, antwortete David und stopfte sich den Mund mit Kartoffeln voll, in der Hoffnung, so vielleicht nicht mehr reden zu müssen.

»Jetzt hör sich einer das an«, sagte seine Mutter. »Gut! Mehr nicht.«

»Schulen werden sich nicht sonderlich unterscheiden«, sagte sein Vater. »Ob man nun in Hamburg was lernt, oder hier, ist doch völlig gleich.«

»Trotzdem würde ich gern mal ein paar Worte hören. Es interessiert mich.«

»Paps hat recht«, sagte David schließlich, damit nicht wieder Streit aufkam. »Im Großen und Ganzen ist alles wie immer. Außer, dass ich jetzt in die Elfte gehe und in zwei Jahren mein Abitur habe.«

»Und wie sind deine Mitschüler?«

»Jetzt nerv den Jungen nicht, Hanne, das Essen wird noch kalt vor lauter Fragerei.«

Einen Moment lang überlegte David, ob er seinen Eltern erzählen sollte, dass der Nachbarsjunge ausgerechnet in seine Klasse ging. Aber er entschied sich dagegen. Sicher würde sein Vater ihm raten, sich von dem Jungen fernzuhalten, und seine Mutter würde es absolut interessant finden und ihn mit etlichen weiteren Fragen löchern.

»Eins ist aber wirklich anders«, sagte David stattdessen. »Wir dürfen hier in den Pausen nicht im Gebäude bleiben. Hat irgendwas mit dem Brandschutz zu tun oder so. Das ist mal wirklich albern.«

»Also ich finde das gar nicht mal schlecht«, sagte seine Mutter sofort. »So kommt ihr wenigstens an die frische Luft. Und wenn es sicherer ist, dann sollte man absolut nicht dagegen sein, oder was meinst du, Ansgar?«

»Ich hoffe, die haben wenigstens einen Aufenthaltsraum für euch«, sagte sein Vater, ohne auf die Frage zu reagieren. »Sonst wird es sicher ungemütlich im Winter.«

»Gibt es wohl. Soll aber ziemlich klein sein«, sagte David.

»Na, noch ist es ja nicht kalt«, lachte seine Mutter und beendete damit das Gespräch.

Als David wieder oben in seinem Zimmer ankam, schnappte er sich als erstes das Fernglas und spähte auf die andere Seite. Noch immer konnte er nichts von Merlin sehen. Irgendwie frustrierte ihn das. Aber was hatte er sich erhofft? Wenn, dann würde er eh lediglich einen Jungen sehen, der an seinem Schreibtisch saß und die Aufgaben erledigte, die sie heute für Mathe aufbekommen hatten. Aber das würde ihm schon reichen. Im Grunde war das aber mehr als absurd. In der Schule saß er doch gleich neben Merlin. Er konnte ihn aus nächster Nähe beobachten. Also stellte er das Fernglas weg und packte sein Mathematikbuch aus. Eigentlich gab es für ihn nicht wirklich was zu lernen. Die einfachen Ableitungen hatte er bereits in Hamburg als Abiturvorbereitung durchgenommen. Hier in Neuss schienen sie noch nicht so weit zu sein. Trotzdem schlug er sein Buch auf und schrieb die Aufgaben sorgfältig in sein Heft. Bei dem Gedanken, dass Merlin ihn wieder auf seine Handschrift ansprechen könnte, musste er grinsen. Vielleicht sollte er sich gerade deshalb besonders Mühe geben? Nach zwanzig Minuten stand er wieder auf und ging zum Fenster. Doch auch ohne Fernglas wusste er, dass er nichts sehen würde. Ratlos blieb er stehen und betrachtete den blauen Himmel. Was sollte er jetzt machen? Allein raus und durch die Stadt? Er würde beizeiten die Gegend auskundschaften müssen. Aber heute hatte er keine Lust dazu. Vielleicht würde er sich mit einem Buch ins Bett legen. Doch gerade, als er das Fernglas aus der Hand legen wollte, öffnete sich gegenüber die Haustüre und Merlin kam heraus – mit seiner Sporttasche. Mensch, warum hatte er ihn denn nicht gesehen? Dummerweise musste er wohl genau die Augenblicke abgepasst haben, in denen sich Merlin gerade nicht in seinem Zimmer befunden hatte. Er betrachtete die Kehrseite des Jungen, während dieser die Tür abschloss. Dann ging Merlin lässig die Straße hinunter. Erst als er außer Sicht war, wandte sich David vom Fenster ab. Gelangweilt ließ er sich auf sein Bett fallen. Jetzt, da er wusste, dass er Merlin gegenüber nicht mehr beobachten konnte, schien ihm die Welt noch trostloser als zuvor. Irgendwie seltsam, denn in Hamburg hatte er auch niemanden gehabt, mit dem er sich beschäftigen konnte. Vielleicht sollte er sich einfach ein neues Hobby suchen. Eins, das nichts mit Lesen oder Fernsehen oder Computer zu tun hatte. Ruckartig setzte er sich auf. Er hatte wieder Merlins Sporttasche vor Augen. Vielleicht sollte er ihm einfach folgen und sich dann ebenfalls dort anmelden. Weniger aufreibend wäre es natürlich, wenn er Merlin einfach fragte, ob er ihn nicht mal mitnehmen könnte. Zufrieden ließ sich David wieder zurückfallen.

11

Als es draußen dämmerte, lag David wieder auf der Lauer. Da er nicht wusste, wie lange Merlin für gewöhnlich Sport trieb, hatte er sich zur Vernunft gezwungen. Warten brachte absolut gar nichts, außer, dass er am Ende seine Zeit vertrödelte. Also hatte er mehr oder weniger interessiert in einem Buch gelesen. Nun aber brannte drüben wieder Licht. Merlin saß an seinem Schreibtisch und schrieb. Erst hatte David vermutet, dass er die Hausaufgaben für Mathe machte, aber es musste doch etwas anderes sein, denn mit denen hätte er sich längstens eine halbe Stunde aufhalten dürfen. David überlegte. Was könnte Merlin sonst schreiben? Gestern hatte Merlin auch schon dagesessen und geschrieben. Er hatte gedacht, der Junge würde sich für den heutigen Tag vorbereiten, aber nachdem er diesen ja gewissermaßen mit ihm zusammen verbracht hatte, wusste er, dass sich Merlin absolut gar nicht auf den Schulstart vorbereitet hatte. Dummerweise würde er ihn auch nicht fragen können, was er denn da in seiner Freizeit zu schreiben hatte. Vielleicht einen Brief? David legte das Fernglas weg. Das Spannen machte ihn unausgeglichen. Einerseits verspürte er eine ihm völlig unbekannte Faszination, andererseits hatte er das Gefühl, einfach nicht genug zu erfahren. Dabei hatte er mittlerweile für sich herausgefunden, weshalb er sich mehr für das Nachbarzimmer als für das Fernsehprogramm interessierte. Es war der Einblick in ein Privatleben, in das er normalerweise nicht hineinschauen konnte. Dass er Merlin jetzt auch richtig kennenlernte, nahm der Sache dabei wider Erwarten nicht die Spannung. Er würde vergleichen können, wie sich Merlin verhielt, wenn er allein war und wie, wenn er in der Schule war. Das war eine ungeheuer spannende Sache. Zumindest für die erste Zeit. Wenn der Junge weiterhin nur an seinem Schreibtisch sitzen würde, wäre ihm die Spannerei sicher auch bald zu langweilig.

David nahm das Fernglas wieder zur Hand. Ein Blick zu Merlin bestätigte, dass dort nichts sonderlich Aufregendes passierte. Doch dann trat plötzlich die rothaarige Frau ins Zimmer und sagte etwas. Merlin antwortete, ohne sich umzudrehen. Danach schloss sich die Zimmertür wieder und die Frau war verschwunden. Gerade wollte David das Fernglas wieder beiseitelegen, als sich die Haustüre unten öffnete und Merlins Mutter, wie er vermutete, hinaustrat. Sie hielt eine Sporttasche in der Hand. Verdammt sportliche Familie, dachte David und bekam automatisch ein schlechtes Gewissen. Was würde Merlin wohl zu seiner schlechten Verfassung sagen, wenn er zum ersten Mal mit ihm zum Sport ging? Sport war für David seit jeher nicht sonderlich interessant gewesen – erst recht nicht an der Schule. Vielleicht wäre es besser, wenn er sich doch ein anderes Hobby suchte, oder ein eigenes Fitnesscenter. Sicher würde er sich vor Merlin nur blamieren.

Die Frau verließ in Richtung Hauptstraße sein Sichtfeld. Als David seinen Blick wieder auf Merlins Zimmer schwenkte, war es leer. Er musste augenblicklich grinsen. Natürlich. Sobald das Haus sturmfrei war, machte man erst mal das, wozu man eigentlich Lust hatte. Nur, wozu hatte Merlin wohl gerade Lust? Kurz darauf ging in der Küche das Licht an. Merlin trat an den Kühlschrank und trank ein Glas Milch. Na, das war aber nicht gerade spektakulär, dachte sich David. Dafür musste selbst er nicht warten, bis seine Mutter aus dem Haus war.

Ein Mercedes fuhr am Haus vorbei und hupte. Dann lenkte der Fahrer auf die Garage vor dem Haus zu. David schwenkte zu Merlin zurück. Der stand noch immer in der Küche, sah auf seine Armbanduhr und stellte das Glas weg. Offensichtlich war er wohl verabredet. Zumindest vermutete David das. Allerdings machte Merlin keine Anstalten, das Haus zu verlassen. David sah wieder zu dem Mercedes hinunter. Ein Mann stieg gerade aus.

»David?« Es klopfte an der Tür.

Mit einem leisen Stöhnen stellte er das Fernglas ab. »Ja?«

»Willst du noch irgendwas?«

»Nein, danke«, antwortete er und hoffte, dass seine Mutter sich damit zufriedengeben würde.

»Ist gut«, sagte sie zu seiner Überraschung und verschwand wieder nach unten.

Erleichtert nahm er seine Beobachtungen wieder auf. Der Mann war mittlerweile schon im Haus. Er stand mit Merlin zusammen in der Küche und nahm sich ebenfalls ein Glas Milch. David fixierte den Mann. Er hatte zwar einen Anzug an, sah aber dennoch recht jung und sportlich aus – auf jeden Fall deutlich jünger als Merlins Mutter. Damit war der Kerl schon mal nicht Merlins Vater. David fiel ein, dass Merlin eh gesagt hatte, dass seine Mutter nicht mit seinem richtigen Vater zusammen war.

Merlin verließ die Küche und tauchte wenig später oben in seinem Zimmer wieder auf. Jetzt würde er sich wieder an den Schreibtisch setzten und das war es, dachte David. Doch zu seiner Überraschung zog sich Merlin das Shirt über den Kopf und begann sich zu entkleiden. »Na holla!«, murmelte David überrascht. Drüben schien es doch noch interessant zu werden. Nur mit Unterhose bekleidet, ließ sich Merlin auf sein Bett fallen und blieb liegen. Was denn jetzt? David richtete das Fernglas auf die Küche, doch da war das Licht mittlerweile wieder erloschen. Schnell rückte er den Ausschnitt wieder hoch und sah gerade, wie sich der Mann in Merlins Zimmer ebenfalls entkleidete. Sein Mund wurde vollkommen trocken und klappte auf. Er konnte nicht glauben, was er gerade sah. Das überstieg seine kühnsten Fantasien. Ein Schauer brachte seine Haut zum Kribbeln. Der Mann hatte sich mittlerweile komplett entkleidet und stand nun völlig nackt vor dem Bett. Machohaft streckte er die Arme in die Luft, während sich Merlins Kopf auf seine Körpermitte senkte.

Nach Luft schnappend ließ David das Fernglas fallen. Er konnte es nicht fassen. Wie konnte Merlin ... David schüttelte den Kopf. Jetzt erst verstand er die ganzen Anspielungen von Linda und Merlins ausweichendes Verhalten, was eine mögliche Beziehung mit ihr anging. Merlin war schwul. Und das schockte ihn noch mehr, als die Tatsache, dass er ihn bei sexuellen Aktivitäten mit einem anderen Mann beobachten konnte. Er hatte sich wohlgefühlt, Merlin als

Ansprechpartner in der Klasse zu haben. Es hatte sich gut angefühlt, einen Jungen als Kontakt zu haben, jemanden, der in der Klasse als cool galt – und Merlin war irgendwie cool. Aber jetzt? David wurde schlecht. Er hatte sich zielsicher mit einem Schwulen bekannt gemacht! Das entsprach absolut nicht seinen Vorstellungen von einem Neustart in der Schule. Jetzt würde er in Zukunft nicht nur selbst wieder ein Verlierer sein, sondern auch noch die Spötteleien über Merlin ertragen müssen. Er holte tief Luft. Moment. Er war hier nicht in Hamburg. Niemand hatte ihn heute als Schwuchtel beschimpft. Und auch Merlin war nicht attackiert worden. Dabei war es offensichtlich, wenn man es denn erst mal wusste. Lindas Gerede hatte eigentlich die ganze Zeit darauf hingewiesen. Nach und nach wurde ihm auch klar, dass sie ihn nicht hatte anbaggern wollen. Sie wollte herausfinden, ob er genauso war – so wie Merlin. David schluckte schwer. Aber er musste sich eingestehen, dass er sich mit Merlin und Linda sehr viel wohler gefühlt hatte, als damals mit irgendeinem seiner Mitschüler in Hamburg. David dachte an seine Handschrift, die Merlin so toll fand – und an den Zettel, auf dem stand: *Frag ihn, wenn du es wissen willst!*

Auf der anderen Straßenseite kniete Merlin bereits auf dem Bett, während der Mann hinter ihm stand und seine Lenden gegen Merlins Hintern presste. David sog diesen Anblick in sich auf. Noch nie hatte er gesehen, dass sich zwei Männer dem Liebesakt hingaben. Natürlich, Fantasien spukten zur Genüge in seinem Kopf herum, und anreizende Bilder aus dem Internet kannte er ebenfalls. Aber in der Wirklichkeit war ihm sowas noch nicht begegnet. Er als Außenseiter hatte nicht mal an pubertären Spielchen teilgenommen. Und jetzt sah er seinen Nachbarn, seinen Klassenkameraden, wie er sich lustvoll diesem Typen hingab. Der hatte einfach abgewartet, bis die Mutter aus dem Haus war, um mit seinem heißen Schlitten anzurauschen und sich in diesen schönen Jungen zu versenken. David beobachtete wie die Körper voller Lust aufeinanderprallten. Besonders liebevoll sah es ja nicht aus. Als David Merlins abstehendes Glied bemerkte, ließ er das Fernglas verschämt sinken. Erst jetzt wurde ihm klar, wie tief er in die Privatsphäre seines Nachbarn eingedrungen war. Es gefiel ihm, wenn er Merlin beobachtete, wie er sich abends auszog, um zu Bett zu gehen. Aber das jetzt, das war etwas anderes. Das war ernst. Jetzt fühlte er sich wirklich wie ein Spanner. Sein Schuldgefühl verstärkte sich noch, als er seine eigene Errektion bemerkte. Trotzdem lockte es ihn, wieder durch das Fernglas zu sehen und mitzuerleben, wie jemand anderes seine sexuellen Wünsche auslebte. Es war einfach unglaublich, dass es Menschen in seinem Umfeld gab, die das machten, wovon er nur träumen konnte. Einfach unvorstellbar, dass es Homosexualität nicht nur in Büchern oder gestellten Bildern gab, sondern im echten Leben. Eine elektrisierende Erkenntnis, die seine Haut kribbeln ließ.

Als er wieder nach drüben blickte, lag Merlin auf dem Rücken und schlang seine Beine um den Körper des Mannes, der auf ihm lag. Es beruhigte David, dass er die primären Geschlechtsorgane nicht mehr sehen konnte. Irgendwie ging ihm das doch zu weit. Rein technisch war ihm natürlich klar, was das Heben und Senken des Hinterns zu bedeuten hatte. Allerdings konnte er sich kaum vorstellen, wie es sich anfühlte, wenn ...

Es klopfte an der Tür.

»Ja?«, rief David vollkommen panisch und warf das Fernglas auf sein Bett.

Die Tür öffnete sich und seine Mutter kam herein. Schnell drehte sich David zum Fenster, damit sie die Beule in seiner Hose nicht sehen konnte. Automatisch fiel sein Blick wieder in Merlins Zimmer. Auch ohne Vergrößerung konnte man sehr gut sehen, was dort drüben vor sich ging. Hastig riss David an dem Gurt für die Jalousie und ließ den Lichtschutz geräuschvoll hinunter.

»Was ist los?«, fragte seine Mutter konsterniert. Sie knippste das Licht an, während David sich unauffällig über sein mittlerweile wieder auf normale Größe geschrupftes Geschlecht strich.

»Nichts – nichts ist ...«

»Was machst du denn für einen Radau mit dem Fenster?« Sie sah ihn vollkommen verstört an.

»Ich hab das Rollo runtergelassen, damit ich jetzt schlafen kann.«

»Du verhältst dich merkwürdig, David. Ist irgendwas nicht in Ordnung?« Jetzt lag in ihrem Blick eine leichte Verärgerung. »Nimmst du Drogen?«

Fast hätte David laut aufgelacht. Gerade noch rechtzeitig konnte er den Impuls unterdrücken. Wenn er jetzt lachte, würde seine Mutter ihn ganz sicher ins Krankenhaus einliefern lassen, damit sie ihm dort vorsorglich mal den Magen auspumpen konnten.

»Nein«, sagte er so ernst, wie er es gerade noch schaffte.

Sie sah ihn lange prüfend an. Dann nickte sie schließlich. »Gut. Ich – wollte dir eigentlich – nur eine gute Nacht wünschen.«

»Ja, Mam, wünsche ich dir auch.« David legte sich demonstrativ ins Bett. »Kannst das Licht ruhig wieder ausmachen. Ich bin müde.«

Seine Mutter betätigte den Schalter. Nur noch das Licht aus dem Flur drang an ihrer Silhouette vorbei. Dann schaltete sie das Licht wieder ein, als ob sie überprüfen wollte, dass er sich in der Zwischenzeit nicht in Luft aufgelöst hatte. Einen schier unendlichen Moment betrachtete sie ihn noch mal. Dann sagte sie noch mal: »Gute Nacht.«

Trotzdem blieb sie weiterhin in der Tür stehen. »Morgen reden wir mal darüber. Auch über die Schule.«

Endlich schloss sie die Tür und ließ David allein in der Dunkelheit zurück. Sein Herz pochte wild und er hörte nur noch das Rauschen seines Blutes in den Ohren. Es dauerte eine ganze Weile, bis er sich wieder beruhigt hatte. Kurz dachte er darüber nach, noch mal aufzustehen und einen Blick auf die andere Straßenseite zu werfen. Er wollte wissen, ob der Kerl sich anzog und mit seinem Mercedes wieder verschwand. Wie konnte sich Merlin nur sicher sein, dass seine Mutter nicht doch mal etwas vergaß oder früher wieder nach Hause kam? Der

Drang, wieder an dem Geschehen in Merlins Leben teilzuhaben, ließ seine Beine zucken. Doch David blieb starr im Bett liegen. Er würde die Jalousie niemals wieder hochziehen können, ohne dass seine Mutter etwas davon mitbekam. Im Grunde war es ein Wunder, dass sie nicht wieder ins Zimmer platzte, als er sich geräuschvoll umdrehte und zu schlafen versuchte.

12

Merlin lag erschöpft auf seinem Bett. Sein Herz schlug immer noch schnell von der Anstrengung und zwischen seinen Pobacken fühlte es sich feucht an. Nebenan hörte er die Dusche. Seine Zimmertür war wieder geschlossen und auch die Anziehsachen, die nicht ihm gehörten, waren verschwunden. Eigentlich musste auch er duschen, um dieses klebrige Gefühl zwischen den Beinen los zu werden. Aber er hatte keine Lust auf eine Dusche zu zweit. Zudem war es zu gefährlich. Ein Blick auf die Uhr sagte ihm, dass seine Mutter bald wieder nach Hause kommen würde. Also legte er sich so wie er war unter die Bettdecke und löschte das Licht. Von draußen drang graues Licht in sein Zimmer und zeichnete die Konturen nach. Merlin atmete tief ein und aus. Er fühlte sich gut. Es war schön gewesen. Es hatte ihm gefallen und er wusste, dass er es wieder tun würde. Mit einem heftigen Ausatmen schloss er die Augen. Plötzlich sah er das Bild seiner Mutter vor sich, wie sie ihm sagte, dass er sich doch jemanden suchen sollte, mit dem er sein erstes Mal haben konnte. Nun, das hatte er, oder nicht? Vollkommen ohne Liebe, absolut unromantisch, nur Sex, mehr nicht. Trotzdem war es befriedigend, auch wenn Merlin danach lieber nicht allein einschlafen würde. Voller Schuldgefühl drehte er sich auf die Seite, die Bettdecke zwischen seinen Schenkeln eingeklemmt. Er wollte jetzt nicht länger darüber nachdenken. Viel lieber wollte er sich vorstellen, dass er das gerade Erlebte mit jemanden teilen konnte, den er liebte. Spontan fiel ihm sein neuer Nachbar David ein. Merlin malte sich aus, wie es wohl wäre, jetzt hier mit ihm zusammen im Bett zu liegen. Ob der Sex mit ihm genauso sein würde? Wahrscheinlich nicht. Merlin war sich ganz sicher, dass David noch nicht viel Erfahrung hatte. Eigentlich war das ein Thema, das er normalerweise heute Nachmittag mit Linda erörtert hätte. Sie wäre hundertprozentig über diese Spekulationen hergefallen wie ein ausgehungerter Wolf über den Hasen. Letztlich wäre aber nicht viel mehr dabei herumgekommen, als das, was Merlin sich auch ohne Linda dachte. David war noch Jungfrau, fertig. Als nächstes hätte Linda Davids mögliche Homosexualität unter die Lupe genommen. Dieses Thema schien für sie unausweichlich zu sein. Immer wenn sie einen Jungen für schwul hielt, musste sie darüber mit ihm diskutieren, ob er das nun auch so sah oder nicht. In diesem Fall hatte Merlin allerdings nicht die geringste Ahnung. Er hoffte es irgendwie. Aber warum? Wünschte er sich eine Beziehung mit David? Einfach so, nach dem ersten Tag?

Der Romantiker Merlin und die Liebe auf den ersten Blick. Damit könnte seine Mutter ihn wieder aufziehen. Dabei glaubte Merlin absolut nicht daran, dass David ebenfalls schwul war. Das wäre ein zu großer Zufall. Für normal verguckte er sich nämlich immer in die Heterotypen. Warum sollte es diesmal anders sein? Und wenn David wider Erwarten doch auf Jungs stand, dann standen die Karten noch immer nicht sonderlich gut. Er kannte ihn doch überhaupt nicht! Dass sie tatsächlich zusammenpassten, war eigentlich ausgeschlossen. Merlin wälzte sich auf die andere Seite. Der Grundgedanke war schon absurd. David war nicht schwul, egal was Linda ihm da einzureden versuchte. Manchmal war Linda einfach ein bisschen neben der Spur. Überhaupt fand er es absolut kindisch, dass sie heute nicht mit ihm nach der Schule hatte telefonieren wollen, nur weil er sie gebremst hatte. Er fand es nun mal unangenehm, dass sie immer wieder auf sein Outing hindrängte. Dazu die Anspielungen, die wohl David ebenfalls die Gelegenheit geben sollten, sich zu offenbaren. Merlin fand das Verhalten einfach ätzend. Wieso konnte sie nicht einfach mal den Dingen ihren Lauf lassen? Früher oder später würde sie es ja doch erfahren. Aber nein, Linda musste immer alles sofort wissen.

Nebenbei registrierte er, dass es ruhig geworden war im Haus. Das Wasser im Badezimmer plätscherte nicht mehr. Dann hörte er unten die Eingangstür. Seine Mutter. Sicherlich würde sie gleich noch mal bei ihm vorbeischauen. Er hatte sie schon heute Mittag abgewimmelt. Aber Merlin war auch jetzt nicht nach einer Unterhaltung. Er wollte nur allein sein und schlafen. Nicht mehr nachdenken, sondern einfach die Augen zumachen und erst morgen wieder aufwachen. Ein neuer Tag, ein neues Gefühl, eine neue Gelegenheit.

Vorsichtig öffnete sich die Zimmertür. »Lin?«, fragte seine Mutter. »Schläfst du schon?«

»Ja«, sagte er. Das war ihr Ritual, wenn sie noch etwas von ihm wollte, es aber eigentlich zu spät fand.

»Kann ich noch reinkommen?«

Er schwieg. Aber sie zog sich nicht zurück. Also sagte er: »Ich hab schlechte Laune.«

»Warum?«

»Ich weiß nicht.«

»Schlaf einfach, morgen sieht die Welt schon wieder anders aus.«

Er musste über diesen Spruch grinsen. Das sagte sie ihm schon, seit er denken konnte. Und es stimmte, manchmal musste man einfach nur eine Nacht schlafen, damit alles wieder ins Lot kam.

»Ma?«

»Ja?«

Plötzlich wollte er doch nicht, dass sie schon ging. »Deine Idee mit dem Feuer war absolut mies.«

»Ich weiß«, sagte sie und lachte.

»Was?« Merlin setzte sich auf.

»Ich habe euch beobachtet.« Sie kicherte wie ein junges Mädchen. »Schon als ich ihn da sitzen sah, dachte ich mir, dass du niemals fragen würdest. Aber hat ja doch geklappt.«

»Ich find das nicht lustig, Ma!«

»Mensch Lin, sieht doch jeder, dass er nicht der Zigaretten-Typ ist.«

»Woher soll ich das denn wissen? Bin ich etwa Raucher?«

»Zumindest wolltest du es heute Morgen dann doch für einen Moment sein.« Sie klang amüsiert.

»Warum hast du mir das überhaupt vorgeschlagen, wenn du wusstest, dass er überhaupt nicht rauch?«

»Es war ein allgemeiner Tipp, Lin«, versuchte sie sich herauszureden. »Mehr nicht.«

»Aber du wusstest, dass ich ihn bei dem Falschen anwenden würde, oder was?«

»Nun, ich wusste es nicht, aber ich habe gehofft.«

Merlin stöhnte. »Du bist eine Hexe!«

»Ja, ja, ich weiß. Hat es denn wenigstens geklappt?«

»Ich denke, du hast uns beobachtet?«

»Meine Weitsicht hat im Schulgebäude aber ihren Dienst versagt.«

»Ma! Ich hab mich vollkommen blamiert vor dem Jungen!« Merlin konnte es immer noch nicht fassen, dass seine Mutter ihn so guten Gewissens in sein Verderben rennen ließ.

»Lin«, sagte sie wieder ernst. »Du bist manchmal zu unnahbar.«

»Was willst du damit sagen?«

»Dass du manche Jungen gar nicht kennenlernen wirst, weil sie dich für zu cool halten. Ich weiß, dass das bei den jungen Leuten heute ganz wichtig ist, unverletzbar rüberzukommen. Ihr wollt alle als stahlharte Figuren angesehen werden, eindimensional, wie von einer Plakatwand. Aber so funktioniert das zwischenmenschliche Leben nicht.«

Merlin schwieg. Gern würde er ihr widersprechen und behaupten, dass er gar nicht so war. Aber warum machte er sich dann die Mühe, in der Menge nicht aufzufallen, nicht mädchenhaft zu sein? Warum ging er fast täglich zum Sport? Man kam viel besser mit allen klar, wenn man sich anpasste und ohne Kanten in den Reihen verschwand.

»Lin, du hast dich heute vielleicht kurz blamiert, wenn überhaupt. Aber du hast damit gezeigt, dass du nicht perfekt bist. Das macht einen Menschen sympatisch.«

»Das kann man aber auch herausfinden, wenn man ganz normal miteinander redet.«

»Und du hättest ihn angesprochen?«

Merlin überlegte. Natürlich hätte er ihn nicht angesprochen. Ohne den

Schubs seiner Mutter wäre er heute morgen geradewegs an ihm vorbeigegangen. Und in der Schule? Hätte er ihm da noch eine Chance gegeben?

»Er ist auf dich zugegangen, oder?«

»Ja«, sagte Merlin. Seine Mutter hatte ja recht. Ohne diese blöde Aktion säßen sie jetzt in der Schule auch sicher nicht nebeneinander.

»Ist er nett?«

»Ja«, antwortete er wieder.

»Gut«, sagte seine Mutter. »Dann schlaf jetzt und träum schön.« Leise schloss sie die Tür und überließ ihn seinen Gedanken.

Manchmal fand er seine Mutter unheimlich. Sie schien geradezu besessen von dem Gedanken, ihn zu verkuppeln. Aber, und das war das Schlimme, er musste ihr zugestehen, dass sie recht hatte. Er hatte sich heute absolut gegen seine normalen Gepflogenheiten verhalten. Sicher hätte er David ohne diesen Ausfall nicht so schnell kennengelernt.

Trotzdem, seine Mutter war und blieb eine Hexe.

Mit einem Lächeln auf den Lippen und den Gedanken an David im Kopf, schlief er ein.

Dienstag

Zusammen

Fühlst dich schwach
Kannst kaum stehen
Zusammen
Wird's schon gehen
Ich halte dich
Fang dich auf
Zusammen
Du wirst sehen
Ist immer einer da
Der dich
Zusammen
Hält

M. Nagy

13

»Davi! Du musst aufstehen! Es wird langsam Zeit!«, rief seine Mutter durch die geschlossene Tür.

David streckte sich und gähnte. Er hatte lediglich in seiner Unterhose geschlafen. Irritiert fühlte er, dass er unten feucht war. Mit einem Sprung war er aus dem Bett. Er hatte zwar schon oft davon gehört, dass man im Schlaf ... Aber es war ihm bis jetzt noch nie passiert. Und mit einem Mal fiel ihm wieder ein, was er gestern im Haus gegenüber beobachtet hatte. Schnell zog er die Jalousie hoch. Draußen war es bereits hell und es schien ein heißer Tag zu werden. Aber im Zimmer auf der anderen Seite regte sich noch nichts. David spähte durch das Fernglas und fand nach einigem hin und her den schlafenden Merlin nackt in seinem Bett. Er hatte die Decke lediglich zwischen die Beine geklemmt. Dann klingelte sein Wecker und er ließ vom Fenster ab.

»Davi!«, rief seine Mutter wieder.

»Ja, Mam! Bin schon auf!«, antwortete er und stand einen Moment hilflos im Zimmer herum. Schließlich zog er seine Unterhose aus und wickelte sie in das T-Shirt, das er gestern getragen hatte. Vielleicht war es besser, wenn er seine Sachen schon mal in die Waschmaschine steckte? Eilig riss er einen Bademnatel aus dem Schrank und warf ihn sich über. Dann suchte er sämtliche Wäsche zusammen, die gewaschen werden musste. So viel war es nicht. Also nahm er noch wahllos ein paar Klamotten aus dem Schrank, zerknuffelte sie und mischte sie unter die getragenen Sachen. Auf dem Flur traf er natürlich gleich auf seine Mutter.

»Davi, was machst du denn?«, fragte sie ihn irritiert.

»Ich bringe meine Wäsche zur Waschmaschine«, sagte David, als ob er das schon immer getan hätte.

Seine Mutter lachte. »Das ist mir neu.« Weiter sagte sie aber nichts dazu, sondern machte sich belustigt auf den Weg nach unten in die Küche. David blieb oben und schaute ihr verdutzt hinterher. Er hatte damit gerechnet, dass sie ihm wieder zahllose Fragen stellte. Dann zuckte er aber mit den Achseln und ging ins Bad.

Eine halbe Stunde später verließ er frisch geduscht das Haus. Den Blick hinauf zu Merlins Zimmer konnte er sich nicht verkneifen, obwohl er wusste, dass er Merlin von hier unten eh nicht sehen konnte. Wie gestern auch schon, war er wieder viel zu früh unterwegs. Nur heute war dieser Frühstart von ihm selbst auch beabsichtigt. Er setzte sich wieder auf die Bank und genoss die frische Morgenluft, das Zwitschern der Vögel um ihn herum und das Leuchten der Sonnenstrahlen auf dem Gras vor ihm. David wollte einfach einen Augenblick für sich haben, zum Nachdenken, bevor der zweite Tag an der neuen Schule begann. Immer wieder fielen ihm die Bilder von gestern Abend ein. Der Mann, der so passgenau mit dem Mercedes auftauchte und zu Merlin ins

Zimmer kam. David konnte sich keinen Reim darauf machen. Besonders plagte ihn an dieser Geschichte die Gewissheit, dass er wohl nie erfahren würde, wer dieser Mann war. Irgendwie enttäuschte ihn die Vorstellung, dass Merlin sich mit einem älteren Mann einließ. Andererseits fand er es ungeheuer spannend, dass es jemanden in seinem Umfeld gab, der seine Sexualität einfach so ausleben konnte. Immer wieder musste er daran denken, wie gut das ganze zeitlich gepasst hatte. Kaum hatte die Mutter das Haus verlassen, tauchte der Liebhaber auf. David vermutete sich, dass er auch genauso passend wieder verschwunden war.

Ein paar Jugendliche gingen verschlafen an ihm vorbei und kehrten auf den Weg zum Schulgebäude ein. David beobachtete gedankenverloren ihre trägen Schritte. Unter der Dusche hatte er sich eine Frage gestellt, deren Beantwortung gar nicht so einfach war. Wollte er noch immer eine Freundschaft mit Merlin? Seit gestern Abend war plötzlich alles, was mit Merlin zusammenhing, ein einziges Wechselspiel. Natürlich wollte er weiterhin eine Freundschaft. Es konnte nie schaden, Freunde zu haben. Und nun da er wusste, dass Merlin schwul war, würde eine Freundschaft nur um so spannender werden. David müsste bei ihm keine Angst haben, er würde sich mit ihm ganz locker unterhalten können. Oder etwa doch nicht? Da kamen dann die ganzen anderen Gedanken ins Spiel. Wenn Merlin selbst schwul war, hieß das noch lange nicht, dass er auch den Mund halten würde, wenn sich David ihm offenbarte. Er würde es mit Sicherheit Linda erzählen, soweit glaubte er die beiden schon zu kennen. Und Linda schien alles andere als verschwiegen zu sein. Nun, immerhin hatte sie gestern nicht ausdrücklich etwas über Merlin ausgeplaudert und sie hatte ihn auch nicht direkt gefragt, aber die Anspielungen waren schon mehr als aufdringlich gewesen. Wollte David wirklich mit Merlin in einem Boot sitzen? Sicher wäre es viel einfacher, jemanden zu haben, der ebenfalls mit seinem Schwulsein klarkommen musste. Aber wer versprach ihm, dass sie sich auch verstehen würden? Und was bedeutete es, wenn er mit Merlin in einem Boot saß, Linda aber das Steuer in der Hand hielt? Dazu kam dann das widerstreitende Gefühl, wenn er an den Mann dachte, mit dem er Merlin gestern beobachtet hatte. David kannte nun Merlins sicher größtes Geheimnis. Zumindest konnte er sich nicht vorstellen, dass diese Beziehung zu einem älteren Mann kein Geheimnis war. Er glaubte nicht, dass Linda etwas davon wusste. Und er, ohne ihn wirklich zu kennen, wusste jetzt davon. Wie sollte er sich verhalten? Er würde immer an diese Bilder denken, wenn er Merlin ansah. Aber das war nicht alles. In seinem Innersten, ganz verborgen, spürte er neben der Bewunderung, dass Merlin seine Neigung so ausleben konnte, auch den Neid. Das Ganze machte einen verruchten, abstoßenden Eindruck auf ihn, der ihn aber gleichzeitig reizte und lockte. Natürlich hatte er sich gestern nicht nur in den Fremden hineinversetzt und durch ihn Merlins glatte Haut unter seinen Fingern gespürt, sondern hatte sich auch an die Stelle von Merlin gesetzt, der sich so hemmungslos der Liebe dieses Älteren hingeben konnte. Eine Fülle von

Fantasien ließen sich aus dem Beobachteten ableiten. David dachte daran, dass der Mercedes vor seinem Haus halten könnte, wenn seine Eltern mal nicht da waren. Aber der Gedanke war absurd. Allein die Tatsache, dass er niemals sicher sein konnte, dass seine Mutter nicht jeden Moment wieder nach Hause kam, würde ihm jegliche Aktivität in diese Richtung versagen. Auch dafür bewunderte er Merlin. Entweder ließ sich seine Mutter ziemlich gut berechnen, oder aber der Junge hatte einen ungeheuren Mut. Vielleicht wusste seine Mutter ja sogar Bescheid?

David tauchte aus seinen Hirngespinsten auf und drehte sich um. Irgendwie fühlte er sich beobachtet. Aber er konnte weit und breit niemanden sehen. Hinter ihm befanden sich lediglich ein paar Büsche und Bäume und weiter hinten ein Stück von Merlins Haus. Aus einer unbestimmten Intuition heraus nahm er den Backsteinausschnitt in Betracht. Da stand jemand am Fenster. Zumindest glaubte er es. Die Gardinen hatten sich bewegt. Ein flaues Gefühl setzte in seiner Magengegend ein. Konnte es sein, dass nicht nur er Merlin ausspionierte, sondern auch Merlin ihn? Doch im nächsten Moment wurde die Gardine schwungvoll beiseite gerissen. Die rothaarige Frau öffnete das Fenster. David glaubte zwar, dass sie kurz zu ihm hinüber sah, verwarf aber seine Befürchtung, als sie Bettwäsche zum Lüften über das Fenstersims legte. Beruhigt lehnte er sich wieder gegen die Bank. Wäre es wirklich so schlimm, wenn Merlin auch ihn beobachtete? Im Grunde wäre es nur gerecht. Dabei hätte Merlin immer noch bedeutend schlechtere Aussichten. David hatte keinen älteren Liebhaber. Er überlegte einen Augenblick. Auch sonst hatte er keine Macken, die keiner sehen durfte. Und sein eigenes Bett stand auch nicht mitten im Zimmer so wie das von Merlin. Ihn würde man nicht bei irgendwelchen Aktivitäten zu sehen bekommen. Trotzdem wäre es ihm nicht egal, wenn man ihn ständig beobachtete. Um so vorsichtiger musste er mit seinem Wissen um Merlin sein. Vielleicht wäre es nicht zuletzt deswegen ratsam, erst gar keine nähere Freundschaft aufkommen zu lassen. David sah auf die Uhr. Fünf vor. Am Besten, er machte sich jetzt schnell auf den Weg, dann würde er Merlin erst in der Klasse sehen und ...

»Morgen«, sagte Merlin neben ihm. »Sitzt du jetzt jeden Tag vor der Schule hier?«

David sah erschrocken auf. »Also – äh – nein, keine Ahnung.«

»Hast du mal Feuer?«, fragte Merlin und grinste ihn frech an.

»Ich denke …« David brach ab. »Du Arsch«, sagte er und lachte. »Gestern war's dir noch peinlich!«

»Stimmt.« Merlin legte eine schuldbewusste Miene auf. »Aber da kannte ich dich ja auch noch nicht. Außerdem sagt meine Mutter immer, dass man die eigenen Fehler mit Humor nehmen soll.«

»Schlau, schlau«, sagte David und sprang auf. Die Gedanken von zuvor waren in weite Ferne gerückt. Jetzt da er Merlin gegenüber stand, zählte nur noch die Gegenwart. Er fühlte sich großartig.

»Sollen wir mal langsam?«, fragte Merlin mit einem Blick auf die Uhr.

»Klar, gestern war ich schon zu spät.«

Merlin zog eine Augenbraue hoch. »Bist wohl noch auf deiner Bank eingeschlafen, was?«

»Könnte man so sagen, ja.«

Sie gingen schweigend nebeneinander her. Eigentlich war der Weg über die Wiese viel zu eng, aber sie teilten sich den gepflasterten Streifen und gingen mit dem jeweils äußeren Fuß auf dem Rasen, was ein seltsames auf und ab beim Gehen ergab.

Als sie fast am Schultor angekommen waren, sagte Merlin: »Mensch, da habe ich jetzt schon so ziemlich den kürzesten Schulweg und nun auch noch einen Begleiter. Wenn ich das Linda mal unter die Nase reibe, rastet sie sicher aus. Die beschwert sich immer, dass sie fast eine Stunde zur Schule braucht und niemanden hat, mit dem sie auf dem Weg quatschen kann.«

David nickte nur. Die Erwähnung von Linda warf ihn in seine Gedanken von zuvor zurück. Und wieder fiel ihm sein alberner Zwiespalt auf: Auf der einen Seite wünschte er sich ebenfalls eine beste Freundin, die zu ihm hielt, mit der er alles teilen konnte, auf der anderen schreckte ihn Linda aber auch sehr ab. Er glaubte, dass sie ihm eine Freundschaft zu Merlin nicht so einfach machen würde. Bestimmt war sie auch gestern schon eifersüchtig gewesen und deshalb so seltsam. Aber das waren nur Spekulationen. David versuchte seinen Kopf wieder klarzubekommen.

14

Während des Unterrichtes bemerkte Merlin, dass David ihn ab und zu beobachtete. Fast machte es den Eindruck, als müsse er über etwas nachdenken, das ihn betraf. Entgegen seinem natürlichen Verhalten wurde Merlin nervös. Sicherlich hatte David von anderen mitbekommen, dass er schwul war und machte sich jetzt darüber Gedanken. Merlin konnte geradezu spüren, wie den Blicken der Gedanke ›so sieht also ein Schwuler aus‹ folgte. Genau das war es, was er absolut nicht leiden konnte. Entweder gingen die Jungs gleich auf Distanz und machten noch ein wenig Theater, damit auch das weite Umfeld garantiert mitbekam, wie absolut unschwul sie selbst waren. Oder aber sie wurden verständnisvoll und studierten ihn, stellten blöde Fragen und warfen einen mit allen anderen Schwulen und einem Haufen Klischees zusammen. Da waren ihm die Typen mit ihrem Antihomotheater fast noch lieber. Er hatte keine Lust, als Prototyp für das Homosexuelle an sich angesehen zu werden. Es nervte ihn ohnehin schon über die Maßen, dass ihn alle in diese Richtung drängten. Gar nicht zu reden von Linda, die das Ganze auch noch mit ihrer selbstoffenen Art gern unterstützte.

Wie auf Kommando kam ein Briefchen geflogen. Merlin strich es unwirsch glatt. *Hast du es ihm endlich gesagt?* Genervt stöhnte er auf.

»Was ist?«, fragte David und sah ihn wieder auf diese Art an, als könne er schwule Probleme eh nicht verstehen, würde aber gern versuchen, doch irgendwie zu helfen.

»Nichts«, sagte Merlin matt. Glücklicherweise gab sich David damit zufrieden.

Linda, ich habe keinen Bock, es jedem gleich aufs Auge zu drücken! Und ich sage dir, der Kerl ist absolut hetero!, schrieb er auf den Zettel, knüllte ihn zusammen und warf ihn zurück. Hoffentlich würde sich Linda damit zufrieden geben und ihn für heute in Ruhe lassen.

»Schreibst du schon wieder nicht mit?«, flüsterte David.

»Ich hab Kopfschmerzen.« Merlin versuchte möglichst leidend auszusehen und glaubte, recht erfolgreich damit zu sein.

»Oh«, machte David. »Ich kann dir nachher gern meine Mitschrift kopieren.«

»Nett.«

»Oder kannst du das schon?«, fragte David weiter. »Ich hab das schon in Hamburg gemacht.«

»Nein«, sagte Merlin und stützte den Kopf auf die Hände auf. Wie hatte er sich nur heute morgen noch freuen können, diesen Kerl wiederzusehen? Eigentlich wusste er doch schon die ganze Zeit über, dass der Gedanke an eine kleine Romanze sowas von weit hergeholt war. Trotzdem, jetzt, da er sich einmal gedanklich darauf eingelassen hatte, war es schwierig, dem gefühlsmäßig entgegenzuwirken. Das war doch echt zum Schießen!

Wieder landete ein Briefchen auf seinem Tisch. *Schwachsinn! Der steht auf dich! Sag's ihm endlich!* Merlin zerriss das Zettelchen und ließ es in seinen Rucksack fallen. Er hatte jetzt absolut keine Lust auf solche Spielchen. Diese ewige Drängelei anderer ging ihm gehörig gegen den Strich.

»Geht's dir nicht gut?«, fragte David ihn plötzlich. Sanft legte er seine Hand auf Merlins Arm.

»Ach, schon gut«, sagte Merlin und zog seinen Arm weg. »Ich glaube, ich bin heute ein wenig gereizt, das ist alles.« Er strich sich über die Stelle, auf der zuvor noch Davids Hand gelegen hatte.

David sah ihn lange an. Es kam Merlin vor, als wollte er etwas prüfen. Dann sagte er schließlich: »Wenn irgendwas ist – also – wenn du Lust hast drüber zu reden ...«

»Danke«, sagte Merlin hölzern. Wie oft hatte er diesen Satz schon gehört? Das schien das Standartrepertoir der Heterosexuellen zu sein, wenn sie schwule Problematiken witterten. Wortlos stand er auf und verließ das Klassenzimmer. Herr Hürling, der Mathelehrer, sah verdutzt hinter ihm her. Doch darauf konnte

Merlin gerade keine Rücksicht nehmen. Er brauchte einfach mal einen Moment für sich. Irgendwie war das alles doch nicht so leicht, wie er sich das vorgestelle. Natürlich hatte er auch früher schon Jungs aus der Schule ganz nett gefunden und dem ein oder anderen auch mal hinterhergeschaut. Aber er hatte sich dabei stets unter Kontrolle gehabt. Wenn er sich sagte, dass dieser Blick genügen musste, dann konnte er sich daran halten. Die Jungen aus der Schule waren für ihn tabu. Bei David war das aber leider anders. Er hatte sich von seiner Mutter drängen lassen, ja, sie hatte ihn regelrecht in eine Zwickmühle aus Gedankenspielen geschubst. Hier ein paar unerfüllte Sehnsüchte, da ein paar in Aussicht gestellte Möglichkeiten, alles gut gemischt mit seinen Wünschen und Erwartungen, unter einer Trarnkappe aus Illusionen herangezüchtet. Kurzum, seine Mutter hatte ihm wieder mal Flausen in den Kopf gesetzt und er war ihr erlegen. Seine Träume hatten ihn dazu gebracht, auf David zuzugehen und damit war eine Lawine aus Hoffnungen ins Rollen gekommen, die ihn nun mit sich riss. Im Grunde hatte er gar keine Chance gehabt, dem Charme dieses blonden Jungen zu widerstehen. Und wie konnte er auch, wenn ihm seine beste Freundin noch dazu pausenlos Öl in die feurigen Fantasien goss? Merlin versuchte daran zu glauben, dass David schon allein deshalb ein Traum bleiben würde, weil er letztlich gar nicht schwul war. Das wusste er nicht, nein, aber er musste es glauben, damit er von dieser Idee loskommen konnte, damit seine Prinzipien wieder griffen. Aber solange er noch einen Hauch von Möglichkeit erahnte, würde er sich so oft sagen können wie er wollte, dass eine Beziehung innerhalb eines Klassenverbandes einfach nicht gutgehen konnte.

Plötzlich ging die Klassentür auf. Linda kam heraus und sah ihn mit großen Augen an.

»Mein Gott, du siehst ja fürchterlich aus!«, sagte sie ohne Umschweife. »Geht's dir nicht gut?«

»Ach Quatsch, ich steh nur hier draußen, weil David tierisch einen hat fahren lassen.«

Linda sah ihn für einen Moment prüfend an. Fast befürchtete Merlin schon, dass sie seinen Scherz für bare Münze nahm. Aber dann lächelte sie. »So schlecht kann es dir in der Tat nicht gehen.«

»Stimmt, ich habe ein Dach über dem Kopf, Schulbildung, muss nicht hungern ...«

»Lass den Scheiß!«, sagte Linda und wischte seine Aufzählung mit einer herrischen Handbewegung fort. »Sag mir lieber was los ist!«

Merlin zögerte. »Ich – ich glaube, ich habe mich verknallt.«

»Und deswegen machst du so ein Theater?« Sie verdrehte die Augen. »Zugegeben, du bist nicht oft verknallt – eigentlich nie, wenn ich richtig drüber nachdenke – aber das ist doch kein Grund ...«

»In David«, flüsterte Merlin.

Linda schwieg. Dann sagte sie schließlich: »Das ging schnell.«

»Verdammt schnell, wenn du mich fragst.«

»Okay. Wo ist das Problem?«

»Das Problem?«, äffte er sie nach. Merlin wusste, dass sie ihn nicht verstehen würde. »Ich habe keinen Bock mir Ärger einzufangen.«

»Wieso denkst du bei allem immer gleich an die möglichen Folgen, Lin?« Sie schüttelte den Kopf. »Manchmal bist du echt schlimmer als meine Mutter und mein Vater zusammen, und das kann eigentlich nur der liebe Gott toppen.«

»Ach, du immer mit deinen Sprüchen«, sagte Merlin resigniert. »Ich weiß einfach nicht, wie ich mich verhalten soll. Am liebsten würde ich mich von ihm fernhalten. Das wäre sicher das Klügste.«

»Aber warum denn, verdammt?« Ihre Stirn zog sich an der Nasenwurzel zu tiefen Falten. Merlin wusste, dass sie es hasste, wenn sie so ein Gesicht machte. Automatisch fing er zu grinsen an.

»Jetzt guck nicht auf meine Stirnfalte, du Arschloch!«, fauchte sie. »Ich denke, wir wollen hier ernsthaft reden?«

Merlin wurde wieder ernst. »Ich glaube, ich habe einfach Schiss, dass du dich irrst und er am Ende doch nicht ...«

»Er ist, ich bin mir hundertprozentig sicher. Allein die Art, wie er dich anschaut. Und er ist gestern kein einziges Mal auf meine kleinen Anmachen eingeganen. Kein Mann, der nicht schwul ist, lässt die Dinger hier außer Acht.« sie hob mit beiden Händen ihren Busen an und schaukelte ihn hin und her.

»Ich weiß nicht«, sagte Merlin. »Er ist so anders als die, die ich bisher kennengelernt habe.«

»Na, ist doch klasse, oder nicht?«

»Ja, schon.« Er sah sie verzweifelt an. »Bleibt das Problem, dass ich nicht weiß, wie ich es ihm sagen soll. Irgendwie habe ich Angst.«

»Sonst bist du doch auch nicht so«, sagte Linda. »Mach es einfach wie immer: Wer damit nicht klar kommt kann sich verpissen.«

»Ich glaube, das ist gar nicht mal der Punkt. Ich will ihn – irgendwie nicht verschrecken.«

Linda sagte eine ganze Weile nichts und schien über etwas nachzudenken. »Vielleicht«, fing sie schließlich an. »Vielleicht ist es einfach das Beste, wenn du alles so lässt, wie es bisher ist.«

»Wie meinst du das denn jetzt?«

»Na, du wartest einfach ab, wie sich die Sache entwickelt. Ich meine, du kennst ihn doch nicht mal.« Linda lachte auf. »Lernt euch kennen, trefft euch auch außerhalb der Schule. Vielleicht erledigt sich die Sache von ganz allein.«

Merlin runzelte die Stirn.

»Na, vielleicht gefällt er dir ja dann doch nicht mehr so gut, wenn ihr erst mal – mehr mit einander macht.« Sie grinste anzüglich. »Ich glaube nicht, dass er im Bett ne Granate ist.«

»Frag ihn doch mal, ob er für dich eine Ausnahme macht, dann kannst du es mir ja sagen und ich kann mir die Mühe sparen, wenn es sich nicht lohnt.«

»Sicher.« Linda lachte.

»Aber genau das ist eigentlich mein Hauptgrund«, sagte Merlin wieder ernst, »weshalb ich nichts mit Leuten von der Schule anfangen will. Wenn's schiefgeht, hat man den Ärger am Hals.«

»Da wärt ihr nicht die Ersten und nicht die Letzten. Können wir jetzt wieder rein?«

Merlin nickte.

15

Während des Untterrichts hatte Merlin einen seltsamen Eindruck auf ihn gemacht. Irgendwas schien ihn zu beschäftigen. David hatte sich mehrfach gefragt, ob es wohl etwas mit gestern Nacht zu tun hatte. War vielleicht etwas schiefgelaufen, als er nicht mehr zuschaut hatte? Vielleicht ein Streit mit dem älteren Liebhaber? Aber was musste passieren, dass man sich während oder kurz nach dem Liebesakt stritt? Vorsichtig hatte David seine Hilfe angeboten und nachgefragt, ob alles in Ordnung sei. Aber Merlin hatte ihm schnell zu verstehen gegeben, dass er nicht bereit war darüber, zu sprechen. Also wollte David auch nicht weiter nachhaken.

Jetzt nach der Schule auf dem Heimweg kam ihm Merlin wieder deutlich gelöster vor. Überhaupt hatte sich seine Laune nach der Flucht aus dem Klassenraum gebessert. David war sich sicher, dass er Linda etwas von seinem Problem erzählt hatte. Vielleicht erzählte er seiner Freundin ja doch mehr, als David vermutete? Aber würde man, wenn man mit einem Typen ins Bett stieg, irgendjemandem davon erzählen? Linda schien nicht gerade die Person zu sein, die ein Geheimnis gern für sich behielt. Eventuell schätzte er sie da aber auch falsch ein. Merlin würde nicht ohne Grund mit ihr befreundet sein.

»Wie lange kennt ihr euch eigentlich schon, Linda und du?«, fragte David unvermittelt.

»Seit ich in der Klasse bin. Zwei Jahre so ziemlich genau.«

»Oh, wo bist du denn vorher zur Schule gegangen?«, platzte es aus David heraus.

Merlin lachte. »Tja, mir ging es vor zwei Jahren fast genau wie dir jetzt«, sagte er und blinzelte gegen die Sonne. »Meine Mutter ist ein ziemlich unruhiger Geist. Zumindest sagt sie das selbst von sich. Sie hält sich für eine Hexe oder so.« Er zwinkerte.

Fast hätte David gesagt, dass er das rein äußerlich nachvollziehen konnte. Im letzten Moment bremste er sich aber.

Merlin sah ihn fragend an. »Ja?«

»Ach, nichts, sorry«, sagte David schnell.

»Ich weiß, dass das alles ziemlich wirr klingen muss«, fing Merlin wieder an. »Jedenfalls ist das der Grund, weshalb ich bis heute schon insgesamt die vierte Schule besuche.«

David staunte. »Nicht schlecht.«

»Bevor wir hier her kamen, haben wir ein Jahr in der Nähe von Berlin gewohnt. Davor in Ostfriesland, das war eine ganz tolle Zeit. Wir sind hingezogen, da war ich zehn oder so. Zur Grundschule ging ich in Bremen. Tja, und davor waren wir irgendwo in Bayern unterwegs.«

Sie blieben stehen und David beobachtete neugierig, wie Merlin in Erinnerungen schwelgte. Erst in diesem Licht fiel David auf, wie rot Merlins Haar war. Allein seine Augen störten ihn irgendwie, aber er konnte nicht festmachen, was genau es war, das ihm unpassend erschien. Eigentlich war es nicht ungewöhnlich, dass jemand mit roten Haaren braune Augen hatte. Trotzdem schien ihm das nicht stimmig zu sein.

»Bist du noch da?«, fragte Merlin plötzlich und grinste ihn an.

David zuckte zusammen. Er hatte überhaupt nicht mitbekommen, dass Merlin gar nicht mehr sprach. Verschämt nickte er und hoffte, dass seine Blicke nicht aufgefallen waren. »Klar bin ich noch da«, sagte er und ärgerte sich über seine Gedankenlosigkeit.

»Gut, ich dachte schon ich hätte dich mit meiner Laberei eingeschläfert oder so.«

»Nein, nein, ich fand's interessant«, beeilte sich David zu sagen.

»Dafür hast du ganz schön abwesend ausgesehen.« Merlin lachte.

Also hatte er es doch bemerkt. David wurde rot. »Ich – ich hab nur darüber – nachgedacht, was du für ein aufregendes Leben geführt haben musst.«

»Aufregend trifft es nicht ganz, verrückt vielleicht schon eher.« Er zwinkerte David zu. »Meine Mutter ist sehr speziell. Wirst du schon noch merken, wenn du ...« Merlin brach ab und sah plötzlich weg.

Fieberhaft suchte David nach einer Möglichkeit, Merlin weitersprechen zu lassen, aber ihm wollte nichts einfallen. Mensch, das war so gut wie eine Einladung, dachte er, wenn er jetzt nur irgendwas Passendes sagen könnte. Aber sein Mund war wie verklebt. Also verstrich die Gelegenheit und die Stille zwischen ihnen zog sich, bis sie unangenehm wurde.

»Wir sollten mal weitergehen«, sagte Merlin schließlich und kehrte auf den Weg ein, der sie über die Wiese führte.

David trottete hinter ihm her. Sein Blick fiel immer wieder auf Merlins Hintern, der sich in der Jeans hin- und herbewegte. Er zwang sich, woanders hinzugucken. Noch immer wollte ihm kein vernünftiger Satz einfallen, den er hätte anbringen können, damit sie sich zusammen auf die Bank setzen konnten.

Schließlich blieb Merlin an der Trauerweide stehen. Wie auch schon gestern schien es, als ob er etwas sagen wollte. David sah ihn fragend an.

»Ich – muss dir etwas sagen, David«, sagte Merlin.

Plötzlich wurde David ganz kalt. Er wusste, was jetzt kommen würde. Eine Welle der Panik ergriff ihn. Wenn Merlin sich jetzt vor ihm outete, dann bedeutete das doch für ihn, dass er es ihm nachmachen musste. Zumindest, wenn er später nicht dumm dastehen wollte. Oder war es erlaubt, ein solches Geständnis entgegenzunehmen, selbst aber keines zu machen, obwohl man – das Gleiche zu gestehen hatte? Schweiß stand ihm plötzlich auf der Stirn. Verrückt! Merlin wollte ihm gestehen, dass er schwul war, und er bekam einen Anfall. Aber David war einfach noch nicht bereit dafür. Er konnte und wollte sich jetzt nicht damit auseinandersetzen.

Merlin sah ihn eindringlich an. »Stimmt was nicht?«

»Was?«, presste David heraus.

»Ja, das will ich von dir wissen. Was ist los?« Merlin schien mit einem Mal besorgt. Er machte einen Schritt auf David zu und umfasste seinen Arm.

»Ich – ich bin – okay«, stammelte David, obwohl ihm von der Berührung schwindlig wurde. Alles drehte sich auf einmal zur Seite und wieder zurück, wackelte, verwischte vor seinen Augen. Eine zweite Hand griff nach ihm. Dann saß er plötzlich auf dem Boden.

»Hey!«, rief Merlin und fuchtelte mit den Händen vor seinem Gesicht herum.

Schockiert realisierte David, dass er soeben zum ersten Mal in seinem Leben zusammengebrochen war. Erschrocken blickte er auf die Straße zurück, um zu kontrollieren, dass es auch niemand gesehen hatte. Nicht auszudenken, was seine Mutter für ein Theater machen würde, wenn sie das kleine Schauspiel zufällig mitbekommen hatte. Aber die Häuser waren noch ein Stück entfernt und alles blieb ruhig.

»Geht's wieder?«, fragte Merlin, der immer noch über ihm gebeugt stand.

»Ja«, sagte David leise. »Glaub schon.«

»Mann, du kannst einem ja echt Schiss machen«, sagte Merlin mit einem erleichterten Lachen. »Hab schon gedacht, ich müsste jetzt einen Krankenwagen rufen.«

»Tut mir leid.«

»Hast du sowas öfter?«

»Nein, muss wohl die Hitze sein«, sagte David und versuchte wieder aufzustehen. Aber Merlin legte eine Hand auf seine Schulter und hielt ihn unten.

»Bleib erst mal sitzen und gönn deinem Körper eine Pause.« Er ließ sich neben David nieder und sah ihn belustigt an. »In Filmen kommt das ja immer klasse.«

»Erzähl's nur keinem«, sagte David und schämte sich für seinen schwächlichen Auftritt.

»Keine Angst, ich kann schweigen«, antwortete Merlin und zwinkerte ihm wieder zu. Sie schwiegen eine Weile. David war froh, dass Merlin nicht wieder mit seiner Offenbarung anfing und genoss einfach den Moment, den sie hier draußen zusammen verbrachten. Der Wind ließ die langen, hängenden Äste der Trauerweide wie schwerfällige Bänder schwingen.

»Morgen früh wieder an der Bank?«, fragte Merlin schließlich und erhob sich wieder. Vorsichtig zog er David auf die Beine.

»Ja, ich denke schon.«

»Geht's?«

»Geht.«

»Okay, bis morgen.«

»Bis morgen«, sagte David und ging auf das Haus mit der gelben Fassade zu, das er seit kurzem bewohnte.

16

Hanne spülte gerade ein paar Töpfe, die sie zur Vorbereitung für das Mittagessen gebraucht hatte, als sie entfernt jemanden reden hörte. Ein Blick auf die Uhr sagte ihr, dass David gleich von der Schule kommen mussten. Und dann war es auch schon Zeit für Ansgar und das Mittagessen. Aber sie lag noch gut im Zeitplan. Sie trocknete die Töpfe ab und sah dabei aus dem kleinen Küchenfenster. Vor ihr lag die ruhige Straße. Die Backsteine des Hauses gegenüber leuchteten rot zu ihr hinein. Hanne fand diesen Anblick schön. Dann hörte sie wieder schwache Gesprächsfetzen. Neugierig beugte sie sich näher ans Fenster heran, um die Straße hinuntersehen zu können. An der Trauerweide sah sie David auf dem Boden sitzen. Neben ihm ein Junge. Nanu? Was machten die denn da? Sie lauschte, konnte aber außer einem Gemurmel nichts verstehen. Es sah David gar nicht ähnlich, sich einfach so auf die Straße zu setzen. Einen Augenblick überlegte sie, ob sie nicht nach draußen gehen und fragen sollte, ob alles in Ordnung sei. Aber sie dachte an Ansgar, der ihr immer wieder in den Ohren hing, dass sie es nicht übertreiben sollte. Also beobachtete sie die beiden nur und fragte sich, was sie denn da auf dem Boden wohl zu besprechen hatten. Schließlich stand der fremde Junge auf und zog David nach. Irgendwie machte das ganze einen sehr führsorglichen Eindruck, der Hanne misstrauisch werden lies. War vielleicht doch etwas passiert? Sie verfolgte, wie David ein paar kleine Schritte ging und der Junge ihn immer noch hielt, als könne er jeden Moment umfallen. In ihr brodelte es. Am liebsten wäre sie gleich nach draußen gelaufen und hätte die beiden ausgefragt. Aber David hielt nun auf das Haus zu. Hanne lauschte. Allerdings blieb das vertraute Geräusch des Schlüssels im Schloss aus. Schnell ging sie in die Diele, den mittlerweile trockenen Topf mitsamt Geschirrtuch noch in der Hand. Durch das kleine Fenster in der Tür sah sie Davids Hinterkopf. Irgendwas schien ihn auf der anderen Straßenseite zu interessieren. Sie machte die Tür auf.

»David?«

David drehte sich schnell um.

»Ist irgendwas passiert, David?«, fragte Hanne. Sie konnte die Anspannung in ihrer Stimme nicht verbergen.

»Nein, natürlich nicht«, antwortete David und kam herein.

Hanne bemerkte seinen Blick auf das Haus gegenüber. Aber dort war nichts zu sehen. Fragend sah sie ihren Sohn an, doch der wich ihr aus und wollte sofort nach oben.

»David?«, rief sie schnell.

Er sah sie an. »Ja?«

»Wer war denn dieser Junge?«

Plötzlich vorzog sich Davids Gesicht, als hätte er eine solche Fragte befürchtet. »Ach ...«, fing er an. »Also, das ist Merlin.«

»Merlin?« Hanne war mit einem Mal voller Neugier. »Wer ist Merlin? Warum hast du ihn nicht mitgebracht?«

»Merlin ist der Nachbarsjunge, wir gehen in dieselbe Klasse«, sagte David.

»Ah«, machte Hanne überrascht. Jetzt wusste sie, weshalb sich David so zurückhielt. Sicher wollte er nicht, dass Ansgar von seiner Freundschaft mit den Nachbarn erfuhr. »Also, ich habe da nichts gegen«, sagte sie schließlich. »Wenn du dich mit ihm verstehst, bring ihn einfach mit rüber.«

»Danke, Mam.« David wollte wieder nach oben.

»David? Ich meine es ernst. Es wäre dumm, wenn du auf einen Freund verzichten würdest, nur weil dein Vater nicht mit seinem Chef klarkommt.«

»Ja, Mam.«

»Bring ihn einfach mit«, sagte sie und entließ David endlich nach oben. Hanne ging zurück in die Küche und stellte endlich den Topf in den Schrank zurück. Dann sah sie aus dem Fenster. Das Haus gegenüber leuchtete immer noch rot in der Sonne. Vielleicht sollte sie einfach mal rübergehen und sich vorstellen? Sicher, Ansgar kam mit seinem Chef nicht klar, aber das hieß noch lange nicht, dass sie sich von dessen Familie fern halten mussten. Erst recht nicht, wenn sich David nun mit dem Jungen befreundet hatte. Vielleicht wäre es einfach das Beste, wenn sie als Mutter den Weg ebnete. Nicht zuletzt bestand natürlich die Möglichkeit, dass sie in der Mutter des Jungen eine neue Freundin kennenlernte – die erste hier in Neuss. Ansgar würde das schon verstehen. Er musste. Am Ende würde sich schon alles irgendwie zum Guten wenden.

Hanne richtete gerade das Essen an, als Ansgar nach Hause kam. Sie atmete tief durch.

»Hallo Schatz«, rief sie.

»Hallo Hannemaus.« Ansgar sah zu ihr in die Küche rein. »Bist du so weit?«

»Essen kommt gleich.« Sie drehte sich zu ihrem Mann um. »Ich muss mit dir etwas besprechen.«

Ansgar hob eine Augenbraue. »Das kann nicht bis heute Abend warten? Du weißt, meine Pause ...«

»David ist mit dem Sohn deines Chefs befreundet. Ich habe ihm gesagt, er kann ihn ruhig mit herbringen.« Sie beobachtete sein Gesicht, aber nichts deutete auf Verärgerung hin.

»So?«, sagte er schließlich.

»Ich habe mir gedacht, dass wir sie zum Essen einladen könnten«, sagte Hanne schließlich nach einem Moment.

Ansgar schwieg.

»Ich meine, wenn wir sie erst mal kennen – vielleicht kommst du dann auch besser mit deinem Chef klar. Es wäre ein Versuch wert, findest du nicht?«

»Darüber haben wir bereits gesprochen«, sagte Ansgar, »und du kennst meine Meinung dazu.«

»Was willst du machen? Willst du David vorschreiben, wen er sich zum Freund auszusuchen hat?«

»Das hat damit nichts zu tun, und das weißt du.«

Wusste sie das wirklich? Hanne schwieg bedrückt. War es letztlich nur ihr Wunsch nach Unterhaltung, der sie dazu brachte, sich mit den Nachbarn einlassen zu wollen?

»Wir werden sie nicht mehr los, wenn wir erst mit solchen Einladungen anfangen.«

»Woher willst du wissen, dass es nicht klappen wird?«

»Weil er ein arrogantes Arschloch ist, ganz einfach«, schrie Ansgar plötzlich.

Hanne sah ihn fassungslos an. So kannte sie ihren Mann gar nicht. »Ansgar, was ist mit dir?«, fragte sie besorgt.

Ansgar schwieg. Wahrscheinlich war er selbst überrascht von seinem Ausbruch.

»Vielleicht – das Essen. Wir essen jetzt«, sagte Hanne. »Reden können wir nachher noch.«

Ansgar nickte. »Ich will es euch nicht verbieten«, murrte er kleinlaut. »Wahrscheinlich habt ihr sogar recht.«

»Ich will nichts machen, was dir nicht passt.« Hanne sah ihn an. »Wenn du es nicht willst, können wir ...«

»Nein, macht nur.« Ansgar ging ins Esszimmer.

Hanne nahm Teller aus dem Schrank und lud das Essen auf. In Gedanken beschäftigte sie sich immer noch mit Ansgar. Sie konnte nicht verstehen, dass er ein solches Drama aus der Sache machte. Aber immerhin hatte er ihr den Kontakt nicht verwehrt. Sie würde ihm schon zeigen, dass die Sache halb so wild war. Und wenn er recht behalten sollte, konnte sie den Kontakt immer noch rechtzeitig abbrechen, oder nicht?

Sie trat ins Esszimmer. Ansgar las in der Zeitung. Hanne nahm sich vor, das Thema heute nicht mehr anzusprechen. Sie würde es einfach drauf ankommen lassen.

»David?«, rief sie laut. »Kommst du?«

Ansgar legte die Zeitung weg und lächelte, als wäre nichts geschehen.

17

Merlin hatte sich Mühe gegeben, möglichst geräuschlos ins Haus zu schlüpfen. Normalerweise hörte ihn seine Mutter immer. Aber heute war sie viel zu sehr mit sich selbst beschäftigt. Also schlich sich Merlin hoch in sein Zimmer und setzte sich an den Schreibtisch, um nichts zu tun. Er schaute einfach vor sich hin. Dann trat er sich irgendwann die Schuhe von den Füßen, nahm seinen Füllfederhalter und schlug sein Tagebuch auf. *Ich bin verliebt*, schrieb er, nur um dann wieder im Papier zu versinken.

»Lin! Was schleichst du dich denn so rein?«, fragte seine Mutter plötzlich.

Merlin drehte sich nicht um. Gebannt schaute er weiterhin auf das weiße Blatt vor ihm mit den drei Worten.

Seine Mutter kam zu ihm ins Zimmer. »Lin?« Aber er antwortete immer noch nicht. Schließlich beugte sie sich über seine Schulter. Ihr Haar fiel neben seinem Gesicht herab. Er wusste, dass sie in sein Tagebuch sah, trotzdem unternahm er nichts.

»Na, ist doch was Feines«, sagte sie schließlich und küsste ihn auf die Wange. »Kein Grund Trübsal zu blasen.« Sie kicherte. »Also – ach, vergiss es.«

Plötzlich musste Merlin lachen. »Mensch, Ma! Deine Anzüglichkeiten sind echt krankhaft!«

»Vorsicht!«, sagte sie und richtete einen Zeigefinger auf ihn. »Noch ein Wort und ich verwandle dich ...«

»In ein Schwein, ich weiß«, fuhr Merlin dazwischen. »Dabei muss ich eh ein Schwein sein, weil du ja eine Sau bist.«

»Wie kannst du nur so mit mir reden?« Sie sah ihn mit gespielter Verärgerung an. »Ich bin immer noch deine Mutter.«

»Dann hör auf, in meiner Gegenwart vom Blasen zu reden.«

»Wieso? Macht es dich neugierig? Na, du bist ja auf dem besten Wege«, sagte sie und faltete die Hände. »Mensch, ich bin so froh, mein Sohn wird doch nicht als Jungfrau sterben – wenn er sich nicht zu dumm anstellt ...«

»Ma! Es reicht jetzt!«

»Warum? Darf man nicht mehr offen reden?«

»Doch, aber erstens, woher willst du wissen, dass ich keine Jungfrau mehr bin. Zweitens ...«

»Mit wem denn? Kenn ich ihn? Du hast mir noch nichts erzählt. Ich kann nicht glauben, dass du mir eine solche Neuigkeit verschweigen würdest.«

Merlin schluckte. »Zweitens«, fuhr er heiser fort, »weiß ich immer noch nicht, ob es so gut ist, mit einem Typen aus meiner Klasse ...«

»Das geht in Ordnung, glaub mir. Ihr müsst euch nur ein wenig Mühe geben. Wird schon. Macht erst mal!«

»Darf ich jetzt mal ausreden?«

»Mach doch! Wer hindert dich?«

»Danke!«

»Nicht dafür, Lin, nicht dafür.«

»Also.« Merlin räusperte sich. »Ich bin mir echt noch nicht sicher.« Er machte eine Pause, um abzuwarten, ob seine Mutter ihm wieder dazwischenfunken würde. Aber sie nickte ihm nur aufmunternd zu. »Drittens – waren wir schon bei drittens?«

»Kein Wunder, dass ich immer unterbreche, man hat ja förmlich keine Wahl bei dir. Natürlich waren wir bei drittens.«

»Drittens – ich weiß gar nicht mal, ob er überhaupt auf Jungs steht. Und wenn doch, dann heißt das ja noch nicht, dass er auf mich steht. Und wenn doch, dann landen wir sicher nicht sofort im Bett ...«

»Und wenn und wenn und wenn.« Selma winkte ab. »Wie kann man sich nur so viele Gedanken machen? Genieß es doch einfach. Du bist verliebt, also finde heraus, ob er sich auch in dich verliebt. Lass einfach mal ein wenig locker, ausnahmsweise.« Sie sah auf die Uhr. »Ach du Schande, mein Hexenclub!« Schockiert sah sie ihn an. »Ich muss los!« Wie wild rannte sie aus dem Zimmer, nur um kurz darauf noch mal hineinzustürmen. »Und eins lass dir gesagt sein: Bei Jungs geht das mit dem Sex viel schneller als bei Mädchen.«

»Jetzt fängst du wieder mit deinen ...«

»Lin, ich weiß es! Ein paar Kerle habe ich in meinem Leben schon kennengelernt. Außerdem: Männer sind einfach gestrickt. Für die ist Sex der einzige Weg, um ihre Zuneigung zu ...«

»Tick tack, tick tack«, machte Merlin und zeigte auf sein Handgelenk.

»Verdammt! Schüss!« Sie polterte die Treppe hinunter. »Bis heute Abend!«, rief sie noch, dann hörte Merlin die Haustür. Er schaute auf die Uhr. Sie war eine gute Viertelstunde zu spät. Schnell sprang er auf, um ins Bad zu gehen. Dann hielt er aber doch inne. Mit einem Mal war ihm schwindelig. Vor seinen Augen tanzten bunte Punkte. Vorsichtig tastete er ins Leere nach seinem Bett. Als er es unter der Hand spürte, ließ er sich mit einem Seufzer fallen. In ihm brannte es, aber er versuchte dem Drang jetzt loszuheulen zu widerstehen. Worauf hatte er sich da nur eingelassen?

Unten ging die Haustür. Kurz darauf eilige Schritte auf der Treppe.

Merlin schloss die Augen. Er wollte nicht sehen, wer da hereinkam, obgleich er es natürlich wusste.

»Hi Kleiner«, sagte die wohlbekannte Stimme.

Merlin versuchte sich vorzustellen, dass es jemand Fremdes war, der da zu ihm sprach. Doch als er die Augen wieder öffnete, wurde er enttäuscht. Das war alles zu viel im Moment.

»Was ist?«, fragte Paolo, während er sich das Hemd auszog.

»Ich – ich kann nicht«, sagte Merlin.

Paolo hielt inne. »Was heißt das?«

»Dass ich nicht kann!«

»Bin ich jetzt etwa umsonst von der Arbeit gekommen?« Das Hemd landete auf dem Boden.

Merlin schwieg. Er wollte nichts mehr sagen. Doch Paolo würde ihm keine Ruhe lassen, das war sicher.

»Könntest du bitte mal den Mund aufmachen?«

»Ich will heute einfach nicht, okay?«, sagte Merlin.

Einen Augenblick stand Paolo konsterniert im Raum. Merlin beobachtete ihn, wie er dort in seiner Anzughose mit nacktem Oberkörper stand. Er sah verführerisch aus. Aber dafür hatte Merlin gegenwärtig keinen Blick. Seine Gedanken kreisten noch zu dicht um seine Mutter und ihre Aussage über Männer, und dass er ihr ja von seinem ersten Mal erzählen würde.

Paolo durchbrach seine Starre. Mit einem netten Lächeln ließ er sich auf das Bett nieder. »Kleiner«, fing er an und ließ seine Hände über Merlins Schenkel gleiten, »ist doch alles halb so wild.«

»Lass das!«, fauchte Merlin und sprang aus dem Bett. »Ich habe keinen Bock darauf. Geh wieder ins Büro!«

Mit einem Mal stand Paolo vor ihm. Seine Hände hielten Merlins Schultern fest umklammert. »Du spielst keine Spielchen mit mir, hörst du?«

Merlin nickte automatisch. Noch nie hatte Paolo in seiner Gegenwart die Stimme erhoben. Vorsichtig wand er sich aus dem Griff und wich nach hinten aus. In Paolos Augen funkelte etwas, das ihn lieber Abstand nehmen ließ.

»Du willst also heute nicht?«, fragte Paolo.

Merlin schüttelte kaum merklich den Kopf.

»Warum?«

»Ich – ich fühl mich – nicht gut.« Das war nicht mal gelogen. Merlin hatte irgendwie das Gefühl, dass es gerade keine gute Idee wäre, etwas Unwahres zu sagen.

»Wieso sagst du mir nicht Bescheid?«

»Vergessen.«

Paolos Blick verdüsterte sich noch eine Spur. » Für dich mache ich das. Ich nehme mir eine Auszeit, damit wir allein sein können. Ich unterbreche meine Arbeit und muss die verlorene Zeit am Ende wieder reinholen.« Er machte eine kurze Pause. »Ich will keine Zeit für so eine Scheiße verplempern. Verstanden?«

Merlin nickte wieder.

»Wenn du keine Lust hast, musst du es nur sagen.« Paolo trat an ihn heran. »Hast du keine Lust?«

Wie versteinert stand Merlin vor Paolo, der ihm jetzt wirklich wie ein Unbekannter vorkam. In seinem Kopf purzelten Gedanken der Furcht und des Abscheus mit denen der Schuld und des Schmerzes durcheinander.

»Möchtest du, dass wir unsere kleine Affäre beenden?«

So wie Paolo das Wort ›Affäre‹ aussprach, hörte Merlin all das Schmutzige und Widerliche darin heraus. Fast war ihm, als wollte Paolo es ihm leicht machen, hier und jetzt auszusteigen. Es wäre richtig. Das einzig Richtige!

»Du sagst ja nichts«, hauchte Paolo.

In Merlin tobte es. Am liebsten hätte er geschrien, um alles herauszulassen. Er wollte Paolo schlagen, ihn treten und anbrüllen, dass er sich verpissen sollte. Aber er bekam kein Wort heraus, nicht mal eine Bewegung zustande. Es war, als hielt man ihn fest. Wie hypnotisiert sah er in diese braunen Augen vor ihm, die er immer so schön gefunden hatte. Nun wirkten sie nur noch kalt. Ja, er hatte Angst. Er traute sich nicht, etwas zu sagen. Ein ehrliches Wort wäre vielleicht der erste Schritt in die richtige Richtung, womöglich aber auch in die Falsche. Bisher hatte er sich immer gut mit Paolo verstanden, auch während ihrer nun mittlerweile sechswöchigen Beziehung, die sich nach und nach aufgebaut hatte. Jetzt aber war es ihm plötzlich unmöglich, diesen Mann einzuschätzen.

»Also willst du mich doch noch«, flüsterte Paolo. Es klang trotz des Flüstertons triumphierend. Seine Mundwinkel verzogen sich zu einem ekelhaften Grinsen.

Merlin stand kurz vor der Explosion. Es fühlte sich an, als müsse er sich übergeben. Dann spürte er aber Paolos Hand über seine Wange streicheln. Erst fühlten sich seine Finger kalt an, aber kurz darauf kribbelte es warm. Als hätte ihn jemand aus einem Albtraum geweckt, sah er wieder den Paolo vor sich, den er kannte. Mit einem Mal waren alle schlechten Gefühle fort. Sein Körper reagierte sofort auf die Berührung. Aber von Paolo kam keine weitere Initiative.

»Tu das deiner Mutter nicht an«, sagte Paolo noch, dann nahm er sein Hemd vom Boden auf und verließ das Zimmer.

Merlin stand noch eine ganze Weile reglos neben dem Bett. Von allen schlechten Gefühlen kam die Schuld als erstes zurück, um endlich seine Tränen hinauszuzwingen.

18

David trat kurz vom Fenster zurück, als sein Vater das Haus verließ. Er schaute zwar nicht zu ihm hoch, doch man musste kein unnötiges Risiko eingehen. Kaum war der Wagen seines Vaters außer Sicht, griff er sich wieder das Fernglas und beobachtete Merlin. Aber seine Aufmerksamkeit wurde augenblicklich wieder abgelenkt, als sich die Haustüre öffnete und Merlins Mutter hinausstürmte. Eilig lief sie um den kleinen Vorgarten herum die Straße hinunter. David schwenkte wieder zu Merlin hoch. Der Junge lag auf dem Bett, aber es sah nicht aus, als wollte er ein Mittagschläfchen machen. Motorengeräusche irritierten David und er sah wieder am Fernglas vorbei auf die Straße.

Eine Gänsehaut überzog plötzlich seinen Körper. Unten stellte sich der Mercedes vor die Garage. Das gab's doch nicht! Kaum war die Mutter aus dem Haus, tauchte der Kerl auf – wie mit der Stoppuhr gemessen. Also, die beiden hatten sich absolut genial abgestimmt, oder aber sie liebten das Risiko. Wieder hielt ihn die Vorstellung gefangen, wie knapp die beiden das alles kalkulierten. Aber noch mehr kitzelte ihn die Erwartung dessen, was er gleich würde beobachten können. Auch wenn er der Meinung war, dass er lieber nicht in die Intimsphäre von Merlin dringen sollte, reizte ihn das Bild von gestern. Die Erinnerung war niemals so exakt, dass es wirklich ausreichen würde. Ausreichen wofür? David ertappte sich dabei, dass ihn der Gedanke erregte, Merlin wieder beim Sex zu sehen. Er ging sogar noch weiter. Vielleicht würde er einfach – mitmachen. Sicherlich wäre das die einzige Möglichkeit, überhaupt jemals mit ... David gab sich einen Ruck. Er stellte das Fernglas ab und blinzelte. Drüben erschien der Fremde in Merlins Zimmer. David zog sich schnell das Shirt über den Kopf. Seine Haut war voller Spannung und die Brustwarzen standen hart ab. Langsam knöpfte er die Hose auf. Dann kam ihm der Gedanke, dass er warten könnte, damit er sich zeitgleich mit den beiden drüben ausziehen konnte. Doch als er wieder durch das Fernglas schaute, hatte der Fremde zwar kein Hemd mehr an, aber die Situation schien alles andere als erotisch zu sein. Verblüfft verfolgte David, wie sich der Mann und Merlin ein Wortgefecht lieferten. Nur zu gern hätte er gewusst, worum es ging. Nach kurzer Zeit reichte ihm aber das, was er da sah. Die beiden schienen sich ernsthaft zu streiten und mit einem Mal hatte dieser Typ, mit dem Merlin gestern noch geschlafen hatte, etwas Bedrohliches an sich. Wie er dort so vor seinem eingeschüchterten Nachbarn stand, bekam David augenblicklich das Bedürfnis, helfend zur Seite zu stehen. Aber was sollte er tun? Einfach rübergehen und sagen, dass er alles beobachtet hatte? Welches Recht hatte er dazu? Offiziell durfte er nicht mal wissen, dass die beiden sich überhaupt kannten, geschweige denn trafen. Was aber würde er machen, wenn der Kerl Merlin jetzt – umbrachte? David schüttelte den Kopf. Was sponn er sich da eigentlich zusammen? Er würde natürlich weder rüberlaufen noch sonst irgendetwas unternehmen. Ein Mord! Er dachte an das Buch, das er vor seiner Mutter versteckt hatte. Er las definitiv zu viel Schwachsinn!

Auf der anderen Straßenseite hatte sich die Lage wieder geklärt. Der Typ verließ soeben das Haus, das Hemd noch offen, sodass David gute Sicht auf den athletischen Oberkörper hatte. Im Sonnenlicht sah der Kerl viel besser aus, als auf die Entfernung in einem geschlossenen Raum. Eine flüchtiger Geistesblitz stellte ihm die Frage, ob er nicht auch mit einem solchen Kerl ins Bett steigen würde. Aber genauso schnell, wie diese Idee auftauchte, verdrängte David sie auch wieder. Er war überhaupt nicht der Typ dazu. Er könnte nicht einfach so mit jemandem schlafen. Allein die Vorstellung, sich in einer solchen Position nackt präsentieren zu müssen, erschien ihm unmöglich. Wie konnte Merlin das bloß nichts ausmachen? Fehlte ihm etwa das Schamgefühl, das ihn selbst so hemmen würde? David dachte darüber nach, dass der Typ und Merlin sich bestimmt schon lange kannten. Trotzdem, irgendwann musste es immer ein erstes Mal geben.

Neugierig blickte er wieder nach drüben. Der Kerl war längst fort. Merlin aber lag auf dem Bett und hatte sein Gesicht ins Kissen gedrückt. Irgendwie tat ihm die ganze Sache leid. Da hatten sich die beiden treffen wollen, um beieinander zu sein, und irgendwas hatte diesen Streit ausgelöst und alles kaputt gemacht. David stellte sich die Hoffnungen auf einen schönen Nachmittag vor, die sich Merlin vielleicht gemacht hatte, und jetzt lag er da. Wieder überlegte David, ob er nicht rübergehen sollte. Er könnte irgend einen Vorwand erfinden und dann vielleicht mit Merlin reden, ihn ein wenig ablenken und aufmuntern. Aber würde das nicht am Ende doch ein wenig komisch aussehen? Und er wusste auch nicht, ob Merlin überhaupt aufgemuntert werden wollte. Noch während er hin- und herüberlegte, erhob sich Merlin plötzlich, warf ein paar Sachen in eine Tasche und stürmte aus dem Zimmer. Erschrocken ließ David das Fernglas fallen und zog sich hastig an. Er hatte sich entschieden, er wollte Merlin heute auf jeden Fall noch mal sehen. Eilig verließ er sein Zimmer und stürmte die Treppe hinunter.

»David?«, rief seine Mutter sofort. Angelockt von dem Gepolter kam sie aus der Küche. »Was ist los?«

»Nichts, ich geh einfach noch eine Runde raus«, sagte David und versuchte durch das kleine Fenster in der Haustür das gegenüberliegende Haus zu sehen. Aber seine Mutter stellte sich ihm natürlich in den Weg.

»So eilig? Wo willst du denn hin? Hast du Geld dabei?«, fing sie mit dem üblichen Fragenkatalog an.

David schüttelte den Kopf. »Brauch ich nicht.« Er drängte sich an die Tür und sah kurz hinaus. Drüben lag alles so wie immer. Entweder war Merlin noch nicht raus, weil er noch was besorgen musste – vielleicht wollte er ja auch gar nicht zum Sport? – oder aber er war schon unterwegs und David hatte ihn verpasst.

»David!«, sagte seine Mutter energisch. »Sag mir jetzt sofort, was los ...«

»Nichts, Mam. Bis nachher.« Er öffnete die Tür und lief hinaus. Am Ende der Straße sah er Merlin auf die Hauptstraße abbiegen. Kurz drehte er sich noch mal um und winkte seiner Mutter zu, die völlig verwirrt in der Tür stand. Dann lief er los. Außer Atem kam er an der Hauptstraße an. Er war Merlin ein gutes Stück nähergekommen. Jetzt verfiel er wieder in einen normalen Schritt, falls sich Merlin umdrehte. Aber diese Vorsicht war gar nicht nötig, wie sich herausstellte. Merlin schien in Gedanken zu sein und seine Umwelt nicht wahrzunehmen. An der großen Kreuzung blieb er an der Ampel stehen. David hatte genug aufgeholt, um nun normal zu gehen. Fieberhaft überlegte er, ob und vor allem wie er Merlin ansprechen sollte. Sicherlich würde der etwas vermuten, wenn David ihm so hinterherlief. Oder waren diese Befürchtungen überflüssig? Immerhin wohnten sie gegenüber. Da war es doch normal, dass man sich früher oder später mal über den Weg lief.

David hatte bis auf ungefähr zehn Meter aufgeholt, als die Ampel auf grün schaltete und Merlin über die Straße ging. Er steuerte an dem flachen Bürogebäude vorbei, das David aufgrund seiner Spiegelverglasung schon bei seiner Ankunft am Sonntag aufgefallen war. Dann sah er den roten Schriftzug auf blauem Grund. *Sportline.* Enttäuscht stellte David fest, dass es nun zu spät war, Merlin noch anzusprechen, ohne ihm bis an den Eingang zu folgen. Er blieb stehen und wartete an der nächsten Ampel, so als ob er eigentlich weiter wollte. Merlin verschwand im Fitnessstudio, ohne sich noch mal umzusehen. Missmutig überquerte David die Straße. Auf der anderen Seite ging es links eine recht hässliche Straße hinunter. Wenn er nach rechts ging, würde er nicht lange bis zur Innenstadt brauchen, fünf Minuten vielleicht. Vor ihm aber befand sich erneut eine kleine Großstadtoase: Eine Rasenfläche mit Bank und Bäumen im Hintergrund. Neuss schien ihm auf Schritt und Tritt mit Natur durchsetzt. Er drehte sich noch mal um und begutachtete die Häuserfront des Sportstudios. In der ersten Etage befand sich eine Glasfront auf ganzer Breite. Fahrräder, Laufbänder und Stepper standen aufgereiht. Ein paar wurden von fleißigen Sportlern bedient. David grinste. Er hatte Merlin kennengelernt, als er auf einer Bank saß. Kurz entschlossen setzte er sich und wartete, ob er Merlin vielleicht von hier unten erkennen konnte. Nachdem er aber eine halbe Stunde später immer noch nicht sicher war, ob er nun ihn oder jemanden anderes in der Ferne strampeln sah, beschloss er, den Heimweg anzutreten.

Mittwoch

Sprich!

Du lässt mich
Zurück
Im Stich
Warum?
Ich frage
Warum?
Ich ...
Bleib!
Sprich!

M. Nagy

19

Merlins Wecker klingelte früher als gewöhnlich. Normalerweise stand er an Schultagen immer so knapp wie möglich auf. Aber für heute hatte er sich etwas vorgenommen. Trotzdem traf ihn das nervige Klingeln wie ein Schlag ins Gesicht. Stöhnend reckte er sich und gab dem Verlangen nach, sich doch noch mal umzudrehen. Immerhin konnte er eigentlich noch eine halbe Stunde schlafen. Dann fiel ihm der Vortag wieder ein. Mit geschlossenen Augen lag er da und dachte über seinen neuen Tischnachbarn nach. Gestern nach der Schule hatte er ihm über sich reinen Wein einschenken wollen, aber dann war David umgekippt und ihm war der Mut geschwunden. Die plötzliche Zerbrechlichkeit des Jungen hatte ihn vollkommen eingenommen. Dabei hätte es keinen besseren Augenblick geben können, um die eigenen Schwächen aufzudecken. Daran hatte er aber nicht gedacht und jetzt stand ihm diese Aufgabe immer noch bevor.

Er hatte es gewusst: Sobald er erst mal die Wahrheit akzeptierte, dass er in David verschossen war, würde alles unweigerlich seinen Lauf nehmen. Genau so war es gekommen. Merlin konnte sich einfach nicht mehr gegen sein Gefühl wehren, egal, wie oft er sich sagte, dass es eigentlich unmöglich war, sich in jemanden zu verlieben, den man erst seit so kurzer Zeit kannte. Oder verwechselte er Verliebtsein mit Begehren? Nein, das konnte es nicht sein, auch wenn er natürlich schon daran gedacht hatte, wie es denn sein würde, mit David Sex zu haben. Es war viel mehr dieses Gefühl, ihm nah zu sein, alles von ihm mitbekommen zu wollen. Seit gestern kam noch der Beschützerinstinkt hinzu. David machte ihn einfach neugierig, wie er dort morgens auf der Bank saß und über irgendwas nachdachte. Er selbst nahm sich nie Zeit, um mal in Ruhe nachzudenken. Meist war er beim Sport, wenn es etwas zu Grübeln gab. So wie gestern. Das war für ihn Entspannung. Allerdings hatte er gestern nicht über das nachgedacht, was ihn eigentlich zum Sport getrieben hatte.

Merlin drehte sich mit einem Ruck um. Kaum hatte er gestern sein Laufband bestiegen, war ihm David auf der anderen Straßenseite aufgefallen. Wie eine Erscheinung hatte er auf dieser Parkbank gesessen. Merlin wunderte sich eh immer, was das kleine Stück Park an diesem hässlichen Verkehrsknotenpunkt sollte. Aber David hatte sich offenbar nicht gefragt und einfach gesetzt. Manchmal war es Merlin fast vorgekommen, als hätte er zu ihm hinaufgeschaut. Als David dann aber schließlich gegangen war, wollte Merlin schon abspringen und hinterher. Aber er hätte auf jeden Fall zu lange gebraucht. Außerdem wusste er nicht, ob David ihn nicht vielleicht ein wenig aufdringlich finden würde. Er hatte jedenfalls keine Lust, durch ein solches Verhalten auffällig zu werden. Wahrscheinlich benahm er sich ohnehin schon auffällig genug. Wenn Merlin da an die Zigarettenaktion dachte, konnte er nur den Kopf schütteln. Das würde jeder Trottel als Anmache entlarven. Ein Grund mehr, gleich im Bett liegen zu bleiben, bis es zu spät war. Zu spät, um mit David zur Schule zu gehen.

Denn genau das hatte er sich für heute vorgenommen. Er wollte ihm endlich die Wahrheit über sich sagen. Zumindest erschien ihm das gestern abend vor dem Einschlafen ein ganz vernünftige Idee zu sein. Heute morgen sah die Welt aber wieder anders aus. Welcher Idiot kam schon auf die Idee, jemandem hochbrisantes Zeug an den Kopf zu knallen, bevor er mit ihm stundenlang an einem Tisch sitzen musste? Er überlegte wirklich, ob sein Outing tatsächlich so gut geplant war. Würde es nicht viel lockerer sein, wenn er nach der Schule auf dem Heimweg darüber sprach? So wie gestern. Wieder ärgerte er sich, dass er die Möglichkeit hatte verstreichen lassen. Nein, er wollte es endlich hinter sich bringen.

Merlin rollte sich aus dem Bett und taumelte ins Bad. Natürlich hatte er Angst, dass David es seltsam aufnehmen könnte – vor allem, wenn er das im Zusammenhang mit der Zigarrettenaktion sah. Aber so schlimm würde es schon nicht werden. Merlin konnte immer noch sagen, dass er das Ganze gar nicht so beabsichtigt hatte. Das wäre nicht mal gelogen. Er begann sich zu waschen. Wenn Linda und seine Mutter recht behielten, würde David sich vielleicht sogar freuen, einen schwulen Gesprächspartner zu haben – vielleicht auch mehr ... Merlin brach den Gedanken ab. Das ging zu weit. Warum sollte sich David freuen? Selbst wenn er schwul war, konnte es ihm doch vollkommen egal sein, wenn jemand anderes seine sexuellen Vorlieben teilte. Ihn selbst kümmerte es doch auch nicht, wenn andere schwul waren. Kein Grund zur Freude. Das war schlichtes Wunschdenken von ihm. Er wollte, dass sich David freute, dass er sich ebenfalls outete und sie gemeinsam die Schule schwänzen konnten. Merlin lachte auf. Jetzt wurde es wirklich wild. Er stieg unter die Dusche.

Seine Mutter schlief noch, als er zwanzig Minuten später die Treppe hinunterstieg. Er trank noch ein Glas Milch, dann verließ er das Haus. Wann war er zuletzt so früh aus dem Haus gegangen? Merlin nahm sich vor, David als erstes zu fragen, warum er immer so früh losging. Aber dann nahm Merlin die frische Luft wahr, die augenblicklich seinen Körper belebte. Er streckte sich wohlig und ging los. In seinem Kopf tummelte sich die Befürchtung, dass David vielleicht ausgerechnet heute nicht auf seiner Bank sitzen würde. Dann wäre er völlig umsonst so zeitig aus dem Haus gegangen. Oder was war, wenn David allein sein wollte? Er ging sicher nicht ohne Grund so früh aus dem Haus. Plötzlich war Merlin unsicher. Er sah auf die Uhr. Kurz nach halb acht. David war sicher noch nicht da.

Merlin ging den schattigen Weg hinunter. Dieser Abschnitt war richtig kalt, weil das Blätterdach der umstehenden Bäume die Sonnenstrahlen abhielt. Machte er sich nicht zum Affen, wenn er David nachahmte und sich vor der Schule an die Wiese setzte? Merlin dachte gerade darüber nach, dass er immer noch zurück konnte, als er David sah. Er saß schon auf der Bank. Den Kopf weit in den Nacken gelegt hielt er sein Gesicht gen Himmel. Er genoss offensichtlich die Luft, das Rauschen der Blätter, die ersten Sonnenstrahlen, was auch immer.

Wieder bemerkte Merlin seine Faszination für den Jungen. Er war so anders, so erwachsen. Welcher Siebzehnjährige kam auf die Idee, sich einfach mal so auf eine Bank zu setzen und das Leben um sich herum aufzunehmen?

Merlin fiel auf, dass er stehen geblieben war. Langsam setzte er sich wieder in Bewegung. Dabei ließ er David keinen Moment aus den Augen. Er sog jede Einzelheit in sich auf – die lockere Jeans, das schlichte, weiße Hemd, aus dem braun gebrannte Arme hinausschauten. Als er gerade das blonde Haar bewunderte, trat er gegen ein Steinchen, das geräuschvoll ein paar Meter davonhüpfte. David drehte sich zu ihm um. Merlins Herz setzte einen Moment aus. Dann grinste David. »Morgen!«, rief er.

»Hallo«, sagte Merlin. »Bist du immer so früh hier?«

»Bis jetzt schon.« David lachte. »Meine Mutter hat Panik, dass ich zu spät kommen könnte. Wird wohl noch dauern, bis sie ein wenig lockerer wird.«

Merlin nickte. Trotzdem konnte er das nicht verstehen. Wenn seine Mutter ihn so früh rausschmeißen wollte, würde er ihr gleich ein paar Takte dazu sagen und am Ende natürlich erst losgehen, wenn es tatsächlich Zeit war. Abgesehen davon würde Selma ihn niemals so bevormunden. Irgendwie war Davids Antwort enttäuschend. Merlin hatte gedacht, es gäbe vielleicht ein Geheimnis, oder zumindest etwas Interessantes. Eigentlich wäre alles besser gewesen, als diese Erklärung.

»Außerdem«, sagte David leise, »finde ich es morgens ganz schön hier. Ich mag es, wenn alles noch ruhig ist.«

Merlin nickte wieder. Das hörte sich doch schon besser an. Dennoch machte es die Sache nicht wieder gut. Das Bild von einem Muttersöhnchen blieb. Aber es konnte auch nicht jeder so sein wie er, und ganz sicher war nicht jede Mutter so wie seine.

»Und was machst du so früh hier?«, fragte David plötzlich und Merlin atmete tief durch.

20

»Ich – ich wollte mit dir – reden«, sagte Merlin und sah in die entgegengesetzte Richtung, als ob er in der Ferne etwas Interessantes beobachtete.

David wurde augenblicklich schlecht. Hatte er sich gerade noch über Merlins Erscheinen gefreut, wurden nun offenbar seine Alpträume wahr. Natürlich hatte er ihn gestern ebenfalls vom Sportcenter aus gesehen. Was sollte es sonst anderes zu bereden geben, das zu unangenehm war, um ihn dabei direkt anzusehen? Am liebsten würde er irgendeinen Vorwand anbringen, um sich schnell aus dem Staub zu machen. Aber sicherlich würde er der Frage, warum er Merlin nachspionierte, nicht entgehen können. Angespannt saß er da und rührte sich nicht.

»Wegen gestern ...«, fing Merlin an, sprach aber vorerst nicht weiter.

Das Kribbeln in Davids Hals wurde stärker. Also war es wirklich wegen seiner Verfolgungsaktion. Er hatte das Gefühl, sich jeden Moment übergeben zu müssen.

»Ich weiß nicht, wie ich es sagen soll«, sagte Merlin schließlich.

»Es tut mir leid.« David sah auf. »Ich habe mich wie ein Trottel aufgeführt.« Er biss sich auf die Unterlippe. Vielleicht war eine Entschuldigung doch nicht ganz vergebens. Zumindest schien Merlin sonst sehr umgänglich zu sein, wenn man ihn nicht gerade beschattete.

»Was meinst du?«, fragte Merlin verwundert.

David wollte gerade antworten, und ihm sagen, dass er ihn nicht mehr verfolgen würde, als Merlin unerwartet sagte: »Mach dir mal keinen Kopf wegen der kleinen Ohnmacht.«

Völlig perplex sah David Merlin in die Augen. »Was hat das ...«, begann er, konnte sich aber im letzten Moment noch bremsen. In ihm war mit einem Mal alles in Alarmbereitschaft. Irgendwas stimmte nicht.

»Ich meine, okay, das hat mich ein wenig aus der Fassung gebracht«, fuhr Merlin fort, »aber das hätte mich eigentlich nicht hindern dürfen, danach doch noch – reinen Tisch zu machen.«

David verstand plötzlich gar nichts mehr. Zu diesem Zeitpunkt konnte Merlin doch noch gar nichts von der Verfolgung wissen. Ein dicker Klos bildete sich in seinem Hals. Demnach musste das Problem noch davor liegen. Aber da gab es nichts, was David einfiel, außer – seine regelmäßigen Fernglasbeobachtungen. Panisch sah er auf die Uhr. Es war immer noch viel zu früh, sich auf den Weg zu machen, vollkommen unglaubwürdig, jetzt einfach loszugehen. Trotzdem sprang er auf.

»David?«, fragte Merlin verblüfft. »Was hast du?«

»Nichts«, presste David hervor. »Nichts, alles okay.«

»Mensch.« Merlin erhob sich ebenfalls. »Du klappst mir aber jetzt nicht wieder zusammen, oder?« Er fasste David am Arm und drückte ihn wieder auf die Bank.

In der Tat fühlte sich David schwindlig. Im Grunde war er froh, wieder den Bankrücken hinter sich zu haben. Das bedeutete aber auch, dass er nicht mehr flüchten konnte. Er musste sich Merlin nun stellen. Geschlagen sah er zu ihm auf.

»Was ist mit dir?«, fragte Merlin und seine Stimme klang fast ein wenig ärgerlich.

David holte tief Luft. Jetzt gab es keine Ausflüchte mehr, er musste einfach reden. Aber noch ehe er ein Wort sagen konnte, fuhr Merlin ungerührt fort: »Jedesmal wenn ich dir sagen will, dass ich schwul bin, machst du so einen Zirkus.«

Wie vom Donner gerührt erstarrte David. Hatte er das gerade richtig verstanden, oder spielten ihm seine strapazierten Sinne einen Streich? Dann fiel ihm aber wieder ein, dass Merlin ihm gestern schon mitteilen wollte, dass er schwul war. Daran hatte er nun gar nicht mehr gedacht und sich fast verraten. Plötzlich fiel eine ungeheure Last von ihm ab und er begann zu kichern.

»Was ist denn jetzt schon wieder?« Merlin klang mittlerweile genervt.

»Nichts«, sagte David und kicherte weiter. Erst als sich Merlin umdrehte und fortging, konnte er sich fassen. Eilig lief er hinter ihm her. »Warte!«

Merlin drehte sich zu ihm um. Seine großen, braunen Augen sahen ihn fragend an. David überlegte kurz, ob er ihm vielleicht die Wahrheit sagen sollte, dass er gestern umgekippt war, weil er sich unter Druck fühlte, weil er Angst hatte, sich ebenfalls outen zu müssen. Aber er entschied sich dagegen.

»Ich wollte eigentlich nicht lachen«, sagte er stattdessen. »Ich ...«. Er schüttelte den Kopf. »Ich finde es nur so saublöd, dass ich es dir so schwer gemacht habe. Sorry.«

»Also ist es okay für dich?«, fragte Merlin ruhig. Seine Stimme klang sehr geschäftsmäßig. Erneut fühlte sich David unter Druck. Steckte da eine Erwartung hinter? Er nickte zackhaft. Dann sah er aber, dass Merlin langsam wieder lockerer wurde.

»Lass uns wieder zur Bank, wir haben noch Zeit.« Merlin ging zurück und setzte sich wieder hin. David folgte ihm. Er hatte sich zu keinem Zeitpunkt Gedanken darüber gemacht, wie sich Merlin fühlen könnte. Das machte ihm ein schlechtes Gewissen. Dabei hätte er schon gestern auf die Idee kommen könnten, dass es auch für Merlin nicht unbedingt einfach sein musste, sich einem für ihn fremden Menschen anzuvertrauen, noch dazu einem, mit dem er zusammen zur Schule ging und der ihm als Nachbar tagtäglich über den Weg lief. Wenn er da an sich selbst dachte, an seine eigene Feigheit, fühlte er sich richtig schlecht.

»Ich find's okay«, sagte David platt, als er sich neben Merlin setzte. Etwas Besseres fiel ihm nicht ein. Gleichzeitig fühlte er sich aber furchtbar verlogen. Mit diesen Worten hatte er nun die Weichen gestellt, jetzt gab es kein Zurück mehr. Merlin musste natülich zwangsläufig davon ausgehen, dass er heterosexuell war, weil sich ein Schwuler doch spätestens jetzt geoutet hätte, oder etwa nicht? Das Problem war doch letztlich immer die Ungewissheit, ob man auch als Schwuler noch akzeptiert würde. Diese Angst musste doch eigentlich wegfallen, sobald man wusste, dass der andere mit den gleichen Problemen zu kämpfen hatte. Sie saßen praktisch in einem Boot. Trotzdem schaffte es David nicht, über seinen Schatten zu springen und die Wahrheit zu sagen. Stattdessen ließ er Merlin im Glauben, dass er als Normalo kein Problem mit Merlins Homosexualität hatte. Bei dieser Konstellation musste er jetzt wohl bleiben, wenn er nicht riskieren wollte, vollkommen das Gesicht zu verlieren. Was würde Merlin wohl von ihm denken, wenn er in ein paar Wochen sein Schauspiel aufdecken und ihm gestehen würde, dass er sich damals ebenfalls hätte outen können? David überlegte, wie er selbst mit einer solchen Lüge umgehen würde. Im Grunde empfand er es nicht als allzu schlimm. Wenn er sich aber vorstellte, dass ihm jemand seine Beichte schwer gemacht hatte und danach nicht mal das bisschen Mut auf sich nehmen konnte, ein Geständnis abzulegen, obwohl keinerlei Gefahr drohte ... Vielleicht würde er doch nicht so gelassen sein. Er wusste es nicht. Verstohlen betrachtete er Merlin, wie er mit zusammengekniffenen Augen die Wolken am strahlend blauen Himmel studierte.

»Ich hatte irgendwie Schiss, dass du es schlimm finden würdest«, sagte Merlin leise.

David wartete einen Moment. Eigentlich wollte er gar nicht auf diese Aussage reagieren. Dann fragte er aber dennoch: »Warum?«

»Nach meiner Aktion mit den Zigarretten wollte ich einfach nicht, dass du das als Anmache verstehst und dich vielleicht irgendwie – ich meine – viele Typen würden da sicher nicht gerade locker reagieren.«

David brummte zustimmend. Er wollte das Thema, so interessant es natürlich war, nicht noch vertiefen.

Merlin sah ihn plötzlich an. »Darf ich dich etwas fragen?«

»Hast du die Aufgaben für Mathe gemacht?«, fragte Merlin schnell. »Ich meine, ich fand sie jetzt nicht wirklich schwierig, ich hatte das ja auch schon. Aber ihr hattet das Thema noch nicht, oder?«

»Nein«, stimmte Merlin zu und sah ihn irritiert an. »Ich hab's aber trotzdem nicht mal angeschaut.« Er wurde mit einem Mal nachdenklich. »Ich hatte gestern – was anderes zu tun.«

David schwieg und fühlte sich komisch, weil das Geheimnis kannte.

21

Hanne schaute gedankenverloren aus dem Küchenfenster. Sie hatte sich noch nicht überlegt, was sie mit dem heutigen Tag anfangen sollte. Das Haus auf der anderen Seite lag ruhig da. Was die Frau von Ansgars Chef wohl den ganzen Tag machte? Hanne schaute sich in ihrer Küche um. Alles glänzte und war blitzblank geputzt. Vielleicht könnte sie noch mal mit dem Staubtuch durchs Haus. Aber das würde sie auch nicht den ganzen Tag beschäftigen. Für wen denn auch? Freundinnen hatte sie hier keine, die vielleicht zum Kaffee vorbeikommen könnten. Wahrscheinlich würde sie doch auf Ansgars Vorschlag zurückgreifen und sich in der Stadt etwas Hübsches kaufen. Das würde zumindest für den Anfang das Heimweh lindern. Einen Augenblick dachte sie auch daran, einfach rüberzugehen und ihre Nachbarin zu fragen, ob sie nicht Lust auf einen Kaffee hätte. Doch Ansgars komisches Verhalten hielt sie noch ab. Er hatte ihr zwar offiziell die Erlaubnis gegeben, aber Hanne spürte dennoch eine unterschwellige Hemmung. Sie wollte nicht gegen den Willen ihres Mannes handeln, egal wie unverständlich sie seine Beweggründe fand. Also musste sie sich zurückhalten. Sicher würde Ansgar irgendwann von selbst darauf kommen, dass sein Verhalten nicht angemessen war. Vorerst musste sie sich Aufgaben suchen, die ihren Tag ausfüllten. Nur, was sollte das sein? Lustlos nahm sie sich ein Staubtuch und strich es glatt. Sie hatte keine Lust, wie manche ihrer Freundinnen in Hamburg, einen Kurs für Seidenmalerei zu besuchen. Das wäre wie ein Zugeständnis, dass sie nicht mehr war, als eine kleine Hausfrau, die mit ihrer Zeit nichts anzufangen wusste. Hanne überlegte, ob sie vielleicht einen Fernkurs belegen sollte. Französisch. Wie lang war es schon her, dass sie die letzten Worte gesprochen hatte? Das würde ihr sicher Spaß machen. Aber als sie an die unzähligen Ausnahmen dachte, die sie wieder lernen müsste, schwand ihre Lust. Oder sollte sie sich eine Arbeit suchen? Ansgar hatte ihr ein wenig von dem Inkassounternehmen erzählt, für das er jetzt arbeitete. Da gab es Leute, die direkt mit den Schuldnern per Telefon sprachen und gemeinsam mit diesen Lösungswege suchten. Aber so wie Ansgar es gesagt hatte, arbeiteten dort größtenteils junge Leute. Sie wollte auf keinen Fall die alte Frau sein, der man alles fünf mal erklären musste. Und Ansgar wäre es sicher auch nicht recht, wenn sie plötzlich bei ihm in der Firma arbeiten würde. Sie hatte Angst, etwas falsch zu machen. Womöglich würde sie zum Gespött der Firma und Ansgars Ruf litt am Ende noch darunter. Nein, sie wollte nicht bei Elco arbeiten. Hanne verwarf diese Idee. Allerdings hielt sie das noch lange nicht davon ab, sich woanders einen Job zu suchen.

Ein Blick auf die Uhr verriet ihr, dass der Postbote schon dagewesen sein musste. In der Stadtzeitung würden sicher ein paar Angebote stehen, die sie mit Ansgar heute Abend diskutieren konnte. Vielleicht würde sie ihm sogar schon beim Mittagstisch von ihrer Idee erzählen. Hanne öffente die Haustür. Wahrscheinlich würde Ansgar zunächst nicht begeistert sein. Das war er nie, wenn sie mit Veränderungen ankam. Aber ...

»Hallo.«

Hanne schrie entsetzt auf. Vor ihr stand plötzlich eine Frau.

»Oh, entschuldigen Sie, ich wollte nicht ...«, fing die Fremde an.

Hanne fasste sich an die Brust und versuchte sich zu beruhigen. Sie war dermaßen in Gedanken versunken gewesen, dass ihr gar nicht aufgefallen war, dass jemand vor der Tür stand. »Schon in Ordnung«, sagte Hanne ein wenig gezwungen und versuchte ein ehrliches Lächeln aufzusetzen. Ihr Herz aber wollte sich nicht so schnell beruhigen. »Kann ich Ihnen weiterhelfen?«

»Also – es tut mir – entschuldigung«, stammelte die Frau. Der Gedanke, dass sie ihrem Gegenüber einen Schrecken eingejagt hatte, schien ihr aufrichtig leid zu tun.

»Schon gut«, winkte Hanne ab, rieb sich aber dennoch weiterhin die Brust. »Wollen Sie vielleicht reinkommen?«

Die Frau sah ein wenig verlegen drein. »Eigentlich bin ich rübergekommen, um Sie zu mir einzuladen.«

»Oh.« Hanne riss die Augen erstaunt auf. »Sie sind also die Frau – also, die Nachbarin?«

Die Frau nickte. »Wenn Sie möchten, können wir gern zu mir ...«

»Ach, keine Umstände, kommen Sie rein. Kaffee habe ich auch.«

Die Frau trat ein. »Ich bin übrigens Selma«, sagte sie und hielt Hanne ihre Hand hin. »Selma Nagy.«

Wieder musste Hanne überrascht schauen. »Ihr Mann heißt aber anders.« Für einen Moment schien es, als würde Selma Nagy rot werden. Hanne hatte das Gefühl, dass dies womöglich ein wunder Punkt war.

»Mein Mann, also, mein Freund, heißt Jobim.« Die Frau lächelte entschuldigend.

»Das klingt alles sehr – fremd«, sagte Hanne und gab die zarte Hand wieder frei. Sie bemerkte die rotbraunen Hennaverzierungen auf der schneeweißen Haut.

»Schön, nicht?«, sagte die Frau sofort und hielt ihre Hand hoch.

»Ja«, log Hanne. »Sehr.«

»Wenn Sie möchten, zeige ich Ihnen wie es geht. Sicher würde es auf Ihren Händen auch gut zur Geltung ...«

»Oh, ich denke nicht«, sagte Hanne schnell. »Was sagten Sie, woher kam Ihr Mann noch mal?«

»Mein Freund«, korrigierte Selma. »Er kommt aus Spanien. Daher der Name.« Sie lachte.

Hanne lächelte gezwungen. »Und Sie sind nicht – verheiratet?«

»Nein. Noch nicht. Ich glaube, er ist eher ein freier Geist.«

Selbiges schien auch auf die Frau zuzutreffen, dachte Hanne. »Möchten Sie nun einen Kaffee?«

»Oh, ja gern. Oder haben Sie auch Tee?«

»Pfefferminz, Hagebutte, Früchte.«

»Beuteltee?«

Hanne nickte langsam.

»Wenn Sie wollen, hole ich uns schnell einen Tee von mir. Ein paar Kräuter pflanze ich selbst an. Schmeckt viel besser als das abgepackte Zeug.«

»Wenn Sie meinen«, sagte Hanne platt und blieb verdutzt im Kücheneingang stehen, während die Frau mit wehenden Haaren über die Straße lief. Irgendwie wurde Hanne das Gefühl nicht los, dass Ansgar noch recht behalten sollte mit seinen Warnungen. Ob er ihr glauben würde, dass sie nicht aus Langeweile rübergegangen war?

»Da bin ich wieder!«, jodelte Selma kurze Zeit später und hielt eine Holzdose hoch. »Das wird Ihnen schmecken.«

Hanne nickte. Überrumpelt machte sie der Frau Platz, die auch gleich die erstbeste Schranktür öffnete.

»Wo haben Sie Ihre Teekanne?« Dann hielt sie inne und drehte sich zu Hanne um. »Moment, sollen wir das mit dem albernen Gesieze nicht lassen? Ich bin Selma.«

»Oh«, machte Hanne. Für sie ging das alles viel zu schnell. Aber Selma strahlte sie aufmunternd nickend an.

»Also gut, Hanne«, sagte Hanne schließlich und kam sich ein wenig unbeholfen vor, als sie Selma die Hand reichte, sie aber wieder zurückzog, als ihr einfiel, dass sie sich schon die Hand gegeben hatten. Außerdem fiel Hanne wieder die Hennabemalung auf. Für sie machte das irgendwie einen ungewaschenen Eindruck. Hände hatten für sie sauber zu sein.

»Hast du nun eine Kanne?«, fragte Selma und öffnete einen weiteren Schrank.

»Ja, im letzten Schrank«, sagte Hanne. »Wir trinken nicht so oft Tee.«

»Das ist schade. Es gibt nichts Besseres als einen guten Tee. Egal was du gerade brauchst, Tee ist in der richtigen Mischung in allen Lebenslagen gut und bewirkt wahre Wunder, wenn man sich nur darauf einlässt.« Selma holte die Kanne hervor und spülte sie mit kaltem Wasser aus.

Endlich löste sich Hanne aus ihrer Starre und setzte Wasser auf. »Ich glaube nicht so an diese – Sachen.«

»Sachen?«, fragte Selma erstaunt. »Wir reden hier nicht von Wahrsagerei, meine Liebe.« Sie lachte. »Die Wirkung von Tee ist unumstritten. Mit Tee können sie so manches beeinflussen.«

»Aha«, sagte Hanne und fühlte sich genervt. Als sie aber keine acht Minuten später im Esszimmer an ihrem Tee nippte, schlug ihre Laune wieder um. Der Duft war unbeschreiblich und obwohl es hochsommerlich heiß war, kühlte der Tee sie augenblicklich ab.

Selma lächelte sie über ihre Tasse hinweg an und zwinkerte ihr zu.

22

Gegen zwei Uhr mittags befanden sie sich schon wieder auf dem Heimweg. Merlin bemerkte, dass er David unbewusst beobachtete.

»Ist was?«, fragte David.

»Nein«, sagte Merlin schnell und schaute wieder geradeaus. »Ich bin nur ein wenig in Gedanken.«

»Wegen Linda?«

»Ja.« Merlin hatte schon den ganzen Tag gespürt, dass sie auf ihn sauer war. Nur wusste er nicht so recht, weswegen. Immerhin hatte er ihr heute morgen in einer ruhigen Minute von seinem Outing David gegenüber erzählt. Eigentlich hatte sie bis dahin gute Laune gehabt. Merlin verstand das nicht. Das war doch schließlich das, was sie die ganze Zeit gewollt hatte. Und da wundern sich

Frauen, dass man sie nicht versteht.

»Vielleicht hatte sie einfach einen schlechten Tag«, sagte David und zuckte mit den Schultern. »Ihre Tage oder so.«

Merlin lächelte matt. Wenn Linda das gehört hätte, würde sie jetzt einen Vortrag über Missachtung des weiblichen Geschlechts halten. »Ja«, sagte Merlin und grinste breit bei dem Gedanken, dass er Linda quasi eins auswischte. »Das wird es wohl sein. Wenn sie ihre Tage hat, dann ist sie unausstehlich.« Das Problem war nur, dass man bei Linda für normal keinerlei Veränderungen im Verhalten festmachen konnte, wenn sie ihre Periode hatte. Nein, wenn sie sich so benahm, wie sie es heute getan hatte, dann musste ihr etwas übel aufgestoßen sein. Und Merlin fiel absolut nichts ein, was dafür infrage kam.

»Vielleicht solltest du einfach mit ihr sprechen«, meldete sich David wieder zu Wort.

»Ach, das Dumme ist ja, dass sie immer viel zu verbohrt ist und jedes Gespräch ausschlägt.« Merlin seufzte. »Ich glaube, sie will, dass man von selbst drauf kommt.«

»Das ist ja krank.« David lachte. »Und jetzt will sie erst mal nicht mehr mit dir reden, bis du gecheckt hast, weshalb sie so sauer ist?«

»Na, so schlimm ist es auch nicht. Morgen wird sie es mir schon sagen. Aber bis dahin darf ich ein wenig leiden.«

»Ich würde das nicht so eng sehen«, sagte David und schlug Merlin freundschaftlich auf den Rücken.

Wie elektrisiert blieb Merlin stehen und spürte das Kribbeln an der Stelle, die Davids Hand berührt hatte. Plötzlich war er weit weg von all seinen Gedanken um Linda und nahm nur noch die Gegenwart von David wahr. Die Luft um sie herum schien mit einem Mal geladen und Merlin bildete sich ein, Davids Parfüm riechen zu können.

»Was ist?«, unterbrach David schließlich den Augenblick.

»Ich – ich glaube – ja, du hast wohl recht.« In letzter Sekunde fing Merlin sich wieder und tat so, als wäre ihm spontan eine Idee durch den Kopf gegangen, die es aber nach Überlegung nicht wert war, laut ausgesprochen zu werden. »Du hast recht«, wiederholte er noch mal und wollte gerade weitergehen, als er einen Pfiff hörte.

Sie drehten sich um. Am Anfang des Weges stand Linda und winkte ihm energisch zu sich.

»Das nenne ich mal Timing«, sagte David. »Dann wird sich ja doch alles noch heute klären.«

»Ähm ...« Merlin war hin- und hergerissen. Eigentlich wollte er gerade jetzt viel lieber in Davids Nähe bleiben. Aber wenn Linda schon mit ihm reden wollte, dann sollte er das nicht verpassen, schließlich war sie launisch und wer konnte ahnen, wann sie wieder dazu bereit wäre. »Ich rede mal mit ihr«, sagte Merlin knapp und ging den Weg zurück.

»Du hättest dich ruhig mal ein bisschen beeilen können«, maulte Linda, als er bei ihr ankam.

»Und du hättest ruhig mal ein wenig früher auf die Idee kommen können, mit mir zu reden.«

»Gleichstand, Schlabberbacke.« Linda sah ihm ernst in die Augen.

»Los, sag schon!« Merlin merkte, dass er nervös wurde.

Linda räusperte sich. »Ich bin heute scheiße drauf, okay?«

»Okay. Habe ich gemerkt.«

»Weißt du, Lin, ich hab mir Gedanken darüber gemacht, wie sehr ich dich doch beeinflusse.«

Merlin zog die Augenbrauen hoch.

»Ich meine, du wolltest es ihm nicht sagen und ich hab dich sozusagen gezwungen. Ist doch Scheiße, oder nicht?«

»Na ja«, machte Merlin und hob die Schultern. »Ich habe es ihm freiwillig gesagt, nicht weil du es wolltest.«

»Ich fühl mich trotzdem mies wegen der Sache.«

»Warum?« So kannte Merlin seine Freundin gar nicht. Für gewöhnlich war sie immer so selbstbewusst und wich nicht ein Stückchen von ihrem Kurs ab.

»Ich war mir einfach sicher, dass er auch – schwul ist«, sagte sie schließlich. »Ich dachte, wenn du ihm erst mal sagst, wie das mit dir so aussieht, würde er sich schon outen und alles wäre gut.«

Merlin fühlte sich ein wenig unwohl. Er wollte nicht, dass Linda wegen ihm ein schlechtes Gewissen hatte. Trotzdem konnte er nicht leugnen, dass sie einen großen Einfluss auf ihn ausübte und sicher dazu beigetragen hatte, dass er sich überhaupt erst gefühlsmäßig auf dieses Spiel der Möglichkeiten eingelassen hatte.

»Ich glaube, ich komme damit klar, dass er nicht in Frage kommt für mich«, sagte Merlin schließlich. »Eigentlich habe ich es doch nicht anders erwartet.«

»Es ist voll auffällig, dass du tierisch verknallt bist.«

»Was?« Merlin schnappte nach Luft.

Linda lächelte süffisant. »Sicher weiß es schon die halbe Klasse. Du bist halt nicht so geschickt mit deinen heimlichen Blicken.« Plötzlich wurde sie wieder ernst. »Ich hätte es mir für dich gewünscht.«

Merlin schluckte. »Ist schon okay.« In ihm brodelte es aber. Er musste sich ab sofort weniger auffällig verhalten!

Linda nickte vorsichtig.

»Ich gehe jetzt. Oder willst du noch was loswerden?«

»Wir sollten mal in so einen Schwulenschuppen gehen. Bei mir in Köln gibt es davon doch eine Menge.«

»Ach.« Merlin winkte ab und ließ Linda stehen.

»Bis morgen, Lin!«, rief sie noch und er hob kurz die Hand zum Abschied. Es musste sie eine Menge Überwindung gekostet haben, hinter ihm herzulaufen, um ihm das zu sagen. Er lächelte. Sonst war sie immer so hart.

Am anderen Ende der Wiese sah Merlin David auf der Bank sitzen. Es kam ihm gar nicht so vor, als sei er unglücklich verliebt. Vielleicht wollte er ja doch nicht mehr, als eine ganz normale Freundschaft? Als er aber bei David angekommen war und der ihn mit seinen braunen Augen ansah, fühlte er zum ersten Mal diesen kleinen, wohlbekannten Stich der unerwiderten Liebe in sich. Wieder tauchte die Frage in seinem Kopf auf, wieso er sich überhaupt so sehr auf das alles eingelassen hatte.

»Was sagt sie?«, fragte David. Er blieb wie selbstverständlich sitzen.

Kurz überlegte Merlin, ob er sich nicht auch setzen sollte, entschied sich dann aber dagegen. »Ach, sie wollte mir nur sagen – also – dass sie ihre Tage hat.«

David lachte herzerfrischend. »Lag ich also richtig.«

Merlin konnte sich ein Grinsen nicht verkneifen. Trotzdem fühlte er sich seit dem Gespräch mit Linda schwer.

»Willst du dich nicht sezten?«, fragte David.

Merlin schüttelte den Kopf. »Ich werde wohl reingehen und die Aufgaben machen.«

»Mathe?«

»Ja.« Aber sicher war Merlin sich nicht. Er hatte viel mehr das Gefühl, dass er sich aufs Bett werfen würde, um eine Runde zu heulen. Zumindest fühlte er sich momentan so. Irgendwie konnte er nicht verhindern, dass er Lindas Worten nach und nach Glauben schenkte. Er trieb unaufhaltsam in diese Situation und verwirklichte ungewollt die gutgemeinten Ratschläge. Nur ausbaden durfte er es allein. Wo blieb Lindas Rat jetzt?

»Du machst aber nicht den Eindruck, als wäre es nach dem Gespräch besser geworden«, merkte David an.

Merlin schwieg.

»Willst du drüber reden?«

Er schüttelte den Kopf. Mit einem Mal traute er sich nicht mehr zu antworten, weil er befürchtete, seine Stimme könne sich brüchig anhören. In der Tat hatte er das Gefühl, jeden Moment in Tränen auszubrechen.

»Hey.« David sprang auf und stand plötzlich direkt vor ihm.

Merlins Herz klopfte heftig in der Brust.

»Wenn irgendwas nicht stimmt, kannst du es mir sagen, okay?«

Davids Stimme klang tief und sonor, gar nicht so jungenhaft, wie man es sich bei ihm vielleicht vorstellen mochte. Wieder lag eine seltsame Spannung in der Luft und Merlin traute sich nicht zu atmen. Dann spürte er eine sanfte Berührung an seiner Hand. Innerlich zuckte er zusammen, als hätte ein Stromstoß seinen Körper durchlaufen. Doch David schien davon nichts mitbekommen zu haben. Er sah ihn nur ernst und aufrichtig an. Große, schöne, braune Augen.

»Okay«, presste Merlin hervor. »Danke.« Dann drehte er sich um und ging.

23

David sah ihm eine Weile hinterher. Für heute würde er es dabei belassen, auch wenn er Merlin am liebsten eingeholt und noch mit ihm geredet hätte. So betrachtete er lediglich seine Rückansicht und wartete, bis er hinter den Bäumen verschwunden war. Dann schlenderte er langsam nach Hause. Merlins Augen ließen ihn aber nicht los. Er hatte traurig gewirkt. David war sich mit einem Mal vollkommen sicher, dass Merlin nicht mit Linda über das gesprochen hatte, was ihn im Grunde bewegte. Eigentlich war das eine groteske Situation, fuhr es David durch den Kopf. Auf der einen Seite stand Merlins beste Freundin, die ihm sonst immer mit Rat und Tat beistand, die aber aus irgendeinem Grund nicht wusste, dass Merlin mit diesem älteren Typen schlief. Auf der anderen Seite sah er sich selbst, der neue Nachbar, der zwar von der Beziehung wusste, aber sich nicht tröstend zu Wort melden konnte, weil er sich nicht verraten durfte. Dazu kam noch die simple Tatsache, dass sie sich erst seit drei Tagen kannten und Merlin sich wohl nicht einem Fremden anvertrauen würde, wenn es um Probleme in seiner Beziehung ging, von der noch nicht mal Linda wissen durfte.

Völlig gedankenverloren schloss er die Tür auf und wurde gleich von seiner Mutter empfangen.

»Hallo Davidschatz«, rief sie fröhlich und zog ihn herein. »Ist heute nicht ein schöner Tag?«

»Mam«, sagte David verwirrt. »Was ...«

»Ach, frag nicht«, unterbrach sie ihn und winkte ihn in die Küche. »Ich hatte einen hervorragenden Tag bis jetzt. Und ich glaube, er wird noch viel besser enden.«

David überlegte, ob seine Mutter vielleicht etwas getrunken hatte. So abwegig das war, würde es wohl noch am Besten zu ihrer seltsamen Ausgelassenheit passen. »Mam?«

»Was denn mein Schatz?«, fragte sie und lächelte ihn übers ganze Gesicht an. »Möchtest du vielleicht einen Tee?«

David schüttelte den Kopf. »Nein.« Seit wann trank seine Mutter denn Tee? »Es ist tierisch heiß heute.«

Sie schenkte ihm trotzdem eine Tasse ein. »Gerade deshalb sollte man einen heißen Tee trinken. Hier, nimm!«

Zögernd ergriff David die Tasse und roch daran. Sofort bildete er sich einene kühlenden Effekt ein.

»Trink«, sagte seine Mutter und goss sich ebenfalls noch nach. »Es wirkt unglaublich.«

David nippte, dann stellte er den Becher auf die Anrichte und sah seine Mutter ernst an. »Was ist los?«

Sie grinste. »Wir haben eine Einladung, David.«

»Von wem?«, fragte er völlig baff.

»Von unseren Nachbarn«, antwortete seine Mutter und lächelte breit. »Selma kam einfach rüber und wollte mit mir einen Tee trinken.«

»Der Tee ...«, sagte David, als verstünde er endlich, was es damit auf sich hatte.

»Genau. Sie hat ihn geholt. Du wirst es nicht glauben, sie mischt ihn selbst an. Wirklich erstaunlich, was?«

»Ja, wirklich.« David fand den Gedanken befremdlich, dass seine Mutter sich von einer fremden Person so in Begeisterung versetzen ließ. Für normal kehrte sie Unbekannten gegenüber immer die feine Dame heraus. Wenn er da so an die bisherigen Freundinnen seiner Mutter dachte, konnte er sich kaum vorstellen, dass sie sich mit einer rothaarigen Hippiemutter abgab. Irgendwie passte da was nicht zusammen.

»Wie ist sie denn so«, fragte David schließlich.

»Ach, irgendwie sieht Selma ja schon ein wenig – seltsam aus.« Seine Mutter verzog das Gesicht und zeigte auf ihre Hände. »Sie hat dieses Hennazeug auf den Fingern. Ich finde ja, sowas sieht immer ein bisschen unästhetisch aus.« Dann zuckte sie mit den Schultern. »Aber wenn sie meint.«

David nickte. Er konnte immer noch nicht glauben, was er da gerade hörte.

»Man muss ihr ja lassen, es steht ihr schon irgendwie, dieses – Hippiegetue. Hast du sie schon mal gesehen?«

David schüttelte automatisch den Kopf. Sicher hätte seine Mutter sonst noch tausend Fragen gestellt.

»Trink deinen Tee, Schatz.«

»Ich will nicht, Mam.«

Plötzlich wich die gute Laune. Hastig schnappte sie Davids Tasse und kippte den Inhalt in den Ausguss. Dann nahm sie noch einen Schluck aus ihrem eigenen Becher und goss danach auch diesen in die Spüle aus.

»Was machst du denn?«, fragte David völlig entgeistert.

»Wer nicht will, der hat schon«, sagte sie trocken. Als sie sich wieder zu ihm umdrehte, lächelte sie aber wieder. »Ich hatte eh schon zu viel von dem Tee.«

»Und was war das jetzt mit der Einladung?«

Seine Mutter zögerte einen bedeutungsvollen Augenblick. Fast schien es so, als wäre sie sich ihrer Sache plötzlich gar nicht mehr so sicher.

»Sie hat uns zum Grillen eingeladen heute Abend«, sagte sie endlich und hob dabei die Schultern, als wollte sie anzeigen, dass sie selbst keinerlei Schuld traf.

»Zum Grillen?«, hörte sich David wie aus weiter Ferne fragen. Langsam wurde ihm bewusst, was diese Einladung bedeutete. Er würde heute noch mal auf Merlin treffen. Seltsamerweise wusste er nicht, ob er sich darüber freuen sollte oder doch besser nicht. Seine Eltern würden dabei sein! Er atmete tief ein.

»Ich habe mir auch gedacht, dass das ein wenig – gewöhnlich ist. Irgendwie zu intim.« Seine Mutter wirkte geistesabwesend. »Aber ich konnte ihr diese Bitte einfach nicht abschlagen. Ich habe mich sogar ...« Sie sprach nicht weiter.

»Was?«, hakte David nach.

»Ich glaube, ich habe mich sogar darauf gefreut. Es war schön, sich mal mit jemanden austauschen zu können. Aber ...« Sie seufzte. »Ich weiß nicht, was dein Vater dazu sagen wird.«

»Aber du hast zugesagt«, erinnerte David noch mal.

»Ja, das habe ich.«

»Gut, dann machen wir eben das Beste draus, gehen rüber und finden heraus, ob sie wirklich so schrecklich sind.«

Seine Mutter sah ihn mit großen Augen an. »Das werden wir wohl.« Sie lächelte zaghaft. Aber wirklich gut schien sie sich dabei nicht mehr zu fühlen.

Plötzlich öffnete sich die Haustür und sein Vater kam herein.

»Ach herrje!« Seine Mutter wurde plötzlich bleich. »Ich habe gar nichts zu Essen gemacht!« Völlig geschockt sah sie zwischen David und ihrem Mann hin und her. »Ich habe es – vergessen.«

»War vielleicht gar nicht so schlecht«, sagte David und konnte sich ein Lachen nicht verkneifen. »Wir werden ja heute Abend was bekommen.«

»Ach du Schande! Ich muss noch einkaufen! Wir können nicht einfach mit leeren Händen da auftauchen!«

»Wo auftauchen?«, fragte Ansgar verwirrt.

»Ich – Ansgar – wir ...«, Hanne brach ab.

»Wir sind bei unseren Nachbarn zum Grillen eingeladen«, sagte David und legte ein begeistertes Gesicht auf.

»Zum Grillen?«, fragte sein Vater. »Bei unseren – bei denen?« Er bekam kugelrunde Augen.

»Ja«, sagte Hanne leise. »Möchtest du vielleicht einen Tee?«

»Was soll – Hanne – wieso – also – nein, ich will keinen Tee!«, stotterte Ansgar verwirrt.

»Ich bin dann mal oben.« David verließ die Küche und stieg die Treppe in den ersten Stock hinauf. Kaum hatte er sein Zimmer erreicht, hörte er unten den Streit beginnen. Das hatte nicht anders kommen können. Aber daran wollte David jetzt nicht denken. Ihn beschäftigte viel eher die Vorstellung, dass er Merlin nachher privat kennenlernen würde. Ein fürchterlicher Gedanke tauchte in seinem Kopf auf: Was, wenn Merlin gar nicht da wäre? Oft genug hatte er es erlebt, dass seine Eltern ihn zu einem Essen mitgeschleift hatten, der Nachwuchs der Gastgeber aber ausgeflogen war. Die Peinlichkeit, als Muttersöhnchen brav dabeizusitzen, würde er sich gern ersparen. Schnell griff er zum Fernglas und spionierte die Lage auf der anderen Straßenseite aus. Leider konnte er niemanden ausfindig machen. Alles lag ruhig und verlassen da.

David ließ sich schlapp auf sein Bett fallen. Der Gedanke, dass Merlin nicht beim Grillen dabei sein würde, war gar nicht mal so abwegig, schließlich hatte er Stress mit seinem Freund und momentan andere Sorgen. Aber, wenn Merlin wusste, dass er mitkam, würde er vielleicht doch bleiben. David überlegte.

Vorhin hatte sich Merlin so verabschiedet, als wollte er seine Ruhe haben. Wahrscheinlich war ihm Besuch also alles andere als recht? Angestrengt überlegte er hin und her. Sollte er erst mit rübergehen, wenn er wusste, dass Merlin dablieb? Das würde ihm aber immer noch nicht garantieren, dass er dem Jungen nicht auf die Nerven ging. Der Gedanke, dass bei all dem auch noch seine Eltern mitmischen würden, ließ ihn aufstöhnen. Gern hätte er Merlin und seine Familie ganz normal kennengelernt, ohne das Getue seiner Mutter und die steifen Anekdoten seines Vaters.

Als David sich wenig später wieder mit dem Fernglas ans Fenster stellte, sah er Merlin auf seinem Bett liegen. Wie gern würde er ihn trösten. Doch die Gefahr, dass er ungebeten kam, legte ihm die Entscheidung nahe, doch nicht mit rüberzugehen.

Seine Eltern hatten ihren Streit beigelegt. Wahrscheinlich tranken sie nun von dem wundersamen Tee oder was auch immer.

24

»Lin?«, fragte seine Mutter und schob die Tür zu seinem Zimmer auf. »Was hast du?«

»Nichts«, brummte Merlin.

»Soll ich dir einen Tee machen?«

»Machst du wieder einen auf Kräuterfee?«, fragte Merlin matt. Lustlos rollte er sich auf die Seite, damit er seine Mutter sehen konnte.

»Kräuterfee«, sagte Selma verächtlich. »Ich bin eine Hexe!« Dann sah sie ihn besorgt an. »Und ich spüre, dass etwas nicht in Ordnung ist. Willst du drüber reden?«

Merlin schüttelte den Kopf. »Nein.«

»Du bist verliebt.«

»Ja.«

»Vielleicht willst du doch drüber reden?«

»Nein.« Merlin schloss die Augen und legte sich auf den Rücken. Wenn er ehrlich zu sich war, musste er aber zugeben, dass er doch ganz gern reden würde. Allerdings wollte er sich jetzt nicht noch mal umentscheiden.

»Eigentlich willst du doch, oder?«

Merlin seufzte, woher wusste sie das wieder?

»Ich bin deine Mutter, ich weiß sowas«, sagte sie und setzte sich zu ihm aufs Bett. »Ist es schief gegangen?«

Merlin nickte. Dann öffnete er wieder die Augen und richtete sich ein wenig auf. »Nein, eigentlich nicht. Im Grunde ist gar nichts passiert. Ich habe ihm nur gesagt, dass ich auf Jungs stehe und er hat für nen Hetero sehr cool reagiert. Das war es schon.«

Selma schmunzelte. »Hat er dir gesagt, dass er ein Hetero ist?«

»Nein, natürlich nicht.«

»Woher willst du es dann wissen?«

»Er hätte mir doch sicher gesagt, dass er auch schwul ist, wenn ich mich schon oute, oder?«

»Lin, es gibt Jungs, denen das nicht so leicht fällt. Es ist nicht jeder so stark wie du. Du kennst seine Eltern doch noch gar nicht. Vielleicht würden die nicht so locker damit umgehen.«

»Du meinst – er hat es mir nur nicht gesagt?«

»Nein, ich meine nicht, ich weiß es.« Sie zwinkerte ihm zu. »Er hat sicher nur Angst. Hey, er ist umgekippt, als du mit ihm geredet hast!«

»Ma! Du hast wieder spioniert!« Merlin knuffte seine Mutter in die Seite. »Das kann echt nicht wahr sein!«

»Ich spioniere nicht, ich bin aufmerksam. Das ist alles.«

Merlin lachte. Mit einem Mal war seine Niedergeschlagenheit verflogen und er fühlte sich putzmunter.

»Woher willst du dich eigentlich so gut mit Schwulen auskennen?«, fragte er.

»Na aber hallo! Mein Sohn ist zufällig schwul, da lernt man schon ein wenig dazu«, sagte Selma und konnte sich ebenfalls ein Lachen nicht verkneifen. »Ich habe dich gesehen, wie du Jungen hinterherschaust. Das war der gleiche Blick, den ich nun bei ihm sehe, wann immer er dich anschaut.«

»Aber – ich verstehe das nicht. Wenn ich ihm doch gerade gesagt habe, dass er sich bei mir nicht verstecken braucht ...«

»Nimm ihm das nicht übel. Ich glaube, er ist da noch recht grün hinter den Ohren.« Sie runzelte die Stirn. »Außerdem ist es doch viel schöner, wenn ihr euch erst mal so kennenlernt, oder? Ich denke, du willst es romantisch haben. Da wäre es doch ein wenig einfach, wenn ihr euch gegenseitig die Tatsachen an den Kopf knallt, nur um dann schnell in die Kiste ...«

»Ma!« Merlin hielt sich die Hände vor den Kopf. »Immer wieder!«

Selma erhob sich und stemmte die Hände in die Hüften. »Was hältst du davon, wenn du ihn einfach mal hier rüberholst?«

Merlin überlegte einen Moment. Würde er das einfach so machen? Im Grunde wäre nichts dabei. Aber er wollte nicht den Eindruck erwecken, dass er hinter dem Jungen her war.

»Ach«, sagte er lahm. »Ich glaube, das ist keine gute Idee.«

»Traust du dich nicht?«

»Ich weiß nicht.« Merlin atmete schwer aus. »Irgendwie habe ich das Gefühl, dass es ein wenig mehr von ihm kommen muss. Woher soll ich wissen, dass ich ihm nicht auf die Nerven gehe?«

»Na, auf mich willst du ja offenbar nicht hören.«

»Ma! Ich hab mich in ihn verknallt! Das ist doch – das wäre mir nicht passiert, wenn – ach, ich weiß auch nicht ...«

»Vielleicht würde es dir ja helfen, wenn ich ihn einlade«, kicherte Selma. »Dann würde ich ihm auf die Nerven gehen und nicht du.«

»Oh man, bitte keine peinlichen Aktionen!«, sagte Merlin ernst. »Ich kann das echt nicht gebrauchen. Ich will mich nicht blamieren, nur damit andere wissen, wie menschlich ich bin und wie nett und süß und so.«

»Nun, ich habe nicht ihn eingeladen, sondern seine Eltern.« Selma strahlte übers ganze Gesicht.

»Ach du Scheiße!« Merlin wurde bleich. Eigentlich hätte er es ahnen müssen. »Für wann?«

»Heute Abend. Wir grillen.«

»Und du bist sicher, dass David mitkommt?«

»David heißt er also. Ich hab mich schon gefragt, wann du ihn mir endlich mal vorstellst.«

»Ma! Meine Frage!«

»Natürlich kommt er mit, schließlich ist er in dich verschossen.« Sie wurde plötzlich ernst. »Allerdings glaube ich, dass seine Eltern nicht so locker sind. Hat ganz schön gedauert, bis ich seine Mutter endlich so weit hatte.«

»Hättest sie ja verzaubern können«, sagte Merlin und lachte frech.

»Hab ich, hab ich. Ist nur die Frage, wie lang das vorhält.«

Merlin verdrehte die Augen und zog sich das Kopfkissen übers Gesicht. Sofort sah er David vor sich. Seine Mutter hatte es mal wieder geschafft. In ihm flatterte alles vor Freude. Er würde sich vielleicht mit David hierhin zurückziehen und mit ihm reden können. Kurz überlegte er, ob er nicht bei einer Flasche Sekt ganz direkt sein sollte. Er würde ihm einfach sagen, dass er sich heute so blöd benommen hatte, weil er verliebt war, derjenige aber noch nichts von seinem Glück wisse. Die übliche Geschichte halt. Man erzählt einfach von sich und einem ominösen Fremden und wartet die Reaktion ab, bis man schließlich das Geheimnis lüftet. Aber das war Kinderkacke!

Merlin warf das Kopfkissen von sich. Er wollte seine Mutter treffen, doch die stand nicht mehr im Raum und das Kissen fiel zu Boden.

»Ma?«, rief er.

Sie antwortete ihm etwas von unten. Das war typisch für sie, dass sie einfach mitten im Gespräch verschwand und plötzlich etwas Wichtiges zu tun hatte. Aber sie hatte erreicht, was sie wollte. Merlin fühlte sich wieder vollkommen aufgetankt und freute sich auf den gemeinsamen Abend mit David. Er würde nur noch einen Vorwand finden müssen, um mit ihm aufs Zimmer verschwinden zu können.

»Vielleicht fragst du ihn einfach, ob er dir was für die Schule erklären kann«, sagte seine Mutter, die unvermittelt wieder im Türrahmen aufgetaucht war. »Der Trick funktioniert immer. Du fragst ihn was. Er muss es dir erklären. Vielleicht muss er sich auch ein wenig über dich rüberbeugen, um es dir zu zeigen.« Sie lachte und verschwand wieder.

Merlin schüttelte den Kopf.

»Funktioniert gut!«, rief Selma noch. Aber Merlin zweifelte. Wollte er wirklich wieder auf einen Tipp seiner Mutter hören? Am Besten war wohl, wenn er einfach die Situation abwartete und dann spontan reagierte. Zur Not würde er ihn immer noch später um Nachhilfe bitten können. Er musste grinsen. Das war einfach sowas von abgedroschen. Nachhilfe!

Dann sprang er auf. »Wann kommen die denn?«, rief er runter und bekam eine Antwort zurück, die nicht halb so eindeutig war, wie er es sich gewünscht hatte. Trotzdem ging er ins Bad und stellte sich unter die Dusche. Sie würden Grillen. Also absichtlich nichts, wo man sich besonders schick machen musste. Sicher war auch das eine Taktik seiner Mutter. Manchmal dachte Merlin, dass diese Frau aber wirklich nichts dem Zufall überließ. Nur bei sich selbst, da hatte sie das alles nicht so gut im Griff.

25

David schreckte auf, als seine Mutter nach ihm rief. Er hatte die ganze Zeit Merlins Zimmer observiert und beobachtet, wie sich der Junge für die Grillparty zurecht machte. Ein wenig war David irritiert, weil sich Merlin sicher vier Mal umgezogen hatte und immer noch nicht zufrieden mit sich und seinem Outfit schien, als er das Fernglas weglegte.

»Ich komme!«, rief er und kontrollierte sich noch mal im Spiegel. Nachdem er Merlin eine Weile beobachtet hatte, war zu dem Schluss gelangt, dass er sich besser auch noch mal umzog. Nun trug er eine weiße Kniehose und ein dunkelblaues Muskelshirt. Er sah kurz nach draußen. Der Himmel leuchtete noch immer strahlend blau. Wenn es später wurde und es langsam abkühlte, konnte er sich immer noch eine Jacke oder einen Pulli holen.

»David?« Seine Mutter scharrte unten mit den Füßen.

»Ja«, antwortete er und verließ sein Zimmer. Seine Eltern warteten bereits auf ihn.

»Gut siehst du aus, Schatz«, sagte Hanne. David wusste, dass sie auf solche Sprüche einfach nicht verzichten konnte. Wenigstens ließ sie ihre Meinung schon jetzt ab.

Sein Vater machte einen gänzlich unpässlichen Eindruck. Fast tat er David ein wenig leid. Aber es erstaunte ihn, dass er sich letztlich doch bereiterklärt hatte mitzukommen. Es hätte sicher auch ein wenig komisch ausgesehen, wenn er nicht erschienen wäre.

»Können wir jetzt?«, brummte Ansgar.

»Natürlich«, sagte Hanne und grinste David verschwörerisch an. »Nimmst du das Essen?« Sie reichte ihm den Korb, der randvoll mit irgendwelchen Vorbereitungen vollgepackt war.

David griff wortlos danach. Dann ging es los. Sein Herz klopfte bei dem Gedanken, dass er Merlin gleich wiedersehen würde.

»Hoffentlich dauert das nicht so lang«, sagte Ansgar, als sie über die Straße gingen.

»Ach, jetzt hör aber auf!« Hanne sah ihren Mann böse an. »Du wirst dir doch ein bisschen Mühe geben können.«

Aber David sah in ihren Augen den Zweifel. Sie war sich ihrer Sache auch längst nicht mehr so sicher. Das konnte ihm aber egal sein, solang er sich nur gut mit Merlin verstand. Und hatte er vorhin nach der Schule noch geglaubt, dass sein Schulfreund heute bestimmt nichts mehr anderes tun würde, als über seinen Beziehungsproblemen Trübsal zu blasen, so wusste er jetzt, dass sich Merlin offensichtlich doch mehr Gedanken über den Grillabend machte, als über seinen Freund.

Auf dem Türschild stand *Jobim/Nagy*. Seine Mutter flüsterte: »Sie sind nicht verheiratet.« Sie sah ihren Mann bedeutungsvoll an. Dann drückte sie den Klingelknopf und zog sich noch mal schnell die Bluse zurecht.

Sie mussten kaum ein paar Sekunden warten, als die rothaarige Frau auch schon die Tür öffnete und sie erfreut anlächelte. »Hallo! Dann kommt mal rein.« Sie trat einen Schritt zur Seite und hielt ihnen die Tür auf. Zuerst begrüßte sie Hanne, indem sie sie kurz umarmte. David hätte bei dem überraschten Gesichtsausdruck seiner Mutter fast laut gelacht.

»Und Sie sind sicher Ansgar!«, rief Merlins Mutter und reichte seinem Vater die Hand.

»Ansgar Gessen«, sagte sein Vater steif.

»Ich bin Selma«, antwortete die Rothaarige und lachte. Offenbar fand sie die Förmlichkeit seines Vaters überflüssig.

»Ich bin David«, sagte David und reichte Selma den Korb. »Meine Mutter hat hier ein paar Sachen gemacht. Sie kann es nicht lassen.«

Seine Mutter riss kurz die Augen auf, lächelte dann aber.

»Ach, das ist ja reizend. Aber Hanne!«, sie drehte sich um. »Ich hab doch gesagt, dass ihr eingeladen seid. Hoffentlich haben wir jetzt nicht zu viel.«

»Notfalls nehmen wir auch wieder was mit rüber«, sagte sein Vater völlig humorlos.

»Ansgar!« Hanne stieß ihrem Mann in die Seite.

Die Rothaarige lachte. »Ach übrigens«, richtete sie sich wieder an David. »Du nennst mich natürlich auch Selma, okay?« Sie zwinkerte ihm zu. An seine Eltern gerichtet sagte sie: »Paolo kommt ein wenig später. Es gibt wohl noch etwas zu tun im Büro. Sie kennen das sicher, Ansgar.«

Sein Vater nickte kaum merklich.

»Also, wenn es euch nichts ausmacht, können wir uns schon mal auf die Terasse setzen. Was wollt ihr denn trinken?«

»Im Moment nichts«, sagte seine Mutter. Sie schaute durch das

Wohnzimmer nach draußen. »Aber es sieht wirklich schön aus.«

»David?«, fragte Selma plötzlich und sah ihm unmittelbar in die Augen. »Merlin ist noch oben und mit irgendwas Hochwichtigem beschäftigt. Stör ihn mal ein wenig.«

David zögerte. Sollte er wirklich nach oben gehen? Mit einem Mal waren wieder die Zweifel da.

»Also wenn du störst, bleibst du besser hier bei uns«, sagte seine Mutter.

David verdrehte innerlich die Augen. Dass seine Mutter sich einmischen würde, war so klar, dass er überrascht hätte sein müssen, wenn sie es nicht getan hätte.

»Aber Hanne!«, widersprach Selma sofort. »Das war doch ein Scherz. Natürlich stört er nicht.«

David ergriff die Chance und ging auf die Treppe zu. Er wollte schleunigst nach oben flüchten.

»Wenn wir Besuch bekommen, stellt sich David den Gästen auch immer vor«, hörte er seine Mutter noch sagen. Jetzt musste sie wieder hervorheben, was er doch für ein gut erzogener Junge war und gleichzeitig darauf hinweisen, dass man das noch lange nicht von allen behaupten konnte. David ballte die Fäuste.

»Paperlapapp«, antwortete Selma leichthin. »Kinder haben ihren eigenen Kopf. Ihr werdet Merlin nachher schon zu Gesicht bekommen. Kann ich euch einen Tee anbieten? Oder vielleicht einen Kräuterlikör?«

David hörte nicht mehr hin. Für ihn bestand die Welt nur noch aus sacht knarrenden Holzstufen, die nach oben führten. Aufmerksam sah er sich um. An den Wänden hingen zahllose Fotos. Manche alt und schwarzweiß, zeigten wahrscheinlich Merlins Großeltern oder andere Personen, die heute sicher schon alt oder tot waren. Andere waren neueren Datums. Seltsamerweise entdeckte David auf keinen von ihnen Merlin. Aber vielleicht erkannte er ihn auch nur nicht auf Anhieb, schließlich war er nicht zum Fotosgucken hier oben.

Vier Türen gingen vom oberen Flur ab, wovon eine lediglich angelehnt war. David vermutete, dass sie zu Merlins Zimmer führte. Vorsichtig trat er heran und lauschte. Dann klopfte er zaghaft.

»Immer rein«, sagte Merlin.

Langsam schob David die Tür auf und trat ein. Das Zimmer kannte er ja im Grunde schon von seinen Beobachtungen. Aber jetzt befand er sich selbst darin. Zusammen mit Merlin, der ihn gerade beobachtete.

»Hi«, sagte er leise. »Ich hoffe, ich störe nicht. Deine Mutter meinte, du bist beschäftigt.«

Merlin saß an seinem Schreibtisch, hatte sich aber zu ihm umgedreht. »Nein, störst nicht. Ich habe nur – was geschrieben.«

»Was denn?« David stand mitten im Zimmer.

»Ach, irgendwas. Kannst dich auf mein Bett setzen, wenn du willst.«

David nickte und ließ sich auf die Bettkante nieder. Kurz dachte er darüber nach, dass Merlin vorletzte Nacht noch hier gekniet hatte und von seinem Freund ...

»Na, da hatte meine Mutter mal wieder eine ihrer fixen Ideen, was?«, lachte Merlin. »Ich habe es auch erst vorhin erfahren.«

»Oh, ja, ganz schön überraschend.« David wusste nicht recht, was er sagen sollte und kam sich überhaupt ein wenig fehl am Platz vor.

Merlin betrachtete ihn eine Weile. Wieder fielen David seine braunen Augen auf.

»Was machen wir jetzt?«, fragte Merlin und erhob sich. Erwartungsvoll blieb er stehen.

David zuckte mit den Schultern. Im Grunde fragte er sich schon den ganzen Nachmittag, was sie wohl machen würden, wenn er erst mal hier war.

»Willst du schon runter?«, fragte Merlin.

»Keine Ahnung«, antwortete David, obwohl er natürlich nicht runter wollte. Viel lieber würde er sich mit Merlin hier oben unterhalten – den ganzen Abend, wenn es sein musste. »Aber«, fügte er schnell noch an, »dein Vater ist wohl noch nicht da. Eigentlich können wir auch hier oben auf ihn warten.«

»Er ist nicht mein Vater«, sagte Merlin und zog plötzlich ein bitteres Gesicht.

»Entschuldigung.« David hatte es vergessen.

Merlin setzte sich neben ihn aufs Bett. »Mach dir mal keinen Kopf darum.«

Ein paar Sekunden saßen sie schweigend da. David spürte die Nähe, obwohl sich zwischen ihnen noch genügend Abstand befand. Trotzdem fühlte es sich ganz anders an, mit Merlin hier in seinem Zimmer auf dessen Bett zu sitzen, als in der Schule, wo sie sich mitunter eindeutig näher kamen.

»Was ist mit deinem Vater?«, fragte David schließlich zögerlich. Er wollte Merlin einerseits nicht an etwas erinnern, das ihn unter Umständen traurig stimmte, aber auf der anderen Seite wollte er auch mehr über die Familienverhältnisse erfahren, damit er vielleicht nicht mehr so bereitwillig in jedes Fettnäpfchen trat. Er fand solche Konstellationen immer besonders schwierig. Irgendwie fühlte er sich automatisch schuldig, weil er schließlich noch beide Elternteile hatte, auch wenn das noch lange nicht bedeuten musste, dass er es damit besser traf ...

»Ich habe meinen richtigen Vater nie kennengelernt«, sagte Merlin und ließ sich nach hinten fallen. »Bei uns läuft das alles nicht so, wie es in normalen Familien abläuft.«

David sah ihn fragend an. Er widerstand der Versuchung, sich ebenfalls hinzulegen.

»Meine Mutter hat einfach irgendwann beschlossen, dass sie ein Kind bekommen will. Also hat sie sich einen Mann gesucht und mich gezeugt.«

David musste wohl sehr komisch aus der Wäsche schauen, denn Merlin fing plötzlich an zu lachen.

»Tut mir leid, aber das ist auch schon das ganze Geheimnis. Nichts Dramatisches. Meine Mutter bekommt halt immer was sie will.«

»Und – du findest – also, das ist okay für dich?«

»Manchmal macht man sich schon seine Gedanken darüber, aber ich würde sagen, dass ich damit klarkomme.«

David nickte, doch mit seinen Gedanken war er ganz woanders. Er hatte sich gerade dazu entschieden, dass er den kleinen Schritt wagen und sich doch neben Merlin legen wollte, als dieser sich auch schon wieder erhob.

»Aber wir müssen jetzt nicht den ganzen Abend über sowas reden«, sagte Merlin und knuffte David in die Seite. »Erzähl mal ein wenig von dir!«

David wurde augenblicklich rot. Was sollte er von sich erzählen? Er bekam plötzlich das ungute Gefühl, dass Merlin auf seine Homosexualität anspielte. Vielleicht hatte er es ihm doch irgendwie angesehen? Mit einem Mal saß er vollkommen steif da. Mühsam presste er die Worte hinaus: »Was willst du denn wissen?«

»Ach«, machte Merlin, »wie war es denn so in Hamburg an der Schule? Ihr seid ja offensichtlich viel weiter gekommen als wir hier.«

Einigermaßen beruhigt erzählte David von seiner ehemaligen Schule. In der Tat waren sie dort ein gehöriges Stück weiter gekommen mit dem Lernstoff. Nach einer kurzen Pause fügte er völlig selbstvergessen noch an, dass er in Hamburg der Verlierer schlechthin gewesen war. Sofort schoss ihm die Hitze ins Gesicht. Warum hatte er das jetzt gesagt? Merlin würde sich nun sicherlich denken, dass er zu weichlich war, um sich gegenüber anderen durchzusetzen. Und dann würde es nicht mehr weit sein, bis er darauf kam, dass er schwul war. Angespannt saß er da und wartete auf Merlins Reaktion.

»Also ich hatte auch zwei Schulen dabei, an denen es einfach nur grausam war«, sagte Merlin wider Erwarten völlig locker. »Manchmal hat man halt die Arschkarte.«

David ließ sich erleichtert nach hinten aufs Bett fallen.

26

Merlin legte sich vorsichtig neben David, diesmal seitlich, damit er den Jungen ansehen konnte. In ihm kitzelte es wie verrückt. Er lag tatsächlich mit ihm in einem Bett, völlig ungezwungen. Es hatte etwas völlig Aufrichtiges. Trotzdem dachte Merlin darüber nach, dass sich ein normaler Junge doch wohl kaum auf ein fremdes Bett legen würde, wenn der noch unbekannte Mitschüler neben ihm saß, oder doch?

David schloss die Augen. Er dachte über irgendwas nach, das konnte Merlin sehen.

»Woran denkst du?«, fragte er leise, um den Jungen nicht aufzuschrecken. Er bemerkte, dass seine Stimme einen leicht intimen Klang bekommen hatte.

»An nichts«, antwortete David und sah ihn kurz an. Dann schloss er seine Augen wieder. Einen Moment später sagte er: »Ich denke darüber nach, wie froh ich bin, nicht mehr in Hamburg auf die Schule zu müssen.«

»War es so schlimm?« In Merlin liefen die zahllosen Übergriffe seiner Mitschüler ab, die er im Zuge der Schulwechsel über sich hatte ergehen lassen müssen. Er konnte sich noch sehr gut daran erinnern, dass ein paar Schüler aus den höheren Klassen ihm die Hose ausgezogen hatten, um nachzuschauen, ob er nicht doch ein Mädchen war. Das war in der Fünften, als er kaum drei Wochen zur Schule ging.

David antwortete nicht und Merlin beschloss, das Thema ruhen zu lassen. Er wollte nichts erzwingen. Wenn David irgendwann darüber reden wollte, würde er sich schon melden.

»Hast du in Hamburg noch Freunde?«, fragte er stattdessen.

»Nein«, antwortete David nach kurzem Zögern. »Ich scheine in solchen Dingen nicht sonderlich kompatibel zu sein.«

Merlin konnte sein Lachen nicht zurückhalten. David sah ihn überrascht an.

»Sorry.« Merlin winkte ab. »Ich bin doof. Wenn du nicht kompatibel bist – übrigens, geiles Wort –, was bitte bin ich dann?«

David sah ihn ernst an. »Du hast immerhin Freunde, oder? Also, ich meine Linda.«

»Ja, das stimmt«, sagte Merlin nachdenklich. Er konnte kaum glauben, dass David das ernst meinte. Hatte er denn nicht einen Vertrauten? Wahnsinnig kommunikativ war Merlin selbst auch nicht, aber wenn er sich vorstellte, dass er überhaupt niemanden hätte ... Er bemerkte, wie seine Hand automatisch zu David hinüberlangte und auf dessen Brustkorb zum Liegen kam. Noch während der Bewegung wünschte er sich, selbige wieder ungeschehen machen zu können. David zuckte, als Merlin seine Hand aufsetzte.

»Wenn du – wenn du willst ...« Merlin war von seinem forschen Auftreten durcheinander. Aber er wollte David gern anbieten, dass er mit ihm reden konnte.

David entzog sich seiner Berührung, indem er sich aufsetzte. Diese Reaktion nahm Merlin nun entgültig die richtigen Worte und er setzte sich ebenfalls wieder auf die Bettkante. Sie schwiegen. Nach einer Ewigkeit brachte Merlin endlich eine Entschuldigung hervor.

»Tut mir leid, ich wollte nicht ...«

»Schon in Ordnung.« David lächelte, aber es sah irgendwie nicht echt aus. »Bin wohl manchmal ein wenig empfindlich.«

Merlin dachte über die Worte seiner Mutter nach. War das wirklich das Verhalten eines Schwulen, der nur Angst vor dem Coming Out hatte? Er konnte es sich kaum vorstellen. Vielmehr deutete alles darauf hin, dass David absolut nicht schwul war.

»Ich wollte dir nicht zu nah kommen«, sagte Merlin, um seinen begonnenen Satz doch noch zu Ende zu bringen. Kurz überlegte er, ob er ihm einfach sagen sollte, dass er sich in ihn verguckt hatte und sich deshalb so dämlich benahm. Aber das konnte die Sache im Grunde nur verschlimmern, wenn David in der Tat ein Hetero war. Üblicherweise waren die normalen Jungs nämlich alles andere als begeistert, wenn sich ein Schwuler unter sie mischte. Eigentlich konnte man froh sein, wenn man von ihnen toleriert wurde. David wiederum schien besonders tolerant zu sein. Vielleicht ...

»Wie hast du eigentlich herausgefunden, dass du – so bist?«, fragte David unerwartet.

Merlin sah, wie schwer ihm die Frage fiel. Er schaute ihn nicht mal an, so als ob er auf einer Schlachtbank säße und auf den Henker wartete. Aber das musste noch lange nichts heißen, rief sich Merlin in Erinnerung. Es gab viele, die mit dem Thema nicht so offen umgehen konnten, aber dennoch neugierig waren.

»Ich weiß es eigentlich nicht genau«, fing er an. »In der Grundschule fand ich die Jungs einfach viel interessanter. Aber das ist ja auch eher normal. Allerdings hab ich trotzdem lieber mit den Mädels gespielt.« Er lachte.

David sah ihn schüchtern an. »Also weißt du es schon seit frühauf.«

»Ja.« Merlin nickte. »Immer wenn ich mich in jemanden verknallt hab, war es ein Junge. Ich habe mir da aber nie einen Kopf drum gemacht. Liegt wohl an meiner Erziehung.«

David legte einen fragenden Blick auf.

»Na, meine Mutter meinte immer, dass es egal ist, ob ich einen Jungen oder ein Mädchen mag. Ich soll einfach wen mit nach Hause bringen. Sie ist da ziemlich locker.«

»Ihr ist das – einfach egal?« David war bass erstaunt.

Merlin zuckte mit den Achseln. »Ich denke schon, sonst hätte sie mich nicht so unterstützt. Meine Mutter ist aber eh ein wenig anders, als der Durchschnitt.«

»Kann ich kaum glauben, dass eine Mutter da so locker mit umgeht. Ich meine, will sie denn nicht, dass du irgendwann mal Kinder hast?«

»Kann sie das verlangen?«, fragte Merlin zurück. »Sicher fände sie es schön, glaube ich, aber man kann sowas doch nicht planen. Genauso gut könnte ich doch normal gepolt sein, aber impotent, oder meine Frau wäre unfruchtbar, oder ich finde erst gar keine. Ist doch alles möglich. Ebenso, dass ich irgendwann mal den Richtigen finde und man ein Kind adoptiert.« Merlin lachte laut. »Das hat aber noch ewig Zeit, glaub mir!«

David grinste.

»Wie sind eigentlich deine Eltern so?«, fragte Merlin plötzlich und das Lächeln verschwand aus Davids Gesicht. Im gleichen Moment fiel Merlin auf, dass man in diese Frage hineindeuten konnte, dass er David ebenfalls für schwul hielt. Trotzdem wartete er die Antwort ab, ohne seine Frage noch mal abzuändern.

»Also, meine Mutter würde da garantiert nicht so lässig mit umgehen«, sagte David schließlich. »Meine Eltern sind eher konservativ. Eigentlich wundert es mich schon, dass sie überhaupt der Einladung zum Grillen gefolgt sind.«

Merlin nickte. Er war sich nicht sicher, ob er noch weiterbohren sollte.

»Aber, wenn du ein Mädchen mitbringst, ist das schon okay, oder?«

David wurde rot.

»Also, ich meine, sie gehören jetzt nicht zu der Fraktion kein Sex vor der Ehe?«

»Nein, ich glaub nicht«, sagte David.

»Hattest du noch keine Freundin?«, fragte Merlin unvermittelt.

»Doch, klar«, schoss es aus David hervor. »Ich hab sie nur noch nicht mit nach Hause gebracht.« Er schien zu überlegen. »War bisher eher immer was Kurzfristiges.«

Merlin nickte wieder, dann grinste er. »Nur was fürs Bett, was?«

»Genau.«

Das klang exakt so, wie er es von den Jungs aus seiner Klasse kannte, aber irgendwie konnte er es David doch nicht richtig abnehmen. Er wirkte so unerfahren und schüchtern, was dieses Thema anging.

»Wie ist das denn so mit einem Mädchen?«, fragte Merlin, um der Sache noch ein wenig auf den Grund zu gehen. »Ich meine, ich hab ja noch nie ...«

David sah ihn schon fast schockiert an. Dann murmelte er schwach: »Schön.«

Unten ging die Haustür. Merlin entschied sich, David in Ruhe zu lassen. Schließlich wollte er sich das mit der Freundschaft nicht verderben.

»Ich glaube, wir gehen langsam mal runter, oder?«

»Klar«, sagte David erleichtert und sprang auf.

»Wenn du Lust hast, können wir ja nachher weiter quatschen.«

27

David nickte. Aber er war sich nicht sicher, ob er tatsächlich weiter mit Merlin reden wollte. Irgendwie schien der Junge immer genau seine wunden Punkte zu treffen. Das Verwirrende daran war, dass er sich dennoch in seiner Gegenwart wohl fühlte. Innerlich wusste er, dass er sich Merlin anvertrauen konnte. Vielleicht würde er das auch irgendwann tun. Allerdings nicht jetzt und auch nicht nachher.

»Ich hoffe mal, meine Ma ist deinen Eltern noch nicht zu sehr auf den Wecker gefallen«, flüsterte Merlin ihm verschwörerisch zu, als sie die Wendeltreppe hinunterstiegen. »Das kann sie nämlich gut. Vor allem, wenn sie glaubt, es mit Spießern zu tun zu haben.«

David konnte einen missbilligenden Blick nicht vermeiden.

»Also, wenn sie meint, es seien Spießer. Heißt natürlich nicht, dass deine Eltern ...«

»Ach, schon in Ordnung«, gab David nach. »Ich glaube, meine Eltern sind Spießer.« Im ersten Moment war er tatsächlich ein wenig entrüstet gewesen, dass Merlin seine Eltern einfach so in eine Schublade gesteckt hatte. Aber letztlich konnte er es nicht leugnen. Wenn er an Merlins Mutter dachte, seine eigene hätte niemals jemanden einfach so das Du angeboten. Gegen Selma wirkten seine Eltern geradezu eisig.

Als sie unten ankamen, lehnte sich Merlin noch mal zurück und sah ihn über die Schulter hinweg an. »Also, wenn du keinen Bock mehr haben solltest, gib mir einfach ein Zeichen, dann verschwinden wir. Ich glaube, meine Mutter kann mit ihrer lockeren Art mindestens genauso nervig sein, wie der schlimmste Spießer.«

David lachte.

»Was gibt's denn hier zu gackern?«, rief Selma plötzlich und kam auf sie zugelaufen.

»Mensch, Ma! Erschreck mich nicht so«, sagte Merlin, der in der Tat zusammengezuckt war. Jetzt hielt er sich theatralisch die Hand vor die Brust und tat, als müsste er zusammenbrechen.

»Hör mit dem Quatsch auf!«, sagte Selma. »Wir warten schon.« An David gerichtet sagte sie: »Was willst du trinken? Merlin hat dir doch sicher nichts angeboten. Bier?«

Sie sah ihn vollkommen ernst an, so dass David nicht wusste, wie er sich verhalten sollte. Natürlich hatte er Lust ein Bier zu trinken, wie Männer das nun mal so taten. Aber seine Mutter würde ganz sicher einen dummen Spruch ablassen, nach dem Motto, dass er doch noch viel zu jung sei, um Alkohol zu trinken.

»Limo, wenn es geht«, sagte er schließlich und erntete von Merlin einen fragenden Blick.

»Du ein Bier, Lin?«, fragte Selma.

»Ähm.« Merlin schien zu zögern. Dann schüttelte er den Kopf. »Nein, ich nehme auch eine Limo.«

Selma sah sie irritiert an. »Was ist denn mit euch los, Männer?« Sie lachte. »Na gut, dann eben Limo. Aber ich habe auch Milch, wenn ihr euch noch mal umentscheiden wollt.«

David kam sich vollkommen bescheuert vor. Merlin hatte absolut recht. Seine Mutter war auf eine ganz andere Art merkwürdig. Aber David glaubte, dass man es mit so einer Mutter gut aushalten konnte. Immerhin schien sie das Leben einfach so zu nehmen wie es gerade kam. Wenn jemand Lust hatte, Bier zu trinken, obwohl er erst siebzehn war, dann sollte er eben – genauso, wie man einfach so vollkommen natürlich schwul sein durfte. Zum ersten Mal dachte David darüber nach, wie schön das Leben sein könnte, wenn alles so natürlich wäre, wenn man einfach man selbst sein dürfte, ohne sich Gedanken darüber machen zu müssen, wie das wohl von anderen aufgenommen werden könnte.

»Hey.« Merlin stieß ihn an. »Träumst du?«

David blinzelte. Selma war in die Küche verschwunden und suchte Getränke zusammen.

»Äh, ja«, sagte er und grinste.

»Komm, wir gehen raus.« Merlin lächelte ihm zu, drehte sich um und marschierte durch das Wohnzimmer auf die offene Terassentür zu. David folgte ihm. Vor seinen Augen sah er aber noch immer das bezaubernde Lächeln des Jungen, in den er sich verliebt hatte. In Gedanken hielt er inne. Was war das? Hatte er gerade wirklich gedacht, dass er in Merlin verliebt war? Wie zufällig tauchten wieder die braunen Augen vor ihm auf, das strahlende Lächeln mit den hübschen, weißen Zähnen. In diesem Blick lag etwas, das ihn tief berührte, etwas, das ihm sagte, dass er sich hier auf jeden Fall sicher fühlen konnte.

»Davi, komm, setz dich hier rüber!«, zerriss seine Mutter das Bild und plötzlich fand er sich mit einem Fuß auf der Terasse in der Realität wieder. Merlin setzte sich gerade auf einen freien Stuhl. Ein rascher Blick verriet David, dass er sich wohl oder übel neben seine Mutter setzten musste, die ihn stolz angrinste. Aber immerhin würde er auch neben Merlin sitzen. Sein Vater saß seiner Mutter zur Linken. Dann war ein Platz frei. Gleich daneben, mit dem Rücken zur Terassentür, saß ein Mann. Das musste Merlins Vater – also – der Freund von Selma sein. David gab sich einen Ruck und betrat die Terasse.

»Stell dich bitte vor«, erinnerte seine Mutter, als wäre er gerade nicht selbst auf diese Idee gekommen.

»Hallo«, sagte David und streckte schon mal die Hand aus. »Ich bin David.«

Der Mann drehte sich um, sah ihn mit braunen Augen an, die so kalt und unfreundlich wirkten, dass es David schauderte.

»Paolo. Ich bin der Chef deines Vaters.«

Die Worte schienen die Luft zu zerschneiden.

David wurde schlecht.

Der erste Impuls, dass er diesen Mann schon kannte, bestätigte sich, als er ihn richtig sah. Er hatte Paolo bereits durch sein Fernglas gesehen. Paolo war nicht nur der Chef seines Vaters und fuhr einen gigantischen Mercedes, er war auch noch der Freund von Merlin – und Selma.

»Setz dich lieber«, sagte Paolo mit seiner harten Stimme. »Du machst einen leicht schwächlichen Eindruck.«

David hielt sich an Merlins Rückenlehne fest und hangelte sich zu seinem Stuhl. Er merkte kaum, dass er sich hinsetzte. Den Blick hatte er immer noch auf Paolo gerichtet. Dessen dunkle Haut schimmerte in der Abendsonne. Dann registrierte er, dass der Ton ausgefallen war. Er riss seinen starren Blick von diesem Mann los und rieb sich über die Schläfe. Langsam hörte er die Stimmen wieder zurückkehren.

»... ganz schön kräftig. Erst letzten Sommer hat er seinen Segelschein gemacht und der Lehrer war begeistert ...«

»Mam!«, fuhr David erschrocken dazwischen. Eigentlich hätter er sich denken müssen, dass seine Mutter sofort zu seiner Verteidigung ansetzen würde. Man durfte ja nicht auf sich sitzen lassen, dass der eigene Sohn, immerhin fast ein Mann, auch wenn er noch keinen Alkohol trinken durfte, mal schwächlich wirkte.

»Was denn, mein Schatz? Es ist doch so. Mister Leigh war sehr ...«

»Das interessiert doch keinen!«, sagte David ein wenig zu schroff. Unangenehm berührt sah er zu Merlin, der sich grinsend wegdrehte.

»Doch, mich interessiert das, und deinen Vater ...«

»Trotzdem.« David gab sich Mühe, seine Stimme wieder normal klingen zu lassen. »Es ist mir peinlich, okay?«

Seine Mutter streichelte ihm sofort durchs Haar. »Ach, das muss dir doch nicht peinlich sein. Es ist doch schön ...«

»Die Getränke sind da!«, rief Selma ausgelassen und kam mit einem großen Tablett nach draußen.

David sah sie dankbar an. Sie zwinkerte ihm zu. Es war unglaublich, aber Selma schaffte es mit ihrem Auftritt, dass die Atmosphäre umschlug. Mit einem Mal wirkte alles viel gemütlicher. Und auch seine Mutter hielt nun den Mund.

Merlin nahm die Limo entgegen und füllte zwei Gläser. David beobachtete ihn aus den Augenwinkeln. Aber der Anblick hatte plötzlich einen komischen Beigeschmack. Er dachte daran, was er durch sein Fernglas beobachtet hatte. Diese Lippen hatten ... Sein Blick schweifte zu Paolo rüber. Erschrocken sah er wieder weg. Paolo schien nur darauf gewartet zu haben, dass er ihn ansah, denn seine Augen waren starr und kalt auf ihn gerichtet. David wurde heiß. In seinem Hals brannte es. Ja, er fühlte sich tatsächlich schwächlich. Der Gedanke ließ ihn nicht los. Was bedeutete es, wenn Merlin mit diesem Mann schlief? Er war nicht sein Vater. Das war letztlich wohl auch der Grund, weshalb Merlin immer darauf bestand, dass man diese Bezeichnung vermied.

David lehnte sich zurück. Er spürte, wie sich die Schweißtropfen auf seiner Stirn vereinigten. In ihm drängte es, diesen Paolo noch mal anzusehen. Aber er hatte Angst, dass er ihm wieder in die Augen gucken würde. Irgendwas machte diesen Mann absolut unerträglich. War es vielleicht der Gedanke, dass dieser Mann mit Merlin schlief, wo David sich doch gerade der Tatsache bewusst geworden war, dass er sich ausgerechnet in diesen Jungen verliebt hatte? Allerdings, dachte David darüber nach, fand er die Vorstellung, dass Merlin eine Beziehung hatte, gar nicht mal so schlimm. Erschreckend war nur, dass er ausgerechnet mit dem Freund seiner Mutter ...

Er zuckte innerlich zusammen. Vielleicht war Paolo ja eigentlich gar nicht Selmas Freund, sondern wirklich der von Merlin. Aber warum sollten sie eine solche Geschichte vorführen? Das machte keinen Sinn.

»Paolo?«, sagte Selma plötzlich.

David tauchte aus seinen Gedanken auf.

»Könntest du bitte nach dem Fleisch sehen? Und leg bitte ein paar Würstchen auf.« Selma lächelte Paolo liebevoll an.

Davids Brustkorb verengte sich unangenehm. Nein, es gab keinen Zweifel. Paolo war Selmas Freund, und David konnte sich absolut nicht vorstellen, dass diese Frau so locker war, dass sie ihren Sohn wissentlich mit ihm schlafen ließ.

Merlin trat ihn unter dem Tisch.

David sah ihn automatisch an.

»Träumer«, hauchte Merlin und lächelte sein süßes Lächeln. Aber David konnte nicht darauf reagieren. Er drehte sich einfach wieder ab und gab sich für den weiteren Abend Mühe, weder Merlin noch Paolo direkt anzusehen.

28

Merlin hatte die ganze Zeit über versucht, unauffällig Kontakt zu David aufzunehmen. Doch irgendwie schien es ihm, als schaute der absichtlich immer weg. Die Gespräche bei Tisch waren wie erwartet peinlich und angespannt. Dass ihre Familien nicht zusammen passten, war schon noch den ersten paar Minuten klar gewesen. Trotzdem verstand Merlin nicht, weshalb sich David ihm gegenüber so distanziert gab. Eigentlich hatte er fest damit gerechnet, dass er später mit ihm aufs Zimmer gehen würde, um noch ein wenig zu quatschen. Er hatte es sich gewünscht. Aber in der Zwischenzeit war irgendetwas geschehen, das David auf Distanz gehen ließ. Es war fast so, als wollte er nichts mehr mit ihm zu tun haben. Auch als Merlin am Ende direkt gefragt hatte, ob er nicht noch ein wenig bleiben wollte, war David ihm ausgewichen. Angeblich hatte er noch etwas für die Schule zu tun. Was für ein Schwachsinn! Ausgerechnet David hatte absolut gar nichts aufzuholen, schließlich war der ganze Stoff doch in Hamburg schon dran gewesen. Eigentlich langweilte er sich doch. Um so mehr war Merlin über diese Ausrede verärgert. Das wurde ihm aber erst bewusst, als er durch das Küchenfenster beobachtete, wie David seinen Eltern in das Haus gegenüber folgte.

»Du bist enttäuscht«, sagte seine Mutter sanft.

»Nein, ich bin sauer.«

Selma nahm ihren Sohn in den Arm. »Was erwartest du? Es läuft nicht immer alles glatt. Gerade in der Liebe dauert es manchmal ein wenig länger. Gib ihm die Zeit.«

»Ach.« Merlin machte sich los. »Ich habe keine Lust auf solche Spielchen!« Er sah seine Mutter böse an. »Warum sagt er nicht einfach, was ihn stört?«

Selma war überrascht. »Was sollte ihn stören?«

»Na, immerhin wollte er vorhin noch mit mir wieder aufs Zimmer und reden.«

Seine Mutter runzelte die Stirn. »Und er hat sich jetzt umentschieden?«

»Wenn es das mal wäre!« Merlin zog die Augenbrauen zusammen. »Er hat mich einfach ignoriert. Von einer Sekunde zur anderen.«

»Vielleicht waren ihm seine Eltern unangenehm«, versuchte Selma ihren Jungen zu beruhigen. »Du hast sie doch erlebt.«

»Ja«, gab Merlin zu. »Die sind echt der Hammer. Ich wär ja schon fünf mal abgehauen.«

»Wir machen einen Deal!«, rief Selma und lachte. »Ab sofort beschwerst du dich nie wieder, dass ich dich nerve, okay?«

»Abgemacht!« Auch Merlin lachte. »Da kann ich dir wohl alles versprechen was du willst.«

»Gut, dann versprich mir«, sagte Selma, »dass du nicht mehr sauer bist. Ihr seid noch nicht mal zusammen, da könnt ihr nicht schon streiten.«

»Du hast ja recht«, murrte Merlin. »Ich hatte mich nur auf einen gemeinsamen Abend mit ihm gefreut.«

»Immerhin habt ihr schon miteinander geredet, wenn ich es richtig verstanden habe.«

Merlin nickte. In der Tat war das in seinem Zimmer kein normales Quatschen mehr gewesen.

»Also wird er auch wiederkommen. Du wirst der Erste sein, dem er sagt, dass er schwul ist. Das dauert einfach. Vor allem bei solchen Eltern.« Selma schüttelte sich.

»Wie kamst du denn auf die schöne Idee sie einzuladen?«

»Na hallo? Wenn du nicht in der Lage bist, das Jüngelchen rüberzulocken, dann muss ich wohl ein wenig nachhelfen, oder? Ganz sicher habe ich das nicht zu meinem Vergnügen gemacht. Paolo war auch ziemlich genervt. Wo ist er überhaupt?«

»Oben«, antwortete Merlin knapp.

»Na, er hat was gut bei mir. Ich finde er hat sich tapfer geschlagen. Trotzdem kannst du ihn fragen, ob er dir beim Aufräumen hilft.«

»Ich ...«, begann Merlin, schluckte seinen Protest aber runter.

»Natürlich du.« Selma grinste. »Dir haben wir doch das muntere Fest zu verdanken. Ich werde mein Futter jetzt jedenfalls auf dem Crosstrainer abarbeiten.«

Mit diesen Worten verließ Selma die Küche. Mit einem Schlag fühlte Merlin seinen Missmut wieder zurückkehren. Natürlich würde er Paolo nicht um Hilfe fragen. Die Antwort kannte er schon. Überhaupt würde er Paolo in Ruhe lassen. Stattdessen durfte er aufräumen, ohne dass er auch nur das Geringste von diesem Abend gehabt hatte. Eigentlich müsste er jetzt mit David auf dem Bett liegen und über die Schwierigkeiten des Lebens diskutieren. Vielleicht würden sie sich auch ein wenig näher kommen dabei. Händchen halten, nichts Großartiges. Aber immerhin seine Nähe spüren. Das Gegenteil von dem, was er jetzt hatte.

Merlin schob lustlos ein paar Teller aufeinander und fühlte sich allein. Wenn doch wenigstens seine Mutter bleiben und ihm helfen würde. Zumindest mit ihr könnte er reden.

»Ich bin zum Sport!«, rief Selma wenig später. Merlin spürte die Wut in sich. Warum ließen ihn eigentlich alle allein? Warum sagte ihm niemand was los war? Das Geräusch der schließenden Haustür besiegelte seine trüben Gedanken. Kraftlos ließ er sich auf einen Stuhl fallen und fragte sich, was das alles überhaupt sollte. In den letzten Wochen hatte sein Leben wahrlich einen Sprung gemacht, mit dem er nicht so gut klar kam. Vielleicht hatte er David auch als eine Art Retter gesehen. Merlin legte den Kopf schief. Ja, vielleicht war nicht David derjenige, der sich ihm anvertrauen sollte, sondern eher umgekehrt. Vielleicht wollte er selbst sein Geheimnis endlich loswerden und hoffte auf Hilfe. Er stellte sich David als holden Prinzen vor, der wie im Märchen vorbeikam und ihn beschützte – vor sich selbst. Und jetzt, nachdem das nicht geschehen war, nachdem er sich nicht hatte anvertrauen können, fühlte er sich natürlich übergangen. Er hatte etwas erwartet, was David nicht eingelöst hatte, aus welchem Grund auch immer.

»So ein Schwachsinn!«, sagte Merlin laut und erhob sich wieder. Energisch packte er die Teller und brachte sie in die Küche. Wenn überhaupt, dann hatte seine Mutter recht. David war einfach feige und hatte schreckliche Eltern, gegen die er sich als Schwächling nicht durchsetzen konnte. Also war es ihm schlicht nicht möglich gewesen, wider dem Willen seiner Eltern hier zu bleiben – so einfach. Und dass die Gessens nicht länger in diesem Haus bleiben wollten, hatten sie deutlich gezeigt. Merlin fragte sich, wie man nur so verkrampft sein konnte. Warum war seine Mutter eigentlich nicht so?

»Gibst du mir ein Glas Milch?«

Merlin zuckte zusammen. »Man ...«

»Entschuldige«, sagte Paolo. Das Lächeln auf seinem Gesicht verriet aber, dass er ihn sehr wohl absichtlich erschreckt hatte.

Merlin nahm ein Glas, holte Milch aus dem Kühlschrank und reichte beides wortlos an Paolo weiter. Dann drehte er sich um und betrachtete die Teller.

»Nicht gut drauf?«, fragte Paolo.

»Doch, wunderbar«, log Merlin.

»Das ist schön.«

»Ja.«

»Ich mag es, wenn du wunderbar drauf bist«, sagte Paolo und strich Merlin über den Nacken. Seine Finger glitten langsam über den Rücken nach unten.

Merlin wollte sich wehren, wollte Paolo von sich stoßen und ihn anschreien. Stattdessen schloss er die Augen und war vollkommen gefangen. Eine Gänsehaut überzog seinen gesamten Körper. Er atmete tief ein, um Luft zu haben, Paolo in seine Schranken zu verweisen. Aber die Hand fuhr um ihn herum nach vorn, während sich Paolos Körper an ihn drückte. Merlin ließ die

Luft entweichen, ohne auch nur ein einziges Wort zu sagen.

»Wunderbar«, flüsterte Paolo in sein Ohr. Der heiße Atem kitzelte die kleinen Härchen und Merlin seufzte.

»Du bist wunderbar«, wiederholte Paolo und schob langsam seine spitze Zunge in Merlins Ohr.

»Paolo«, keuchte Merlin. Ein schwächlicher Versuch, sich aus dieser Situation hinauszuwinden. Geradezu lachhaft. Merlin wusste längst, dass er verloren hatte.

»Ich mag es, wenn du meinen Namen stöhnst«, hauchte Paolo.

29

David beobachtete die gleiche Szene, die er auch schon am Montag verfolgt hatte. Das mit der Milch schien irgendwie ein Einstiegsritual zu sein. Ihm wurde schlecht. Wie konnte Merlin nur mit diesem Mann schlafen, der doch eigentlich der Mann seiner Mutter war? Überhaupt, wie konnte der Kerl einerseits mit einer Frau zusammen sein, dann aber doch mit einem Jungen schlafen, der sein Sohn sein könnte. Obwohl David wieder zugeben musste, dass Paolo alles andere als alt aussah. Irgendwie passte er so gar nicht zu Selma. Er dachte wieder über die Möglichkeit nach, dass Paolo in Wirklichkeit vielleicht doch der Lebensgefährte von Merlin war und dass Selma die beiden nur irgendwie deckte. Doch was sollten sie für einen Grund haben, ein solches Spiel zu inszenieren? Immerhin waren sie doch so locker da drüben. Da sollte so etwas doch kein Geheimnis sein. David konnte sich keinen Reim darauf machen. Also blieb am Ende doch nur die Möglichkeit, dass Merlin seine eigene Mutter hinterging, indem er mit ihrem Freund schlief. Das war irgendwie dermaßen abseits seiner Vorstellungskraft, dass David immer noch nicht darüber hinwegkam. Trotzdem legte er das Fernglas nicht aus der Hand, sondern hing gebannt an der Scheibe.

In Merlins Zimmer zogen sie sich aus. Hastig und völlig ohne Einleitung kamen sie zur Sache. David schluckte. Er war entsetzt, wie abgeklärt das alles aussah. Merlin beugte sich einfach vor und stützte sich auf sein Bett auf, während Paolo die bereits bekannte Position einnahm. Das alles wirkte dennoch anders als beim ersten Mal. David konnte Merlins Gesicht nicht sehen, weil er sich zur andern Seite nach Paolo umsah, aber er wusste, dass er keine echte Leidenschaft darin finden würde. Plötzlich kam ihm der flüchtige Gedanke, dass Merlin vielleicht gar nicht freiwillig mit Paolo schlief. Am Montag hatte David noch darüber nachgedacht, dass er es an Merlins Stelle wohl auch genießen würde, von so einem Mann verführt zu werden. Jetzt, nachdem er Paolo aus der Nähe gesehen hatte, war er anderer Meinung. Die Augen, die ihn angeschaut hatten, versprachen nichts als Kälte. David war sich sicher, dass man mit Paolo kein gutes Auskommen hatte, wenn man ihm nicht zuwillen war. Vielleicht war das der Grund, weshalb Merlin seine Mutter betrog? Es konnte nicht anders sein!

David schüttelte den Kopf. Das waren nichts als alberne Spekulationen. Wenn er die Wahrheit wissen wollte, musste er sich schon an Merlin wenden und ihn fragen. Nur, das würde in tausend Jahren nicht geschehen – niemals. Ihm blieb nichts anderes übrig, als sich immer wieder zu sagen, dass dieser Junge, den er so sehr mochte, etwas trieb, das absolut nicht in Ordnung war. Das Schlimme daran blieb, dass er nicht darauf reagieren konnte, weil Merlin nicht wissen durfte, dass er ihn heimlich beobachtete.

Zehn Minuten später war der Akt abgeschlossen und Merlin blieb schlaff auf dem Bett liegen. Paolo schnappte sich seine Klamotten und verschwand. Es sah fast so aus, als hätte der Typ das bekommen, was er wollte, während Merlin mit seinen Gedanken zurückblieb. Vielleicht war er aber auch einfach nur erschöpft. David konnte sich nicht entscheiden. Er wollte gern gut von diesem Jungen denken, schließlich hatte er sich in ihn verliebt – oder was auch immer das Gefühl in seiner Brust zu bedeuten hatte. Was wäre, wenn Merlin wirklich freiwillig mit Paolo schlief, weil es ihm Spaß machte, weil es einfach unkomplizierter Sex war? Er dachte darüber nach, wie nett Selma gewesen war. Eine richtige Supermutter, wenn man so wollte. Wie konnte es Merlin übers Herz bringen, ihr den Mann auszuspannen? Das war in der Tat ein harter Gedanke. Wenn Merlin dazu fähig war, wieviel würde dann seine Liebe wert sein?

David ließ sich auf sein Bett fallen. Er wusste nicht, wie er damit umgehen sollte. Vorhin hatte er sich noch über die Einladung zu einem vertrauten Gespräch gefreut, auch wenn das vielleicht bedeutet hätte, dass er sich unangenehmen Fragen hätte stellen müssen. Und jetzt das. Konnte er einfach so tun, als wäre nichts geschehen, als hätte er von all dem keinen blassen Schimmer? Wahrscheinlich würde es das Beste sein, wenn er Merlin in Zukunft einfach links liegen ließ. Jeder würde sein eigenes Leben leben, ohne dem anderen in die Quere zu kommen. Denn eins war mal sicher, wenn David jemals mit Merlin zusammenkommen sollte, dann würde er selbstverständlich darauf bestehen, dass solche Aktionen mit Paolo nicht mehr vorkämen.

David setzte sich mit einem Ruck auf. Das hatte er gerade nicht wirklich gedacht! Eigentlich wollte er überlegen, ob er Merlin nicht irgendwie loswerden konnte. Er schluckte. Langsam, ganz langsam wurde ihm klar, dass das mittlerweile nicht mehr so leichthin möglich war. David musste sich eingestehen, dass die flüchtige Überlegung, dass er verliebt war, doch mehr bedeutete, als er bisher angenommen hatte. Ja, er wünschte sich, mit Merlin zusammen zu sein. Natürlich gab es neben den üblichen Hindernissen nun ein weiteres, das ihn fast verzweifeln ließ. Aber innerlich hatte er noch nicht aufgegeben. So wie es sich anfühlte, würde er auch nicht einfach so aufgeben können. Er legte sich wieder hin.

»David?«, rief seine Mutter von unten.

Ohne eine Antwort zu geben, drehte er sich auf die Seite. Völlig ruhig lag er da und starrte die Wand an, während in ihm das Gewitter weiter anschwoll. Das Beobachtete hatte ihm heute keine Lust gemacht. Am Montag hatte er auf den optischen Reiz sofort reagiert, auch wenn er sich durch seine zahllosen Gedanken den Spaß genommen hatte. Aber er hatte sich vorgestellt, wie es wohl wäre, wenn er an Merlins Stelle stünde. Heute war das anderes. Niemals würde er mit Paolo schlafen, auf keinen Fall. Also musste er sich fragen, was mit Merlin nicht stimmte, dass er es tat. Er konnte die Vorstellung nicht hinnehmen, dass er sich in ihm getäuscht hatte, dass Merlin doch nicht der süße Nachbarsjunge war, der sein fester Freund werden würde. Schon am Montag hatte David einen Stich verspürt, als er sich der Tatsache bewusst wurde, dass Merlin mit einem anderen schlief. Heute tat es doppelt weh, weil er den anderen nun kannte, weil er dessen Augen gesehen hatte, die nichts Liebevolles hatten, die ausschließlich voller Selbstsucht brannten. Er war eifersüchtig. Diese Feststellung durchfuhr ihn wie ein Blitz. Er war eifersüchtig auf einen Mann, der sich einfach das nehmen konnte, was er so sehr begehrte und es danach liegen ließ. David würde Merlin niemals einfach so zurücklassen, wenn er mit ihm ... Also, er würde sich noch dazulegen, mit Merlin reden, vielleicht ein wenig rumalbern und dann einschlafen. Was für eine Idee!

»David?«, fragte seine Mutter noch mal. Jetzt stand sie vor seiner Tür. Aber er antwortete immer noch nicht. Er wurde den Gedanken an Selma nicht los, die so völlig anders war als seine eigene Mutter. Sie schien für alles Verständnis zu haben. Irgendwie war sie vielmehr eine gute Freundin als eine Mutter. Sie hatte sich Mühe gegeben, den heutigen Abend gemütlich zu gestalten und seinen Eltern engegenzuwirken. Plötzlich fiel ihm wieder ein, wie sie auf die Terrasse hinausgetreten war und ihm zugezwinkert hatte. Sie hatte gewusst, dass seine Mutter Dinge von sich gab, die ihm unangenehm waren, und ihn gerettet. Er musste grinsen, als er an dieses schelmische Gesicht dachte. Dieses kurze Zuzwinkern hatte schon so viel Sympathie ausgestrahlt. Unglaublich, dass hinter dem Rücken dieser Frau ein solches Drama geschah, während sie noch völlig ahnungslos auftischte und sich Mühe gab, es allen rechtzumachen.

»David?« Seine Mutter öffnete vorsichtig die Tür. »Ist alles in Ordnung?«

»Warum?«, fragte David knapp.

»Weil du nicht antwortest.«

»Muss man denn immer durchs ganze Haus brüllen, nur damit alle wissen, dass alles in Ordnung ist?«

»Nein, aber ich hätte schon ganz gern eine Antwort, wenn ich dich mal rufe.«

»Mam, du rufst mich immer. Es ist schon ein Wunder, dass du überhaupt mal Luft zwischendurch holst.« David kniff die Augen zusammen und wünschte sich, er hätte den Mund gehalten.

»Sag mal, wie redest du eigentlich mit mir?«, fragte Hanne aufgebracht und kam zu ihm ans Bett. »Sieh mich mal an, wenn ich mit dir rede!«

»Lass mich bitte, okay?«

»Was ist denn los?« Ihre Stimme bekam einen schrillen Unterton. Dann rief sie laut: »Ansgar?«

»Verdammt!« David warf sich herum und sprang auf. »Lass mich allein!«, schrie er. Wippend stand er vor seiner Mutter auf dem Bett. »Bitte«, fügte er an, als ihr fassungsloses Gesicht zu ihm durchdrang. Dann ließ er sich einfach zurück ins Bett fallen.

Kurz darauf schloss sich die Tür und er war wieder allein mit sich und seinen Gedanken.

Donnerstag

Machtlos

Stoße ihn weg
Verbanne ihn
Immerzu
Fort
Doch er bleibt
Kommt wieder
Greift zu
Dort
Lasse geschehen
Was du gesehen
Trotzdem
Bleibt es
Mord
Weil ich
Wehrlos bin
Hier bei ihm
An diesem Ort

M. Nagy

30

Der Wecker hatte noch nicht geklingelt, aber Merlin wachte trotzdem auf. Draußen war es bereits hell und die Vögel zwitscherten nervig. Gequält drehte er sich noch mal zur Seite. Fünf vor sieben zeigten die Zeiger an. Er betrachtete von seinem Bett aus den blauen Himmel. Natürlich würde es auch heute wieder richtig sommerlich werden. Ein Tag, um etwas zu unternehmen, um sich zu vergnügen. Sommer. Aber für ihn gab es momentan keinen Sommer. Gern würde er schon aufstehen und sich zu David auf die Bank setzen. Doch nach gestern war ihm absolut nicht danach. Wenn David seine Ruhe haben wollte, sollte er sie auch bekommen. Belustigt merkte Merlin, dass er zickig war. So wie gestern abend. Ihm wurde plötzlich schlecht. Schnell sprang er auf und rannte ins Bad, weil er sich übergeben musste. Schlagartig fühlte er sich wieder besser, so als ob er etwas losgeworden war, das ihn von innen verderben wollte. Er spülte sich den Mund aus und stellte sich unter die Dusche.

Zwanzig Minuten später saß er angezogen und startbereit in der Küche und starrte die Uhr an. Es war erst halb. Wenn er jetzt losging, würde er auf jeden Fall auf David treffen, es sei denn, der machte einen Umweg. Doch das kam ihm ein wenig kindisch vor. Merlin nippte an seinem Milchglas. Vielleicht sollte er sich einfach zu David auf die Bank setzen und ihn auf sein Verhalten von gestern ansprechen. Das wäre immerhin die vernünftige Variante und sicher aufschlussreicher, als jetzt bockig auf Distanz zu gehen. Immerhin war es möglich, dass David mit ihm offen sprach. Merlin atmete tief durch.

Er sah David schon, während er noch den Weg hinunter zu den Wiesen ging. Unwillkürlich verzögerte sich sein Schritt. Schon lange hatte er nicht mehr solche Angst vor einer Konfrontation gehabt. Doch jetzt war ihm plötzlich nicht wohl bei dem Gedanken, dass David ihn vielleicht aus irgendeinem Grund ignorieren könnte. Er hatte sich gestern einfach zu komisch verhalten, als dass es nur eine Laune sein konnte. Mit einem Mal war er sich wieder absolut unsicher, wie er sich verhalten sollte. Ja, irgendwie hatte er Angst vor dem, was David sagen konnte. Er war nicht mehr einfach nur ein Junge, der zufällig im Haus gegenüber wohnte, sondern jemand, der ihm weh tun konnte. Weil er ihn liebte. Große Worte, dachte Merlin, aber letztlich musste er es sich eingestehen. Selbst die Art, wie David da vorn auf seiner Bank saß und vertäumt über die Wiese schaute, hatte eine unglaubliche Wirkung auf ihn. Am liebsten wäre er sofort hingelaufen und hätte ihn umarmt, an sich gedrückt und nie wieder losgelassen.

Plötzlich schaute David zu ihm hinüber. Merlin hielt kurz inne. Er wartete auf ein Signal von David, aber der richtete den Kopf einfach wieder nach vorne. War das schon eine Abfuhr? Hätte David nicht zumindest ein Zeichen geben müssen, dass er ihn gesehen hatte? Merlins Hals wurde eng. Aber gleichzeitig stieg auch wieder sein Zorn. Was bildete dieser Kerl sich eigentlich ein? Es war doch wohl das Mindeste, dass man jemanden Bescheid gab, wenn er etwas falsch gemacht hatte, oder? Und Merlin konnte sich beim besten Willen nicht erinnern, etwas falsch gemacht zu haben. Wütend setzte er seinen Weg wieder fort.

»Was ist eigentlich los mit dir?«, fragte er aufgebracht, als er die Bank erreichte.

David sah nicht zu ihm auf. Starr blickte er weiterhin über die Wiese und tat so, als hätte man ihn nicht angesprochen. Gerade als Merlin seinem Zorn nachgeben wollte, drehte er ihm aber den Kopf zu.

»Ich – ich bin ein wenig durcheinander«, sagte er.

Merlin hiel inne. Langsam setzte er sich auf die Bank. Die Wiese vor ihm leuchtete in einem unglaublichen Grün.

»Warum?«, fragte er nach einer Weile. Natürlich hatte er sich schon seine Gedanken darüber gemacht. Sicherlich war David aufgebracht, weil er nun einen Schwulen kannte und ihm nach dem lockeren Gespräch aufgefallen war, dass ihm das doch irgendwie gefährlich werden konnte. Vielleicht war Merlin auch ein wenig zu weit gegangen, indem er ihn noch auf sein Zimmer eingeladen hatte. Immerhin hatten sie zusammen auf dem Bett gelegen und ein vertrauliches Gespräch geführt. Siedendheiß fiel Merlin wieder ein, dass er David sogar berührt hatte. Vor seinem geistigen Auge sah er noch mal, wie der Junge unter seiner Hand zusammenzuckte. Natürlich, dachte er, das war es gewesen.

»Ich – ich weiß nicht«, stammelte David. Aber Merlin wusste sofort, dass es eine Lüge war. Trotzdem nickte er.

»Wenn du mir aber was sagen willst, dann kannst du das jederzeit tun.« Merlin sah David an. »Ich meine, ich habs auch nicht immer leicht, ich kenn mich mit Problemen aus. Und wenn es was wegen mir ist ...« Er wartete auf Davids Reaktion, doch der wandte seinen Kopf ab und betrachtete seine Füße. »Komm einfach zu mir, wenn du reden willst, okay?«

»Klar«, sagte David und lächelte unsicher.

»Echt geiles Wetter, was?« Merlin versuchte wieder ein normales Gespräch einzuleiten, merkte aber selbst, wie kläglich dieser Versuch scheiterte, nachdem er wieder mal in David eingedrungen war. Wahrscheinlich waren es genau diese Momente, die den Jungen total überforderten.

»Deine Mutter ist voll cool drauf«, sagte David unerwartet.

Merlin sah ihn an. »Ja, ich glaube auch.«

»Ich wünschte, meine Mutter wäre nur ein wenig so. Aber ich glaube, das kann ich knicken. Zumindest in diesem Leben.«

Merlin wusste nicht, was er darauf antworten sollte. Doch er hatte plötzlich das Gefühl, dass am Ende doch wieder seine Mutter recht behalten sollte mit ihrer Vermutung, dass David sich einfach nur für seine Eltern geschämt hatte.

»Meine Eltern sind ziemliche Spießer, was?« David sah ihn mit großen Augen an.

Merlin nickte zögerlich. Sie schwiegen eine Weile.

»Ähm ...«, fing David dann wieder an. »Wie ist das eigentlich, wenn man plötzlich mit einem – fremden Mann – also – zusammen wohnt?« David räusperte sich. »Ich meine, er ist ja noch nicht so lange mit deiner Mutter zusammen, oder?«

In Merlins Hals kribbelte es plötzlich unangenehm. Ja, wie war das, wenn man mit einem Fremden zusammlebte? Auf jeden Fall spannend, dachte er bitter.

»Ich – weiß nicht«, sagte er schließlich. »Meine Mutter hat ihn mir irgendwann vorgestellt. Das ist sicher schon ein Jahr her. Und irgendwann hieß es dann, dass wir zu ihm ziehen.«

»Irgendwie – komisch«, meinte David.

»Man gewöhnt sich dran«, antwortete Merlin matt. In seinem Kopf lief noch mal die ganze Geschichte im Schnelldurchlauf ab. In der Tat hatte David recht, wenn er das Ganze als merkwürdig empfand. Aber er selbst war es letztlich nicht anders gewöhnt. Seine Mutter hatte schon immer die seltsamsten Sachen gemacht. Und dass sie plötzlich in dieses Haus ziehen wollte, gehörte mit Abstand nicht zu ihren verrücktesten Ideen. Trotzdem, wenn Merlin jetzt darüber nachdachte: Sie hatten sich beide in die Hände eines anderen gelegt.

»Hast du schon mal überlegt, eine eigene Bude zu haben?«, fragte David. Seine Stimme klang verträumt.

»Nein«, sagte Merlin überrascht. Diesen Gedanken hatte er tatsächlich noch nie gehegt. Eine eigene Wohnung würde auch bedeuten, dass er ohne seine Mutter leben müsste. So sehr sie manchmal auch nerven konnte, das wollte er doch nicht.

Er legte den Kopf schräg. »Und du?«

David lachte. »Ja.« Er stand auf und streckte sich. »Ich stelle es mir einfach riesig vor, allein zu sein und meine Ruhe zu haben.«

»Wird das auf die Dauer nicht langweilig?« Merlin konnte es sich absolut nicht vorstellen, wie es wäre, wenn er niemanden mehr um sich hätte. Alles würde still sein zu Hause. Sicher, das könnte mitunter seinen Reiz haben. Aber irgendwie brauchte er auch die kleinen Störungen, die Ablenkungen, die Gespräche.

»Ich weiß nicht«, sagte David und zuckte mit den Achseln. »Man könnte ja mit einem Freund zusammenziehen oder so.«

Merlin sah ihn einen Augenblick lang verwundert an. Dann stand er mit einem Lächeln auf und sie gingen zusammen zur Schule.

31

»Guten Morgen«, sagte Herr Hürling, als er die Klasse betrat. Mit einem Knall stellte er seinen Aktenkoffer aufs Pult. »Holen Sie schon mal die Bücher raus und schlagen sie Seite achtundzwanzig auf.«

David beobachtete Merlin, wie er nach seiner Tasche griff. Sein Shirt spannte auf der Seite und die Hose zeichnete seine Beinmuskeln ab. Schnell sah David wieder weg. Wenn er bedachte, dass er sich eigentlich von Merlin fern halten wollte, fühlte er sich doch ziemlich schnell wieder wohl in seiner Nähe. Eigentlich war er sogar froh, dass Merlin sich zu ihm auf die Bank gesetzt hatte. Schon seltsam, wie sich die Empfindungen wandeln konnten, wenn man erst mal eine Nacht drüber geschlafen hatte. Und die Idee, dass er mit Merlin eine Wohnung beziehen könnte, hatte ihn selbst vollkommen aus dem Konzept geworfen. Das würde in der Tat etliche Probleme auf einen Schlag lösen. Seine Mutter könnte ihn nicht mehr nerven, Merlin hätte weniger Kontakt zu diesem Paolo, sie würden sich vielleicht näher kommen – aber auch wenn nicht, auf jeden Fall hätten sie mehr gemeinsame Zeit, die sie miteinander verbringen würden.

Plötzlich flog ihm ein Papierkneul zu. Er nahm es und sah sich um. Linda winkte ihm zu. David grinste und wollte das Briefchen schon an Merlin weitergeben, als Linda den Kopf schüttelte und auf ihn zeigte. Plötzlich fühlte sich David gar nicht mehr wohl. Vorsichtig klappte er das Papier auf und las: *Schau ihn nicht immer so auffällig an!*

David schluckte. Er spürte, wie sein Gesicht heiß wurde. Den Kopf weiterhin über den Zettel gebeugt, traute er sich nicht, wieder aufzusehen. Was, wenn Linda ihn ansah? Sie würde natürlich gleich bemerken, dass er aufgrund ihres Satzes rot geworden war und dies selbstverständlich richtig deuten.

Merlin stieß ihn an. »Hey, der Hürling guckt schon«, flüsterte er.

David hob seinen Kopf und gab sich Mühe, nicht in Lindas Richtung zu schauen.

»Herr Gessen«, sagte Hürling und lächelte süffisant. »Vielleicht können Sie uns die Lösung sagen?«

»Ich ...« Davids Stimme brach.

»Wie bitte? Ich kann sie schlecht hören. Kommen Sie doch mal nach vorn und lösen Sie die Aufgabe an der Tafel.«

David wurde schlecht. Alle Augen waren auf ihn gerichtet. Zumindest hatte er jetzt einen Grund, rot zu sein. Wie in Zeitlupe erhob er sich von seinem Platz. Panisch suchte er sein Heft ab, das aufgeschlagen vor ihm lag. Aber er hatte ja nicht mal mitbekommen, um welche Aufgabe es überhaupt ging. Also riss er sich von seinen Hausaufgaben los und ging an die Tafel. Hürling reichte ihm ein Stück Kreide und räumte das Feld. An der Tafel stand eine Funktion, deren Schwierigkeitsgrad nicht sonderlich hoch war. Doch die Zahlen und Buchstaben verschwammen vor Davids Augen.

»Sie dürfen anfangen«, sagte Hürling. »Und bitte nicht vergessen: Sprechen Sie laut mit, Ihre Mitschüler wollen wissen, was sie machen.«

David sah Hürling wie durch ein umgedrehtes Fernglas. Dann drehte er sich um und warf einen Blick in die Klasse. Alle starrten ihn erwartungsvoll an. Kurz machte er Lindas Gesicht aus. Merlin nickte ihm zu. Er drehte sich wieder um und setzte langsam die Kreide auf die Tafel. Linda wusste es! Sie hatte ihn beobachtet, wie er Merlin angeschaut hatte. Im Grunde stellte das kein großes Problem dar, da sie ja schließlich mit Merlin befreundet war und somit wohl kaum etwas gegen Schwule hatte. Aber wenn es Linda wusste, dann würde es schon bald die ganze Klasse wissen.

»Wir warten, Herr Gessen«, sagte der Hürling.

David schluckte. Jemand hinter ihm kicherte. War das Linda? Sicher führte sie sein Versagen jetzt auf ihr Briefchen zurück. Er konnte sich verhalten, wie er wollte, er würde sie immer in ihrer Annahme bestätigen. War es wirklich so schlimm, wenn sie es wusste? Immerhin wäre es ein Ansatz, um es auch vor Merlin zuzugeben.

»Wo sind die Schwierigkeiten?«, fragte Hürling plötzlich und riss ihn aus seinen Gedanken.

»Ich – ich ...« Mehr brachte David nicht heraus. Er sah seinen Lehrer niedergeschlagen an. Ein letzter Blick zur Tafel bestätigte ihm, dass er jetzt gerade einfach nicht in der Lage war, die Ableitungen der Funktion durchzuführen.

»Vielleicht sollten Sie beim nächsten Mal doch besser aufpassen, oder?«

David nickte. Am liebsten wäre er aus der Klasse gerannt und nie wieder zur Schule gegangen.

»Setzen Sie sich!« Hürling trat wieder ans Pult. »Wer macht es mal vor?«

Ein Mädchen mit schwarzen Haaren schnippte wie wild. David ging an ihr vorbei zu seinem Platz und setzte sich.

»Ey, was war das denn?«, raunte Merlin sofort. Fassungslos schüttelte er den Kopf. »Ich denke du kannst den ganzen Scheiß.«

»Blackout«, sagte David knapp. Er wollte jetzt bestimmt nicht diskutieren, weshalb er bei der simpelsten Aufgabe versagt hatte.

»Aber du machst sowas doch im Schlaf.« Merlin konnte es wohl nicht fassen.

David schnaubte. Natürlich konnte er den Mist ohne zu überlegen. Normalerweise. Er sah auf sein Heft, in das er die komplette Lösung der Aufgabe innerhalb von ein paar Minuten niedergeschrieben hatte. Wütend klappte er es zu. Lindas Briefchen wurde vom Luftzug über den Tisch getragen und landete unmittelbar vor Merlin. David saß völlig starr vor Schreck auf seinem Stuhl. Mit einem Mal lief alles um ihn herum quälend langsam ab, aber dennoch viel zu schnell, um etwas zu unternehmen. Merlin sah ihn kurz an, dann schaute er auf den Zettel. Es dauerte eine Ewigkeit, bis er wieder aufsah. Eine Ewigkeit, in der sich David tausendfach angeschrien hatte, Merlin das Briefchen wegzunehmen. Aber bevor es dazu kam, war es zu spät. Merlin sah ihn wieder an.

»Von Linda?«, fragte er.

David verstand sofort, dass Merlin mit dieser Frage wissen wollte, ob das Briefchen für ihn war. Selbstverständlich hatte er längst an der Schrift erkannt, dass es von Linda kam. David wollte nicken, wollte bestätigen, dass man ihn nicht meinte, dass er Merlin nicht anglotzte. Stattdessen sprang er auf und ging zur Tür.

Hürling hielt mitten in seinen Erklärungen inne und sah ihn teils verärgert, teils verwundert an.

»Ich muss aufs Klo«, sagte David schnell und war auch schon zur Tür hinaus, noch bevor Einwände kommen konnten. Dann lief er wie auf Watte über den Flur zu den Toiletten. Kurz darauf stand er im Vorraum, hielt sich am Waschbecken fest und betrachtete sich im Spiegel. War das das Gesicht eines Schwulen? David zitterte leicht. Nein, niemand würde es ihm ansehen können, wenn er nicht eindeutige Hinweise gab. Er musste sich nur an die Spielregeln halten – das hieß, er durfte Merlin nicht in der Öffentlichkeit anglotzen. Keiner konnte ihm in den Kopf gucken und seine Gedanken lesen. Wenn er es nicht wollte, würde es niemand erfahren. Aber warum wurde er dann rot? Er hätte doch völlig cool zu Linda hinübersehen und den Kopf schütteln können. Dann hätte er einfach geschrieben, dass er nicht wisse, was sie meine und der Fall wäre erledigt. Aber nein, er wurde rot, brachte kein Wort mehr raus und verriet sich. Mensch, das war eine absolut peinliche Vorstellung gewesen. Alles. Warum hatte er nicht einfach die Aufgabe an der Tafel gelöst und sich hinterher weiter Gedanken über Linda und ihren blöden Zettel gemacht? Ein besseres Zugeständnis hätte er ihr echt nicht machen können.

»Warum bin ich so ein verdammter Schwächling?«, flüsterte er sich selbst zu und beobachtete dabei seine Mimik. Er würde jetzt wieder ins Klassenzimmer gehen und sich nichts anmerken lassen. Alles was in seinem Kopf abging, war unter Verschluss. Er brauchte sich über nichts Gedanken zu machen. Niemand wusste etwas von seinem Geheimnis. Und wenn ihn doch jemand darauf ansprechen sollte, dann konnte er ihm völlig cool widersprechen, schließlich war niemand in der Lage, seine Lüge zu überführen. Es gab absolut keinen Grund, irgendwie nervös zu sein.

David atmete tief durch und verließ das Klo. Bevor er wieder in die Klasse ging, streckte er seinen Körper. Man konnte es ihm nicht ansehen, das war Fakt, das hatte er gerade überprüft. Er drückte die Klinke runter und riss die Tür auf, wie es ein richtiger Mann tun würde.

32

Merlin traute sich für den Rest der Stunde kaum noch, in Davids Richtung zu schauen. Immer wieder hatte er den dämlichen Zettel von Linda vor Augen. Kein Wunder, dass David mehr als nur irritiert war. Verschämt hielt er sich über seinen Ordner gebeugt und gab sich Mühe, alles mitzuschreiben, was Herr Hürling an die Tafel malte. Er konnte gut nachvollziehen, wie es bei David ankommen musste, wenn er plötzlich über so ein dummes Briefchen erfuhr, dass sein Nachbar ihn die ganze Zeit anglotzte, weil dieser tierisch auf ihn stand. Warum hatte sie das gemacht? Er hatte sie doch eh gebeten, dass sie ihm nicht mehr solche Zettelchen zuwerfen sollte, weil sich David über kurz oder lang sicher fragen würde, was sie da zu bereden hatten. Aber nein, Madame hielt sich natürlich mal wieder nicht daran. Warum auch? Sie hatte ja nichts zu verlieren. Er aber schon. Was sollte David jetzt von ihm denken? Wahrscheinlich hatte er sich gerade mal damit arrangiert, dass sein Tischnachbar schwul war. Dass der aber noch in ihn verschossen sein könnte, war ihm sicher nicht in den Sinn gekommen. David hatte ja nicht mal mehr die einfachste Ableitung hinbekommen, so sehr irritierte ihn die Sache. Merlin fühlte sich elend. Auch die Tatsache, dass David danach aufs Klo geflüchtet war, zeigte ihm, wie sehr ihn die Nachricht mitgenommen haben musste. Im ersten Moment hatte er noch überlegt, ob er ihm nicht einfach folgen und alles erklären sollte, doch das hätte es sicher noch schlimmer gemacht. Jetzt konnte er nur hoffen, dass David die Sache nicht allzu ernst nahm – was für ein Witz. Merlin stützte seinen Kopf auf.

Als es klingelte, warf er seinen Ordner achtlos in den Rucksack und verließ die Klasse, ohne sich noch mal umzudrehen. Erst als er über den Schulhof ging, verlangsamte er seinen Schritt wieder. In der Raucherecke blieb er stehen und wartete auf Linda. Es dauerte nicht lange, bis sie auf ihn zusteuerte. Ihr Gesicht war voller Fragen, doch diesmal würde Merlin anfangen.

»Was sollte der Scheiß?«, blaffte er los.

Linda blieb abrupt stehen. »Was?«, fragte sie verwirrt.

»Warum hast du das geschrieben?«

»Das Briefchen?«

»Ja genau«, sagte Merlin. »War doch wohl klar, dass er irgendwann eins liest, oder? Und was mach ich jetzt? Soll ich ihm sagen, dass das alles wohl ein dummes Missverständnis war?«

»Also ich weiß absolut nicht was du meinst«, sagte Linda.

»Komm, hör mit dem Kack auf. Ich hab dir doch gesagt, dass du mir nicht mehr sowas schreiben sollst.«

»Aber das war doch ...«

»Verdammt, Linda, ich versteh echt nicht, was so schwierig daran ist, mir so was in der Pause zu sagen.«

Sie sah ihn wütend an. »Vielleicht, weil du in der Pause neuerdings vollkommen auf ihn fixiert bist?«

»Eifersüchtig?« In Merlin brodelte es.

»Sollte ich?«, frage Linda. Dann flüsterte sie: »Mir ist es egal, wenn du deine Zeit mit diesem Arsch verschwendest.«

Merlin wusste nichts mehr zu sagen. Die Erkenntnis, dass sich Linda in der

Tat von ihm vernachlässigt fühlte, traf ihn mit voller Wucht. Einerseits wollte er ihr gern sagen, dass sie sich da keine Sorgen zu machen brauchte, weil sie schließlich seine beste Freundin war. Andererseits war er dafür viel zu wütend und ihm fielen plötzlich all die Momente ein, in denen Linda ihren Kopf durchgesetzt hatte, ohne auf seine Wünsche Rücksicht zu nehmen. Letztlich war sie es, die diese Situation herbeigeführt hatte. Merlin wurde den Verdacht nicht los, dass sie diesen Fehler erkannt hatte und nun gegensteuerte.

»Schreib mir keine Briefe mehr, okay?«, sagte er schließlich.

»Das hatte ich nicht vor, Blödmann«, antwortete sie. »Und falls es dich noch interessiert, mit dem Brief von vorhin meinte ich gar nicht ...«

»Ach, lass mich in Ruhe.« Merlin drehte sich ab und ging wieder in Richtung Schulgebäude.

»Stures Arschloch!«, rief Linda ihm hinterher. Merlin musste sich beherrschen, nichts zu erwidern. Es würde unweigerlich in ein endloses Wortgefecht gipfeln, weil Linda immer das letzte Wort haben musste. Also ballte er die Fäuste und stürmte in die Cafeteria. Als er endlich einen Schokoriegel in der Hand hatte, konnte er wieder grinsen. Wie seine Mutter. Die brauchte auch immer Schokolade, wenn sie sich aufregte. Er biss hinein und spürte, wie er sich langsam wieder entspannte. Trotzdem ließen sich seine Gedanken nicht abstellen. Es war ihm völlig unverständlich, wie Linda plötzlich so ausrasten konnte. Irgendwie hatte er das Gefühl, dass es ihr nicht das Geringste ausmachte, dass David den Brief gelesen hatte. Fast schien es ihm, als hätte sie das beabsichtigt, um einen Keil zwischen sie zu treiben. Wie konnte sie nur so selbstsüchtig sein? Der Gedanke, dass Linda ihm so mitspielte, brannte ihm in der Brust wie Säure.

»Hier bist du«, sagte David plötzlich leise neben ihm.

Merlin sah auf. Vorsichtig nickte er. Immerhin sprach David noch mit ihm. Ein gemeiner Gedankenblitz zuckte durch seinen Kopf und sagte, dass David schließlich auch keine andere Bezugsperson an dieser Schule hatte. Der Junge war diesbezüglich mehr als zurückhaltend. Vielleicht ließ er sich deshalb nicht von Linda abbringen mit ihm zu sprechen. Merlin verwarf den Gedanken und suchte schnell nach einen Gesprächsthema.

»Willst du auch ein Stück?«, fragte er schließlich, als ihm nichts besseres einfiel und hielt David den Schokoriegel hin.

»Nein danke«, antwortete David und sah schüchtern nach unten. »Ich wollte nur sagen, dass es mir leid tut, wegen dem Brief, ich ...«

»Hör bloß damit auf«, stöhnte Merlin. »Ich habe mich gerade deswegen mit Linda gezofft.«

David sah ihn überrascht an.

»Sie schreibt mir andauernd so ein Zeug, weißt du?«

»Aber ...«

»Ich habe keinen Bock darauf, dass sie sich immer überall einmischt«, sagte

Merlin. In ihm flatterte die Aufregung. Sollte er es ihm jetzt sagen? Konnte er ihm jetzt tatsächlich so vor den Kopf knallen, dass er sich in ihn verguckt hatte? Eine bessere Möglichkeit würde er so schnell nicht noch mal bekommen.

»Ich glaube ...«, fing David an, wurde aber sofort wieder von Merlin unterbrochen.

»Natürlich gucke ich Jungs hinterher«, sagte er im Flüsterton. »Ich meine, andere finden Mädchen toll, ich schau mir Jungs an.« Er zögerte einen Moment. Dann riss er all seinen Mut zusammen. »Und du siehst nunmal gut aus.« Die Worte klangen fast beiläufig und vollkommen alltäglich, aber für Merlin bedeutete dies ein unglaubliches Geständnis. In ihm befand sich alles in Aufruhr.

David schluckte. »Okay«, sagte er schwach.

Es klingelte und ein Strom von Schülern machte sich auf den Weg in die Klassenräume. Merlin hätte am liebsten noch irgendwas gesagt, um das Gespräch am Leben zu halten, doch die Situation war alles andere als günstig. Also schoben sie sich in die Menge und stiegen in die erste Etage. Vor dem Klassenzimmer warteten schon ein paar Schüler. Linda stand ebenfalls mit dabei. Als sie sich dazustellten, fing ein Junge aus der Parallelklasse an Schwulenwitze zu erzählen. Merlin wusste, dass das ihm galt. Damit wurde er immer mal wieder konfrontiert. Für normal sprang Linda dann sofort für ihn in die Bresche und sorgte für Gerechtigkeit. Aber diesmal sah sie ihn nur böse an und tat, als würde sie das alberne Getue hinter sich nicht mitbekommen. Das war also seine Strafe dafür, dass er ihr nicht nach der Nase tanzte.

33

Nach der Schule ging David schweigend neben Merlin her. Er spürte, dass der Junge wieder mit etwas beschäftigt war. Wahrscheinlich machte er sich Gedanken über die blöden Kommentare der Typen aus der Nachbarklasse. Doch dann rief sich David wieder die Aktion mit dem Zettel ins Gedächtnis. Ob ihn das beschäftigte?

»Worüber denkst du nach?«, fragte David schließlich.

Merlin sah ihn an und schenkte ihm ein süßes Lächeln. »Gar nicht neugierig, was?«

»Entschuldige«, sagte David schnell. Irgendwie hatte er den Verdacht, dass er immer genau das Falsche sagte.

»Ach Quatsch.« Merlin lachte. »Ich bin einfach nur froh, dass die Schule aus ist – und dass du mit mir redest.«

David fühlte sich plötzlich, als würde er schweben. Trotzdem nahm er Merlin die Freude nicht ab. »Es sah eher so aus, als würdest du ernsthaft über was nachdenken.«

Merlin nickte. Das Lächeln war verschwunden. »Ich glaube, ich habe mit

Linda jetzt richtig Zoff.«

David sagte dazu nichts. Er wollte nicht immer Fragen stellen. Sicher würde das irgendwann so aussehen, als ob er Merlin verhörte. Also gingen sie schweigend über die Wiese. Dann blieb Merlin plötzlich stehen.

»Willst du dich noch auf die Bank setzen?«

David sah ihn überrascht an. »Okay«, sagte er zaghaft. Nun war er an der Reihe, Fragen zu beantworten. Nervös blieb er vor der Bank stehen, während sich Merlin bereits setzte. Aber er wollte keine Fragen beantworten. Er wollte nicht mal, dass man ihm Fragen stellte. Merlin sah ihn zweifelnd an und David setzte sich schnell zu ihm, bevor der Startschuss für eine Fragerunde fallen konnte.

Sie schwiegen, während die Bäume über ihnen rauschten und vereinzelt Vögel ihre Lieder zwitscherten. David genoss die Ruhe. Wieder fragte er sich, warum er solche Panik hatte, diesem Jungen die Wahrheit zu sagen. Es fühlte sich falsch an, sich ihm gegenüber nicht zu öffnen. Und Merlin war wohl kaum der Typ, der ein Geheimnis gleich weitererzähen musste. Zumindest glaubte er das. Wenn er aber an die Tatsache dachte, dass genau dieser Junge gleichzeitig mit dem Freund seiner Mutter schlief und eine beste Freundin hatte, die wie ein Rammbock in die Privatsphäre anderer Leute preschte, zweifelte er wieder an der Sicherheit. Er dachte an Hamburg zurück. Seine ehemaligen Mitschüler hatten nicht mal gewusst, dass er schwul war, sie hatten es nur immer behauptet. Wie hätten sie wohl reagiert, wenn er seine Homosexualität einfach zugegeben hätte? Die Typen von vorhin hatten sichtlich ihren Spaß daran gehabt, über Schwule und damit über Merlin herzuziehen. Auf eine gemeine Art war David froh gewesen, ausnahmsweise mal nicht das Ziel des Spotts zu sein. Er räusperte sich.

»Sag mal«, fing er an ohne sich Merlin zuzudrehen, »macht dir das eigentlich nichts aus, wenn die – Typen so einen – Mist machen?«

Merlin schnaubte. »Ach, die können mich mal.«

»Aber ...« David brach ab. Er selbst würde niemals so locker damit umgehen können. Im Grunde hatte es ihn richtig schockiert, dass es auch an dieser Schule solche Leute gab. Er fühlte noch immer die Beklemmung in seinem Hals. Es war die lähmende Möglichkeit, dass diese Attacken genauso gut ihn treffen könnten.

»Das war doch Kleinkram«, sagte Merlin und zwinkerte ihm zu. »Wenn ich mich darum kümmern müsste, hätte ich echt viel zu tun.«

»Also, ich finde das schon heftig.« Obwohl sich David eingestehen musste, dass es letztlich wirklich nicht so schlimm gewesen war. Nur, so fing alles an. Das wusste er sehr gut.

»Ja, Linda auch. Sie dreht immer gleich auf, wenn sie sowas mitbekommt. Nur eben heute nicht, weil wir Streit haben.« Merlin blieb einen Moment still, dann redete er weiter: »Sie sieht das so, dass aus solchen kleinen Späßen schnell ernst wird. Muss wohl an ihrer feministischen Ader liegen. Wenn irgendwer einen Witz über Frauen ablässt, ist sie auch gleich auf Hundertachtzig.«

»Aber dir ist das egal?«

»Warum sollte ich mich mit dem Scheiß belasten? Egal was ich sage, es wird deren Meinung sicher nicht ändern.« Er zögerte. »Im schlechtesten Fall werde ich sie nur herausfordern.«

David nickte. Das war einer der Gründe, weshalb er sich doch lieber entschied, sein Geheimnis für sich zu behalten.

»Wenn die Leute einen erst kennen, ist es ihnen egal«, sagte Merlin. »In unserer Klasse habe ich keine Probleme. Ich meine, natürlich gibt es auch da den ein oder anderen, der mal einen Spruch ablässt oder komische Fragen stellt. Aber wenn sie sich erst mal dran gewöhnt haben, ist es okay.«

»Macht aber nicht den Eindruck, als hättest du viele Freunde in der Klasse.«

Merlin lachte. »Das Verrückte ist, dass die Mädels plötzlich alle auf einen fliegen. Die finden das irgendwie wahnsinnig spannend, dass da ein Typ ihre Interessen teilt. Ganz schön nervig kann ich dir sagen. Na ja, und die Jungs gehen da erst mal gern auf Abstand, weil schließlich die Möglichkeit besteht, dass sie selbst für schwul gehalten werden. Wer will das schon?«

David schluckte. War das eine Anspielung, dass er sich völlig untypisch verhielt, indem er mit Merlin abhing?

»Darum bin ich auch echt dankbar, dass du ...« Merlin sah ihn an. »Also, dass du mit mir quatscht.«

David lehnte sich erleichtert zurück. Einer plötzlichen Eingebung folgend, lehnte er sich ein Stück aus dem Fenster. »Warum suchst du dir dann nicht andere?«

»Andere?«, fragte Merlin.

David presste das fehlende Wort hervor: »Schwule.«

»Linda sagt immer, dass die anderen zu feige sind und sich lieber verstecken, als sich zusammenzuschließen.« Merlin lachte. »Ich weiß nicht, ob das überhaupt nötig ist. Irgendwie kommt mir der Gedanke blöd vor, mich nur mit Leuten abzugeben, weil sie schwul sind. Außerdem: Finde mal welche an dieser Schule!«

»Kannst du – also – du erkennst – die doch, oder?«, fragte David dümmlich. Er war sich bewusst, dass er mit dieser Frage dünnes Eis betrat. Wenn Merlin tatsächlich sehen konnte, ob jemand schwul war, dann würde er es auch von ihm wissen. Was dann? Trotzdem war David mit einem Mal die Gewissheit lieber, als weiterhin die quälende Frage im Hinterkopf zu haben, ob er sich nicht schon längst verraten hatte.

»Vielen kann man es ansehen, ja. Aber ich bin da kein Experte. Und überhaupt, das heißt noch gar nichts. Linda meint immer, dass sie es den Leuten ansehen kann. Dann erzählt sie mir, wen ich ansprechen und um ein Date bitten soll.« Merlin grinste. »Aber manchmal liegt sie auch komplett daneben.« Er hielt sich die Hand vor den Mund und hustete. Dann sagte er: »Das ist auch der Grund, weshalb wir jetzt Streit haben.«

David konnte den fragenden Blick nicht mehr zurückhalten. Zu spät fiel ihm auf, dass er damit einen Schritt zu weit tat. Jetzt würde Merlin unweigerlich auf den Zettel zu sprechen kommen. Schnell sagte er: »Wir haben heute echt viel für Mathe auf, was?«

Merlin sah ihn irritiert an. Dann nickte er. »Ja, der Hürling legt echt gut los.« Er machte eine kurze Pause, um dann wieder zum eigentliche Thema zu wechseln. »Also, Linda ist manchmal ...«

»Kannst du das, was wir in Mathe machen?«, fragte David dazwischen.

»... ein wenig verbohrt«, beendete Merlin den Satz. »Ich weiß noch nicht, wegen Mathe. Das ist ehrlich gesagt nicht so mein Ding. Aber noch mal zu dem Briefchen ...«

»Wenn du willst, helfe ich dir.«

»Oh, das wäre toll«, sagte Merlin und strahlte. »Aber ich sage dir sofort, ich bin ein schwieriger Fall.«

»Ich gebe dir einfach die Aufgaben rüber, wenn ich fertig bin, okay?«

Merlin runzelte die Stirn. »Ich dachte, wir machen die Aufgaben zusammen, damit du sie mir erklären kannst. So eine Art Nachhilfestunde?«

David wurde warm. Natürlich wollte er das. Er würde mit Merlin einen Nachmittag verbringen und sie würden über Mathe reden und nichts anderes. Er nickte.

»Gut, dann lass uns gehen!« Merlin sprang auf und zerrte ihn von der Bank. David realisierte erst als er schon stand, dass Merlin ihn an die Hand genommen hatte. Die warmen Finger, die seine umschlossen. Dann ließen sie ihn wieder los.

»Wenn du Bock hast, können wir ja nachher noch einen Film gucken oder so.«

»Klar«, sagte David, völlig unerwartet von einer mitreißenden Euphorie ergriffen.

34

»Hi Ma!«, rief Merlin, als sie das Haus betraten. »Ich habe Besuch mitgebracht.«

Selma kam sofort die Wendeltreppe herunter. »Das ist ja schön«, sagte sie und lächelte David an. »Merlin hat schon gedacht, du magst ihn nicht, weil du gestern nicht noch geblieben bist.«

»Ma!« Merlin sah seine Mutter böse an. Es nervte ihn gehörig, dass sie immer seine Geheimnisse ausplaudern musste, nur weil sie das für nicht so schlimm hielt.

»Ach Lin, stell dich nicht an«, sagte sie kurz und wandte sich wieder David zu. »Schön dass du da bist. Willst du was trinken?«

»Nein danke.« David lächelte. Es schien ihn zu amüsieren, dass Selma sich mit ihm verbünden wollte.

»Also von mir aus kann es auch ein Bier sein.« Selma zuckte mit den Achseln, ging in die Küche und öffnete den Kühlschrank. »Zumindest ist noch genügend kalt gestellt.«

»Du hast doch gehört, dass er nichts will, oder?«, fragte Merlin. »Wir sind jetzt oben.« Schnell steuerte er auf die Wendeltreppe zu und machte David ein Zeichen, ihm zu folgen. Womöglich würde seine Mutter ihn die ganze Zeit mit Beschlag belegen, wenn er ihn auch nur eine Sekunde zu lange hier unten ließ.

»Wenn sie jemanden mag, ist sie immer ganz aus dem Häuschen«, sagte er zu David. »Ein wenig nervig.«

»Also ich finde sie klasse.«

»Dachte ich mir schon fast. Es kann sich eh niemand vorstellen, dass auch so was irgendwann nervt«, lachte Merlin und betrat sein Zimmer. Überrascht stellte er fest, dass seine Mutter ausnahmsweise sein Bett gemacht hatte. Es war sogar frisch bezogen. Er grinste. Als wenn sie geahnt hatte, dass er David mitbringen würde. Achtlos warf er seine Tasche in die Ecke und ließ sich auf das Bett fallen.

»Das ist immer das Größte«, sagte er, streckte sich aus und trat sich die Schuhe von den Füßen. David stand ein wenig verhalten im Raum. Eigentlich wünschte sich Merlin, dass er es ihm nachtat und sich ebenfalls aufs Bett fallen ließ. Schnell setzte er sich wieder auf. »Wollen wir gleich anfangen?«, fragte Merlin unsicher.

»Womit?« Davids Augen waren riesengroß.

»Na, mit Mathe«, sagte Merlin. »Was denkst du denn?« Er konnte sich ein freches Grinsen nicht verkneifen. Dann fügte er aber noch an: »Oder willst du jetzt schon einen Film gucken?«

»Ach so, also – nein, wir machen Mathe.«

»Gut, dann haben wir das schon mal hinter uns.« Merlin holte seine Tasche und breitete seine Unterlagen auf dem Bett aus. David setzte sich nach einer Weile dazu.

»Wo fangen wir an?«, fragte Merlin und beobachtete den Jungen, der angespannt auf der Bettkante saß und sich unbequem zu ihm drehte, um ins Buch schauen zu können.

»Bei den Aufgaben. Wenn du was nicht weißt, erkläre ich es dir. Aber du musst es erst mal versuchen.«

»Sitzt du nicht ein wenig unbequem?«, fragte Merlin. »Wenn du willst, kannst du die Schuhe ausziehen und dich richtig aufs Bett setzen. Ich fall dich schon nicht an.« Er zwinkerte.

David wurde rot und zog sich die Schuhe aus. Dann setzte er sich mindestens ebenso unkomfortabel wieder hin.

Plötzlich ging die Tür auf und Selma kam mit einem Tablett herein. »Was macht ihr denn da?«, fragte sie überrascht, als sie die Mathebücher sah. »Habt ihr noch nicht genug vom Lernen für heute?«

»Wir haben viel für Mathe auf«, sagte Merlin und betrachtete entsetzt das Tablett, das seine Mutter in den Händen hielt. »Was hast du vor?«

»Ich dachte, ich bringe euch eine kleine Stärkung.« Sie lachte und hielt ihnen das Tablett hin. Zwei Cocktails standen darauf.

Merlin sah seine Mutter ungläubig an. »Du hast jetzt auf die Schnelle Cocktails gemacht? Mittags?«

»Ja, warum nicht?«, fragte sie zurück. Dann richtete sie sich an David. »Du magst doch Cocktails, oder?«

David sah vollkommen überfordert aus, sagte aber trotzdem: »Ja.«

»Na also. Ich hab ein ganz neues Rezept ausprobiert.«

»Was ist denn alles drin?«, fragte Merlin misstrauisch. Er kannte seine Mutter. Sie dachte sich immer etwas aus, das unterstützend wirken sollte. Neu war da nur die Variante mit den Cocktails anstatt des üblichen Tees.

»Ein wenig Alkohol ...«, fing Selma an, wurde aber sofort wieder von Merlin unterbrochen.

»Wieviel?«

Selma verdrehte die Augen. »Was ist eigentlich mit dir los? Willst du dich noch beim Blauen Kreuz bewerben?«

David lachte laut auf.

»Sowas ähnliches hatte ich vor«, sagte Merlin und grinste.

»Ein wenig Rum, dunkel, hell, Wodka, Bananenlikör«, sagte Selma gespielt genervt. »Zu den Antialkoholika: Sprite und einen Schuss Zitronensaft.«

»Das war's?«, hakte Merlin nach.

»Rohrzucker.« Selma lächelte entschuldigend. »Hätte ich fast unterschlagen.«

Merlin nahm sich ein Glas und betrachtete skeptisch den Schaum, der sich oben gebildet hatte. »Sieht ja echt wild aus«, sagte er.

Auch David nahm sich sein Glas und hielt es unschlüssig in den Händen.

»Na endlich, die Herren kommen zur Vernunft. Dann kann ich ja jetzt beruhigt zum Hexenclub.«

»Wohin?«, fragte David irritiert.

»Sie trifft sich mittags mit ihren Freundinnen und tauscht Rezepte für irgendwelche Zaubertränke«, sagte Merlin mit geheimnisvoller Stimme. Dann nahm er einen Schluck von seinem Cocktail und fing sofort an zu husten.

»Das geschieht dir recht«, lachte Selma ihn aus. »Glaub ihm kein Wort, David.« Sie zwinkerte und verließ das Zimmer.

»Ma!«, schrie Merlin.

Die Tür öffnete sich wieder ein Stück. »Ja?«

»Was ist da noch drin?« Merlins Zunge brannte süßlich scharf. »Los! Rück raus mit der Sprache!«

»Oh, habe ich vergessen zu sagen, dass auch ein wenig Ingwer drin ist?« Selma setzte eine bestürzte Mine auf. »Ich hoffe ich habe nicht übertrieben. Bis nachher!« Die Tür schloss sich wieder und Selma war verschwunden.

Merlin saß sprachlos auf dem Bett und sah von der Tür zu seinem Cocktail, dann zu David und wieder zurück.

»Was ist los?«, fragte David. »Schmeckts nicht?«

»Darüber kann man sich streiten«, sagte Merlin matt. »Gewöhnungsbedürftig aber mindestens.« Offensichtlich schien David das mit dem Ingwer nicht verstanden zu haben. Erleichtert nahm Merlin noch einen Schluck und schüttelte sich. Seine Mutter schwor jedenfalls auf die aphrodisierende Wirkung dieses Knollengewächses.

»Also ich finde es lecker«, sagte David, nachdem er probiert hatte.

»Hast du schon mal einen richtigen Cocktail getrunken?«, fragte Merlin, als zweifelte er an Davids Verstand.

»Meine Mam würde einen Anfall bekommen, wenn sie wüsste, dass ich Alkohol trinke. Das ist nur was für Erwachsene.«

Merlin lachte. »Ich glaube, wir haben beide mit unseren Müttern so richtig in die Glückskiste gegriffen, was?«

David nickte und trank von seinem Cocktail. »Also ich find's genial«, sagte er. »Wird einem aber gut heiß von, oder?«

»Bei den Zutaten wird einem schon vom Hören heiß«, sagte Merlin und stellte sein Glas auf den Nachttisch. »Du musst das nicht trinken, wenn du nicht willst. Wenn wir ihr nachher sagen, dass es lecker war, ist sie schon zufrieden.«

David trank noch einen Schluck, dann stellte auch er sein Glas beiseite. Merlin befürchtete aber, dass ihm das Zeug wirklich schmeckte. Als sie eine halbe Stunde später mit dem ersten Aufgabenblock fertig waren, hatte David sein Glas leer.

»Willst du was anderes trinken?«, fragte Merlin.

David schüttelte den Kopf. »Aber wenn du deinen Cocktail wirklich nicht willst ...«

35

Selma lächelte, als sie ein paar Stunden später wieder nach Hause kam. Leise schloss sie die Haustür auf und lauschte in den Flur. Alles war ruhig. Sie hatte sich zwar schon gedacht, dass die beiden die Sache langsam angehen lassen würden, aber man konnte trotzdem nie wissen – immerhin waren es Männer. Aber so wie es sich anhörte, hatte sie mit ihrem Gefühl richtig gelegen. Vielleicht würde der Ingwer aber noch seine Wirkung zeigen, dachte sie verschmitzt.

Sie ging in die Küche, um sich einen Tee zu kochen. Draußen fuhr ein Mercedes vorbei. Selma runzelte die Stirn. Ein Blick auf die Uhr bestätigte ihr, dass es für Paolo noch viel zu früh war. Trotzdem ging wenig später die Tür auf.

»Hallo Schatz«, sagte Selma und begrüßte ihren Freund mit einem Kuss. »Schon so früh?«

»Ich wusste nicht, dass ich störe, sonst hätte ich später Schluss gemacht.« Paolo lächelte sie an.

»Ach, Quatsch.« Selma lachte. Dennoch war sie irritiert. Paolo kam sonst nie früher von der Arbeit. Und warum hatte er ihr nicht vorher Bescheid gesagt?

»Dann ist ja gut«, sagte Paolo und nahm sie in den Arm.

»Warum hast du nichts gesagt?«, fragte Selma.

»Ich wollte dich überraschen.«

Irgendwie klang das zu flach, dachte Selma. Sie kannte Paolo nun schon ein Weilchen. Ihm entging so schnell nichts, schon gar nicht, wenn es ihm wichtig war. Die Tatsache, dass er jetzt völlig überraschend früher Zeit für sie hatte, sie diese seltene Möglichkeit aber nicht nutzen konnte, lag ihr schal auf der Zunge.

»Ich muss gleich zum Yoga.« Sie löste sich von ihm und versuchte in seinen Augen zu lesen. Für einen Moment schimmerte dort etwas wie Belustigung, vielleicht sogar Berechnung. Selma blinzelte. Dann sahen Paolos Augen wieder wie immer aus.

»Kannst du es nicht ausfallen lassen?«, fragte er.

Selma schüttelte den Kopf. »Nein, ich bin verabredet.« Sie wurde das Gefühl nicht los, dass Paolo in Wirklichkeit gar nicht wollte, dass sie den Termin fallenließ. Also fragte sie: »Was hattest du denn vor? Vielleicht überlege ich es mir ja noch mal, wenn ich weiß, was die Alternative hergibt.«

»Ach, nichts Besonderes. Ich dachte, wir könnten zusammen essen.«

»Das können wir heute Abend noch immer«, sagte Selma resigniert.

»Wenn ich ehrlich bin, hatte ich gehofft, dass du für mich was Leckeres kochst.« Paolo sah sie plötzlich an wie ein kleiner Junge. »Ich hab Hunger auf Bratkartoffeln.«

»Sag bloß«, lachte Selma, »du kommst tatsächlich nicht wegen mir früher, sondern nur, weil du Lust auf Bratkartoffeln hast!«

Paolo lächelte verschämt. Der Wasserkocher schaltete sich ab und Selma nahm das heiße Wasser und goss es in einen großen Becher.

»Willst du auch einen Tee?«

Paolo schien einen Moment zu zögern. »Nein, ich glaube nicht. Aber wenn du möchtest, mache ich dir meine Spezialmischung.«

Selma überlegte. Damit ärgerte er sie schon eine ganze Weile. Er kannte eine wunderbare Gewürzmischung, die einfach unglaublich schmeckte, wollte ihr aber nie verraten, wie sie sich zusammensetzte.

»Wenn du mir verrätst ...«

»Nein«, sagte er knapp. »Aber ich werte das einfach mal als Zustimmung.« Er nahm ihr das Glas mit der Minze aus der Hand und stellte es zurück in den Schrank.

»Du bist unmöglich, weißt du das?«, sagte Selma und lachte. Aber eigentlich war ihr gar nicht mehr zum Lachen zumute. Es ärgerte sie, dass er ihr das Rezept nicht verraten wollte, sondern lediglich einen vorgemischten Vorrat bereithielt.

Ein paar Zutaten hatte sie natürlich herausgeschmeckt, aber was sie auch versuchte, sie bekam diesen unglaublichen Geschmack nicht hin.

»Ein Geheimnis brauche ich auch«, sagte Paolo, als hätte er ihre Gedanken gelesen. »Du weißt sonst alles von mir, aber das hier werde ich mir bewahren.« Er drehte sich zu ihr um. »Damit du für immer bei mir bleibst.« Dann drückte er ihr einen Kuss auf die Lippen.

Selma war plötzlich kalt. Sie rieb sich mit den Handflächen über die Oberarme.

»Frierst du?«, fragte Paolo. In seinen Augen glomm entfernt ein Wissen, das sie irgendwie erschreckte. Dann war es wieder verschwunden.

»Trink einfach einen Schluck, dann wird dir warm und all deine Sorgen sind vergessen«, sagte er und zwinkerte ihr zu.

»Manchmal redest du den gleichen Stuss wie ich.« Selma lächelte nicht, sondern sah ihn ernst an. »Ist es nicht unheimlich, wie sehr man sich gegenseitig beeinflusst?« Sie goss den Tee auf.

»Du redest keinen Stuss, Liebling«, hauchte Paolo ihr ins Ohr. Sie zitterte.

Der erste Schluck schmeckte fast nach nichts. Sie nippte noch mal. Der Geschmack verstärkte sich langsam und in ihr flammte ein beruhigendes Gefühl auf. Plötzlich kamen ihr die Gedanken von zuvor albern vor. Sie lächelte Paolo an.

»Demnächst sagst du aber Bescheid, wenn du früher kommst. Dann bekommst du auch deine Bratkartoffeln.«

»Na, so muss ich jetzt wohl selbst ran.« Paolo runzelte kurz die Stirn, als müsse er überlegen. »Oder ich frage mal bei Merlin an. Vielleicht will er auch welche.«

»Du suchst nur jemanden, den du für dich abstellen kannst, du kleiner Macho«, sagte Selma. Dann fiel ihr wieder ein, dass Merlin gar nicht allein war. »Mensch, Paolo, ich muss dir was erzählen«, sagte sie in verschwörerischem Tonfall. »Merlin ist oben auf seinem Zimmer – mit David.« Sie schaute ihren Freund erwartungsvoll an, doch die gewünschte Reaktion blieb aus.

»Wer ist David?«, fragte Paolo.

»Mensch.« Sie schlug ihm mit dem Handrücken auf die Brust. »Der Nachbarsjunge. Was bist du denn plötzlich so vergesslich?«

»Entschuldige, ich bin mit meinem Kopf wohl bei den Bratkartoffeln.«

»Unglaublich!« Selma lachte. »Jedenfalls«, fuhr sie in ihrem geheimnisvollen Tonfall fort, »lässt du die beiden am Besten in Ruhe. Ich glaube, da bahnt sich was an.«

Paolo schwieg. Sein Mund war zu einem schmalen Schlitz ohne Lippen geworden.

»Was hast du?«, fragte Selma.

»Keine Bratkartoffeln«, antwortete Paolo.

»Ach, jetzt stell dich mal nicht an.« Selma konnte nicht verstehen, dass ihr

Freund absolut keine Freude zeigte. Hey, immerhin war ihr Sohn dabei, endlich einen Freund an Land zu ziehen. Vielleicht würde er heute zum ersten Mal mit jemanden schlafen. Das war doch ein Grund zu feiern. Aber Paolo schien das absolut kalt zu lassen.

»Ich versteh dich nicht«, sagte sie schließlich, zuckte mit den Achseln und ging an ihm vorbei in den Flur. Sie würde sich auf jeden Fall nicht die Laune verderben lassen. Überhaupt hatte sie das Gefühl, dass sie das alles gar nicht wirklich berührte. Sollte er doch machen, was er für richtig hielt. Sie würde jetzt jedenfalls zum Yoga gehen und ihrer Freundin von Merlins Aussichten erzählen.

»Wie lange geht dein Kurs?«, fragte Paolo, bevor sie das Haus verließ.

»Ich bin so in zwei Stunden wieder da.« Sie machte eine kurze Pause, dann schmunzelte sie. »Wunder dich nicht, wenn es oben ein wenig lauter zugehen sollte.« Sie zwinkerte. »Würde uns übrigens auch nicht schaden, wenn wir mal wieder ein wenig Spaß hätten.«

Paolo nickte.

Ohne ein weiteres Wort drehte sich Selma um und machte sich auf den Weg ins Fitnesscenter. Sie fühlte sich wunderbar befreit und unbeschwert.

36

Sein Kopf fühlte sich hitzig an. David wischte sich über die Stirn. Ein leichtes Schwindelgefühl hatte ihn erfasst.

Er kicherte, als Merlin ihm eine Ableitung unter die Nase hielt und fragte: »Ist die so richtig?«

David nickte, obwohl er nicht mal draufschaute. »Wird schon stimmen.«

Merlin sah ihn prüfend an. »Du bist angetrunken«, stellte er ungläubig fest.

»Kann schon sein.« David ließ sich nach hinten fallen und machte die Augen zu. Er lachte.

»Oh man, ich hätte meine Mutter besser gleich weggeschickt«, sagte Merlin. »Du trinkst normalerweise gar nichts, oder?«

»Nein«, antwortete David wahrheitsgemäß. »Ich glaube, meine Mutter wird mir noch in zehn Jahren Kinderbowle zu Silverster reichen.«

Merlin prustete. »Das ist nicht wahr! Du trinkst Silvester Kinderbowle?«

David nickte. Besonders übel war ihm das beim letzten Jahreswechsel aufgefallen. Seine Mutter hatte ihre Freundinnen inklusive deren Männer eingeladen und vor der gesamten Mannschaft gerufen, dass er keinen Sekt trinken solle, weil das schließlich nicht gut sei. Dann hatte sie ihm ein Glas mit Kinderbowle in die Hand gedrückt.

»Bist du Silvester denn nicht bei Freunden?«, fragte Merlin. Dann schwieg er einen Moment betroffen, weil ihm wohl die Antwort eingefallen war.

»Nächstes Silvester«, fing David an und drehte sich auf die Seite, sodass er

Merlin anschauen konnte. Er sprach aber nicht weiter. Irgendwie kam ihm der Satz plötzlich albern vor. Er wollte Merlin nicht mehr sagen, dass er außer ihm keine Freunde hatte.

»Was ist dann?«, fragte Merlin nach einem Moment des Schweigens.

»Ach, nichts«, antwortete David und hoffte, dass Merlin nicht nachhaken würde.

»Das ist gemein, weißt du das eigentlich?« Merlin sah ihn empört an. »Ich glaube, dass du mir ziemlich oft was sagen willst, dich dann aber aus irgendeinem Grund nicht traust. Kann das sein?«

In Davids Kopf hallte die Frage nach: Konnte das sein? Er grinste. Das konnte nicht nur sein, das war auch so. Aber das sagte er jetzt wohl besser nicht laut.

»Meine Lippen brennen«, flüsterte er stattdessen.

»Was haben deine Lippen jetzt damit zu tun?« Merlin legte sich so, dass er David direkt ins Gesicht sehen konnte. Plötzlich waren sie sich unglaublich nah, lediglich die Bücher lagen noch zwischen ihnen und wahrten den Abstand.

»Ich weiß nicht.« David hatte plötzlich Angst. Etwas in ihm drängte ihn, die Barriere aus mathematischen Formeln zu durchbrechen. Zum ersten Mal nahm er auch bewusst Merlins Bereitschaft wahr.

»Du hast Angst«, stellte Merlin fest. Seine Stimme klang angenehm beruhigend.

David nickte zaghaft.

»Wovor?«

»Keine Ahnung«, sagte David nach einer Weile.

»Also ich habe manchmal Schiss mich zu blamieren, glaub ich«, fing Merlin an. »Das ist dann auch der Grund, weshalb meine Ma mich ab und an ganz schön in die Pfanne haut. Sie meint, dass man über den eigenen Schatten springen muss und zu sich stehen soll, auch wenn man Fehler hat.« Er schwieg einen Moment. »Gar nicht so einfach, wenn man dann in einer solchen Situation ist«, fügte er schließlich an.

»Du bist aber cool«, sagte David mit schwerfälliger Zunge. »Ich finde, da ist es halb so wild, wenn man mal Scheiße baut. Keiner wird in dir einen Schwächling sehen, nur weil du mal nen Bock schießt. Bei mir ist das wohl anders.«

»Wie kommst du darauf?«

»Na, in Hamburg gab es nur Leute, die mich aufgezogen haben, weil ich ...« David brach ab. Er hatte eigentlich keine Lust über dieses Thema zu sprechen. Dann stellte er verzögert fest, dass er sich fast verraten hätte und spürte den Schreck, der ihm nachträglich in die Glieder fuhr.

»Weil du?«, hakte Merlin nach.

»Ich war der Prügelknabe der Klasse, das ist alles. Davor habe ich Angst. Ich will nicht, dass es hier genauso wird. Aber irgendwie schaffe ich es nicht, anders zu sein.«

»Warum willst du denn anders sein? Nur weil irgendwem nicht passt, wie du bist?«

»Wenn du jeden Tag die Schikanen ertragen musst, wünscht du dir ganz schnell, jemand anderes zu sein.«

Merlin überlegte, dann sagte er: »Ich hatte auch meine Zeit, in der ich nicht so mit mir klarkam. Das war, als mir bewusst wurde, dass ich tatsächlich schwul bin. Irgendwie habe ich das Gefühl, dass meine Klassenkameraden es alle vor mir wussten. Sie zogen mich damit auf und lachten mich aus. Einmal haben sie mich sogar verprügelt.«

David sah Merlin mit großen Augen an.

»Und dann musste ich feststellen, dass das, was sie die ganze Zeit über losgelassen haben, wirklich auf mich zutrifft. Das war ganz schön hart.«

»Was hast du gemacht?«

»Mir vorgenommen, dass es niemals jemand erfahren darf.« Merlin lachte. »Irgendwie hatte ich die Hoffnung, dass alles von allein aufhört, wenn ich nur lange genug schweige. Ich wollte nichts mehr, als ganz normal sein. Na ja, dann ist irgendwann meiner Mutter ein Licht aufgegangen. Ich glaube, eine Lehrerin hat ihr von den Übergriffen erzählt. Sie hat mit mir gesprochen und mich für dieses neue Leben fit gemacht.«

»Wie das denn?«, fragte David und bemerkte, dass er schon halb auf dem Mathebuch lag. Schnell schob er sich wieder zurück.

»Sie hat mir gesagt, dass ich keine Angst haben muss, nur weil andere der Meinung sind, dass ich anders bin als sie selbst. So was halt: Ich soll zu mir stehen, sie tut das ja auch und es gibt nichts, wofür ich mich schämen muss. Im Grunde der übliche Kram. Aber es hat mir trotzdem geholfen. Und als ich dann irgendwann mal gesagt habe, dass ich wirklich auf Jungs stehe, hörte der Spott allmählich auf. Dafür kamen dann die ganzen neugierigen Fragen.«

»Ich find das voll cool, wie locker ihr – damit umgeht«, sagte David. Er legte sich wieder zurück. Sein Kopf fühlte sich immer noch an wie mit Watte ausgestopft, aber seine Gedanken erschienen ihm vollkommen klar. Er suchte nach Worten, um sich vor Merlin zu outen. Er wollte es ihm endlich gestehen. Aber ihm fiel keine gute Einleitung ein und je länger er wartete, desto mehr schwand sein Mut. Die Zeit arbeitete gegen ihn.

»Vielleicht solltest du auch einfach ein wenig mehr Selbstvertrauen haben«, sagte Merlin nach einer Weile. »In erster Linie musst du mit dir selbst klarkommen. Da haben die anderen nichts mit zu tun. Solange du nicht mit dir im Reinen bist, wirst du immer wieder Probleme haben. Wenn du aber zu dir und deinen Macken stehen kannst, was sollte dich da noch aus der Bahn schmeißen?«

David schloss die Augen. Langsam hob er seinen Arm an und ließ seine Hand unauffällig zu Merlin gleiten. Vorsichtig. Er hatte Angst ihn zu berühren.

Dennoch wünschte er sich jetzt nichts mehr.

»Einen Vorteil hast du hier auf jeden Fall gegenüber Hamburg«, sagte Merlin leise.

David legte seinen Arm ab. Seine Hand landete auf der Bettdecke ohne Merlin berührt zu haben. Plötzlich kam ihm diese Aktion dumm vor. Am liebsten hätte er seine Hand wieder zurückgezogen, doch das würde sicher sehr auffällig wirken. Wenn Merlin nichts gesagt hätte, dann ...

»Hier hast du einen Freund«, hauchte Merlin fast unhörbar und als David Merlins Hand auf seiner spürte, zuckte er innerlich zusammen. Nun doch eine Berührung. Ihm wurde wieder schwindelig. Das alles kam ihm irgendwie wahnsinnig theatralisch vor. Er wusste nicht, was er sagen sollte. Alles erschien ihm falsch. Also hielt er den Mund und ertrug den seltsam peinlichen Augenblick nur, damit er Merlins Hand weiter halten konnte. Dann knisterte Papier. David bemerkte, dass die Matratze neben seinem Kopf ein Stück nach unten gedrückt wurde. Jetzt nur nicht die Augen aufmachen! Sanft strich Merlins Atem über sein Gesicht. Er wusste, dass sie sich gleich küssen würden. Er erwartete es. Wie es sich wohl anfühlen würde. Seine Lippen brannten noch immer und er leckte sich darüber.

Plötzlich ging die Zimmertür auf. »Merlin, könntest du vielleicht ...«

Erschreckt sprang David aus dem Bett. »Also, wegen der Aufgaben«, sagte er viel zu laut, »ich hoffe ich konnte dir helfen.«

»Oh, entschuldigt«, sagte Paolo und tat, als sei er wirklich überrascht. »Ich wusste nicht ...«

»Verdammt, was soll das?«, fragte Merlin. »Sonst klopfst du auch, wenn ich Besuch habe!«

»Tut mir echt leid.« Paolo zog seine Augenbrauen zusammen. »Ich wusste nicht, dass er auch schwul ist, sonst hätte ich bestimmt ...«

»Ich bin nicht schwul!«, schrie David. Sein Herz raste wie wild in seiner Brust. »Okay? Merkt euch das!« Hastig schnappte er seine Sachen und rannte aus dem Zimmer. Noch während er die Wendeltreppe hinunterstürmte, hörte er Merlin oben rufen. Aber David reagierte nicht darauf. Er wollte nur weg. Lediglich mit Socken lief er auf die Straße hinüber zu seinem Elternhaus. Er konnte nur hoffen, dass seine Mutter ihn nicht so sah. Hastig schloss er die Tür auf. Der Gedanke, dass man ihn von gegenüber dabei beobachten könnte, trieb ihn zur Eile. Dann stürmte er ins Haus und warf die Tür hinter sich zu. In Sicherheit.

»David!«, rief seine Mutter sofort und kam auf ihn zu. »Da bist du ja endlich. Wo hast du gesteckt?« Sie sah ihn von oben bis unten an und stellte anschließend ihren Frageblick zur Schau. »Bist du barfuß gelaufen?«

»Nein«, sagte David nur. Ohne eine weitere Antwort abzuwarten, lief er die Treppe hinauf zu seinem Zimmer.

»David?« Seine Mutter eilte hinterher.

37

Ansgar schaute von seinem Arbeitszimmer aus in den Flur. »Was schreist du denn so?«, fragte er und zog die Stirn in Falten.

Hanne blieb abrupt stehen. Sie sah zu ihrem Mann hinüber. »Ich – ich ...«, begann sie, wusste aber nicht, was sie sagen sollte. Sie fühlte sich wiedermal ertappt. Erst letzte Nacht hatte Ansgar ihr Vorwürfe gemacht, dass sie David in Gegenwart von Fremden vorführen würde. Selbstverständlich war das Quatsch, aber Ansgar hatte sich da nicht von abbringen lassen. Er hatte immer wieder behauptet, dass es für einen Siebzehnjährigen nichts Schlimmeres gäbe, als eine stolze Mutter.

»Hanne«, sagte Ansgar ruhig. »Lass ihn doch einfach in Ruhe. Mensch, der Junge braucht auch mal ein bisschen Privatsphäre. Du erdrückst ihn noch.«

Hanne wollte eigentlich sofort widersprechen, schließlich war sie davon überzeugt, dass es David nichts ausmachte. Aber sie traute sich nicht. Immerhin war da noch die Tatsache, dass David sie aus seinem Zimmer geworfen hatte. Er hatte sie richtig angeschrien. Und überhaupt benahm er sich merkwürdig. Sie musste der Sache einfach auf den Grund gehen, schließlich war das ihr Job als Mutter.

»Ich will nur mit ihm reden.« Sie drehte sich um und trat auf Davids Zimmertür zu.

»Und du willst nicht warten, bis er von sich aus mit dir redet?«, fragte Ansgar leise.

Sie hielt inne. Nein, natürlich wollte sie nicht warten, sie musste jetzt wissen was los war. Mensch, er war lediglich auf Socken ins Haus gekommen! So was bekam Ansgar natürlich nicht mit.

»Einer muss doch mit ihm reden! Oder tust du das etwa?« Hanne sah ihren Mann herausfordernd an.

»Warum sollte ich das tun? Ich sehe keine Probleme. Wenn er etwas möchte, wird er schon zu mir kommen. Aber bis dahin werde ich ihn nicht nerven.«

»Genau das ist das Problem!«, sagte Hanne. »Du bekommst nichts mit und gehst einfach davon aus, dass sich alles von selbst regelt. Warum sollte er zu dir kommen, wenn du kein Interesse zeigst?«

»Warum sollte er zu dir kommen, wenn du ihm schon vorher auf die Nerven gehst?«

Hanne kniff die Lippen fest aufeinander. Wortlos drehte sie sich um und klopfte an Davids Tür. Ansgar wendete sich kopfschüttelnd wieder seinen Arbeiten zu.

»David?«, fragte sie. Keine Antwort. Für einen kurzen Moment dachte sie wirklich daran, dass sie ihren Sohn möglicherweise nervte. Aber war das denn nicht notwendig? Was war, wenn er irgendwelche Probleme hatte? Sie konnte ihm nur helfen, wenn er ihr etwas sagte – und wenn er das nicht tat, könnte es unter Umständen vielleicht schon zu spät sein für Hilfe. Sie zog bei diesem Gedanken die Augenbrauen zusammen. Er benahm sich wirklich seltsam. Vielleicht sollte sie ab und an mal seine Tasche durchstöbern. Heutzutage konnte man nicht wissen, was den Kindern an ihren Schulen so alles angeboten wurde. Obwohl sie nicht glaubte, dass David so dumm war und Drogen zu sich nahm. Trotzdem wollte sie vorsichtig sein.

»David?« Sie klopfte wieder. Diesmal öffnete sie die Tür. Ihr Sohn saß an seinem Schreibtisch und hatte den Kopf auf die Hände gestützt. Seine Schuhe lagen mitten im Raum, als hätte er sie einfach fallen lassen.

»Was ist eigentlich mit dir los?«, fragte Hanne erstickt. Sie schluckte. In ihrem Hals hatte sich ein dicker Panikkloß gebildet. Irgendwas stimmte nicht.

»Nichts«, sagte David, rührte sich aber kein Stück.

Hanne konnte an seiner Stimme hören, dass er weinte. »Wenn du mir nicht sagst, was los ist, kann ich dir nicht helfen.«

»Mam.« David drehte sich um und wischte sich über die Augen. »Du kannst mir nicht helfen, okay?«

»Warum nicht?«, fragte Hanne. Was war das überhaupt für eine Aussage? Es gab für alles eine Lösung!

»Weil ich einfach nur schlecht drauf bin, das ist alles.« Er drehte sich wieder um. »Und das heißt nicht, dass ich Drogen nehme, davon wäre ich sicher besser drauf.«

Hannes Herz setzte einen Schlag aus. »Sag sowas nicht!« Ihre Stimme klang erschreckend scharf.

»Dann hör auf, immer gleich so was zu denken«, murrte David. »Und jetzt lass mich bitte wieder allein.«

»Aber du kannst mir doch wenigstens erzählen, weshalb du so traurig bist«, sagte Hanne und trat neben ihren Sohn an den Schreibtisch. »Das hilft.«

David antwortete nicht mehr. Er hatte die Arme auf dem Tisch verschränkt und seinen Kopf hinein gelegt. Gerade wollte Hanne aufgeben und gehen, als ihr der leichte Geruch von Alkohol in die Nase stieg. Alarmiert blieb sie stehen. Das konnte doch wohl nicht wahr sein!

»David, hast du Alkohol getrunken?«, fragte sie, um einen ruhigen Tonfall bemüht.

»Wie kommst du denn jetzt darauf?« David hob den Kopf und sah sie aus geröteten Augen an.

»Ich rieche es.« Hanne stemmte die Hände in die Hüften. »Es riecht hier nach Alkohol!«

In Davids Augen spiegelte sich plötzlich Erinnern, dicht gefolgt von Schuldbewusstsein.

»Also habe ich recht, oder?«

Er nickte. »Ich habe einen Cocktail getrunken.«

Hanne fühlte Wut und Enttäuschung in sich aufsteigen. Aber sie musste sich zurückhalten. Wenn sie jetzt aufbrauste, würde nichts wirklich geklärt werden können. Sie atmete tief durch. »Du weißt, was ich davon halte.«

»Ja«, sagte David. »Aber ich glaube nicht, dass ein Cocktail wirklich schlimm ist.«

»Einer nicht, aber nach dem Ersten kommt meist der Zweite und danach der Dritte. Das machst du dann einmal und etwas später wieder und wieder, bis du am Ende jeden Tag trinkst und Alkoholiker bist.«

»Mam, du übertreibst.« David wischte sich wieder über die Augen. »Ich habe einen Cocktail getrunken, das ist alles. Das heißt noch lange nicht, dass ich morgen wieder einen trinke.«

»Woher hast du den Cocktail überhaupt?«, fragte Hanne. »Hast du in der Schule getrunken?« Innerlich brodelte sie. Wenn dem so war, würde sie gleich morgen die Schulleitung kontaktieren und ...

»Nein, natürlich nicht. Ist doch auch egal.«

»Das ist nicht egal, David. Ich will wissen, wo du dich rumtreibst, um Alkohol zu trinken. Ich bin deine Mutter, ich muss sowas wissen. Und es kommt mir schon komisch vor, dass du dich seit unserem Umzug so verändert hast.« Sie zwang sich, wieder ruhig zu werden. »Wo warst du?«, fragte sie.

»Ich habe Merlin besucht und mit ihm Mathe gelernt.«

»Und dabei trinkt man Cocktails?«

»Danach«, sagte David.

Hanne war einerseits erleichtert, dass ihr Sohn lediglich nebenan gewesen war, andererseits hatte sie nun die Gewissheit, dass sie besser auf Ansgar gehört hätte, was diese Familie anging.

»Hör zu, David.« Sie räusperte sich. »Ich glaube, dieser Merlin ist kein guter Umgang für dich.«

»Woher willst du das wissen?«

»Ich glaube, die ganze Familie ist ein wenig – verkorkst.«

»Nur weil sie anders sind als ihr?« David sah sie herausfordernd an.

Hanne schluckte. Er hatte *ihr* gesagt, nicht *wir*. »Nein«, sagte sie sanft. »Sie sind ...« Ihr fiel kein passendes Wort ein. Was waren sie? Dann entschied sie sich schließlich für: »asozial.«

David lachte. »Wieso das denn?«

»Sie haben keine Gardinen!«, sagte Hanne sofort. »Jeder kann zu ihnen reinschauen! Die Mutter scheint mir ein wenig verrückt zu sein mit ihren ganzen Weisheiten und Kräutern. Und ich glaube, sie trinken.«

»Wie kommst du darauf?«

»Weil sie dir Alkohol angeboten haben.«

»Normale Jungs in meinem Alter trinken Alkohol«, sagte David. »Wo ist das Problem?«

»Es ist verboten.«

»Bier und Wein ab sechzehn«, konterte David und lächelte sie triumphierend an.

»Und Cocktails?«, fragte Hanne.

»Mam, sie sind einfach anders, aber das heißt doch noch lange nicht, dass sie asozial sind.«

»Warum bist du auf Socken rübergekommen?«

David schwieg einen Moment. Dann sagte er: »Ich war zu faul mir die Schuhe anzuziehen.«

38

Paolo starrte ihn finster an.

»Mir ist das egal, ob du extra für mich früher aus der Arbeit kommst oder nicht«, sagte Merlin. Er war fest entschlossen, diesen Nervenkrieg nicht zu verlieren.

»Wenn es dir egal ist, warum schläfst du dann mit mir?« Paolo lächelte, während seine Augen weiterhin kalt blieben.

»Ich – ich werde nicht mehr mit dir schlafen.« Merlin ärgerte sich, dass seine Stimme nicht so fest klang, wie er es eigentlich beabsichtigt hatte.

»Ach«, machte Paolo und setzte ein liebenswürdiges Gesicht auf. »Warum denn nicht?«

»Weil ich – verliebt bin«, antwortete Merlin. Innerlich fasste er sich an den Kopf. Warum erzählte er das? Warum ließ er sich auf Diskussionen ein? Er musste die Beziehung zu Paolo dringend wieder in geregelte Bahnen lenken. Das würde aber sicher nicht klappen, wenn er weiterhin den naiven Jungen gab.

»Das ist ja herrlich! Du bist verliebt!« Paolo lachte. »Weiß dein neuer Freund denn von mir?« Seine Augen funkelten bösartig.

Merlin schluckte. Er zwang sich, nicht zu antworten. Ohnehin hatte er sich schon zu sehr auf dieses Frage-Antwort-Spiel eingelassen.

»Dachte ich es mir doch. Du willst mich verheimlichen, was?« Jetzt zwinkerte Paolo ihm zu. »Ich finde es schon interessant, wie du mich benutzt.«

Merlin schloss die Augen. Natürlich wusste er, dass das alles Taktik war. Paolo war ein durch und durch berechnender Mensch, nicht umsonst hatte er den Chefsessel bei Elco inne. Trotzdem fanden die Worte ihren Weg und trafen.

»Weil du zu feige bist, dir einen richtigen Freund zu suchen, lebst du deine Triebe mit mir aus«, sagte Paolo und klang betroffen. »Aber sobald du einen anderen findest, willst du mich abschieben.«

Merlin dachte daran, dass Paolo selbst ja mit seiner Mutter zusammen war. Für ihn war er also auch nur ein Spaß nebenbei. Warum sollte es umgekehrt anders sein? Doch das traute Merlin sich nicht auszusprechen. Er wollte seine Mutter nicht erwähnen. Sie sollte nicht Gegenstand des Streits werden. Sicher würde er sie sonst gegen ihn einsetzen.

»Wie war dein erstes Mal mit mir eigentlich?«, fragte Paolo mit unerwartet kumpelhafter Neugier. Fast wollte Merlin antworten, doch Paolo sprach weiter: »Es war angenehm, sich keine Sorgen machen zu müssen, was? Immerhin bin ich ja der Freund deiner Mutter und die wird sich ja wohl kaum einen Schlächter aussuchen, oder?«

Merlin schluckte. Da war sie also doch, seine Mutter. Paolo hatte es ausgesprochen und die Last über ihm abgeworfen. Eigentlich hätte er damit rechnen müssen. Seine Mutter war Paolos bestes Ass. Er würde sich einfach aus der Affäre ziehen können, wenn es hart auf hart kam. Aber er, Merlin, würde sich nicht so leicht von seiner Mutter trennen können. Als ihm dies klar wurde, knickten seine Beine ein und er setzte sich aufs Bett.

»Was ist, Kleiner?«, fragte Paolo und stellte sich gleich vor ihn. »War dein erstes Mal etwa nicht sorglos?«

Merlin schüttelte langsam den Kopf. Wenn er an die zahllosen Ängste dachte, die ihm durch den Kopf gegangen waren, während er mit Paolo geschlafen hatte, fühlte er sich absolut elend. Natürlich hatte er gewusst, dass es absolut falsch war, mit dem Freund seiner Mutter Sex zu haben. Überhaupt daran zu denken war ja schon verwerflich. Trotzdem war er seiner Lust erlegen, was zahllose Selbstvorwürfe zur Folge hatte. Es war fast ein Wunder, dass er sich noch im Spiegel betrachten konnte, ohne ständig an seine betrogene Mutter denken zu müssen. Wie konnte er überhaupt noch mit Paolo unter einem Dach leben? Plötzlich wunderte sich Merlin, wie er das alles nur aushielt.

»Deine Mutter ist eine nette Frau«, sagte Paolo. »Sie ist unglaublich verständnisvoll. Ich finde es klasse, wie sie mit dir umgeht. Ich bin mir sicher, dass sie auch verstehen würde, wenn du ihr sagst, aus welchen Gründen du mit mir schlafen musstest. Sie würde es sicher genauso sehen.«

Merlin wurde speiübel. Der Gedanke, dass er seiner Mutter sowas sagen müsste, ließ ihm schwarz vor Augen werden. Wie würde sie reagieren? Sie hatte so viel für ihn getan. Wie könnte er ihr jemals gestehen, dass das alles nicht gereicht hatte und er sie deshalb betrügen musste?

»Das ist ein wenig viel für dich, oder?«, sagte Paolo sanft und setzte sich neben ihn.

In der Tat war das alles viel. Zu viel, wenn man es genau bedachte. Merlin spürte in sich nur diese ekelhafte Kälte. Wie verdorben musste ein Mensch sein, dass er zu so etwas fähig war? Wie verdorben war er selbst?

»Bist du wirklich in den Jungen verliebt?«

Merlin wusste nicht, was er antworten sollte. Er war sich sicher, dass Paolo ihm einen Strick daraus drehen würde, egal für welche Antwort er sich entschied. Sie waren noch lange nicht fertig miteinander.

»Also wenn du wirklich verliebt bist, willst du das natürlich deiner Mutter sagen. Aber du solltest fair sein, denn immerhin bist du doch ein guter Sohn, nicht wahr? Du kannst nicht nur von deiner Liebe erzählen. Sag ihr auch ein paar Worte von deiner kleinen Affäre.« Paolo seufzte, als fiele ihm das alles schwer. »Wenn du aber nicht wirklich verliebt bist, würde ich mir an deiner Stelle überlegen, ob sich das alles wirklich lohnt. Ich meine, der Junge hat doch selbst gesagt, dass er gar nicht schwul ist. Da scheint es mir fast vergebene Liebesmüh.«

»Im Grunde ...«, fing Merlin an, brach aber schnell wieder ab. Er wollte nichts sagen. Nicht, wenn Paolo so drauf war. Die Situation war eindeutig zu gefährlich.

»Ich weiß, im Grunde suchst du nur Freundschaft«, sagte Paolo verständnisvoll. »Es ist ja auch nicht so einfach, niemanden zu haben, den du lieben kannst.«

»Ich liebe – dich«, sagte Merlin und zuckte innerlich bei diesen Worten zusammen. Er kam sich vor, wie der Ertrinkende, der nach dem letzten bisschen Halt sucht. Nein, er liebte Paolo ganz bestimmt nicht. In den letzten Tagen wandelte sich sein Gefühl für ihn eher ins Gegenteil. Er wollte von ihm los. Irgendwie schien ihm die Flucht nach vorn gar nicht so schlecht.

»Das ist aber süß«, sagte Paolo und lachte. Dann fiel sein Gesicht in eine starre Maske zurück. »Allerdings glaube ich dir kein Wort.« Er stand auf und stellte sich wieder vor ihn. »Du liebst mich nicht, du nutzt mich aus. Du willst Sex von mir, obwohl du weißt, dass du kein Anrecht darauf hast. Du missbrauchst mich – und deine Mutter.«

Die letzten Worte waren zu viel. Merlin konnte die Tränen nicht mehr aufhalten.

»Weinst du, weil ich mich dir nun verweigere?«, fragte Paolo scharf.

Merlin ließ den Kopf hängen. Die Stimme dröhnte in seinem Schädel. Nein, er weinte garantiert nicht, weil sich Paolo verweigerte. Einen flüchtigen Gedanken lang wurde sich Merlin der verdrehten Tatsache bewusst. Der einzige, der sich hier verweigerte, war er selbst. Doch der Gedanke war zu schnell unter den zahllosen Bildern seiner Mutter vergraben, als dass er sich darüber wirklich bewusst werden konnte. Sein Kopf schmerzte. Und plötzlich nickte er.

»Das tut mir leid. Ich wollte dich nicht zum Weinen bringen.« Paolo legte ihm die Hand auf den Kopf.

Merlin fühlte die Kälte durch sein Haar dringen und fröstelte.

»Wenn du mich drum bittest, verzeihe ich dir. Du musst mich nur drum bitten.«

Merlin schloss die Augen. Sein Körper schwebte haltlos im Raum. Es fühlte sich an, als sei er schwerelos. Von weit her hörte er sich sagen: »Bitte.« Dann legte er sich zurück, während Paolo ihm die Hose auszog.

Freitag

Lust und Liebe

Dein schüchternes Herz
Auf meiner Brust
Verlangt von mir
Vorsicht
Die ich haben will
Und doch drängt mich
Neben der Liebe
Auch die Lust

M. Nagy

39

David sah auf die Uhr. Es war bereits zehn Minuten vor acht. Irgendwie hatte er gehofft, dass Merlin sich wieder zu ihm auf die Bank setzen würde. Aber nach dem Desaster von gestern konnte er es ihm seine Abwesenheit wohl kaum verübeln. Warum hatte er sich verleugnet? Warum hatte er nicht einfach geschwiegen, damit Merlin es wusste? Natürlich wusste David, dass ihn letztlich die Angst getrieben hatte, Paolo könnte seinen Eltern etwas sagen. Der Gedanke brachte ihn schier um den Verstand. Nein, so fühlte er sich auf jeden Fall sicherer, auch wenn das bedeutete, dass er sich vor Merlin verleugnete.

Allerdings würde es jetzt auch um so schwieriger sein, Merlin irgendwann mal die Wahrheit zu sagen. Aber wollte er das denn überhaupt? Er hatte es genossen, mit ihm zusammen auf dem Bett zu liegen und dieses Kitzeln im Bauch zu spüren, seine Nähe wahrzunehmen, seinen Atem auf dem Gesicht. Merlins vertrauliche Stimme hatte ihm das Gefühl von Sicherheit gegeben. Ja, David war sich sogar sicher, dass sie sich geküsst hätten, wenn nicht Paolo ins Zimmer gestürmt wäre. Er selbst hätte es gewollt. Und irgendwie wusste er, dass Merlin es auch wollte. Nicht nur einen Kuss, sondern mehr. Aber wie sollte dieses Mehr am Ende aussehen? Wie lange würden sie eine Beziehung geheim halten können? Plötzlich war er sich gar nicht mehr so sicher, dass Merlin das tatsächlich auch wollte. Ja, er war nicht abgeneigt, das spürte David. Doch welchen Grund würde Merlin haben, ein solches Versteckspiel mitzumachen? In seiner Welt gab es diesbezüglich keine Geheimnisse. Oder fast keine ... Er verwarf den Gedanken schnell wieder.

David sah sich um. Fünf vor. Noch immer keine Spur von Merlin. Langsam erhob er sich und ging allein über die Wiese zur Schule. Ob Merlin vielleicht heute einen anderen Weg gegangen war, damit er ihm nicht begegnen musste? David schüttelte den Kopf. Nein, dieser Gedanke gefiel ihm ganz und gar nicht. Aber es musste einen Grund geben, weshalb sie sich ausgerechnet heute nicht vor der Schule trafen. Vielleicht fühlte er sich von ihm verraten? Immerhin konnte er sich denken, dass ein normaler Junge sicher nicht auf dem Bett liegen geblieben wäre und so bereitwillig auf einen Kuss gewartet hätte. Plötzlich war David diese Situation peinlich. Im Grunde hatte er sich allein mit seiner Passivität verraten, nur um kurz darauf zu schreien, dass er ja doch nicht schwul sei. Wieso war dieser Paolo überhaupt ins Zimmer gestürmt? David schluckte. Natürlich kannte er die Antwort auf diese Frage. Er wollte eine mögliche Beziehung zwischen ihm und Merlin verhindern. Was, wenn Merlin plötzlich einen Freund hatte? Dann hätte seine Affäre zu Paolo ein Ende. Da war es doch klar, dass er etwas dagegen unternehmen musste und sie störte. Und David hatte sich die Feindseligkeit in den Augen des Mannes sicher nicht nur eingebildet. Das, was er schon am Grillabend vermutet hatte, bestätigte sich nun, da er noch mal über die Szene von gestern nachdachte. Paolo konnte ihn nicht leiden. Er war der Eindringling, der das wunderbare Arrangement zwischen ihm und Merlin ins Wanken brachte. Wenn sich Merlin tatsächlich von Paolo abwenden würde, wenn er erst mit David zusammen war, dann würde sich Paolo einen neuen Partner für schnellen Sex suchen müssen. Und für einen neuen Merlin standen die Aussicheten wohl nicht sonderlich günstig. Es war einfach zu perfekt, dieses Abkommen. Paolo würde es nicht kampflos aufgeben.

Unentschlossen stand David vor dem Schultor. War das der Grund, weshalb Merlin heute früh nicht zur Bank gekommen war? Plötzlich drückte ihm ein düsterer Gedanke auf die Brust. Konnte es sein, dass Paolo etwas mit Merlins Abwesenheit zu tun hatte? Immerhin hatten sie sich ja gestritten, als David gestern davongelaufen war. Merlin hatte zum ersten Mal, seit er ihn kannte, die Stimme erhoben. Irgendwie sorgte das jetzt im Nachhinein noch für einen komischen Eindruck. Merlin schien ihm absolut nicht der Typ zu sein, der einfach so laut wurde. Aber gestern war er richtig wütend gewesen. Das sagte ihm eigentlich mehr als alles andere, dass Merlin etwas für ihn empfand. Und wenn er tatsächlich in ihn verknallt war, dann würde er doch alles daran setzen, ihn am nächsten Tag wiederzusehen, oder? David schluckte. Abwarten.

Es klingelte noch während er die Treppen zur ersten Etage des Schulgebäudes hinaufstieg. Ganz sicher würde Merlin schon an seinem Platz sitzen und auf ihn warten. Aber in dem Fall müsste David sich wohl ernsthaft Gedanken machen, weshalb der Junge ihn heute morgen gemieden hatte. Dennoch hoffte er, dass es so war. Als er aber schließlich in die Klasse trat, sah er Merlins Platz leer. Unbewusst blieb er stehen und starrte nach hinten ans Ende des Zimmers.

»Sie dürfen gern Platz nehmen«, sagte Frau Asbach, die Englischlehrerin.

David nickte geistesabwesend und setzte sich in Bewegung. Es war ein seltsames Gefühl, hier hinten allein zu sitzen, ohne Merlin. Linda sah verstohlen zu ihm hinüber. Aber als er sie ansah, drehte sie den Kopf schnell weg. David fühlte sich absolut schlecht. Sein einziger Freund war heute aus irgendeinem Grund nicht da – ausgerechnet nach der gestrigen Situation – und dessen Freundin mied ihn offensichtlich, weil sie ihn durchschaut hatte und ... Ja, was eigentlich? David wusste nicht so recht, was sie gegen ihn hatte. Entschlossen trennte er ein Blatt aus seinem Englischheft heraus und riss ein kleines Zettelchen zurecht. Vielleicht war es das Beste, wenn er sie einfach fragte. Er schrieb: *Hast du was gegen mich?* Dann passte er einen Moment ab, in dem Frau Asbach nicht aufschaute und warf das Briefchen zu Linda. Überrascht sah sie ihn an, lächelte aber schließlich. Es fühlte sich sofort viel besser an, wenn einem jemand zulächelte, stellte David fest. Trotzdem schwang auch gleich wieder der Zweifel mit, ob das mit der Nachfrage wirklich eine so gute Idee war. Immerhin könnte sie ja wieder damit anfangen, dass er Merlin nicht so anglotzen sollte. Aber er beschloss solche Anspielungen gleich abzublocken. Er würde es einfach leugnen, fertig.

Es dauerte elende Minuten, bis Linda ihm ihre Antwort zuwarf. Erwartungsvoll faltete David das Papier auseinander. *Warum leugnest du es? Warum sagst du es ihm nicht einfach?* Davids Magen rumorte plötzlich. Er hatte es doch gewusst! Warum hatte er sie überhaupt erst angesprochen? Die Antwort darauf war wohl mehr als simpel: Er fühlte sich allein. Ohne Merlin an seiner Seite war er in diesem Klassenverband ein Fremder. Und Linda war nun mal die Einzige, die er neben Merlin schon etwas kannte. Er legte den Zettel weg. Einfach nicht drauf antworten. Dann nahm er sich das Briefchen aber doch wieder vor. *Was meinst du?* Einen Moment überlegte er, ob das nicht zu offensichtlich war. Ihm fiel da diese Standartformulierung ein: ›Ich weiß überhaupt nicht, was du meinst.‹ Da wusste doch jeder sofort, dass es eine Lüge war. Aber ihm fiel nichts Besseres ein, und mit dieser flachen Frage hatte er zumindest zurückgeschossen, auch wenn er nicht glaubte, dass es dabei bleiben würde.

Ein paar Minuten später wusste er es: *Dass du schwul bist! Ist doch kein Problem, man. Ich versteh echt nicht, warum ihr Schwuchteln da so einen Akt draus macht.*

David fühlte sich, als hätte ihm jemand kräftig auf den Kopf geschlagen. Wie sollte er jetzt darauf reagieren? Er fühlte sich mit einem Mal vollkommen leer. Warum machte er eigentlich so einen Akt daraus? Natürlich weil er nicht wollte, dass es gleich alle wussten. Je mehr Leute dieses Geheimnis mit ihm teilten, desto größer war die Möglichkeit, dass seine Eltern irgendwann davon erfuhren. Dieser Gedanke verweilte eine ganze Zeit lang in seinem Kopf. Seine Eltern. Ja, das war das Problem. Na ja, vielleicht auch seine Klassenkameraden. Woher sollte er wissen, dass sie nicht gleich alle über ihn herfielen und schrien, dass sie es ja schon immer gewusst hatten. Ach, das war Schwachsinn. Sie kannten ihn ja überhaupt nicht. Im Grunde wäre es doch ein einfacher Start, wenn man irgendwo hinkam und die Karten gleich offen auf den Tisch legte, oder nicht? Merlin ließen sie ja auch in Ruhe. Er dachte noch mal über ihr Gespräch nach. Sicher hatte Merlin recht damit, dass man sich einfach so annehmen musste, wie man war. Die anderen würden wenig Spaß daran finden, ihn wegen etwas aufzuziehen, das ihn selbst nicht die Bohne störte. Aber seine Eltern ... Das war das eigentliche Problem!

Bist du schwul?, schrieb David auf den Zettel. Er überlegte eine Weile. Dann fügte er an: *Wenn nicht, dann wirst du auch wohl nicht wissen, ob es ein Problem ist, oder?* Immer wieder las er seine Zeilen durch und wägte ab, ob er sie wirklich Linda zuwerfen sollte. Es war ja schließlich ein Eingeständnis. Obwohl, er bezweifelte, dass ihr das reichen würde. Sie wollte wohl von ihm, dass er jetzt gleich aufstand und durch die Klasse brüllte, dass er auf Merlin stand.

Es klingelte und David erhob sich, knüllte den Zettel zusammen und ließ ihn in der Hosentasche verschwinden. Dann bemerkte er, dass lediglich die erste Stunde beendet war und sie noch keine Pause hatten. Schnell ließ er sich wieder auf seinen Stuhl nieder. Aus dem Augenwinkel sah er, dass Linda ihn beobachtete. Sie hatte natürlich mitbekommen, dass er nicht vorhatte, ihr seine

Antwort zukommen zu lassen.

40

Merlin tauchte langsam aus dem Tiefschlaf auf. Mit geschlossenen Augen blieb er liegen und dachte voller Sorgen an den gestrigen Abend. Er hatte schon wieder mitgespielt. Eigentlich, wenn er darüber nachdachte, wollte er erst gar nicht aufwachen. Am liebsten würde er einfach im Bett bleiben und warten, bis dieser elende Tag vorbei war. Vielleicht hatte er ja Glück und wachte morgen mit anderen Gedanken auf. Oder aber, er schlief einfach so lange, bis sich ein erleichternder Schleier des Vergessens über diese unschöne Realität gelegt hatte. Apropos Realität, ihm kam das Ganze irgendwie gar nicht so wirklich vor. Paolos plötzliches Erscheinen, Davids Ausbruch, die anschließende Konversation, die letztlich wieder in Sex ausgeartet war – das alles schien ihm eher surreal. Allein der Gedanke an Paolos Worte. Niemals hätte er geglaubt, dass ihn Paolo mal unter Druck setzten würde. Aber gestern hatte er teilweise sein wahres Gesicht gezeigt. Es erschreckte ihn, wie berechnend er an die Sache heranging. Aber viel mehr erschütterte ihn, dass er sich am Ende wieder auf ihn eingelassen hatte. Trotz all der bösen Worte, die vorher gefallen waren, hatte er doch noch mit ihm geschlafen. Und auch wenn er sich am Anfang noch dagegen wehren wollte, es hatte ihm am Ende dennoch gefallen, Paolo zu spüren. Das war das Schlimmste – es machte ihm Spaß.

Als wollte er diese Gedanken abschneiden, drehte er sich um. Die dünne Bettdecke klebte an seinem Körper. Es war nachts eindeutig zu warm. Dann fiel ihm die unangenehme Feuchte zwischen seinen Beinen auf. Er war gestern einfach im Bett liegen geblieben. Wieder drifteten seine Gedanken zu Paolo ab. Er schüttelte den Kopf. Ihm musste diesbezüglich unbedingt eine Lösung einfallen. So jedenfalls konnte es nicht weitergehen. Es war – nicht fair. Tief atmete er durch. In erster Linie dachte er dabei natürlich an David, der unter keinen Umständen erfahren durfte, dass ... Merlin schluckte. Wenn David schon so geschockt war, nur weil Paolo einfach ins Zimmer stürmte, was würde dann erst sein, wenn er ihm von dieser ganz speziellen Beziehung erzählte. Und noch eine Überlegung mischte sich heimlich dazu: Warum dachte er darüber nach, David in sein Geheimnis einzuweihen? Sie waren nicht mal zusammen! Warum er und nicht seine Mutter? Ihm wurde übel. Das war doch eigentlich der Gipfel des Verrats. Er spürte, wie sich Tränen unter seinen geschlossenen Augenlidern sammelten. Ja, er war traurig, dass er zu feige war, seiner Mutter die Wahrheit zu sagen. Er hatte Angst vor den Konsequenzen, die darauf unweigerlich folgen mussten. Sicherlich würden sie auf der Stelle von hier fortziehen. Noch schlimmer war aber die Vorstellung, dass sie allein weggehen könnte.

»Musst du heute nicht zur Schule?«, fragte seine Mutter plötzlich.

Merlin fuhr mit einem Schrei auf.

»Hey, ganz ruhig, okay?«, sagte sie und grinste ihn an. »Du hast nur verschlafen, kein Grund gleich einen Infarkt zu bekommen.«

»Wie spät ist es?«

»Kurz vor neun.« Selma kam zu ihm hinüber und setzte sich aufs Bett. »Hast du den Wecker nicht gehört?«

Merlin überlegte kurz, dann sagte er: »Ich glaube ich habe ihn erst gar nicht gestellt.«

»Na, dann brauchtest du vielleicht eine kleine Auszeit.«

Merlin runzelte die Stirn. Seine Mutter machte ihm nie Vorhaltungen, wenn er mal zu spät dran war oder überhaupt nicht zur Schule ging. Doch diese Erklärung war neu. Mit einem Mal spürte er, dass sich ein Klos in seinem Hals bildete. Schnell räusperte er sich. »Wie kommst du darauf?«, presste er hervor und versuchte, normal zu wirken. Nur nichts anmerken lassen. Oder – war es vielleicht schon zu spät? Nein, das konnte er sich nicht vorstellén. Paolo würde sein Ass bis zuletzt im Ärmel behalten. Merlin bezweifelte, dass seine Mutter, so locker und gefasst sie auch immer war, bei einer solchen Nachricht dermaßen ruhig bleiben könnte.

»Paolo hat gestern mit mir gesprochen«, sagte Selma. Sie sah ihn nicht an.

Merlin schluckte. »Aha«, machte er. Ihm wurde schwindlig, also legte er sich wieder zurück.

»Es tut ihm leid.«

Das Bett drehte sich plötzlich und Merlin hatte das Bedürfnis, sich festzuhalten. Was sollte er sagen?

Selma seufzte. »Ich hätte nicht gedacht, dass er ...«, sie stockte und sah ihn an. »Ist dir nicht gut, Lin?«, fragte sie irritiert und legte ihm die Hand auf die Stirn.

»Nein«, sagte Merlin. Warum sprach sie eigentlich nur von Paolo und nicht auch von ihm?

»Was hast du denn?« Ihre Stimme klang unerwartet besorgt. »Fieber ist es jedenfalls nicht, du bist kalt wie ein toter Fisch.«

»Mir fehlt nichts«, sagte Merlin

»Aber, du hast doch gerade ...«

»Ja.« Merlin rappelte sich so gut es ging wieder auf. »Ich bin ein wenig – durch den Wind. Ich muss zur Schule.«

»Moment noch«, sagte seine Mutter. »Ich wollte dir doch nur sagen, dass Paolo mir gesagt hat, dass er euch gestern gestört hat. Er hat sich bei mir dafür entschuldigt.« Sie sah ihn gedankenverloren an. »Ich hab ihm extra gesagt, dass du Besuch hast.« Dann schüttelte sie den Kopf. »Versteh einer die Kerle. Du sagst ihnen etwas und sie haben es sofort wieder vergessen.«

Merlin fühlte sich mit einem Mal so leicht, dass er schon befürchtete, jeden Moment abzuheben. »Ich – ich weiß.«

»Wieso?«, fragte Selma überrascht. »Erzähl mir, was habt ihr gemacht?«

»Ach, nicht deswegen.« Merlin lachte. Irgendwie hatte er das Gefühl, immer genau das Falsche zu sagen.

»Egal, erzähl es mir!«, sagte Selma.

»Wir haben hier auf dem Bett gelegen.«

»Und?«

»Hausaufgaben gemacht. Weißt du doch.«

»Ja, ja, ja. Aber das wird doch wohl nicht alles gewesen sein.«

»Er hat beide Cocktails getrunken«, lachte Merlin. »Dabei waren sie mehr als grausam.«

»Er ist in dich verknallt«, stellte Selma fest.

»Und das leitest du jetzt von dem Gesöff ab?«

Selma lachte. »Vertrau mir doch mal!«

»Ja«, sagte Merlin leise. »Ich glaube, du hast recht.«

»Natürlich habe ich recht, und jetzt erzähl endlich weiter!«

»Na, er war von deinen Superdrinks ein wenig benebelt und hat sich hingelegt. Irgendwann hat er seine Hand zu mir rübergestreckt und ich hab sie genommen.«

»Oh«, machte Selma.

»Ma! Ich habe meine Hand auf seine gelegt, mehr nicht.«

»Ach so.« Sie kicherte.

»Am Ende hätten wir uns fast geküsst«, sagte Merlin und seufzte. »Dann ist Paolo reingeplatzt.«

»Verdammt. Er ist manchmal echt ein Trottel.« Selma grinste. »Aber ich glaube nicht, dass sich David davon abschrecken lässt.« Sie zwinkerte ihm zu.

»Bist du dir sicher?« Merlin kniff die Augenbrauen zusammen. »Er schien das Ganze nicht so locker zu nehmen.«

»Ich weiß«, sagte Selma. »Natürlich habe ich Paolo auch schon ausgequetscht. Das war ja wohl das Mindeste.«

»War klar.«

»Trotzdem, er ist in dich verliebt. Das hört nicht einfach so auf, nur weil jemand ins Zimmer kommt und ...«

»Aber ich glaube, er hat echt ein Problem damit, schwul zu sein.« Merlin ließ sich wieder nach hinten ins Kissen fallen.

»Dann hilf ihm«, sagte Selma. »Es ist gut, wenn man einen Verbündeten hat.«

»Ja«, stimmte Merlin zu. »Ma?«

»Was ist?«

»Ich muss langsam wirklich zur Schule. Die zweite Stunde ist gleich zu Ende.«

»Natürlich.« Sie erhob sich und ging zur Tür. Dann drehte sie sich noch mal um. »Ach, und zieh frische Bettwäsche auf. So viel Zeit hast du noch!«

Merlin wurde rot.

41

Es klingelte zur Pause. Lustlos packte David sein Material in die Tasche und sah verstohlen zu Linda hinüber. Sie schien ihn aber zu ignorieren. Trotzdem wartete er, bis sie den Klassenraum verlassen hatte, um ihr dann sicherem Abstand auf den Schulhof zu folgen. Dort stellte er sich völlig verloren an den Eingang zum Hauptgebäude. Das war also seine erste Pause, die er mangels Kontaktfreudigkeit allein verbringen musste. Er beobachtete eine Weile die zahllosen Schüler, die sich hier draußen versammelt hatten. Die meisten Mädchen waren richtig aufgetakelt, als müssten sie sich für einen Wettbewerb profilieren. Aber auch die Jungs sahen bisweilen aus, als wollten sie ihren Idolen Konkurrenz machen. David konnte sich ein Grinsen nicht verkneifen, als er eine Gruppe cooler Typen sah, die alle eine Beckham-Frisur zur Schau trugen. Irgendwie wirkte es albern. Aber genau darum ging es doch eigentlich: Einen Trend mitzumachen, um sich in eine Gruppe einfügen zu können. Wie wertvoll das letztlich war, stand nicht zur Debatte, Hauptsache sie mussten ihre Pausen nicht allein verbringen.

David entschied sich, in die Cafeteria zu gehen. Er hatte zwar weder Hunger noch Geld, aber irgendwas musste er in den zwanzig Minuten tun. Wieder fiel ihm auf, wie bescheuert die Vorschrift war, dass die Schüler ihre Pause nicht in den Klassenräumen verbringen durften. In dieser Zeit hätte er sich locker auf die nächste Stunde vorbereiten oder Hausaufgaben machen können. Für die nächste Pause würde er auf jeden Fall seine Bücher mit runternehmen.

Plötzlich legte sich eine Hand auf seine Schulter. »Hi, David.«

David fuhr überrascht herum. Sein Blick fiel unmittelbar in die braunen Augen von Merlin. Für einen Moment dachte er, dass etwas an diesem Anblick nicht stimmte. Doch dieser Gedanke war so schnell wieder in den unteren Regionen seines Bewusstseins verschwunden, dass es ihn kaum irritierte.

»Hi«, sagte er nur. Innerlich blühte er aber förmlich auf. Merlin war da! Und er sprach ihn an!

»Mensch, ich hab volle Kanne verschlafen«, sagte Merlin und lachte. »Ist mir schon lang nicht mehr passiert.«

David schluckte. Das war also der Grund. Und er hatte gedacht ... Aber Paolo konnte immer noch schuldig sein – allerdings auf andere Weise, als David es zuerst vermutet hatte. Er schluckte wieder.

»Du siehst nachdenklich aus«, sagte Merlin und machte ein besorgtes Gesicht. »Wegen gestern?«

David überlegte kurz, dann nickte er. Natürlich war er wegen des gestrigen Abends durcheinander. Allerdings nicht so, wie Merlin es vermutete.

»Hör zu«, fing Merlin an, »es tut mir leid. Normalerweise ist Paolo nicht so, okay?« Er schwieg einen Moment, dann fügte er an: »Ich weiß auch nicht, was in ihn gefahren ist.«

David wusste nicht, was er darauf erwidern sollte. Er befürchtete, dass er irgendwie zu viel von seinem Wissen preisgeben könnte, wenn er jetzt etwas dazu sagte.

Merlin senkte den Kopf. »Ich hoffe, du kommst trotzdem noch mal zu Besuch.«

»Klar«, sagte David. Selbstverständlich würde er, obwohl es einiges gab, das dagegen sprach. Doch jetzt in Merlins Schatten fühlte er sich wieder so wohl, dass es einfach nicht in Betracht kam, sich von diesem Jungen fernzuhalten. Im Grunde hatter er mit dieser Idee auch schon längst abgeschlossen.

»Vielleicht können wir das mit dem Filmabend ja noch mal nachholen. Ich sperre Paolo auch in den Keller, versprochen.«

David lachte. »Das ist doch mal ein Angebot.«

Die Pausenglocke schellte und sie machten sich auf zu ihrer Klasse. David war glücklich, nicht mehr allein da hinten zu sitzen. Linda sah überrascht zu ihnen rüber. Für einen Augenblick schien es so, als wollte sie etwas sagen. Dann entschied sie sich aber wohl dagegen und fing ein Gespräch mit ihrer Tischnachbarin an.

»Haben wir was Wichtiges gemacht?«, fragte Merlin, während er seinen Schulkram auspackte.

»Nicht wirklich«, antwortete David. In der Tat wusste er es gar nicht mal mit Sicherheit. Immerhin hatte er die ganze Zeit an etwas vollkommen anderes gedacht und nicht an Englisch. Er fühlte durch die Jeans nach dem Briefchen, das er Linda geschrieben hatte. Unsicher holte er es hervor. Seine Hände wurden feucht. Herr Stolte kam ins Klassenzimmer und knallte sein Geschichtsbuch aufs Pult. Sicher würden sie jetzt eine wunderbare Lektion über den zweiten Weltkrieg durchnehmen.

»Wird wohl wie immer das Gleiche sein, oder?«

»Was?«, fragte Merlin und sah ihn an.

»Na, Geschichte. Wir nehmen doch garantiert wieder irgendwas Nationalsozialistisches durch.«

»Da kannst du dich bei Stolte drauf verlassen. Der kommt garantiert nicht mit aktuellen Sachen.« Merlin winkte ab.

Davids Hände waren mittlerweile vollkommen nass. Das war die denkbar dümmste Überleitung, die ihm einfallen konnte, aber er zwang sich trotzdem und sagte mit zitternder Stimme: »Willst du mal was Aktuelles – lesen?«

Merlin sah ihn verwirrt an. »Was meinst du?«

Schnell legte David das zusammengeknüllte Stück Papier auf Merlins Ordner. »Das«, sagte er nur knapp und drehte sich von ihm ab. Sein Herz schlug heftig in der Brust und er hatte das Gefühl, sich jeden Moment übergeben zu müssen. Aber, sagte er sich immer wieder, es war doch alles halb so wild. Merlin war doch selbst schwul – und absolut nett obendrein. Was sollte schon schiefgehen?

»Ey, das darf echt nicht wahr sein«, fluchte Merlin unterdrückt.

David drehte sich vollkommen steif wieder zu ihm um. Sein Mund klappte auf, aber es kam kein Wort heraus.

»Was soll der Schrott?«, fauchte Merlin. »Ich hab ihr gesagt, dass sie dich in Ruhe lassen soll mit der Scheiße, aber ...«

Jetzt verstand David endlich Merlins unterdrückten Ausbruch. Automatisch legte er seine Hand auf dessen Knie, um ihn zu beruhigen. »Nicht so laut«, flüsterte er. Irgendwie hatte er mit einem Mal das Gefühl, sich in einer mit Watte gefüllten Kiste zu befinden. Alles wirkte seltsam dumpf. Aber seine Übelkeit hatte nachgelassen.

»David, es tut mir leid, ich habe ihr extra gesagt ...«

»Sie hat recht«, murmelte David.

Merlin hielt inne. Dann las er den Zettel noch mal.

David spürte plötzlich einen Druck auf den Ohren, was den Eindruck mit der Wattekiste noch verstärkte. Er schluckte. Aber es änderte sich nichts. Dann sah er, dass Merlin grinste.

»Also hatten meine Mutter und Linda doch recht«, sagte er schließlich und zwinkerte ihm zu.

David fühlte eine verräterische Hitze in sein Gesicht steigen.

»Ist in Ordnung«, sagte Merlin und legte ihm nun seinerseits die Hand aufs Knie. »Wir reden nachher drüber, wenn du willst.« Damit richtete er sich wieder nach vorn. Den Zettel ließ er in seiner Hosentasche verschwinden.

David konnte sich aber noch nicht aus seiner Starre befreien. Er hatte es tatsächlich jemandem gesagt – also, es jemandem zu verstehen gegeben. Sagen war noch etwas anderes. Aber immerhin! Wie aus weiter Ferne betrachtete er Merlin, der nun versuchte, dem Unterricht zu folgen. So, als wäre nichts geschehen. Vollkommen natürlich. David konnte es kaum glauben. Wovor hatte er die ganze Zeit Angst gehabt? Was hätte Merlin denn tun sollen? Er war selbst schwul und hatte eine Mutter, die ihm beibrachte, sich so zu akzeptieren, wie er nunmal war. Für Merlin war Schwulsein nichts Außergewöhnliches. Zumindest nichts, was jetzt auf der Stelle mehr Beachtung bedurfte, als ein Kopfnicken und das Versprechen, dass er für ein Gespräch bereitstand.

»David, Sie können uns diese Frage sicher beantworten«, sagte Stolte plötzlich.

David riss sich aus seinen Gedanken los. Völlig perplex registrierte er seine Mitschüler mitsamt Lehrer, die geschlossen eine Antwort von ihm erwarteten.

»Ich denke«, sagte Merlin plötzlich, »dass Sie die Kirche meinen, oder?«

Stolte runzelte die Stirn. »Seit wann heißen Sie David?«

»Oh, Entschuldigung, ich dachte Sie hätten mich gemeint.«

»Immerhin war es die richtige Antwort«, bestätigte Stolte. »Natürlich war das wichtigste Gebäude im Barock die Kirche.« Er holte zu einem langen Vortrag über Kirchenbau aus.

»Danke«, flüsterte David erleichtert.

Merlin zwinkerte ihm zu.

»Also machen wir doch nicht den Hitlerkram?«

»Scheint so, was?«

42

Merlin war erstaunt, wie einfach es ihm fiel, die sensationellen Neuigkeiten beiseitezuschieben und sich auf den Unterricht zu konzentrieren. Fast kam es einer Erleichterung gleich. Er hatte nun endlich die Gewissheit, dass er bei David nicht falsch lag, dass sein Verlangen doch eine Chance auf Erfüllung hatte. Das reichte ihm, mehr wollte er nicht. Als die letzte Stunde sich aber dem Ende neigte, brachen doch allmählich die Gedanken an David durch. Plötzlich beschleunigte sich sein Herzschlag und er fühlte sich, als hätte er eine große Gefahr unbeschadet überstanden. Vorsichtig sah er zu David hinüber und beobachtete ihn eine Weile. Niemals hätte er gedacht, dass ihm diese Neuigkeit in der Schule eröffnet werden würde. Wenn Paolo nicht gewesen wäre, hätte er es sicher schon gestern gewusst. Aber dass David es ihm hier in der Schule mitgeteilt hatte, zeigte nur, wie wichtig es ihm war. Kurz dachte Merlin daran, wie sehr sich David zusammengerissen hatte, um ihn auf eine falsche Fährte zu locken. Lediglich den Frauen hatte er nichts vormachen können. Seine Mutter schien eh eine Art siebten Homosinn zu haben. Unglaublich.

»Ja?«, fragte David leise.

Merlin bemerkte, dass er ihn immer noch anstarrte. Trotzdem sah er nicht weg. Ihm fiel sofort auf, dass David plötzlich viel gelöster und sicherer wirkte. Er nickte ihm zu und lächelte. David lächelte zurück und plötzlich war Merlin, als säßen sie allein im Klassenraum. Niemand störte sie. Er konzentrierte sich vollkommen auf diese wunderschönen, braunen Augen, die ihn ansahen und ihre neue Freiheit versprühten.

»Alles okay bei dir?« David sah ihn fragend an.

»Ja«, antwortete Merlin. »Ich freu mich nur, weil ...« Er sprach nicht weiter. Es schien ihm nicht richtig, Davids Coming Out auszusprechen. Noch wusste er nicht, wie locker er mit diesem Geständnis umgehen durfte. »Ich freu mich einfach«, sagte er also und sah wieder nach vorn. Wahrscheinlich brauchte es noch eine Weile, bis David völlig frei mit seinem Schwulsein umgehen konnte. Er dachte an seine Mutter, die ihn vorsorglich gewarnt hatte, nicht zu viel zu erwarten. Ganz sicher würde sie auch hier recht behalten.

Es klingelte. Ein paar Minuten später verließen sie das Schulgelände und machten sich auf ihren viel zu kurzen Heimweg.

»Hast du noch Lust, dich ein wenig auf die Bank zu setzen?«, fragte Merlin vorsichtig. Er wollte David auf keinen Fall unter Druck setzen, aber er war sich bewusst, dass der Impuls schon von ihm ausgehen musste. Sicher würde sich David ganz normal von ihm verabschieden und in sein Haus verschwinden, wenn er ihn nicht sanft zurückhielt.

»Gern«, sagte David und lief quer über die Wiese.

Als sie sich kurz darauf auf die Bank setzten kam eine angenehme Brise auf. Wieder fiel Merlin auf, wie schön es doch hier war. Bevor er David kennengelernt hatte, war ihm diese Tatsache überhaupt nicht bewusst gewesen. Manchmal ging man ganz schön blind durch die Welt, dachte er.

»Worüber denkst du nach?«, fragte David und sah ihn aufmerksam an.

Merlin überlegte einen Moment. War das vielleicht eine Aufforderung, ein ernsthaftes Gespräch anzufangen? Merlin zögerte. Dann entschied er sich für die Wahrheit: »Mir ist gerade klar geworden, dass mir wahrscheinlich niemals aufgefallen wäre, wie schön es hier ist, wenn du nicht ...« Er stockte weil ihm auffiel, dass dies ja im Grunde schon der Auftakt für ein ernstes Gespräch sein konnte. Vielleicht war es doch nicht so klug, gleich jetzt auf die erstbeste Möglichkeit einzugehen?

»Liegt wahrscheinlich daran, dass ich nicht viel Zeit mit Leuten verbringe«, sagte David. »Da kommt man über kurz oder lang mal auf die Idee, sich einfach hinzusetzen und die Umgebung zu checken.«

Merlin nickte. »Die meisten würden wohl umkommen vor Langeweile, wenn sie sich nicht mit irgendwem treffen könnten, um sich zu besaufen oder was auch immer. Das ist doch auch irgendwie arm, oder?«

»Trotzdem wäre ich froh, wenn ich das einfach so könnte.«

»Kannst du«, sagte Merlin.

David lächelte. »Na ja, da bleiben immer noch meine Eltern. Meine Mam ist gestern fast ausgerastet, nur weil sie den Alkohol gerochen hat.«

»Ist nicht dein Ernst!« Merlin bemerkte, wie dämlich diese Aussage war und riss sich zusammen. »Also, sie ist echt so streng?«

»Du hast sie doch mitbekommen beim Grillen. Alkohol ist nichts für Kinder.«

Merlin war erschüttert. »Das ist echt krass.« Sie schwiegen einen Moment. Dann sagte er: »Meine Mutter sagt immer, dass ich das machen soll, wo ich gerade Lust drauf hab. Wenn ich mich betrinken will, soll ich das machen, solange ich keine dummen Sachen anstelle.«

»Und Betrinken ist keine dumme Sache?«

»Nein, sie meint das eher so, dass ich mir ein Taxi nehmen und nicht auf die Idee kommen soll, selbst zu fahren.« Merlin lachte. »Sowas eben.«

»Aber sie hat nichts dagegen, wenn du Alkohol trinkst?«, fragte David ungläubig. »Meine Mutter dreht ja schon durch, wenn ich eine Praline mit

Alkohol esse. Man könnte ja besoffen werden oder zumindest danach riechen, was dann wiederum anderen auffallen könnte.«

»Ich glaube, deine Eltern sind echt schlimm, was?«

»Meine Mutter«, korrigierte David.

»Vielleicht solltest du sie mal fragen, ob es ihr lieber ist, dass du besoffen irgendwo auf der Straße liegst, nur weil du so nicht nach Hause kommen kannst.«

David schwieg.

»Ich meine, was soll das denn? Du bist fast achtzehn!« Merlin konnte es einfach nicht fassen, wie man sich so von seiner Mutter bestimmen lassen konnte. Noch schlimmer aber war der Gedanke, dass David sich kein bisschen dagegen zu wehren schien.

»Ich bin ein Waschlappen, was?«, sagte David leise.

Merlin wusste nicht, was er darauf sagen sollte. Die Wahrheit schien ihm irgendwie zu hart. Also rückte er ein wenig näher an David heran und legte den Arm um ihn. So saßen sie einen Moment, bis sich David wieder befreite.

»Wird ein wenig zu warm«, sagte er und grinste.

»Sorry.«

»Nein«, beeilte sich David, »ich – ich mag das.«

Merlin zögerte. »Aber du willst nicht, dass es jemand sieht.«

David nickte kaum merklich.

»Kein Problem«, sagte Merlin. Dann fragte er nach einer Weile: »Du hattest noch nichts mit einem Jungen, oder?«

David schüttelte den Kopf.

»Mit einem Mädchen?«

»Nein.«

»Ich hatte auch noch nie was mit nem Mädchen«, sagte Merlin. »Irgendwie stelle ich mir das langweilig vor.«

»Also«, flüsterte David und schaute dabei weiter geradewegs auf seine Füße, »hast du schon – mit einem – Jungen?«

Auf die Frage war Merlin absolut nicht vorbereitet. Plötzlich wusste er nicht mehr, was er sagen sollte. Offiziell hatte er noch keinen Sex gehabt. Wenn er David jetzt etwas anderes sagte, würde das seine Glaubwürdigkeit nicht gerade untermauern. Zumindest nicht, wenn seine Mutter oder Linda mit der vermeintlichen Wahrheit um die Ecke kamen. Trotzdem widerstrebte es ihm, David anzulügen. Nur, wenn er jetzt bestätigte, würde er irgendwann die ganze Story nachschicken müssen. Wollte er das? Konnte er David wirklich die ganze schmutzige Geschichte erzählen? Hey, der Junge war erzkonservativ erzogen. Das war sozusagen der Kaspar Hauser der Homosexuellen.

»Was ist?«, fragte David schüchtern.

»Ja«, gab sich Merlin einen Ruck. »Ja, ich hab schon.«

»Und wie war – es?«

»Schön.« Das war nicht mal gelogen, dachte Merlin. Trotzdem hatte dieses Adjektiv einen bitteren Beigeschmack.

Sie schwiegen ein paar Minuten. Dann stellte David fest: »Meine Eltern bringen mich um, wenn sie das erfahren.«

Dummerweise konnte Merlin nichts Gegenteiliges behaupten. Er konnte sich einfach nicht vorstellen, dass diese Eltern auch nur einen Funken Verständnis aufbringen würden.

»Du musst es ihnen nicht sofort sagen. Schau erst mal, dass du selbst damit klarkommst«, sagte Merlin.

»Ich sag es ihnen besser nie.« David seufzte.

»Es ist deine Entscheidung.« Merlin legte seine Hand auf Davids Bein. »Wenn du Hilfe brauchst, sag Bescheid.«

»Danke.« David nahm Merlins Hand und hielt sie. Schließlich sagte er: »Ich hätte nie gedacht, dass ich es mal jemanden sage.« Er schwieg einen Moment, dann fügte er an: »Aber ich hab auch nie geglaubt, dass es jemanden anderes gibt, der ebenfalls ...« Er sprach nicht zu Ende.

Merlin dachte kurz darüber nach, wie allein er sich am Anfang gefühlt hatte. Irgendwie schien das typisch für Schwule zu sein, dass sie immer dachten, vollkommen allein mit ihrem Schicksal zu sein.

»Du glaubst gar nicht, wie viele es gibt«, sagte Merlin und grinste. »Auswahl ohne Ende.«

»Irgendwie kommt mir der Gedanke – unwirklich vor.«

»Das kenne ich.« Merlin lächelte. »Lass dir einfach ein wenig Zeit, dich daran zu gewöhnen.«

David sah auf die Uhr und erhob sich. »Ich glaub, ich geh langsam mal rein, sonst kann ich mir wieder eine Reihe von Fragen reinziehen.«

»Du Armer«, sagte Merlin und stand auf. David grinste ihn an.

»Ja, du musst mich kräftig bemitleiden.«

»Ach, du willst doch nur wieder in den Arm genommen werden.«

David wurde rot.

Schnell lenkte Merlin ab und fragte: »Du willst nicht zufällig noch mit zu mir?«

»Nein, danke«, sagte David.

Merlin spürte Enttäuschung in sich aufsteigen. Er wollte nach diesem Gespräch nicht allein sein. Zum ersten Mal hatte er den richtigen David vor sich.

»Vielleicht heute Abend?«, fragte er trotz seines Vorsatzes, den Jungen nicht zu nerven.

»Nein«, wiederholte David. »Aber – wenn du magst, kannst du ja mit zu mir.«

»Ja«, presste Merlin hervor. Ja, das wollte er. Danke.

43

David schloss aufgeregt die Haustür auf. Was hatte er sich nur dabei gedacht? Seine Mutter würde wieder tausend Fragen stellen.

»Ähm, meine Mutter – du weißt ja, wie sie ist ...«, flüsterte er Merlin zu.

Der nickte nur und setzte ein verschmitztes Grinsen auf.

»Mam?«, rief David, als sie das Haus betraten. Sofort kam sie aus dem Esszimmer.

»Oh, du bringst Besuch mit«, sagte sie erstaunt. Ihr Gesichtsausdruck wechselte von Freude zu einem unbestimmten Zweifeln. »Ich glaube, das ist heute gar nicht so passend.«

Der Satz traf David wie eine Keule. Hilflos blieb er stehen, sah kurz zu Merlin, der sich nichts anmerken ließ und wandte sich dann wieder seiner Mutter zu.

»Warum?«, fragte er. Natürlich hatte er damit gerechnet, dass es seinen Eltern nicht recht war, wenn er das schlecht erzogene Kind von den unliebsamen Nachbarn mit nach Hause brachte. Aber dass seine Mutter gleich so abweisend reagierte, erschreckte ihn.

»Dein Vater und ich haben beschlossen, dass wir heute zusammen ausgehen«, sagte Hanne und lächelte unverbindlich. »Der Tisch ist schon bestellt.«

»Wann soll's denn losgehen?«, fragte David, dem diese Ausrede ziemlich banal vorkam.

Seine Mutter schwieg einen Augenblick, dann sagte sie leise: »Heute Abend.«

»Dann haben wir doch noch Zeit.«

»Aber, wie sieht es mit deinen Hausaufgaben aus?« Sie durchbohrte ihn mit ihrem Blick.

»Dafür bringe ich Merlin mit. Wir werden zusammen lernen.«

»Er gibt mir Mathenachhilfe«, sagte Merlin.

Hanne lächelte und nickte ihm zu. »Ja, gut.« Sie drehte sich um und verschwand wieder.

In David brodelte es. Sie hatte Merlin nicht mal begrüßt! Wütend stieg er die Treppe hinauf. Wenigstens schien sich Merlin nicht abschrecken zu lassen. Als sie oben in seinem Zimmer angekommen waren, legte er seine Tasche ab und schnaubte verächtlich. »Ausgehen!«

Merlin sah ihn unsicher an.

»Mach dir nichts draus. Die sind seit dem Grillabend nicht mehr ganz dicht«, erklärte David und lächelte bitter.

»Okay«, flüsterte Merlin und setzte sich vorsichtig auf das ungemachte Bett.

»Oh, verdammt«, sagte David und stürmte auf ihn zu. »Entschuldige, ich – bin nicht so – ordentlich.«

»Kein Problem.« Merlin stand wieder auf, damit David das Bettzeug glattziehen konnte.

»Hab nicht damit gerechnet, dass ich – also, dass du mitkommst.« Hastig kickte David eine benutzte Unterhose unters Bett.

Merlin lachte. »Jetzt komm mal wieder runter!«

David strich über die Bettdecke und sah sich hektisch um. Er hatte keinen einzigen Gedanken daran verschwendet, dass er heute Morgen einfach raus war. Bei Merlin sah es im Gegensatz dazu wirklich ordentlich aus. Neben dem Schreibtisch lagen noch Socken. Schnell kickte er sie ebenfalls unters Bett.

»Wenn du die da mal nicht vergisst«, sagte Merlin und zwinkerte ihm zu.

»David?« Hanne klopfte an die Tür.

»Was denn?«, fragte David genervt und verdrehte die Augen, während Merlin ihn belustigt anschaute.

Die Tür ging auf. »Ich wollte nur anmerken, dass du demnächst vielleicht vorher Bescheid gibst, wenn Besuch kommt. Es muss ja nicht sein, dass dein Zimmer so chaotisch aussieht.« Sie sah ihn vorwurfsvoll an. »Entschuldige, Marvin, aber ...«

»Merlin«, sagte David, »er heißt Merlin.«

»Ah ja, also, es sieht hier nicht immer so aus.«

»Schon in Ordnung, Frau Gessen«, sagte Merlin, »bei mir sieht es auch nicht besser aus.«

»Kann ich mir kaum vorstellen«, antwortete Hanne in einem Tonfall, der keinen Zweifel daran ließ, dass sie sich das doch sehr gut vorstellen konnte. Dann richtete sie sich wieder an David: »Kommst du mal kurz runter? Ich möchte gern was mit dir besprechen.«

»Muss das unbedingt jetzt sein?«, fragte David.

»Sonst hätte ich nicht jetzt gefragt«, sagte seine Mutter und verließ das Zimmer.

»Tut mir leid«, murmelte David Merlin zu. »Ähm, du kannst ja schon mal deine Sachen auspacken.«

»Du bist dir sicher, dass ich nicht doch besser gehe?«

Davids Hals pochte. »Ja«, sagte er leise. »Bitte bleib, ich klär das, okay?«

Merlin nickte und setzte sich wieder aufs Bett, während David nach unten lief. Seine Mutter saß am Esstisch und tat so, als lese sie in einer ihrer Frauenzeitschriften.

»Was gibt es?«

Sie sah auf. »Das frage ich dich.«

»Bei mir gibt es nichts«, sagte David betont langsam.

»Du weißt, dass ich und dein Vater das nicht gut heißen, oder?«

»Was?« David sah seiner Mutter starr ins Gesicht. Natürlich wusste er, worauf sie hinauswollte, aber warum sollte er es ihr leicht machen?

»Wir haben doch darüber gesprochen. Ich möchte nicht, dass du dich mit diesem Jungen abgibst. Das ist kein ...«

»... Umgang für mich, ja, ja«, beendete David den Satz. »Findest du nicht, dass ich langsam alt genug bin, das selbst zu entscheiden?«

Hanne sah ihn erschüttert an.

»Mam, es ist nicht mein Problem, wenn ihr mit euren Nachbarn nicht klarkommt. Aber ich verstehe mich mit Merlin nunmal gut. Wir gehen in dieselbe Klasse und ich sitze neben ihm. Ich verstehe nicht, was du dagegen hast, wenn ich ihm ein wenig bei Mathe helfe.«

»Nichts«, sagte sie steif. »Ich habe nichts dagegen.« Sie zögerte. »Aber heute erscheint mir das einfach – unpassend.«

»Ich verstehe nicht, was das miteinander zu tun hat.«, sagte David.

»Du hast dich verändert«, stellte seine Mutter fest. In ihrer Stimme klang Vorwurf.

David schluckte.

»Du bist so erwachsen.«

»Ja, Mam«, sagte David, weil er nicht wusste, was er dazu sagen sollte.

»Wir wollen gegen sieben los.«

In Davids Kopf spielte sich in Sekundenschnelle eine Lösung ab: Er würde Merlin seiner Mutter zuliebe rüberschicken und sich dann heute Abend krank stellen, damit er nicht mit musste. Und wenn er dann sturmfrei hatte, konnte er Merlin Bescheid geben ...

Er verwarf den Gedanken. Wie sollte er Merlin dieses Spiel denn erklären? Wollte er immer warten, bis seine Eltern mal nicht da waren? Er räusperte sich.

»Mam?«

Sie sah ihn betrübt an.

»Ich glaube, ich werde heute Abend nicht mitkommen«, sagte er fest.

»Warum?«

»Weil ich mit Merlin einen Film gucken will.«

Auf ihrer Stirn schoben sich die Sorgenfalten übereinander.

»Außerdem denke ich, dass es doch für euch auch mal ganz schön wäre, wenn ihr ein wenig Zeit ohne mich verbringt.«

Sie lächelte. Doch der traurige Ausdruck verschwand nicht. David wusste, dass sie ihn damit bezwingen wollte. Nur, seine Mutter hatte keine Ahnung, wie sehr er sich einen gemeinsamen Abend mit Merlin wünschte. Er musste standhaft bleiben!

44

Obwohl er an der offenen Tür stand, konnte Merlin nicht wirklich verstehen, was David unten mit seiner Mutter besprach. Vielleicht war das auch ganz gut so. Er wusste, dass er nicht willkommen war. Aber er wusste genauso, dass David nicht wollte, dass er ging. Und er wollte es auch nicht. Merlin setzte sich wieder aufs Bett und sah sich im Zimmer um. Hier lebte David also. Er legte sich zurück und roch kurz an der Bettwäsche. Ein frischer Duft ging von ihr aus. Sofort musste er daran denken, dass er gern mit David in diesem Bett aufwachen würde. Aber das war wohl mehr als unmöglich. Selbst wenn er es wollte, an seiner Mutter kamen sie wohl nicht vorbei. Wahrscheinlich hatte sie sogar noch etwas dagegen, wenn David bei ihm übernachtete. Plötzlich meldete sich ein unangenehmer Gedanke. Nicht nur Davids Mutter hatte etwas dagegen, auch mit Paolo war das letzte Wort sicher noch nicht gesprochen. Hastig richtete er sich auf und holte sein Mathebuch aus dem Rucksack. Über alles konnte er jetzt nachdenken, nur bitte nicht über Paolo. Er schüttelte den Kopf und hoffte, dass er ihn damit loswurde.

»Na, du bist ja weit gekommen«, sagte David, als er wieder herein kam. Er ließ sich neben Merlin aufs Bett fallen.

»Alles in Ordnung?«, fragte Merlin, ohne auf die kleine Spitze zu reagieren.

»Ich glaub schon.« David sah ihm in die Augen. »Ich hab gesagt, dass wir heute Abend einen Film gucken werden und ich deshalb nicht mit zum Essen kann.«

Merlin konnte den erstaunten Blick nicht zurückhalten. Einerseits fühlte er sich überrumpelt, dass er doch so lange bleiben sollte, andererseits freute er sich auf den gemeinsamen Abend mit David. »Und sie findet das okay?«, fragte er unsicher.

»Mir egal«, antwortete David knapp. »Ich glaub, sie wird noch so einiges nicht okay finden.«

Merlin grinste. »So gefällst du mir. Aber du musst jetzt nicht alles überstürzen, lass dir Zeit.«

David betrachtete seine Hände. »Werde ich auch.« Er schwieg einen Moment, dann fügte er leise an: »Ich hab nämlich tierisch Schiss.«

Merlin legte seinen Arm um David. Er spürte den warmen Rücken, der sich hob und senkte. Dann sah David plötzlich auf und erwiderte seine Umarmung. Stumm saßen sie da, die Oberkörper aneinander gepresst. Merlin spürte das Herz in der anderen Brust schlagen. Es tat gut, so nah bei David zu sein. Trotzdem empfand er die Umarmung nach einer Weile unbequem und auch ein wenig peinlich. Normalerweise müssten sie sich jetzt streicheln und küssen. Aber es passierte nichts. Sie drückten sich lediglich aneinander. Wahrscheinlich, dachte Merlin, ließ David ebenfalls nicht los, weil er sich vor dem Moment fürchtete, in dem sie sich wieder in die Augen sehen mussten.

Vorsichtig löste sich Merlin. David schniefte. Erst jetzt wurde Merlin bewusst, dass der Junge geweint hatte. Plötzlich tat es ihm leid, die Umarmung gelöst zu haben und streichelte David unbeholfen durchs Haar.

»Wird schon«, sagte er.

»Danke«, murmelte David. Dann lachte er plötzlich. »Entschuldige, ich wollte dich nicht vollheulen.«

»Schon okay.«

Plötzlich klopfte es an der Tür und David sprang auf. Hastig wischte er sich mit seinem T-Shirt übers Gesicht. Merlin betrachtete neugierig den flachen Bauch. Eine dünne Haarspur führte vom Bauchnabel hinunter in die Hose.

»Ja?«, sagte David endlich.

Die Tür ging auf. »Hast du deinem Gast auch mal was zu Trinken angeboten?«, fragte seine Mutter.

»Ja, hab ich«, log David.

Seine Mutter sah sich noch einen Augenblick im Zimmer um, als wollte sie überprüfen, ob noch alles am rechten Fleck stand und nichts gestohlen worden war.

»Du möchtest also nichts trinken?«, fragte sie schließlich an Merlin gewandt.

»Nein«, sagte Merlin sofort. »Danke.«

Misstrauisch zog sich Hanne wieder zurück.

David wartete. Dann sagte er: »Damit können wir wohl jetzt den ganzen Tag über rechnen. Sicher fallen ihr noch ein paar Dinge ein, die sie ganz spontan mal fragen muss.«

Merlin nickte. »Okay.« Dabei wusste er nicht, ob er es tatsächlich in Ordnung fand. Immerhin würde das ein Näherkommen erheblich erschweren. Unter den Voraussetzungen war es fast ein Wunder, dass David sich überhaupt hatte umarmen lassen. Aber, durchfuhr es ihn, bei ihm selbst war es kaum besser, wenn er an die Cocktailaktion seiner Mutter dachte und vor allem an Paolos Auftritt.

»Was meinst du, wie sie reagieren werden?«, fragte er ein wenig später.

David hatte sich inzwischen an seinen Schreibtisch gesetzt und sah gedankenverloren nach draußen. »Ich weiß nicht.« Er schluckte. »Ich weiß es echt nicht.« Dann sah er ihn an. »Ich glaub, sie werden ausrasten.«

Merlin wusste nicht, was er dazu sagen sollte. Er konnte sich auch nicht vorstellen, dass diese Frau irgendwie anders reagieren würde, als David es erwartete.

»Lass dir Zeit«, sagte Merlin schließlich noch mal und fügte kurz darauf an: »Und wenn du Probleme hast, komm rüber, okay?«

David nickte.

»Dann lass uns jetzt die blöden Hausaufgaben machen«, sagte Merlin. »Ach ja, und wenn es möglich ist, besorg mir vorher noch was zu Trinken.« Er grinste David keck an.

»Oh.« David lachte auf. »Klar, entschuldige.«

Merlin sah ihm hinterher. Irgendwie fühlte er sich von der ganzen Situation leicht überfordert. Aber machte nicht genau das eine Freundschaft aus, dass man einander zuhörte und half? Er schämte sich für sein zwiespältiges Gefühl. Es war für ihn einfach nicht nachvollziehbar, wie sich jemand so unterbuttern lassen konnte. Vielleicht hatte David letztlich sogar recht mit seiner Feststellung, dass er ein Weichei war. Und trotzdem fand er diesen Jungen mehr als nur anziehend. Er wusste aber, dass es eine Menge Probleme geben würde und leider hatte er keine Ahnung, wie sie die alle umschiffen sollten. An Paolo oder Davids Mutter wollte er gar nicht mal denken. Allein die letzten Minuten standen schon wie eine Wand zwischen ihnen. Wie sollten sie einen gemütlichen Filmabend verbringen, wenn doch Davids Problem mit seinem Schwulsein drückend im Raum stand? Würde es vielleicht am Ende irgendwie blöd aussehen, wenn er mit ihm Sex haben wollte, obwohl David momentan schon genug Sorgen hatte, über die er sich Gedanken machen musste?

David kam wieder zurück. Er trug drei Flaschen im Arm: Wasser, Cola, Fanta. »Ich weiß nicht, was du trinken willst«, erklärte er.

»Wasser«, sagte Merlin gewohnheitsmäßig. »Oder«, er hielt inne, »was trinkst du?«

»Cola«, antwortete David.

»Okay, ich auch.«

David reichte ihm das Glas und goss ein. Merlin nahm einen Schluck und genoss das süße Kribbeln im Mund.

»David?«, fragte seine Mutter wieder und klopfte an.

»Was ist denn schon wieder?«

Sie streckte den Kopf herein. »Was wollt ihr eigentlich essen?«

David zuckte die Achseln. »Müssen wir das jetzt entscheiden?«

»Muss ich vielleicht was vorbereiten?«, fragte sie.

»Nein, lass mal. Wenn wir Hunger haben, machen wir uns was.«

Hanne nickte und verschwand wieder. Merlin hielt sein Glas steif in der Hand. Er verspürte den Wunsch, einfach nach Hause zu gehen und David mitzunehmen. Sie konnten auch drüben einen Film gucken. Und – Merlin schaute in sein Colaglas – er würde gern mit seiner Mutter sprechen. Er sah auf.

»Macht es dir was aus, wenn ...«, er brach ab.

David sah ihn gefasst an. Sicher wusste er schon, was jetzt kommen würde.

»Also, ich will noch rüber.«

David nickte nur. Mit einem Mal fühlte sich Merlin wie ein Riesenarschloch. Wenn er schon jetzt den Schwanz einzog, wie sollte das erst werden, wenn sie mal zusammen waren?

»Ich will noch duschen«, fügte er noch an.

»Klar«, sagte David. »Gehst du jetzt?«

Merlin überlegte einen Moment. In der Tat wäre es taktisch klug, wenn er vor dem Filmabend duschen ging. Er schüttelte den Kopf. »Nein, erst machen wir Mathe.« Er räusperte sich. »Ich geh dann noch zum Sport.« Einen Augenblick überlegte er, ob er David nicht dazu animieren sollte mitzukommen.

»Soll ich einen Film mitbringen?«, fragte er aber stattdessen.

»Klar, bring mit was du sehen willst.« David setzte sich wieder aufs Bett. Diesmal lag aber ein Sicherheitsabstand zwischen ihnen.

»Wegen meiner Mutter, oder?«, fragte er schließlich.

Merlin schluckte. »Ja«, sagte er nach einer Weile. »Aber mach dir deswegen keine Gedanken.« Er legte seine Hand auf die von David. »Sicher wird sie lockerer, wenn ich öfter rüberkomme. Ist vielleicht nur, weil es neu ist, dass du jemanden mitbringst.«

»Vielleicht.«

»Wenn du willst, können wir auch zu mir rüber«, schlug Merlin zaghaft vor.

»Bist du verrückt?« David grinste. »Damit dieser Typ wieder reinplatzt?«

45

Gerade als Selma aus dem Fenster sah, öffnete sich gegenüber die Haustür und Merlin trat aus dem Haus der Gessens. Er sprach noch kurz mit David, dann drehte er sich um und kam auf sie zu. Na, das schien ja doch langsam zu klappen, dachte Selma. Ein paar Sekunden später öffnete sich die Haustür ihres eigenen Hauses und Merlin kam herein.

»Hi Ma!«, sagte er und wollte schon an der Küche vorbeilaufen, als Selma ihn zurückrief.

»Hey, hey, hey, nicht so schnell!«

Merlin tauchte wieder im Türrahmen auf. »Keine Sorge, ich will eh mit dir reden.«

»So?« Selma grinste. »Seit wann willst du denn freiwillig mit mir reden?«

»Ma, lass den Mist«, sagte Merlin und sah sie ernst an. Der fröhliche Eindruck war mit einem Mal verschwunden. »Ich weiß nicht, ob das alles was wird.«

»Was?«, fragte Selma, obwohl sie genau wusste, dass Merlin seine Beziehung zu David meinte.

»Seine Mutter hasst mich!«, platzte es aus Merlin heraus. »Sie kommt andauernd ins Zimmer, um zu kontrollieren, dass ich mich auch nur ja benehme oder so.«

»Aber da müsstet ihr doch seit gestern dran gewöhnt sein, oder?« Selma konnte sich den kleinen Scherz nicht verkneifen. Trotzdem ahnte sie schon, dass die Geschichte ab sofort eine Sprosse auf der Schwierigkeitsleiter gestiegen war.

»Ma, bitte!« Merlin sah sie flehendlich an. »Ich brauche deine Hilfe.«

Selma schwieg einen Moment, dann sagte sie ruhig: »Ich glaube nicht, dass du meine Hilfe brauchst. Du hast dich schon entschieden und willst von mir hören, dass es richtig war, dich so zu entscheiden.« Sie stellte sich ans Fenster und sah in den blauen Himmel hinauf. »Ich sage dir, du hast dich richtig entschieden.«

»Woher willst du das wissen?«

»Egal welchen Weg du gehst, es ist der Richtige. Vorausgesetzt, du hast das mit deinem Gefühl abgestimmt. Stell dir vor, ich sage dir jetzt, was du machen sollst, und du machst es, obwohl dein Herz einen anderen Weg gehen will.« Sie sah ihn wieder an. »Dann hätte ich dich unglücklich gemacht.«

»Aber du sagst mir doch auch sonst, was ich tun soll!«, rief Merlin empört. »Wenn du es nicht drauf angelegt hättest, wäre ich jetzt wohl kaum in dieser Lage!«

»Weißt du das sicher?«

»Ja, verdammt!« Merlins Brustkorb hob und senkte sich schnell. »Ich – ach ...« Seine Stimme wurde wieder ruhiger. »Ich weiß einfach nicht, ob es richtig ist, all das mitzumachen.«

»Wovor hast du Angst?«

Plötzlich sah Merlin sie erschrocken an. »Ich – ich hab keine Angst.«

»Warum kümmerst du dich dann um seine Mutter?«

»Weil ...« Merlin stockte. »Sie stört.«

»Dann bring ihn einfach mit rüber. Ihr müsst doch nicht drüben bleiben.«

»Ma, ich – das alles ist irgendwie nicht so einfach.« Er seufzte. »Ich glaube, David ist ein echter Schlappschwanz.« Diese Worte sprach er mit einem schmerzverzerrten Gesicht aus.

»Aber du doch nicht, oder? Zumindest habe ich dich nicht so erzogen.«

Merlin schüttelte zaghaft den Kopf.

»Also gib ihm etwas von deiner Kraft ab.« Sie blätterte in einem Kräuterbuch, das auf der Anrichte lag. Schon die ganze Zeit suchte sie nach einem Rezept, an das sie sich nur noch dunkel erinnern konnte. »Willst du einen Tee? Der wird dich wieder auf den Teppich holen.«

»Ich habe mir gedacht, dass ich gleich zum Sport gehe. Das hilft auch.«

»Wie du meinst.« Sie sah wieder auf. »Lin, ich habe dir doch gesagt, dass er es nicht so leicht hat wie du. Wenn du einfach du selbst bist, kannst du nichts falsch machen. Versetz dich in seine Situation und sei geduldig mit ihm.«

»Schon klar«, sagte Merlin und ließ den Kopf hängen. »Aber ich weiß nicht – also, ob ich das alles wirklich will.«

»Du meinst, weil es nicht so leicht ist?«

Merlin antwortete nicht.

»Wenn du alles gleich geschenkt haben willst, dann frage ich mich, warum du nicht einfach auf eine Schwulenparty gehst und dir nimmst, was du willst.«

Er zuckte mit den Schultern.

»Oder«, vermutete Selma, »ist da vielleicht noch was?« Plötzlich hatte sie das ungute Gefühl, dass Merlin ihr nicht die ganze Wahrheit gesagt hatte. Irgendwas schien an ihm zu nagen, was er ihr bislang nicht anvertrauen wollte.

»Nein«, sagte er schnell. Dann sah er auf. »Ich geh jetzt zum Sport.« Schon war er verschwunden.

»Lin?«, rief sie hinterher. Sie wartete einen Moment und lauschte in die Stille. Dann tauchte Merlin wieder im Türrahmen auf.

»Du weißt was du willst. Gib nicht zu schnell auf, okay?«

Er nickte.

»Was machst du heute noch?«

»Ich gehe zum Sport, duschen und wieder rüber. Wir werden uns einen Film angucken. Seine Eltern sind zum Glück nicht da.« Trotz der guten Nachricht klang seine Stimme bedrückt.

»Das hört sich doch vielversprechend an«, sagte Selma. »Oder nicht?«

»Ja«, murmelte er.

»Mensch, Lin! Lass dich nicht von der Schreckschraube in die Flucht schlagen! Du willst nicht sie, sondern ihren Sohn!«

»In der Tierwelt kann diese Verharmlosung ganz schön üble Folgen haben«, sagte Merlin. »Versuch da mal einer Mutter das Junge wegzunehmen!«

Selma grinste. »Stimmt, aber du bist ein Kämpfer, du wirst den Drachen schon zur Strecke bringen.«

»Abwarten.« Merlin wandte sich wieder ab.

»Lin?«, rief Selma erneut.

»Was denn noch?«

»Nimm Kondome mit rüber, okay?«

»Ma!«

»Nichts Ma! Oben im Badezimmerschrank sind welche.«

»Ich habe nicht vor ...«

»Ist mir egal, ob du vor hast oder nicht. Wenn du sie brauchst, hast du welche, so einfach.«

Er grinste. Sein Lächeln verschwand aber genauso schnell, wie es gekommen war. »Genau das ist einer der Punkte, die mich vollkommen unsicher machen«, sagte er. »Einerseits will ich gern, aber andererseits weiß ich nicht, ob es so gut ist, wenn ich jetzt schon ... also, vielleicht überfordert ihn das ja auch.«

»Oder es zeigt ihm, wofür es sich zu kämpfen lohnt«, schloss Selma. »Kann man alles von zwei Seiten sehen. Und wenn er schon nicht die positive Seite kennt, dann solltest wenigstens du ihn dahingehend ein wenig unterstützen.« Der Wasserkocher schaltete sich mit einem Klacken ab. »Willst du nicht doch einen Tee?«

»Du mit deinem Tee«, maulte Merlin. Dennoch kam er in die Küche und holte sich eine Tasse aus dem Schrank.

»Es ist nicht schlecht, wenn du dir Gedanken machst«, sagte Selma, »aber du solltest nicht dein Ziel aus den Augen verlieren und dich in Befürchtungen verrennen. Du willst einen Freund und nicht irgendeinen Hampelmann von der Tanzfläche. Qualität hat immer einen Preis und eine Beziehung braucht viel Pflege. Wenn du das willst, was du dir wünscht, musst du Energie reinstecken.« Sie goss den Tee auf.

»Bist du dir immer sicher, was du willst?«

Selma schmunzelte. »Nein, sonst wäre ich wohl kaum mit dir durch

Deutschland gezogen wie eine Bekloppte, oder?«

Merlin lachte.

»Zweifel gibt es immer«, sagte Selma. »Hier, nimm deinen Tee.« Dann fragte sie nach einem Augenblick: »Und was ist die andere Sache, worüber du nicht mit mir reden willst?«

»Der Tee riecht gut.« Merlin sah auf die Uhr. »Ich muss los.«

»Lin?«

»Ja?«

»Viel Spaß heute Abend.«

»Danke«, hauchte er und verschwand mit seiner Tasse nach oben.

46

»Du willst wirklich nicht mitkommen?«, fragte seine Mutter.

David atmete tief durch. Seine Mutter stand im Türrahmen, während er nach draußen schaute. »Mam, ich hab dir doch gesagt, dass ich mit Merlin einen Film gucken will.«

»Aber er ist doch rübergegangen.«

»Das heißt doch nicht, dass er auch drüben bleiben muss.« David drehte sich um.

»Ich wollte nur noch mal nachfragen«, sagte Hanne steif. »Dein Vater und ich gehen jetzt.«

»Wie lange bleibt ihr?«, fragte David mit gespielter Gleichgültigkeit.

Seine Mutter zog eine Augenbraue hoch. »Wieso?«

»Weil Merlin – erst gegen acht oder so kann. Ganz genau wusste er es nicht«, log er.

»Ach so.« Sie räusperte sich. »Ich denke, dass wir uns heute nicht mehr sehen. Dein Vater hat durchblicken lassen, dass er noch was vor hat, wenn du nicht mitkommst.«

David machte ein überraschtes Gesicht. »Also war es doch nicht so verkehrt, euch mal allein gehen zu lassen«, schloss er und grinste gewinnend.

»Du weißt, dass ich es trotzdem lieber hätte, wenn du mitkommst. Immerhin sind wir eine Familie.«

»Sind wir auch, wenn jeder mal für sich ein wenig Spaß hat«, sagte David. »Macht euch einen schönen Abend.«

Hanne nickte. »Wenn etwas ist, ruf an.«

»Was sollte sein?«

»Ich weiß nicht«, sagte sie und ließ ihn allein in seinem Zimmer zurück.

David war zum ersten Mal an diesem Abend wirklich überzeugt, richtig entschieden zu haben. Sein Vater spielte ihm jedenfalls perfekt in die Hände. Er gönnte seinen Eltern diesen Abend, auch wenn er bezweifelte, dass seine Mutter sich wirklich entspannen würde. Er schaute wieder aus dem Fenster. Ein paar Minuten später sah er seine Eltern ins Auto steigen und davonfahren. Fast zeitgleich ging drüben die Tür auf und Merlin trat auf die Straße. David fiel ein, dass er ein solch abgestimmtes Auftreten schon in den letzten Tagen beobachtet hatte. Er schüttelte diesen Gedanken schnell ab. Diesmal war er derjenige, der Besuch bekam und er wollte nicht an irgendwelche unangenehmen Geschichten denken.

Es klingelte. Während er die Treppe hinunterlief, fragte er sich aber, ob es nicht sinnvoller wäre, sich gerade deshalb Gedanken zu machen. Wie weit würden sie gehen? Wie weit wollte er gehen? Er wusste es nicht, obwohl er die ganze Zeit über nichts anderes nachgedacht hatte. Immerhin bestand noch die große Möglichkeit, dass sie sich lediglich einen Film zusammen anschauten. Wahrscheinlich würde es auch genau dabei bleiben. Aber wissen konnte er es nicht. Und wenn es doch zu mehr kommen sollte, hatte er sich keine Gedanken über das Thema gemacht, das ihm so schwer im Magen lag.

Er öffnete die Tür und ließ Merlin rein.

»Hi«, sagte er. »Du kommst genau richtig, meine Eltern sind gerade los.«

»Ich hab darauf gewartet«, gestand Merlin. »Irgendwie hielt ich es für besser, deiner Mutter heute nicht noch mal zu begegnen. Wer weiß, am Ende wären sie doch nicht gefahren und ich hätte den Film allein schauen müssen.«

David grinste. »Gute Taktik. Was schauen wir denn?«

»Ich weiß nicht, ist irgend so ein französischer Film. Meine Mutter hat mir die DVD gegeben. Eigentlich wollte ich ja noch einen Film ausleihen ...«

»Hmm, ich glaube, französische Filme sind meist eher langweilig«, sagte David und schaute Merlin zweifelnd an.

Merlin seufzte. »Das hab ich meiner Mutter auch gesagt, aber sie war vollkommen von diesem Film überzeugt. Zur Not können wir doch noch was von dir gucken, oder? Ich meine, du hast doch sicher ein paar Filme da.«

David nickte zweifelnd. Natürlich besaß er ein paar DVDs, aber wirkliche Knaller waren nicht dabei.

Kurz darauf saßen sie auf Davids Bett.

»Willst du was trinken?«, fragte David.

»Verdammt«, sagte Merlin. »Ich hätte vielleicht ein paar Bier mit rüberbringen können, was?«

»Bloß nicht!« David riss die Augen auf. »Meine Mutter würde sicher sofort die Polizei rufen und meinen Vater dazu bringen, deine Familie zu verklagen.«

Merlin lachte. »Sorry, ich vergaß.«

David beobachtete Merlin fasziniert. Das Lachen wirkte so vollkommen anders als sonst. Ihm wurde warm.

»Willst du jetzt was trinken, oder nicht?«, fragte David und erhob sich. »Ach was«, ergänzte er, »ich hole einfach alles hoch.«

Er verließ das Zimmer und Merlin trabte hinter ihm her die Treppe runter.

»Wann kommen deine Eltern eigentlich zurück?«, fragte Merlin neugierig.

»Spät«, antwortete David und grinste Merlin an, während er den Kühlschrank öffnete.

»Gut, dann muss ich also nicht so schnell flüchten.«

David nickte. Auch darüber hatte er sich schon Gedanken gemacht. Sicher sähe es für seine Eltern komisch aus, wenn Merlin noch bei ihm war, wenn sie wiederkamen. Aber da er nicht genau wusste, wann sie tatsächlich wieder zurück sein würden, gab es nur die Möglichkeit, Merlin früher wieder rüberzuschicken, oder eine Erklärung abzuliefern. Die Lösung mit der Erklärung gefiel ihm natürlich besser, doch was für eine Ausrede er nutzen könnte, wollte ihm beim besten Willen nicht einfallen. Wenn er wieder mit Hausaufgaben oder Nachhilfe ankam, würde das mehr als nur auffällig sein.

»Nimmst du Gläser aus dem Schrank?«, fragte David und nickte mit dem Kopf in die entsprechende Richtung, während er sich jeweils eine Flasche Cola und Fanta griff. »Oder willst du Wasser?«

»Egal«, sagte Merlin und lächelte ihn wieder mit einem Strahlen an, das David fast umwarf.

»Irgendwie siehst du anders aus.«

»Findest du?« Merlin lächelte verschmitzt.

David kniff die Augen zusammen und betrachtete Merlin einen Moment. »Verdammt!«, sagte er schließlich, als er den Unterschied ausfindig gemacht hatte. »Du hast Kontaktlinsen drin!«

Merlin lachte, wobei seine blaugrünen Augen leuchteten. Fast wirkte es ein wenig unecht, wie Scheinwerfer.

»Echt krasser Kontrast«, sagte David und verließ die Küche. Oben stellte er die Flaschen auf dem Schreibtisch ab und ließ die Rollläden hinunter. Augenblicklich standen sie im Dunkeln. Eine unbestimmte Spannung machte sich breit. David drehte sich um und sah Merlins Umriss gleich vor sich. Sie blieben einen Moment so stehen. David spürte die Nähe und das Verlangen, das letzte bisschen Distanz zu überwinden. Dann knippste er aber seine Schreibtischlampe an und drehte sie so, dass ein schummriges Licht das Zimmer etwas erleuchtete.

Wenig später lief der Vorspann des Films. Aber David konnte sich noch nicht darauf konzentrieren. Immer wieder schaute er zu Merlin hinüber.

»Tut das nicht weh, wenn man so Kontaktlinsen ins Auge packt?«

»Nein«, sagte Merlin. »Ist ein wenig unangenehm, aber je öfter man es macht, desto leichter geht es.«

David hätte gern noch gefragt, warum Merlin überhaupt so Dinger brauchte, aber er hielt die Frage zurück. Er fand es ein wenig schwuchtelig, sich eine andere Augenfarbe zu geben. Irgendwie wollte er nicht, dass Merlin schwuchtelig war. Also sprach er ihn gar nicht erst darauf an.

Die Titelmelodie des Films zog sich träge dahin. Ruhige Bilder von französischen Landstrichen zogen vorüber. Auf einer einsamen Straße fuhr ein alter Wagen. David lehnte sich zurück gegen die Wand und zog die Beine an. Bereits jetzt wusste er, dass der Film mehr als nur langweilig sein würde. Die Franzosen fanden diese behäbige Bildkomposition sicher spannend, aber er war nunmal kein Franzose.

»Oh man«, sagte Merlin.

»Was?«

»Ich dreh meiner Mutter den Hals um.«

David lachte.

»Sicher wird sie sich damit rausreden, dass der Streifen ja für damalige Verhältnisse super spannend ist.« Merlin verdrehte die Augen.

»Oder sie hat sich einfach in der DVD vergriffen«, ergänzte David.

Sie schauten noch eine Weile, aber es ergab sich nichts, das eine Verbesserung versprach. Merlin ließ sich zur Seite kippen.

»Ich schlaf gleich ein.«

Automatisch legte David seine Hand auf Merlins Kopf und streichelte ihn. Dann bemerkte er aber, wie intim diese Berührung eigentlich war und zog die Hand wieder zurück.

»Mach weiter«, sagte Merlin leise.

David zögerte. Vorsichtig setzte er seine Hand wieder auf den Kopf und fuhr über das weiche Haar. Im Schein des Fernsehers sah er, dass Merlin die Augen geschlossen hatte. Langsam ließ er seine Finger über das Ohr gleiten. Wie seltsam fremd sich das anfühlte.

»Meine Mutter hat gewusst, dass der Film langweilig ist«, sagte Merlin plötzlich und kicherte.

»Warum hat sie ihn dir dann mitgegeben?«, fragte David verblüfft.

»Wahrscheinlich wollte sie, dass wir miteinander reden oder so.« Merlin schwieg einen Moment, bevor er weitersprach. »Sie macht öfter solche Sachen. Wenn sie einmal von etwas überzeugt ist, dann versucht sie es mit allen Mitteln zu unterstützen. Auf Dauer kann das auch ganz schön nerven.«

»Wovon ist sie denn überzeugt?«, fragte David vorsichtig.

»Sie wusste, dass du schwul bist und wollte, dass ich dir helfe.«

David schluckte. »Irgendwie wissen es alle.«

»Ich habe es bis zum Schluss bezweifelt«, sagte Merlin. »Du wirkst nicht schwul.«

David schwieg. Sicher sollte das eine Art Kompliment sein, aber es fühlte sich trotzdem komisch an. Das Aussehen änderte ja nichts an den Tatsachen.

»Ich glaub, du machst dir zu viele Gedanken«, sagte Merlin unvermittelt. »Versuch es einfach so zu nehmen, wie es ist.«

47

»Leicht gesagt«, murmelte David.

Merlin erhob sich wieder und setzte sich im Schneidersitz vor ihn. »Ja, vielleicht ist das wirklich nur leicht gesagt.«

»Hattest du keine Angst?«

Merlin überlegte. »Nein«, sagte er schließlich. »Bei mir war es vollkommen normal, weil meine Mutter es schon vor mir wusste und dementsprechend darauf reagiert hat.«

David nickte lediglich. Was sollte er auch dazu sagen? Seine Mutter würde ihm da auf keinen Fall entgegenkommen.

Im Film schwoll die Musik wieder an. Sie schauten beide hin, sahen aber das gewohnt triste Bild.

»Sollen wir den Mist nicht abstellen?«, fragte Merlin.

Wortlos nahm David die Fernbedienung und schaltete den Film aus. Dann saßen sie sich eine Weile schweigend gegenüber. Ihre Gesichter waren lediglich dunkle Schemen, weil die Schreibtischlampe den Großteil ihres Lichts in die Wand brannte. Merlin dachte kurz darüber nach, ob die Tapete nicht darunter leiden würde, ließ den Gedanken aber gleich wieder fallen. David hatte die Lampe absichtlich so eingestellt, um eine schummrige Atmosphäre zu schaffen. War das nicht schon Aussage genug? Er hatte ihn sogar schon gestreichelt. Trotzdem traute sich Merlin nicht so recht, forscher an die Sache heranzugehen. David hatte ihm schließlich in den letzten Stunden auch mehr anvertraut, als jemals einem anderen zuvor. Wenn er sich jetzt an ihn heranmachte, würde er damit nicht das ihm entgegengebrachte Vertrauen zu seinen Gunsten ausnutzen? Nein, das durfte er nicht. Andererseits wollte er aber schon.

»Worüber denkst du nach?«, fragte David plötzlich.

»Darüber, dass ich – dass meine Mutter mir gesagt hat ...«, er brach ab. Ja, seine Mutter hatte sicher recht. Er durfte sich nicht zu viele Gedanken machen. »Wir sollen uns einen schönen Abend machen.«

David runzelte die Stirn. »Versteh ich nicht.«

»Sie meinte, dass ich heute nicht mehr rüberkommen brauche«, sagte Merlin.

David schwieg und eine schwere Stille legte sich über sie. Na toll, dachte sich Merlin, jetzt hatte er also doch zu verstehen gegeben, worum es an diesem Abend eigentlich ging. Krampfhaft suchte er nach einer Möglichkeit, das Gesagte wieder zu neutralisieren. Aber wie so oft, fiel ihm genau in diesem Moment nichts Passendes ein.

»Ich – ich hab noch nie ...«, sagte David leise.

»Ich weiß«, antwortete Merlin schnell. Damit war das Ausgesprochene besiegelt. Zu spät, um noch etwas zu relativieren. Aber kaum war dieser Druck von ihm genommen, sagte er fast automatisch: »Meine Mutter hat manchmal komische Vorstellungen.«

»Ich ...«, fing David an, schwenkte dann aber nach einem kurzen Stocken um: »Warum?«

Merlin biss sich auf die Lippe. »Na«, sagte er schließlich, »weil sie davon ausgeht, dass Schwule gleich am ersten Abend miteinander ...«

»... Film schauen?«, fragte David und lachte.

Merlin prustete. »Ja, genau das.« Er war dankbar für diese Auflockerung.

»Ich habe in einem Buch gelesen, dass sich Schwule da wohl immer schnell einig sind«, grinste David.

»Was ist das denn für ein Buch?«, fragte Merlin mit gespielter Empörung.

»Ach, halt so ein Buch, ist ja auch egal.«

Merlin ließ das so stehen. Er wollte nicht wieder vorstoßen.

»Merlin?«

»Ja?«

David druckste plötzlich herum.

»Was ist?«

»Hättest du – als ich gestern bei dir war, bevor – also, wolltest du ...«, stotterte er und lächelte verlegen.

»Ich glaube ja«, antwortete Merlin. Sein Herz schlug schneller. Er wusste, worauf das hinauslaufen würde.

»Jetzt sind wir – ungestört«, murmelte David.

»Ja«, sagte Merlin. Trotzdem blieb er sitzen. Wenn er jetzt zu lange wartete, würde der Augenblick ungenutzt verstreichen. Eine wunderbare Möglichkeit würde vorüberziehen und vielleicht nicht wiederkehren. Es faszinierte ihn, dass er lediglich nichts tun brauchte, um ihre weitere Beziehung entscheidend zu beeinflussen. Wahrscheinlich würde es nicht bedeuten, dass sie nicht doch noch zusammenfinden konnten, aber es würde sich bestimmt verzögern. Er hätte Zeit, noch mal alles gründlich zu bedenken. Zeit, die er vor allem für Paolo brauchte. Paolo. Mit einem Ruck lehnte er sich vor und schob sich langsam an David heran. Er sah ihm in die Augen. Beobachtete das schwach beleuchtete Gesicht, diese glatten Züge, die wunderbar braunen Augen. Durfte er ihn einfach küssen, ohne ihm vorher die Wahrheit zu sagen? War das nicht schon wieder Betrug? Er hielt sich zurück. Es wäre falsch, ganz sicher. Aber in diesem Moment schloss David die Augen und nahm den letzten Abstand zwischen ihnen. Merlin fühlte die sanften Lippen auf seinen, roch den herben Duft von Davids Duschgel, atmete tief ein. Dann gab er endlich nach und öffnete ein wenig seinen Mund. David tat es ihm gleich. Ihre Zungen trafen sich in der Mitte. Vorsichtig, neugierig. Langsam drückte Merlin David zurück, bis sie schließlich lagen. Merlins Hand fuhr unter Davids Shirt, streichelte sanft seine Haut, während ihr Kuss nicht enden wollte. Als Merlin aber seine Errektion bemerkte, trennte er sich vorsichtig von David und legte sich zur Seite.

»Was ist?«, hauchte David.

Merlin wusste nicht recht, was er sagen sollte. »Das war dein erster Kuss«, stellte er fest.

David nickte, während er ihn von der Seite beobachtete.

»Hast du es dir so vorgestellt?«

»Nein«, antwortete David. »Wie hast du dir denn deinen ersten Kuss vorgestellt?«

Merlin lachte. »Gar nicht, befürchte ich.«

David stützte sich auf den Ellbogen und beugte sich über Merlin. »Wie hast du dir meinen ersten Kuss vorgestellt?«

»Süß«, sagte Merlin und grinste. »So wie er war.«

David lächelte ihm ins Gesicht. Dann kam er langsam näher und Merlin schloss die Augen. Süß, dachte er, genauso, wie David war. Ihre Lippen berührten sich wieder und Merlins Haut kitzelte überall. Sanft umspielten ihre Zungen einander. Er spürte Davids Hand auf seinem Bauch. Langsam schob sie sich ein Stück hoch, verweilte, als traute sich ihr Besitzer nicht, weiter zu gehen. Merlin legte seine eigenen Hand darauf und schob Davids weiter hoch, bis sie seine Brustwarze erreicht hatte. Vorsichtig begannen die Finger daran zu spielen. Merlin bekam eine Gänsehaut und zitterte.

David löste den Kuss und fragte wieder: »Was ist?«

»Frag nicht immer«, sagte Merlin und grinste.

»Du bist schön.« David legte sich wieder neben ihn hin. Seine Hand blieb aber auf der Brust und streichelte weiter.

»Du auch.« Merlin drehte den Kopf zur Seite, damit er David sehen konnte.

»Warum trägst du Kontaktlinsen?«, fragte der.

Merlin schwieg.

»Ich mag deine Augen auch so«, sagte David. »Das Grün ist irgendwie – auffällig.«

»Ich weiß«, sagte Merlin schlapp. Dann fügte er nach einer Weile an: »Darum trage ich tagsüber auch die Braunen.«

»Moment!« David richtete sich ruckartig auf. »Also hast du jetzt ...«

»Das ist eine peinliche Geschichte«, sagte Merlin. »Früher haben wegen meiner Augen immer alle gedacht, ich sei ein Mädchen. Das war dann ein wunderbarer Grund, weshalb ich von den Jungs gemieden und von den Mädels angehimmelt wurde.«

David ließ sich wieder nieder. »Das ist doch irgendwie – blöd«, sagte er.

»Jetzt weißt du, dass ich auch nicht so toll bin, wie ich immer vorgebe.« Er schwieg einen Augenblick. »Ich liebe braune Augen. So wie deine. Darum habe ich mir die Linsen ausgesucht. Keiner starrt mich mehr wegen meiner Augenfarbe an. Albern, ich weiß.«

»Aber«, sagte David, »sonst ist es dir doch auch egal, was die anderen über dich sagen und denken.«

Merlin seufzte. »Ich glaube nicht, dass einem das alles wirklich so egal sein kann. Irgendwie berührt es einen doch und man macht sich Gedanken. Am

Ende ertappt man sich dann dabei, wie man Wege sucht, um sich anzupassen. Man schließt Kompromisse. Und manchmal merkt man erst später, dass genau daraus die dümmsten Ticks entstehen.«

»Also kommst du am Montag ohne Kontaktlinsen in die Schule?«, fragte David neugierig.

Merlin dachte darüber nach, was das für ein Getuschel geben würde. »Ich müsste allen erklären, warum ich die ganze Zeit welche getragen habe«, sagte er. »Ich glaube, ich behalte meine kleine Schrulle bei.«

»Schade.«

»Warum?«

»Deine Augen sehen unglaublich aus.«

»Jeder wird glauben, dass die Farbe nicht echt ist.« Er räusperte sich. »Ich habe einmal mit diesem dummen Spiel angefangen, jetzt ist es schwierig, damit einfach so aufzuhören.«

»Aber es muss doch aufgefallen sein, als du plötzlich mit braunen Augen in die Schule gekommen bist.«

»Wir sind doch umgezogen. Niemand kannte mich, also war es kein Problem.«

»Die Idee hätte von mir kommen können«, sagte David nachdenklich.

Sie lagen eine Weile still nebeneinander. Merlin dachte darüber nach, wie seine Mutter ihn ausgelacht hatte, als er ihr die Idee mit der neuen Augenfarbe erzählt hatte. Manchmal zog sie ihn heute noch damit auf. Für sie war es Dummheit, so was zu verstecken, nur weil andere sich daran stören könnten.

Er betrachtete Davids Gesicht. Wie immer hatte er zu viel nachgedacht und war am Ende zum falschen Schluss gekommen. Er sollte sich das Denken verbieten.

»David?«, fragte er leise.

»Ja?«

»Willst du mit mir schlafen?«

48

David erstarrte. Natürlich hatte er sich bei der Knutscherei auch schon Gedanken darüber gemacht, dass es zu mehr kommen könnte. Aber dass Merlin ihn so einfach fragen würde, damit hatte er nicht gerechnet. Wollte er wirklich mit Merlin Sex haben? Spontan war die Frage einfach zu beantworten: Ja! Aber dagegen sprach seine Furcht, sich zu entblößen, sich jemandem auszuliefern. Und vor allem: Was meinte Merlin damit? Miteinander schlafen. Hieß das, dass sie ... David spürte Panik in sich ausbrechen. Hastig richtete er sich auf.

»Wollen wir den Film weitergucken?«

Merlin sah ihn irritiert an. »Hey, alles klar mit dir?«

»Ja«, sagte David nervös. »Ich meine nur, falls deine Mutter fragt, was in dem Film vorkommt, oder so.«

Merlins Stirn legte sich in Falten. »Warum sollte sie das tun?«, fragte er völlig verwirrt.

Sie schwiegen.

»Hör mal«, fing Merlin schließlich wieder an. »Das eben war eine Frage. Es ist okay, wenn du nicht willst. Ich meine, vielleicht sollte man auch nicht solche Fragen stellen. War wohl ein wenig zu viel, tut mir leid.«

In Davids Kopf überschlugen sich die Gedanken. Eigentlich wollte er erklären, dass er das alles überhaupt nicht hatte sagen wollen, doch seine Lippen schienen aufeinander zu kleben. Wie gern wollte er einfach alles ungeschehen machen und sich wieder neben Merlin legen, doch er wurde das Gefühl nicht los, dass er ertrinken würde, sobald er sich auf den Rücken legte. Dann spürte er Merlins warme Hand auf seinem Arm. Er drückte ihn nicht, er zog ihn nicht, er war einfach da. Langsam beruhigte sich sein Herz wieder.

»Es war eine dumme Idee«, sagte Merlin leise.

»Nein«, antwortete David. »Eigentlich ...« Er brach ab. Wollte er jetzt wirklich sagen, dass er gern mit Merlin schlafen würde, wenn er nur nicht eine Heidenangst davor hätte? Er sprach nicht weiter.

»David?«, sagte Merlin und richtete sich halbwegs auf. »Ich muss dir was gestehen.«

Davids Herz begann wieder zu klopfen.

»Ich – hab mich – in dich verliebt.«

Die Worte, zaghaft ausgesprochen, schwebten wie Federn im Wind durchs Zimmer. Es war genau das, was David hatte hören wollen. Trotzdem lag ihm diese Beichte schwer auf der Brust. Wenn Merlin nicht bereit gewesen wäre, sich auf ihn einzulassen, müsste David nicht so weit gehen. Aber dann war er auch wieder froh, dass er nun vielleicht weiter gehen musste, als er sich allein trauen würde. Er sah Merlin in die wundersamen Augen.

»Ich würde gern – mit dir schlafen«, flüsterte er.

»Okay«, antwortete Merlin und schenkte ihm ein erleichtertes Lächeln. »Wenn du bereit bist.«

Vorsichtig legte David sich wieder zurück. Irgendwie erwartete er, dass er plötzlich keine Luft mehr bekommen würde, doch nichts geschah. Er legte sich hin und atmete normal. Dann sah er zur Seite in Merlins Augen, die ihn abtasteten.

»Wie ist es?«, fragte David nach einer Weile.

»Was?«

»Sex.«

Merlin schloss die Augen. »Ich weiß nicht«, sagte er.

»Klingt irgendwie nicht berauschend.«

»Doch.« Merlin sah ihn wieder an. »Also, ich meine, es ist toll.« Er schwieg einen Moment. »Ich hatte noch keinen Sex, bei dem es um Liebe ging«, gestand er. »Wenn man mit jemanden bumst, den man nicht liebt, ist es nur aufregend und geil.«

Jetzt schloss David die Augen.

»Sex mit jemanden, den ich liebe, stelle ich mir schön und zärtlich vor. Intimer«, fügte Merlin noch an.

Plötzlich hatte David Paolo im Kopf, der hinter Merlin stand und ihn ... Er öffnete schnell die Augen. »Ich kann mir nichts Intimeres vorstellen«, sagte David. Erneut musste er darüber nachdenken, dass Paolo Merlin in dieser Situation gesehen hatte. Wie konnte man sich jemandem so präsentieren, wenn man ihn nicht liebte? Er selbst hatte Angst, sich Merlin hinzugeben, obwohl er in ihn verliebt war.

»Und wie ist es sonst?«

»Was?«

»Na, Sex«, sagte David. »Tut es – weh?«

Merlin schmunzelte kurz. »Wenn man nicht vorsichtig ist, kann es auch weh tun. Aber es ist ein irres Gefühl, zu wissen, dass man jemanden – in sich hat.«

David wurde rot.

»Hey, nicht rot werden«, sagte Merlin und küsste ihn auf die Nase. Dann spürte David Merlins Lippen langsam über seinen Mund gleiten. David zitterte. Niemals hätte er gedacht, dass er irgendwann mal einen Jungen küssen würde. Er hatte sich nicht mal vorgestellt, wie es denn wäre, ein Mädchen zu küssen. Und jetzt spürte er Merlin. Sanft kitzelte ihn seine Zunge auf der Oberlippe, bis sie sich schließlich vorsichtig in seinen Mund vorwagte und dort zu spielen begann. Merlin schmeckte süß. Genau, wie er es von ihm behauptet hatte. Dann legte David seine Hand auf Merlins Brust und schob ihn sanft wieder von sich weg.

Merlin sah ihn fragend an.

»Wie kannst du jemanden vertrauen, dass er dir nicht weh tut, wenn du ihn nicht liebst?«

Merlin ließ den Kopf ins Kissen fallen. »Neugier?«, sagte er. »Ich weiß es nicht. Du kannst echt Fragen stellen.«

»Tut mir leid.«

»Muss es nicht.« Merlin sah mit einem Mal traurig aus.

David bemerkte erschrocken, dass eine Träne aus seinem Auge lief. Augenblicklich verkrampfte seine Brust. Das hatte er nicht gewollt. Unbeholfen legte er seine Hand auf Merlins Wange.

»Entschuldigung, ich wollte nicht ...«

»Schon gut«, sagte Merlin. Aber David hatte nicht das Gefühl, dass es schon wieder gut war. Es tat ihm weh, Merlin mit seinen Fragen verletzt zu haben. Er machte immer so einen starken Eindruck, da vergaß man es schnell, dass er genauso schwache Punkte hatte, wie jeder andere auch.

»Willst du – immer noch mit mir schlafen?«, fragte er plötzlich. Von sich selbst überrascht, lauschte er in die Stille, die seiner Frage folgte. Wollte er selbst es wirklich? Ja! Aber was war, wenn er etwas falsch machte? Wie weit würde er gehen? Was wollte er überhaupt?

»Als Wiedergutmachung für deine Fragerei?« Merlin grinste ihn frech an.

»Ja«, sagte David vollkommen abwesend.

»Dann will ich nicht.«

»Nein«, korrigierte David schnell. »Ich meine – nein, nicht als Wiedergutmachung ...«

»Ich will mit dir schlafen, wenn du es willst, David, nicht weil du dich irgendwie verpflichtet fühlst.«

David dachte darüber nach. Merlin würde nichts tun, was er nicht wollte. Er würde einfach nur sagen müssen, dass es ihm zu weit ging.

»Wir haben Zeit«, sagte Merlin leise. »Küss mich einfach.«

David schob sich näher an Merlin heran, bis seine Nasenspitze die von Merlin berührte. Er musste grinsen. Dann legte er sich ganz auf die Seite und beugte sich über Merlin. Er betrachtete ihn einen wunderbaren Augenblick, fuhr mit seinen Augen die fein geschnittenen Gesichtszüge ab, bewunderte die Wimpern, das Zucken unter den geschlossenen Augenlidern, die geschwungenen Brauen. All das hatte er durchs Fernglas nicht sehen können.

Merlin seufzte leicht, während er ihm sein Gesicht hinhielt und die Lippen ein wenig öffnete. David machte die Augen zu und senkte seinen Mund auf Merlins. Sanft stieß er seine Zunge in ihn und forderte Merlin zum Kampf hinaus. Dann löste er sich, ließ seine Zunge über die weichen Lippen gleiten und umfasste sie mit seinen. Plötzlich biss Merlin ihn.

»Hey!«, beschwerte David sich.

Merlin kicherte.

Stürmisch drückte David seinen Mund wieder auf Merlins Lippen. Der erwiderte seinen Kuss. Sie schmatzten und David hörte plötzlich sein eigenes Stöhnen. Er verharrte kurz, doch Merlin schien sich nicht daran zu stören. Auch dass David sein Becken gegen ihn drückte, machte ihm offenbar nichts aus. Aber noch ehe er sich weitere Gedanken um seine Errektion machen konnte, wurde er von Merlin umgeworfen, sodass er mit einem Mal unten lag. Wieder entkam ihm ein Stöhnen, als Merlin ihn wild verschlang.

49

Dieser Mund, so süß. Das Schmatzen ihrer Lippen bestätigte Merlin, dass er das alles nicht nur träumte. Nein, er lag mit seinem Oberkörper auf diesem hübschen Jungen, in den er sich verliebt hatte. Nichts von dem, was jetzt gerade geschah, würde passieren, wenn seine Mutter ihn nicht gedrängt hätte. Und es geschah wirklich. Atemlos ließ er von David ab, der ihn mit seinen braunen

Augen anschaute. Mein Gott, er hatte so wundervolle, braune Augen!

»Ich – ich kann es irgendwie – nicht glauben«, stieß Merlin hervor und sah David an, hielt sein Gesicht.

»Ich auch nicht«, sagte David.

»Du bist so schön.« Merlin fiel nichts anderes ein. Immer wieder fuhr dieser Gedanke durch seinen Kopf. Dieser Junge ließ sich von ihm küssen. Er lag mit ihm im Bett und spürte unter sich, wie sein Brustkorb sich hob und senkte.

»Du bist mir zu schwer« presste David hervor und verzog schmerzhaft das Gesicht.

»Entschuldige.« Schnell stützte sich Merlin wieder ab.

»Danke.« David strich sich über die Brust. »Ich glaube, du hast mir eine Lunge eingeklemmt, oder so.« Er lachte.

»Tut mir leid.« Merlin ließ sich neben ihn fallen.

»Kein Problem.« Dann fügte David kurz darauf noch an: »Ich mag es, wenn du auf mir liegst. Es fühlt sich gut an.«

»Wenn ich nicht gerade zu schwer bin«, warf Merlin ein und schob beleidigt die Unterlippe vor.

»Wenn du mir nicht gerade mit deinen spitzen Rippen die Lunge durchlöcherst«, korrigierte David. »Wollen wir weitermachen?«

Merlin betrachtete David, der sich zu ihm gedreht hatte. Natürlich wollte er weitermachen. Doch er musste sich ermahnen, nicht zu weit zu gehen. Er wollte David auf keinen Fall überrumpeln. Seine Mutter hatte gesagt, dass er sich Zeit nehmen sollte, und das würde er auch tun.

»Wie weit willst du gehen?«, fragte Merlin leise.

David schwieg. Seine Augen tasteten ihn ab und es gefiel Merlin, angesehen zu werden.

»Ich weiß nicht«, sagte David schließlich.

Langsam streckte Merlin seinen Arm aus und legte seine Hand auf Davids Becken. Er schob sie vorsichtig hoch unter das Shirt, fühlte die glatte Haut. Fast könnte man denken, zwischen seinen Fingern und Davids Körper bestünde eine feine Gleitschicht, so sanft rutschte er weiter.

»Wie wärs, wenn du endlich mal dein T-Shirt ausziehst?«

»Hey, du hast deins auch noch an!«, beschwerte sich David.

Schnell schob Merlin sich sein Shirt über den Kopf. Dann überlegte er kurz und zog sich auch noch die Hose aus. Beides warf er aus dem Bett. Als David sah, dass er nun in Unterhose dort lag, zögerte er.

»Ich – ich glaube, ich will nicht mit dir – schlafen«, stotterte er. »Also, nicht so ...«

»Okay«, sagte Merlin. »Ich will nicht, dass du dich zu irgendwas verpflichtet fühlst, in Ordnung?«

David nickte. Einen Moment verharrten sie in ihren Positionen. Merlin betrachtete Davids dunkle Brustwarzen und wurde sich bewusst, dass man seine

Errektion durch die Hose sehen konnte. Aber jetzt wäre es auffällig, sich zu verdecken. Außerdem, was war schlimm daran, dass David sehen konnte, wie sehr ihm dieses Zusammensein gefiel? Außerdem konnte sich Merlin nicht vorstellen, dass David in dieser Hinsicht vollkommen entspannt war – nicht nach diesen Küssen.

Plötzlich sprang David aus dem Bett und knöpfte seine Hose auf. Merlin beobachtete ihn. Zögernd schob David die Hose hinunter und entblößte eine weiße Unterhose. Zufrieden stellte Merlin fest, dass der Stoff Davids Spannung abzeichnete.

»Blöde Unterhose, was?«, sagte David verlegen und stieg wieder aufs Bett. »Meine Mutter kauft die immer.«

»Na ja, ich find schwarze schöner«, antwortete Merlin und grinste. »Aber es kommt doch auf den Inhalt an, oder?« Er konnte seinen Blick nicht von ihm abwenden.

»Ferkel!«, sagte David und legte sich wieder hin.

In Merlins Hose zuckte es vor Begierde. Wie gern würde er ihn jetzt dort berühren. Er streckte wieder seine Hand aus, diesmal streichelte er aber Davids Wange.

»Sag, wenn ich aufhören soll.«

David nickte, während Merlin mit den Fingerkuppen seine Gesichtszüge nachmalte. Sanft glitt er über die Augenbrauen in einemen Bogen zur Nase, ließ seinen Zeigefinger über die Spitze laufen und verharrte einen Moment auf der Oberlippe. Dann zeichnete er die Lippen ab. David lachte: »Das kitzelt!«

»Gehört dazu«, antwortete Merlin knapp und strich ihm übers Kinn. »Es kitzelt, weil du nicht erwartest, dass ich dich berühre«, erklärte Merlin, während er nun wieder seine Handfläche aufsetzte und Davids Puls spürte. »Es kitzelt nur, wenn es jemand anderes macht. Das ist der Reiz.«

Langsam ließ er seine Hand über die Schulter rutschen. Davids Knochen stachen kantig durch die Haut. Dann umspielte er mit den Fingerspitzen seine Brustwarzen, die hart hervorstanden. Plötzlich reichte diese Berührung auf Distanz nicht mehr. Er hatte David vorgewarnt. Es lag an ihm, er musste sagen, wie weit er gehen wollte. Merlin schob sich vor, bis er mit dem Gesicht an Davids Oberkörper lag. Kurz verharrte er, bevor er seine Lippen über die fremde Haut gleiten ließ. Er sog Davids Duft in sich ein. Duschgel mit einer ganz schwachen Note Schweiß, was die Sache erst interessant machte. Merlin schloss die Augen und atmete tief ein. Vorsichtig schob er seine Zunge vor. Er wollte die Haut schmecken. Blind suchte er nach der Brustwarze, bis er sie an seiner Oberlippe spürte. Langsam fuhr er mit dem Mund drum herum. Es war aufregend, nicht sofort zum Ziel zu drängen, sondern sich Zeit zu nehmen und alles langsam zu erforschen. Merlin fühlte Davids Anpannung. Als er seine Zunge endlich über die Warze führte, seufzte David. Verspielt kreiste Merlins Zungenspitze um den Vorhof. Ab und an glitt er über den kleinen, harten Knopf und merkte an Davids Atem, dass es ihm gefiel.

Nach einer Weile rutschte Merlin tiefer. Er drückte sein Gesicht in Davids Bauch, der ihn warm und weich empfing. Sanft küsste er ihn, versuchte, mit den Lippen zu greifen und knabberte schließlich ein wenig. David kicherte.

»Lecker«, hauchte Merlin und machte weiter, bis er am Bauchnabel angekommen war. Eine kleine Kuhle, die erforscht werden wollte. Wieder ließ er seine Zunge erst drum herum kreisen, bevor er schließlich hineinglitt. David zitterte plötzlich und Merlin bemerkte, dass er unter seinem Arm den Stoff von Davids Unterhose fühlte. Er stieß seine Zunge etwas wilder in den Nabel, was David wieder ein Seufzen entlockte. Wenn er jetzt seinen Arm etwas weiter nach unten schob ... Noch hatte sich David nicht gewehrt. Langsam rutschte Merlin weiter runter und spürte den Widerstand. Ein leichtes Stöhnen entglitt ihm. David legte eine Hand auf seinen Kopf und wuschelte ihm durchs Haar. Einen Moment hielt Merlin inne und überlegte, wie er diese Geste werten sollte. Da David seine Hand aber wieder zurücknahm, setzte er den Weg seines Arms fort. Sanft drückte er auf Davids Körpermitte, bis er über das Hindernis hinweg war. David stöhnte auf und drängte sein Becken nach oben, während Merlin über seine Beine streichelte. Immer gerade so weit nach oben, dass es spannend wurde, aber nie zu weit. Dann legte er seine Hand auf den Unterbauch. Er bedeckte den Nabel mit sanften Küssen und streichelte die dünne Haarspur. Plötzlich fiel ihm auf, wie lustig es war, dass die Haare nach oben Richtung Bauchnabel wuchsen. Am restlichen Körper verwies die Laufrichtung der Behaarung nach unten. Nur an dieser interessanten Stelle nicht. Er fuhr mit den Fingern gegen den Strich bis kurz vor den Bund der Unterhose. Davids Hand zuckte. Einen Augenblick verharrte Merlin und hielt sich weiter am Bauchnabel auf. Aber es war zu verlockend, diese Gelegenheit unversucht verstreichen zu lassen. Also schob er seine Finger vorsichtig unter den Hosenbund. An den Kuppen fühlte er struppiges Schamhaar. Dann legte sich Davids Hand auf seine. So verweilten sie ein wenig, bis Merlin sich aus dem verbotenen Terrain zurückzog. Sachte ließ er seine Hand über Davids Hüfte gleiten. Sein Arm spürte wieder die Erhebung unter dem Stoff. Er streichelte noch mal über die Beine. Diesmal provozierender. Doch David hielt ihn nicht ab. Sein Becken zuckte. Wieder fuhr er über den Hosenbund an der Seite. Seine Finger gruben sich automatisch darunter. Er brauchte jetzt nur ziehen, um das Geheimnis zu lüften. Langsam zog er an dem Stoff, bis Davids Hand ihn wieder aufhielt.

»Es ist mir – peinlich«, sagte David stockend.

»Was?«, flüsterte Merlin.

»Dass du – mich siehst.«

Merlin schloss die Augen. »Ich habe die Augen zu.«

David lachte. »Und wer sagt mir, dass ich dir vertrauen kann?«

»Ich versprech's!«

Trotzdem ließ David ihn nicht los.

»Warum ist es dir peinlich?«, fragte Merlin.

»Ich hab – nen Steifen.«

»Ich auch.«

Nach einer Weile nahm David seine Hand fort. Merlin überlegte, ob er es dabei belassen sollte. Dann zog er aber doch vorsichtig an der Hose. David unternahm nichts dagegen. Als Merlin auf dieser Seite nicht weiterkam, wanderte er zur anderen und schob auch dort den Bund hinunter.

»Heb mal deinen Hintern hoch«, sagte Merlin leise.

David gehorchte zögerlich und Merlin konnte das störende Stück Stoff zu den Knien schieben. Über ihm atmete David schneller. Er war aufgeregt. Genau wie Merlin selbst. Wie gern würde er jetzt die Augen aufmachen und schauen, was er dort ausgepackt hatte. Doch er hatte versprochen es nicht zu tun. Stattdessen schob er ganz langsam den Kopf nach unten. Seine Wange strich über die Haarspur unter dem Nabel. David wimmerte. Zumindest hörte es sich so an. Er zitterte nun am ganzen Körper.

»Du riechst gut«, hauchte Merlin. Die Spannung war kaum auszuhalten. Stetig schob er sich voran. Gleich würde er ihn dort berühren, mit den Lippen. Er spürte die ersten drahtigen Haare und sog den Duft in sich ein. David zuckte. Es schien, als würde er mit etwas kämpfen, sich gegen etwas wehren. Aber er hielt ihn nicht zurück. Die Haare kitzelten Merlin am Mund. Noch ein Stück, nur noch ein kleines Stück. Da ruckte Davids Becken plötzlich und ein heiseres Stöhnen drang ins Zimmer hinaus. Warme Tropfen landeten auf Merlins Wange. Kurz darauf noch ein paar. Sie liefen ihm über die Oberlippe, sammelten sich auf seinem Nasenflügel. Auch diesen Geruch nahm er gierig in sich auf und wartete, bis das Zucken und Zittern vorbei war. Sie blieben einfach so liegen.

»Tut mir leid«, sagte David irgendwann. Merlin nahm seinen Kopf hoch und legte sich aufs Bett zurück. Die Matratze bewegte sich, aber er hielt die Augen weiterhin geschlossen. Er hatte es versprochen.

»Oh, man, tut mir leid«, sagte David noch mal, als er Merlins Gesicht sah. »Ich – ich ...«

Merlin spürte, wie er das Bett verließ und aus dem Zimmer lief. Im ersten Moment dachte er, dass David nun abhauen würde. Doch diese Befürchtung erwies sich als unbegründet. Natürlich kam er wieder. Papiertücher raschelten und wischten kurz darauf über seine Wange, säuberten Seine Lippen und die Nase.

»Darf ich die Augen jetzt aufmachen?«, fragte Merlin

»Ja«, antwortete David.

Merlin grinste. David hing mit besorgtem Blick über ihm.

»Ich wollte nicht ...«, fing er an.

»Es war schön«, unterbrach ihn Merlin. »Mach dir nicht immer so einen Kopf, okay?« Dann sah er an David hinunter. »Außerdem hast du vergessen, deine Hose wieder anzuziehen.«

50

Später lagen sie hintereinander im Bett, David außen. Obwohl er sich schon schläfrig fühlte, wollte er an Schlaf nicht denken. Zu sehr hatte ihn das Erlebte aufgewühlt. Und auch der Arm, der nun um ihn lag, hinderte ihn. Es war einfach zu schön, Merlin zu spüren, wie er sich an ihn schmiegte, ihn von Zeit zu Zeit ein wenig streichelte und ihm seinen Atem in den Nacken blies. Diese Nähe schien ihm viel zu kostbar, als dass er sie einfach so verschlafen konnte.

»Bist du müde?«, flüsterte Merlin.

»Nein.«

»Wirklich nicht?«

»Doch«, sagte David, »aber ich will nicht.«

»Soll ich nicht langsam mal rüber?«

David zuckte zusammen. Daran hatte er ja gar nicht mehr gedacht! Mit einem Mal fühlte er sich, als wäre er aus einem schönen Traum erwacht. Er wollte nicht, dass Merlin jetzt ging. Aber was würden seine Eltern sagen, wenn sie ihn in seinem Bett fanden? Die Vorstellung, jetzt einfach mit Merlin einfschlafen und die Nacht verbringen zu können, erfüllte ihn mit Zufriedenheit. Es tat ihm weh, sich der Realität stellen zu müssen. Merlin war ein Junge, er durfte nicht mit ihm zusammen im Bett liegen. Wahrscheinlich dürfte er das nicht mal mit einem Mädchen, überlegte er.

»Ich wünschte, du könntest hier bleiben«, murmelte David.

»Ich auch.« Merlin küsste ihn auf die Schulter. »Du kannst doch ab und zu bei mir schlafen«, schlug er schließlich vor. »Meine Mutter hat garantiert nichts dagegen.«

Unvermittelt drängte sich David wieder die Szene mit Paolo in den Kopf. Diesmal konnte er diesen Mann nicht so einfach verbannen. Jetzt war alles still, sein Herz schlug nicht mehr so wild, es passierte nichts mehr Aufregendes, für verdrängte Dämonen genau die richtige Gelegenheit aufzutauchen.

»Was ist mit Paolo?«, sprach er es schließlich aus. Augenblicklich schien sich die Luft um ihn herum zu verändern.

»Der hat auch nichts dagegen«, sagte Merlin nach einer Weile. Es hörte sich fast trotzig an.

»Wie kommst du mit ihm klar?«, fragte David. Eigentlich wollte er es gar nicht wissen. Er hatte Angst, dass Merlin ihm sagen könnte, dass er sich super mit diesem Kerl verstand, dass sie richtig gute Kumpel waren. Aber Merlin schwieg. Und das war irgendwie noch schlimmer. David musste wissen, was ihn erwartete.

»Mit wem hattest du eigentlich – dein erstes Mal?«, fragte er schließlich und kniff die Augen zusammen. Er spürte, wie Merlin hinter ihm verkrampfte. Natürlich hatte er damit genau den empfindlichen Punkt getroffen.

Lange Zeit blieb es still. David wartete angespannt auf eine Antwort. Wenn

Merlin keine gab, würde er es für heute lassen. Plötzlich war er sich doch nicht mehr so sicher, dass die Wahrheit weniger schlimm sein würde, als das, was er sich ausdachte. So konnte er zumindest noch hoffen.

»David?«, krächzte Merlin endlich und hustete erst mal.

Unter absoluter Spannung lag David da und wartete.

»Ich – ich muss – dir was sagen.«

»Okay«, presste David hervor. Seine Stimme klang viel zu hoch.

Merlin löste sich von ihm. »Ich weiß nicht, wie ich es – sagen soll«, stammelte er.

David schwieg. Seine Augen immer noch fest zusammengekniffen.

Plötzlich sprang Merlin aus dem Bett.

»Was ist?«, fragte David erschrocken.

»Ich – ich glaube – es ist – besser, wenn – ich gehe.« Merlins Stimme hörte sich panisch an. »Ich – ich – ich ...«

Davids Magen verkrampfte und sein Hals schien wie zugeschnürt. Er bekam keine Luft mehr. Was sollte er tun? Er konnte Merlin jetzt nicht einfach – er wollte nicht, dass er – aber vielleicht – wenn er es nicht sagen wollte – war es vielleicht besser ...

»Du hast einen Freund!«, brach es aus David heraus.

Plötzlich hielt jegliche Bewegung an, als hätte jemand mitten im Film auf Pause gedrückt. Die Stille rauschte David in den Ohren.

Als ihm das Standbild unerträglich wurde, sagte David: »Hab ich recht?«

»Ja«, sagte Merlin und sank langsam in sich zusammen. Er hielt sich eine Hand vor die Augen. In der anderen hielt er seine Hose, die er eigentlich gerade anziehen wollte. Dann schluchzte er. David lief es kalt den Rücken hinunter. Starr blieb er liegen. Sein Blick war auf Merlin festgefroren. Die Zeit lief wie zäher Klebstoff. Eigentlich wollte er aufstehen, Merlin in den Arm nehmen, ihn trösten und streicheln, ihn wieder ins Bett ziehen und weiter mit ihm kuscheln, bis alles wieder gut und vergessen war. Doch das klappte nicht. Er hatte etwas hinaufbeschworen, das sich so einfach nicht würde wegstreicheln lassen. Trotzdem schaffte er es irgendwann, das Bett zu verlassen und sich neben Merlin zu hocken. Behutsam legte er seine Arme um ihn.

Es schien Stunden später, als Merlin sich sanft regte, sich zögerlich an ihn drückte und die Umarmung erwiederte.

»Ich liebe dich«, flüsterte er kaum hörbar in Davids Ohr. »Okay? Ich liebe dich.«

»Wie ist es mit ihm?«, fragte David vorsichtig.

Merlin schüttelte den Kopf. Tränen fielen auf David Schulter. »Es hat – nichts mit – Gefühl zu – tun«, presste er schließlich hervor.

»Aber du bist mit ihm zusammen?«

»Nicht wirklich. Wir – schlafen nur – zusammen.«

David hielt die Luft an.

Merlin schien es zu merken und korrigierte: »Wir haben zusammen – geschlafen.«

»Also ist es vorbei?«, fragte David und bemerkte die Erleichterung in seiner Stimme.

»Ja«, sagte Merlin. »Ich will mit dir – zusammen sein.«

Sie blieben noch eine Weile so sitzen, bis sie sich schließlich wieder aufrappelten. David gähnte.

»Ich werde dann wohl mal«, sagte Merlin. Seine Augen sahen ihn groß und verheult an.

»Nein«, antwortete David. »Ich will, dass du hier bleibst.«

»Bis du sicher?«

David nickte.

»Und deine Eltern?«

Ja, das war ein Problem, dachte David. Trotzdem zog er Merlin wieder zu sich ins Bett.

»Wenn sie kommen, versteckst du dich einfach«, sagte er schließlich und gähnte wieder.

Merlin lag steif hinter ihm. Als David bemerkte, dass er jegliche Berührung vermied, drehte er sich zu ihm um.

»Mir ist egal, mit wem du zusammen warst«, sagte er. »Du bist jetzt mit mir zusammen, oder?«

»Ja.« Merlin wandte sein Gesicht von ihm ab. »Trotzdem bin ich traurig.« Er wischte sich über die Augen. »Ich – ich ...«, versuchte er weiterzusprechen, brach aber ab.

David legte ihm seine Hand auf die Brust.

»Es ist so schön mit dir«, sagte Merlin schließlich. »Und ich weiß nicht, ob es richtig ist, mit dir zusammen zu sein. Ich will dir nicht – weh tun. Aber ich hab Angst, dass ich es trotzdem mache.«

Plötzlich ging unten die Tür. Seine Eltern kamen zurück. Erschrocken sah Merlin ihn an.

»Bleib liegen«, zischte David, dann hüpfte er leise aus dem Bett und löschte das Licht. Schnell glitt er wieder zurück und zog die Bettdecke über sie beide, während seine Eltern die Treppe hinaufstiegen. David drückte Merlin an die Wand. Hoffentlich kam seine Mutter nicht auf die Idee ...

Langsam wurde die Türklinke nach unten gedrückt. Mit einem Knacken öffnete sich die Tür. Nein, nur nicht das Licht, bitte, fuhr es durch David. Er presste sich gegen Merlin. Hoffentlich, hoffentlich konnte sie nichts sehen. Ihr Kopf zeichnete sich im Licht ab, das aus dem Flur hereinschummerte. Schweißperlen standen ihm auf der Stirn.

»David?«, flüsterte seine Mutter und wartete.

»Hmm?«, machte er und gab sich Mühe, einen schläfrigen Eindruck zu machen.

Dann hörte David seinen Vater etwas sagen. Es war zu leise, als dass er es verstehen konnte.

»Gute Nacht«, sagte seine Mutter endlich und zog bedacht die Tür zu. Aber David atmete erst auf, als er keine Geräusche mehr hörte. Dann fiel ihm auf, dass Merlin die ganze Zeit seine Hand gehalten hatte. Er drückte sie, doch es kam keine Reaktion. Merlin war eingeschlafen. David drückte ihm einen Kuss auf die Wange und schmiegte sich an ihn. Die Müdigkeit war verflogen.

Samstag

So schön

Ich sag dir
Wie schön du bist
Wenn die Sonne scheint
Wie ich dich begehr
Berühren will
Dass mein Herz
Weint
Niemals
So schön
Wie du

M. Nagy

51

Ein Geräusch weckte Merlin. Er schrak aus einem unruhigen Schlaf hoch. Es dauerte einen Moment, bis er wusste, wo er sich befand. Neben ihm lag David, der vollkommen ruhig zu schlafen schien. Dann hörte er wieder etwas. Jemand bewegte sich über den Flur. Sofort war Merlin in Alarmbereitschaft. Er stubste David an, um ihn zu wecken. Wenn die Tür aufging, wollte er auf keinen Fall allein dem Schicksal in die Augen sehen. Aber David schlief tief und fest. Merlin rüttelte ihn. Keine Reaktion. Schließlich, als es draußen wieder still geworden war, entschied er sich aufzustehen. Angestrengt leise stieg er über David hinüber aus dem Bett. Vorsichtig schob er sich durch die Dunkelheit in die Richtung, in der er den Schreibtisch in Erinnerung hatte. Er tastete voraus, bis er endlich gegen Widerstand stieß. Schließlich fand er auch die Lampe und schaltete sie ein. Eilig sammelte er seine Klamotten vom Boden auf und zog sich an. Dann stand er unschlüssig im Raum. Was jetzt? Mit einem Mal wollte er David gar nicht mehr wecken. Die Erinnerungen an gestern Abend brachen plötzlich über ihn herein. Und wie so oft am nächsten Tag, fühlte er sich, als hätte er sich absolut danebenbenommen. Er wollte jetzt nur so schnell wie möglich hier weg. Also löschte er das Licht wieder und schlich mit den Schuhen in der Hand zur Tür. Er hörte Wasser plätschern. Jemand musste sich im Bad befinden. Wahrscheinlich war das jetzt seine einzige Gelegenheit unbemerkt zu flüchten. Sanft legte er seine Hand auf die Türklinke und übte zögerlich Druck aus. Es knarrte. Merlin hielt einen Moment inne. Mit angehaltenem Atem zog er die Tür schließlich auf. Das Knacken des Holzes ließ sein Herz galoppieren. Wie erstarrt blieb er stehen und horchte. Das Wasser lief immer noch und niemand schien ihn bemerkt zu haben. Schnell trat Merlin aus dem Zimmer und schloss die Tür wieder. Diesmal knarrte es lauter.

»David?«

Hitze schoss Merlin ins Gesicht. Die Stimme von Davids Mutter klang sehr nah. Hastig schlich er auf die Treppe zu. Das Wasser wurde abgedreht.

»David?«, rief Davids Mutter erneut.

Merlin trat auf die Holztreppe. Wie ein Blitz durchzuckte ihn die Erkenntnis, dass er diese Treppe niemals geräuschlos hinunterkommen würde, auch wenn er auf Socken lief. Jetzt zählte nur noch Geschwindigkeit. Er ließ jegliche Vorsicht fahren und lief die Stufen einfach hinunter. Als er unten angekommen war, hörte er noch mal Davids Mutter rufen. Diesmal klang ihre Stimme lauter. Sicher war sie inzwischen aus dem Badezimmer heraus gekommen, um nach dem Rechten zu sehen.

Merlin verhielt sich wieder einen Moment ruhig. Er konnte sich geradezu vorstellen, wie Frau Gessen oben im Morgenrock die Stirn runzelte und das Schlimmste befürchete. Nur dass sie eben niemals das tatsächlich Schlimmste erfassen würde, nämlich, dass der Verführer ihres Sohnes sich noch im Hause befand. Einen Augenblick überlegte er, ob er sich nicht die Schuhe anziehen sollte. Doch er entschied sich dagegen und schob sich langsam zur Tür. Dann hörte er oben plötzlich Schritte. Merlins Blut bekam einen erneuten Schub. Eilig zog er die Haustür auf, ohne sich Gedanken über eventuelle Geräusche zu machen.

»Ansgar!«, rief Merlins Mutter plötzlich aufgebracht. Schritte polterten die Treppe hinunter. Merlin hastete raus. Für ihn zählte nur noch sein Entkommen. Ohne Rücksicht auf den Krach, zog er die Haustür hinter sich ins Schloss und lief los. Ein erster Impuls wollte ihn die Straße hinunter treiben, aber das wäre ein fataler Fehler gewesen, weil man ihn auf jeden Fall noch gesehen hätte. Also rannte er seinen Schulweg entlag, unter der Trauerweide her, den schmalen Weg runter zum Park. Erst, als er vor dem Schultor ankam, verschnaufte er. Außer Atem blieb er stehen und spürte langsam den Schmerz unter seinen Füßen. Er war einfach vollkommen panisch gelaufen, ohne auf Steine und Äste und was auch immer zu achten. Mit verkniffenem Gesicht schlug er sich den Dreck von den Fußsolen und zog sich seine Schuhe an. Dann ging er weiter. Mit einem seltsamen Gefühl im Bauch betrachtete er das leere Schulgebäude. Noch nie hatte er an einem Wochenende diesen Weg zurückgelegt. Sein Herz schlug immer noch einen wilden Rhythmus, während seine Füße nun dumpf pochten. Merlin sah sich um, obgleich er nicht glaubte, dass ihm die Gessens gefolgt waren. Er brauchte einen Moment, um sich wieder zu beruhigen und die Flucht zu verarbeiten. Die Luft war angenehm frisch, stellte er nach einer Weile fest und ging auf die Bushaltestelle zu, die sich am Ende der Straße befand. Als er sechs Minuten später dem Busfahrer seine Fahrkarte zeigte, fühlte er sich langsam wieder sicher. Mensch, das war ja wie im Krimi, dachte er. Was bei David jetzt wohl los war? Bestimmt würden seine Eltern ihm tausend Fragen stellen. Aber Merlin glaubte, dass sie ihn nicht gesehen hatten. David brauchte sich einfach nur unwissend stellen – und das würde er garantiert tun.

Merlin setzte sich auf einen freien Platz und betrachtete die Häuser, die an ihm vorbeizogen. Eine solche Aktion, nur weil die Angst vor den Eltern zu groß war, um ihnen die eigene Homosexualität mitzuteilen. Merlin schüttelte den Kopf. Die Gessens schienen wirklich noch im Mittelalter zu leben.

In der City stieg Merlin aus und ging durch die Einkaufspassage auf eine Bäckerei zu. Auf den Schreck brauchte er erst mal etwas zu Essen. Dann konnte er über alles nachdenken. Er kaufte eine große Tüte Brötchen und schlenderte weiter, bis er an eine Bank kam, die von zwei Bäumen und einem Brunnen eingerahmt wurde. Seit er David kannte, fiel ihm ständig auf, wie grün es in der Stadt überall war und wieviele Bänke es gab. Er setzte sich und biss in eines der Brötchen. Wie schön es gewesen wäre, dachte er, wenn sie bei ihm geschlafen hätten anstatt bei David. Niemand hätte sie gestört – voraussichtlich. Aber wenn, dann wäre es nicht schlimm gewesen. Sie hätten trotzdem weiter beieinanderliegen können. Dann erinnerte sich Merlin daran, dass er ja anfangs gar nicht vor Davids Mutter geflüchtet war, sonder eher vor David selbst. Oder – das stimmte so nicht: Er war vor sich selbst geflüchtet, vor seinen Gedanken und Erinnerungen an letzte Nacht. Er hatte mit David Sex gehabt. Zumindest, wenn man das dazuzählen wollte. Und für David zählte es ganz bestimmt dazu. Dann fiel ihm plötzlich ein, dass er ungewaschen hier in der Öffentlichkeit saß. Er hatte sich nicht mal in den Spiegel gucken können, bevor er aus dem Haus gerannt war. Wahrscheinlich standen seine Haare in alle Himmelsrichtungen und die Leute hielten ihn für einen Penner oder was. Er strich sich über die Wange. Er musste so schnell wie möglich eine Dusche bekommen. Da kamen plötzlich seine Beenken zurück. Würde es nicht auffällig sein, wenn er so früh nach Hause ging? Immerhin mussten die Gessens den Verdacht haben, dass er heute morgen aus ihrem Haus geflüchtet war. Wenn er dann noch früh morgens total verschlafen daherkam, brauchten sie nur eins und eins zusammenzählen ...

Er schüttelte wieder den Kopf. Das war Schwachsinn. Er durfte nach Hause gehen wann und wie er wollte. Eilig sprang er auf und ging los. Zumindest würde er für den Fußweg eine Weile brauchen, denn in den Bus wollte er sich, so wie er war, nicht mehr setzen. Er hatte ja noch Davids Zeug an der Wange.

Als er fast eine halbe Stunde später die Haustür aufschloss, hatte er sich entschlossen, erst mal abzuwarten, was David zu ihrem gestrigen Abend sagen würde. Dann konnte er immer noch entscheiden, ob er Grund hatte, sich schuldig zu fühlen. Immerhin hatte David sich nicht von ihm abgewendet, als er von seiner Affäre erfahren hatte. Wahrscheinlich wäre das anders gewesen, wenn David gewusst hätte, wer seine Affäre war ... Verdammt! Musste er eigentlich immer wieder auf diese Scheißgedanken zurückkommen? Genervt betrat er das Haus und stapfte die Treppen hoch in sein Zimmer.

52

David wachte von dem Geschrei seiner Mutter auf. Es polterte auf der Treppe. Sie rief nach seinem Vater. Irgendwas war passiert, durchfuhr es David und er bekam eine Gänsehaut. Er war noch nicht wirklich wach und fühlte sich irgendwie in seinem eigenen Zimmer vollkommen fremd. Dann schlug ihm die Erinnerung wie eine Faust ins Gesicht. Mit einem Ruck setzte er sich auf. Das Bett war leer. Merlin war verschwunden. Panisch sprang er aus dem Bett, riss seine Jeans an sich und stieß energisch seine Beine hinein. Unten im Flur rief seine Mutter immer wieder irgendwas, während sein Vater sie offenbar zu beruhigen versuchte. David fühlte sich, als müsse er sich jeden Moment übergeben. Er sah die Szene schon deutlich vor Augen. Merlin hatte das Zimmer verlassen und ... Warum war er eigentlich nicht mehr hier? David sah sich hilflos um, als würde Merlin auftauchen, wenn er nur wild genug hin- und herschaute. Dabei stand er doch gerade jetzt unten vor seinen Eltern, weil seine heimliche

Heimkehr aufgefallen war, dachte David. Ängstlich öffnete er die Zimmertür und wollte gerade hinaus, als seine Mutter auch schon raufgerannt kam.

»David!«, rief sie. »Wer war das?« Völlig atemlos baute sie sich vor ihm auf.

»Ich – ich ...« Mit der Situation maßlos überfordert, brach David ab. Er wusste nicht, was er sagen sollte. Die Wahrheit jedenfalls war eine Möglichkeit, die er gern ausschließen wollte.

»Hanne, lass den Jungen!«, rief sein Vater und kam ebenfalls wieder hoch. »Du siehst doch, dass er gerade erst aufgestanden ist!«

»David!« Die Stimme seiner Mutter schrillte in seinen Ohren. »Ich will eine Antwort!«

»Was – was ist denn überhaupt – los?«, fragte David. Er brauchte sich gar nicht mal zu verstellen, denn die Frage stellte er sich ernsthaft. Warum war seine Mutter dermaßen aufgebracht? Warum war Merlin nicht mehr da? Warum stand er jetzt gerade lediglich in Jeans hier und hatte das Gefühl, seine Eltern müssten ihm sofort ansehen, dass er Sex mit einem Jungen gehabt hatte? War das überhaupt Sex gewesen?

»Hanne«, sein Vater legte eine Hand auf die Schulter seiner Mutter. »Lass gut sein, es ist doch nichts passiert.«

»Das wissen wir noch gar nicht!« Sie wirbelte herum und funkelte Ansgar böse an. »Es war jemand hier oben! Ganz sicher!«

David atmete auf. Immerhin wusste er jetzt, dass seine Eltern keine Ahnung hatten, wer sich hier aufgehalten hatte.

»Aber – du meinst nicht mich, oder?«, fragte er mit unschuldigem Blick. »Ich hab mir vorhin was zu trinken ...«

»Nein, nicht vorhin, jetzt gerade!«

»Vielleicht hast du dir das auch nur ...«, versuchte Ansgar seine Frau zu beschwichtigen.

»Nein, habe ich nicht!«, fauchte Hanne und stürmte an ihnen vorbei ins Schlafzimmer. Wütend knallte sie die Tür hinter sich zu. Sein Vater sah einen Moment betreten hinterher. Dann richtete er seine Augen auf David.

»Sag demnächst einfach Bescheid, wenn du ein Mädchen da hast, okay?«, murmelte er und nickte kurz. Dann ging auch er.

David stand noch lange auf dem Flur und starrte sprachlos die Schlafzimmertür seiner Eltern an. Er hörte sie diskutieren. Irgendwie schaffte es sein Vater, die Situation langsam wieder unter Kontrolle zu bringen.

»... wenn du ein Mädchen da hast ...«, hallte es in seinem Kopf nach. Irgendwie schockte ihn die Tatsache, dass ausgerechnet sein Vater wusste, was in etwa gelaufen war. Er verhielt sich immer so ruhig, blieb immer im Hintergrund. Aber er bekam offenbar mehr mit, als man ihm zutraute.

Langsam drehte sich David um und ging ins Zimmer zurück. Eine Weile schaute er aus dem Fenster und beobachtete das Haus gegenüber. Doch da tat sich nichts. Merlin war einfach so verschwunden. Er ließ sich schließlich wieder aufs Bett fallen. Unglaublich! Sein Vater wusste es! Er hatte es ihm tatsächlich angesehen. Aber er glaubte natürlich, dass David ein Mädchen hier gehabt hatte. Oder doch nicht? Vielleicht hatte er das ja nur so gesagt, um ihn nicht vollkommen aus den Latschen zu schubsen. Wenn er schon wusste, dass er jetzt keine Jungfrau mehr war – zumindest keine richtige – war es doch auch möglich ... Nein, David verdrängte diese Gedanken. Sein Vater konnte ihm auch vorerst egal sein. Die entscheidende Frage war doch, warum Merlin geflüchtet war. Und vor allem: Wo war er hin? Nach und nach spürte er, wie sich ihm eine Beklemmung auf die Brust legte und das Atmen erschwerte. War Merlin etwa zu Paolo rüber?

David stand auf, um seine Hose auszuziehen. Drüben war immer noch alles ruhig. Also legte er sich wieder richtig ins Bett und drückte sein Gesicht ins Kissen, um noch etwas von Merlins Geruch in sich aufzunehmen. Er hatte mit ihm Sex gehabt!

Eine Weile versuchte er, noch mal einzuschlafen, gab aber schließlich auf. Die Gedanken an Merlin hinderten ihn. Er machte sich Sorgen. Wenn Merlin tatsächlich nur zu sich rüber wollte, um die Gefahr einer Entdeckung zu mindern, warum war er dann jetzt nicht drüben in seinem eigenen Zimmer? Irgendwann zählte David eins und eins zusammen: Natürlich wäre es äußerst unklug gewesen, gleich nach drüben zu laufen. Seine Mutter hätte ihn ganz sicher gesehen. Also lief er jetzt draußen herum, bis die Luft wieder rein war.

David sprang aus dem Bett und zog sich an. Warum war er nicht schon früher darauf gekommen? Sein Herz klopfte bei dem Gedanken, dass er Merlin gleich schon wiedersehen konnte. Er wusste auch schon genau, wo er ihn finden würde. Er stürmte los. Als er unten war, rief seine Mutter hinter ihm her:

»David?«

Er antwortete nicht.

»Wo willst du denn hin, David?«

»Ich geh ein wenig raus«, antwortete er schließlich und machte sich davon. Er war sich absolut im Klaren darüber, dass seine Mutter jetzt aus dem Fenster sah, um zu kontrollieren, wo er hinging. Also entschied er sich, die Straße hinunter zur Hauptstraße zu gehen. Kaum wähnte er sich außer Sichtweite, begann er zu Laufen. Natürlich vermutete er Merlin auf ihrer gemeinsamen Bank im Park. Aber die Gefahr, dass seine Mutter ihm aus Neugier folgte, wollte er auf jeden Fall ausschließen.

Fünf Minuten später betrat er über die nächste Seitenstraße den Parkabschnitt. Enttäuscht blieb er stehen. Schon von Weitem sah er, dass die Bank leer war. Hatte Merlin etwa schon auf ihn gewartet? War er bereits enttäuscht weitergezogen? Missmutig stapfte David über die Wiese auf die Bank zu und setzte sich. Vielleicht würde Merlin ja noch mal zurückkommen. Dann könnten sie über alles reden. Überrascht bemerkte David, dass er wirklich gern mit Merlin reden wollte. Es war einfach schön, jemanden zu haben, dem er vertrauen konnte, der ihm die Wahrheit sagte, auch wenn es ihm selbst schwer fiel und der ihn verstand und ernst nahm. Gestern Abend hatte David es Merlin kurzfristig übel genommen, dass er ihm nicht gesagt hatte, dass dieser unbenannte Liebhaber in Wahrheit Paolo war. Aber dann hatte er sich sein eigenes Versteckspiel vor Augen gerufen. Er konnte nicht erwarten, dass Merlin ihm gleich auf die Nase band, dass er mit dem Freund seiner Mutter ein Verhältnis hatte. Im Grunde konnte David sich glücklich schätzen, dass Merlin ihm überhaupt so viel anvertraute. Vielleicht war das der Grund, weshalb er abgehauen war. Er musste sich seiner Gefühle auch selbst erst mal klar werden – genau wie David.

Allmählich legte sich die Anspannung und er wurde ruhiger. Schließlich lehnte er sich entspannt zurück und genoss die Morgenluft. In Gedanken hing er der wunderbaren Tatsache nach, dass er einen Menschen hatte, mit dem er seine Gefühle teilen konnte. Als die ersten Sonnenstrahlen durch die Baumkronen brachen, waren all die dunklen Gedanken verschwunden und er fühlte sich einfach nur glücklich.

53

Merlin hatte sich gerade auf sein Bett fallen lassen, als die Tür auch schon wieder aufging und seine Mutter hereinkam.

»Ma!«, sagte er genervt.

Im Morgenmantel und verschlafenem Gesicht stand sie vor ihm. »Dir auch einen schönen Guten Morgen«, sagte sie und grinste.

»Ma, ich will meine Ruhe haben, okay? Ich hab kaum geschlafen und irgendwie ist mir nicht nach ...«

»Später, Lin, jetzt musst du mir erst mal erzählen, wie es war!« Ihr Gesicht war plötzlich zu euphorischer Neugier erwacht. Schwungvoll ließ sie sich zu ihm aufs Bett fallen und sah ihn auffordernd an. »Na los, lass mich nicht lang auf die Neuigkeiten warten. Oder muss ich rüber und ihn fragen?« Sie lachte. »Du weißt, ich mach das!«

»Das würdest du nicht machen, obwohl es dir echt zuzutrauen wär.« Merlin gab sich geschlagen. »Es war sehr schön, aber auch sehr anstrengend und irgendwie – ich weiß nicht.« Was sollte er ihr auch sagen? Dass er sich die ganze Zeit Gedanken darüber machen musste, dass er mit Paolo schlief und David eigentlich hinterging, wenn er es ihm nicht vorher sagte?

»Du hast dir zu viele Gedanken gemacht«, seufzte Selma. »Warum kannst du dich nicht einfach mal auf etwas einlassen, ohne gleich alles analysieren zu müssen?«

»Ich glaube nicht, dass das so eine einfache – Sache ist, über die man sich absolut keine Gedanken machen muss, Ma!«

»Warum nicht?«, fragte sie und sah ihn mit gerunzelter Stirn an. »Ihr seid beide jung, ihr steht offensichtlich aufeinander, ihr seid nicht anderweitig gebunden. Warum lasst ihr es nicht einfach drauf ankommen? Irgendwann muss jeder von euch seine Erfahrungen machen, also macht sie zusammen.«

Merlin schluckte. Wie immer hatte seine Mutter vollkommen recht – wenn man voraussetzte, dass es sich hier um zwei ganz normale Jungs handelte. Sie konnte ja nicht wissen, dass die Grundsituation alles andere als unproblematisch war.

»Lin, jetzt sag mir bitte nicht, dass ihr diesen beschissenen Film wirklich angeschaut habt!«

Merlin lachte. »Nein, natürlich nicht. Der war mal sowas von bombensicher.«

»Gut.« Sie nickte und grinste breit. »Also habt ihr euch doch miteinander beschäftigt.«

»Ja«, gab Merlin zu. »Aber wir haben vielmehr miteinander geredet und dann ein wenig gekuschelt.« Natürlich würde er nicht erzählen, dass er einmal kurz davor gewesen war, die Flucht zu ergreifen.

»Mensch, dir muss man aber auch alles aus der Nase ziehen!« Sie erhob sich und warf theatralisch die Arme in die Luft. »Was habe ich da nur für ein Kind herangezüchtet?«

»Der liebe Gott wird dir wohl kaum sagen, was dein Sohn gestern Nacht getrieben hat«, sagte Merlin nüchtern.

Seine Mutter sah ihn gespielt schockiert an. »Also habt ihr die Kondome benutzt!« Sie hielt sich eine Hand vor den Mund und riss die Augen auf, dass Merlin schon fast Angst bekam, sie könnten einfach so aus dem Kopf fallen.

»Nein«, sagte er schnell.

»Aber du hast sie mitgenommen!«, rief seine Mutter.

Merlin nickte. »Natürlich, ich wollte ja nicht, dass du rüberkommst und sie vorbeibringst.«

»Und es ist nichts passiert?«

»Na ja, so gut wie nichts«, antwortete Merlin. »Ich hab dir doch gesagt, dass wir eigentlich nur geredet und gekuschelt haben. War auch sehr schön.«

Selma nickte. Ihr Gesicht hatte wieder ernste Züge angenommen. »Recht hast du«, sagte sie. »Manchmal ist es einfach nur schön, wenn man jemandem nah sein kann.«

Merlin schluckte. Er konnte nicht anders, als diese Aussage seiner Mutter auf Paolo zu beziehen. Offenbar lief es bei den beiden alles andere als gut. Und er war daran nicht unschuldig, wenn er das überhaupt so verharmlost denken durfte.

»Vielleicht lässt du dich besser nicht zu sehr auf das ein, was ich dir so sage.« Sie sah ihn mit glasigen Augen an. Dann drehte sie sich um und ging.

Merlins Brust zog sich zusammen. Am liebsten wollte er sie jetzt in den Arm nehmen. Aber das würde den bisherigen Betrug noch mal in den Schatten stellen, wenn er jetzt so tat, als hätte er absolut keine Ahnung und als würde er die Situation bedauern. Natürlich tat es ihm leid, dass seine Mutter offenbar keine Erfüllung mehr in ihrer Beziehung zu Paolo finden konnte, aber da er daran eine nicht unwesentliche Mitschuld trug, war es einfach unmöglich, ihr gegenüber jetzt den Tröster zu spielen. Er dachte an die zahlreichen Talkshows, die tagtäglich von solchen Fällen handelten: Ein Typ betrog seine Freundin mit deren besten Freundin, die dieser die ganze Zeit über sagte, dass sie sich keine Sorgen zu machen brauchte. Bei ihm wäre es das Gleiche, nur dass hier eben umständlicherweise Familienbande mit im Spiel waren. Merlin dachte an die Konstellation, die ebenfalls häufig über die Mattscheibe flimmerte: Frau spannt den Mann ihrer Schwester aus. Na, das passte doch schon eher.

Er stand auf, um sich die Klamotten auszuziehen. Dann legte er sich wieder hin und machte die Augen zu. Vielleicht half es ja, wenn er noch ein Weilchen schlief. Aber er bezweifelte, dass sich davon seine Probleme lösten. Von unten hörte er das Klappern von Geschirr. Seine Mutter machte Frühstück.

Plötzlich ging die Zimmertür wieder auf. Irritiert hob Merlin den Kopf. Seine Mutter war doch in der Küche ... Vor ihm stand Paolo, der gerade leise die Tür wieder schloss.

»Guten Morgen«, sagte er.

»Morgen«, antwortete Merlin und wusste noch nicht, was er davon halten sollte, dass Paolo zu ihm rüber kam. Sein Blick jedenfalls verhieß nichts Gutes.

»Wie war dein Abend?« Paolo funkelte ihn an.

Merlin schwieg. Er hatte keine Lust, Paolo irgendwas über David zu sagen. David hatte absolut nichts damit zu tun.

»Oder soll ich da besser deine Mutter fragen?«, fragte Paolo mit zischender Stimme.

»Die wird dir da auch nicht groß weiterhelfen können«, gab Merlin trotzig zurück.

»Hast du mit ihm geschlafen?«

»Vielleicht solltest du dich aber doch besser mit ihr absprechen, nicht dass ihr am Ende beide die gleichen Fragen stellt.«

»Wenn ich mit deiner Mutter spreche, habe ich andere Dinge zu klären.« Paolo lächelte übertrieben nett.

Merlin wusste nicht, was er dazu noch sagen sollte. Im Grunde ließ Paolo ihm keine Wahl, als seiner Mutter möglichst bald die Wahrheit zu erzählen. Augenblicklich setzte ein flaues Gefühl in seiner Magengegend ein. Zum ersten Mal kam ihm der Gedanke, dass er einfach weglaufen könnte. Warum sollte er warten, bis alles außer Kontrolle geriet und Paolo seine Beziehung zu seiner Mutter zerstörte? Genauso gut konnte er selbst den Schlussstrich ziehen und sich vom Spielfeld verabschieden. Kurz dachte er an David. Es tat ihm weh, aber letztlich würde er auch diesem Konflikt ausweichen. Er war einfach nicht der Typ, der sich einem endlosen Versteckspiel hingeben konnte. Für David machte es vielleicht noch Sinn, seine Gefühle vor seinen Eltern zu verstecken, aber Merlin war darüber hinaus. Obwohl, wenn er recht überlegte, machte er doch nichts anderes bei seiner Mutter: Er versteckte seine Gefühle ihr gegenüber, indem er sich einfach nicht traute, ihr seine Affäre mit Paolo zu gestehen und stattdessen seine Furcht und die Abscheu vor sich selbst vor ihr verheimlichte.

»Bekomme ich jetzt eine Antwort auf meine Frage?« Paolos Stimme war kaum mehr als ein Flüstern, aber Merlin fühlte sich, als hätte man ihm ins Ohr geschrien.

»Nein«, sagte er.

Paolo stand unbewegt da und durchstach ihn mit seinen Blicken.

»Nein, also, ich habe nicht mit ihm geschlafen«, erklärte Merlin schnell. »Zufrieden?«

»Aber du hättest?«

»Ja«, gab er zu. »Paolo«, fügte er nach einer Weile an, »ich bin verliebt!«

»Ich etwa nicht?«, fragte Paolo. Zum ersten Mal war die Eifersucht tatsächlich zu hören. Der verletzte Stolz tauchte aus den Tiefen auf und gab sich zu erkennen.

»Nein«, sagte Merlin. »Wenn du in mich verliebt wärst, würden wir nicht das machen, was wir machen.« Er atmete tief durch. »Wir haben miteinander Sex«, flüsterte Merlin, »das ist alles.«

»Wer sagt das?«

»Ich«, antwortete Merlin. »Wir schlafen nicht mal im selben Bett!«

»Das können wir doch ändern, wenn du möchtest.« Paolo grinste. »Ich verlasse deine Mutter und wir können hier gemeinsam ...«

»Nein!«, rief Merlin energisch. Was bildete sich dieser Kerl eigentlich ein?

»Du willst keine Beziehung mit mir?« Paolo spielte Bestürzung vor. »Aber diesen kleinen Milchbubi von gegenüber ...«

»Paolo! Hör mir zu!«, sagte Merlin entschlossen. »Lass uns beide darüber nachdenken und eine Lösung finden, okay?« Er brauchte Zeit! Immer wieder dachte Merlin daran, dass er Zeit brauchte, um sich einen Vorsprung zu verschaffen. Er musste der Erste sein, der seiner Mutter von dieser Sache erzählte. Und vor allem brauchte er Zeit für sich.

Paolo nickte langsam, dann grinste er wieder. »Okay.«

»Ich werde übers Wochenende wegfahren«, beschloss Merlin. »Dann haben wir beide Ruhe.«

Paolos Grinsen zog sich unnatürlich in die Breite.

54

David fuhr zusammen, als es plötzlich hinter ihm raschelte. Erschrocken drehte er sich um. Fast rechnete er schon mit Merlin, der sich vielleich an ihn heranschlich, um ihn zu überraschen. Doch er sah lediglich ein Kaninchen, das in den Büschen herumscharrte. Ein Blick auf die Uhr verriet ihm, dass er schon seit fast einer Stunde hier saß. Sofort sprang er auf. Sorgenvolle Gedanken stürzten wieder auf ihn ein. Warum war Merlin nicht zu ihm gekommen? War er vielleicht doch schon zu Hause? Eilig setzte er sich in Bewegung. Mit einem Mal war die ganze Ruhe wieder verschwunden und er fragte sich, wie er nur die ganze Zeit da hatte sitzen können. Er war seinen Gedanken nachgegangen, ohne sich auch nur einmal zu fragen, weshalb Merlin nicht zur Bank kam. Vielleicht war ihm etwas passiert. Oder David hatte sich einfach in seiner Annahme getäuscht und Merlin war irgendwie anders nach Hause gegangen, ohne dass sie sich treffen mussten. Vielleicht wollte er ja auch gar nicht, dass sie sich sahen? David stürmte den Weg zur Straße hoch. Von unten jedenfalls konnte er nicht viel sehen. Wahrscheinlich war Merlin noch gar nicht zu Hause.

Langsam näherte er sich dem Haus. Er hoffte nur, dass seine Mutter nicht ausgerechnet jetzt aus dem Fenster sah. Gerade als er auf den Klingelknopf drücken wollte, öffnete sich die Haustür und Selma strahlte ihn an.

»Guten Morgen David«, sagte sie und zog ihn rein. »Wie geht's dir?«

Verdutzt blieb David stehen, während Selma die Tür wieder schloss und um ihn herum in die Küche ging.

»Ich hab dich den Weg raufkommen sehen«, erklärte sie. »Wo warst du denn?«

»Ich war – im Park«, stotterte er.

»Willst du mit Merlin frühstücken?«

»Nein«, sagte David schnell und schüttelte den Kopf. Es war ihm plötzlich unangenehm, dass er einfach so hier eindrang und die morgendliche Ordnung durcheinander brachte. Selma war noch im Morgenmantel! »Eigentlich wollte ich nur fragen, ob – Merlin da ist.«

»Ja, oben in seinem Zimmer.« Sie sah ihn ernst an. »Ist was passiert?«

»Nein - nein«, wehrte David ab. »Ich hab – also – ich hab mich nur gewundert.«

»Er hat sich einfach so weggeschlichen, was?« Selma zwinkerte ihm zu. »Hab ich mir ja schon gedacht. Er ist oben, knöpf ihn dir mal vor.«

David wurde rot.

»Ach, David?«, hielt sie ihn noch mal zurück. »Ihr könnt gerne hier schlafen, wenn es bei dir nicht so günstig ist, okay?«

Jetzt dachte David, dass sein Kopf jeden Moment verglühen musste. Er nickte hilflos.

Selma lächelte ihn freundschaftlich an. »Mach schon, geh hoch!«, sagte sie und winkte ihn fort.

Während David die Wendeltreppe hinaufstieg, hielt er sich immer wieder vor Augen, wie natürlich Selma damit umging, dass er mit ihrem Sohn – zusammen war. Eigentlich müsste sie doch ... Was? Traurig sein? Ausrasten?

Nein, das passte vielleicht zu seiner eigenen Mutter, aber nicht zu Selma. Und die Gelassenheit kam ihm bei ihr auch nur so komisch vor, weil er von seiner eigenen Mutter ein ganz anderes Verhalten erwarten würde.

Als David oben angekommen war, öffnete sich Merlins Zimmertür und Paolo kam heraus. Wie erstarrt blieb David stehen. Tausend Gedanken rasten ihm durch den Kopf. Bilder, die er durch sein Fernglas beobachtet hatte, schoben sich vor seine Augen. Immer wieder Paolo, der hinter Merlin ...

»Guten Morgen, Kleiner«, sagte Paolo unvermittelt und klopfte ihm auf die Schulter. »Ich glaube, Merlin ist beschäftigt.« Dann ging er an ihm vorbei die Treppe hinunter.

Der letzte Satz hallte in Davids Kopf hin und her. Wie hypnotisiert stand er vor der geschlossenen Tür und schaffte es nicht, aus seiner Starre auszubrechen. Paolo hatte ihn ›Kleiner‹ genannt. Er hatte ihm auf die Schulter geklopft. Und was hatte er im Zimmer mit Merlin gemacht? Endlich riss er sich von seinen Gedanken los und stürmte zur Tür. Fast vermutete er schon, dass Merlin sie von innen abgeschlossen haben könnte. Sie gab seinem Druck aber anstandslos nach. Plötzlich stand er im Raum. Er wollte was sagen, aber Merlins überraschter Blick hielt ihn davon ab.

»Hallo«, sagte Merlin verwirrt.

»Hallo«, antwortet David. Irgendwie hatte er das Gefühl, dass er sich erklären musste. Warum war er eigentlich hergekommen?

»Habe ich sehr für Aufruhr gesorgt?« Merlin sah ehrlich besorgt aus. »Ich glaub, ich hab deiner Mutter nen gehörigen Schreck eingejagt, was?«

David nickte. »Ja, mein Vater hat sie aber wieder beruhigt. Sie haben dich jedenfalls nicht gesehen.«

»Gut«, sagte Merlin. »Tut mir leid.« Er drehte sich von ihm weg. Erst jetzt fiel David auf, dass Merlin bis auf die Unterhose nackt war. Augenblicklich hatte er wieder Paolos Grinsen im Kopf.

»Merlin?«, fragte er vorsichtig.

»Ja?«

»Ich – ich würde gern mit dir reden.«

Merlin stöhnte auf und ließ sich nach hinten aufs Bett fallen. Erst jetzt bemerkte David die große Sporttasche, die zu Merlins Füßen lag. Irritiert zog er die Augenbrauen zusammen.

»Du fährst weg?«, fragte er. In seinem Magen warf sich etwas hin und her und wollte raus.

»Ja«, sagte Merlin und schloss die Augen.

Mehrere Sekunden studierte David Merlins Gesicht. Er war versucht, wütend zu werden, ihn anzuschreien, warum er nicht vorher etwas gesagt hatte, warum er sich jetzt einfach so klammheimlich aus dem Staub machen wollte, warum, warum, warum ... Aber der schmerzliche Ausdruck in Merlins Mimik hielt ihn davon ab.

»Wohin?«, fragte er und bemühte sich, seiner Stimme einen neutralen Klang zu geben.

»Zu einem Freund«, antwortete Merlin leise. Dann öffnete er seine Augen wieder und sah ihn an. »Ich muss für ein paar Tage hier weg.«

David schluckte. »Wegen mir? Habe ich was falsch gemacht?«

»Komm zu mir«, sagte Merlin und winkte ihn heran.

Zögernd ging David um das Bett herum und ließ sich von Merlin hineinziehen. Als er neben ihm lag, konnte er einfach nicht anders, als seine Hand auf den nackten Oberkörper zu legen. Augenblicklich stand er unter Hochspannung. Die Berührung elektrisierte ihn und wischte jedes andere Gefühl fort. Langsam zog ihn Merlin zu sich heran. David ließ sich umarmen, legte seinen Kopf neben Merlins.

»Mit dir hat es nichts zu tun, okay?«, flüsterte Merlin. Seine Stimme klang brüchig. David wusste sofort, dass er weinte. Er erwiderte die Umarmung und ließ seine Hand über Merlins nackten Rücken gleiten.

»Aber du kommst doch wieder, oder?«, fragte David ängstlich. Mit einem Mal ging es nicht mehr darum, dass Merlin nicht wirklich mit ihm zusammensein wollte, sondern dass er plötzlich verschwinden und nie wieder zurückkommen könnte.

»Natürlich«, sagte Merlin. »Ich bleib nur übers Wochenende. »Ich muss mir ein paar Gedanken machen.« Er schluckte. »Und das kann ich hier einfach nicht.«

David nickte. »Willst du drüber sprechen?«

Merlin schwieg. David wartete eine ganze Weile, aber er glaubte nicht, dass er noch mit einer Antwort rechnen konnte. Natürlich wusste er, was Merlin beschäftigte. Jetzt konnte er das Grinsen von Paolo bestens einordnen. Merlin würde sein Versprechen halten und seine Affäre beenden, auch wenn er ihm nicht sagte, mit wem er dieses Verhältnis hatte.

Er beugte sich über Merlin und küsste ihn auf den Mund. Wie wunderbar weich seine Lippen sich anfühlten, dachte er. Wieder küsste er ihn, diesmal etwas forscher, sodass Merlin nachgab und sich ihre Zungen berührten.

Dann fragte er: »Sind wir eigentlich – jetzt zusammen, oder ...«, er brach ab.

Merlin sah ihn lange an. Seine grünen Augen erforschten sein Gesicht. Dann nickte er. »Ich glaub schon.«

55

Merlin spürte, dass die Worte aus Überzeugung aus ihm heraus kamen. Ja, er liebte diesen Jungen. Wenn David ihn berührte, fühlte es sich an, als würden sie miteinander verschmelzen. Er dachte über die Worte seiner Mutter nach. Wenn er David erst einen Grund geben würde, wüsste er, wofür es sich zu kämpfen lohnte. Merlin stellte erstaunt fest, dass eigentlich genau das auf ihn selbst zutraf. Vielleicht hatte er es gestern nicht so richtig wahrgenommen, weil alles so neu und angespannt war, weil er sich wie immer zu viele Sorgen gemacht hatte. Aber jetzt spürte er diese Verbindung zwischen ihnen beiden und er wusste, dass er genau dafür kämpfen wollte.

»Willst du nicht doch hier bleiben?«, flüsterte David ihm ins Ohr.

Merlin überlegte. Jetzt, da er mit David zusammen auf dem Bett lag, kam ihm alles nur noch halb so schlimm vor. All das, was er bisher auf David bezogen hatte, dass er für ihn da sein würde, wenn er sich outen wollte, wenn es Probleme mit seinen Eltern geben sollte, das galt plötzlich vielmehr für ihn selbst. Er wusste, dass David zu ihm stehen würde, wenn es hart auf hart kam. Das machte die ganze verfahrene Situation erträglicher. Trotzdem schreckte er noch vor dem Gedanken zurück, David die Wahrheit über Paolo zu sagen. Musste er das wirklich? Verdammt, er war solch ein Feigling!

»Nein«, sagte er schließlich. »Ich kann nicht hier bleiben.« Er schluckte. »Ich brauche einfach ein wenig Abstand.«

»Kann ich nicht mitkommen?« David hob den Kopf und sah ihn mit seinen großen, braunen Augen an. Merlin konnte nicht anders, er musste kichern. Dann wurde er aber augenblicklich wieder ernst.

»Ich werde zu einem Bekannten nach Köln fahren. Er holt mich gleich ab.«

»Woher kennst du ihn?«

»Ich ...« Merlin stockte. Erst jetzt fiel ihm auf, dass er sich überhaupt keine Gedanken über Christian gemacht hatte. »Ich habe ihn übers Internet kennengelernt«, sagte er schließlich und fühlte sich fast schuldig.

David schwieg. In Merlin tobte der Verdacht, dass David sich gerade fragen musste, ob dieser ominöse Fremde nicht sein Verhältnis war. Da gestaltete es sich äußerst schlecht, dass er mit Christian in der Tat sowas wie ein Verhältnis gehabt hatte.

»Hör mal, der Typ heißt Chris – also, Christian – und ich habe ihn vor über einem Jahr im Internet getroffen.« Er hielt einen Moment inne. War es wirklich klug, diese Geschichte jetzt auch noch auf den Tisch zu packen?

»Und weiter?«, fragte David. Seine Stimme verriet Anspannung. Merlin seufzte.

»Ich wollte damals einen Freund haben und er suchte ein Abenteuer«, gestand Merlin. »Wir haben uns getroffen, sind zusammen ins Kino, haben ein wenig gefummelt und dann schließlich festgestellt, dass wir nicht zueinander passen.« Merlin lachte bei dem Gedanken daran. »Also eigentlich hab ich es festgestellt und er hat sich tierisch aufgeregt, weil ich ihn ja angeblich die ganze Zeit heiß gemacht habe.«

»Ich kann ihn nicht leiden«, sagte David knapp. »Warum fährst du zu ihm.«

Merlins Herz begann schneller zu schlagen. »Zwischen uns war nichts«, betonte er noch mal. »Wir sind uns eine Zeit lang aus dem Weg gegangen, bis wir dann irgendwann angefangen haben, uns per Mail unsere Sorgen zu schreiben. Seit dem sind wir ganz normal befreundet.«

»Und er will nichts mehr von dir?«

Merlin schwieg. Von Zeit zu Zeit fing Christian immer mal wieder damit an, dass sie es ja noch mal probieren könnten. Wenn Merlin es recht bedachte, war der Typ wohl noch immer kräftig in ihn verschossen.

»Ich glaube – er will noch was von mir«, sagte er schließlich matt. »Aber ich nicht von ihm.«

»Warum fährst du dann zu ihm?«, fragte David fast trotzig.

Langsam spürte Merlin Nervosität in sich aufsteigen. »Ich – ich will mit ihm sprechen.«

»Worüber denn?« David sah ihn mit zusammengekniffenen Augenbrauen an. »Du kannst doch auch mit mir sprechen!« Er schien einen Augenblick zu überlegen. »Oder willst du mit ihm über mich reden?«

Merlin nickte zaghaft.

»Oh«, machte David und legte den Kopf auf Merlins Brust.

Merlin streichelte ihm über die Wange. »Ich hab Scheiße gebaut«, flüsterte er, »darüber will ich mit ihm sprechen.«

David hielt still.

»Er steckt da nicht mit drin. Da ist es was anderes, wenn ich ihn um Rat frage.«

»Aber es hat was mit mir zu tun«, sagte David. »Also will ich es wissen.«

Merlin schluckte wieder. Irgendwie hatte er schon gewusst, dass das alles so enden würde. Jetzt hatte er die Möglichkeit, sein Geheimnis zu lüften. Immerhin hatte er David zugestanden, dass sie nun fest zusammen waren. Eigentlich sollten sie beide glücklich sein. Aber wenn er diese Geschichte nicht ins Reine brachte ...

»Stell dir einfach vor, ich würde dein Geheimnis schon kennen und wir würden einfach ganz normal darüber reden«, sagte David plötzlich. Er bewegte sich kein Stück. Sein Kopf lag immer noch auf Merlins Brust. Aber er war angespannt, das spürte Merlin. David hatte offenbar Angst vor der Wahrheit, die er da so bestimmt einforderte.

»Es geht um Paolo«, stieß Merlin hervor. Das allein war aber noch lange kein Geständnis. Er konnte immer noch kneifen, dachte Merlin. Aber er stellte sich vor, wie es wäre, wenn er jetzt einfach das aussprach, was ihm schon die ganze Zeit auf der Seele lag. Jetzt war er wirklich nicht mehr weit von der Wahrheit entfernt. Aufmerksam achtete er auf Davids Reaktion, aber der blieb einfach still liegen und wartete ab.

»Ich – ich glaub, er mag es nicht, wenn wir zusammen sind.« Auch das entsprach der Wahrheit. Vielleicht würde es ja auch schon reichen. Er konnte doch nicht wirklich seinem frisch verliebten Freund sagen, dass er mit Paolo ... Merlin spürte überrascht, dass er viel zu schnell atmete.

David hob den Kopf und sah ihn besorgt an.

Merlin konnte nicht mehr aufhören. Hektisch hob und senkte sich sein Brustkorb und er hatte das Gefühl, als läge immer noch das Gewicht von Davids Kopf auf ihm. Und obwohl er so schnell atmete, bekam er nicht genügend Luft. Panisch sprang er aus dem Bett und hielt sich die Brust.

»Was ist?«, hörte er David aus der Ferne rufen. Sein Zimmer begann sich vor seinen Augen in kleine Punkte aufzulösen. Dann wurde ihm schwarz vor Augen. Hilflos ruderte er mit einem Arm, um Halt zu finden.

Plötzlich tauchte David auf und hielt ihn umklammert. »Ich hab dich«, sagte er und drängte ihn wieder ins Bett.

Merlin hatte keine Wahl. Seine Beine gaben einfach nach und er sank ins Bett zurück. Er spürte eine Hand, die seine Stirn streichelte. Langsam setzte sich das Bild wieder zusammen und er sah David, der sich über ihn beugte.

»Damit hätten wir dann Gleichstand.«

Merlin runzelte die Stirn. »Was?«, fragte er irritiert.

»Na, wenn das mal keine erstklassige Ohnmacht war«, sagte David und grinste ihn frech an. »Willst du was trinken?«

Merlin schüttelte den Kopf. Noch immer saß ihm der Schock in den Knochen, dass er gerade von einer Sekunde zur anderen nicht mehr Herr seines Körpers gewesen war. Aber David hatte ihn aufgefangen.

»Als ich Anfang der Woche da unten zusammengeklappt bin, wollte ich dir sagen, dass ich auch – schwul bin«, sagte David ruhig. »Ich hatte so einen Schiss, dass ich gedacht hab, ich müsste sterben. Irre, oder?«

Merlin nickte.

»Und alles nur, weil ich Angst hatte, du könntest mich auslachen oder es mir krumm nehmen, dass ich dich vorher angelogen habe.«

Merlin dachte über diese Worte nach. Dann sagte er schließlich: »David?«

»Ja?«

»Ich – ich hab auch Angst, dass du – sauer auf mich bist.«

»Warum?«

»Ich hab dir nicht – die ganze Wahrheit gesagt.«

David schwieg, streichelte aber weiter über Merlins Haar.

»Ich hab dir doch gestern gesagt, dass ich da – jemanden hab, mit dem ich – ab und zu – also, du weißt schon.«

»Ja«, sagte David und legte sich hin.

Nach einer endlosen Zeit flüsterte Merlin endlich: »Es ist Paolo.«

56

Eine halbe Stunde später hupte es vor dem Haus. Merlin lief zum Fenster und sah hinaus.

»Das ist er«, sagte er und drehte sich zu David um.

David schluckte. Eigentlich wollte er aufspringen und auch zum Fenster rennen und sehen, wie dieser Christian aussah. Aber er zwang sich sitzen zu bleiben. Merlin hatte ihm gesagt, dass er sich keine Sorgen zu machen brauchte. Das änderte natürlich nichts an seiner Eifersucht, aber er wollte Merlin dennoch das Gefühl geben, dass er ihm vertraute. Tat er das wirklich? David wusste es nicht. Sie kannten sich kaum. Und dann war da diese Geschichte mit Paolo, die vollkommen irre wirkte. Dazu tauchte noch ein Kerl auf, der offenbar auf Merlin abfuhr und ihn jetzt mit zu sich nach Köln nahm. Das war alles ein wenig viel. Andererseits hatte Merlin ihm tatsächlich gesagt, dass er mit Paolo ein Verhältnis hatte. Er hatte ihm sein größtes Geheimnis anvertraut. Weshalb sollte er ihm da nicht trauen? Würde man jemandem sowas sagen, wenn man es nicht ernst meinte?

Plötzlich stand Merlin vor ihm. Die Tasche hatte er sich schon über den Rücken geworfen.

»Ich gehe jetzt«, sagte er. »Chris wartet.«

Am liebsten wäre David aufgesprungen und hätte Merlin festgehalten. Aber er hielt sich zurück.

»Verabschiedest du mich nicht?«, fragte Merlin leise.

»Doch.« David stand auf und ging auf Merlin zu. Er hatte wieder seine Kontaktlinsen drin, um seine wunderschönen Augen zu verstecken. Vorsichtig legte er seine Arme um ihn. Sein Körper fühlte sich plötzlich gar nicht mehr so stark und drahtig an, sondern eher zerbrechlich.

»Ich warte hier auf dich«, sagte David, obwohl er den Spruch vollkommen bescheuert fand. Das klang irgendwie, als wären sie schon zehn Jahre zusammen und könnten einfach nicht ohne einander leben, als würden sie sich jetzt für Ewigkeiten verabschieden. Aber genau so fühlte es sich an. David spürte schon jetzt bei dem Gedanken an gleich die Einsamkeit, die in ihn kroch und ihm zuraunte, dass er hier ab sofort niemanden hatte, der hinter ihm stand. Mit dieser Verabschiedung würde er allein auf feindlichem Boden zurückbleiben.

»Bleibst du noch hier?«, fragte Merlin.

Plötzlich musste David lachen. Er hatte überhaupt keine Anstalten gemacht, seine Schuhe wieder anzuziehen. Er hatte sie vorhin einfach von den Füßen getreten, als sie sich unterhalten hatten, und nicht wieder angezogen. Aber, wenn er es recht bedachte, wäre es keine schlechte Idee, einfach noch ein wenig hier zu bleiben. Doch da war ja noch Paolo ...

»Nein, ich denke ...«

Draußen hupte es wieder.

»Du, ich muss los, sonst fährt Chris gleich wieder. Er ist in solchen Dingen echt ein Arsch.« Merlin drückte ihm einen Kuss auf den Mund, dann sagte leise: »Mensch, ich liebe dich.«

David stand vollkommen perplex mitten im Raum. Das war es. Merlin war verschwunden und ließ ihn einfach hier im Zimmer zurück. Er hörte das Poltern auf der Wendeltreppe, das in seinem Kopf unglaublich laut schepperte. Unten fragte Selma irgendwas, doch Merlin gab offenbar keine Antwort – zumindest keine zufriedenstellende.

»Merlin!«, rief Selma laut. Doch das nächste, was David hier oben hörte, war das Knallen der Haustür. Es war nur für ein Wochenende. Im Grunde noch nicht mal das. Nur eine Nacht. Morgen würde Merlin schon wiederkommen müssen, wenn er am Montag zur Schule wollte. Was aber war, wenn er Montag einfach nicht zur Schule kam? David merkte, dass seine Augen feucht wurden. Verdammt, das war doch albern! Draußen heulte der Motor von Christians Wagen auf. David wollte ans Fenster gehen, um Merlin vielleicht noch winken zu können. Aber seine Füße gehorchten ihm nicht. Wie angewurzelt blieb er stehen. Dafür glühten seine Wangen, als hätte man ihn geschlagen. Irgendwie fühlte er sich auch so.

»David?«, fragte Selma zaghaft.

David sah zur Tür. Merlins Mutter stand im Rahmen und sah ihn mit großen Augen an.

»Was ist passiert?« Sie schüttelte den Kopf, als ob sie es nicht fassen konnte, dass er noch hier war, Merlin aber nicht mehr.

»Ich – ähm – ich ...« Mehr brachte er nicht heraus.

Selma sah ihn vollkommen fassungslos an. »Ich glaub das ja einfach nicht«, sagte sie. »Ist Merlin jetzt einfach so abgehauen, ohne was zu sagen?«

David schüttelte den Kopf. Er fühlte sich den Tränen nahe. Wenn er jetzt irgendwas sagte, würde er sicher losheulen.

»Na gut«, sagte Selma. »Dann weißt also wenigstens du Bescheid.« Sie betrachtete seine Füße. »Willst du noch hier bleiben?«, fragte sie und es hörte sich so an, als würde sie sich darüber freuen.

»Nein«, presste David hervor. »Eigentlich wollte ich rüber und ...«

»Ich kann uns einen Tee machen und wir quatschen ein wenig, wenn du magst.«

»Aber ...«, fing David an.

»Drüben kennt dich doch jeder«, fuhr ihm Selma dazwischen. »Lass uns die Chance nutzen. Paolo ist auch gleich weg und dann bin ich allein.« Sie drehte sich ohne auf seine Antwort zu warten um und ging.

David überlegte einen Moment, dann nahm er seine Schuhe und folgte ihr nach unten. Mit den Schuhen in der Hand stellte er sich in die Küchentür. Paolo suchte etwas im Kühlschrank.

»Du magst doch Tee, oder?«, fragte Selma.

David nickte nur.

»Nicht gerade gesprächig, dein Gast«, sagte Paolo und schloss den Kühlschrank. Er hatte ein Glas Milch in der Hand und trank davon. Dann sah er ihn durchdringend an, während er sich über die Lippen leckte. Eine überaus erotische Geste, dachte David. Der Gedanke drängte sich ihm auf, dass Paolo sich wohl absichtlich so präsentierte, um ihn zu testen. Vielleicht dachte er ja, dass er, wenn er schon nicht mehr mit Merlin spielen durfte, es ja bei ihm probieren konnte.

»Musst du nicht langsam los?«, fragte Selma spitz. »Komm, gib das Glas her!« Sie nahm ihm das Glas aus der Hand und stellte es in die Spüle. Dann schob sie Paolo aus dem Haus. »Bis nachher.«

Der letzte Blick von Paolo galt aber nicht Selma, sondern David.

»So, das hätten wir schon mal«, sagte Selma und rieb sich die Hände. »Manchmal hat er wirklich einen seltsamen Humor. Versteht nicht jeder.«

David lächelte unverbindlich. Ihm war die ganze Situation ziemlich unangenehm.

»Warte, bis du erst den Tee getrunken hast, dann fühlst du dich besser«, sagte Selma und zwinkerte ihm zu.

»Ich – ich fühle mich nicht ...« Er hielt inne. Natürlich fühlte er sich schlecht. Merlin war nicht da.

»Du fühlst dich unwohl«, stellte Selma fest. »Weil wir uns noch nicht kennen. Aber ich kenne dich schon ein wenig. Merlin hat ja ein paar Sachen erzählt, auch wenn ich ihm die Infos hart abringen musste.«

David schluckte. »Er hat – was über mich erzählt?«, fragte er mehr verblüfft als ängstlich. Trotzdem war ihm der Gedanke unangenehm, dass Merlin seiner Mutter etwas über sie gesagt haben könnte – also etwas, das über die reine Tatsache hinausging, dass sie ...

»Keine Panik«, beschwichtigte Selma schnell und reichte ihm einen Tee. »Merlin würde mir nichts sagen, was ich nicht wissen darf.«

David war davon aber noch lange nicht überzeugt. Woher wollte denn Merlin wissen, was er nicht weitersagen durfte und was schon?

»Das meiste denke ich mir eh, und dann frage ich einfach. Ich seh es an seinem Blick, ob ich richtig liege.« Selma lachte. »Lass uns ins Esszimmer gehen.«

Sie setzten sich an den Tisch. David hielt seine Tasse, ohne davon zu trinken.

»Trink«, forderte Selma ihn auf. »Das beruhigt dich etwas.«

David nippte und schmeckte die starken Kräuter heraus. Es kam ihm irgendwie ungewöhnlich vor, an einem Sommertag drinnen zu sitzen und heißen Tee zu trinken. Aber er hatte absolut keine Lust, jetzt rauszugehen. Selma schien das gewusst zu haben. Seltsam.

»Ich glaube, Merlin verheimlicht mir irgendwas«, sagte Selma plötzlich.

Augenblicklich spürte David die altbekannte Hitze in sein Gesicht schießen.

Selma sah ihn freundlich an. »Nein, nicht dass ihr zusammen seid, das weiß ich schon«, sagte sie. »Und ich freue mich echt, wenn es klappen sollte.« Sofort hatte sie wieder Sorgenfalten auf der Stirn. »Wo ist er hin?«

»Er ist zu einem Freund nach Köln«, sagte David und fühlte sich dabei wie ein Verräter.

Selma nickte. »Aber ihr habt euch nicht etwa gestritten, oder?«

»Nein«, antwortete David und trank von seinem Tee. Selma hatte recht, er fühlte sich besser.

»Gut«, sagte sie. »Damit könnt ihr euch auch ruhig noch ein wenig Zeit lassen.«

57

Merlin öffnete die Tür des alten Ford und warf seine Tasche hinein. Dann drehte er sich noch mal um und sah zu seinem Fenster hoch. Aber David war nicht zu sehen. Kurz zweifelte er, ob er tatsächlich mit zu Christian fahren sollte.

»Steig ein!«, sagte Christian und beugte sich über den Beifahrersitz, um ihn böse anzusehen. »Ich hab keine Lust, ewig hier zu stehen.«

Resigniert ließ Merlin sich in den Wagen fallen und zog die Tür zu. Sofort schaute er aber durch das Seitenfenster wieder hoch. Aber David schaute auch jetzt nicht zu ihm raus.

Christian startete den Wagen und wendete. Als sie an Davids Haus vorbeifuhren, sah Merlin Davids Mutter, die neugierig aus dem Küchenfenster schaute. Na, wenigstens sie, dachte Merlin und fühlte sich zum Heulen.

»So, dann schieß mal los«, sagte Christian und grinste ihn an.

»Schau auf die Straße, sonst könnte es sein, das ich dir nichts mehr erzählen kann«, knurrte Merlin.

»Na holla, was für eine Laune!« Christian pfiff anerkennend durch die Schneidezähnte.

»Tut mir leid«, sagte Merlin. »Aber irgendwie bin ich gerade nicht ich selbst. Oder vielleicht doch und ich war es nur vorher nicht. Was weiß ich.«

»Das klingt aber nicht gut.« Christian führte den Ford auf die Hauptstraße und beschleunigte. »Hört sich an, als bräuchtest du eine Psychotherapie.«

»Brauche ich!«

»Was?«

»Ich bräuchte nicht, ich brauche«, erklärte Merlin.

»Wenn ich dich jetzt abgeholt habe, damit du mir so ne Kacke erzählen kannst, lass ich dich gern hier raus.«

Merlin seufzte.

»Ich glaube«, stellte Christian nach einer Weile fest, »wir zwei sollten nachher erst mal ordentlich was trinken.«

»Nein danke«, wehrte Merlin ab, obwohl er den Gedanken gar nicht mal so verkehrt fand. Aber er konnte sich noch gut daran erinnern, wie eindringlich Christian werden konnte, wenn er alkoholisiert war. Das wollte er lieber nicht riskieren.

»Dann muss es wirklich schlimm sein«, sagte Christian und lachte. »Also, lass mich raten, du hast Stress mit nem Kerl?«

»Schon mal nicht schlecht«, bestätigte Merlin. Irgendwie fand er dieses Spielchen bescheuert. Andererseits hatte er irgendwie das Gefühl, dass es noch nicht an der Zeit war, Christian von sich aus die Geschichte aufzutischen.

»Ich hab dir doch gesagt, du sollst mich nehmen, dann hättest du jetzt keine Probleme.« Christian zwinkerte ihm zu.

»Das Thema hatten wir doch schon ...«

»Nur Spaß, Kleiner, nur Spaß. Mach dir da mal keine Sorgen. Ich bin schon groß, ich komm damit klar, wenn ich einen Korb bekomme. Damit ist das Leben noch lange nicht zu Ende.«

Merlin wurde das Gefühl nicht los, dass die Entscheidung, Christian zu besuchen, sich als absoluter Fehler herausstellen würde.

»Also, du hast Stress mit einem Kerl«, wiederholte Christian noch mal. »Sieht er denn gut aus?«

»Chris, ich glaube, ich kann dir so nicht wirklich was erzählen«, sagte Merlin schließlich. »Vielleicht hätten wir das Ganze doch besser per Mail machen sollen – oder auch gar nicht.«

»Hey, was ist denn los?«, fragte Christian, und nun schwang in seiner Stimme echte Sorge mit.

Merlin biss die Zähne zusammen. Jetzt war der Zeitpunkt gekommen, an dem er seine verdammte Geschichte zum zweiten Mal aufdecken musste: »Ich schlafe mit dem Freund meiner Mutter.«

»Ach du Scheiße«, entfuhr es Christian. »Das ist ja ...«

»Pass auf!«

Im letzten Moment trat Christian auf die Bremse. Der Wagen kam nur wenige Zentimeter hinter dem Fahrzeug vor ihnen zum Stehen.

»Das war knapp«, hauchte er.

»Ja, pass besser auf, okay?« Merlins Stimme klang deutlich sauer.

»Tut mir leid, ich war nunmal geschockt.« Christian schaute ihn mit großen Augen an. »Das ist echt der Hammer, Kleiner. Wie hast du den Mist denn hinbekommen?«

»Ich weiß auch nicht«, sagte Merlin. »Es hat sich einfach ergeben.« Er konnte sich noch sehr gut an diesen Abend erinnern, als er mit Paolo zusammen auf dem Sofa saß und sie sich einen Film anschauten. Irgend so eine Actionklamotte, auf die Paolo abfuhr. Wie zufällig hatten sich ihre Arme berührt. Immer wieder, bis Merlin schließlich gar nicht mehr auf den Film achtete, sonder nur noch die Berührung wahrnahm. Dann hatte Paolo wie zufällig sein Bein an ihn gedrückt. Hier mal eine unbeabsichtigte Berührung, da mal eine kleine Anspielung. Die Luft hatte vor erotischer Spannung geknistert. Und am Ende hatte er unter Paolo gelegen. Einfach so, ohne ein Wort.

»Hey«, machte sich Christian bemerkbar. »Erzählste noch mal weiter?«

»Was soll ich groß erzählen? War das noch nicht genug?«

»Doch, eigentlich reicht das schon für ein dickes Problem«, sagte Christian, »aber da ist doch noch mehr, oder? Deine Mutter hat sicher Wind von der Sache bekommen, was?«

»Nein.« Merlin schwieg eine Weile. Dann fuhr er fort: »Aber zwischen ihr und ihm läuft es nicht mehr gut. Eigentlich wundert es mich, dass sie nicht schon längst etwas in die Richtung vermutet hat.«

»Sei froh!«

»Ich muss es ihr irgendwie sagen.« Merlin nestelte an seinem Shirt herum.

»Das wird aber nicht schön ablaufen«, sagte Christian. »Ich meine, deine Mutter scheint echt in Ordnung zu sein, wenn ich deine Mails so bedenke. Aber das ist dann doch etwas anderes.« Er hustete trocken. »Ich weiß nicht, ob ich meiner Mutter sowas sagen würde.«

»Das Problem ist, dass ich so gut wie keine andere Wahl habe.«

»Also erpresst er dich damit«, stellte Christian fest.

Merlin nickte stumm. Er war sich dem noch gar nicht so bewusst geworden, aber Christian hatte recht. Paolo hatte ihm die Pistole auf die Brust gesetzt und verlangte von ihm, dass er David sausen ließ, nur damit er weiterhin seinen Spaß haben konnte.

»Demnach schließe ich daraus, dass du die Affäre mit ihm nicht weiterführen willst.«

»Ich habe einen Freund«, sagte Merlin und konnte nicht verhindern, dass Stolz mitklang.

»Man, du machst es dir echt nicht leicht.« Christian sah kurz zu ihm rüber. »Du bist dir sicher, dass du nicht doch ein paar Wodka vertragen kannst? Wenn ich in deiner Lage wäre, würde ich mich wahrscheinlich auf der Stelle totsaufen.«

»Ich hätte schon nicht übel Lust dazu«, räumte Merlin ein, »aber ich muss mit einer Lösung nach Hause kommen.«

»Wie lange willst du eigentlich bleiben?«, fragte Christian.

»Ich weiß noch nicht.« Merlin sah aus dem Seitenfenster. Sie fuhren mittlerweile auf der Autobahn und der Grünstreifen flog nur so an ihnen vorbei. »So lange, bis ich eine vernünftige Lösung habe?« Merlin war sich sicher, dass Paolo nichts unternehmen würde, solange er nicht mit David zusammentreffen konnte. Dann fiel ihm plötzlich ein, dass Paolo ja genauso gut auf Christian eifersüchtig sein könnte, schließlich wäre es ja auch möglich, dass er mit ihm in die Kiste hüpfte. Er schluckte. Also durfte er sich seiner Sache doch nicht so sicher sein.

»Bleib einfach so lang wie du willst«, schloss Christian. Er lenkte den Wagen auf die Verzögerungsspur und bremste ab. Gleich würden sie da sein. Eine andere Welt, dachte Merlin. Keine Probleme mehr. Vielleicht sollte er einfach für eine Zeit bei Christian bleiben und schließlich ganz abhauen.

»Also, ich bleibe bei der Wodkamethode. Das bringt dich erst mal auf andere Gedanken. Hinterher kannst du immer noch überlegen, was für

Möglichkeiten du hast und was du machen willst«, sagte Christian.

Merlin stimmte entnervt zu.

58

Hanne schaute dem Wagen hinterher, bis er von ihrem Küchenfenster aus nicht mehr zu sehen war. Dann betrachtete sie eine Weile gedankenverloren das Nachbarhaus. Die ganze Zeit über war sie davon überzeugt gewesen, dass dieser Junge sich hier im Haus aufgehalten hatte und David ihm aus irgendeinem Grund hinterherlief. Aber diese Möglichkeit schloss sich jetzt wohl aus. Vielleicht hatte Ansgar doch recht?

»Was schaust du?«, fragte ihr Mann in diesem Moment und kam in die Küche.

»Nach draußen«, antwortete Hanne und drehte sich Ansgar zu. »Der Junge von drüben ist gerade abgeholt worden.«

Ansgar nickte sie wissend an. »Siehst du.«

»Aber wen soll David denn sonst ins Haus gelassen haben?«, fragte Hanne und spürte wieder die Aufregung in sich aufsteigen. »Und wo ist er jetzt?«

»Meine Güte, Hanne, du kannst das nicht einfach mal beiseiteschieben, oder?« Ansgar machte ein genervtes Gesicht. »Ich sage dir doch, dass der Junge sicher ein Mädchen bei sich hatte und jetzt ist er zu ihr gegangen.«

»Woher willst du das denn wissen?« Hannes Stimme bekam wieder einen leicht panischen Klang. Sie räusperte sich, als sie es bemerkte und fuhr gedämpfter fort: »Ich meine, er hat doch noch nie ein Mädchen mitgebracht, warum sollte er ausgerechnet jetzt damit anfangen?«

»Weil er ausgerechnet jetzt in dem Alter dafür ist?«, fragte Ansgar und lachte. »Lass uns froh sein, dass alles in Ordnung ist mit ihm.«

»Wie meinst du das?«, fragte Hanne verwirrt.

»Jungs in seinem Alter denken nunmal an Mädchen, wenn sie normal sind. Da ist es nicht verwunderlich, wenn er eins mitbringt und vielleicht mal an andere Dinge denkt, als nur an die Schule und seine Bücher.«

Hanne nickte zaghaft. »Aber warum hat er sie uns nicht vorgestellt?« Das passte ihr von all dem am allerwenigsten. Wenn ihr Junge eine Freundin hatte, dann wollte sie das Mädchen doch kennenlernen und nicht morgens von ihr zu Tode erschreckt werden. Das war schlicht verantwortungslos. Sie wollte nicht in ihrem eigenen Haus fremden Leuten begegnen müssen.

»Vielleicht sind wir zu – neugierig«, sagte Ansgar nach einer Weile.

»Ach«, machte Hanne und gab sich Mühe, ihre Wut ihm Zaum zu halten. »Du meinst wohl eher, dass ich zu neugierig bin, oder?«

»Darüber haben wir ja schon gesprochen, Hanne. Ich glaube, es bringt nichts, wenn wir das jetzt noch mal aufrollen.«

»Dann lass deine Anspielungen!«

»Aber es ist ein weiteres Beispiel dafür«, sagte Ansgar. »Der Junge hat keine Lust, sein Privatleben vor dir breitzutreten. Und je mehr du ihn dazu drängst, desto eher wird er sich verschließen.«

Hanne drehte sich um und klappte die Küchenschränke auf, als würde sie etwas suchen. Sie atmete tief durch. Wie konnte Ansgar nur so gegen sie arbeiten? Warum zogen sie nicht an einem Strang? Irgendwie wurde sie das Gefühl nicht los, dass sich Ansgar absolut gar nicht für David interessierte. Plötzlich spürte sie seine Hände auf ihrerer Schulter. Sie knallte die Schränke zu und fuhr herum.

»Lass das!«, fauchte sie. »Ich habe jetzt keine Lust mit dir über so was zu reden!«

»Ich wollte nicht reden«, sagte Ansgar ruhig und nahm sie in den Arm. Hann sträubte sich zunächst, ließ es aber dann doch zu.

»Ich will nicht, dass er Geheimnisse vor uns haben muss«, sagte sie schließlich. »Wir sind doch seine Eltern. Ich finde, da sollte er uns schon ein wenig auf dem Laufenden halten, was sein Leben angeht.«

»Vielleicht muss er sich erst mal selbst klar werden, was er überhaupt will«, sagte Ansgar und streichelte ihr über den Rücken. »Wer weiß, vielleicht ist er sich noch gar nicht so sicher, ob das Mädel die Richtige für ihn ist. Kann ja auch sein, dass er nur rumprobieren wollte und sie uns deshalb nicht vorgestellt hat.«

Hanne löste sich lachend von Ansgar. »Rumprobieren«, wiederholte sie.

»Genau das ist dein Problem«, sagte Ansgar bitter. »Du nimmst die Sache nicht wirklich ernst. Warum sollte der Junge zu dir kommen, wenn du ihn dann auslachst oder maßregelst?«

Hanne sah ihren Mann lange an. »Ich halte das nicht für richtig. Es ist doch meine Pflicht, ihm zu sagen, wenn er Fehler macht, oder?«

»Es ist vollkommen normal, dass man sich nicht sofort festlegt. Früher ist man vielleicht erst nach der Heirat miteinander in die Kiste gestiegen, aber das gilt heute schon lange nicht mehr.«

»Ich weiß, was heute gilt«, fauchte Hanne. »Du brauchst mich nicht für dumm verkaufen. Ich weiß sehr wohl, dass die Jugendlichen es miteinander treiben, wie es ihnen gerade passt. Aber das heißt noch lange nicht, dass David ebenfalls ...«, sie brach ab.

»Er muss seine Erfahrungen sammeln«, sagte Ansgar betont leise. »Und wenn du mich fragst, ist er eh schon spät dran.«

»Dich fragt aber keiner«, antwortete Hanne, »und jetzt lass mich das Essen vorbereiten!« Als sie sich umdrehte, spürte sie die Tränen in ihren Augen. Sie wollte doch nur das Beste für David, warum konnte er das nicht verstehen? Was brachte es schon, wenn der Junge mit irgend so einem Flittchen ins Bett stieg? Plötzlich fragte sie sich, wieso sich Ansgar so dafür einsetzte. Hatte er etwa damals auch schon mit anderen geschlafen? Hanne fühlte, wie ihre Wut wiederkehrte. So wie er redete, hielt er es ja für absolut richtig, wenn man sich erst mal an anderen austobte, bevor man mit dem eigentlichen Partner zusammenkam. Ein unerträglicher Gedanke. Gerade zur heutigen Zeit.

Als sie sich wieder umdrehte, war Ansgar aus der Küche verschwunden. Erleichtert atmete sie auf und wischte sich die Tränen aus dem Gesicht. Dann hörte sie, wie ein Schlüssel in die Haustür geschoben wurde. David! Sofort legte sie den Kochlöffel weg und eilte in den Flur.

»Wo warst du?«, fragte sie, als David hereinkam.

Er sah sie mit großen Augen an.

»Was war das heute morgen?«, fügte sie an.

»Ich – ich war draußen«, antwortete David und schob sich an ihr vorbei.

Hanne sah ihm hinterher. Am liebsten wäre sie ihm die Treppe hinauf gefolgt und hätte ihn zur Rede gestellt. Aber Ansgar stand plötzlich im Türrahmen zum Wohnzimmer und warf ihr düstere Blicke zu.

»Was?«, fragte sie gereizt.

Ansgar schüttelte den Kopf und verschwand wieder.

Was erwartete er eigentlich von ihr? Sie konnte sich doch nicht hinsetzen und das alles so hinnehmen! Eilig stieg sie die Treppe hinauf und klopfte an Davids Tür. Keine Antwort.

»David?«, fragte sie und betrat das Zimmer. Ihr Sohn lag auf dem Bett und hatte das Gesicht in sein Kopfkissen vergraben. Zum ersten Mal kam ihr der Gedanke, dass er vielleicht Liebeskummer hatte. Nicht, wie Ansgar vermutete, ein sexuelles Abenteuer. Sie ärgerte sich immer noch über diese absolut bescheuerte Vermutung. David war nicht einer von diesen Jugendlichen.

»David?«, fragte sie nochmal, aber mit deutlich sanfterem Tonfall. »Sag mir bitte was los ist.«

»Ich will allein sein«, murmelte er, ohne den Kopf aus dem Kissen zu nehmen.

»Ich möchte mit dir reden, Davi«, sagte sie und trat ans Bett. »Ich möchte, dass du mir sagst, wer heute Nacht bei dir gewesen ist. Es ist doch nicht schlimm.«

David drehte sich um und sah sie aus geröteten Augen an. »Ich will einfach nur ein bisschen allein sein, okay?«

Hanne wusste nicht, was sie noch sagen sollte. Verzweifelt sah sie sich im Zimmer um. Vielleicht hatte Ansgar doch recht? Vielleicht wollte David ihr nichts sagen, weil sie immer nachfragte? Aber das konnte sie sich einfach nicht dulden. Plötzlich blieb ihr Blick auf dem Boden hängen.

»Was ist das?«, fragte sie, obwohl sie selbstverständlich wusste, was es war. Vielmehr wollte sie wissen, was es in Davids Zimmer neben dem Bett zu suchen hatte. Ihr wurde heiß.

59

David sah es schon an ihrem Blick, dass sie etwas entdeckt hatte, was sie auf keinen Fall hätte entdecken dürfen. Schnell setzte er sich auf, um zu sehen, was die Aufmerksamkeit seiner Mutter beanspruchte. Und dann stieg ihm die Röte ins Gesicht. Auf dem Boden, gleich neben seinen Schuhen, lag in schwarzer Folie quadratisch verpackt ein Kondom der Marke *BillyBoy*. David wurde fahrig. Was sollte er sagen? Seine Mutter vermied es, ihn anzusehen. Sollte er das einfach so stehen lassen?

»Das muss – von Merlin sein«, sagte er schließlich und hätte sich am liebsten gleich georfeigt.

»Also war er doch über Nacht hier?«

»Nein«, presste David hervor. Warum musste er nur immer so einen Mist von sich geben? »Es – wird ihm aus der – Tasche gefallen sein.« Wahrscheinlich war das sogar die Wahrheit. Über die Bedeutung dessen wollte er sich aber später eingehender Gedanken machen. Jetzt musste er erst mal seine Mutter beruhigen.

»Dein Vater glaubt, du hättest ein Mädchen hier gehabt«, sagte seine Mutter und sah ihn forschend an.

David schluckte. Besser, er sagte nichts mehr einfach so unüberlegt. Wer wusste, auf welche Ideen er seine Eltern noch brachte. Wenigstens schien sie ihm zu glauben, dass nicht Merlin hier übernachtet hatte.

»Wie wäre es, wenn du demnächst einfach vorher Bescheid sagst, bevor du fremde Leute mit nach Hause bringst?«

David nickte.

»Was ist das überhaupt für ein Mädchen?«, fragte sie. »Ich meine, ihr könnt euch ja noch nicht lange kennen und da schläft sie schon hier bei dir?« Sie schwieg einen Moment und fügte dann unsinnigerweise an: »In deinem Bett.« Fast hätte David laut aufgelacht. Doch er wusste, dass seine Mutter sich genau in diesem Moment erst mal der Tatsache bewusst wurde, dass er sich in diesem Bett jemandem hingegeben hatte.

»Ich hoffe, ihr habt eins von den Dingern benutzt«, sagte sie schließlich und der Ton ihrer Stimme machte ihr Missfallen deutlich.

»Mam, es ist nichts passiert!«, entfuhr es David. Empört sah er seine Mutter an. Dann wurde ihm aber klar, dass er gerade eine satte Lüge präsentierte. Natürlich war etwas passiert, nur eben nicht so, wie seine Mutter es sich dachte – nicht mit einem Mädchen und auch nicht so, dass man ein Kondom gebraucht hätte. Aber es hätte passieren können, durchfuhr es ihn, immerhin hatte Merlin vorsorglich Gummis dabei gehabt.

»Wie heißt sie denn?«, fragte seine Mutter plötzlich. »Und wo habt ihr euch kennengelernt? Sicher an der Schule, oder?«

David antwortete nicht. Was sollte er auch sagen? Er bemerkte, dass er seine Finger in der Bettdecke vergraben hatte und fest daran zog. Warum drängte sie ihn so in die Ecke? Sie wollte, dass er keine Zeit hatte, sich eine Geschichte zu überlegen, die er ihr auftischen konnte, logisch. Aber hatte sie denn ein Recht darauf, die Wahrheit zu erzwingen? Einen kurzen Augenblick dachte David darüber nach, ihr einfach zu sagen, was wirklich passiert war, dass Merlin hier geschlafen hatte, dass sie sich geküsst hatten und er sogar einen Orgasmus gehabt hatte. Ganz sicher würde er damit den Überraschungsvorteil auf seiner Seite haben. Nur, er bezweifelte stark, dass ihm das wirklich Vorteile bringen würde. Trotzdem hätte er nicht übel Lust, seiner Mutter diesen Schock zu verpassen. Leider fehlte ihm der Mut.

»David!«, sagte sie.

Er sah auf.

»Bring sie einfach morgen zum Essen mit.«

»Wen?«, frage er perplex.

»Deine Freundin, wen denn sonst?«

In diesem Moment schoss eine Idee durch seinen Kopf. Er würde Linda fragen, ob sie nicht für ihn die ominöse Freundin spielen könnte. Immerhin war sie Merlins beste Freundin und sie würde letzlich auch ihm einen Gefallen tun. Seine Eltern jedenfalls hätten Ruhe. Aber dann dachte er an die zahllosen Fragen, die seine Mutter bezüglich des Aufruhrs heute morgen stellen würde. Zudem war die Gefahr zu groß, dass Linda ihn durch irgendeinen dummen Kommentar auffliegen ließ. Er kannte sie zu wenig und irgendwie wurde er das Gefühl nicht los, dass man ihr diesbezüglich nicht wirklich trauen konnte. Für sie war Schwulsein etwas, das keine Probleme mit sich brachte.

»David?«

Er zuckte zusammen. »Ja«, sagte er schnell. »Also, ich werde sie fragen, aber – ich glaube nicht, dass sie Zeit hat.«

»Oh«, machte seine Mutter. Ihre Augen verengten sich ein wenig. »Was macht sie denn?«

»Ich weiß nicht, aber sie – wohnt ja in Köln.« David war eingefallen, dass Linda jeden Morgen aus Köln zur Schule kam. Vielleicht war es gar nicht so schlecht, wenn er sie als Vorlage nahm. Dann würde er sich zumindest nicht in Widersprüche verstricken, wenn seine Mutter irgendwann noch mal das ein oder andere wissen wollte.

»Du meinst, sie ist heute morgen – nach Köln gefahren?«, fragte seine Mutter ungläubig.

»Ja«, antwortete David. »Sie musste ihren Zug bekommen. Deshalb hatte sie es auch ein wenig eilig.«

»Warum hast du das nicht gleich gesagt?«

»Weil ich ja nicht wusste, ob ihr damit einverstanden seid, wenn sie hier schläft.« David wurde das Gefühl nicht los, dass er die Geschichte schon jetzt zu weit gesponnen hatte. Irgendwie wäre es doch besser gewesen, sich nicht auf dieses Spiel einzulassen. Aber welche Möglichkeit hatte sie ihm gelassen? Ein

Schweigen ließ sie nicht gelten und die Wahrheit durfte er ihr nicht erzählen. Also blieb nur die Lüge. Und jetzt, da er einmal damit angefangen hatte, konnte er schlecht wieder aufhören.

»Wie kam sie eigentlich überhaupt hier her?«

David sah seine Mutter irritiert an. »Wie?«

»Ja, ich denke du hast mit diesem Merlin einen Film geschaut?«

Innerlich verdrehte David die Augen. Da fing es schon an. Selbstverständlich machte sich seine Mutter nun einen Sport daraus, die Geschichte auf ihre Beständigkeit zu überprüfen. Natürlich hatte sie recht. Warum sollte plötzlich ein Mädchen hier auftauchen?

»Merlin hat sie mitgebracht«, antwortete er zögerlich. Auch das war wieder so eine Aussage, die tausend Fragen zuließ. So würde es jetzt wahrscheinlich weitergehen, bis er sich irgendwann selbst überführt hatte. Zudem schien es ihm plötzlich wenig glaubwürdig, wenn er alles Merlin zuschob.

Seine Mutter nickte nachdenklich. »Aber warum hat sie dann nicht gleich bei ihm geschlafen?«, fragte sie kurz darauf.

Langsam wurde die Luft eng, stellte David fest. Das ging doch tatsächlich schneller, als er gedacht hatte. »Ich weiß nicht«, sagte er. »Vielleicht wollte sie einfach lieber bei mir bleiben?« Ein Lächeln huschte über sein Gesicht. Angriff war bekanntlich die beste Verteidigung. Und tatsächlich sah ihn seine Mutter überrascht an.

»Ist er nicht eifersüchtig?« Mit einem Mal war das Prüfende in ihrer Stimme der Neugier gewichen.

»Ich glaube nicht«, sagte David.

»Hmm«, machte sie. »Also ich kann mir schon vorstellen, dass ihm das nicht so gut gefallen hat. Immerhin hat er vorhin einen ziemlich bedrückten Eindruck gemacht.«

»Du hast ihn gesehen?«, fragte David überrascht.

»Ja, er ist mit jemandem weggefahren.« Sie betrachtete ihn einen Moment nachdenklich. »Wenn er mit diesem Mädchen zusammen ist, dann misch dich da nicht ein, Davi. Das gibt nur Ärger.«

»Ach Mam, es ist echt nicht so. Ich bin mit Merlin befreundet und er will nichts von Linda, das ist mal sicher.«

»Ah, Linda heißt sie also.« Die Augen seiner Mutter strahlten.

David biss sich auf die Unterlippe. Verdammt!

»Aber wenn sie vorher mit ihm zusammen war, dann ...«

»Nein, Merlin war nicht mit ihr zusammen«, sagte David.

»Warum nicht?«, fragte seine Mutter. Irgendwie schien es, als konnte sie nicht glauben, dass ein Junge und ein Mädchen lediglich Freunde waren.

»Du kannst echt Fragen stellen«, stöhnte David und legte sich wieder hin. »Ich würde jetzt gern noch ein wenig ...«

»Ist er homosexuell?«, warf sie unvermittelt in den Raum.

David hielt die Luft an. Augenblicklich wurde ihm heiß. Was sollte er jetzt sagen? Sein Kopf war mit einem Mal leer. Lediglich die Furcht, dass er vollkommen unpassend rot werden könnte, füllte ihn aus. Und die Hitze, die auf seinen Wangen brannte, verhieß nichts Gutes. Die Stille im Zimmer drückte auf seine Ohren. Er sagte sich immer wieder, dass sie sein Erröten wahrscheinlich gar nicht bemerkte. Und wenn doch, dachte sie vielleicht, dass er sich aufregte oder wütend wurde. Sie konnte ihm nicht in den Kopf schauen! Dann löste sich plötzlich der Knoten und er sagte: »Frag ihn doch einfach beim nächsten Mal.« Er zwang sich, seiner Mutter in die Augen zu sehen.

»Vielleicht sollte ich das wirklich tun«, überlegte sie. »Irgendwie ist mir der Junge nicht geheuer.«

»Mam, nur weil du mit seinen Eltern nicht ...«

»Nein, damit hat das nichts zu tun. Ich glaube er ist komisch. Und ich will nicht, dass er dich auf dumme Gedanken bringt, hörst du?«

»Ich kann schon ganz gut selbst auf mich aufpassen«, sagte David und war froh, dass sein Gesicht langsam wieder abkühlte.

»Wenn er wirklich homosexuell ist, möchte ich, dass du dich auf jeden Fall von ihm fernhältst.« Ihr Blick durchbohrte ihn förmlich. »Wahrscheinlich sah er deshalb so geknickt aus, weil er sich etwas von diesem Abend versprochen hat und diese Linda ihm dazwischengekommen ist.« Sie sah noch mal verächtlich auf das Kondom. Dann lächelte sie ihn an: »Bring sie mit zum Essen, okay?«

60

Merlin saß bei Christian auf dem Sofa und trank entgegen seines Vorsatzes einen Wodka Lemon. Es war zu verlockend, sich einfach zu betäuben und über nichts mehr nachdenken zu müssen. Das Bedürfnis, für einige Zeit mal unbeschwert zu sein, ließ ihn das Glas wieder zum Mund führen. Trotzdem gelang es ihm nicht, seine Gedanken vollkommen zur Seite zu schieben. Immer wieder dachte er an David, der jetzt allein in seinem Bett liegen musste und sich wahrscheinlich genauso viele Gedanken machte wie er.

»Weißt du noch, als du das erste Mal hier warst?«, fragte Christian und stieß ihn in die Seite. Er lachte.

Merlin verzog das Gesicht. Im Grunde gab es nichts zu Lachen an ihrem ersten Zusammentreffen. Sie hatten sich erst eine Weile beschnuppert, dann Mut angetrunken und waren in einer wilden Knutscherei zu Boden gegangen. Wahrscheinlich spielte Christian jetzt wieder darauf an, dass Merlin ihn danach hatte abblitzen lassen.

»Klar weiß ich das noch«, sagte Merlin und trank von seinem Wodka. »Ich bin ja nicht vergesslich, auch wenn du das offenbar zu glauben scheinst.«

»Genauso zickig warst du damals hinterher auch«, lachte Christian und hob sein Glas. »Prost!«

»Das hatte aber einen anderen Grund«, antwortete Merlin trocken. Er hatte keine Lust, sich jetzt wieder über die verpatzte Liebesnacht zu unterhalten. »Wann gibst du eigentlich mal auf?«, fragte er schließlich. »Ich meine, wir hatten das doch schon alles durchgekaut.«

»Durchgekaut!«, wieherte Christian los und schlug ihm auf den Rücken. »Das ist gut!«

»Christian!« Merlins Stimme wurde schneidend.

»Ja?« Christian gab sich Mühe, ernst zu sein und schaute ihn unschuldig an.

»Ich dachte, ich könnte mit dir über meine Probleme sprechen«, sagte Merlin leicht enttäuscht. »Okay, wir haben uns jetzt schon längere Zeit nicht mehr gesehen, aber wir haben uns Mails geschrieben, und das war irgendwie anders.«

»Entschuldige, ich bin einfach – ich freue mich, dass du da bist.«

Merlin nippte wieder an seinem Wodka. Er spürte den Alkohol langsam. So wie Christian trank, musste er entweder abgehärtet sein, oder aber er war längst angetrunken.

»Ich freue mich auch, dass wir uns mal wieder sehen«, sagte Merlin nach einer Weile. Das war nicht mal gelogen, stellte er überrascht fest. Auch wenn er jetzt lieber mit David zusammen wäre, Christian war allemale besser als jetzt zu Hause zu sein und womöglich Paolo über den Weg zu laufen.

»Dann ist ja alles in Butter«, sagte Christian und legte ihm den Arm um die Schultern. So saßen sie ein paar Minuten, bis Merlin sich befreite. Plötzlich war er sich wieder nicht so sicher, ob er tatsächlich lieber hier war anstatt bei sich zu Hause.

»Merlin«, fing Christian unvermittelt an, »ich weiß, dass du das mit uns für einen Fehlschlag hältst, okay?« Er hustete. »Das Einzige, was mir jetzt noch wichtig ist, ist deine Freundschaft.«

Merlin lächelte. »Danke«, sagte er leise.

»Ich bin einfach der Meinung, du solltest dich eine Weile hier zurückziehen. Es bringt doch nichts, ständig über etwas nachzugrübeln. Damit macht man sich nur verrückt, aber eine Lösung findet man so garantiert nicht.«

»Vielleicht hast du recht.« Doch Merlin war alles andere als überzeugt. Wie sollte er denn seine Gedanken einfach so abschalten? Sicher war da etwas Wahres dran, dass die Welt morgen schon anders aussehen konnte, aber heute hatte er Probleme, die sich nicht so leicht über Nacht verflüchtigen würden.

»Ist trotzdem nicht so einfach«, sagte Merlin schließlich und sah Christian an. »Was würdest du denn an meiner Stelle machen? Ich meine, vorausgesetzt, du hättest dich überhaupt auf die ganze Scheiße eingelassen. Das wäre natürlich das Beste, wenn alles nie so passiert wäre ...«

»Tja, das kann man leider nicht rückgängig machen«, sagte Christian und strich mit seinen Fingern über den Rand seines Glases. »Ich glaube, ich würde verschwinden, so wie du es jetzt gemacht hast.«

»Für immer?«

Christian zuckte mit den Achseln. »Ich weiß nicht. Vielleicht erst mal, um wieder einen klaren Kopf zu bekommen.«

»Das Dumme ist ja, dass ich nicht lange wegbleiben kann.« Merlin trank einen Schluck. »Montag fängt die Schule wieder an. Außerdem wartet David auf mich.«

»David?«

»Mein Freund.«

»Ah so«, machte Christian und sein Blick veränderte sich eine Spur. Zumindest glaubte Merlin diese Veränderung gesehen zu haben.

»Ich bin ein Meister für beschissene Situationen, was?«, sagte Merlin und lachte auf.

»Das kann man wohl sagen.« Christian betrachtete ihn ernst. »Willst du meine ehrliche Meinung?«

Merlin nickte.

»Beende das mit diesem David, bevor es zu spät ist. Du kannst nicht von einem Desaster ins nächste hüpfen und darauf hoffen, dass am Ende schon alles gut wird.«

Merlin schluckte. Das waren genau seine Gedanken, bevor das alles mit David angefangen hatte. Aber dafür war es jetzt zu spät, oder etwa nicht? Jedenfalls würde es nur ein heilloses Theater geben.

»Das geht nicht«, sagte Merlin matt.

Christian sah ihn fragend an.

»Wir sind Nachbarn, wir gehen zusammen in die gleiche Klasse – und ich liebe ihn.«

Wortlos nahm Christian ihm das leere Glas aus der Hand und ging zum Kühlschrank. Als er kurz darauf mit neuen Wodkas zurückkam, lächelte er ihn mitleidig an.

»Was?«, fragte Merlin.

»Du hast recht, du bist echt grandios, wenn's darum geht, sich den dicksten Haufen auszusuchen und reinzutreten.«

Merlin lachte. »So kann man es auch sagen.«

»Warum hast du mir eigentlich nie was von diesem Paolo geschrieben?«, fragte Christian plötzlich.

Merlins Lächeln gefror. »Was hätte ich dir denn schreiben sollen?«, fragte er.

»Na, wie wär's zum Beispiel, dass er der Freund deiner Mutter ist und dass ihr zu ihm gezogen seid? Über deine Mutter hast du doch auch ab und an was erzählt.«

Nachdenklich nickte Merlin. Er konnte sich spontan nicht erinnern, dass er mal etwas über Paolo geschrieben hatte. Aber er konnte sich genauso wenig vorstellen, dass er ihn komplett verschwiegen hatte.

»Hast du dir damals keine Gedanken gemacht, dass er der Freund deiner Mutter ist?«

Die Frage traf Merlin wie ein Hammer. Regungslos saß er auf der Couch und traute sich nicht, die Starre zu brechen. Er hatte Angst, dass er plötzlich auseinanderfallen und auf dem Boden in tausend Teile zerspringen könnte.

»Tut mir leid, wenn ich das so direkt ...« Christian brach ab.

Merlin spürte wieder den Arm auf seiner Schulter. Diesmal war er froh über diese Berührung.

»Ich weiß auch nicht«, flüsterte Merlin schließlich. »Ich weiß es echt nicht. Es ist so – bescheuert.«

Christian streichelte ihm über den Kopf.

»Aber es ist immer so – seltsam«, fuhr Merlin fort. »Wenn Paolo in meine Nähe kommt, fühle ich eigentlich nichts als Ablehnung. Am liebsten würde ich ihn manchmal von mir wegschubsen. Er ist ein richtiges Machoarsch, musst du wissen. Dann berührt er mich aber und irgendwie ...« Er wusste nicht weiter.

»Und irgendwie?«

»Irgendwie ist es, als hätte ich nur darauf gewartet«, sagte Merlin schließlich. »Wenn ich seine Haut auf meiner spüre, bin ich plötzlich weit weg. Ich denke einfach nicht mehr nach.«

Christian ließ seine Hand über Merlins Wange gleiten.

»Verdammt!«, rief Merlin und rückte von Christian ab. »Ich erzähle dir hier ...« Dann sah er, dass Christian Tränen in den Augen hatte. Merlin schwieg betreten.

»Entschuldige«, sagte Christian. »Tut mir echt leid.« Er wischte sich mit den Handrücken über die Augen und versuchte anschließend ein Lächeln, das ihm missglückte.

61

David legte das Fernglas ab. Drüben gab es wie erwartet nichts zu sehen. Selma lief in der Küche hin und her. Aber von Merlin fehlte natürlich jede Spur. Was er jetzt wohl machte? Draußen war es bereits dunkel. Vielleicht feierte er gerade in diesem Moment eine Party oder ging mit seinem Christian in die Disco und hatte Spaß. David legte sich aufs Bett. Er fühlte die Unzufriedenheit in sich, die Wut auf Merlin, der ihn hier allein zurückgelassen hatte und jetzt womöglich irgendwas ohne ihn unternahm. Nein, David rieb sich mit den Händen übers Gesicht, so durfte er nicht denken. Merlin hatte ihm erklärt, warum er eine Weile weggehen musste. Und er hatte nicht so ausgesehen, als würde er es genießen. Trotzdem fiel es David schwer, das Verständnis für Merlin über seine Gefühle zu setzen. Er fühlte sich allein und es war ihm letztlich egal, was Merlin für Gründe hatte, ihn allein zu lassen. Er ballte seine Hände zu Fäusten. Warum konnte man nicht einfach bestimmen, was man fühlte? Er kam sich so unendlich schlecht vor. Irgendwie wusste er gar nicht, was er denken sollte. Diese Unsicherheit tat weh. Am liebsten würde er sich jetzt ablenken, einfach irgendwas machen. Aber ihm wollte nichts einfallen und immer wenn er eine Idee hatte, tauchte gleich eine tödliche Lustlosigkeit auf. Also blieb er auf seinem Bett liegen und rührte sich nicht, obwohl ihn gerade diese Unbeweglichkeit schmerzte. Tränen rannen aus seinen Augenwinkeln und liefen an den Ohren vorbei. Zu allem Überfluss begann schließlich auch noch seine Nase zu laufen. Leise vor sich hinschniefend, lag er in seinem Zimmer und hing seinen selbstsüchtigen Wünschen nach. Was für ein toller Freund er doch war, dachte er sich. Dann ließ der Schmerz, nichts mit sich anfangen zu können, irgendwann nach und David schaute nach oben aus dem Fenster. Der Mond leuchtete herein und verteilte sein kaltes Licht im Zimmer. Er betrachtete die dunklen Flecken, die wohl Krater waren oder Berge, so ganz genau konnte er sich nicht mehr daran erinnern. Seltsam, der Mond schien ihm näher als der Junge, den er liebte.

»David?«, rief seine Mutter von unten.

Verdammt, dachte David sauer und schlug mit den Fäusten auf die Matratze, warum hatte er nicht ein einziges Mal seine Ruhe? Seine Mutter fehlte ihm gerade noch mit ihren dämlichen Fragen. Wahrscheinlich war ihr eingefallen, dass sie ihm die Geschichte mit Linda doch nicht glaubte und in dem Kondom nun eher ein Indiz dafür sah, dass Merlin ihn verderben wollte. Er biss die Zähne zusammen, bis seine Schläfen pochten.

»David!«, rief seine Mutter wieder. Dann hörte er, wie sie die Treppen hinaufstieg.

Innerlich schrie er seinen ganzen Frust raus. Schnell sprang er aus dem Bett und lief zur Tür. Im letzten Moment schaltete er das Licht ein, als sich auch schon die Tür öffnete und er seiner Mutter gegenüber stand.

»Da ... Oh!«, machte sie und sah ihn erschrocken an.

»Ich wollte gerade runterkommen«, sagte David. »Was ist denn?«

»Hast du geweint?«, fragte sie und sah ihn prüfend an.

»Nein.« Er wischte sich über die Augen. »Ich bin nur ein wenig müde. Was gibt's denn?«

»Ach so, da ist dieser Merlin für dich am Telefon«, sagte sie, als wäre das etwas vollkommen Unwichtiges. »Ich kann ihm gern sagen, dass du nicht kannst.«

»Nein!«, schrie David fast und stürmte an seiner Mutter vorbei die Treppe hinunter. Plötzlich waren all seine trüben Gedanken vergessen und sein Herz klopfte wild vor Aufregung. Merlin rief ihn an! Woher hatte er eigentlich die Nummer? David konnte es gar nicht glauben. Stürmisch betrat er das Wohnzimmer. Sein Vater saß auf dem Sofa und schaute fern. Den Ton hatte er bereits leise gestellt. David zwang sich zu einem normalen Schritt. Er setzte sich auf den Sessel, der gleich neben dem Telefontischchen stand und nahm den

Hörer auf.

»Hallo?« In seiner Stimme schwang so viel Erwartung mit, dass er befürchtete, jeder der es hörte, müsste spätestens jetzt wissen, dass er den Nachbarsjungen liebte.

»Mensch, das dauert aber ewig, bis man dich mal an den Draht bekommt«, beschwerte sich Merlin. Er klang aber nicht wirklich böse, sondern einfach nur glücklich, dass er nun endlich die gewünschte Stimme hörte.

»Woher kennst du die Nummer?«, fragte David ehrlich verblüfft.

Merlin lachte. »War gar nicht so einfach. Jedenfalls konnte mir die Auskunft nicht helfen. Ich hab dann meine Mutter angerufen. Die Frau ist einfach unglaublich. Sie hat Paolo die Nummer aus dem Arm geleiert. Dein Vater musste sie doch für die Personalakte angeben.«

Merlin klang so fröhlich und mitreißend. David grinste. Trotzdem sagte er nicht mehr als: »Ach so.«

»Deine Eltern können sicher zuhören, oder?«

David registrierte, dass seine Mutter mittlerweile wieder auf dem Sofa saß. Er hatte sie überhaupt nicht wahrgenommen, während er Merlins Redeschwall gelauscht hatte. Jetzt aber bemerkte er die neugierigen Blicke seines Vaters und die Missbilligung auf dem Gesicht seiner Mutter.

»Ja«, sagte er knapp.

»Dachte ich mir schon. Ich hoffe es ist nicht schlimm, wenn ich dich anrufe, aber ich wollte einfach deine Stimme hören.« Er kicherte. »Ich glaub, ich bin ein wenig besoffen.«

»Hm«, machte David.

»Aber mach dir keine Sorgen, ich bin brav. Ich wünschte, du wärst hier.«

»Ich auch«, flüsterte David. Natürlich brachte das absolut gar nichts, weil seine Eltern gleich neben ihm saßen. Trotzdem hatte er das Gefühl, dass es weniger auffällig war.

»Oh Mann«, sagte Merlin und seine Stimme klang mit einem Mal traurig, »ich wünschte, das alles wäre nicht so beschissen kompliziert.«

David schwieg. Er konnte nicht schon wieder die gleichen Worte sagen. Überhaupt, was würde sich seine Mutter denken, was er hier zu besprechen hatte?

»Jedenfalls wollte ich, dass du weißt, dass ich dich liebe und am liebsten jetzt bei dir wäre«, sagte Merlin bedrückt.

David schluckte. Jetzt fehlten ihm die Worte. Er konnte nur nicken, merkte aber sofort, wie albern das war. Seine Mutter schaute ihn durchdringend an.

»Natürlich«, sagte er schnell. »Wenn du morgen wieder da bist, kann ich dir bei den Matheaufgaben helfen. Kein Problem.«

»Wovon redest du denn jetzt?«, fragte Merlin verwirrt. »Wir haben doch die Matheaufgaben schon ...«

David räusperte sich laut.

Für einen Moment war die Leitung still. Dann sagte Merlin endlich: »Ach so, entschuldige.«

»Also bis morgen?«, fragte David.

»Ich weiß noch nicht.« Merlins Stimme hatte nun wieder den trüben Klang von vorhin, als sie sich voneinander verabschiedet hatten.

»Okay«, sagte David, obwohl er am liebsten eine ganze Menge anderer Dinge gesagt hätte. Merlin durfte einfach nicht länger wegbleiben. Am Besten wäre es, wenn er gleich morgen früh wieder zurückkäme. »Ich warte dann so gegen Mittag auf dich.«

»Mal sehen«, antwortete Merlin. »Ich – ich versuche es, in Ordnung?«

»Ja.«

»Ich liebe dich.«

»Ja«, sagte David noch mal. Alles andere wäre in Gegenwart seiner Eltern zu verfänglich gewesen.

Sie verabschiedeten sich und David legte langsam den Hörer auf die Gabel zurück. Warum hatten sie eigentlich kein schnurloses Telefon, das man auch mit aufs Zimmer nehmen konnte? Seine Eltern lebten echt hinter dem Mond!

»Er klang betrunken«, sagte seine Mutter vorwurfsvoll und durchbrach die Stille, die ihn nach dem Telefonat umfangen hielt.

»Nein«, sagte David schnell. »Er ist nur bei einem Freund, um da – beim Renovieren zu helfen.«

»Und dafür muss man gleich da übernachten und sich betrinken?«, fragte seine Mutter spitz.

»Mam, du weißt doch gar nicht, ob er etwas getrunken hat. Und wenn, dann ist es doch auch kein Problem.«

»Natürlich ist das ein Problem. Das ist kein Umgang für dich.« Sie sah ihn bestimmend an. »Überhaupt, was ist das für eine Masche? Warum musst du ihm bei Mathe helfen? Das hält dich doch auf! Wenn er nicht irgendwo rumlungern würde und vor allem keinen Alkohol trinken würde, hätte er sicher genug Zeit, seine Aufgaben allein zu erledigen!« Hannes Stimme hatte einen schrillen Tonfall angenommen.

»Hanne«, mischte sich sein Vater ein und versuchte sie zu beruhigen, »sie sind Freunde, lass sie doch.«

»Warum wundert mich das jetzt nicht?« Hanne wandte sich eingeschnappt dem Fernseher zu, während David sich leise aus dem Zimmer stahl. Er hatte absolut keine Lust, sich jetzt mit seinen Eltern über Merlin zu unterhalten. Dafür war er viel zu glücklich. Sie hatten miteinander telefoniert! Merlin hatte ihn angerufen, um ihm zu sagen, dass er lieber mit ihm zusammen wäre. Plötzlich schämte er sich für seine Gefühle, die ihm noch kurz zovor gesagt hatten, dass es unfair von Merlin war, ihn einfach hier hängenzulassen und sich nicht um ihn zu kümmern. Nein, Merlin dachte an ihn.

Als er in seinem Zimmer angekommen war, knippste er seine Nachtleuchte an und schnappte sich ein Buch. Jetzt konnte er beruhigt etwas anderes machen. Aber nach ein paar Minuten fiel ihm auf, dass er zwar mit den Augen über die Zeilen wanderte, aber sein Kopf nichts von dem aufnehmen konnte. Dafür hing er wieder mit seinen Gedanken bei Merlin. Diesmal fühlte er sich aber nicht schlecht dabei, es war eher ein leichtes Träumen. Schon erstaunlich, was so ein kurzes Telefonat, was ein paar simple Worte doch bewirken konnten. Er legte das Buch beiseite, schaltete die Lampe aus und schloss die Augen. Vor ihm hing ein Bild mit Merlin darauf. Er lächelte ihn an. Kurz darauf schlief David ein.

62

»Hanne«, sagte Ansgar ruhig. »Ich will nicht, dass David das Gefühl bekommt, dass ich ihm vorschreibe, mit welchen Leuten er befreundet sein darf.« Er machte eine kurze Pause. »Und du solltest das auch nicht.«

Hanne sah ihren Mann ungläubig an. »Dir ist es also egal, dass er mit dem Sohn deines Chefs befreundet ist, den du, ganz nebenbei bemerkt, nicht leiden kannst?«

»Das ist nicht Jobims Sohn«, antwortete Ansgar, »und egal ist es mir auch nicht. Ich würde es lieber sehen, wenn er sich mit jemandem abgibt, der ihm entspricht. Aber ich will mich da auf keinen Fall einmischen. Er muss seine eigenen Erfahrungen machen. Über kurz oder lang wird er schon merken, ob dieser – Junge der richtige Umgang für ihn ist.«

»Ist er nicht«, sagte Hanne fahrig. »Ich weiß es doch, warum sollte ich warten, bis er es selbst merkt?«

»Weil er seine eigenen Fehler machen muss, ganz einfach.«

Hanne biss sich auf die Lippen. Tief in sich drin wusste sie, dass Ansgar damit recht hatte. Aber es widerstrebte ihr trotzdem. Sie wollte nicht, dass David Fehler machte, die er vielleicht hinterher bereuen würde.

»Dieser Merlin ist mir nicht geheuer«, sagte sie schließlich und verschränkte die Arme.

»Soweit ich es mitbekommen habe, hilft David ihm bei Mathe aus. Das ist doch eigentlich nicht schlecht.«

»Ich weiß nicht.« Hanne überlegte, ob sie Ansgar die Geschichte mit dem Kondom erzählen sollte. Aber der würde sicher nur sagen, dass das alles vollkommen normal war.

»Ich hab vorhin ein – Präservativ gefunden!«, platzte es schließlich doch aus ihr heraus.

»Bei wem?«, fragte Ansgar verblüfft.

»Natürlich bei David, andere interessieren mich nicht.«

»Ach, und ich dachte schon bei mir«, scherzte Ansgar, um die Stimmung ein wenig aufzulockern.

Hanne zog eine Augenbraue hoch.

»Nur Spaß«, sagte Ansgar schnell und drückte sie. »Du bist momentan ziemlich angespannt, Schatz.«

»Wundert dich das?«, fragte Hanne gereizt. »Ich weiß nicht mehr, was mit unserem Sohn los ist. Er läuft mit einem Gesicht rum, dass man Angst bekommt. Er verschließt sich vor mir. Er hat Geheimnisse. Er gibt Widerworte und schmeißt mich aus seinem Zimmer raus. Ganz zufällig hat er diesen Merlin von drüben zum Freund. Ich finde bei ihm Verhütungsmittel. Ich fühle mich in meinem eigenen Haus nicht mehr sicher, weil er einfach irgendwen hier übernachten lässt. Ja, er hat plötzlich eine Freundin, oder auch nicht, ich weiß nicht so ganz, aber Fakt ist, ich erfahre das alles zuletzt.« Tränen liefen ihr über die Wange.

Ansgar legte seinen Arm um sie und zog sie an sich heran. »Du bist einfach nur angespannt, Hannemaus.«

Sie atmete tief durch. »Jetzt sag nur nicht, das sind die Wechseljahre.«

Ansgar antwortete nicht.

»Ich habe einfach Angst«, sagte sie nach einer Weile und löste sich von Ansgar. »Ich will nicht, dass er auf die schiefe Bahn gerät. Und dieser Merlin scheint mir alles andere als integer zu sein.«

In Ansgars Augen las sie, dass er ihrer Meinung war. Das beruhigte sie ein wenig. Trotzdem sagte er: »Du kennst den Jungen nicht wirklich. Vielleicht ist er gar nicht so schlimm.«

Hanne seufzte. »Er trinkt.«

»Ja ...« Obwohl es schien, als ob Ansgar noch mehr sagen wollte, beließ er es dabei.

»Du weißt, wie ich dazu stehe«, fügte Hanne an. »Die drüben sehen das natürlich anders. Da ist es kein Problem, wenn Minderjährige Alkohol zu sich nehmen. Diese Hexe hat David tatsächlich Cocktails trinken lassen!« Immer wieder war sie fassungslos, wenn sie daran dachte.

»Na ja, sie wird es David nicht zwanghaft eingeflößt haben«, sagte Ansgar.

»Oh, ich kann mir sehr gut vorstellen, wie sie das gemacht hat«, rief sie aufgebracht. »Sowas bedarf keiner großen Kräuterkunde.« Sie verstellte ihre Stimme. »Willst du auch einen Cocktail? Nicht? Ach, stimmt ja, du darfst ja nicht. Wenn du willst mache ich dir gern eine Milch warm. Mit Fläschchen?« Hanne war so wütend, dass sie am liebsten geschrien hätte.

Ansgar lachte. »Du solltest mit der Rolle zum Theater.«

»Ach verdammt, sei doch nur ein einziges Mal ernst!«

»Bin ich«, widersprach er, »aber ich versuche das alles nicht so verbissen zu sehen.«

Hanne schwieg eine Weile. Angestrengt schaute sie auf den Fernseher. Es wurde eine Dokumentation über den Atombombenabwurf über Hiroshima gezeigt. Genauso fühlte sie sich gerade. Hochexplosiv.

»Ich glaube, dieser Merlin ist homosexuell«, sagte sie leise und sah Ansgar wieder an. In seinem Gesicht kämpften Überraschung, Entsetzen und Sorge miteinander. Aber er sagte nichts.

»Glaubst du immer noch, dass David selbst entscheiden sollte, ob er mit ihm befreundet ist?«

»Hanne«, fing Ansgar an. Aber seine Stimme klang gar nicht mehr so überzeugt. »Ich glaube nicht, dass es dieser Bursche schafft, David – auf seine Seite zu ziehen.«

»Aber ich glaube, dass er es versucht«, entgegnete Hanne. »Wie sonst soll ich mir erklären, dass er hier anruft?« Und das Kondom! Immer wieder dachte sie an dieses kleine, quadratisch verpackte Etwas, das angeblich Merlin gehörte. Es musste ihm aus der Tasche gefallen sein, hatte David gesagt.

»Ich glaube, diesbezüglich können wir David voll und ganz vertrauen«, sagte Ansgar steif. »Immerhin hat er ja wohl eine Freundin.«

»Ja«, stimmte Hanne zu. Aber zum ersten Mal zweifelte sie an der Geschichte. Plötzlich war sie davon überzeugt, dass David ihr diese Ausrede nur aufgetischt hatte, um der peinlichen Wahrheit aus dem Weg zu gehen. Es passte alles zu gut und schien doch zu weit hergeholt.

»Das Kondom«, sagte sie schließlich nachdenklich. »David hat gesagt, dass es von Merlin ist.« Sie schwieg. In ihrem Kopf wälzten sich Befürchtungen hin und her, die ihrer Meinung nach keine Mutter haben sollte. »Ich finde das komisch, du nicht?«

Ansgar zuckte mit den Schultern. »Ich sagte doch schon, er wird bei unserem Jungen nicht weit kommen damit.«

»Und wenn doch?«, flüsterte Hanne. Sie konnte diese Gedanken nicht mehr beiseite schieben. Irgendwas am Verhalten ihres Sohnes verriet ihr, dass sie sich besser auch Gedanken über solche Dinge machen sollte.

»Hanne, ich will nicht darüber spekulieren. David ist nicht homosexuell, basta.« Ansgars Stimme klang wütend. Er sagte das so, als könnte er es bestimmen. Es kam einfach nicht in Frage und damit gut.

»Aber was wäre, wenn doch?« Hanne konnte nichtlocker lassen, aber Ansgar reagierte nicht mehr. Seine Konzentration galt wieder dem Fernseher. Er schaltete ein paar mal um, bis er ein anderes Programm gefunden hatte, das ihm besser gefiel.

Hanne blieb in Gedanken bei den Atombomben. Zwar wollte und konnte auch sie sich nicht vorstellen, dass ihr Sohn homosexuell war, aber sie musste diese Möglichkeit einfach in Betracht ziehen. Plötzlich schien es ihr absolut verständlich, dass die Familie drüben so seltsam war. Wahrscheinlich wussten sie, dass ihr Sohn ... Und sie hatten nichts gesagt! Der Schreck fuhr Hanne in die Glieder. Wenn die Mutter es doch wusste, wie konnte sie einfach eine Einladung ausgeben, ohne vorher darüber zu informieren? Es musste ja nicht direkt eine Warnung sein, aber zumindest ein kleiner Hinweis. Immerhin wusste diese

Selma, dass sie David mitbringen würden. Dann hielt Hanne inne. Wie würde sie sich in einer solchen Situation verhalten? Würde sie es sagen? Nein. Plötzlich tat ihr die Frau leid. Sicher schämte sie sich für ihren Sohn und wünschte sich insgeheim, dass er sich ein Beispiel an David nehmen würde. Nein, Hanne würde so etwas sicher auch verschweigen. Es war letztlich nicht nur das Ansehen der Familie, das darunter litt, sondern auch ... Hanne wurde sich bewusst, dass Selma niemals Enkelkinder haben würde. Wie schrecklich! Ihr Hals wurde plötzlich eng. Selma würde nie das Glück haben, ihren Sohn glücklich verliebt zu sehen. Sie würde keine Hochzeit erleben. Keine Fotos von ihren Enkeln rumreichen können. Ja, sie würde überhaupt keine richtige Familie haben. Das war das Schlimmste überhaupt. Wenn Hanne sich vorstellte, dass ihr selbst das auch passieren konnte ... Augenblicklich stiegen ihr Tränen in die Augen.

63

Merlin ließ sich zur Seite kippen. Das Telefon lag neben ihm. Er sah es verschwommen an. Immerhin hatte er es geschafft, mit David zu sprechen. Jetzt würde er schlafen können.

»Hey«, sagte Christian. »Du machst doch nicht schon schlapp, oder?« Er schubste ihn an.

»Ich glaube doch«, nuschelte Merlin.

»Wenn ich gewusst hätte, dass dein Freund eine solch einschläfernde Wirkung hat, hätte ich dich nicht mit ihm telefonieren lassen.«

»Er hat so eine schöne Stimme.« Mühsam stemmte sich Merlin hoch, bis er wieder neben Christian saß. »Hattest du das schon mal, dass du jemanden hören musst, weil du sonst auf keinen Fall einschlafen kannst?«

»Ja«, sagte Christian und kippte sein Glas wieder voll. Mittlerweile hatten sie die Getränke gleich auf dem Tisch stehen, weil der Weg zum Kühlschrank viel zu weit schien.

»Ich glaube, seine Mutter hat was gemerkt«, murmelte Merlin. Er wurde das Gefühl nicht los, dass Frau Gessen ihn am liebsten weggedrückt hätte, anstatt ihren Sohn ans Telefon zu rufen. Ja, es wunderte ihn geradezu, dass sie nicht einfach wieder aufgelegt hatte.

»Was hat sie gemerkt?«, fragte Christian und zog seine Stirn kraus.

»Dass ich was von ihrem Sohn will«, sagte Merlin. »Vielleicht auch, dass was zischen ihm und mir läuft. Die traut mir nicht über den Weg, das kannst du mir glauben.«

»Ach du Scheiße!«, rief Christian. »Sag bloß, dein Freund ist einer von den Verkappten, die zu Hause noch das brave Bübchen spielen!«

»Wenn du wissen willst, ob er geoutet ist: Nein, ist er nicht. Und du brauchst jetzt auch kein Theater abziehen.« Merlin merke, dass er leicht auf

Christian zuschwankte. »Wenn du seine Eltern kennen würdest, wüsstest du Bescheid.«

»Au Backe!« Christian sah ihn mit großen Augen an und schüttelte den Kopf. »Du lässt aber wirklich nichts aus, oder?«

Merlin lachte bitter auf. »Glaub mir, das Ganze ist nicht auf meinem Mist gewachsen. Meine Mutter hat mich sozusagen gezwungen.«

»Ach, hör mit der Kacke auf!« Christian kippte einen gehörigen Schluck Wodka hinunter. Er hustete. Dann redete er heiser weiter: »Als wenn du auf deine Mutter hören würdest.«

»Hab ich aber«, sagte Merlin trotzig. »Ohne sie wäre es niemals so weit gekommen. Ich fand David zwar süß, hätte ihn aber nie angesprochen. Erst recht nicht, wenn ich gewusst hätte, dass er in meine Klasse geht.«

»Weißt du noch, wie du mir immer gesagt hast, dass du nicht so eine Discohusche willst, aber auch auf keinen Fall das Gegenteil?« Christian lachte. »Ich sag dir, diese Verklemmten, das sind die, die dir Probleme machen. Da hast du dein eigenes Coming Out gemeistert und darfst dich gleich um das deines Freundes kümmern.«

»So ist das nicht.« Merlin warf Christian einen bösen Blick zu. Aber er hatte den Verdacht, dass er ihn verfehlt hatte. Christian war so unscharf.

»Dann schlägst du dich halt mit den Heimlichtuereien rum.« Christian machte eine nasale Stimme: »Nein, wir dürfen nicht Händchen halten, die Leute könnten es meinen Eltern erzählen, weil die auch nix Besseres zu tun haben, als den ganzen Tag irgendwelchen Eltern zu sagen, dass ihr Sohn ne Schwuchtel ist.«

Merlin warf sich lachend zurück und verschüttete seinen Wodka Lemon. Christian konnte einfach genial das Gesicht verziehen. Dann schlug er ihm auf die Schulter und rief ausgelassen: »Du bist ein Arsch!«

»Danke, sehr freundlich der Herr, soll ich ihr Glas wieder vollmachen?«

Merlin zögerte einen Moment. Eigentlich hatte er sich vorgenommen, nach diesem Glas nichts mehr zu trinken. Er ahnte, dass er schon bald einen Kater bekommen würde. Andererseits machte der Abend mit Christian gerade richtig Spaß. Hätte er nicht für möglich gehalten.

»Gern«, sagte er schließlich und reichte Christian sein Glas.

Christian sprang auf und riss sich seine Hose runter. »Kleinen Moment.«

Merlin schrie auf. »Nein!« Geschockt sah er seinen Kumpel an, der gerade anstalten machte, seine Unterhose runterzuschieben. Dann lachte er laut auf rollte sich von der Couch runter.

»Du bist eine Sau!«, presste er zwischen den Lachanfällen heraus.

»Warum?«, fragte Christian und tat so, als wäre es das Natürlichste der Welt, seinen Penis in das Glas eines anderen zu halten. »Soll ich jetzt vollmachen, oder nicht?«

»Die Sauerei mach ich aber nicht sauber!« Merlin stemmte seine Arme in die

Hüfte. »Die Flecken gehen nie wieder raus, das sag ich dir, mein Freundchen«, sagte er mit verstellter Stimme und stellte sich dabei Frau Gessen vor.

Sie prusteten beide los.

Irgendwann saßen sie wieder nebeneinander auf der Couch und hielten sich die Bäuche. Christians Hose hing ihm immer noch an den Knöcheln. Aber wenigstens hatte er sein Gießkännchen wieder eingepackt, dachte Merlin und bekam den nächsten Lachanfall. Er lachte so sehr, dass er schon befürchtete, keine Luft mehr zu bekommen oder sich gleich hier auf den Teppich übergeben zu müssen oder beides. Es tat richtig weh. Und plötzlich liefen ihm nicht mehr nur Lachtränen aus den Augen, sondern auch Tränen der Anstrengung und schließlich richtige. Irgendwie war das alles zu viel – der Alkohol, David, Paolo, seine Mutter und auch Christian. Merlin zog schmerzhaft Luft in seine Lungen. Durch die Tränen sah er Christian, vollkommen verschwommen. Er hörte ihn nicht mehr lachen. Aber er war noch da, um ihm zu helfen, oder nicht? Hilfesuchend streckte Merlin seine Arme aus, während immer neue Tränen aus seinen Augen strömten. Panisch stellte er fest, dass er schon zu lange keine Luft mehr geholt hatte. Das ging irgendwie nicht mehr automatisch. Er konnte einfach nicht aufhören zu heulen. Sein Körper zuckte unkontrolliert, während seine Hände immer noch nach Christian suchten, der wohl doch irgendwie verschwunden war. Dann traf er endlich auf Widerstand. Merlin schien es, als wären Minuten vergangen. Noch immer bekam er keine Luft. Grob wurde er nach vorn gerissen und landete bei Christian. Arme umschlangen ihn, hielten ihn. Endlich brach sein Schluchzen durch und er holte Luft. Sein Kopf wurde an den von Christian gedrückte, während sein Körper wie von Krämpfen geschüttelt wurde.

»Pscht«, machte Christian. »Ist gut.« Er wiegte ihn sanft vor und zurück. »Ich bin bei dir.«

Es schien Merlin, als sei eine Ewigkeit vergangen, ehe er wieder normal atmen konnte. Peinlich berührt stellte er fest, dass er Christian an den Hals gesabbert hatte. Vorsichtig löste er sich von ihm. Er zitterte noch immer. Aber er kam wieder allein klar.

»Demnächst bitte mit Vorwarnung, okay?«, sagte Christian und wischte sich über den Hals. »Alles nass.«

»Entschuldige«, sagte Merlin. Immer wieder musste er nach Luft schnappen. Vorsichtig legte er sich zurück. Einen solchen Heulkrampf kannte er nur aus seiner Kindheit. Irgendwie fühlte er sich jetzt albern.

»Geht's wieder?«, fragte Christian und legte die Hand auf seinen Oberschenkel.

Merlin nickte.

»Gut, dann wechsel ich jetzt mein T-Shirt.« Christian ging an ihm vorbei in Richtung Tür. »Das heulst du mir dann aber nicht voll, versprochen?«, sagte er noch, bevor er das Wohnzimmer verließ.

Merlin antwortete nicht. Er wollte mit geschlossenen Augen einfach warten, bis er wieder normal atmen konnte. Oder vielleicht auch gleich einschlafen, damit er Christian nicht ansehen musste. Es war ihm peinlich, einen solchen Gefühlsausbruch hingelegt zu haben. Andererseits war er wirklich dankbar, dass er nicht allein gewesen war. Nur, eigentlich hätte ihn David trösten müssen, oder? So hatte er einen wirklich intimen Moment mit Christian geteilt, obwohl er doch David liebte. War das letztlich nicht schlimmer als mit irgendwem Sex zu haben? Er hatte seine innersten Gefühle einem anderen offenbart, nicht seinem Freund.

Als Christian wieder reinkam, legte er nur eine dünne Decke über ihn. »Wenn du nicht allein sein willst, kannst du zu mir ins Bett kommen. Ich bin artig, versprochen.«

Merlin spürte eine Hand, die ihm über den Kopf streichelte. Er entschied sich, nicht zu antworten. Nicht mal zu einem Nicken konnte er sich durchringen. Er wollte einfach nicht da sein.

Sonntag

Liebessucht

Das Salz
Auf deiner Haut
Schmeckt mir
Wie Zucker
Wunderbar
Vertraut
Drum geb ich mich
Deiner Liebe hin
Weil ich süchtig
Nach deiner Süße bin

M. Nagy

64

Die Sonnenstrahlen weckten David. Sonntag, dachte er. Immer noch einen Tag von Merlin entfernt. Verdammt, das war ja schlimm, durchfuhr es ihn, er konnte ja an nichts anderes mehr denken, als an diesen Jungen. Dabei kannten sie sich doch kaum. Aber irgendwie kam es David so vor, als wohnte er schon Ewigkeiten hier.

Unten in der Küche klapperte seine Mutter mit dem Frühstücksgeschirr. Sicher würde sie gleich rufen und fragen, ob er nicht runterkommen wollte, um mit ihnen gemeinsam zu frühstücken, wie jeder normale Sohn. Die letzten Worte schwirrten ihm eine Weile im Kopf rum. Er war nicht normal. Bislang hatte er sich zwar immer Mühe gegeben, doch seit gestern war es sicher: David war nicht normal, er war schwul. Es gab eigentlich keinen Grund mehr, sich irgendwie normal zu stellen. Ihm fiel das gestrige Gespräch mit Selma wieder ein. Für wie selbstverständlich sie das alles genommen hatte. Sie hatte ihm sogar angeboten, dass er zu ihr kommen konnte, wenn er Hilfe brauchte. Das nahm ihm natürlich nicht die Angst, aber es war immerhin eine gute Erfahrung. Es gab Menschen, die hinter ihm standen und die ihm helfen würden, die ihn so nahmen, wie er nun mal war. Aber, wie sicher war das alles? Wenn er an Merlins Problem mit Paolo dachte, wusste er, dass dieser Rückhalt keiner war, auf den er sich verlassen konnte. Irgendwie tat ihm Selma leid. Sie war so nett und hilfsbereit, sie hatte für alles Verständnis und schien sich durch nichts aus der Ruhe bringen zu lassen. Und ausgerechnet sie traf es letztlich so bitter. David konnte nicht verstehen, was sie an diesem Paolo fand. Sicherlich sah er alles andere als schlecht aus. Aber seine Art, sein ganzes Verhalten wies doch schon mehr als deutlich darauf hin, dass man von ihm nichts Ernsthaftes erwarten konnte. Wenn er es so sah, blieb ihm fast nichts anderes, als Selma die Schuld zuzuschieben. Warum hatte sie sich auf Paolo eingelassen? Sonst schien sie doch so besonnen und vor allem in Beziehungsfragen weitsichtig zu sein. David verstand das nicht. Das war ja fast wie der Fünfsternekoch, der zu Hause nichts anderes fertig brachte, als eine schnöde Fertigsuppe.

Es klingelte. David runzelte die Stirn und sah auf seinen Wecker. Elf Minuten nach zehn Uhr. Sonntag. Der Postbote konnte es also nicht sein. Mit einem Satz sprang er aus dem Bett. Aufregung belebte seinen Körper. Unten öffnete seine Mutter die Tür und er hörte schwach, dass sie etwas sagte. Es klang nicht sonderlich freundlich. Davids Gewissheit stieg. Hastig sprang er in seine Jeans und zog sich sein altes T-Shirt über. Dann rief seine Mutter auch schon nach ihm.

»David!«

Ja! Oh, danke, dachte er und stürmte aus seinem Zimmer. Gerade als er schon auf die Treppe hechten wollte, fiel ihm ein, dass er doch besser noch schnell einen Blick in den Spiegel warf, bevor er sich noch blamierte. Obwohl, er hielt inne, im Grunde war es egal. Er polterte die Treppe hinunter. Voller Erwartung sprang er in den Flur. Seine Mutter schaute ihn finster an.

»Guten Morgen!«, rief er ausgelassen. Dann sah er Selma in der Tür stehen. Sein Lächeln geriet ein wenig ins Wanken.

»Morgen«, sagte sie. »Ich wollte nur fragen, ob du vielleicht Lust hast, mit mir zum Sport zu gehen.« Sie lächelte ihn an, während ihre langen, roten Haare leicht im Wind wehten. Fast sah sie wie eine Hexe aus, die dahergeflogen kam.

»Ich – äh ...« David war vollkommen perplex. Irritiert sah er von Selma zu seiner Mutter, die ein abfälliges Gesicht zog.

»Also ...«, begann David noch mal, wusste aber noch immer nicht, was er sagen sollte.

Schließlich mischte sich seine Mutter ein. »Das ist doch sicherlich teuer.«

»Nun ja«, sagte Selma. »Wenn David mit mir geht, ist er Gast und kann sich alles anschauen. Aber irgendwann würde es dann schon etwas kosten, wenn er regelmäßig hingehen will.«

»Ich weiß nicht«, sagte Hanne. »David ist ja nicht so der sportliche Typ und ...«

»Ach wirklich?« Selma machte ein überraschtes Gesicht. »Mittwoch Abend hat sich das irgendwie anders angehört. Also zumindest segeln kann er.«

David sah amüsiert zwischen seiner Mutter und Selma hin und her.

»Also, ich denke nicht, dass sich diese Investition lohnt«, sagte seine Mutter hochnäsig. »Außerdem ist es gewiss nicht hygienisch, auf Sportgeräten zu trainieren, die bereits von anderen vollgeschwitzt wurden.«

Selma lachte. »Ich schlage vor, dass wir David selbst entscheiden lassen, ob er sich dieser Gefahr aussetzen will. Und was den Monatsbeitrag angeht, der vielleicht anfällt, wenn er sich dafür entscheidet, kann ich ja mal mit Paolo sprechen. Da kann man sicher eine kleine Gehaltserhöhung ausmachen, damit das Extra in den finanziellen Rahmen passt.«

Seine Mutter schnappte nach Luft. »Also ...«, fing sie an, doch David rief dazwischen.

»Ich hole mir nur eben Sportsachen! Bin gleich wieder unten!« Er stürmte die Treppen hoch. Eilig riss er eine Sporthose aus dem Schrank und ein frisches T-Shirt. Dann rannte er ins Bad, um sich kurz ein wenig Wasser ins Gesicht zu werfen und die Zähne zu putzen. Seine Haare sahen einigermaßen akzeptabel aus. Als er wenige Minuten später wieder unten ankam, war er völlig außer Atem. Seine Mutter stand vor der geschlossenen Haustür und sah ihn finster an.

»Was soll das?«, fragte sie.

»Was?« David legte ein unschuldiges Gesicht auf.

»Du weißt genau was ich meine.«

»Ich gehe zum Sport«, sagte David. »Was ist daran schlimm?«

»Was hast du mit dieser Frau zu schaffen?« Die Stimme seiner Mutter hörte sich an, als hätte er sich etwas absolut Widerliches zuschulden kommen lassen.

»Nichts«, antwortete er. »Sie hat gefragt, ob ich mit ihr ins Fitnesscenter gehe, das ist alles.«

»Auf die Idee kommt sie einfach so?« Seine Mutter lachte.

»Nein«, log David. »Ich habe ihr gesagt, dass ich mich auch anmelden will, weil Merlin immer dort hingeht. Wahrscheinlich dachte sie sich, dass mir langweilig wird, weil Merlin ja schließlich nicht da ist. Was ist daran so schlimm?«

»Du weißt, wie ich darüber denke«, sagte sie und der Vorwurf in ihrer Stimme schnitt durch die Luft. »Ich will nicht, dass du dich mit diesem Jungen abgibst und noch weniger will ich, dass du mit seiner Familie – irgendwas unternimmst.«

David wusste nicht, was er sagen sollte. Er hatte seine Mutter noch nie so erlebt. Fast schien es, als würde sie jeden Moment die Beherrschung verlieren und auf ihn losgehen. Dann gab sie aber die Tür frei. David sah sie fragend an.

»Also darf ich doch gehen?«, fragte er unsicher.

»Ich will es nicht verbieten«, sagte sie, obwohl der Klang ihrer Stimme etwas anderes verhieß. »Du bist alt genug. Aber ich will, dass du weißt, dass ich das nicht billige.«

»Okay.« David machte einen Schritt auf die Tür zu.

»Eigentlich könnten wir doch auch etwas zusammen unternehmen, wenn du magst«, sagte seine Mutter plötzlich.

»Ähm – ich habe doch jetzt schon gesagt, dass ich mit Selma zum Sport gehe. Sie wartet.«

»Sie ist doch alt, worüber willst du dich denn mit ihr unterhalten«, lachte Hanne.

David schob den Gedanken, dass seine Mutter älter war und bei weitem weniger kommunikativ, schnell beiseite. Irgendwie hatte er Angst, dass er diesen Gedanken in einem unbedachten Augenblick laut aussprechen könnte. Er ging zur Tür und legte die Hand auf die Klinke.

»Es würde mich glücklich machen.« Seine Mutter lächelte ihn an.

»Mam!«

»Davi, es tut mir weh, wenn du mit dieser Frau ...«

»Mam!«, wiederholte sich David. Die Masche seiner Mutter verunsicherte ihn. Einerseits zeigte ihre Taktik Wirkung, andererseits wusste David, dass sie das gezielt einsetzte, damit er das tat, was sie wollte. Er schaute durch das kleine Butzenfester in der Tür. Selma stand auf der anderen Straßenseite und wartete.

»Bis nachher«, sagte er und zog die Tür auf. Ohne sich noch mal umzudrehen lief er raus.

65

»Guten Morgen großer Krieger.«

Merlin versuchte die Augen aufzumachen, konnte sich aber nur zu einem kurzen Blinzeln durchringen. Schnell versteckte er sein Gesicht in der Armbeuge und krächzte eine halbherzige Begrüßung zurück. Zumindest dachte er, dass es eine Begrüßung war.

»Ich hab uns schon Frühstück gemacht«, sagte Christian und aus seiner Stimme klang wie immer der unschlagbare Elan, den er unermüdlich an den Tag legte.

Merlin stöhnte. Kraftlos setzte er sich auf und saß eine Weile mit geschlossenen Augen da. »Hell«, sagte er, mehr fiel ihm nicht ein.

Christian lachte. »Also, ich habe Brötchen gekauft, auch welche mit diesen eklig grünen Körnern, die du so gern magst. Wurst habe ich leider nicht, aber Käse ist genug da, ich hoffe ...«

Merlin stöhnte wieder. Langsam kam der ziehende Schmerz durch den Nebel in seinem Kopf bei ihm an. Er drückte sich die Handflächen an die Schläfen, aber es half nicht wirklich.

»Oh«, machte Christian, »hast du Kopfschmerzen?«

Was für eine Frage, dachte Merlin. Aber außer einem Nicken brachte er nichts zustande. Wenn er an den gestrigen Abend dachte, wurde ihm übel. Sein Magen schien plötzlich ein Eigenleben zu bekommen und sich in seinem Bauch hin- und herzuwälzen.

»Vor dir steht Wasser und ich hab dir auch Aspirin hingelegt«, sagte Christian. »Komisch, ich hab keinen Kater.«

Vorsichtig öffnete Merlin die Augen und ließ die gleißende Helligkeit in sich hinein. Ganz langsam beugte er sich vor und nahm eine Tablette und das Wasserglas. Seine Bewegungen kamen ihm allesamt viel zu schnell vor. Dann spülte er die Aspirin mit dem ersten Schluck runter. Das Wasser schmeckte scheußlich süß.

»Ich hab eigentlich gedacht, wir könnten heute ein wenig durch die Stadt ziehen, ein paar Kneipen, lecker Kölsch. Ich hätte Lust mal wieder Billard zu spielen«, sagte Christian euphorisch. Dann dämpfte er seine Laune. »Aber wenn ich dich so sehe, habe ich Zweifel, dass du heute überhaupt irgendwo hingehen wirst.«

»Genau so fühl ich mich«, flüsterte Merlin. Seine Augen hatten sich mittlerweile einigermaßen an das Licht gewöhnt.

»Na ja, wir können ja mal warten, wie die Welt aussieht, wenn du erst mal geduscht hast und die Pille wirkt.«

Merlin grinste. »Hört sich fast an, als hätte ich Drogen geschmissen.«

»Immerhin weißt du ja nicht, was du genommen hast. Ich hätte dir doch genauso eine Todespille hinlegen können, du hättest sie gefressen.«

»Jedenfalls wären dann meine Probleme auf einen Schlag gelöst. Dass ich nicht schon vorher auf die Idee gekommen bin«, sagte Merlin und konnte ein Kichern nicht unterdrücken. Sein Kopf strafte ihn augenblicklich mit stechendem Schmerz.

»Wenn du willst, mache ich dir gern das Fenster auf«, scherzte Christian.

Merlin kniff die Augen zusammen und wartete, bis der Schmerz wieder nachließ. Ein makaberer Gedanke schob ihm das Bild seiner eigenen Leiche vor, wie er dort unten am Boden zerschmettert in seinem Blut lag. Erschrocken stellte er fest, dass er diese Art der Problemlösung tatsächlich kurz durchdachte. Er stöhnte.

»Merlin?«, fragte Christian.

Merlin deutete ihm, dass er jetzt gerade nicht antworten konnte und rieb sich die Stirn. Der Gedanke an einen Selbstmord hatte tatsächlich etwas Verlockendes. Nur, er würde das natürlich niemals in die Tat umsetzen.

»Was ein Schwachsinn«, murmelte Merlin und machte die Augen wieder auf. Das Licht kam ihm viel greller vor als zuvor.

»Was ist Schwachsinn?«, fragte Christian.

»Ich hab mir gerade mal kurz ernsthaft Gedanken über einen kleinen Selbstmord gemacht«, sagte Merlin und grinste frech.

»Jetzt drehst du aber ganz durch, oder?« Christian sah ihn mit aufgerissenen Augen an. Dann verzog sich sein Mund aber zu einem verschmitzten Lächeln. »Wenn du dein Leben nicht mehr willst, dann kannst du es doch mir schenken. Ich hab da zufällig noch eine Stelle für einen Lustsklaven frei.«

»Ja bestimmt«, sagte Merlin und kicherte wieder. »Das könnte dir so passen.«

»Siehst du, auch wenn du keinen Ausweg mehr siehst, andere wissen schon was mit dir anzufangen.«

»Bevor ich mich von dir ans Kreuz nageln lasse, schlafe ich lieber noch ein paar mal mit ...« Merlin brach ab. Peinlich berührt registrierte er, dass diese Aussage nicht nur gemein gegenüber Christian war, sondern auch absolut daneben. Vorsichtig erhob er sich und machte ein paar schwankende Schritte zur Tür. Als er sich noch mal umdrehte, saß Christian auf seinem Sessel und zog demonstrativ eine Schmolllippe.

»Ich wasch mir den Mund mit Seife aus«, sagte Merlin matt. »Versprochen.«

»Das ist aber auch das Mindeste.« Christian sah auf und zwinkerte ihm zu. Immerhin war er nicht ernsthaft beleidigt. So ganz genau konnte man das bei ihm nie vorhersehen.

Als er eine Viertelstunde später in einem wunderbaren Schaumbad saß, fühlte sich Merlin schon etwas besser. zumindest ließen die Kopfschmerzen langsam nach.

Es klopfte an der Badezimmertür.

»Ja?«, fragte Merlin.

»Darf ich reinkommen?«

»Klar.« Merlin schob den Schaum in Richtung Körpermitte.

»Ich dachte, du hast vielleicht doch Hunger«, sagte Christian, als er das Badezimmer betrat. In der Hand hatte er einen Teller mit Käsebrötchen.

»Das ändert aber nichts an meiner Entscheidung«, sagte Merlin entrüstet.

»Welche Entscheidung?«

»Na, dass ich nicht dein Sklave sein will.«

Christian lachte. »Nee, ist schon gut, ist ein Service des Hauses.« Er reichte ihm den Teller.

Merlin nahm an. Jetzt, da er das Essen sah, bekam er mit einem Mal unglaublichen Hunger. Er hatte gestern nicht wirklich was Vernünftiges gegessen. Wahrscheinlich lag darin auch die Ursache für seinen Kater.

»Danke«, sagte er, schüttelte ein wenig das Wasser von seiner linken Hand und biss gierig in eines der Brötchen.

Christian setzte sich auf den Toilettendeckel und sah ihm amüsiert zu. »Bist echt ein putziges Haustier«, lachte er.

»Wie kommst du denn jetzt darauf?«, nuschelte Merlin an seinem Essen vorbei.

»Na, man muss sich um dich kümmern, du brauchst Streicheleinheiten, man muss dich füttern und pflegen.«

»Arsch«, sagte Merlin. Er fand die Aussage von Christian zwar witzig, aber irgendwie rief sie auch sein Schamgefühl hervor. Wenn er es recht bedachte, hatte er außer der Mailfreundschaft nicht mehr viel mit Christian zu tun. Oft dachte er auch, dass es ganz gut so war. Der Kerl konnte einfach ziemlich nerven. Aber er war auch herzensgut. Und genau das nutzte Merlin gerade aus. Steckte in seinem Scherz vielleicht eine kleine Anspielung daraufhin?

»Mach dir keine Gedanken«, sagte Christian. »Du kannst zu mir kommen, wann immer du willst.«

»Warum machst du das?«, fragte Merlin plötzlich. »Ich meine, dir ist doch klar, dass du nicht das zurückbekommst, was du dir wünscht.«

»Ja«, antwortete Christian. »Das ist wohl wahr. Aber ...« Er brach ab und Merlin wollte nicht nachhaken, weil er Angst hatte, die Worte zu hören, die ihn so sehr unter Druck setzten.

»Bleib einfach noch ein wenig hier, okay?«, sagte Christian schließlich, erhob sich und ging zur Tür.

»Chris?«, fragte Merlin.

Christian drehte sich noch mal um.

»Danke.«

66

David stand im Hintergrund, während Selma mit dem Leiter der Sportline-Filiale abklärte, dass er lediglich zum Probetraining kam. Neugierig sah er sich um. Das Fitnesscenter war fast leer, lediglich vereinzelt mühten sich ein paar Frühaufsteher an den Geräten ab. Es roch nach frischem Schweiß und Desinfektionsmittel. Kurz dachte er an die Worte seiner Mutter bezüglich der Hygiene.

»Geht alles klar«, sagte Selma, die plötzlich wieder neben ihm stand. »Du kannst dir eine Woche überlegen, ob du dich anmeldest.« Sie flüsterte ihm zu. »Normalerweise kann man nur einmal zum Probetraining kommen, aber ich finde diese Regelung wirklich albern.«

»Warum?«, fragte Merlin.

»Na, wenn man nur einmal zum Testen herkommt, fällt es einem doch viel leichter, nicht mehr wiederzukommen. Hat man aber erst mal mit dem Training angefangen und ist von der Sache überzeugt, dann wird man wohl kaum wieder aufhören.« Sie zwinkerte ihm zu.

»Vielleicht wollen sie gar nicht, dass man herkommt, sondern nur, dass man angemeldet ist.«

Selma lachte laut auf. »Du bist ne Marke!«, sagte sie und schüttelte den Kopf. »Komm!«

Sie führte ihn zu den Umkleideräumen. Alles war mit Spiegeln und edel wirkendem Holz ausgekleidet. David war beeindruckt, wie nobel das Fitnesscenter wirkte.

»Du musst da rein.« Selma deutete auf die nächste Tür. »Wir treffen uns gleich wieder hier, okay?«

David nickte und schaute ihr hinterher, wie sie in der Damenumkleide verschwand. Dann ging er auf die Tür für die Herren zu. Einen Moment zögerte er, dann betrat er die Umkleide. Niemand hielt sich hier auf. Er stellte sich vor, wie er in Zukunft immer mit Merlin herkommen würde. Rasch setzte er sich auf eine der Bänke und zog sich um. Die Sportschuhe drückten ein wenig. Er hatte sie schon länger nicht mehr angehabt. Schließlich warf er seine Klamotten in einen Schrank und drückte die Türe zu. Wie war das noch mal? Unsicher nahm er seine Besucherkarte und rieb sie über das Magnetfeld. Eine rote Lampe leuchtete auf, der Schrank war abgeschlossen. Wirklich nobel, dachte David. Sicher kostete der Monatsbeitrag ein Vermögen.

Als er wieder rauskam wartete Selma bereits auf ihn. »Ich hoffe, du erwartetst nicht zu viel von mir. Ich bin nicht mehr die Jüngste«, sagte sie und lächelte ihn an. »Am Besten, du siehst das als eine Art Einführung. Nächste Woche kannst du dann mit Merlin richtig loslegen.« Sie zwinkerte.

David wurde rot. »Wie teuer ist das hier eigentlich?«, fragte er schnell, um abzulenken.

»Fünfunddreißig für Schüler«, sagte sie und drehte sich um. »Teste erst mal aus, ob es dir überhaupt gefällt.«

David folgte ihr. Fünfunddreißig Euro im Monat. Das war nicht schlecht. Seine Mutter jedenfalls würde ihn nicht unterstützen, so viel war nach heute Morgen jedenfalls klar. Aber im Grunde stand für ihn schon jetzt fest, dass er sich anmelden würde. Dann musste er sich halt eine Arbeit suchen, um den Beitrag selbst zu zahlen. Wenn er bedachte, wie oft Merlin hierher ging. Warum sollten sie die Zeit nicht gemeinsam nutzen?

»David?«

Er sah auf.

»Du träumst«, sagte Selma.

»Entschuldige.«

»Kein Problem«, entgegnete sie. »Was meinst du? Crosstrainer?«

David nickte, obwohl er noch nicht sehen konnte, worin der Unterschied zu den anderen Gerätschaften lag.

»Okay. Hier stellst du deine Füße rein. Halt dich aber fest.« Sie nahm seinen Arm und zog ihn zu sich ran.

Vorsichtig stellte David seinen Fuß in die dafür vorgesehene Vertiefung. Automatisch griffen seine Hände nach den Stangen, die sich links und rechts neben ihm befanden.

»Ja, genau«, sagte Selma. »Jetzt gibst du hier unter der Anzeigentafel noch deine Daten ein, wenn du willst. Mit den grünen Pfeiltasten regulierst du den Schwierigkeitsgrad. Das war's eigentlich schon.« Sie strahlte ihn an.

Langsam begann David zu trampeln, wobei die Stangen sich und seine Arme vor und zurück bewegten. Er lachte. Irgendwie kam er sich leicht dämlich vor. Vielleicht war er auf einem einfachen Laufband doch besser aufgehoben.

»Ach, du hast dir kein Handtuch mitgenommen, oder?«, fragte Selma noch.

David schüttelte den Kopf.

»Habe ich mir doch gedacht. Hier hast du eins.« Sie warf ihm ein Handtuch über den Nacken. »Sehen die hier nicht gern, wenn du ohne Handtuch irgendwo draufsteigst.«

»Danke.«

Dann stellte sie ihm noch eine Wasserflasche in die Flaschenhalterung. »Daran hast du sicher auch nicht gedacht.«

David wurde wieder rot. »Entschuldigung.«

»Ach, kein Problem. Was meinst du, wie oft ich Merlin daran erinnern muss.« Sie lachte und stieg endlich auf ihr Gerät. David beobachtete sie bewundernd. Wie schnell sie ihre Daten eintippte und dabei routiniert trampelte. Er selbst kam sich dagegen völlig ungelenk und steif vor.

»Deine Mutter hat was dagegen, wenn du mit Merlin zusammen bist, oder?«, fragte sie nach ein paar Minuten. Ihre Stimme war vollkommen ruhig, so als müsste sie sich kein bisschen anstrengen. David dagegen fühlte sich, als würde er jeden Moment von dem Ding runterfallen. Seine Beinmuskeln waren permanent angespannt. Krampfhaft hielt er sich an den Stangen fest.

»Ja«, presste er irgendwann heraus.

»Das dachte ich mir«, sagte Selma. »Ich glaube, sie würde alles, was darüber hinausgeht, auch nicht verstehen.« Nach einer Weile fügte sie an: »Schade.«

David sah sich um. Es war ihm unangenehm, hier in der Öffentlichkeit über so was zu reden. Aber weit und breit war niemand in Sicht, der ihnen zuhören konnte.

»Ich glaube – sie würde – ausflippen«, hechelte er.

»Das kann ich mir gut vorstellen.« Selma sah ihn mitleidig an. »Nicht, dass es für mich nicht auch irgendwie schwierig war, mich auf die Situation einzustellen und mich von meinen Träumen zu verabschieden ...« Sie sah wieder nach vorn. Vor ihnen lag die Kreuzung. In regelmäßigen Abständen hielten Autos vor den Ampeln und warteten, dass sie endlich weiterfahren durften.

David ließ sich von der Glasfront gefangen nehmen. Im Anschluss an die Kreuzung sah er die kleine Grünfläche mit der Bank, auf der er gesessen hatte, während Merlin hier oben trainiert hatte.

»Denkst du darüber nach, es ihr irgendwann zu sagen?«, fragte Selma plötzlich und riss ihn aus seinen Gedanken.

Automatisch wurde sein Tritt schneller. »Ich – ich weiß – nicht«, presste er hervor.

Selma nickte. »Sicher nicht so einfach, wenn man nicht weiß, was einen danach erwartet.«

»Ja«, sagte David knapp.

»Vielleicht ist es gar nicht so verkehrt, damit zu warten, bis du dir eine andere Sicherheit aufgebaut hast.«

David runzelte die Stirn. Das war genau das, worüber er heute morgen noch nachgedacht hatte.

»Ich meine«, erklärte Selma, »Merlin hat sicherlich seine Macken und manchmal verstehe ich ihn auch nicht. Aber er ist ein guter Junge.« Sie lachte auf. »Was rede ich hier eigentlich? Das sagt sicher jede Mutter von ihrem Kind!«

David grinste. »Aber – es stimmt«, sagte er atemlos. Langsam ließ er seinen Tritt ausklingen, während er sich weiterhin krampfhaft festhielt.

»Oh«, machte Selma. »Was ist?«

»Ich – ich kann – nicht mehr.« Verschämt stieg er von dem Gerät ab und blieb auf wackeligen Beinen daneben stehen.

»Ungewohnt, was?«

David nickte.

»Hast dich aber ganz tapfer geschlagen«, sagte Selma und grinste. »Du hättest mal Merlin sehen sollen, als er zum ersten Mal auf den Crosstrainer gestiegen ist.«

David lächelte matt. Wenigstens befand er sich in guter Gesellschaft.

Nach ein paar Minuten ging er zu einem der Laufbänder rüber und probierte da sein Glück. Das fiel ihm leichter, stellte er erleichtert fest.

67

Merlin aß die Käsebrötchen auf und krümelte sich dabei auf die nasse Brust. Irgenwie fand er es lustig, in der Badewanne zu sitzen und gleichzeitig zu essen. Er konnte sich nicht erinnern, so was schon mal gemacht zu haben. Entspannt legte er sich zurück. Die Ruhe vor dem Sturm musste er genießen. Und Sturm würde es geben, sobald er wieder zu Hause war. Allein die Fragen, die er seiner Mutter beantworten musste, weil er einfach so geflüchtet war, ohne ihr vorher etwas zu sagen. Immerhin konnte er sich noch halbwegs daran erinnern, dass sie gestern während des Telefonats ganz normal geklungen hatte. Fast schien es ihm, als hätte sie mit seinem Anruf gerechnet. Einen Moment dachte er darüber nach, ob sie nicht vielleicht viel mehr wusste – über ihn und Paolo. Was, wenn er ihr davon erzählte und sie lediglich nickte, weil sie schon längst dahintergestiegen war? Nein, das konnte sich Merlin nicht vorstellen. Das ging definitiv zu weit. Seine Mutter hatte zwar manchmal eine unheimliche Fähigkeit, Dinge vorauszuahnen und sie war auch unglaublich gut darin, anderen Menschen ihre Gefühle vom Gesicht abzulesen, aber dass sie auch das wissen könnte ... Nein, das konnte sich Merlin nicht vorstellen. Aber vielleicht war es genau das: Er konnte sich viele Sachen einfach nicht vorstellen, wohingegen seine Mutter geradezu mit allem zu rechnen schien.

Er lehnte sich über den Badewannenrand und stellte den leeren Brötchenteller auf den Fußboden. Mit dem letzten Bissen im Mund tauchte er unter. Auch das war etwas, was er noch nie gemacht hatte. Mit geschlossenen Augen und zugehaltener Nase lag er unter Wasser und kaute. Dumpf hörte er die Geräusche von außen durchs Wasser an seine Ohren dringen. Christian lief in der Küche auf und ab. Wahrscheinlich räumte er auf oder putzte. Über Wasser nahm man diese Geräusche gar nicht mehr richtig wahr, weil sie zu normal waren. Aber unter Wasser bekam alles einen anderen Klang. Da gab es nichts mehr anderes, auf das er sich konzentrieren konnte, nur das Gefühl des warmen Wassers, das ihn umgab und die ungewohnten Geräusche, die wie gedämpfte Schläge klangen.

Als er wieder auftauchte, schnappte er nach Luft. Auch so eine Sache, die er vollkommen unwirklich fand. Wieso konnte man nicht einfach bestimmen, dass man nicht mehr atmete? Wenn man las, dass jemand ins Wasser ging – wie diese eine Schriftstellerin damals in England – stellte man sich das immer so ruhig und besonnen vor. Aber am Ende kämpfte der Körper doch nach Sauerstoff.

Merlin wischte sich das Wasser aus dem Gesicht. Wie immer konnte er sich vor komischen Gedanken kaum retten. Dabei gab es genug andere Dinge über die er besser nachgrübeln sollte.

»Merlin?«, rief Christian. »Du lebst aber noch, oder?«

»Ja«, bestätigte Merlin und grinste. Christian wäre sicher eine wunderbare Mutter, dachte er. Dann seifte er sich endlich ein. Als er das Wasser schließlich abließ, war es bereits kalt. Um so besser fühlte sich der heiße Wasserstrahl an, den er sich über den Kopf prasseln ließ. Plötzlich dachte er daran, dass er jetzt gern mit David gemeinsam unter der Dusche stehen würde. Was David jetzt in diesem Moment wohl machte? Dunkel erinnerte er sich, dass seine Mutter gesagt hatte, dass er David blöde hatte stehen lassen und sie mit ihm dafür zum Sport gehen wollte. Das war typisch für seine Mutter. Immer sah sie die Fehler, die er machte, und versuchte sie wieder geradezurücken. Er grinste. Eigentlich hätte er damit rechnen müssen, dass seine Mutter sich sofort mit David verbündete. Sicherlich sah sie in ihm schon so was wie einen Schwiegersohn. Fakt aber war, dass sie sich wieder mal genau das ausgesucht hatte, wovon sie sich am meisten versprach. Jetzt hatte nicht nur sie einen potentiellen Begleiter für den Sportclub, sondern auch er. Und wenn er selbst letztlich nicht mit seiner Mutter gehen würde, so hatte sie doch dafür gesorgt, dass David und er etwas gemeinsam unternehmen konnten. Er stieg aus der Wanne und schnappte sich irgendein Handtuch, um sich abzutrocknen. Fast gleichzeitig klopfte es an der Tür.

»Merlin?«, fragte Christian und seine Stimme klang irgendwie so, als müsste er sich für etwas entschuldigen.

»Was hast du denn schon wieder?«, fragte Merlin und lachte.

Vorsichtig ging die Tür auf und Christian streckte den Kopf herein. »Tut mir leid«, sagte er und verzog das Gesicht. »Ich hab vergessen, dir ein frisches Handtuch hinzuhängen.«

»Oh«, machte Merlin. »Ich hab mir einfach eins genommen, ist das schlimm?«

»Das war meins«, sagte Christian. »Sorry.«

»Ich hab damit kein Problem, dann musst du dir jetzt ein anderes nehmen.« Merlin zitterte. »Kannst du jetzt die Tür wieder zumachen? Es ist kalt.«

»Was?«, rief Christian überrascht. »Wir haben Hochsommer!«

»Ist mir scheißegal«, sagte Merlin. »Mir ist kalt.«

Christian verschwand wieder und Merlin trocknete sich weiter ab. Plötzlich fragte er sich, was eigentlich damals dagegen gesprochen hatte, mit ihm etwas anzufangen. Christian war nett, sein Verhalten ließ meistens nicht darauf schließen, dass er schwul war, er sah nicht schlecht aus und er war ein paar Jahre älter als Merlin. Alles Vorzüge, die man nicht so ohne weiteres von der Hand weisen konnte. Vor allem, wenn man es mal von der praktischen Seite sehen wollte, hatte der Altersunterschied seine Vorteile. Christian hatte eine Wohnung, ein Auto und verdiente seine eigene Kohle. Natürlich war das nicht das Maß aller Dinge. Doch es hätte sicherlich einiges vereinfacht. Wenn er an David dachte, waren das eindeutige Pluspunkte. David war genauso alt wie er und hatte dementsprechend weder einen Führerschein noch eigenes Geld. Von einer eigenen Wohnung gar nicht zu reden. Dazu kamen dann noch die Probleme, die seine Eltern machten. Merlin empfand dieses Gedankenspiel mehr als unfair gegenüber David, aber er konnte sich nicht dagegen wehren. Wenn er damals mit Christian zusammengekommen wäre, wäre es über kurz oder lang eine logische Konsequenz gewesen, zu ihm zu ziehen. Dann würden sie jetzt gemeinsam hier wohnen und er bräuchte sich nicht über den anderen Mist Sorgen machen. Wahrscheinlich wäre er schon viel früher ausgezogen, aber spätestens nach Paolos ersten Zudringlichkeiten. Nein, er wäre garantiert schon früher bei Christian gelandet. Plötzlich wanderten seine Gedanken immer wieder an den Punkt in seiner Erinnerung, an dem alles angefangen hatte schiefzugehen. Hätte er Paolo wirklich widerstanden, wenn er mit Christian eine Beziehung gehabt hätte? Nein, er wäre sicher gar nicht erst mit seiner Mutter zusammen in dieses Haus gezogen. Aber das war keine Antwort auf die Frage. Unerbittlich drängte sie sich wieder auf. Noch mal versuchte Merlin das Gedankenspiel abzulenken, doch es klappte nicht. Die Antwort tat weh: Ja, er hätte Paolo nicht widerstehen können. Irgendwas ging von diesem Mann aus, das ihn wehrlos machte.

Endlich riss er sich von seinem Spiegelbild los. Mit einem Mal hatte er Angst vor sich selbst. Konnte er so überhaupt wieder nach Hause gehen? Mit dieser Erkenntnis war klar, dass er keine Chance hatte, oder? Er stürmte aus dem Badezimmer und rannte Christian um, der gerade aus der Küche kam.

»Hey!«, rief Christian. »Was ist denn mit dir los?«

»Hab meine Zahnbürste in der Tasche vergessen«, sagte Merlin.

Christian folgte ihm langsam. Zweifelnd sah er ihn an. »Du hast doch irgendwas, oder?«

Merlin schaute auf. Sein Gesicht brannte. »Was ist, wenn es einfach so weitergeht?«, fragte er unvermittelt. »Was, wenn ich einfach nicht stark genug bin, mich gegen Paolo durchzusetzen?«

»Wenn es nicht klappt, kommst du einfach zurück«, sagte Christian. »Oder du bleibst gleich hier.«

Merlin ließ sich auf die Couch fallen. Erst jetzt fiel ihm ein, dass er lediglich das nasse Handtuch um seine Hüften hatte.

»Aber wieso glaubst du, dass du dich nicht gegen Paolo wehren kannst?«, fragte Christian. »Ich meine, klar, er setzt dich ganz schön unter Druck, indem er von dir eine Entscheidung zwischen deiner Mutter und deinem Freund verlangt. Aber letztlich hast du doch das Ass im Ärmel, wenn du beiden die Wahrheit sagst.«

Merlin nickte kaum merklich. Bei David hatte er es schon hinter sich und es war gar nicht so schlimm gewesen, wie er vermutet hatte. Aber das hieß nicht, dass es bei seiner Mutter genauso laufen würde. Also, das mal ganz sicher nicht, dachte er.

»Würdest du es deiner Mutter sagen?«, fragte Merlin und kam sich jämmerlich vor.

Christian nickte. »Ja, ich denke schon. Vor allem, wenn ich zu meiner Mutter so ein Verhältnis hätte, wie du zu deiner.«

Merlin presste die Lippen aufeinander. Gut, damit war es wohl entschieden. Er wünschte sich so sehr, wieder in Davids Armen zu liegen und sich einfach wohl zu fühlen. Wenn die Erfüllung des Wunsches dieses Geständnis kostete, dann musste er den Preis wohl bezahlen.

»Warum hat es zwischen uns beiden eigentlich nicht geklappt?«, fragte Merlin schließlich matt.

»Ich weiß nicht«, sagte Christian.

Wieder dachte Merlin daran, wieviel einfacher er es jetzt hätte, wenn ... Aber so war es nun mal nicht gekommen. Irgendwas hatte ihn damals von Christian abgehalten. Und auch jetzt fühlte er eindeutig, dass es mit ihnen nicht klappen würde. Christian war ein guter Freund, David war seine Liebe.

»Billard?«, fragte Christian.

Merlin nickte.

68

David sah auf die Uhr, er war fast zwei Stunden mit Selma beim Sport gewesen. Jetzt stand er verschwitzt vor der Haustür und atmete tief durch. Er konnte sich das Theater, das seine Mutter gleich veranstalten würde, schon denken. Wieso nahm sie das nur so persönlich? Wenn sie sich mit Selma nicht verstand, dann war das doch nicht sein Problem, oder?

Leise schob er den Schlüssel ins Schloss und drückte die Tür auf. Wahrscheinlich konnte er sich die Mühe sparen. Wenn seine Mutter bereits auf ihn wartete, und das vermutete er stark, würde ihr nicht das noch so kleinste Geräusch entgehen. Doch als er wenige Augenblicke die Haustür von innen wieder schloss, keimte Hoffnung in ihm auf. Aus dem Wohnzimmer hörte er leise den Fernseher. Das schien ihm schon seltsam. Für normal sahen seine Eltern um diese Uhrzeit nicht fern. Eigentlich war jetzt eher die Zeit fürs Mittagessen. Aber dafür gab es keinerlei Anzeichen. Davids Brust verengte sich. Also würde er doch nicht um ein Gespräch mit seinen Eltern herumkommen. Seine Mutter würde sich auf ihn stürzen, sobald sie wusste, dass er wieder zurück war. Er schickte einen sehnsüchtigen Blick die Treppe hinauf. Unmöglich, da ungehört hinaufzukommen. Dafür war der Fernseher viel zu leise. Damit ihr auch nicht entging, wenn er wieder nach Hause kam. Er blieb einige Minuten in seinen verschwitzten Sportklamotten im Flur stehen und lauschte angestrengt. Aber seine Eltern schienen sich kein Stück zu rühren. Fast machte es den Eindruck, als wären sie überhaupt nicht da. Trügerisch. Kurz dachte er darüber nach, einfach wieder rauszuschleichen und rüberzugehen. Selma hätte sicher nichts dagegen. Sie hatte ihm allein auf dem kurzen Weg vom Fitnesscenter bis hier her sicher fünf Mal gesagt, dass er jederzeit willkommen war. Aber durfte er das Angebot auch wirklich so schnell einlösen? Selma war außergewöhnlich, ganz klar, aber sie war immer noch Merlins Mutter und irgendwie schien es David nicht richtig, sich mit ihr zu befreunden. Andererseits sah die Alternative alles andere als rosig aus. Vorsichtig schlich er wieder zur Tür zurück. Doch gerade als er die Hand auf die Klinke legte, hörte er Bewegungen im Wohnzimmer. Jemand stand auf. Schritte. Schnell drehte sich David um und tat so, als wäre er jetzt gerade erst reingekommen.

»David«, sagte seine Mutter überrascht. »Was schleichst du dich denn so hier rein?«

»Ähm – ich schleiche nicht«, sagte er, wusste aber sofort, wie kläglich diese Aussage in den Ohren seiner Mutter klingen musste. Da konnte er gleich behaupten, dass er überhaupt nicht draußen gewesen war.

»Gut«, sagte seine Mutter. »Dein Vater und ich, wir möchten gern mit dir reden.« Ihre Stimme klang bestimmt.

David wurde schlecht. Natürlich wollten sie mit ihm reden. Das war ihm doch schon längst klar. Aber so wie seine Mutter das aussprach, konnte er sich auf einiges gefasst machen. Sie wirkte so – kalt.

»Kann ich – kann ich vorher noch duschen?«, fragte er.

»Komm danach bitte runter«, sagte sie nur und verschwand wieder.

David beeilte sich, die Treppe hinaufzukommen. Als er in seinem Zimmer war, schloss er schnell die Tür und setzte sich zuerst auf sein Bett. Krampfhaft überlegte er, ob seine Mutter sich tatsächlich nur wegen dieser Geschichte mit Selma so aufregte. Oder war da noch mehr? Wusste sie etwas? Plötzlich fiel ihm ein, dass Merlin gestern angerufen hatte. Er hatte zuerst mit ihr gesprochen. Und er war nach eigener Aussage betrunken gewesen. David legte den Kopf in den Nacken und atmete tief ein und aus. Hatte er vielleicht etwas Falsches gesagt? Er konnte es sich nicht vorstellen. Das würde Merlin sicher nicht passieren, auch wenn er etwas getrunken hatte, oder? Wieder stellte David fest, wie wenig er diesen Jungen eigentlich kannte. Nicht mal eine Woche! Im Grunde war es ihm nach so kurzer Zeit unmöglich zu behaupten, dass Merlin sein Freund war. Trotzdem glaubte er ihn schon gut zu kennen. Erstaunlich.

Schwerfällig erhob er sich wieder. Seine Beine taten schon jetzt vom Sport weh. Nicht auszudenken, was er morgen für einen Muskelkater haben würde. Er zog sich aus und ließ die Sachen einfach auf den Boden fallen. Aufräumen konnte er später auch noch. Dann ging er mit Beinen wie aus Gummi ins Bad und stellte sich unter die Dusche. Das kalte Wasser hatte etwas Befreiendes. Ausgiebig seifte er sich ein und ließ sich anschließend noch länger berieseln.

Was war, wenn seine Eltern tatsächlich schon Bescheid wussten? Die Frage tauchte immer wieder in seinem Kopf auf. Er konnte sich einfach nicht vorstellen, dass es gleich bei der Aussprache nur um die Sportgeschichte von heute morgen gehen würde. Irgendwie gelangte er immer mehr zu der Überzeugung, dass sein Geheimnis aufgeflogen war. Seltsam schien ihm daran, dass er sich gar nicht so schlecht dabei fühlte – zumindest jetzt nicht, da er noch hier unter der Brause stehen konnte. Dann würde er gleich einfach runter gehen und sich das Theater seiner Eltern anhören. Wie Selma es ihm geraten hatte, würde er immer wieder völlig ruhig erklären, dass es ganz normal war und dass er sich nunmal in Merlin verliebt hatte, dass er aber trotzdem noch ihr Sohn blieb und noch der Gleiche wie zuvor war. Das ließ sich bestimmt einfacher denken als in die Tat umzusetzen, aber letztlich schien es ihm gar nicht mehr eine so große Last zu sein. Im Grunde machte es einen überaus vernünftigen Eindruck. Es war ein Stück weit wie ein Zahnarztbesuch: Vorher machte man sich ungeheuere Angst, indem man sich die schlimmsten Sachen vorstellte. Die Zeit auf dem Zahnarztstuhl dagegen verging wie im Flug. Die Spritze war nicht halb so schlimm, wie man es sich ausgemalt hatte, das Bohren merkte man gar nicht wirklich. Danach fühlte man sich aber wie ein neuer Mensch, weil man es geschafft hatte. Und jetzt gerade freute David sich auf diesen Moment, der nach dem Sturm kommen würde. Die Wogen würden sich irgendwann wieder glätten und das Wetter wieder verlässlicher werden. Besonders freute er sich auf den Augenblick, da er es Merlin sagen würde. Der würde sicher Augen machen, wenn David morgen mit den Neuigkeiten aufwartete. Auch wenn das noch lange nicht bedeutete, dass sie hier ungestört zusammen sein konnten, würde es für Merlin doch ein großes Zugeständnis sein. Er wäre ganz sicher kein Weichei mehr. Jemand, der seinen Eltern eine solche Wahrheit über sich erzählte, der hatte wohl eine der schlimmsten Prüfungen hinter sich, dachte David.

Er drehte das Wasser ab und rubbelte sich trocken. Als er in seinem Zimmer vor dem Spiegelschrank stand, musterte er sich. War das ein Junge, der seinen Eltern sagen konnte, dass er schwul war? Die Angst stieg wieder in ihm hoch. Plötzlich wurde er nervös. Fahrig zog er sich eine Hose und ein Shirt an. Bevor er sein Zimmer verließ, atmete er noch ein paar mal durch. Irgendwie befürchtete er, dass er für immer hier stehen bleiben würde. Also zählte er leise von Zehn runter und ging bei Null los. Die Stufen knarrten unter seinen Schritten. Jetzt war es auf jeden Fall zu spät, sie hatten ihn gehört. Viel zu schnell ging er die letzten Stufen runter. Der Türrahmen zum Wohnzimmer schwebte an ihm vorbei und plötzlich stand er vor seinen Eltern, die wie gestern Abend zusammen auf dem Sofa saßen. Diesmal wirkten sie allerdings alles andere als entspannt.

»Da bist du ja endlich«, sagte seine Mutter. »Setz dich bitte.«

Sein Vater schaltete den Fernseher ab. Das Knistern der Bildröhre vermittelte eindrucksvoll den Wechsel. Jetzt galt die Konzentration seiner Eltern allein ihm. Sie schauten ihn beide an. Sein Vater mit Sorgenfalten auf der Stirn, seine Mutter immer noch erbost.

»Deine Mutter macht sich sorgen«, fing sein Vater an und räusperte sich. Er machte eine lange Pause bevor er weitersprach. »Ich bekomme das ehrlich gesagt nicht so mit, aber sie ist der Meinung, dass du dich stark verändert hast, seit wir hier wohnen.«

David schluckte. Was sollte er darauf antworten? Er zuckte mit den Schultern. »Kann schon sein.«

»Das ist auch so«, sagte seine Mutter schneidend. »Ich erkenne dich kaum wieder.«

»Hanne, bitte.« Sein Vater bedeutete ihr, sich zurückzuhalten. Er richtete sich wieder an David. »Ich glaube, dass es vollkommen normal ist, dass man sich ab einem gewissen Alter verändert und weiterentwickelt. Ich finde es auch absolut normal, dass du eine Freundin hast, wie mir deine Mutter mitgeteilt hat, und deine ersten Erfahrungen sammelst.«

David wurde rot. Bis jetzt klang das alles nicht so, als wüssten sie etwas.

»Trotzdem macht sich deine Mutter sorgen, weil sie glaubt, dass du dich von diesem Nachbarsjungen beeinflussen lässt.«

David klappte der Mund auf. Eigentlich wollte er sofort protestieren, aber ihm fehlten die Worte.

»Ich habe dir jetzt mehrfach gesagt, dass ich diesen Merlin für keinen guten Umgang halte«, mischte sich seine Mutter wieder ein. »Es kommt mir einfach komisch vor, dass aus meinem lieben Jungen plötzlich jemand geworden ist, der mir widerspricht und mich regelrecht aus dem Zimmer wirft.« Sie schnappte nach Luft.

»Hanne«, sagte sein Vater ruhig.

»Nein, Ansgar, das muss gesagt werden!«, rief seine Mutter. Sofort richtete sie sich wieder an David. »Ich finde es seltsam, dass du mit dieser Frau zum Sport gehst, obwohl du weißt, dass ich dagegen bin. Überhaupt ist es nicht nachvollziehbar für mich, was du überhaupt bei diesen Leuten drüben willst. Hier ist dein Zuhause, David, nirgendwo sonst!«

David schüttelte völlig überfordert den Kopf. »Ja, natürlich«, sagte er. »Ich – ich weiß gar nicht, was das alles soll. Ich meine, ich kann mir doch meine Freunde selbst aussuchen, oder?«

»David, deine Mutter ist der Meinung, dass ...«

»Ansgar«, sagte Hanne, »lass nur.«

»Was denn?«, fragte David verwirrt.

»Sag mir bitte, Schatz, wer war wirklich bei dir auf dem Zimmer gestern?« Seine Mutter sah ihn bittend an. »Sag mir bitte die Wahrheit. Sag mir, dass es nicht diese Frau war!« Ihre Stimme klang panisch und hallte in Davids Kopf unangenehm nach.

»Bitte was?«, rief er plötzlich, als die Bedeutung der Worte bei ihm angekommen war. Mit einem Satz sprang er auf. Ein Lachen drang aus seiner Kehle, das keines war.

»Ich glaube die Geschichte mit diesem Mädchen nicht«, sagte seine Mutter.

»Und ich will wissen, was das heute morgen zu bedeuten hatte. Diese Frau kommt doch nicht einfach so vorbei und fragt, ob du mit in den Sportverein willst.«

»Es ist ein Fitnesscenter«, korrigierte David.

»Wie dem auch sei!« Seine Mutter schnippte energisch mit den Fingern in seine Richtung. »Setz dich bitte wieder.«

Fassungslos ließ sich David in den Sessel sinken.

»Ist da was dran?«, fragte sein Vater schließlich.

»Nein.« David sah seinen Eltern in die Augen. »Nein, da ist natürlich nichts dran. Wie kommt ihr nur auf so einen Mist?« Er spürte Wut in sich aufkochen.

»Wir machen uns Sorgen!«, rief seine Mutter. »Und du erzählst uns nichts! Was sollen wir denn deiner Meinung nach machen? Däumchen drehen und zusehen, wie dich dieser Homosexuelle verkorkst?«

David schnappte nach Luft.

Sein Vater legte seiner Mutter eine Hand aufs Bein, um sie wieder zu beruhigen.

»Deine Mutter glaubt, dass der Nachbarsjunge – schwul ist«, sagte sein Vater gefasst. »Das ist auch ein Grund, weshalb wir nicht möchten, dass du dich weiter mit ihm abgibst.«

David fühlte sich plötzlich so, als müsse er sich festhalten, um nicht an die Decke zu schweben. »Was ist denn so schlimm, wenn – wenn – wenn er – schwul ist?«, hörte er sich aus weiter Ferne fragen.

»Das fragst du noch?«, schrie seine Mutter. »Was daran schlimm ist?«

»Hanne!«, rief sein Vater.

»Ich fasse das einfach nicht«, sagte sie etwas gedämpfter. »Mein Sohn läd sich einen Homosexuellen nach Hause ein und fragt, was daran schlimm ist.«

»Also ich kann daran nichts Schlimmes finden«, hörte sich David mit fester Stimme sagen. Diesmal klang er wieder näher.

»Was soll das bedeuten?«, fragte sein Vater leise, während seine Mutter sich die Hände vor den Mund schlug und ihn aus weit aufgerissenen Augen anstarrte.

Jetzt war der Moment gekommen. Der Bohrer setzte auf den Zahnschmelz auf und durchbrach die erste Schicht.

»Ich – ich ...«, sagte David. Dann sprang er auf und rannte aus dem Wohnzimmer.

69

Selma stopfte ihre Sportsachen gleich in die Waschmaschine. Lustlos zog sie den Wäschekorb an sich heran und sortierte die Schmutzwäsche entsprechend, um die Maschine vollzumachen. Sie hörte unten den Fernseher laufen. Paolo sah sich mal wieder irgendwas unglaublich Dummes an. Der Krach nervte sie ungemein. Manchmal hatte sie das Gefühl, dass Paolo das extra machte. Wütend drückte sie die Kleidungsstücke durch das Bullauge. Seit Tagen grübelte sie jetzt schon darüber nach, was genau sie eigentlich an ihrem Freund störte. Warum war das anfängliche Feuer, weshalb sie sich überhaupt erst auf ihn eingelassen hatte, so plötzlich verschwunden? Sie seufzte resigniert. Wahrscheinlich war es das typische Problem mit der Zeit. Wenn man erst mal eine Weile mit jemanden zusammenlebte, wurde schnell alles zu – Routine. Irgendwie hatte sie das Gefühl gehabt, bei Paolo könnte das vielleicht anders sein. Aber mittlerweile war sie sich recht sicher, dass sie darauf nicht mehr hoffen konnte. Auf eine seltsame Art war sie sich bewusst, dass zwischen ihnen etwas nicht stimmte. Da passte etwas nicht. Doch immer wenn sie sich daranmachte, dieser Spur nachzugehen, wurden ihre Gedanken schwammig. Es schien, als entzögen sie sich der Wirklichkeit, sie blieben unfassbar. Das änderte aber nichts daran, dass sie sich letztlich wohl oder übel von ihm trennen musste, auch wenn sie ihre Entscheidung nicht wirklich begründen konnte. Sie hatte sich immer geschworen, auf ihr Gefühl zu hören. Und nun fragte sie sich ernsthaft, ob sie, was Paolo betraf, nicht schon zu lange ihr Gefühl überhört hatte. Fast zwang sich ihr schon der Verdacht auf, dass sie sich lediglich der Leidenschaft wegen auf ihn eingelassen hatte. Wenn sie ehrlich war, musste sie sich eingestehen, dass sie letztlich nur deswegen noch ausharrte. Die Hoffnung, dass sich noch mal etwas ändern würde in ihrem Sexleben, hielt sie hier. Sie war nicht mehr die Jüngste und irgendwie ließ die Furcht nicht locker, mit Paolo den letzten Zug zum Glück erwischt zu haben. Aber was war Glück am Ende? Sex? Sie lachte bitter auf. Unerfüllte Wünsche, das war der Ort, den dieser Zug zum Ziel hatte. Letztlich blieb nur eine Konsequenz: Abspringen und neu orientieren. Wenn das bedeutete, dass sie sexuelle Befriedigung nur in der Erinnerung fand, so hatte sie keine großen Veränderungen zu befürchten.

Selma bemerkte, dass sie untätig an der Waschmaschine lehnte. Mit einem tiefen Seufzer erhob sie sich, schloss das Bullauge und gab Waschmittel in das Gerät. Grinsend dachte sie darüber nach, dass sich der Durchschnittskerl wohl genau so eine Frau mit Liebeskummer vorstellte: Beim Wäschewaschen über die Liebe sinnierend. Letztlich waren sie doch alle Arschlöcher, dachte sie und startete die Maschine. Dann ging sie runter und blieb im Türrahmen zum Wohnzimmer stehen. Paolo starrte gebannt auf den Fernseher. Er sah wie ein großes Kind aus, so vollkommen ging er in dem, was er da verfolgte, auf. Im Grunde war es genau das Bild, das sie immer wieder zum Umdenken brachte. Er war ein Macho wie er im Buche stand. Er markierte gern den harten Kerl. Aber auf der anderen Seite zeigte er sich ihr so hilflos. Ja, im Grunde hatte sie immer das Gefühl, dass sie es ihm nicht antun konnte, die Beziehung zu beenden. Sie dachte an ihre eigenen Worte Merlin gegenüber: Man durfte nicht einfach so aufgeben. Liebe bedeutete letztlich immer Engagement – von beiden Seiten. Bis zu einem gewissen Grad verpflichtete man sich, den bisweilen geringeren Einsatz des anderen durch mehr eigene Aufwendung auszugleichen, klar. Aber was bedeutete es, wenn sich der andere Part gar nicht mehr für die Beziehung einsetzte? War das nicht letztlich die Einverständniserklärung zur Auflösung? Wenn sie es so bedachte, hatte Paolo diese Partnerschaft seinerseits beendet. Was hielt sie also davon ab, diesen Schritt zu akzeptieren und geltend zu machen?

»Paolo?«, fragte sie plötzlich und schrak vor ihrer eigenen Stimme zurück. Wollte sie das wirklich? Diese Frage schwirrte unablässig in ihrem Kopf herum.

»Ich schaue gerade fern«, antwortete er, ohne seinen Blick vom Bildschirm zu nehmen.

Resigniert dachte sie an die Zeit, da er nur Augen für sie gehabt hatte. »Vielleicht habe ich aber etwas zu sagen, das dich interessieren könnte – oder sollte.«

Augenblicklich erlosch der Fernseher und Paolos Augen taxierten sie. Der Blick hatte etwas Animalisches, durchfuhr es Selma. Irgendwie wurde sie das Gefühl nicht los, in die Opferrolle gedrängt zu werden.

»Worüber willst du mit mir reden?«, fragte er. Seine Stimme klang plötzlich vollkommen anders. Sanft und schutzbedürftig. Und mit einem Mal sah sie wieder das Kind in ihm.

»Ich wollte mit dir über unsere ...«

Es klingelte. Verdammt, dachte Selma, nicht ausgerechnet jetzt!

»Wer kann das sein?«, fragte Paolo überrascht.

Selma sah ihn noch einen Moment an. Sie glaubte Erleichterung in seinen Augen zu lesen. Die Störung kam ihm wohl ganz recht. Das verschaffte ihm Zeit. Aber konnte er wirklich schon etwas ahnen? Selma trennte sich schließlich von seinem Anblick und ging ohne ein weiteres Wort zur Tür. Noch bevor sie öffnete, wusste sie bereits, dass sie sich ab sofort über andere Probleme Gedanken machen musste. Kurz dachte sie an Merlin. Ja, da steckten auch irgendwo Probleme, aber ... Sie zog die Tür auf und sah in Davids panisches Gesicht.

»Komm rein!«, sagte sie und zerrte den Jungen über die Schwelle. »Sie müssen ja nicht unbedingt sehen, wo du bist, oder?«

»Das – das können sie sich denken«, sagte David.

»Willst du einen Tee?«, fragte sie und ging in die Küche. Wie erwartet, schüttelte David den Kopf. Selma grinste. Was hatten die Jungs eigentlich alle gegen Tee?

»Er wird dich beruhigen«, sagte sie und nickte ihm zu. »Und ich kann auch etwas Ruhe vertragen, glaub mir.«

»Schon wieder Besuch?«, fragte Paolo, der sich an David vorbei in die Küche schob.

»Ja«, sagte Selma und warf ihrem Freund einen warnenden Blick zu. »Ich habe David zum Tee eingeladen und er wird warten, bis Merlin zurück ist.«

David wollte widersprechen. Selma richtete drohend ihren Finger auf ihn und sagte: »Das wirst du!«

»Da wird sich Merlin sicher freuen«, warf Paolo hölzern ein. Seine Stimme klang wie eine Nagelpfeile die man sich durch die zusammengebissenen Zähne zog.

Selma sah ihn giftig an. Sie konnte nicht verstehen, weshalb sich Paolo dem Jungen gegenüber immer so abweisend verhielt. Eigentlich wollte sie etwas erwidern, wandte sich aber im letzten Moment doch noch mal David zu.

»Geh doch schon mal hoch in Merlins Zimmer und mach es dir gemütlich. Ich komme gleich nach, okay?«

David nickte und verschwand aus dem Rahmen der Küchentür. Selma wartete noch einen Moment, bis sie seine Schritte auf der Treppe hörte, dann stieß sie Paolo an.

»Was soll das eigentlich?«, fauchte sie. Am liebsten hätte sie ihn geschlagen.

Er sah sie mit großen Augen an und tat unschuldig. »Was denn?«

»Warum bist du so gemein zu dem Jungen?«, fragte sie. »Er hat es echt nicht leicht mit seinen Eltern und ich finde, dass wir ihn ruhig ein wenig unterstützen könnten. Immerhin ist er Merlins Freund.«

»Ach, ist er das?«

»Jetzt tu nicht so, als wüsstest du davon nichts!« Diese Dummheitsmasche regte sie unglaublich auf. Wieso machte er das?

»Was hast du gegen den Jungen?«, fragte Selma und drückte Paolo mit ihrem Blick gegen die Wand.

»Frag Merlin«, antwortete er leise.

»Bitte was?« Sie war sich nicht sicher, ob sie seine Worte richtig verstanden hatte. Irgendwie ergab das keinen Sinn.

»Ich sagte, dass ich nichts gegen den Jungen habe. Soll ich uns einen Tee machen?« Er streifte ihr über die Wange. »Ich glaube, dass wir in letzter Zeit nicht wirklich viel für uns getan haben, was?«

Plötzlich überzog ein wohliges Kribbeln ihre gesamte Haut. Hoffnung! Das alles funktionierte nur, weil sie noch Hoffnung hatte. Sie dachte an ihr Vorhaben, diese Beziehung zu beenden. Wollte sie sich wirklich noch mal auf ihn einlassen? Er hatte sie nicht mal zu Wort kommen lassen! Aber war das so schlimm, wenn er selbst nun die richtigen Worte sagte? Sie ergab sich ihren Wunschvorstellungen und umarmte ihn.

»Ja, mach uns deine Spezialmischung«, flüsterte sie und zitterte. »Und sei ein wenig nett zu David, okay?«

»Ich werde mir Mühe geben«, hauchte er in ihr Ohr.

70

David horchte noch einen Moment nach unten, bevor er Merlins Zimmer betrat. Es lag noch alles so, wie er es verlassen hatte. Augenblicklich wurde ihm kalt. Dieser Raum hatte plötzlich etwas Unheimliches an sich. Das Leben fehlte. Und die Tatsache, dass sich seit gestern nichts verändert hatte, verstärkte sein unbestimmtes Gefühl, dass Merlin nicht wieder zurückkommen würde. Er schloss die Tür hinter sich und versuchte, seine düsteren Gedanken abzuschütteln. Jetzt war er hier und würde diesem Zimmer Leben einhauchen und auf Merlin warten. Das hatte Selma gesagt, und Selma hatte immer recht, dachte er. Erschöpft ließ er sich auf das Bett fallen. Erst jetzt spürte er die Müdigkeit. Tief atmete er den Geruch der Bettwäsche ein, die nach Merlin roch und schloss die Augen. Am liebsten würde er für heute nicht mehr aufstehen, sondern einfach liegenbleiben. Aber irgendwann musste er auch wieder rüber in sein Zuhause. Bei dem Gedanken zog er die Stirn in Falten und spürte ein leichtes Wummern in seinen Schläfen. Musste er wirklich wieder zurück? Wie gern würde er einfach hier bleiben und mit Merlin für alle Zeiten in diesem Bett liegen. Aber Merlin war erstens nicht da und zweitens musste er selbst spätestens morgen früh rüber und seine Schulsachen holen bevor er zur Schule ging. David drehte genervt den Kopf auf die andere Seite. Warum machte man sich all diese schwachsinnigen Gedanken, wenn sie einen doch eh nicht weiterbrachten? Immer wieder ließ man sich dazu hinreißen, bestimmte Situationen nicht einfach zu genießen, sondern sie mit dem Gedanken an ein baldiges Ende zu verderben. Die Idee, dass ein Moment für immer verweilen sollte, gehörte ganz sicher dazu. Genau in dem Augenblick, da man sich ein Immer wünschte, setzte man dem gerade Erlebten ein Ende, oder wurde sich diesem Ende viel mehr bewusst. Die Zeit, die man vor dem erwarteten oder nach dem erlebten Moment verbrachte, wurde so unweigerlich zum Hauptbestandteil. Letztlich war es genau so. Die schönen Zeiten vergingen rasend schnell und die ätzenden dehnten sich bis zur Unerträglichkeit aus. David nahm sich vor, den Augenblick, in dem Merlin hereinkommen und sich zu ihm legen würde, ganz bewusst zu genießen, ohne dabei an seine Eltern oder die Schule oder sonst was zu denken. Bis dahin blieb ihm allerdings nichts anderes, als zu warten und aus dem Fenster in den dunklen Himmel zu schauen. Er seufzte.

Hinter ihm ging die Tür leise auf. Er hörte vorsichtige Schritte. Dann sackte die Matratze neben ihm ein Stück nach unten und eine Hand legte sich auf seinen Kopf, um durch sein Haar zu streicheln.

»Da bin ich ja mit meinen Ratschlägen gerade noch rechtzeitig gewesen, was?«, sagte Selma in Flüsterstimme.

»Ja«, antwortete David. Die Aufregung schoss wieder in ihm hoch, als er an die Szene ihm Wohnzimmer dachte. Die weit aufgerissenen Augen seiner Mutter sahen ihm von den Innenseiten seiner Lider entgegen.

»Willst du drüber sprechen, oder soll ich dich allein lassen?« Sie zog ihre Hand zurück.

David schwieg eine Weile. Er wusste nicht, ob er wirklich über die Sache reden wollte. Aber wenn nicht Selma, wem sollte er es sonst sagen? Er drehte sich um und sah sie an.

»Sie verstehen es nicht«, sagte er. »Und sie werden es nie verstehen, weil sie einfach – zu alt sind.«

Selma lächelte. »Das hat damit nichts zu tun. Ich bin auch nicht viel jünger.«

»Aber bei dir ist das was anderes.« Wieder ertappte David sich bei dem Wunsch, lieber Selmas Sohn zu sein.

»Ich glaube, jede Mutter wünscht sich für ihren Sohn, dass er nicht schwul ist«, sagte sie sanft. »Wenn ich ehrlich bin, kann ich mich da nicht ausschließen.«

David machte große Augen.

»Ja was?«, fragte sie und lachte. »Glaubst du etwa, dass ich damals gehofft habe, Merlin würde mal auf Jungs stehen?« Sie schüttelte den Kopf. »Nein. Da bin ich wohl wie alle anderen Mütter. Ich habe mir auch so meine Gedanken gemacht und Luftschlösser gebaut. Weißt du, irgendwie will man doch wissen, dass die Familie weitergeführt wird. Enkelkinder gehören einfach dazu. Und dann wünscht man sich eine nette Frau an die Seite seines Sohnes, mit der man sich gut versteht, mit der man reden kann und einkaufen gehen und all sowas. Man denkt an die Hochzeit und was weiß ich noch ...«

In ihrem Blick spiegelte sich plötzlich all die Trauer über diese verpassten Möglichkeiten. Davids Brust wurde eng. Niemals hätte er gedacht, dass Selma – dass sie so normal sein könnte.

»Der einzige Unterschied zu anderen Müttern ist wahrscheinlich, dass ich offener bin und Dinge so nehme, wie sie kommen. Ich muss nichts verbiegen, damit es für mich passt.« Sie grinste. »Ich habe schon früh bemerkt, dass Merlin anders ist. Ich hatte Zeit, mich von all den Mutterwünschen zu verabschieden. Und ich bin mir sicher, dass auch deine Mutter es schon gewusst hat.«

David sah sie verwirrt an. »Nein«, sagte er. »Bestimmt nicht.«

»Doch«, widersprach Selma. »Sie wollte es nur nicht wahrhaben, weil sie eben nicht von ihren Träumen lassen wollte. Kinder werden einem geschenkt, man kann sie sich nicht aussuchen. Sie haben ihr eigenes Schicksal, das wir Mütter nicht unbegrenzt beeinflussen können. Und wenn manche es doch versuchen, kommt meist noch etwas Schlimmeres dabei raus.«

David dachte über Selmas Worte nach. Irgendwie war es ihm unangenehm, aber er musste sich eingestehen, dass es genügend Situationen in seinem Leben gegeben hatte, an denen man es hätte merken können. Seltsamerweise hatten seine Eltern diese immer übersehen. Verdammt, er hatte sich als Kind gern die Kleider seiner Mutter angezogen und war damit durchs Haus spaziert. Plötzlich musste er lachen. Selma sah ihn überrascht an.

»Nichts«, sagte er, als hätte sie ihn gefragt, ob er etwas gesagt hatte. Dann war er unvermittelt wieder ernst. Das Lachen brannte ihm noch im Hals, als hätte er Säure geschluckt.

»Ich möchte einfach nur, dass du verstehst, dass es noch eine andere Seite gibt, als deine.« Selma sah ihn liebevoll an und streichelte ihm über die Wange. »Es ist nicht nur für dich schwierig, sondern auch für deine Eltern. Vielleicht bin ich manchmal ein wenig zu – ruppig, wenn es darum geht, dass Eltern ihre Kinder nicht so nehmen, wie sie nun mal sind.« Sie blinzelte. »Im Gegensatz zu dir hatten sie schon ein wenig Zeit, Erfahrungen zu sammeln und sich auf das Leben vorzubereiten. Trotzdem sind sie letztlich auch nur Menschen mit Gefühlen. Und Enttäuschungen tun eben weh, egal wie alt man ist.« Jetzt rann Selma eine Träne die Wange hinunter und sie drehte den Kopf weg.

David richtete sich ein wenig auf. Mühsam hielt er die eigenen Tränen zurück. Das wäre dann doch ein wenig zu viel, wenn er jetzt losflennen und sie sich am Ende noch beide in den Armen liegen würden, um sich gegenseitig Trost zu spenden. Aber war das wirklich so verkehrt? Vorsichtig legte er seine Hand auf ihre Schulter.

»Ich bin froh, dass Merlin dich hat«, sagte sie und legte ihre Hand auf seine. »Irgendwann will man als Mutter nur, dass das Kind glücklich wird. Und ich weiß, dass er das mit dir sein kann.«

David schluckte. »Was macht dich da so sicher?«, fragte er leise. Seine Stimme klang brüchig.

»Sicher kann man sich nie sein.« Sie wischte sich über die Augen und grinste ihn wieder an. »Aber ich täusche mich nur sehr selten. Und das auch nur, wenn es um meine eigenen Partner geht.« Sie zwinkerte ihm zu, aber ihre Augen verrieten, dass sie es ernst meinte. Dann stand sie auf. »Du siehst müde aus.«

»Ja, aber ich habe eigentlich genug geschlafen.«

»Das weiß dein Körper am Besten – oder dein Geist.« Sie hielt einen Moment inne, dann fragte sie: »Glaubst du, deine Eltern werden damit klarkommen?«

David zuckte mit den Schultern. »Ich weiß nicht«, sagte er matt.

»Du hast mir jetzt gar nichts erzählt«, stellte Selma fest.

»Ja.« Er zog seine Mundwinkel zu einem Lächeln auseinander. Aber im Grunde fühlte er sich nicht danach. »Ich – ich habe es nicht – freiwillig gesagt.«

Selma nickte. »Das habe ich mir gedacht.«

»Weil ich ein Schwächling bin?«

»Nein.« Sie lachte. »Weil du hier Asyl suchst. Wenn du dich richtig vorbereitet hättest, wärst du sicher nicht so überstürzt davongelaufen.«

»Ich hab's echt verbockt«, gestand David. »Eigentlich habe ich mir gedacht, dass ich es ihnen ganz normal sagen könnte. Aber – die sind komplett durchgeknallt.« Erstaunt registrierte er die Wut in seiner Stimme.

Selma sah ihn fragend an.

»Meine Mutter ist vollkommen verrückt«, erklärte David. »Sie hat ein

Kondom von Merlin gefunden und ...«

»Ach«, machte Selma und grinste verschmitzt. »Ich dachte, ihr hättet noch nicht.«

David wurde rot. »Haben wir auch nicht«, sagte er schnell, schwenkte wieder um und erzählte die Geschichte.

Am Ende sah Selma ihn mit kreisrunden Augen an. »Sie hat wirklich geglaubt, dass wir zwei ...« Sie zeigte auf ihn und dann auf sich und lachte los.

»Ich sag doch, dass meine Eltern voll daneben sind«, bestätigte David und legte sich wieder zurück. »Und solchen Menschen muss ich erklären, dass ich schwul bin!«

»Ich kann dazu nichts mehr sagen.« Selma schüttelte den Kopf. »Nicht heute.« Sie ging zur Tür und wollte gerade das Zimmer verlassen, als David sie zurück hielt.

»Selma?«

Sie drehte sich noch mal zu ihm um.

»Das Schlimmste ist, ich habe es ihnen nicht mal wirklich gesagt. Ich habe nicht mal geschafft, es auszusprechen.«

71

Draußen fing es bereits an zu dämmern. Merlin sah auf die Uhr und seufzte. Ja, er würde langsam los müssen.

»Und du bist dir sicher, dass du nicht noch bleiben willst?«, fragte Christian.

Merlin wurde das Gefühl nicht los, dass Christian ihn noch hier dabehalten wollte. Aber der Drang, endlich wieder nach Hause zu kommen und David zu sehen, wurde immer größer.

»Ja«, sagte er. »Ich muss mich der Sache endlich stellen.«

Christian machte ein zweifelndes Gesicht. »Wirst du das?«

Merlin sah zu Boden. Schließlich machte er die Augen ganz zu. Genau darin lag sein Problem. Er bezweifelte selbst, dass er die Kraft haben würde, seiner Mutter die Wahrheit zu sagen. Letztlich hatte Christian wahrscheinlich recht und es war besser, wenn er gleich hier bei ihm blieb. Doch wie sollte er das dann seiner Mutter erklären, und David? Ganz davon abgesehen, dass Paolo diesen Schritt sicher nicht gelten lassen würde.

»Ich weiß es nicht«, gab Merlin schließlich zu. »Aber ich werde es versuchen. Ich muss.«

»Okay.« Christian sah ihn traurig an. »Also – ich sag es mal so – du kannst jederzeit herkommen.«

»Danke.« Merlin freute sich wirklich über das Angebot, aber er wusste schon jetzt, dass er es niemals annehmen würde. Wenn alles schiefging, musste er sehen, wie er mit der Sache klarkam. Oder würde er vielleicht doch zu Christian ziehen? Nein, das konnte er sich nicht vorstellen. Er dachte an David. Egal was auch passierte, er musste mit David zusammenbleiben.

»Merlin!«

»Ja?« Merlin sah überrascht auf.

»Mensch, du bist ja richtig weggetreten.« Christian lachte. »Wann willst du zurück?«

Merlin schaute wieder aus dem Fenster, dann auf die Uhr. »Es ist schon spät«, sagte er und sah Christian mit einem fragenden Ausdruck an.

»Ja, mache ich«, sagte Christian und hob die Hände. »Kein Problem.«

Merlin atmete erleichtert auf und lächelte dankbar. »Bist ein Schatz«, sagte er, obwohl er diesen Ausspruch hasste. Christian setzte ihn zu oft ein. Aber in Anbetracht der Lage konnte man ruhig mal das ein oder andere Zugeständnis machen.

Christian lachte. »Dann komm!«

Zehn Minuten später saßen sie im Auto unterwegs nach Neuss.

»Eigentlich ist es ja eine Schande, überhaupt in Richtung Düsseldorf fahren zu müssen«, sagte Christian plötzlich und zwinkerte ihm zu.

Merlin schaute ihn verwirrt an. »Warum?«

Christian verdrehte die Augen. »Schon gut, schlaf weiter.«

Erst jetzt fiel Merlin die ewige Fehde zwischen Düsseldorf und Köln ein. Er lächelte. Christian wollte ihn wohl auf andere Gedanken bringen. Doch in seinem Kopf war momentan nur Platz für das bevorstehende Gespräch mit seiner Mutter und natürlich David. Er überlegte, ob er heute noch zu ihm rübergehen konnte, ohne dass er gleich wieder seine Eltern aufrüttelte. Wahrscheinlich nicht – oder ganz bestimmt nicht. Also sahen seine Aussichten für den heutigen Abend ziemlich schlecht aus.

»Sag bloß, du hättest mich nicht nach Hause gefahren, wenn ich in Düsseldorf wohnen würde«, ging Merlin schließlich doch auf die Ablenkung ein.

»Natürlich nicht«, sagte Christian und lachte. »Ich glaube, dann würde ich gar nicht erst mit dir befreundet sein.

Merlin sah ihn prüfend an. Irgendwie konnte er sich nicht überzeugen, dass der offensichtliche Spaß nicht doch einen ernsten Kern hatte.

»Ist das nicht ziemlich albern?«, fragte Merlin nach kurzem Überlegen.

»Bitte?«, rief Christian aufgebracht. »Langsam bekomm ich aber echt das Gefühl, dass du mir zu nah an dem Dorf wohnst!«

Merlin lachte. »Köln ist auch nicht gerade schön«, sagte er und wusste, dass er damit Christians Lokalpatriotismus nur noch mehr anstachelte.

»Pass mal auf«, fing Christian an, »wenn du noch mal ...« Er brach ab, um nur noch energischer zu sagen: »Ach, was rede ich überhaupt noch mit dir!«

Merlin kicherte. Nach einer Weile stellte er aber fest, dass Christian wirklich nichts mehr sagte und hing wieder seinen Gedanken nach.

Als sie schließlich von der Autobahn abfuhren, sagte Christian: »Gleich sind wir da, noch hast du die Gelegenheit, wieder mitzukommen.«

»Chris!«, sagte Merlin und bemerkte, dass er wirklich sauer klang. Er korrigierte seinen Ton und sagte sanft: »Das macht es mir nicht einfacher. Es ist gut zu wissen, dass ich zu dir kann, wenn nichts mehr geht. Aber das ändert nichts daran, dass ich es klären muss.«

Christian nickte und lenkte den Wagen in Merlins Straße. Als sie vor dem Haus hielten, sah er ihn lange an.

»Was ist?«, fragte Merlin schließlich unsicher.

»Es hätte mit uns nicht geklappt, weil wir zu verschieden sind«, sagte Christian plötzlich. »Ich glaube, wir würden uns andauernd wegen Kleinigkeiten streiten.«

Merlin schmunzelte. »Vielleicht bist du mir auch einfach zu alt, wie wärs damit?«

»Und du mir zu dumm«, antwortete Christian und deutete einen Schlag an.

»Kölner!«

»Neusser, beinahe Düsseldorfer!«

Merlin stieg aus und beugte sich noch mal zur Tür hinein. »Trotzdem Danke«, sagte er. »Und wegen der anderen Sache: Du hast recht.«

Christian nickte. »Ruf an, oder schreib mir, okay?«

»Ja«, sagte Merlin. Dann schlug er die Wagentür zu und drehte sich um. Mittlerweise war es ganz dunkel. Dennoch brannte im Haus kein Licht. Verstohlen warf er einen Blick auf die gegenüberliegende Seite. Auch da lag alles im Dunkeln. Plötzlich musste er an einen dieser verrückten Zombiefilme denken. Da stand er ganz allein auf der Straße und der letzte lebende Mensch fuhr soeben fort. Eine seltsame Vorstellung. Aber letztlich fühlte er sich genau so. Noch mal sah er zu Davids Zimmer rauf. Alles dunkel. Nicht der Schimmer einer Lampe war zu sehen. Ob er wirklich schon schlief? Einerseits mussten sie morgen früh in die Schule, andererseits konnte sich Merlin nicht vorstellen, dass man in dem Alter schon so früh ins Bett ging. Es sei denn, es ging einem nicht gut. Mit einem schlechten Gewissen wandte er sich ab und ging zur Haustür. Vorsichtig schob er den Schlüssel ins Schloss und betrat sein Zuhause. Aus dem Wohnzimmer hörte er die dumpfen Geräusche eines Fernsehers. Leise schlich er sich zur Wohnzimmertür, die wie immer lediglich angelehnt war. Ganz langsam näherte er sich dem Türrahmen und spähte um die Ecke. Paolo saß allein auf der Couch. Merlin wusste nicht, was er davon halten sollte. Für normal saßen er und seine Mutter abends immer gemeinsam vor dem Fernseher. Plötzlich richtete Paolo seine Augen direkt auf ihn. Merlin erschrak und wich zurück. Aber es war zu spät. Er wusste, dass Paolo ihn gesehen hatte. Trotzdem blieb er einen Augenblick reglos stehen und schloss die Augen. Im Moment hatte er absolut keine Lust, sich mit Paolo rumzuschlagen. Sicher wollte er schon eine Entscheidung von ihm hören. Aber es half alles nichts. Er hatte ihn gesehen und würde ihn so oder so herausfordern. Warum war er nicht gleich hochgeschlichen? Verdammt, dachte Merlin. Dann trat er ins Wohnzimmer. Paolo hatte seine Augen immer noch auf den Türspalt gerichtet. Jetzt lächelte er wissend.

»Einen schönen guten Abend«, sagte er und zwinkerte ihm gönnerisch zu.

»Hallo Paolo«, sagte Merlin steif.

»Willst du dich nicht einen Moment neben mich setzen? Selma ist schon zu Bett, ich glaube, sie fühlt sich nicht so.«

»Eigentlich bin ich auch müde«, log Merlin. »Ich war heute den ganzen Tag unterwegs und habe Kopfschmerzen.«

»Oh, das ist aber schade.« Paolo zog eine Grimasse des Bedauerns. »Dabei hatte ich mich schon so auf ein Gespräch mit dir gefreut.«

Merlin schluckte. »Hat das nicht noch Zeit bis morgen?« Wenn er sich jetzt mit Paolo einigen musste, würde das seine ganzen Pläne über den Haufen werfen. Natürlich könnte er ihn anlügen. Aber irgendwie fürchtete er, dass Paolo das durchschauen würde..

»Kein Problem«, sagte Paolo unerwartet. »Du wolltest ja eh ein Wochenende Zeit haben, und das ist ja noch nicht zu Ende.«

Merlin beobachtete den Freund seiner Mutter misstrauisch. Meinte er das tatsächlich ernst? Sicher war da doch irgendwo ein Haken bei. Wahrscheinlich würde er um punkt null Uhr bei ihm vor dem Bett stehen und von ihm hören wollen, dass er sich gleich bei Schulbeginn wieder von David trennte.

»Wir können uns morgen unterhalten, wenn ich von der Arbeit komme«, sagte Paolo und zerstreute Merlins letzte Bedenken.

Zaghaft nickte Merlin. Er konnte es kaum glauben. Langsam schob er sich aus dem Wohnzimmer raus und stieg die Treppe hoch. Die Tür zum Schlafzimmer seiner Mutter war geschlossen. Leise ging Merlin hin und öffnete sie, um einen Blick hineinzuwerfen.

»Hallo Lin«, sagte seine Mutter schläfrig.

»Hi Ma«, antwortete Merlin. »Ich wollte nur gucken ...«

»Ich bin müde.«

»Okay.« Merlin wollte die Tür gerade wieder schließen, als sie noch was sagte.

»Mach keinen Krach, wenn du ins Bett gehst.«

Merlin runzelte die Stirn. »Okay«, sagte er und zog die Schlafzimmertür wieder zu. Irgendwie hatte er schon fast erwartet, dass Paolo es seiner Mutter bereits gesagt hatte. Es kam ihm alles so seltsam unstimmig vor. Paolo allein unten, seine Mutter schon im Bett, die Tür zum Schlafzimmer geschlossen, er sollte keinen Krach machen. Irritiert schüttelte er den Kopf. Dann ging er in sein Zimmer und schaltete das Licht ein. Wie immer ließ er seine Tasche achtlos auf den Boden fallen, als sich plötzlich etwas in seinem Bett regte. David!

72

»Hallo«, sagte David und setzte sich schnell auf. Sofort sah er auf den Wecker und fuhr zusammen. Er hatte wirklich geschlafen!

»Hallo.« Merlin grinste. Seine Augen strahlten vor Freude und David schob seine Befürchtungen beiseite, dass er hier womöglich gar nicht willkommen war. Dennoch kam er sich ein wenig fehl am Platz vor.

»Was machst du denn hier?«, fragte Merlin.

»Schlafen?«, sagte David und lächelte matt. »Ich hab auf dich gewartet.«

»Wenn ich das gewusst hätte, wäre ich schon früher gekommen.« Merlin zog seine Schuhe aus und trat sie vor den Kleiderschrank. »Hatte meine Mutter die Idee?«

»Nein«, sagte David. Plötzlich spürte er wieder das Pieken in sich, das ihn dazu drängte, Fragen zu stellen. »Wie war es bei ...« Ihm fiel der Name nicht mehr ein.

»Chris?« Merlin zögerte kurz. »Ganz nett«, sagte er schließlich. »Wir haben viel geredet und auch – ein wenig getrunken.«

»Meine Mutter kann es nicht leiden, wenn jemand betrunken ist«, sagte David und fühlte sich augenblicklich schlecht. Wieso hatte er das jetzt gesagt? Es klang natürlich wie ein Vorwurf, obwohl er doch eigentlich eher die Ansichten seiner Mutter albern fand, als die Tatsache, dass Merlin Alkohol getrunken hatte. Die Worte waren ihm aber einfach so herausgerutscht.

»Es tut mir leid, wenn ich ...«

»Ach«, machte David schnell und winkte ab. »Ich weiß auch nicht, ich bin irgendwie ...« Ihm fiel kein passendes Wort ein. »Keine Ahnung.«

Merlin grinste. »Darf ich zu dir ins Bett?«

»Ja, ist doch deins.«

»Ich frage trotzdem lieber«, sagte Merlin und zog sein Shirt aus. Dann knöpfte er seine Jeans auf und ließ sie runterrutschen. David beobachtete ihn.

»Ich fand es schön, dass du angerufen hast«, sagte David nach einer Weile. Merlin stand in Unterhose vor dem Bett und grinste ihn an.

»Gut«, sagte er und sein Grinsen wurde noch frecher. »Ich bin gleich wieder da.« Dann ging er aus dem Zimmer.

David legte sich wieder zurück und starrte an die Decke. Er war glücklich, dass Merlin endlich bei ihm war, aber es gab auch tausend Dinge, die ihn beschäftigten. Vor allem spürte er die ungewollte Eifersucht auf diesen Christian. Warum war er auf jemanden eifersüchtig, mit dem Merlin nach eigener Aussage nichts anfangen konnte? Dagegen ließ ihn die Sache mit Paolo fast kalt. Irgendwie waren da doch die Verhältnismäßigkeiten verkehrt, dachte er. Aber vielleicht lag es daran, dass er die Gefahr, die von Paolo ausging, kannte. Der Fremde namens Christian dagegen war ihm unbekannt. Letztlich war es doch immer das Ungewisse, wovor man am meisten Angst hatte.

Er hörte nebenan das Wasser rauschen und drehte sich zur anderen Seite. Sein Blick fiel aus dem Fenster. Im gegenüberliegenden Haus brannte Licht. In seinem Zimmer! Erschrocken fuhr er auf. Für einen Moment war ihm, als hätte er eine Silhouette gesehen. Das Blut schoss ihm in den Kopf. Verdammt! Wenn seine Mutter nun in seinem Zimmer war? David sprang aus dem Bett und lief zur Tür, um das Deckenlicht auszuschalten. Was für eine dumme Frage, dachte er sich, natürlich war es seine Mutter, die in seinem Zimmer spionierte. Er konnte nur hoffen, dass sie nicht rübergeschaut hatte. Obwohl, im Grunde konnte er auch diese Hoffnung begraben, schließlich war ihr klar, dass er sich hier drüben aufhielt. Und wenn schon mal das Licht auf der anderen Straßenseite brannte, dann konnte man auch einen Blick riskieren. Das war sozusagen Automatik.

Er stand im Dunklen und starrte gebannt durchs Fenster rüber. Im Grunde konnte es ihm egal sein, ob sie ihn beobachteten, weil sie es doch eh schon wussten, auch wenn er es nicht wirklich gesagt hatte. Aber letztlich war es schon was anderes, ob jemand etwas wusste oder es auch mit eigenen Augen sah. Als die Silhouette wieder auftauchte, erkannte er seine Mutter – und sie schien tatsächlich zu ihm rüberzusehen. David spürte, wie ihm der Schweiß ausbrach.

Neben ihm ging plötzlich die Tür auf und Merlin kam herein.

»Hey, was stehst du denn hier?«, fragte er. »Willst mich wohl erschrecken.« Seine Hand griff automatisch zum Lichtschalter, aber David fing sie vorher ab.

»Lass es aus!«, sagte er und zog Merlin zum Bett.

»Baah, bist du aber stürmisch heute«, scherzte Merlin, während sie sich hinlegten. »Ich bin doch noch gar nicht fertig.«

»Wie?«, fragte David.

»Na, ich bin doch noch angezogen, und du auch.«

David stutzte. Es dauerte ein paar Sekunden, bis er die Anspielung verstand. Sie hatten beide lediglich ihre Unterhosen an. Aber bei dem Gedanken, dass sie sich jetzt vollkommen nackt ins Bett legten, während seine Mutter von der anderen Seite versuchte, irgendwas zu erkennen, wurde ihm ganz anders. Unsicher warf er wieder einen Blick zum Fenster. Das Licht in seinem Zimmer war erloschen. Allerdings musste das noch lange nicht heißen, dass seine Mutter nicht doch auf der Lauer lag.

»Was hast du?«, fragte Merlin und legte ihm seine Hand um den Hals, um ihn zu sich heranzuziehen.

»Ich – ich ...«, sagte David, bevor er Merlins Lippen auf seinen spürte und sein Kopf leergefegt wurde. Auf diesen Augenblick hatte er sich schon die ganze Zeit gefreut und jetzt war er endlich gekommen. Leicht öffnete er seinen Mund, aber Merlin zog sich wieder zurück.

»Wir sind hier ungestört«, flüsterte er. Dann ließ er seine Finger über Davids Brustkorb wandern und legte schließlich etwas ab.

David griff danach und wollte schon überrascht fragen, als er die Form und das Knistern der Verpackung erkannte. Sein Atem beschleunigte sich. Er dachte wieder an seine Mutter. Irgendwie schien es nicht der richtige Moment für Sex zu sein.

»Merlin?«

»Ja?«

»Meine Eltern wissen es«, sagte er. Das Kondom noch immer fest in seine Hand geschlossen.

Merlin sagte lange Zeit nichts. Fast dachte David schon, dass er nicht mehr mit einer Antwort rechnen könne, als Merlin sich doch noch zu ihm rüberbeugte und ihm einen Kuss aufdrückte.

»Gut«, sagte er. Das war alles.

David schluckte. »Ich weiß nicht, ob das für uns so gut ist.« In der Tat hatte er arge Bedenken, was seine Eltern anging. »Ich habe absolut keine Ahnung, wie sie damit umgehen werden.«

»Wie haben sie denn reagiert, als du es ihnen gesagt hast?«, fragte Merlin leise.

»Ich weiß es nicht. Ich habe es ihnen nicht mal richtig gesagt, nur angedeutet, wenn man so will, und dann bin ich geflüchtet.«

»Darum habe ich also heute Nacht die Ehre?«

»Ist dir – Sex – ist dir das so wichtig?«, fragte David und wartete mit geschlossenen Augen auf die Antwort.

»Wir müssen nicht, wenn du nicht willst«, sagte Merlin. »Ich dachte nur, dass es vielleicht eine nette Idee wäre. Also, ich meine, du hast doch noch nicht, oder?«

»Nein«, sagte David wahrheitsgemäß.

»Bist du nicht neugierig?«

»Doch, schon – aber ich – hab irgendwie ...«

»Schon okay«, sagte Merlin und streichelte ihm über den Kopf. Auch wenn diese Geste nett gemeint war und ihn wohl beruhigen sollte, fühlte sich David plötzlich wie ein kleines Kind.

»Du hast noch nicht auf meine Frage geantwortet«, sagte er schließlich, um die Situation zu beenden.

Merlin schwieg wieder eine Weile. Dann sagte er endlich: »Sex ist nicht so wichtig, dass ich nicht auf dich warten könnte.«

David dachte über die Worte nach. Das klang fast so, als müsste Merlin sich doch schon anstrengen. Mit einem Mal waren wieder die Ängste da, die ihn auch schon vor diesem ominösen Christian gewarnt hatten.

»Aber es ist dir schon wichtig«, stellte David fest.

Merlin druckste ein wenig rum. »Ja, natürlich«, sagte er endlich. »Ich meine, es gehört doch schon irgendwie dazu, oder?«

»Wie lange würdest du denn warten?«

Merlin kicherte. »Irgendwie klingst du jetzt gerade wie ein Mädchen, sorry.«

David drehte sich von Merlin weg. Das hatte gesessen. Dabei wollte er doch nur herausfinden, was Merlin so dachte. Am liebsten würde er jetzt aufstehen und rübergehen. Doch das wäre albern. Das käme einer Amputation gleich, nur weil man sich den Knöchel verstaucht hatte. Am schlimmsten empfand er, dass er Merlins Aussage nicht mal vor sich selbst widerlegen konnte.

Merlin legte eine Hand auf seinen Rücken und streichelte ihn. »Bist du jetzt beleidigt?«, fragte er vorsichtig.

»Nein«, log David. Natürlich war er es, aber noch schlimmer als alles andere wäre es, das auch noch zugeben zu müssen.

»Ich möchte gern mit dir schlafen«, sagte Merlin nach einer Weile. »Ich will, dass du weißt, wie das ist. Ich habe Lust, es dir zu besorgen.« Merlin lachte auf. »Nein, ach – ich bin doof.«

David drehte sich wieder um und versuchte im schwachen Schein der Straßenlaternen, die von draußen spärlich hereinleuchteten, Merlins Gesicht auszumachen.

»Ich will einfach, dass du Spaß hast und weißt, dass du mir vertrauen kannst«, versuchte es Merlin noch mal.

David nahm Merlins Hand. »Und das weiß ich erst, wenn ich mit dir gepoppt hab?«

Sie lachten beide.

»Mensch, du bist genauso einfühlsam wie ich«, stellte Merlin schließlich fest.

»Meinst du, ich kann öfter bei dir schlafen?«, fragte David.

Merlin zögerte. Dann sagte er: »Klar, warum nicht?«

»Was hältst du davon, wenn wir es einfach morgen machen?«

»Du willst dich also jetzt mit mir zum Poppen verabreden?«, fragte Merlin mit gespielter Fassungslosigkeit.

»Genau«, bestätigte David. Dann fügte er an: »Jetzt gerade geht mir einfach zu viel im Kopf rum.«

»Das wird morgen sicher nicht besser«, sagte Merlin leise und schob sich an ihn heran. »Aber wenn du morgen willst, dann morgen.« Er küsste ihn und diesmal zog er sich nicht zurück, als David seine Lippen öffnete.

Montag

Immer wieder

Er setzt seinen Samen
In mich
Um zu verderben
Was noch nicht
Verdorben
Ohne Erbarmen
Immer wieder
Will ich sterben

M. Nagy

73

Die Vögel zwitscherten durch das offene Fenster. David öffnete angestrengt die Augen. Er lag mit dem Kopf an Merlins Brust und hörte seinen ruhigen Herzschlag, der ihn langsam in die Realität holte. So wollte er immer aufwachen, dachte er. Irgendwie konnte er es noch gar nicht richtig glauben, dass er jetzt tatsächelich mit Merlin zusammen war. Es war ein unglaubliches Gefühl, ihm so nah zu sein. Niemals hätte er sich träumen lassen, dass überhaupt irgendwer bereit sein würde, sich auf ihn einzulassen und sowas, wie er jetzt gerade erlebte, mit ihm zu teilen. Es hatte etwas von einem Traum, der jeden Moment vorbei sein konnte. David hob vorsichtig den Kopf und betrachtete Merlin, der weiterhin tief und fest schlief. Er konnte einfach nicht anders, als dieses Gesicht zu bewundern und sich immer wieder zu fragen, ob er tatsächlich der Auserwählte war, der es streicheln und küssen durfte. Der Gedanke, dass ihn jemand wirklich liebte, kam ihm so fremd und absurd vor. Aber Merlin würde wohl kaum mit ihm in einem Bett schlafen, wenn es nicht so wäre, oder? Völlig unvorbereitet schlich sich ein gemeiner Gedankengang ein: Wenn er mit Paolo schlief ohne ihn zu lieben, dann konnte er es bei ihm doch auch. Konnte er Merlin wirklich glauben, dass es bei ihm anders war? Das alles fühlte sich viel zu schön an, als dass es wahr sein konnte. Vorsichtig drehte er sich von Merlin ab und warf einen Blick auf die Uhr. Augenblicklich durchfuhr ihn ein Schreck. Es war bereits zwanzig vor acht.

»Merlin?«, sagte er, während er sich wieder umdrehte und seinen Freund wachrüttelte.

»Hmm?«, machte der und blinzelte verschlafen.

»Wir müssen zur Schule. Du hast vergessen, den Wecker zu stellen.«

»Vergessen«, bestätigte Merlin knapp und drehte sich wieder um.

»Hey, du willst doch wohl jetzt nicht weiterschlafen?«

»Warum nicht?«, murmelte er. »Ich hab dich die halbe Nacht angeschaut, ich bin müde.«

David war bereits aus dem Bett gesprungen und zog sich seine Hose an. Doch bei diesen Worten hielt er einen Moment inne.

»Du hast mich beobachtet?« Er dachte sofort daran, dass er noch vor wenigen Augenblicken nichts anderes gemacht hatte. Aber das erschien ihm doch etwas vollkommen anderes zu sein. Er konnte sich kaum vorstellen, dass es für Merlin genauso spannend war, ihn anzusehen.

»Ich konnte nicht schlafen«, sagte Merlin und sah ihn belustigt an. »Da hab ich mir gedacht, schau ich mir doch mal denjenigen an, der dafür verantwortlich ist.«

»Arsch«, sagte David und lachte. »Du willst wirklich zu spät kommen?«

Merlin überlegte kurz. »Nein«, rief er schließlich und stand auf. Lediglich in Unterhose streckte er sich und gähnte herzhaft. David sah ihm dabei zu und verspürte den Drang, sich einfach gegen ihn zu werfen und sich mit ihm zusammen wieder ins Bett fallen zu lassen.

»Treffen wir uns gleich unten?«, fragte Merlin plötzlich. Er machte ein besorgtes Gesicht.

Erst jetzt dachte David daran, dass er noch rüber musste, um seine Sachen zu holen. Außerdem wäre es sicher angebracht, sich kurz zu duschen und ein paar frische Klamotten anzuziehen.

»Ja«, sagte er matt. »Ich muss mich jetzt aber beeilen, damit nicht ich derjenige bin, der zu spät kommt.«

»Dann mal los«, sagte Merlin, kam auf ihn zu und hielt ihn fest. »Ich hab zwar nicht viel geschlafen, aber es war trotzdem schön.« Er gab ihm einen Kuss.

David spürte sofort, wie sich seine Laune wieder hob. Alles schien so viel einfacher, wenn Merlin in seiner Nähe war. Irgendwie rutschte in seiner Gegenwart alles andere in den Hintergrund. Dann riss er sich endlich los und stürmte aus dem Zimmer. Fast befürchtete er schon, dass er Paolo über den Weg laufen würde, aber das Haus lag vollkommen still da. Selma schlief wohl noch und Paolo war sicher längst aus dem Haus.

Als David drüben die Haustür aufschloss, wusste er bereits, dass seine Mutter ihn aus der Küche heraus gesehen hatte. Er atmete tief durch und betrat den Flur. Seine Mutter sah ihn aber nicht mal an. Sie tat so, als wäre sie mit etwas beschäftigt und würde ihn gar nicht bemerken. Schnell lief David die Treppen hinauf, um sich zu duschen. Zehn Minuten später kam er wieder aus dem Bad raus und sprang in frische Anziehsachen. Ein Blick auf die Uhr sagte ihm, dass er auf jeden Fall zu spät kommen würde. Trotzdem beeilte er sich.

»Guten Morgen«, sagte seine Mutter kalt, als er gerade wieder rausstürmen wollte.

David blieb stehen und sah sie an. In ihrem Gesicht spiegelte sich Abscheu. »Morgen«, murmelte er. Ihm war natürlich klar, dass seine Mutter ihn überhaupt nur angesprochen hatte, damit sie ihn zum Reden brachte. Aber was sollte er ihr sagen? Was sie wissen konnte, wusste sie bereits, und er hatte sicher keine Lust, alles noch mal zu sagen, nur damit sie es auch aus seinem Mund hörte.

»Du kommst zu spät zur Schule«, sagte sie schließlich vorwurfsvoll. »Vielleicht solltest du heute doch besser wieder in deinem eigenen Bett schlafen.«

Damit war klar, dass sie ihn beobachtet hatte, dachte David. Sie wollte, dass er auf ihre Anspielung reagierte. Aber den Gefallen würde er ihr nicht tun.

»Ich muss los«, sagte David nur und öffnete die Tür. Einen Augenblick zögerte er noch, aber seine Mutter antwortete nicht mehr. Das sah ihr gar nicht ähnlich. Schnell verließ er das Haus, bevor sie sich doch noch umentscheiden konnte. Als er die Tür hinter sich ins Schloss zog, hatte es etwas Endgültiges. Er stellte sich vor, wie es wäre, seine Eltern zu verlassen, einfach nicht mehr zurückzukommen. Ob er das wohl so einfach könnte? Dann schaute er wieder auf die Uhr. Er war jetzt mittlerweile fast zehn Minuten zu spät. Merlin saß sicher schon in der Klasse. Mit hastigen Schritten ging David auf die Trauerweide zu. Er zwang sich, geradeauszugucken, obwohl er den Blick seiner Mutter auf sich spürte. Wahrscheinlich erwartete sie von ihm, dass er zumindest noch mal zu ihr hineinsah und womöglich einen entschuldigenden Ausdruck aufgesetzte. Das würde er aber auf keinen Fall tun. Er musste sich endlich mal gegen seine Mutter durchsetzen. Er bezweifelte nur, dass ihm das so einfach gelingen würde.

Als er den Weg zur Wiese hinunterging, ging ihm wieder die Empfehlung seiner Mutter durch den Kopf, dass er besser in seinem eigenen Bett schlafen sollte. Es war lediglich eine banale Aussage, aber er kannte den Gedanken, der dahintersteckte. Und die Taktik seiner Mutter funktionierte. Sie versuchte ihn zu manipulieren. Wenn er überlegte, bestand eigentlich alles, was sie ihm sagte, aus versteckten Hinweisen, wie er sich am Besten zu verhalten hatte. Und wenn er sich nicht entsprechend verhielt, versuchte sie es mit ihren Taktiken. Die abweisende Art von heute morgen war letztlich auch nur ein Versuch, ihn das machen zu lassen, was sie wollte. Er sollte spüren, wie es sein würde, sie nicht mehr auf seiner Seite zu haben. Bisher hatte es wirklich immer funktioniert. Doch heute ließ ihn das kalt, auch wenn er gewohnheitsmäßig darauf reagieren wollte. Er würde sich einfach verbieten, auf ihre Masche hereinzufallen. Wenn sie ihm die kalte Schulter zeigen wollte, sollte sie das nur tun. Er würde ihr beweisen, dass es ihm nichts mehr ausmachte. David hatte jetzt Merlin. Und der würde zu ihm stehen, egal was da noch kommen mochte. Da war er sich sicher.

»Hey«, sagte Merlin plötzlich und zog ihn herum.

David fuhr zusammen. Aber als er das Gesicht seines Freundes sah, folgte dem Schreck eine Welle der Hochstimmung.

»Du bist an mir vorbeigegangen!« Merlin machte ein böses Gesicht, lächelte dann aber. »Ich hab auf unserer Bank auf dich gewartet und du gehst einfach so vorbei.«

Irritiert sah David Merlin in die Augen. »Du hast ja keine Kontaktlinsen drin!«

Merlin lächelte.

74

Vor der Klassentür blieb Merlin noch mal stehen. In Davids Gesicht sah er Anspannung – aber auch Glück.

»Was ist?«, fragte Merlin ohne einen Grund. Er wollte nur Davids Stimme noch mal hören, bevor sie in den Alltag abtauchten.

»Wir sind zu spät«, flüsterte David nervös. »Ich hasse es, wenn mich alle anstarren.«

Merlin lächelte. Dann griff er nach Davids Hand und wollte ihn an sich ziehen. Aber David hielt sich zurück.

»Nicht«, sagte er und sah sich um, ob auch keiner diesen Annäherungsversuch beobachtet hatte. »Nicht in der Schule, okay?« In seiner Stimme steckte Angst, ja fast Panik.

»Es ist aber niemand hier, der uns sehen könnte«, sagte Merlin kaum hörbar und zog wieder an Davids Hand. Erneut schaute sich David um, aber diesmal gab er nach. Schnell drückte er seinen Mund auf den von Merlin und zog sich sofort zurück.

»Hey«, protestierte der. »Das war aber nicht genug.«

David kicherte. »Jetzt hör auf.«

»Aber ich muss bis nach der Schule warten, bis ich dich wieder küssen darf. Das ist viel zu lang.«

Langsam ließ sich David noch mal heranziehen. Merlin legte seine Arme um ihn und griff an den wunderbar in Jeans verpackten Hintern. Ihre Lippen trafen sich wieder. Und diesmal verweilten sie lange genug, dass das Kribbeln überspringen konnte.

»Mmh«, machte Merlin leise und schob vorsichtig seine Zunge in Davids Mund. Für einen Moment spielten sie miteinander. Dann entfernte sich David wieder.

»So, das muss reichen.«

»Schade«, sagte Merlin. »Ich könnte den ganzen Tag hier stehen bleiben und mit dir knutschen.«

David bedeutete ihm leise zu sein.

»Okay«, flüsterte Merlin und machte eine beschwichtigende Geste. »Keine Panik.« Er zwinkerte seinem Freund zu. David schien noch irgendwas sagen zu wollen, aber Merlin hatte bereits die Türklinke runtergedrückt. Er machte ein fragendes Gesicht, aber David winkte ab. Also zog er die Tür auf und sah in Herr Hürlings düsteres Gesicht.

»Sind Sie auch endlich erwacht?«, fragte der. Dann zog er überrascht die Augenbrauen hoch, als er auch David hereinkommen sah. »Ah, noch einer!«

»Wir haben die Bahn verpasst«, sagte Merlin, woraufhin die ganze Klasse lachte.

Hürling runzelte die Stirn. »Wohnen Sie nicht gleich nebenan?«

»Ja, schon, aber wer sagt denn, dass man immer im eigenen Bett schlafen muss?« Merlin sah seinen Lehrer frech an.

»Nette Ausrede«, sagte Hürling und notierte die Fehlzeit im Klassenbuch. Dann richtete er sich an David: »Und in welchem Bett haben Sie geschlafen?«

David wurde augenblicklich rot und sah sich hilflos nach Merlin um.

»Sie sind aber neugierig, Herr Hürling«, sagte Merlin schnell. Die Panik in Davids Augen ließ ihn sofort ein schlechtes Gewissen bekommen. Vielleicht hätte er sich besser einfach nur entschuldigen sollen, anstatt den Clown zu spielen.

»Wenn Sie möchten, können Sie mir Details über Ihr Privatleben gern heute Nachmittag in meinem Büro erzählen«, sagte Hürling und sah ihn stechend an. »Ich bin mir sicher, dass ich Sie im Anschluss daran mit ein paar mathematischen Aufgaben auf andere Gedanken bringen kann.«

»Das wäre aber zuviel des Guten, meinen Sie nicht auch?«, sagte Merlin noch keck, aber seine Aufmerksamkeit galt längst David, der sich an ihm vorbei geschoben und an seinen Platz gesetzt hatte.

»Wenn Sie jetzt die Ehre haben wollen, dann tun Sie es bitte Ihrem Leidensgenossen gleich, setzen sich und halten den Unterricht nicht länger auf!«, sagte Hürling.

Merlin schluckte. Was sollte das denn jetzt heißen? Kurz sah er zu Linda rüber, deren Mund fassungslos aufklappte. Also hatte er das richtig verstanden mit den Leidensgenossen? David war knallrot. Plötzlich kochte in Merlin Wut auf.

»Von welchen Leiden sprechen Sie genau?«, fragte er scharf. Unmittelbar war er in Kampfbereitschaft. Hatte Hürling tatsächlich auf sein Schwulsein angespielt und David auch noch mit reingezogen? Sofort wurde sich Merlin aber bewusst, dass er nichts anderes provoziert hatte. Er selbst hatte David mit ins Boot gezerrt, indem er sich hier so frech präsentierte. Das war die Ausgelassenheit eines Verliebten. Natürlich mussten sich die anderen ihren Teil dazu denken – und Hürling hatte es ebenfalls verstanden. Aber gab ihm das das Recht zu einer solchen Äußerung?

»Ich rede von ihrer Krankheit«, sagte Hürling hart. »Langsam scheint mir das an dieser Schule wirklich eine Seuche zu werden.« Er sah kurz zu David, dann wieder zu ihm. »Und jetzt setzen Sie sich endlich!«

»Was soll der Mist?«, rief Linda plötzlich und sprang auf.

»Wie kann ich Ihnen jetzt helfen?«, fragte Hürling liebenswürdig. »Offensichtlich scheint die Mathematik hier nicht mehr von sonderlichem ...«

»Wann sind Sie eigentlich geboren?« Linda sah ihren Lehrer angriffslustig an.

»Ich wüsste nicht, was das jetzt zur Sache tut«, sagte Hürling zäh.

»Also Ihrer Aussage nach müssen Sie schon ein paar Jahre älter sein. Damals wurde Homosexualität ja wirklich noch als Krankheit angesehen. Aber die Zeiten ändern sich ja glücklicherweise und man muss nicht mehr befürchten, als Schwuler gleich im Klassenraum hingerichtet zu werden.«

Hürling sah sie lange an. Dann änderte sich sein Gesichtsausdruck plötzlich, verlor an Härte, und er sah kurz zu Merlin rüber. Er nickte. »Ich verstehe, was Sie meinen«, sagte er nachdenklich. »Aber trotzdem muss ich Sie korrigieren. So lange ist es noch gar nicht her, dass Homosexualität als Straftat geahndet wurde.« Er räusperte sich. Plötzlich sah er peinlich berührt aus. »Ich meinte mit der Krankheit das chronische Zuspätkommen, das an dieser Schule um sich greift.« Er sah wieder zu Linda. »Ich hoffe, ich konnte Ihnen helfen.«

Linda sah sprachlos zu Merlin und wieder zurück zur Lehrkraft. Irgendwie machte es den Eindruck, dass sie am liebsten doch noch etwas gesagt hätte, aber letztlich zuckte sie die Schultern, nickte und setzte sich wieder.

Im Klassenraum herrschte absolute Stille. Vorsichtig setzte sich Merlin in Bewegung. David verkroch sich in seinem Mathebuch. Als Merlin sich endlich auf seinen Stuhl niederließ, schrieb Hürling gerade eine Formel an die Tafel. Die Augen seiner Mitschüler waren aber nach hinten, auf ihn und David gerichtet. Nur Linda schaute angestrengt nach vorn.

»So, wenn jetzt noch mal alle ihre Aufmerksamkeit nach vorn richten könnten ...«, sagte Hürling schließlich und beendete die unangenehme Situation. Dann fing er an, seine Formel zu erklären. Nach und nach kehrte die Normalität zurück und es fand wieder Matheunterricht statt. Merlin konnte sich aber nicht darauf konzentrieren. In seinem Kopf spielte sich immer wieder die Szene von gerade ab und er versuchte sich vorzustellen, wie sich David dabei gefühlt haben musste. Für ihn selbst war das alles kein Problem. Aber David hatte ihm nur kurz vorher zu verstehen gegeben, dass er ihr Privatleben aus der Schule raushalten wollte. Und dann sowas. Aus den Augenwinkeln betrachtete er Davids Gesicht. Er schien sich in der Tat auf Mathe zu konzentrieren.

»Tut mir leid«, flüsterte Merlin.

David sah ihn nur kurz an, dann richtete er seine Aufmerksamkeit wieder zur Tafel. Ein paar Sekunden später sah er ihn aber nochmal an, und diesmal lächelte er ein wenig. Merlin fühlte sich erleichtert. Also nahm er es nicht ganz so schlimm, schloss er.

Als ein paar Minuten später ein Briefchen von Linda geflogen kam, legte er einfach seine Hand darauf. Er wusste noch nicht, ob er sauer auf sie sein sollte. Im Grunde hatte er sich doch ganz tapfer geschlagen, auch wenn es natürlich besser gewesen wäre, wenn er erst gar nichts gesagt hätte. Aber Linda hatte sich trotzdem eingemischt und wie so oft alles schlimmer gemacht. Letztlich musste er sich aber eingestehen, dass er selbst ja auch gedacht hatte, Hürling würde ihn und David diskriminieren. Eigentlich hatte Linda richtig reagiert, oder?

Er faltete den Zettel auf und las: *An euch beide: Herzlichen Glückwunsch!* Ein Lächeln schob sich auf sein Gesicht. Als er Linda ansah, zwinkerte sie ihm zu und zeigte mit dem Daumen nach oben. Er zwinkerte zurück und schob das Briefchen David zu. Auch er lächelte und wurde wieder rot.

75

Selma wachte mit Kopfschmerzen auf. Ihr Schädel fühlte sich an, als hätte sie eine ganze Flasche Wein getrunken. Dabei war alles, was sie gestern abend zu sich genommen hatte, Paolos Tee gewesen. Mit diesem Gedanken war sie auch gleich bei ihrem Problem. Natürlich war sie letztlich wieder vor dem unvermeidbaren Schritt, diese Beziehung endlich zu beenden, zurückgewichen. Paolo hatte sie berührt und war plötzlich wieder ganz der Alte gewesen. Trotzdem war nicht mehr daraus geworden, als ein enttäuschender Abend. Irgendwie wurde sie das Gefühl nicht los, dass er sie nur hinhielt. Fast schien es so, als wollte er diese Beziehung noch nicht beenden, weil der Zeitpunkt noch nicht stimmte. Ein böser Gedanke brachte sie auf die Idee, dass Paolo vielleicht eine Andere haben könnte und er sich erst von ihr trennen wollte, wenn die Affäre mit der Anderen wirklich ausbaufähig war. Selma lachte auf. Wann hatte sie zuletzt solche Gedanken gehabt? Das musste Jahre her sein. Eigentlich war sie in einem Alter, in welchem man über solchen Eifersuchtsvorstellungen stand. Allerdings schützte auch das weise Alter nicht vor dem Betrogenwerden, sagte sie sich und stand endlich auf. Sie brauchte dringend eine Kräutermischung gegen ihre Kopfschmerzen.

Fünfzehn Minuten später stand sie vor dem Küchenfenster und nippte an ihrer Teetasse. Gleich würde das Drücken in ihren Schläfen nachlassen, sagte sie sich und beobachtete das Haus gegenüber. Sie trank noch einen Schluck und dachte an ihr Vorhaben, noch mal einen Neuanfang mit Davids Mutter zu versuchen. Natürlich wusste sie, dass ihr Wunschgedanke vollkommen utopisch war. Zwischen ihnen würde wahrscheinlich niemals eine Freundschaft bestehen. Aber sie fühlte sich verpflichtet, David ein wenig zu unterstützen. Und sicher würde es da nicht verkehrt sein, wenn sie seiner Mutter auch ein wenig half. Sie konnte sich einfach nicht vorstellen, dass diese Frau ihren Sohn fallen ließ, nur weil er auf Jungs stand. Aber eins wusste sie bestimmt: Davids Mutter würde es ihrem Sohn auf keinen Fall leicht machen – womit sie selbstverständlich gar nichts erreichen würde. Vielleicht konnte Selma ja dafür sorgen, dass die ganze Sache nicht zu sehr ausuferte.

Sie stellte die leere Tasse ab und sah auf die Uhr. Eigentlich wollte sie schon längst unterwegs sein. Aber sie würde ihren Besuch im Fitnesscenter einfach nach hinten verschieben – und das Gespräch mit Paolo auf morgen. Dafür hatte sie heute schlicht keine Kraft. Sie lächelte über sich selbst. Das war mal wieder typisch. Den anderen gab sie tolle Ratschläge, aber bei sich selbst versagte sie wie immer auf ganzer Linie. Aber letztlich war es ihr wichtiger, dass David es nacher nicht allzu schwer hatte. Ihre eigenen Probleme konnte sie auch morgen noch besprechen – oder heute Abend. Sie schüttelte sofort den Kopf – morgen! Entschlossen lief sie nach oben, um sich frisch zu machen. In Gedanken ging sie schon ihre Garderobe durch. Sie konnte sich seit dem Grillabend denken, wie viel Wert Davids Mutter auf Äußeres und Etikette legte. Sicher wäre es hilfreich, etwas konservativer als üblich aufzutreten. Vielleicht würde es ihr ja sogar gelingen, sie zu einem Frühstück zu überreden – natürlich mit hausgemachtem Tee.

Als sie eine gute Stunde später mit einer heißen Kanne vor der Tür stand und niemand auf ihr Klingeln reagierte, befürchtete sie schon, dass ihr Plan bereits in den Ansätzen scheiterte. Doch eine Weile nach dem zweiten Klingeln öffnete sich die Haustür einen Spalt und Hanne schaute sie finster an. Ihre Augen waren gerötet.

»Bitte«, sagte sie unfreundlich.

»Ich dachte, wir könnten vielleicht ...« Selma stoppte. Nein, ein Versöhnungstee war sicher nicht der geeignete Vorschlag. An Hannes Gesicht las sie ab, dass sie noch eine Stufe weiter runter musste. »Also«, fing sie noch mal neu an, »eigentlich wollte ich mich entschuldigen.«

Hannes Miene blieb hart, aber Selma sah in ihren Augen, dass die Worte wirkten. Schon jetzt wusste sie, dass sie gewonnen hatte. Und in der Tat öffnete Hanne nach einem Moment des stummen Anschauens die Tür und nickte ihr steif zu. Selma unterdrückte ein Lächeln. Sie musste die Sache mit Fingerspitzengefühl angehen, wenn sie erreichen wollte, was sie sich vorgenommen hatte.

Hanne sah sie steif an. »Tee?«, fragte sie und deutete auf die Kanne.

»Ja«, antwortete Selma.

»Der von letzter Woche war gut.« Hanne drehte sich um und besorgte Tassen. »Wir setzen uns auf die Terasse.«

Selma ging bedächtig vor. Bis jetzt war es ein Kinderspiel gewesen. Aber sie ahnte schon, dass es kein Geschenk war. Da steckte irgendwas hinter. Fast machte es den Eindruck, als hätte Hanne schon auf sie gewartet. An der Schwelle nach draußen blieb sie kurz stehen, damit Hanne zuerst Platz nehmen konnte.

Hanne nickte ihr zu und wies auf einen Stuhl. Dann stellte sie die Tassen auf den Tisch. Ihre Bewegungen wirkten seltsam steif. Als sie sich schließlich gegenübersaßen, schwiegen sie erst einen unendlichen Moment.

»Wie lange ist dein Sohn schon so?«, fragte Hanne endlich.

Selma war überrascht. Sie sprach das Thema also selbst an. »Meinst du, wie lange er schon schwul ist?«

»Ich hasse dieses Wort«, sagte Hanne und lächelte abfällig. »Es klingt schmutzig.«

»Also ist es doch genau das richtige Wort, oder?«, fragte Selma und fürchtete, ein wenig zu forsch voranzustoßen.

»Ja«, stimmte Hanne sofort zu. »Das ist es wohl.« Sie schien etwas zu überlegen, dann entschied sie sich aber, es doch nicht auszusprechen.

»Ich habe es sehr früh gewusst«, antwortete Selma schließlich auf die eigentliche Frage. »Merlin war schon immer ein wenig anders als andere Jungen in seinem Alter.«

»Und du hast nichts unternommen?« Hanne sah sie ungläubig an.

»Hätte ich ihm verbieten sollen, mit Mädchen zu spielen?«

»Wenn es etwas gebracht hätte, warum nicht?«

Selma schlug die Augen nieder. Sie wusste jetzt, dass Hanne mit jemanden reden wollte, der im gleichen Boot saß. Das war die einzige Verbindung zwischen ihnen. Also wollte sie ihr zeigen, dass auch sie nicht völlig ohne Verluste geblieben war.

»Es hätte nichts gebracht«, flüsterte sie. Dann sah sie wieder auf. »Ich hätte ihn gezwungen, jemand anderes zu sein, und er hätte es mir zuliebe versucht. Aber letztlich wäre er derselbe geblieben, nur dass er es immer vor mir versteckt hätte, um mich nicht zu verletzen.« Selma zog die Augenbrauen zusammen. »Das wäre wohl das günstigste Ergebnis gewesen.«

Hanne schluckte.

»Nein, ich will meinen eigenen Sohn nicht vor mir selbst verleugnen«, fuhr Selma fort. »Ich will lediglich, dass er glücklich ist. Aber was Glück für ihn bedeutet, das muss er selbst entscheiden.«

»Ich verstehe das nicht«, sagte Hanne plötzlich energisch. Sie hatte Tränen in den Augen. »Bis jetzt war alles in Ordnung!« Sie ballte ihre Fäuste, dass die Knöchel weiß hervorstachen.

Selma ahnte, worauf es jetzt hinauslief. Das war der eigentliche Grund, weshalb sie hatte reinkommen dürfen. Aber sie hatte ihr Ass bereits ausgespielt und sie wusste, dass es wirken würde – wenn nicht sofort, dann gewiss später.

»David ist nicht so einer!«, presste Hanne hervor. »Dein Sohn hat ihn auf diese – Ideen gebracht!«

Selma hielt still. Sie durfte nichts sagen, so sehr es sie auch verlangte, gleich dagegenzusetzen.

Hanne erzählte weiter und ließ ihre Wut raus. Nach einer Weile hatte sie sich schließlich wieder unter Kontrolle. Ihre Fäuste öffneten sich, sie ließ ihre Rüstung fallen.

Selma stach zu. »Glaubst du wirklich, dass Merlin was gegen Davids Willen mit ihm anstellen könnte?«, fragte sie leise.

»Warum nicht?« Hannes Augen funkelten noch immer.

Selma nickte. »Warum kommt er dann freiwillig zu Merlin rüber?«

Hanne holte hilflos Luft, aber ihr fehlten die Worte. Still saß sie auf ihrem Stuhl und betrachtete die Tasse vor sich. Hastig nahm sie einen Schluck von dem Tee, den sie noch gar nicht angerührt hatte.

»Wie konnte das nur passieren?«, sagte sie anschließend mehr zu sich selbst als zu Selma. »Da stimmt was nicht«, fügte sie noch an.

»Wenn du ehrlich zu dir selbst bist, weißt du, dass es eigentlich nicht unvorbereitet kommt«, sagte Selma sanft und legte ihre Hand auf die von Hanne.

Hanne schüttelte den Kopf. »Es ist nur eine Phase!« Ihre Stimme klang nun fast trotzig.

»Du musst der Wahrheit ins Gesicht sehen, Hanne. Belüg dich nicht selbst! Du nimmst dir Zeit, die dir irgendwann fehlt. Und vielleicht hast du dir und David schon mehr Zeit genommen, als gut ist.«

»Ach, was weißt du schon«, sagte Hanne und zog ihre Hand weg. Aber die Abwehr klang alles andere als überzeugt.

»Lass ihn endlich seinen Weg gehen und mach es euch nicht unnötig schwer.«

Hanne sah sie mit Tränen in den Augen an. »Das sagst du so einfach.«

»Ja, das sage ich einfach, aber leicht war es auch für mich nicht.« Selma nickte sachte. »Manchmal tat es ganz schön weh. Aber letztlich kann ich keinen Menschen dazu zwingen, nach meinen Vorstellungen zu leben, nur damit meine Wünsche erfüllt werden. Jeder hat seine eigenen Ziele, Hanne.«

Hanne nickte, auch wenn es ihr sichtlich schwer fiel.

76

David war der Erste, der den Klassenraum mit dem Läuten der Schulglocke verließ. Er hatte keine Lust, den Blicken der anderen standhalten zu müssen. Aber als er den Flur betrat, der sich gleichmäßig mit Schülern füllte, wusste er, dass er diesen Blicken nicht entkommen würde. Noch waren all diese Schüler ahnungslos, aber es würde nur eine Frage der Zeit sein, bis sie von den Neuigkeiten erfuhren. Er spürte einen Panikanfall aufkommen. Sein Gesicht wurde plötzlich heiß und er schwitzte unter den Armen. Genau wie vorhin, nachdem er mit Merlin in den Klassenraum gekommen war. Mit jedem Wort, das sein Freund von sich gegeben hatte, hatte das Gefühl in ihm zugenommen, aus dem Fenster springen zu müssen, um dieser Peinlichkeit zu entkommen. Aber am Ende war doch noch alles irgendwie in Wohlgefallen umgeschlagen – na, zumindest in Gleichgültigkeit. Für den Rest der Mathestunde hatte ihn niemand mehr komisch angesehen und fast fühlte er sich wohl bei dem Gedanken, dass es alle wussten, sich aber offenbar niemand daran störte. Aber natürlich hatte sich nach Lindas Aufstand und Hürlings Rede niemand mehr getraut, etwas Diskriminierendes in den Raum zu werfen. Das hieß aber nicht, dass da nichts nachkommen würde.

»Alles in Ordnung?«, fragte Merlin plötzlich neben ihm. Seine Hand hielt ihn am Arm. David schüttelte sie ab.

»Ja«, log er. In Wahrheit fühlte er sich aber alles andere als in Ordnung. Am liebsten würde er jetzt nach Hause gehen und sich in seinem Bett verkriechen. Doch da war er auch nicht in Sicherheit. Da wartete seine Mutter mit ihren Fragen und dem vorwurfsvollen Ausdruck auf dem Gesicht.

Merlin sah ein wenig betreten aus. »Ich – ich wollte nur sagen, dass das vorhin richtige Scheiße von mir war.«

»Ja«, sagte David noch mal und meinte es diesmal wirklich so. »Aber«, fügte er an, »du kannst ja nichts dafür. Ich meine, Hürling hat ja diese Anspielung gemacht.«

»Glaubt ihr, der hat wirklich nur das Zuspätkommen gemeint?«

Sie drehten sich um und sahen in das kampflustige Gesicht von Linda.

»Also ich nehme ihm das nicht ab!«

»Hey!«, sagte Merlin und lachte. »Du belauscht unser Gespräch!«

»Oh«, machte Linda. »Ich dachte ...«

»Schon gut«, unterbrach David ihre Entschuldigung. »Ich fänd's nur – schön, wenn wir vielleicht rausgehen könnten. Hier sind mir zu viele Leute.«

Kurz darauf standen sie auf dem Schulhof. Linda grinste sie beide an. »Also, was denkt ihr, Jungs?«

»Ich glaube, du siehst wieder Probleme, wo überhaupt keine sind«, sagte Merlin.

»Aber kam euch das denn nicht komisch vor, mit welcher Sorgfalt er seine Worte gewählt und wie schnell er am Ende umgeschwenkt hat? David, sag auch mal was dazu!«

David wurde rot. »Ich – ich fand es eigentlich nicht schlimm. Also nicht wirklich. Ich meine, er hat das bestimmt nicht mit Absicht gesagt.«

Linda schnaubte. »Na gut. Ist ja euer Ding«, sagte sie und wirkte fast enttäuscht. »Wenigstens klappt's jetzt endlich bei euch. War ja kaum auszuhalten.«

»Linda, eigentlich wollen wir das nicht so an die große Glocke hängen«, sagte Merlin leise.

»Ja, ja, ich weiß, alles muss geheim bleiben«, antwortete sie und machte eine alberne Geste. Aber es war zu spät.

»Hi«, sagte Jan, der Klassensprecher und stellte sich grinsend in die Runde. »Alles fit?«

»Was ist bei dir denn kaputt gegangen?«, fragte Linda. »Sonst kommst du doch auch nicht so angeschleimt.«

»Was soll das denn heißen?« Jan tat unschuldig.

»Ach, vergiss es.« Linda wandte sich wieder Merlin zu und fragte etwas, das David schon nicht mehr richtig mitbekam. Er war plötzlich wieder in seinen Gedanken versunken. Irgendwie spürte er, dass mit Jan was nicht stimmte. Wieso kam der Typ ausgerechnet jetzt auf sie zu und stellte sich mit in die Runde? Plötzlich gesellten sich noch ein paar andere zu ihnen. Als David geistig wieder auftauchte, waren sie eine richtige Gruppe. Dann ließ Jan plötzlich seine Bombe fallen: »Also ich mag Schwule nicht.«

Sofort war Linda zur Stelle. »Ach, kennst du so viele?«

»Nein«, sagte Jan und grinste dümmlich, »aber ...«

»Wie kannst du dann sagen, dass du sie nicht magst?«, fragte Linda vorwurfsvoll.

»Weil ich das widerlich finde!« Jan holte schnell Luft und sprach sofort weiter, damit Linda keine Gelegenheit hatte, ihm ins Wort zu fallen. »Ich meine, ich habe ja nix gegen die, aber ich wollte nur sagen, dass ich es nicht gut finde. Meine Meinung.«

»Und wer hat dich nach deiner Meinung gefragt?«, fragte Linda spitz.

Auf Jans Gesicht spiegelte sich die Erkenntnis, dass er gegen Linda keine Chance hatte, und alle anderen hielten sich zurück. Er schien darauf zu warten, dass ihm jemand zur Seite stand. Aber das passierte nicht.

»Du solltest dir wenigstens manchmal Gedanken machen, bevor du so eine gequirlte Scheiße ablässt«, sagte Linda wütend. »Ich meine, wenn du im Unterricht schon immer nur nachlaberst, was andere dir vorkauen, kannst du doch wenigstens in den Pausen mal ein oder zwei von deinen drei Zellen einschalten, die für deinen unterbelichteten Verstand zuständig sind, oder?«

»Warum ist es denn so schlimm, wenn ich eine eigene Meinung dazu habe?«, fragte Jan und fühlte sich mit dieser Frage sichtlich überlegen. »Ich meine, ich akzeptiere deine Meinung über Schwule doch auch. Ich mag es halt nicht, wenn ich in deren Nähe bin. Wenn ich daran denke, dass die sich küssen, könnt ich kotzen.«

Linda holte gerade Luft, aber Merlin kam ihr zuvor: »Hast du schon mal was davon gehört, dass Schwule sich untereinander erkennen können?«

Jan sah ihn verdutzt an. Nur Linda schien zu verstehen, schluckte ihre Worte runter und setze ein hämisches Grinsen auf.

»Von allen Jungs aus der Klasse siehst du mit Abstand am schwulsten aus«, sagte Merlin laut. »Meine Meinung.«

»Und wer hat dich nach deiner Meinung gefragt?«, äffte Jan Lindas Worte von gerade nach.

»Niemand. Ich als Schwuler fühle mich einfach nur qualifiziert, das mal so in den Raum zu stellen. Mit sowas kennst du dich ja auch gut aus. Scheint wohl so eine Schwulenkrankheit zu sein.« Merlin lächelte Jan kokett an.

»Schwuchtel!«, sagte Jan, drehte sich um und ging.

»Was für ein Spinner!«, regte sich Linda auf. »Ich könnte dem echt eine knallen. Wie kann man nur so saudumm sein? Man, was tut mir der Kerl leid! Ich fasse es echt nicht, dass so einer auch noch Klassensprecher werden konnte. Wir sollten echt über eine Neuwahl nachdenken.«

»Hey, komm mal wieder auf den Teppich!«, sagte Merlin. »Lass ihm doch seine Meinung. Ich hatte nicht vor, mit ihm zum Abschlussball zu gehen.«

Die anderen, die noch in der Gruppe standen, lachten. Einer nickte Merlin zu.

»Also ich find das super mit euch«, sagte ein Mädchen.

Dann löste sich die Gruppe langsam auf. Als es klingelte, fühlte David, wie sich Merlins Hand in seine schob. Er unternahm nichts dagegen. Vielleicht hatte Merlin recht und die Aufregung würde sich schnell legen, solang man nur selbst zu sich stand und kein Geheimnis draus machte.

Linda legte ihre Arme von hinten um sie. »Ihr zwei seht zusammen echt süß aus. Ich bin stolz auf mich.«

»Wieso stolz?«, frage David leise.

»Na, hast du eine Ahnung, wie oft ich Merlin sagen musste, dass er sich endlich mal an dich ranmachen soll? Und du bist auch nicht gerade einfach zu handhaben.« Sie tat so, als müsste sie sich Schweiß von der Stirn wischen.

Vor ihnen blieb ein Möchtegernmacho mit Baseballkappe stehen und starrte sie mit offenem Mund an.

»Die sind vergeben, Schätzchen«, sagte Linda und lachte.

Der Junge bedachte sie mit einem bösen Blick.

»Aber ich bin noch zu haben«, fügte sie an und lächelte aufreizend. Sofort änderte sich das Gesicht unter der Kappe.

»Mensch, Linda, du hast einen Geschmack für die Tonne«, flüsterte Merlin.

»Sagt ihr der Asbach, dass ich später komme?« Sie kicherte. »Und was den Geschmack angeht, du weißt doch, da brauchen wir nicht streiten.« Mit diesen Worten ließ sie sich zurückfallen und unterhielt sich mit dem Machotyp.

David ließ Merlins Hand los. Irgendwie hatte er das Gefühl, ohne Linda an ihrer Seite nicht mehr genug Schutz zu haben. Linda schaffte es ohne weiteres, sich mit einer Horde von Leuten anzulegen und am Ende als Siegerin hervorzugehen. Aber ohne sie würden sie allein klarkommen müssen.

»Worüber denkst du nach?«, fragte Merlin leise.

»Ich find's – ungewohnt«, sagte David. Das stimmte ja auch. Wann war er in seinem bisherigen Leben schon mal öffentlich mit einem Jungen Hand in Hand irgendwo hergegangen?

»Geht mir auch so«, antwortete Merlin.

David sah seinen Freund überrascht an.

»Eigentlich hab ich mir ja immer geschworen, dass ich niemals was mit jemanden anfange, der mit mir zur Schule geht«, erklärte Merlin. »Ich meine, hallo? Wir gehen sogar in dieselbe Klasse!«

»Aber du siehst das alles lockerer«, stellte David fest. »Dir ist es egal, was die anderen denken.«

Merlin zwinkerte ihm zu. »Dir bald auch, glaub mir. Wenn du es allen recht machen willst, dann stehst du allein da, bevor du auch nur bis drei zählen kannst.« Er ging ganz dicht an Davids Ohr heran und flüsterte: »Wer dich nicht absolut süß findet, hat eh keine Augen im Kopf.«

David wurde wieder rot. Verdammt, konnte er das nicht mal abstellen?

77

Auf dem Weg hinter der Schule schob Merlin nach kurzem Zögern wieder seine Hand in die von David. Zu seiner Erleichterung wehrte sich David nicht. Er wusste, dass er noch vorsichtig sein musste, aber nach dem heutigen Tat war er sich sicher, dass sie sehr viel schneller zusammenwachsen würden, als er anfangs geglaubt hatte. Fast kam es ihm so vor, als wäre David befreit worden.

»Meinst du, du kommst klar?«, fragte er gerade heraus.

David sah ihn mit gerunzelter Stirn an. »Du meinst mit der Schule?« Er überlegte kurz, dann nickte er. »Ich denke schon. Irgendwie habe ich mir das alles schlimmer vorgestellt.«

»Liegt vielleicht auch daran, dass ich ja schon gut vorgearbeitet habe«, sagte Merlin und lachte. In der Tat hatte auch er erwartet, dass es viel mehr Wirbel geben würde.

»Ist dir eigentlich aufgefallen, dass bei den ganzen Neuigkeiten deine Augen ganz untergegangen sind?«

Merlin nickte. Auch da hatte er mit mehr Resonanz gerechnet. Lediglich Linda hatte ihn in der zweiten Pause drauf angesprochen. »Linda glaubt mir nicht, dass das keine Kontaktlinsen sind«, lachte er.

»Wundert mich nicht. Aber kann dir ja egal sein.«

»Und dir kann egal sein, was andere über uns denken.«

David blieb stehen und sah ihn lange an. Dann nickte er. »Ja, ich glaube schon«, sagte er schließlich. »Ich glaube, das ist mir sowas von egal.«

Merlin machte einen Schritt auf David zu. Doch bevor sich ihre Gesichter berühren konnten, spürte er eine Hand, die ihn wieder zurückdrücken wollte. Natürlich hatte er geahnt, dass das noch zu weit ging. Trotzdem wollte er es probieren. Der Wind wehte über die Wiese und frischte sie angenehm auf. Die Sonne ließ Davids Haar glänzen. Gab es einen schöneren Moment, als sich hier und jetzt zu küssen? David drehte seinen Kopf weg und Merlin wich wieder ein Stück zurück. Bald würden sie sich auch hier küssen können und überall, sagte sich Merlin im Stillen und lächelte.

»Es ist schön hier«, stellte David fest.

Merlin nickte. Ja, das war es. Er drückte Davids Hand. »Ohne dich wäre es nur halb so schön«, sagte er. Fast musste er ein wenig lächeln über seine Worte. Aber David fand sie offenbar nicht albern. Er drehte sich ihm wieder zu und sah ihm in die Augen.

»Weißt du was ich vermisse?«, frage er.

Merlin schluckte. »Nein.« In seinem Kopf rasten tausend Möglichkeiten durcheinander. Wie konnte er in einem solch perfekten Moment etwas vermissen? Wie konnte er sich selbst so gut fühlen, wenn doch für David irgendwas fehlte?

»Ich vermisse das Meer«, sagte David schließlich. »Oben in Hamburg ist man nicht wirklich weit davon entfernt. Man muss eine Stunde fahren und kann in die unendliche Weite schauen. Das ist ein beruhigendes Gefühl.«

Merlin nickte, obwohl er nicht wirklich etwas mit dem Meer anfangen konnte. Für ihn war das eher ein Wort, als irgendetwas, das es wirklich gab.

David flüsterte: »Wenn ich in deine Augen schaue, sehe ich das Meer.«

Merlin schluckte wieder. Diesmal fiel es ihm schwerer.

»Manchmal, wenn die Sonne scheint und der Himmel richtig schön blau ist, wirkt das Meer wunderschön blaugrün. Der Himmel spiegelt sich im Wasser und gibt seine Farbe ab und die Algen sorgen für den Grünstich. Dazu eine schöne Brise, ein wenig stärker als jetzt, und Sand unter den Füßen.« David streichelte ihm über den Arm und zupfte an seinem Shirt. »Das ist das Einzige, was ich wirklich vermisse. Aber ich habe es ja hier, ich brauche dich nur ansehen und kann in deinen Augen schwimmen.«

Plötzlich drang ein Kichern in Merlin hoch und er bemerkte es zu spät, um es noch zurückhalten zu können.

Auch David begann zu grinsen. »Entschuldige«, sagte er und drehte sich verlegen weg.

»Nein«, sagte Merlin schnell.

»Schon gut.« David wehrte ab. »Ich – ich weiß auch nicht ...« Hilflos sah er sich um.

Merlin schloss die Augen. Er war ein solcher Idiot! Warum musste er ausgerechnet in diesem Moment anfangen zu lachen?

»David?«, sagte er leise und öffnete seine Augen wieder.

David drehte sich zu ihm um.

Merlin wusste nicht, was er sagen sollte. Es tat ihm einfach nur weh, dass er diesen Augenblick kaputt gemacht hatte. Nur weil er so kindisch war und ... Er dachte wieder an die Worte. Sie wahren so aufrichtig und rein über Davids Lippen gekommen. Er hatte ihn in sich hineinschauen lassen. Und Merlin hatte das gesehen, wovor er sich wohl am meisten fürchtete: Zerbrechlichkeit. Es waren die sanften Töne, die man am liebsten mochte, die man aber meist ganz bewusst überhörte. Nicht zuletzt hatte er auch einen Teil von sich selbst in David wiedergefunden.

»Das – das war das schönste Kompliment, dass ich je bekommen habe«, sagte er plötzlich und seine Stimme klang belegt. Er schluckte wieder. »Ich bin nicht besonders gut darin, Komplimente zu bekommen. Ich – ich bin einfach ein riesen Arschloch, okay?«

Jetzt trat David an ihn heran. »Manchmal kann Liebe ganz schön peinlich werden, was?«

Merlin spürte seinen heißen Atem auf der Oberlippe. Sie schwiegen eine Weile.

Dann fügte David an: »Ich hätte nie gedacht, dass ich mal sowas Schmalziges von mir gebe. Aber ich fühle es so.«

Langsam streckte Merlin seinen Kopf vor. Diesmal wich David nicht zurück. Ihre Lippen berührten sich sanft, während der laue Sommerwind ihre Haare zauste.

Es blieb bei den Lippen. Nichts Großartiges. Nur ein kleiner Kuss zwischen grüner Wiese und blauem Himmel, dessen einzige Zeugin die Sonne war. Merlin ließ die Augen geschlossen. Er wollte nicht, dass es vorbeiging. Diese zarte Berührung hier draußen schien ihm so viel mehr wert, als die anderen Küsse, die sie schon ausgetauscht hatten. Also hielt er weiter Davids Hand und wartete, dass er ihn wieder spürte. Aber da kam nichts. Trotzdem verharrte er weiter, versuchte diesen Moment in sein Gedächtnis zu bannen.

»Hey«, sagte David schließlich. »Ich will das Meer sehen.« Dann lachte er.

Merlin öffnete die Augen und lachte mit. »Du bist echt ein Aas, jetzt machst du dich auch noch über mich lustig!«

»Gleiches Recht für alle, oder?« David ließ ihn los und rannte auf den Weg zu, der sie nach oben zur Straße führte.

Für einen Moment blieb Merlin noch stehen und sah sich um. Dann stellte er fest, dass sich der Park tatsächlich auch äußerlich verändert hatte, nun da David nicht mehr bei ihm war. Schon bemerkenswert, was einem die Liebe so alles glauben lassen konnte, dachte er und lief los.

David hatte sich an den Stamm der Trauerweide gelehnt und wartete auf ihn. Er grinste. »Verdammt romantisch hier.«

Als Merlin neben ihm stand, sagte er etwas außer Atem: »Ich glaube, hier lassen wir das mal besser mit der Knutscherei.«

David nickte. Sein Gesichtsausdruck änderte sich schlagartig und Merlin biss sich auf die Unterlippe. Schon wieder hatte er vollkommen unbedacht einen schönen Moment zerstört. Er kam sich vor wie ein Schlächter.

»Willst du noch mit zu mir?«, fragte er schnell, um seinen Fehltritt wieder auszubügeln.

»Ich will euch nicht auf die Nerven gehen«, sagte David. Aber in seinen Augen spiegelte sich Dankbarkeit. Natürlich wollte er nicht nach Hause, dachte Merlin.

»Also mir gehst du bestimmt nicht auf die Nerven. Ich meine, wir könnten ja zusammen Hausaufgaben machen.« Er legte ein freches Grinsen auf.

»Aha«, machte David und lachte. »Schon interessant, was dir da als erstes einfällt. Aber für Hausaufgaben komme ich natürlich gern mit rüber.«

»Du kannst auch gern länger bleiben«, sagte Merlin und dachte an letzte Nacht. »Ich würde gern austesten, ob ich immer so schlecht schlafe, wenn du mit in meinem Bett liegst.«

David schüttelte den Kopf. »Ich glaube, das probieren wir besser ein andermal.« Es schien, als wollte er noch etwas sagen, aber er schwieg.

78

»Hi Ma!«, rief Merlin, als sie das Haus betraten. David sah sich noch mal um. Er wollte nicht, dass seine Mutter ihn beobachtete, wie er schon wieder zu den Nachbarn ging. Obwohl ihm das ja eigentlich egal sein konnte. Doch irgendwie hatte er seiner Mutter gegenüber ein schlechtes Gewissen. Und damit hatte sie am Ende doch mal wieder genau das erreicht, was sie wollte.

»Hallo Merlin, hallo David«, sagte Selma und lächelte gezwungen. Paolo stand mit ihr gemeinsam in der Küche.

»Hallo«, antwortete David und hatte gleich das Gefühl, dass sie mehr als nur ungelegen kamen.

»Wir sind oben«, sagte Merlin schnell, der wohl auch die angespannte Situation bemerkt hatte.

Paolo räusperte sich. »Moment«, hielt er sie zurück.

Sie blieben stehen und David fühlte den unangenehmen Blick des Mannes auf sich ruhen. Er wurde nervös.

»Selma hat mir erzählt, dass ihr jetzt zusammen zum Sport geht und deine Eltern was dagegen haben, David.« Paolos Augen blitzten kurz auf. »Wie wär's, wenn du bei mir als Aushilfe anfängst und dir dein eigenes Geld verdienst?«

»Paolo!«, sagte Selma und schlug ihrem Freund auf die Brust. Aber David fand die Idee gar nicht so schlecht.

»Gern«, sagte er, ohne weiter darüber nachzudenken.

»Okay«, funkte Merlin wieder dazwischen, »wir sind dann jetzt oben.« Er zog David mit sich.

Mit einem Schlag waren all die unangenehmen Gedanken an Paolo vergessen. Bisher hatte David immer geglaubt, dass Paolo ihn nicht leiden konnte. Aber jetzt fühlte er sich seltsam erhaben, weil dieser merkwürdige Mann ihn gefragt hatte, ob er für ihn arbeiten wollte. Und ja, David wollte das in der Tat. Die Vorstellung, sein eigenes Geld zu verdienen und unabhängig von dem Willen seiner Eltern zu sein, gefiel ihm.

Doch kaum waren sie oben angekommen, fing unten der Streit an. David blieb automatisch stehen und lauschte.

»Was soll das?«, fragte Selma laut. »Weißt du eigentlich, was für eine Situation du damit herbeiführst?«

»Du wolltest doch, dass ich nett zu ihm bin!«, verteidigte sich Paolo.

»Aber nicht so! Seine Eltern werden denken, dass wir gegen sie spielen!«

»Tust du das denn nicht eh schon?«

Merlin legte seine Hand auf Davids Rücken und schob ihn in sein Zimmer, dann schloss er die Tür. Er sah seltsam bleich aus.

»Was hast du?«, fragte David.

»Meine Mutter hat recht«, sagte Merlin. »Du solltest dich nicht auf Paolos Angebot einlassen.«

»Warum?« David dachte an das Geld, das er für das Fitnesscenter verdienen würde. Wollte Merlin nicht, dass er mit ihm da hinging? Oder steckte da was anderes hinter? Irgendwie kam David die ganze Sache mit einem Mal merkwürdig vor. Erst wandelte sich Paolo und bat ihm einen Job an, dann stellte sich heraus, dass er wohl nur aufgrund Selmas Bitten nett zu ihm war, und jetzt waren doch alle dagegen, weil seine Eltern dagegen sein könnten. Natürlich würde seine Mutter verlangen, dass er das Angebot ablehnte. Immerhin war er noch Schüler und hatte sich aufs Lernen zu konzentrieren. David konnte seine

Mutter schon hören, wie sie ihm ins Gewissen redete. Aber sein Vater, der würde sicher nicht wirklich was dagegen haben. Immerhin würde er sozusagen auch für ihn arbeiten. David strahlte.

»Ich – ich glaube, die Sache hat – einen Haken«, sagte Merlin plötzlich. »Er kann dich nicht leiden. Warum sollte er dir eine Arbeit anbieten?«

»Warum sollte er seine Meinung über mich nicht ändern?«, fragte David und bemerkte den trotzigen Unterton in seiner Stimme.

Merlin ließ sich aufs Bett fallen. »Ich glaube, es ist nicht richtig.« Er winkte David zu sich ran.

Widerwillig legte sich David ebenfalls auf das Bett.

»Ich habe Angst«, flüsterte Merlin und drehte sich zu ihm. »Mir kommt das irgendwie – unheimlich vor.« Seine Hand glitt wie selbstverständlich über Davids Bauch.

»Ich versteh das alles nicht«, sagte David. In der Tat fühlte er sich seit Betreten des Hauses vollkommen verwirrt. Normalerweise empfand er Merlins Zuhause als eine Art Zuflucht, wo er sich sicher fühlen konnte.

»Er will, dass ich mich von dir trenne.« Merlin rückte näher an ihn heran. »Was macht es da für einen Sinn, wenn er dich bei sich arbeiten lässt?«

David schluckte. »Also ...« Er sprach seine Befürchtung nicht aus. In ihm tobte es. Plötzlich fühlte er sich, als wäre er in etwas hineingeraten, das ihm deutlich mehr Angst machen müsste, als ein Gespräch mit seinen Eltern.

»Ich habe noch nicht mit ihm gesprochen«, sagte Merlin leise. »Heute ist der letzte Tag. Wenn ich ihm heute nicht sage, dass er gewonnen hat, wird er es meiner Mutter erzählen.« Merlin schluckte. »Also habe ich die Wahl. Entweder ich rede selbst mit ihr, oder ich spiele ein Spiel.«

Mit einem Mal kamen David seine eigenen Sorgen furchtbar unwichtig und klein vor. Zwar hatte er die ganze Zeit über von Merlins Problemen gewusst, doch er hatte sich nie wirklich tiefergehende Gedanken darüber gemacht, was das eigentlich alles für Merlin bedeutete. Jetzt rollte eine Welle des Entsetzens über ihn hinweg und er fragte sich wieder wie ganz zu Anfang, was das für ein Mensch sein musste, der sich auf solch eine Sache einließ, ohne sich über die Konsequenzen bewusst zu werden. Wer war Merlin überhaupt? Er sah ihm in die Augen, die groß und traurig zurückschauten. Konnte es wirklich sein, dass er vollkommen unschuldig in diese Situation reingerutscht war? Gab es hier überhaupt die Frage nach der Unschuld?

»Wie hast du dich entschieden?«, fragte David.

»Ich – ich weiß es nicht.« Merlin schloss die Augen. »Ich weiß nur, dass ich mit dir zusammen sein will.«

David spürte Erleichterung in sich aufkommen. Aber wie auch schon zuvor, blieb dieses Gefühl nicht dauerhaft. Die ungewissen Fragen bohrten heimlich weiter. Er wusste, dass er lediglich das gehört hatte, was er hören wollte. Aber es war noch lange keine Entscheidung.

»Ich habe Angst«, wiederholte Merlin.

David ließ die Worte auf sich wirken. Dann drehte er sich zu Merlin und legte ihm seine Hand auf die Wange. Zärtlich streichelte er über die weiche Haut. Dennoch kämpften seine Gefühle gegeneinander. Auf der einen Seite konnte er einfach nicht verstehen, wie man in eine solche Lage geraten konnte. Immer wieder stellte er sich die Frage, ob Merlin nicht ein einziges Mal an seine Mutter gedacht hatte. Dann sah er wieder diese Augen, die ihn förmlich in Merlin hineinzerrten. Seine Aufrichtigkeit passte irgendwie so gar nicht zu Davids negativen Gedanken. Plötzlich schämte er sich für seine widerstrebenden Gefühle und gab Merlin einen stürmischen Kuss.

»Hey«, sagte Merlin matt und lächelte. »Was wird das denn jetzt?«

»Ich weiß nicht.« David wurde rot und rollte sich wieder auf den Rücken. Im Grunde wusste er natürlich schon, dass dieser Kuss eine Art Entschuldigung für seine Zweifel war. »Meinst du ...«, fing er an, brach aber sofort ab.

»Was?«, fragte Merlin.

»Ach, nichts.« David wollte seine Idee nicht mehr aussprechen, weil er befürchtete, es könne sich albern anhören. Er dachte wieder darüber nach, dass sie einfach vor ihren Problemen davonlaufen und irgendwo zusammen neu anfangen könnten. Aber das war in der Tat mehr als albern. Sowas kam in vielleicht Romanen oder Filmen vor, aber die Realität funktionierte anders. Wo sollten sie auch wohnen? Was war mit der Schule? Woher sollten sie das Geld nehmen?

»Bitte sag es mir.« Merlin beugte sich über ihn. »Ich kann es nicht leiden, wenn man etwas einfach so abbricht.«

David blinzelte. »Ich habe darüber nachgedacht, dass wir abhauen könnten. Aber – das ist Schwachsinn.«

Merlin legte seinen Kopf auf Davids Brust. »Ja, leider.« Nach einer Weile fügte er noch an: »Außerdem weiß ich auch gar nicht, ob ich das überhaupt will.«

»Mit mir zusammen abhauen?«

»Nein, überhaupt weglaufen.« Merlins Stimme wurde zu einem Flüstern. »Ich habe Scheiße gebaut, also muss ich das auch wieder geradebiegen.«

David schluckte. Jetzt schämte er sich noch mehr für seine Zweifel an Merlin.

79

Sie lagen lange Zeit still und Merlin hörte Davids Herz klopfen. Es hatte etwas Beruhigendes, zu wissen, dass er nicht allein war, dass er gleich unter sich den Beweis hörte, dass David wirklich noch bei ihm war – trotz allem. Vorsichtig nahm er den Kopf wieder hoch und schaute seinen Freund an. Er wollte etwas sagen, fand aber nicht die richtigen Worte. Also legte er sich einfach wieder neben David hin. Vielleicht war es auch besser, mal nichts zu sagen. Er würde ganz sicher nicht die richtigen Worte finden. Am Ende würde er womöglich nur wieder lachen, weil ihm die Situation so peinlich vorkam. Aber war das nicht absurd? Wenn er abends an seinen Gedichten saß, schämte er sich doch auch nicht. Der Gedanke, diese Gedichte David aber zu zeigen, ließ ihn schon verlegen werden. Dabei war doch gerade David als sein Freund genau der richtige Empfänger, oder? Seine Mutter würde das wahrscheinlich sofort mit mangelnder Reife erklären. Wahrscheinlich würde sie ihn eh überreden wollen, David seine Gedichte mitzugeben, um ihm zu zeigen, wie gefühlvoll und – zerbrechlich er sein konnte. Ja, das war letztlich das Wort, auf das es hinauslief: Zerbrechlich. Für dieses Adjektiv gab es im realen Leben keinen Platz mehr. Niemand interessierte sich wirklich ernsthaft für Gedichte. Wie Blumen nahm man sie zwar als schön wahr, fuhr aber dennoch mit dem Rasenmäher drüber, ohne sich wirklich schlecht dabei vorzukommen. Irgendwie gab es nicht mehr genug Zeit für die Dinge, die einen wirklich berührten. Und wenn doch, dann empfand man sie als so ungewohnt, dass man sich für sie schämte und sie am liebsten vor anderen verheimlichte. Trotzdem hatte David ihm vorhin seine Gefühle offenbart, als er vom Meer sprach. Es war so rein und unverfälscht rübergekommen. Merlin verfluchte sich erneut, dass er aus diesem Geschenk etwas Lächerliches gemacht hatte.

Er drehte sich zu David und betrachtete dessen Profil. Vorsichtig setzte er seinen Finger auf Davids Stirn und ließ ihn langsam über sein Gesicht fahren. Etliche Einfälle schossen ihm durch den Kopf, was er jetzt in diesem Moment sagen könnte. Allerhand poetischer Kram. Aber je länger er zögerte, desto sicherer wurde er sich, dass keines dieser Worte über seine Lippen kommen würde. David hatte recht, die Liebe ließ einen schon auf seltsame Ideen kommen. Wenn er daran dachte, wie blumig seine Mutter immer sprach, wenn sie frisch verliebt war, konnte er nur hoffen, dass er zumindest in dieser Hinsicht absolut nicht nach ihr geriet.

Unten wurde die Haustür zugeschlagen. Augenblicklich kam Merlin wieder ins Hier und Jetzt zurück. Auch David rührte sich.

»Was ist?«, fragte er.

Merlin setzte sich auf und zuckte mit den Schultern. War Paolo etwa gegangen? Seine Frage wurde jäh beantwortet, als die Tür zu seinem Zimmer aufging und Paolo ihn lächelnd ansah. »Ich hoffe, ich störe nicht«, sagte er.

Merlin atmete tief ein. Irgendwie fühlte er sich an Donnerstag erinnert. Doch wider Erwarten sah Paolo kein bisschen sauer aus oder unfreundlich. Er ging durchs Zimmer und setzte sich auf Merlins Bürostuhl. Dann grinste er breit. »Seid ihr noch böse, weil ich letztens so hier reingeplatzt bin?«

Merlin sah vollkommen perplex von Paolo zu David und wieder zurück. »Du bist auch jetzt gerade einfach so hier reingeplatzt«, sagte er schließlich. Aber er war immer noch so überrascht von Paolos Auftreten, dass er nicht in der Lage war, entsprechend Ärger aufzubauen.

Paolo ging darauf nicht ein, sondern richtete sich gleich an David: »Selma ist dagegen, dass ich dir einen Job bei Elco anbiete.« Er zuckte mit den Schultern und zog die Mundwinkel runter, um anzuzeigen, dass er ihre Beweggründe nicht teilen konnte.

»Das haben wir mitbekommen«, sagte Merlin, der langsam seine Fassung zurückerlangte.

»Ich finde es nicht schlimm, wenn du in der Firma deines Vaters arbeitest, David«, fuhr Paolo fort. »Selma ist zwar ein wenig sauer auf mich, aber ich wollte dir nur noch mal sagen, dass es für mich kein Problem ist. Wenn du willst, sag mir Bescheid, okay?«

David nickte. »Okay.«

Irritiert stellte Merlin fest, dass Paolo ihn kein bisschen beachtete. Seine Augen waren stur auf David gerichtet. Völlig überrascht spürte Merlin Eifersucht in sich aufsteigen. Was sollte das? Warum tat Paolo David gegenüber plötzlich so vertraulich? In ihm brodelte es. Schnell stand er auf und verließ das Zimmer.

»Merlin?«, fragte David sofort.

»Ich hole mir nur was zu trinken. Soll ich was mitbringen?« Merlin hörte, dass seine Stimme zitterte.

»Nein.«

Er nickte und lief die Treppe hinunter. In der Küche lehnte er sich erst mal gegen die Anrichte und versuchte ruhig und gleichmäßig zu atmen. Paolo führte etwas im Schilde, daran bestand kein Zweifel. Aber weshalb war er selbst plötzlich so wütend auf David? Es gab keinen Grund dafür! David war ja schließlich nicht wirklich auf Paolos Angebot eingestiegen. Zumindest hatte er nicht zugesagt. Das würde er doch nicht machen, nachdem Merlin ihn gewarnt hatte. Aber warum hatte David dann nicht gleich abgelehnt? Doch hoffentlich nur aus Rücksicht auf Paolo. Merlin schluckte. Jeder vernünftige Gedanke in ihm wies auf Paolo. Er war derjenige, der sich zwischen sie stellen wollte. Und dennoch wurde er das Gefühl nicht los, dass David sich trotz seiner Warnung von ihm umgarnen ließ.

Er riss den Kühlschrank auf und nahm sich die Milch heraus. Zu faul, um sich ein Glas zu nehmen, trank er gleich aus der Tüte. Dann hörte er Schritte auf der Treppe. Paolo kam runter. Aber es waren nicht nur seine Schritte. Sofort spürte er wieder Eifersucht aufwallen. Das Schlimmste daran war, dass er sich nicht klar werden konnte, auf wen er jetzt genau eifersüchtig war. Er zitterte. Der Kühlschrank stand immer noch offen und die Kälte schien ihm in die Knochen zu ziehen.

»Ich gehe mal rüber, okay?«, sagte David, der plötzlich in der Küchentür stand.

Merlin konnte nichts sagen. Sein Atem beschleunigte sich und sein Herz klopfte hart in seiner Brust.

»Paolo hat mir gesagt, dass er noch mit dir sprechen will und ich dann heute Abend wiederkommen kann. Außerdem muss ich ja noch mit meinen Eltern reden.« David blinzelte.

Irgendwie wurde Merlin das Gefühl nicht los, dass da nicht sein Freund vor ihm stand, sondern ein ganz anderer Junge. Aber vielleicht bildete er sich das auch nur ein, weil er sich so aufgeregte. Paolo besaß wirklich die Dreistigkeit, David rauszuwerfen! Es war doch unglaublich! Fahrig stellte er die Milch in den Kühlschrank zurück, ließ die Tür aber noch offenstehen.

»Ich – ich will nicht, dass du - gehst«, stammelte er.

David sah ihn ruhig an. Dann presste er die Lippen aufeinander und schüttelte schnell den Kopf.

Langsam wurde Merlin klar, dass sein Herz raste, weil er Angst hatte. Er wusste, was ihm bevorstand, wenn David jetzt rüberging. Um das Gespräch würde er nicht drum herumkommen. Und er hatte sich nicht darauf vorbereitet. Er hatte nichts, was er Paolo entgegensetzen konnte. Seine Gefühle spielten verrückt, weil er sich davor fürchtete, eine weitere Niederlage einstecken zu müssen.

»David«, presste er hervor. »Bitte.«

David sah ihn seltsam leer an. »Ich – ich kann nicht ...« Dann ging er.

Merlin fasste sich an den Hals. Er hatte plötzlich das Gefühl ersticken zu müssen. Durch das Küchenfenster sah er seinem Freund hinterher. Natürlich, dachte er, was erwartete er eigentlich? Wieso sollte David dabei sein, wenn er selbst es doch war, der sich mit Paolo auseinandersetzen musste? Das war eine Sache, die er allein durchzustehen hatte. Trotzdem spürte er die Wut zurückkehren. Wut auf die Situation an sich, auf sich selbst, auf Paolo und auch auf David, der ihn einfach so stehen ließ, ohne sich richtig zu verabschieden. Deshalb war Paolo so freundlich gewesen. Er wollte David möglichst so loswerden, dass er aus eigener Überzeugung ging und sich nicht womöglich zurückhalten ließ. Paolo wollte mit ihm allein sein. Merlin wurde kalt. Wie in Trance schloss er den Kühlschrank.

80

David fühlte sich schwindlig, als er sein Elternhaus betrat. Er blieb stehen und hielt sich einen Moment an der offenen Wohnungstür fest. In seinem Rücken spürte er Merlins Blick, aber er konnte ihn nicht richtig einordnen. Dumpf hatte er den Verdacht, dass Merlin sauer auf ihn war, aber er verstand nicht, wieso. Dann klingelte ihm plötzlich die Stimme seiner Mutter im Ohr.

»David!«

Er zuckte zusammen.

»Wo warst du so lange?«, fragte sie und sah ihn scharf an.

»Ich – ich war noch bei Merlin«, antwortete David und gab sich Mühe, ihrem Blick standzuhalten.

»Aha.« Hanne klang mit einem Mal noch kälter. »Das haben wir uns schon gedacht«, sagte sie. »Dein Vater und ich, wir wollen noch mal mit dir sprechen.«

David sah sie überrascht an. »Ist er ...«, fing er an, wurde aber sofort unterbrochen.

»Ja, er hat seine Pause extra so gelegt, dass wir uns zusammensetzen können. Ich finde es nicht sehr schön, dass du einfach ohne etwas zu sagen fern bleibst.«

»Seit wann bin ich verpflichtet, nach Schulschluss sofort nach Hause zu kommen?«, fragte David und war von seiner Unerschrockenheit überrascht.

Seine Mutter sah ihn finster an. »Komm jetzt, dein Vater wartet schon.«

Unsicher folgte David ihr ins Wohnzimmer. Sein Vater saß am Esstisch und tat so, als wäre er in seiner Tageszeitung vertieft. Aber David hatte seinen Blick bemerkt. Wieder fühlte er sich ein wenig schummerig. Er dachte kurz darüber nach, ob er eine Ausrede vorbringen sollte. Aber er setzte sich doch. Seine Mutter räusperte sich. Ein untrügliches Zeichen, dass das Tribunal nun beginnen konnte. Sein Vater tat so, als ob er noch eine interessante Stelle zu Ende lesen müsste, aber David sah genau, dass seine Augen sich nicht bewegten, sondern lediglich ins Leere starrten. Nach einer Weile sah er aber doch auf.

»Hast du uns nicht noch was zu sagen?«, fragte er.

David registrierte, dass die Stimme seines Vaters nicht schneidend oder vorwurfsvoll klang. Vielmehr hatte er das Gefühl, dass sein Vater diese Frage aus echtem Interesse stellte.

»Ich weiß nicht«, sagte er, um sich Zeit zu verschaffen. Irgendwie kam es ihm komisch vor, jetzt einfach das Wort zu ergreifen und alles zu erzählen. Es schien ihm viel einfacher, auf die Fragen seiner Eltern zu antworten.

»Du bist gestern einfach davongelaufen, ohne weiterzureden«, sagte sein Vater ruhig. »Du kannst dir sicher denken, dass das deine Mutter und mich beschäftigt hat.«

David schluckte. Also wollten sie es hören. Sie würden es nicht einfach dabei belassen, sie wollten, dass er es aussprach. Mit einem Mal fühlte er sich unglaublich schwach. Er dachte an gestern, wie er sich diese Situation unter der Dusche vorgestellt und sich vorgenommen hatte, ihr mutig entgegenzutreten. Davon spürte er jetzt nichts mehr. Nur dieses schwammige Gefühl in seinem Kopf, das ihm das Denken schwer machte.

»David!«, zischte seine Mutter. Aber sein Vater bedeutete ihr sofort, sich zurückzuhalten.

»Manchmal«, fing er mit sanfter Stimme an, »ist die Vorstellung schlimmer als die Wahrheit, David.« Er räusperte sich. »Ich glaube, deine Mutter macht sich nicht zu Unrecht Sorgen. Aber ich bin mir sicher, dass es nicht halb so schlimm ist. Also sag uns bitte, was mit dir los ist.«

Seine Mutter holte scharf Luft, hielt sich aber zurück.

»Ich ...«, fing David an und stellte sich vor, wie er den Satz aussprach, der alles besiegeln würde. Er wusste, dass er diese Gelegenheit jetzt ergreifen musste. Ohnehin gab es kein Zurück mehr. Sie wussten es längst. »Ich – ich – ich ...« Er schluckte. Die Worte wollten einfach nicht heraus. Also suchte er nach anderen. »Ich – bin verliebt.«

Sein Vater nickte. Seine Mutter saß bleich auf ihrem Stuhl und rührte sich keinen Millimeter.

Krampfhaft versuchte David noch etwas zu sagen, aber seine Zunge schien am Gaumen festzukleben.

»In diese Linda?«, fragte sein Vater nach einer Weile.

David schüttelte den Kopf.

»Also doch – in ...« Der Name blieb unausgesprochen.

Die Tischdecke verschwamm vor Davids Augen. Langsam nickte er. So saßen sie endlos, ohne etwas zu sagen. Irgendwann, es erschien David, als wären Stunden vergangen, sah er wieder auf. Sein Vater las weiter in der Zeitung – diesmal bewegten sich sogar seine Augen. Wahrscheinlich versuchte er, das soeben Erfahrene unter anderen Informationen zu verschütten. Seine Mutter dagegen saß immer noch steif auf ihrem Stuhl und starrte ihn an. Ihre Augen wirkten unglaublich hart und ließen ihr Gesicht wie eine steinerne Maske aussehen.

»Warum?«, fragte sie plötzlich mit einer Stimme wie reißendes Papier.

David blinzelte. Genau davor hatte er Angst gehabt. Vor dem Vorwurf. Warum konnte er nicht einfach ganz normal sein, wie die meisten anderen Jungen auch?

»Ich meine, er hat dich doch – überredet! Das ging doch eindeutig von ihm aus!« Seine Mutter wurde lauter. »Ihr habt doch nicht ...« Ihre Gesicht wurde noch ein bisschen blasser.

»Nein«, sagte David unerwartet und erschrak fast vor seiner eigenen Stimme.

»Gut.« Sie wirkte fast erleichtert.

Sein Vater schien von alledem nichts mehr mitzubekommen. Er war in seine Zeitung geflüchtet.

»Gut«, wiederholte seine Mutter. »Gut.«

Plötzlich sah sein Vater doch wieder auf. »Das – ist sicher nur so eine Phase«, sagte er langsam. »Bisweilen kommt das vor, wenn man sich noch nicht so sicher ist.«

David hörte die Hoffnung in seiner Stimme. Augenblicklich wurde ihm wieder übel. Das war noch schlimmer als der Vorwurf seiner Mutter. Zu wissen, dass man die Hoffnungen seines Vaters zerstören musste, der sich verzweifelt an einen Grashalm klammerte. David ertappte sich dabei, wie er die Worte seines Vaters ernsthaft in Betracht zog. Vielleicht war ja doch etwas Wahres dran? Vielleicht machte er aber auch die Hoffnung seines Vaters zu seiner eigenen. Er wollte ihn nicht enttäuschen.

»Wir möchten, dass du dich ab jetzt von diesem Jungen fernhältst«, sagte seine Mutter schließlich und verlieh ihrer Forderung Nachdruck, indem sie die flache Hand auf den Tisch schlug. Sein Vater senkte den Kopf wieder und fand eine vermeintlich wichtige Stelle, die er dringend studieren musste.

»Nein«, sagte David sofort und fühlte sich wieder so, als würde er gar nicht in seinem Körper stecken, sondern diese Szene als Außenstehender betrachten. Ein wattiges Gefühl umgab seinen Kopf.

»Bitte?«, fragte seine Mutter ungläubig.

Der gefürchtete Zeitpunkt war gekommen. Er dachte an Selmas Worte. Immer wieder den eigenen Standpunkt ruhig und sachlich klarmachen.

»Ich bin verliebt«, presste er heraus. »Ich bin in – Merlin – also, ich bin in ihn – verliebt.« Jetzt war es raus.

»Das glaube ich nicht!« Seine Mutter schrie fast. Ihre Worte hallten in seinem Kopf hin und her, doppelten sich und schwollen zu einem einzigen Getöse an.

»Mam«, sagte er mit einem Zittern. »Ich kann mir das nicht aussuchen. Ich ...«

»Doch!«, fuhr sie ihm dazwischen. »Du kannst dich gefälligst zusammenreißen.« Sie lachte schrill auf. »Was soll das denn werden? Zwei Jungen!«

»Eigentlich ist das – normal – heutzutage.« David fühlte, dass diese Worte nicht authentisch waren, aber er wusste nicht mehr, was er sonst sagen sollte. Verzweifelt stellte er fest, dass all die tollen Argumente, die er sich zurechtgelegt hatte, nicht mehr aufzufinden waren.

»Was ist normal? Dass alle homosexuell werden?«

»Nein«, sagte er matt. »Aber ...«

»Wer hat dir so einen Schwachsinn erzählt?«, rief sie. »Das war doch diese Frau, nicht wahr? Sie hat mir auch so einen Mist gesagt, David, aber das heißt noch lange nicht, dass man darauf hören muss! Schalte deinen Kopf ein! Es kann nicht normal sein, wenn zwei Jungen miteinander ...«

»Es fühlt sich aber richtig an!«, schrie David plötzlich und sprang auf. Er keuchte, als hätte er einen Dauerlauf hinter sich. Seine Mutter sah ihn entsetzt an und auch sein Vater war wieder aus seiner Zeitung aufgetaucht.

»Ich – ich bin kein anderer, nur weil ich ...« David brach ab. Tränen stiegen ihm in die Augen und er kam nicht weiter.

Unvermittelt fing seine Mutter ebenfalls an zu weinen. »Was wird denn aus meinen Enkelkindern?« Sie schluchzte.

»Ich schlage vor, dass wir das Gespräch an dieser Stelle beenden«, sagte sein Vater sachlich und faltete demonstrativ die Zeitung zusammen. »Ich sehe wenig Sinn, jetzt über Enkel zu lamentieren. Nach wie vor bin ich der Meinung, dass es nur eine Phase ist.« Er sah David offen an. »Es ist besser, wenn wir darüber später noch mal reden, wenn du dir sicher bist, was du willst.«

David holte ruckartig Luft. Am liebsten hätte er geschrien, dass er sich schon jetzt absolut sicher war, dass er Merlin liebte und mit ihm eher ausreißen würde, als sich von ihm trennen zu lassen. Aber dazu war er zu aufgewühlt. Also nickte er nur vorsichtig.

Sein Vater senkte wieder den Blick. »Ich finde das nicht gut, David. Das muss ich sagen. Ich würde es lieber sehen, wenn du ein hübsches Mädchen nach Hause bringst.« Er machte eine lange Pause. Dann sagte er endlich: »Aber du bist und bleibst mein Sohn – egal wie.«

David konnte nicht mehr stehen. Blind schob er sich aus dem Wohnzimmer und krabbelte auf allen Vieren die Treppe hinauf. In seinem Zimmer warf er sich aufs Bett und ließ seinen Tränen freien Lauf. Zum Großteil waren es Tränen der Erleichterung. Er hatte es geschafft. Und er hatte sich tapfer geschlagen.

81

»Und?«, fragte Paolo.

Merlin stand im Türrahmen zum Wohnzimmer und fröstelte. Die Unbefangenheit, mit der Paolo diese Frage stellte, machte ihm Angst. Es war kein bedrohlicher Ton in seiner Stimme zu finden. Fast machte es den Eindruck, als liefe für ihn alles nach Plan. Und genau das verunsicherte Merlin, weil er gerade der Meinung war, dass eben nicht alles nach Paolos Nase lief. Vielleicht bildete er sich das alles auch nur ein und Paolo hatte gar keinen Plan? Langsam wusste er überhaupt nicht mehr, was er noch denken sollte.

»Und?«, wiederholte sich Paolo und grinste.

»Ich habe – mich noch nicht entschieden«, sagte Merlin leise. »Ich ...« Er brach ab, weil er nicht mehr wusste, was er noch anfügen sollte. Jedenfalls rechnete er jeden Moment damit, dass Paolos Grinsen gefror und gleich das Unwetter losbrechen würde. Doch nichts dergleichen geschah.

»Komm, setz dich zu mir.« Paolo klopfte neben sich auf die Couch.

Merlins Körper setzte sich in Bewegung, obwohl sein Verstand ihm sofort zurief, dass er sich besser nicht auf diese trügerische Ruhe einließ. Doch zu spät. Er setzte sich und sah Paolo in die Augen.

»Was hast du dir für Gedanken gemacht?«, fragte Paolo nach einer Weile. Noch immer klang seine Stimme ruhig und besonnen. Nichts deutete darauf hin, dass er etwas im Schilde führte. Und doch konnte Merlin seinen Instinkt nicht abstellen, der ihn immer wieder warnte.

»Ich habe viel nachgedacht«, antwortete Merlin. »Vor allem habe ich mich gewundert, dass du mich überhaupt wegfahren lässt. Ich meine ...« Merlin zögerte. War es klug, wirklich das auszusprechen, was er dachte?

»Du meinst, weil du zu einem anderen Kerl geflüchtet bist?« Paolo sah ihn belustigt an. Dann lachte er auf. »Du glaubst, ich bin eifersüchtig!«

Merlin war irritiert. »Bist du das denn nicht?«, fragte er perplex. »Immerhin hast du etwas gegen David!«

»Ich habe mir dieses Wochenende genau darüber Gedanken gemacht, Merlin«, sagte Paolo und sah ihn ernst an. Seine Augen funkelten wie schwarze Edelsteine. »Ich habe mich gefragt, warum ich so reagiere und ich finde es sehr bezeichnend, dass du dir wohl ebenfalls genau diese Frage gestellt hast.«

Merlin spürte in sich eine Anspannung aufsteigen, die ihn noch mehr beunruhigte. Irgendetwas musste jetzt kommen, das die ganze bisherige Entwicklung wieder umwarf. Er rieb sich über die Arme.

»Ist dir kalt?«, fragte Paolo und lächelte ihn führsorglich an.

Ein regelrechter Kälteschauer durchfuhr Merlin in diesem Augenblick. Er nickte, schüttelte aber sofort darauf den Kopf. »Nein«, sagte er schnell, weil er befürchtete, Paolo könnte sich ihm nähern.

»Jedenfalls muss ich dir sagen, dass du recht hast«, sagte Paolo schließlich. »Ich habe mich wohl ein wenig kindisch verhalten.«

Merlin traute seinen Ohren nicht. Was sollte das denn jetzt? Die Sache wurde immer unheimlicher und sein Körper verspannte sich. Er dachte kurz daran, einfach die Flucht zu ergreifen, damit Paolo erst gar nicht mehr die Chance hatte, das Gesagte doch noch mal zu widerrufen.

»Du glaubst mir nicht, oder?« Paolo zwinkerte ihm zu.

Total überfordert mit der Situation sagte Merlin einfach: »Kein Wort.«

»Irgendwie wundert mich das nicht, ich habe mich ja auch wirklich wie das letzte Arschloch benommen. Aber eigentlich solltest du wissen, dass ich nicht wirklich so bin. Immerhin bist du ja doch schon fast wie mein Sohn und ...«

Merlin zuckte zusammen, als Paolos Hand auf seinem Bein landete. Erst kroch Kälte durch den Jeansstoff und sorgte dafür, dass er eine Gänsehaut bekam. Dann sickerte die Wärme durch und versetzte ihn in ein Wechselbad. Eigentlich hatte er gerade protestieren wollen. Er war auf keinen Fall sowas wie Paolos Sohn! Niemals! Aber irgendwie schien ihm das gerade nicht mehr so wichtig. Die Hand auf dem Bein kostete ihn seine ganze Aufmerksamkeit.

»Merlin?«, fragte Paolo.

Erschrocken riss sich Merlin in die Realität zurück. »Ja?«

»Träumst du?« Paolo lächelte ihn an. Diesmal hatte Merlin aber das Gefühl, dass da auch noch etwas anderes lauerte. Er zog sein Bein weg und setzte sich schräg zu Paolo.

»Nein«, sagte er. »Also, doch – jetzt gerade schon.« Er holte tief Luft. »Was willst du mir sagen?«

Paolos Lächeln zog sich zu einem künstlichen Grinsen in die Breite. Merlin bewunderte wieder die makellos weißen Zähne. Es war unglaublich, mit was für einem Aussehen dieser Mann gesegnet war.

»Ich will dir sagen, dass ich nichts gegen David habe«, sagte Paolo endlich.

»Ich glaube, er ist ein ganz dufter Typ, darum habe ich ihm auch den Job angeboten. Selma hat mir gesagt, dass seine Eltern Theater machen und wohl nicht den Monatsbeitrag für den Sportclub bezahlen werden.« Er räusperte sich. »Ich bin der Meinung, dass ihr ruhig zusammen da hingehen könnt.«

Merlin klappte der Mund auf. Er konnte nicht glauben, was er da soeben hörte. Aber Paolo hielt einem prüfenden Blick grinsend stand.

»Also heißt das jetzt ...« Merlin schluckte. »Ich muss mich nicht entscheiden?«

Paolo schüttelte den Kopf. »Nein.«

»Aber ...« Am liebsten würde Merlin nach dem Grund fragen. Wieso hatte Paolo das alles überhaupt erst angezettelt? Merlin verstand es nicht. Aber er wollte Paolo auch nicht auf Ideen bringen. Also schwieg er.

»Merlin«, sagte Paolo sanft und legte seine Hand wieder auf Merlins Bein. »Wieso habe ich das Gefühl, dass du mir immer noch nicht so richtig glaubst?« Er seufzte. »Du hast mir doch selbst gesagt, dass zwischen uns nicht wirklich Liebe besteht. Wie also sollte mir dein David gefährlich werden?«

Merlin war plötzlich wie elektrisiert. Endlich verstand er, worauf das ganze Gespräch hinauslief.

»Nein«, hauchte er. Es war mehr ein lautes Ausatmen, als eine Antwort.

Jetzt legte Paolo auch noch seine andere Hand auf Merlins Bein und begann ihn zu massieren. »Du bist ja vollkommen verspannt«, sagte er und lachte.

Merlin wollte aufspringen und davonlaufen. Aber seine Beine bewegten sich nicht. »Paolo, bitte!« Er war sich nicht mal sicher, ob er diese Worte tatsächlich aussprach oder nur dachte.

»Dein David kann dir nicht geben, was ich dir bieten kann, das wirst du schon merken.« Paolos Gesicht kam näher.

Merlin hörte diese Worte. Trotzdem konnte er nicht glauben, dass sie tatsächlich ausgesprochen wurden. Paolos Stimme klang ganz so, wie er immer sprach, wenn er seinen Willen durchsetzen wollte. Merlin versuchte zu schreien, ihn anzubrüllen, dass er seine verdammten Pfoten von ihm lassen sollte. Aber seine Zunge schien gelähmt zu sein und überhaupt war er gar nicht richtig da.

»Ich mache einen Deal mit dir, Kleiner«, flüsterte Paolo. Seine Worte wanden sich wie kleine Schlangen in Merlins Gehörgänge. »Du darfst deinen David behalten und mit ihm Spaß haben. Ich habe nichts dagegen. Aber unsere Affäre bleibt bestehen – zumindest fürs Erste. Hörst du?«

Merlin nickte steif.

»Es ist nur Sex«, sagte Paolo und lachte wieder. »Nur Sex, keine große Sache. Und niemand muss davon erfahren. David nicht, Selma nicht. Alles wird gut sein.« Paolos Hand wanderte an ihm hoch und strich ihm über die Lippen. »Wenn dieser Mund nichts sagt, dann wird unser kleines Geheimnis auch geheim bleiben. Ich bin mir sicher, dass du das auch so siehst wie ich, wenn du erst mal richtig darüber nachdenkst.«

Wieder nickte Merlin. Zu anderen Regungen war er nicht mehr fähig. Er konnte nur immer wieder nicken während er irgendwo in sich selbst versank. Weit entfernt spürte er Paolos Finger hinter seinem Ohr streicheln.

»Jetzt lass uns raufgehen, Kleiner.«

82

Die Tür ging langsam auf. David wischte sich schnell die Tränen aus dem Gesicht, blieb aber weiterhin zur Wand liegen. Er brauchte sich nicht umdrehen, weil er wusste, dass er nur seine Mutter sehen würde. Selbst jetzt konnte sie ihn nicht mal für fünf Minuten in Ruhe lassen. Alles musste immer sofort besprochen werden.

»David«, sagte sie mit brüchiger Stimme.

Er antwortete nicht.

»Du verrenst dich da in etwas.« Sie seufzte. »Du bist momentan ein wenig – verwirrt. Der Umzug, die neue Umgebung, das alles macht dich unsicher.«

David atmete tief ein und hielt die Luft an. Woher wollte sie schon wieder wissen, was in ihm vorging? Was maß sie sich eigentlich ständig an?

»David ...«, fing sie wieder an, brach aber ab, als David sich plötzlich zu ihr umdrehte.

»Woher willst du das alles eigentlich wissen?«, fragte er aufgebracht. »Wer hat dir gesagt, dass ich unsicher bin und nicht weiß, was ich will?«

Sie sah ihn irritiert an, ohne den Ausdruck des Schmerzes aus ihrer Mimik zu vertreiben. »Aber du bist verwirrt!«, sagte sie schließlich bestimmt.

»Warum?« David spürte, dass sein Gesicht rot wurde. Diesmal war es aber keine Scham, sondern Wut. »Warum muss ich verwirrt sein?«

»Weil ...«

»Weil ich einen Jungen liebe?« Seine Stimme klang kampflustig – und genau so fühlte er sich gerade auch. Er wollte sich das Geschwätz seiner Mutter nicht länger anhören. Er hatte keine Lust mehr, dass andere Leute über ihn bestimmten und festlegten, wie er sich fühlte, was er dachte, wie er sich verhalten sollte.

Seine Mutter sah ihn hilflos an. »David«, sagte sie schließlich, wusste aber offenbar nicht weiter.

»Du fragst mich andauernd, was los ist«, brachte David bemüht ruhig hervor. »Du willst ständig irgendwas von mir wissen. Du regst dich auf, wenn ich nichts erzähle oder meine Ruhe haben will. Aber wenn ich dir etwas sage, wenn ich mal antworte, dann glaubst du mir nicht und willst mir einreden, dass eigentlich alles genau so ist, wie du es gern hättest.«

Einen fast unendlichen Moment schwieg sie und sah ihn lediglich mit einem Gesicht an, auf dem sie all ihren Schmerz zur Schau trug. Sie wollte, dass er sah, wie sehr seine Worte sie verletzten. Dann schüttelte sie schließlich langsam den Kopf. »David, das stimmt doch gar nicht.«

Sie sprach das mit einer Selbstverständlichkeit und Empörung aus, dass David sofort überlegte, ob er da nicht doch irgendwie etwas Falsches gesagt hatte. Aber genau das war es, was sie wieder bezweckte. Er fühlte sich nicht unsicher, sie war es, die ihm die die Zweifel einredete.

»Warum glaubst du mir dann nicht einfach, dass das mit Merlin – was Ernstes ist?« Eine unangenehme Stille trat ein. Auch das war wieder Taktik von ihr. Sie wollte, dass er Zeit hatte, über das Gesagte nachzudenken. Und das tat er. Niemals hätte er gedacht, dass er irgendwann mal einfach so zu seiner Mutter sagen würde, dass er ... Die Stille brannte plötzlich in seinen Ohren und er schämte sich für das, was er gesagt hatte. Wie konnte er sich so einfach vor seiner Mutter rechtfertigen?

»Das ist nichts – Ernstes«, sagte sie schließlich ruhig. »Du bist siebzehn Jahre, fast noch ein Kind, woher willst du wissen, dass etwas ernst ist?«

»Weil es sich ernst anfühlt«, presste David hervor.

»Aber das funktioniert einfach nicht zwischen – zwei Jungen.« Sie sah ihn mit zusammengezogenen Augenbrauen an. »Vielleicht hast du jetzt das Gefühl, dass es genau richtig ist, aber das ist nur Schein. Du bist ...« Sie brach ab, aber David wusste, dass sie wieder mit ihrer Verwirrtheit ankommen wollte. Festigung durch ständige Wiederholung. Er presste die Lippen aufeinander.

»Was erwartest du von einem solchen Zusammensein?«, fragte sie.

»Ich weiß es nicht«, sagte David. »Es fühlt sich einfach nur richtig an. Ich – liebe Merlin.« Die letzten Worte wollten ihm kaum über die Lippen, weil es ihm immer noch komisch vorkam, offen darüber zu sprechen. Wieso war es eigentlich so schwierig, etwas auszusprechen, von dem eh schon alle wussten?

»Liebe entwickelt sich, das kommt nicht wie eine Krankheit über Nacht.«

David schluckte. »Das ist keine Krankheit«, sagte er. Jetzt war es an ihm, verletzt auszusehen. »Warum tust du das einfach so ab?«

»Weil es nicht mehr ist, als eine kurzzeitige – Sache.« Sie zuckte mit den Schultern.

»Gut, nehmen wir mal an, dass es wirklich so ist und ich echt keinen Plan habe von dem, was da gerade abgeht. Warum macht ihr dann ein solches Drama darum, wenn es doch eh nur kurzzeitig ist?«

Sie sah ihn böse an. »Weil es einfach falsch ist.«

»Aber woher wollt ihr das wissen?« Die Idee, so lange Fragen zu stellen, bis seine Mutter irgendwann keine Antworten mehr hatte, gefiel David.

»Das weiß man«, sagte sie lapidar. »Es ist nicht richtig, wenn zwei Männer miteinander ins Bett steigen. Das ist von der Natur einfach nicht vorgesehen.«

»Sind das Regeln, die du aufgestellt hast?«, fragte David und grinste breit.

»Nein, das ist ...«

»Mam! Weder du noch sonst wer kann eine Ahnung haben, was ich fühle.

Wenn du glaubst, dass es nicht richtig ist, kann ich dich wohl kaum vom Gegenteil überzeugen. Aber du musst mir das schon lassen, dass ich selbst über meine Gefühle Bescheid weiß, okay?«

»Da kommt nichts Gutes bei rum, David.« Sie sah ihn ernst an. »Glaub mir, das ist nicht gut.«

»Für mich schon«, sagte er trotzig. »Wie kommst du überhaupt darauf, dass Liebe nicht gut sein könnte?«

»Das ist keine Liebe, basta!« Langsam wurde seine Mutter sauer. »Außerdem gibt es – Krankheiten«, unterstrich sie ihren Standpunkt und sah ihn gewinnend an.

»Was haben Krankheiten damit zu tun?«

»Macht es dich nicht unsicher, dass man sich bei einer solchen Liebe vor Aids schützen muss?«, fragte sie zurück und zog eine Augenbraue hoch. »Das kommt nicht von ungefähr.«

David wusste nicht mehr, was er sagen sollte. Es brachte ihn vollkommen aus dem Konzept, dass seine Mutter von Aids redete. Plötzlich dachte er darüber nach, dass Merlin ein Kondom dabei gehabt hatte. Dann riss er sich zusammen.

»Andere müssen sich auch schützen«, sagte er und sah seiner Mutter ins Gesicht. Doch die war schon nicht mehr bei ihm. Ihr Blick wanderte aus dem Fenster. Irritiert folgte er ihr, konnte aber nichts sehen. Erst einen Moment später wurde ihm klar, dass sie zu Merlin hinüberschauen musste. Sofort sprang er auf. Ihr Gesicht zeigte Entsetzen. Was geschah dort drüben? Angst kratzte in seinem Hals. Langsam drehte er den Kopf zum Fenster. Doch was er sah, brauchte ein wenig Zeit, bis es tatsächlich bei ihm ankam. Merlin und Paolo. Sie standen sich gegenüber. Merlin nackt. Paolo schubste ihn aufs Bett und riss sich die Kleider runter. Es knackte in Davids Kopf. Langsam kam das Verstehen durch.

»Was ...«, fing seine Mutter an, hielt aber inne. Und David war froh, dass sie ihre Frage nicht stellte. Starr stand er vor dem Fenster und konnte nicht glauben, was seine Augen ihm da zeigten. Paolo ließ sich auf Merlin nieder. Plötzlich schrie ihm sein Verstand zu, dass seine Mutter das Bild ebenfalls sah, dass sie ebenfalls den Beweis für ihre Worte vor sich hatte. *Da kommt nichts Gutes bei rum.* Knack. *Das ist keine Liebe.* Knack. Endlich riss er sich aus seiner Fassunglosigkeit heraus und stürzte aufs Fenster zu. Das Band für die Rollläden schnitt ihm in die Finger, als er die Sicherung löste und den Sichtschutz fallen ließ. Ratternd flogen die Lamellen herunter und sie standen im Dunkeln.

»Darum«, sagte seine Mutter nach einer Weile leise. »Darum.« Das war alles.

Knack. »Bitte geh jetzt.« David erkannte seine eigene Stimme kaum.

»Darum«, wiederholte seine Mutter.

»Geh!« Knack.

83

Merlin blieb vor seinem Bett stehen. Er hatte gar nicht gemerkt, wie er die Treppen hinaufgegangen war. Seine Fußsolen kribbelten seltsam und irgendwie fand er, dass sein Zimmer nebelig aussah. Dann stand Paolo plötzlich vor ihm.

»Paolo«, flüsterte Merlin, konnte aber nicht weitersprechen. Etwas hielt ihn zurück. Dann spürte er eine kühle Hand unter sein Shirt wandern. Das Kribbeln lief über seine Füße die Beine hoch. Sein Unterleib zog sich zusammen und als die Welle an seinem Hals ankam, schnappte er nach Luft wie ein Ertrinkender. Langsam zog Paolo das Shirt hoch und entblößte Merlins Brust. Als würde er einem unausgesprochenen Befehl gehorchen, hob Merlin die Arme, damit Paolo das Shirt ausziehen konnte. Irgendwo in sich drin ärgerte er sich, dass er es ihm so einfach machte. Warum konnte er sich nicht einfach losreißen? Dann fühlte er Lippen auf seinem Bauch und seine Augen schlossen sich. Er spürte Paolos Zunge, die sich in seinem Nabel wand, während sich nach und nach die Knöpfe seiner Jeans lösten. Merlin zog die Luft zwischen seinen Zähnen ein, als der Stoff an seinen Beinen hinunterrutschte. Er empfand es, als würde eine scharfe Klinge über seine Haut gezogen. Trotzdem konnte er sich nicht wehren und hob brav seine Füße, damit Paolo die Hose ganz entfernen konnte. Ja, er war sogar erregt. Das Kribbeln, anfänglich noch unangenehm, wandelte sich langsam. Merlin versuchte dagegen anzugehen. Er wollte nicht, dass sein Körper so auf Paolo reagierte. Doch als er dessen Finger unter dem Stoff seiner Unterhose spürte, setzte sein Kopf für einen Moment aus. Erst, als Paolo ihn umstieß und er rücklings auf sein Bett fiel, kam er wieder zu sich. Jetzt allerdings war er jemand anderes. Sein Gehirn schien leergefegt und da war nur noch dieses sehnsüchtige Gefühl, das Paolo entgegen drängte, das nach Berührung, nach nackter Haut verlangte. Er konnte es kaum erwarten, bis Paolo seine Kleidung abgelegt hatte.

»Schneller«, hauchte er und nahm diese Aufforderung gar nicht als seine eigene wahr. Paolo folgte ihr augenblicklich. Stürmisch legte er sich auf Merlin und der klammerte seine Arme und Beine um ihn.

»Ich wusste doch, dass du es willst«, sagte Paolo in Merlins Ohr. »Du brauchst das.«

Der Teil in Merlin, dem dieser Machospruch aufstieß, lag machtlos unter der Lust begraben. Das bisschen Aufbegehren gegen Paolos Machoart erzeugte nur noch mehr Begehren. Es gab dem Spiel etwas Verruchtes und die Tatsache, dass er sich nicht wirklich wehren konnte, ließ ihn nach vorn stürmen. Merlin drückte seine Lippen auf die von Paolo und empfing die fremde Zunge in seinem Mund. Ein scharfer Geschmack breitete sich aus, als hätte Paolo erst gerade noch auf Pfeffer gebissen. Dann spürte er Hände, die über seine Flanken streiften und drängende Bewegungen. Merlin gab nach. Er spürte Paolos Begierde und verlor sich selbst in einem Gewirr von widerstrebenden Empfindungen.

Eine Ewigkeit später zog Paolo sich zurück, während Merlin narkotisiert liegen blieb. Plötzlich stürzte eine unerträgliche Leere auf ihn ein, wie jedes Mal, wenn Paolo wieder ging. Er blieb zurück, unausgefüllt und benutzt.

»Zieh dich an, bevor deine Mutter kommt«, sagte Paolo in geschäftlichem Tonfall. Die Worte waberten zu Merlin durch den Nebel und stachen ihm in die Ohren. Wie Nadeln drangen sie bis in sein Gehirn vor, um dort zu schwären. Er hatte es wieder getan und Paolo erwähnte seine Mutter, um ihn daran zu erinnern. Er wollte, dass er sich schwach und schlecht fühlte. Paolo hatte wieder mal gewonnen und er würde immer wieder gewinnen, das wusste Merlin jetzt. Er atmete flach und wartete mit geschlossenen Augen, bis er das Schließen der Zimmertür hörte. Paolo sollte ihn nicht sehen, wie er unter der Last seiner Gefühle zusammenbrach. Es reichte, wenn er ihn sah, wie er benutzt auf dem Bett zurückblieb, nackt, mit gespreizten Beinen ...

Das Klicken des Schlosses drang zu ihm hinüber. Er wartete noch, bis Paolo auch wirklich außer Hörweite war. Dann setzte sein Atem schließlich aus und sein Körper wurde geschüttelt. Krampfhaft drehte er sich zur Seite und krümmte sich zusammen. Es dauerte eine Ewigkeit, bis er den ersten Anfall hinter sich hatte und wieder Luft holen konnte. Fast panisch sog er brennenden Sauerstoff ein, während ihm ununterbrochen Tränen aus den Augen liefen. Er drückte sein Gesicht ins Kissen, damit Paolo nicht doch etwas von seinem Schmerz mitbekam. Dann wurde es schwarz vor seinen Augen, seine Muskeln entspannten sich und er blieb einfach liegen.

Nach fast zwei Stunden wachte er wieder auf. Als er bemerkte, dass er noch immer nackt auf dem Bett lag, schrak er hoch. Schnell warf er seine Bettdecke über sich und lauschte. Für normal kam seine Mutter einfach so in sein Zimmer hinein. War sie vielleicht schon da gewesen? Nein, das hätte er mit Sicherheit gehört, oder? Er horchte. Aber es waren keine Geräusche zu vernehmen, die auf die Anwesenheit seiner Mutter schließen ließen. Langsam beruhigte er sich wieder. Dann drang allmählich der Schmerz in seinem Unterbauch zu ihm vor. Er legte seine Hand auf die Stelle und krümmte sich ein wenig. Es war ein stechender Schmerz. Dazu fühlte er eine dumpfe Übelkeit in sich aufsteigen. Aber es war nicht so schlimm, dass er sich übergeben musste. Also blieb er liegen und wartete einfach einen Moment, bis er sich an diesen Zustand gewöhnt hatte. Er dachte an David, der womöglich drüben auf ihn wartete. Sein Hals zog sich zusammen. Was sollte er ihm sagen? Jetzt durfte er nichts mehr verschweigen. Aber wie würde David reagieren? Er hatte ja klargemacht, dass er ein weiteres Bestehen der Affäre nicht hinnehmen wollte. Im Grunde war David ja überaus gelassen gewesen. Fast so, als hätte er bereits über alles Bescheid gewusst. Für einen Augenblick hielt Merlin diesen Gedanken fest. Konnte das sein? Konnte David schon vorher davon gewusst haben? Dann schüttelte er den Kopf. Langsam schob er die Decke wieder von sich runter und stand auf. Ein wenig wackelig auf den Beinen blieb er stehen. Was sollte er jetzt machen? Seine Bauchschmerzen wurden wieder schlimmer. Er schlang die Arme um seinen

Körper und beugte sich ein wenig vor in der Hoffnung, dass es davon besser wurde. Kurz darauf ließ der Schmerz in der Tat nach, aber Merlin machte sich Sorgen. Was war das? Dunkle Ängste stiegen in ihm auf. Immer wieder sah er Paolos grinsendes Gesicht über seinem. Hatte er ihn vielleicht irgendwie – verletzt? Schnell schob Merlin diesen Gedanken beiseite. Nein, er war einfach nur nervös und hatte Bauchschmerzen, weil er sich so viele Gedanken machen musste. Kurz überlegte er, ob er nicht Christian anrufen sollte. Das schien ihm ein verlockender Gedanke. Er hatte noch immer nicht mit seiner Mutter gesprochen, weshalb er ja eigentlich überhaupt erst wieder zurückgekommen war. Jetzt hatte er neben dieser Pflicht noch eine weitere Beichte David gegenüber auf dem Programm. Schwerfällig schleppte sich Merlin ins Bad. Den Blick in den Spiegel vermied er. Er hatte Angst, dass ihn ein anderer anschauen könnte. Als kurz darauf heißes Wasser über seinen Körper lief und all den Schmutz mit in den Abfluss nahm, klarte sein Verstand nach und nach wieder auf. Nein, er wollte ganz bestimmt nicht auf Paolo hören, auf keinen Fall. Der Gedanke, David belügen zu müssen, stieß ihm übel auf. Er dachte an seine braunen Augen, die ihn immer mit dieser umwerfenden Unschuld ansahen. Er war ihm die Wahrheit schuldig, was immer das am Ende auch bedeuten mochte.

Die Badezimmertür ging auf und Paolo schaute herein. »Wieder wach?«, fragte er und grinste anzüglich. »Deine Mutter ist noch immer nicht vom Sport zurück.« Er schob sich ganz herein und Merlin sah, dass er nackt war. »Ist da noch Platz unter der Dusche?« Paolos Augen funkelten. »Du warst echt gut.«

Merlin schluckte. »Paolo, ich ...«

Paolo legte ihm einen Finger über die Lippen. »Psst«, machte er und stieg zu ihm unter die Brause.

84

David stand noch eine ganze Weile in seinem dunklen Zimmer. Den Blick immer noch Richtung Fenster gewandt. Dann trat er langsam zurück, bis er mit dem Rücken gegen die geschlossene Tür stieß. Seine Hand tastete zur Seite nach dem Lichtschalter. In diesem Bett hatte er zusammen mit Merlin gelegen. Plötzlich schossen ihm Tränen in die Augen. Am liebsten hätte er laut geschrien, aber er hatte Angst, dass er damit nur wieder seine Mutter auf den Plan rufen könnte. Also riss er sich zusammen und überlegte, was er jetzt tun sollte. Hartnäckig schob sich das Bild von Merlin und Paolo vor seine Augen, obwohl ihm die Jalousien doch die Sicht versperrten. Irgendwann berappelte er sich und stürmte zum Kleiderschrank. Wütend riss er Sportsachen hervor und stopfte sie achtlos in seine Tasche. Er hielt es einfach nicht aus, weiterhin in diesem Zimmer zu stehen und sich von dem verschlossenen Fenster anschreien zu lassen. Ja, es kam ihm in der Tat so vor, als würde sein Blick immer wieder dort hingezogen. Aber er war froh, dass er nicht das sehen musste, was sich dahinter verbarg. Seine Sicht wurde wieder wässrig. Schnell schnappte er die Tasche, stampfte die Füße in seine Schuhe und rannte aus dem Zimmer. Im Badezimmer riss er sich ein Handtuch aus dem Regal und stürzte sich danach die Treppe hinunter. Unten kam seine Mutter aus dem Wohnzimmer und sah ihn mit aufgerissenen Augen an.

»Was ... wo willst ...«, fing sie an, aber David beachtete sie gar nicht. Er lief einfach an ihr vorbei zur Tür.

»David!«, rief sie aufgebracht.

Eilig flüchtete David auf die Straße, den Blick stur zu Boden gerichtet. Er hatte Angst, dass er doch irgendwie zu Merlins Zimmer hinaufsehen könnte und vielleicht irgendwas sah. Ja, vielleicht standen sie ja beide nackt und Seite an Seite dort oben, um ihm hinterherzusehen. Seine Schritte wurden länger. Er stolperte und verfiel in einen Trab, um sich wieder aufzufangen. Schließlich rannte er wie ein Irrer die Straße hinunter. Irgendwie hatte er die Hoffnung, dass er damit seine Gefühle abhängen konnte. Merlin blieb ja schließlich auch zurück. Er bog auf die Hauptstraße ein und versuchte noch ein bisschen schneller zu laufen. Fast überschlug er sich. Vor ihm tauchte verwackelt die erste Querstraße auf. Die Ampel zeigte ihm rot. Doch er dachte nicht daran, langsamer zu laufen. Warum sollte er auch? Wenn die Ampel nicht für ihn grün würde, er würde nicht für sie halten. Merlin hielt ja auch nicht für ihn, wie er es versprochen hatte. David hatte das Gefühl, lachen zu müssen, aber was da aus seinem Mund nach außen drang, hörte sich nicht nach einem Lachen an.

Irgendwo in der Ferne rief eine Stimme: »Bleib stehen!« Aber der Sinn dieser Worte kam nicht bei ihm an. Lediglich seinen kraftvollen Atem nahm er überdeutlich wahr, und das wilde Hämmern seines Herzens. Vor ihm verschwamm das rote Männchen zu einem diffusen Fleck. Er lief weiter. Noch ein Schrei. Sein Fuß setzte auf die Straße auf. Reifen quietschten. Das war alles, was er hörte, dann zog es ihm die Beine weg und plötzlich lag er quer in der Luft. Alles drehte sich und er schwebte schwerelos in einem Wirrwar von Farben und Geräuschen. Irgendwo in diesem Gewühl, das wusste er, war auch Merlin und gab sich Paolo hin. Aber konnte er ihm das wirklich verübeln? Was war er denn schließlich für ein Liebhaber, der zurückschreckte, wenn es um Sex ging. Sex, das war letztlich alles, worum es sich drehte. Drei Buchstaben, deren Bedeutung ihm so vollkommen unbekannt war, dass die Furcht stets größer war als die Neugier. Alles schien immer und immer wieder darauf hinauszulaufen. Wer hatte, wer nicht, wer mit wem, wer durfte auf keinen Fall und wer war zu feige ... Das waren doch die Fragen, die die Welt bewegten. Aber er spielte nicht so richtig mit. Er hatte Angst, obwohl er doch auch fasziniert war. Ein normaler Junge durfte sich aber nicht fürchten, er musste Sex haben, wenn er ein Mann sein wollte, und er musste damit angeben, damit alle wussten, dass er auch wirklich ein richtiger Mann war. Ohne Sex war man kein Mann. Ohne Sex verlor man seinen Freund. Ohne Sex zog die Welt an einem vorbei, so wie jetzt gerade.

Das Chaos fand ein jähes Ende, als er auf dem Asphalt aufschlug. Was war passiert? Verwirrt tastete er nach seiner Tasche, konnte sie aber nicht finden. Verdammt, was war denn los? Er fühlte sich schwindlig und ihm war schlecht. War er etwa umgekippt? Dann stellte sich langsam der Schmerz ein. Sein Schädel drückte und schien im mit einem Mal gar nicht mehr zu passen. Ein dumpfes Dröhnen nahm ihn gefangen. Vorsichtig versuchte er sich aufzusetzen, aber eine Hand legte sich auf seine Brust.

»David!«, sagte eine Stimme. »Alles in Ordnung?« Er kannte sie. Aber irgendwie konnte er nicht klar sehen. Unscharf erkannte er, dass jemand vor ihm hockte.

»Selma?«, fragte er und gab der Hand nach, die ihn sanft wieder zu Boden drückte.

»Bleib erst mal liegen, okay?« Dann folgte ein kurzes Wortgefecht, dem David nicht richtig folgen konnte. Angestrengt versuchte er etwas zu sehen. Er lag auf der Straße. Aber sein Kopf schmerzte zu sehr, als dass er ihn drehen wollte. Eine Ewigkeit später, wie ihm schien, kam Selma zu ihm zurück.

»Wie fühlst du dich?«

»Was ist passiert?«, fragte er und langsam bekam er Angst.

»Du bist angefahren worden«, sagte Selma sanft. »Aber es scheint soweit alles okay zu sein.« Sie räusperte sich. »Du siehst blass aus.«

Langsam kam die Erinnerung zurück. Er war gerannt. Und es war ihm egal gewesen, dass die Ampel rot angezeigt hatte.

»Ich habe das Gefühl, dass ich nicht richtig sehen kann«, stellte David fest. Es schien ihm anstrengend die Augen offen zu halten. »Und ich glaube, mein Kopf platzt.«

Selma nahm seine Hand. »Du hast eine Platzwunde und blutest ein bisschen«, sagte sie ruhig. »Ich glaube nicht, dass es was Schlimmes ist. Aber der Notarzt kommt gleich und ...«

»Wo ist denn meine Sporttasche?«, fragte David panisch.

Selma zögerte kurz. »Die liegt da vorn am Straßenrand.«

David versuchte, ihrem Blick zu folgen, sah aber nichts. Im Grunde konnte es ihm auch egal sein. Kurz darauf wurde ihm bewusst, wie absurd die Frage nach seiner Tasche war. Was hatten diese paar Sachen schon für einen Wert?

»Warum bist du so gelaufen?«, fragte Selma schließlich leise. Ihre Hand streichelte über seine Finger.

David wusste nicht, was er antworten sollte. Ja, warum war er gelaufen? Er hätte doch auch gehen können. Vor allem, warum war er nicht stehen geblieben?

»Ich wollte zum Sport«, sagte er.

»Ist etwas vorgefallen?«, hakte Selma nach.

David fiel wieder ein, dass ja alles mit Sex zu tun hatte. Das war der Grund. Aber das konnte er Selma nicht sagen. Sollte er ihr etwa erklären, dass er soeben die Erkenntnis seines bisherigen Lebens gewonnen hatte?

Aus der Ferne drang ein Martinshorn zu ihnen hinüber.

»Nein«, sagte er. Er konnte sich zwar daran erinnern, dass alles irgendwie mit Sex zu tun hatte, aber vorgefallen war bei ihm ganz sicher nichts in die Richtung. Das wusste er bestimmt. Erst als das Blaulicht in seinen Augen flackerte, kam ihm der Grund für seinen Unfall ganz schwach wieder in den Sinn. Merlin, dachte er, Merlin und Sex. Paolo und Sex. Nicht er.

David hielt sich an Selmas Hand fest, als man ihn auf die Rollbare hievte.

»Ich komme mit«, sagte sie. »Keine Angst.«

Als sie im Wagen waren, fragte David leise: »Gehst du eigentlich immer im Fitnesscenter duschen?«

Selma lachte. »Natürlich.«

David schwieg. Er dachte darüber nach, dass er ungern in öffentliche Duschen ging. Das hatte doch auch alles etwas mit Sex zu tun. Man zog sich vor fremden Menschen aus und seifte seinen Körper ein.

»Du nicht?«, fragte Selma.

»Nein.«

»Warum?«

»Da ist man doch nicht allein«, sagte David und klang dabei so empört, dass der Sanitäter, der mit ihnen fuhr, lachen musste.

85

Selma saß im Wartezimmer und hoffte, dass nochmal alles gutgegangen war. Natürlich hatte sie David gesagt, dass er sich keine Sorgen machen brauchte, und sie hatte es auch so gefühlt, aber konnte sie sich da wirklich sicher sein? Immer wieder sah sie die Situation vor sich, wie er rannte und nicht auf sie hörte, einfach weiterlief und dann von dem Auto erfasst wurde, durch die Luft flog, alles rasend schnell, schließlich aufprallte und liegen blieb. Das war alles viel zu schnell gegangen, als dass sie sich in diesen wenigen Augenblicken hätte vernünftige Gedanken machen können. Jetzt im Nachhinein kam es ihr so vor, als wäre ihr Kopf leer gewesen. Fassungslos hatte sie dort an der Ampel gestanden und auf die Grünschaltung gewartet. Warum hatte er nicht auf sie gehört? In ihr spielte sich die Verzweiflung des Momentes ab. Eigentlich hätte sie das alles schon da fühlen müssen. Sie hatte doch gewusst, wie es kommen würde. Zumindest fühlte sich das jetzt so an. Aber in dieser Situation war einfach keine Zeit gewesen, um über irgendwas nachzudenken, geschweige denn zu handeln. Was hätte sie auch tun können? So hatte sie unbewegt zugesehen und war auch danach nicht gleich aus ihrer Starre herausgekommen. Der Mensch brauchte unglaublich lange, bis er endlich mal reagieren konnte, wenn er einen solchen Schockmoment verarbeiten musste. Selma schüttelte den Kopf. Nein, mit Verarbeitung hatte das nichts zu tun, es musste erst realisiert werden, das war es, was so lange dauerte. Verarbeiten tat sie jetzt gerade, da sie hier wartete und Zeit dazu hatte. Und immer wieder flog David durch die Luft und prallte auf die Straße. Ihr war kalt. Sie drehte das kleine Zettelchen in ihren Fingern um seine Achse. David hatte ihr die Nummer seiner Eltern gegeben, damit sie dort anrief. Eigentlich bestand für sie kein Grund mehr, noch länger zu warten. Seine Eltern würden jeden Moment kommen und sie konnte sich denken, dass die Situation alles andere als angenehm werden würde. Sie betrachtete gedankenverloren ihre zittrige Schrift auf dem Zettel. Natürlich hatte seine Mutter wieder absolut übertrieben reagiert. Selma fragte sich, ob sie selbst auch so aus der Haut fahren würde, wenn ihr jemand sagen würde, dass ihr Sohn einen Unfall gehabt hatte. Sie würde doch zumindest erst mal weiter zuhören, oder? Davids Mutter dagegen hatte sofort angefangen zu schreien und am Ende musste sie mit Davids Vater sprechen, der sich das Krankenhaus und die Straße durchgeben ließ.

Unschlüssig stand sie auf und versuchte das Bild des Unfalls aus ihrem Gedächtnis zu bekommen. David lebte, es war alles gut. Das hätte sie auch seinen Eltern gesagt, wenn sie dazu gekommen wäre. Vielleicht hätte sie sich aber auch einfach nur Gehör verschaffen müssen? Selma rieb sich die Schläfen. Jetzt machte sie sich schon genau solche wirren Gedanken wie David nach seinem Sturz. Warum waren ihr gerade diese Kleinigkeiten jetzt so wichtig?

»Entschuldigen Sie«, sagte ein junger, freundlich dreinblickender Arzt. »Sind Sie die Mutter des Jungen?«

»Geht's ihm gut?«, fragte Selma automatisch zurück.

Der Arzt nickte. »Eine leichte Gehirnerschütterung. Er scheint noch ein wenig unter Schock zu stehen, aber das wird sich schnell geben. Ich habe ihm ein leichtes Beruhigungsmittel gegeben, im Moment schläft er.«

»Danke.« Selma lächelte erleichtert und sah dem Arzt hinterher. Zumindest hatte sie recht behalten. Es war nichts Schlimmes passiert.

»Wo ist er?«, fragte eine schrille Stimme plötzlich.

Selma drehte sich herum und sah Hanne auf sich zustürmen. Unbewusst wich sie einen Schritt zurück.

»Ist alles in Ordnung?« Sie war vollkommen aufgelöst.

»Ja«, sagte Selma. »Es ist nichts passiert.«

»Nichts passiert?«, rief Hanne panisch. »Warum liegt er dann im Krankenhaus?«

Ihr Mann tauchte auf und legte Hanne beruhigend seine Hände auf die Schultern. Hanne drehte sich um.

»Hast du das gehört? Nichts passiert!«

»Entschuldigen Sie«, sagte Ansgar, »sie ist ein wenig aufgebracht.«

Selma nickte. Sie registrierte, dass er wieder zum Sie übergegangen war. Aber wenigstens schien seine Anwesenheit Hanne wirklich wieder auf den Boden zurückzuholen.

»Er ist von einem Auto angefahren worden«, sagte Selma betont ruhig und erzählte in knappen Worten das Geschehene. Sie schloss mit der Auskunft des Arztes.

Hanne presste sich die Hände auf die Brust und schüttelte immer wieder den Kopf. »Wie konnte das denn passieren?«, fragte sie.

Selma schwieg betreten. Sie wollte nicht sagen, dass David die Ampel missachtet hatte. Sein Vater machte sich augenblicklich Gedanken, ob man denn den Autofahrer belangen könne und sprach seiner Frau tröstend zu.

Selma wunderte sich, mit welcher Selbstverständlichkeit die beiden davon ausgingen, dass andere an dieser Situation Schuld trugen und nicht ihr eigener Sohn. Solche Eltern hatte sie in ihrem Leben schon häufig kennen und hassen gelernt. Erstaunlich, dass gerade bei diesen ein so sympathischer Junge herausgekommen war, dachte sie.

»Ich werde mich dann mal auf den Weg machen«, verabschiedete sie sich.

»Frau Nagy?«, hielt Ansgar sie zurück. Als sie sich umdrehte, war sein Gesicht eine Maske aus Stein.

»Was haben Sie eigentlich mit dem Unfall zu tun?«

Selma spürte von jetzt auf gleich Wut in sich aufsteigen. »Ich stand zufällig an der Ampel, die Ihr Sohn missachtet hat«, sagte sie kalt. Jetzt hatte sie es also doch gesagt. Sofort stellte sich ein schlechtes Gewissen ein, obwohl das eigentlich unnötig war. Diese Tatsache wäre ohnehin herausgekommen.

Ansgar sah sie entgeistert an, als könnte er nicht glauben, dass sein Sohn bei rot über die Straße lief.

»Wie mir scheint, ist bei ihrer Erziehung doch noch einiges mehr schiefgelaufen, als das unterdrücken anderer Lebensweisen.« Selma drehte sich um und ging. Wie konnten diese Menschen nur so unglaublich verbohrt sein? Als sie den Krankenhausgeruch hinter sich ließ und wieder frische Luft einatmete, schämte sie sich aber für ihr Verhalten. Vielleicht hatte sie doch ein wenig dick aufgetragen. Aber möglicherweise war ja genau das, was sie da angesprochen hatte, der Grund für diesen Unfall. Vor irgendwas war David geflüchtet, da war sie sich sicher. Und vor was sollte er flüchten, wenn nicht vor diesen Eltern? Selma rief sich ins Gedächtnis, dass sie jetzt in diesem Moment nicht einen Deut besser war, als die Gessens. Sie erinnerte sich wieder an das, was sie kurz nach dem Unfall gedacht hatte: David musste sich mit Merlin gestritten haben. Wie sie auf diese Idee gekommen war, konnte sie sich nicht erklären. Aber bisher waren es immer ihre ersten Vermutungen gewesen, die sich später als richtig herausgestellt hatten.

Etwa zwanzig Minuten später betrat sie das Haus. Sie stellte ihre Tasche ab und blieb einen Moment stehen. Alles war still. Sie schaute auf die Uhr. Es war schon spät und zumindest Paolo müsste zu Hause sein. Sie stieg die Treppen hoch und blieb kurz vor Merlins Tür stehen. Er hatte sie geschlossen, also war er auch da. Jetzt war sie sich ziemlich sicher, dass zwischen ihm und David etwas vorgefallen war. Das spürte sie. Dann ging sie erst mal ihre Sporttasche entleeren. Ein Blick in den Badezimmerspiegel bestätigte, dass sie so aussah, wie sie sich fühlte. Sie beschloss, heute früh zu Bett zu gehen. Als sie eine Viertelstunde später ins Schlafzimmer trat, erschrak sie. Paolo lag schon dort und schlief offenbar. Um diese Zeit? Es war nicht mal zehn!

»Paolo?«, fragte sie leise.

»Hmm?«, machte er und drehte sich zu ihr um. Er las ein Buch. Wann hatte er das schon mal getan?

»Alles in Ordnung?« Sie spürte, dass ihr Herz schneller schlug. Irgendwas stimmte hier nicht.

»Ich habe Kopfschmerzen«, sagte Paolo, aber Selma hatte sofort den Verdacht, dass das gelogen war.

»Wo ist Merlin?«, fragte sie unsinnigerweise.

»In seinem Zimmer. Ich glaube, ihm geht es nicht so gut. Er schläft.«

Selma nickte. Trotzdem ging sie noch zu Merlin hinüber. Vorsichtig öffnete sie die Tür und schaute in sein Zimmer. In der Tat lag er zusammengerollt auf seinem Bett und schlief. Für einen Moment dachte Selma darüber nach, ihn zu wecken. Aber dann entschied sie sich dagegen. Sie konnte ihn auch morgen noch fragen, was vorgefallen war. Bevor sie die Tür wieder schloss, hielt sie noch mal inne. Vielleicht sollte sie ihn doch wecken und ihm sagen, was mit David passiert war? Einen Moment stand sie unschlüssig mit der Klinke in der Hand im Türspalt. Nein, auch das hatte Zeit bis morgen, entschied sie schließlich und ging ins Bett. Sie fühlte sich seltsam. Das war heute alles ein wenig viel, dachte sie und war froh, dass Paolo sie nicht ansprach.

Dienstag

Schon wieder

Ich ließ mich wieder
Von ihm fangen
Wollte stark sein
Ihm widerstehen
Doch sein Verlangen
Ließ mich
Dich wieder
Hintergehen

M. Nagy

86

Nach dem Aufwachen vermutete Merlin krank zu sein. Er konnte sich nicht erinnern, dass er jemals so lange geschlafen hatte. Sein Wecker zeigte ihm eine Uhrzeit, die ihm wiedermal eine Verspätung versicherte. Aber vielleicht würde er heute gar nicht erst zur Schule gehen. Seine Beine taten weh vom langen Liegen und sein Kopf machte einen leicht fiebrigen Eindruck. Angeekelt schob er die verschwitzte Bettdecke von sich weg und stand auf. Er taumelte aufs Bad zu. Wie immer war das Haus in der Frühe still und er versuchte, leise zu sein, damit seine Mutter nicht aufwachte. Vorsichtig schloss er die Tür hinter sich und betrachtete sein Spiegelbild in dem großen Badezimmerspiegel. In der Tat sah er zerknautscht und nicht ganz beieinander aus. Sofort stützte er sich mit den Händen aufs Waschbecken auf, was ihm noch mehr das Gefühl gab, nicht Herr über seinen Körper zu sein. Er dachte einen Moment darüber nach, was wäre, wenn er jetzt einfach zusammenbrechen und sterben würde. Seine Mutter würde ihn wohl frühestens in einer Stunde entdecken. Plötzlich fragte er sich, ob sie wie jede andere Mutter reagieren würde, oder ob sie auch in dieser Situation Ruhe bewahren konnte. Er schüttelte den Kopf. Wie kam er eigentlich immer auf so einen Mist? Langsam sollte er sich wirklich mal Gedanken über einen Besuch beim Psychologen machen. Vielleicht würde der ihm auch noch ein paar Verhaltenstipps geben, was den Umgang mit betrogenen Müttern und Freunden anging. Er senkte den Blick und betrachtete eine Weile den Abfluss des Waschbeckens. Am liebsten würde er seinen Kopf aufklappen und einfach all seine schlechten Gedanken und Eigenschaften in die Kanalisation kippen. Dann riss er sich los und stieg in die Dusche. Doch bevor seine Hand das Wasser anstellen konnte, überfiel ihn die Erinnerung an Paolo hier in der Dusche. Merlin hatte sich mit den Händen gegen die Wand abgestützt und dabei auf die Haltestange geschaut, die den Duschkopf hielt. Wie anders diese Chromstange doch aussah, wenn man sie mit einem solchen Erlebnis in Verbindung brachte. Der Gedanke schoss ihm durch den Kopf, dass er in dieser Dusche nie wieder sauber werden könnte. Hatte Paolo deshalb gewartet? Wollte er, dass er sich auch hier an diesem Ort, wo er sich die Sorgen aus der Seele waschen konnte, schlecht fühlte? Merlin schüttelte den Kopf. Das war Schwachsinn, dachte er und stellte das Wasser an. Zuerst traf ihn ein kalter Strahl und er hätte fast laut aufgeschrien. Schnell besserte er die Temperatur nach. Als er sich zehn Minuten später abtrocknete, dachte er noch immer an Paolo. Merlin wurde das seltsame Gefühl nicht los, nicht nur gestern Abend wieder verloren zu haben. Er schüttelte den Gedanken ab. Ja, er hatte gestern erneut versagt, aber das hieß noch lange nicht, dass damit alles verloren war. Er zwang sich zu einem Grinsen.

Als er das Haus verließ, war es bereits zehn Minuten nach acht Uhr. Merlin war klar, dass David nicht mehr auf der Bank sitzen würde. Das wäre zu viel verlangt. Trotzdem überkam ihn eine leichte Enttäuschung, als er die Bank tatsächlich leer vorfand. Er beschleundigte seinen Schritt. Immerhin würde er ihn gleich in der Schule sehen und dann würde sich schon alles wieder richtig anfühlen. Er dachte darüber nach, ihn heute zu sich einzuladen. Sie könnten einen Film angucken und danach würde er David alles über sich und Paolo gestehen. Doch sein Optimismus verschwand mit einem Mal wieder. Wie gern würde er einfach mit David im Bett liegen und nichts tun, einfach nur liegen, ihn spüren, ein wenig atmen, sich wohlfühlen. Aber darauf würde er definitv verzichten müssen, wenn er David tatsächlich von seiner Niederlage erzählte. Paolos Worte schoben sich in den Vordergrund. Immer wieder sagte er ihm, dass David ja nichts davon wissen müsste. Er konnte immer noch Paolos fieses Spiel mitspielen und schon zu Beginn seiner Beziehung zu David eine Affäre haben. Und das, nachdem er ihm schon gestanden hatte. Merlin lachte über diese absurde Vorstellung. Nein, das wollte er auf keinen Fall. Er durfte Paolo nicht zuspielen, wenn er ihm schon nicht widerstehen konnte. Plötzlich kam ihm in den Sinn, dass er David um Hilfe fragen musste. David würde ihn bei seinem Kampf gegen Paolo unterstützen, weil er es allein einfach nicht schaffte. Irgendwie hörte sich das albern an. Merlin gegen das Böse in Gestalt des Freundes seiner Mutter. Er lachte wieder auf, diesmal bitter.

Die Stimmen unterrichtender Lehrer drangen durch die geschlossenen Türen der Klassenzimmer. Merlin empfand das Geräusch als äußerst unangenehm. Es waren die Laute, die ihm sagten, dass er wiedermal zu spät kommen würde, während die anderen bereits auf ihren Plätzen saßen.

Abrupt blieb er vor seinem Klassenzimmer stehen. Er wartete einen Moment und atmete tief durch. Dann drückte er die Klinke hinunter und ging hinein.

»Entschuldigung«, murmelte er, ohne eigentlich richtig aufzusehen. Hastig schob er sich nach hinten. Doch dann, auf Hälfte des Weges, blieb er stehen, als wäre er gegen eine unsichtbare Wand geprallt. David! Wo war David? Er schluckte. Zuerst dachte er daran, wie trostlos ein Tag ohne David sein würde. Langsam setzte er seinen Weg fort. Ob David wohl auch schlecht aus dem Bett gekommen war?

Kaum hatte er sich gesetzt und seine Sachen ausgepackt, kam auch schon das erste Briefchen von Linda geflogen. Merlin war natürlich nicht entgangen, dass sie ihn beobachtete. Und selbstverständlich hatte sie an seinem Gesicht abgelesen, dass er über Davids Abwesenheit mehr als nur überrascht war.

Noch bevor er das Papier richtig entfaltet hatte, kannte er die Frage schon: *Wo ist David?* Die Frage, die ihm die ganze Zeit durch den Kopf ging. Die Frage, die ihm seine Mitschüler heute noch dutzendfach stellen würden.

Keine Ahnung, schrieb er zurück. Irgendwie war es schon komisch, dass Linda gleich annahm, dass er wissen müsste, wo David blieb. Aber je länger er darüber nachdachte, desto sicherer wurde er sich, dass er es im Grunde wirklich wissen müsste. Merlin bemerkte die Blicke der anderen. Natürlich waren sie neugierig. Nach der Sensationsenthüllung von gestern bahnte sich in ihren Augen nun der nächste Skandal an. Das war es, was die Schule besuchenswert machte – immer passierte etwas.

Linda warf ihm wieder das Briefchen zu: *Ich dachte, ihr seid zusammen?* Merlin schob den Zettel in seine Hosentasche. Er hatte nicht vor, darauf zu antworten. Irgendwie hatte sie recht. Sie waren zusammen und deshalb musste der eine doch wissen, was der andere machte, oder? Dann tauchten wieder all die bösen Gedanken auf. Sie waren zusammen, aber trotzdem hatte er gestern mit Paolo geschlafen – obwohl er sozusagen Treue geschworen hatte.

Merlin blieb bis zur Pause in seiner Gedankenwelt gefangen. Immer wieder überlegte er, was denn passiert sein könnte, dass David tatsächlich nicht zur Schule kam. Für normales Verschlafen wurde es langsam zu spät. Das Klingeln der Pausenglocke registrierte er zwar am Rande und auch die Bewegung in der Klasse, aber er reagierte trotzdem nicht. Er legte sich gerade Worte zurecht, mit denen er sein Geständnis gegenüber David einleiten konnte.

»Willst du nicht raus?«, fragte Linda plötzlich.

Merlin schrak zusammen. »Was?«

»Wir müssen raus«, sagte Linda. »Komm!«

Lustlos trottete er hinter ihr her. Als sie auf dem Hof in einer einigermaßen ruhigen Ecke angekommen waren, drehte sich Linda zu ihm um.

»Jetzt erzähl mir, was ist los?«

Merlin kam sich total überrumpelt vor. »Nichts«, sagte er automatisch. »Alles okay.«

»Das glaube ich aber nicht.« Linda zog eine Augenbraue hoch. »Was ist mit David?«

Er zuckte mit den Schultern. »Muss ich das denn wissen?«

»Ihr habt euch gestritten«, stellte Linda fest.

»Wie kommst du denn jetzt darauf?«

»Na, weil du dich so – komisch verhältst.« Sie machte Merlins Stimme nach: »Muss ich das denn wissen, bla bla bla.«

Merlin seufzte. Für einen Augenblick überlegte er tatsächlich, ob er Linda nicht die Sache mit Paolo erzählen sollte. Er entschied sich aber dagegen. Linda hatte ihm schon einige Male wissen lassen, was sie von Männern hielt, die sich in dieser Beziehung nicht beherrschen konnten.

»Wo ist denn dein Freund?«, fragte Jan der Klassensprecher plötzlich und grinste im Vorbeigehen anzüglich.

»Dieser Wichser!«, murmelte Linda.

87

Vorsichtig stieg David aus dem Wagen. Seine Mutter hielt sofort seinen Arm.

»Geht schon«, sagte er, obwohl er wusste, dass diese Ablehnung absolut vergebens war. Kurz dachte er darüber nach, wie seine Mutter die ganze Zeit besorgt in seinem Krankenzimmer hin- und hergelaufen war und alles und jeden aufgescheucht hatte. Irgendwann war endlich eine Schwester aufmerksam geworden und hatte sie nach Hause befohlen. Es wunderte David, dass sie tatsächlich nach kurzem Aufbegehren gegangen war. Er hatte der Schwester einen dankbaren Blick zugeworfen und war schließlich eingeschlafen.

»Nichts geht«, widersprach seine Mutter augenblicklich und sah ihn strafend an. »Du hast doch gehört, was der Arzt gesagt hat: Du musst dich schonen.«

David schwieg. Jeder Einwand wäre zwecklos. Also ließ er sich von seiner Mutter zur Tür begleiten, während sein Vater sich von ihnen verabschiedete und zur Arbeit fuhr. Dass er extra seine Arbeit hinten angestellt hatte, um ihn vom Krankenhaus abzuholen, erschien David irgendwie unverhältnismäßig. Überhaupt war er der Meinung, dass er erst gar nicht über Nacht hätte im Krankenhaus bleiben müssen. Wahrscheinlich hatte da aber letztlich seine Mutter mit ihrer Panikmache entschieden. Immer wieder hatte sie von möglichen inneren Verletzungen erzählt und dass er auf jeden Fall noch nicht nach Hause konnte. In der Tat schien sein Schädel aber noch immer in Mitleidenschaft gezogen. Ab und an stach ein hinterhältiger Schmerz durch seinen Kopf. Das dumpfe Drücken war aber mittlerweile erträglich geworden.

Seine Mutter schloss die Haustür auf. »Soll ich etwas Bestimmtes kochen?«, fragte sie, ohne ihn dabei loszulassen.

»Nein.« David schlich hinter ihr ins Haus. »Ich glaube, ich lege mich gleich wieder hin.« Das musste ihr doch gefallen, oder? »Die wecken einen ziemlich früh.«

Sie nickte. »Mach das.« Im ersten Moment schien es, als wollte sie ihn allein gehen lassen, doch dann nahm sie wieder seinen Arm und ging hinter ihm die Treppe hoch.

»Mam«, fing David an, »es geht wirklich. Ich hab nur Kopfschmerzen, die Beine sind okay.«

»Und was, wenn du das Gleichgewicht verlierst?«, fragte sie sofort. »Es ist besser, wenn ich dir helfe, bevor du am Ende aus falscher Scham noch auf den Kopf fällst.«

David gab es auf. Aber sie hatte recht, es war ihm wirklich unangenehm, so bemuttert zu werden. Erst recht, nachdem er ihnen gesagt hatte, dass er in einen Jungen verliebt war. Natülich war das ein wenig weit hergeholt, aber plötzlich kam es ihm so vor, als stünde ihm genau deswegen keine Hilfe mehr zu. Als er sich langsam auf sein Bett setzte und sie ihm die Schuhe auszog, versuchte er diese Gedanken zu vertreiben. Doch die Tatsache, dass sie an seinen Füßen herumnestelte, brachte ihn noch mehr zu der Überzeugung, dass er sich für diese Zuwendung schämen musste. Er hatte sich durch seine Offenbarung von seinen Eltern entfernt. In letzter Konsequenz musste das doch bedeuten, dass er von nun an auf ihre Unterstützung verzichten musste, oder nicht? Es kam ihm auf jeden Fall falsch vor, als Schwuler von seiner Mutter ins Bett gebracht zu werden, und er war froh, als er endlich lag.

Sie sah ihn einen Augenblick abschätzend an. »Willst du dich nicht ausziehen?«, fragte sie.

»Nein«, sagte David schnell. »Ich ruh mich nur ein wenig aus.«

Unschlüssig blieb sie stehen. Dann räusperte sie sich. »Das gestern ...« Sie sprach nicht weiter.

David schloss die Augen. Er wollte jetzt absolut nicht mit seiner Mutter über Merlin reden und war nicht bereit, ihr da zu einem geeigneten Einstieg zu verhelfen. Er wartete einfach und hoffte, dass sie nicht die passenden Worte finden würde und ihn allein ließ.

»Was war das?«, fragte sie aber nach einer Weile.

David schwieg. Ja, was war das? Natürlich hatte er sich schon im Krankenhaus eine Menge Gedanken darüber gemacht und war immer wieder zu dem bitteren Ergebnis gekommen, dass er Merlin einfach nicht reichte. Er war nicht ausreichend, weil er nicht mit ihm schlief. Aber konnte man das überhaupt erwarten? Ab wann musste man denn mit jemanden ins Bett gehen? Da gab es doch sicher so eine Art Regel. Und, das tat besonders weh, Merlin hatte versprochen, dass er warten würde. Wie ernst konnte er ihre Beziehung jetzt noch nehmen? Natürlich hatte er sich auf eine Geschichte eingelassen, die schon zu Beginn mehr als nur merkwürdig gewesen war. Eigentlich hätte er es wissen müssen. Aber er hatte Merlin vertraut.

»Ich weiß es nicht«, sagte er schließlich. Er wusste, dass seine Mutter immer noch unbewegt vor seinem Bett stand und ihn betrachtete. Er kniff die Augenlieder fester aufeinander und biss die Zähne zusammen. Dann spürte er, wie sich die Matratze an seinen Beinen nach unten senkte. Sie setzte sich tatsächlich zu ihm. Plötzlich verfluchte er sich dafür, dass er ihr auf die Frage geantwortet hatte. Hätte er nicht einfach warten können, bis sie wieder ging? Zu seinem eh schon schlechten Gewissen gesellte sich augenblicklich noch der Gedanke, dass seine Mutter, die gegen sein Schwulsein war, sich nun mit ihm über die Probleme seiner schwulen Beziehung unterhalten wollte. Wenn das nicht mal ein bisschen viel wurde, dachte er. Warum drehte sich überhaupt alles nur noch um Schwulsein?

»Dein Vater und ich, wir haben uns gestern noch lange über dich unterhalten«, sagte sie leise. »Ich kann nicht verstehen, weshalb er das Ganze so locker nimmt.«

David presste die Lippen aufeinander. Er spürte, dass sie ihm tatsächlich

Zugeständnisse machen wollte. Es wäre wirklich dumm, wenn ihm gerade jetzt ein unbedachter Kommentar herausrutschte.

»Er meint, du musst deine eigenen Erfahrungen machen und wir sollten dir dabei nicht im Wege stehen.« Sie seufzte. »Du weißt, dass ich nicht dafür bin.«

David wartete. Aus irgendeinem Grund wollte er gern die Augen öffnen. Doch er wusste, welcher Blick seiner Mutter ihn erwartete. Genau vor diesen Blicken hatte er Angst. Es lag immer so viel Verletztheit und Vorwurf in ihnen, dass es David jegliche Möglichkeit zur vernünftigen Gegenargumentation nahm.

»Ich ...« Sie brach ab. Dann legte sie ihre Hand auf sein Bein und versuchte es noch einmal: »Ich will nicht, dass er dich verletzt«, sagte sie bemüht.

David schluckte. Damit hatte er nun wirklich nicht gerechnet.

»Ich habe keine Ahnung, wie das läuft zwischen zwei jungen Männern, aber ich glaube, das gestern Abend gehörte eindeutig nicht dazu.« Sie schwieg und ließ die Worte eine Weile wirken.

David fröstelte es plötzlich. Er wusste, dass sie sich diese Worte lange zurechtgelegt hatte, sonst hätte sie das niemals so einfach aussprechen können.

»Liebe funktioniert nur, wenn man sich auf den anderen verlassen kann«, sagte sie unvermittelt. »Vielleicht habe ich gestern ein wenig übertrieben, als ich sagte, dass es eine solche – Liebe nicht geben kann.« Sie räusperte sich. »Aber ich bin mir sicher, dass man sich vorher schon ein wenig kennenlernen sollte. Dein Vater und ich, wir kannten uns eine halbe Ewigkeit, bevor wir das erste Mal miteinander ausgingen.«

David musste augenblicklich grinsen. Es amüsierte ihn, wie seine Mutter doch heimlich wieder die Konservative gab.

»Heutzutage ist es wohl noch viel wichtiger als früher, dass man einander vertrauen kann ...«

»Mam«, unterbrach David sie. »Ich habe nicht mit ihm geschlafen, okay?« Wieder dachte er gleich darüber nach, ob das, was sie da in seinem Bett gemacht hatten, wirklich nicht dazuzählte.

»Schön«, sagte sie steif und räusperte sich wieder. »Ich möchte ja auch nur sagen, dass es besser ist, jemanden vorher zu kennen ...« Sie ließ ihren Satz leise ausklingen und schwieg. Fast befürchtete David schon, dass sie im Sitzen eingeschlafen war. Vorsichtig blinzelte er und sah sie an. Ihr Blick wanderte durchs Zimmer. Mit einem Mal wurde David bewusst, dass sie sein Zimmer auf schwule Zeichen absuchte. Ja, genau so sah es aus. Als ob sie mit einem Scanner nach Spuren jagte.

»Wie meinst du, wird das mit euch weitergehen?«, fragte sie plötzlich, drehte den Kopf und sah ihn an.

Innerlich zuckte David zusammen. Genau darüber hatter er noch gar nicht nachgedacht. Immer wieder waren seine Gedanken um diese Frage herum geschlichen. Aber er hatte sich nicht getraut, sie näher zu erwägen. Er fürchtete sich davor, dass sein Kopf ihm etwas anderes sagen könnte, als sein Herz.

»Ich weiß nicht«, antwortete er und machte die Augen wieder zu.

»Ich wüsste auch nicht, was ich machen würde, wenn ...« Sie sprach nicht weiter. Aber das was sie sagte, traf. Plötzlich sah David diese Szene zum ersten Mal unter ihrer richtigen Bezeichnung: Betrug. Er war betrogen worden. Das klang irgendwie albern. Für normal passte das doch zu Frauen, deren Ehemänner sich eine Geliebte hielten. Zu Selma, dachte er gequält und verzog das Gesicht.

Seine Mutter erhob sich und verließ schweigend das Zimmer.

88

Merlin konnte das letzte Klingeln kaum erwarten. Seine Sachen hatte er schon zehn Minuten vorher gepackt. Als Frau Mehring ihn ansprach und fragte, ob er denn schon Feierabend hätte, nickte er nur. In Gedanken war er längst auf dem Heimweg. Dann klingelte es endlich. Hastig riss er seinen Rucksack an sich und stürmte hinaus. Aus dem Augenwinkel sah er noch, dass Linda ihn verwirrt ansah. Aber für Fragen hatte er keine Zeit. Er sprang die Treppen mehr hinunter als er ging. Auf dem Schulhof rannte er fast eine Lehrerin um. Sie sagte etwas zu ihm, aber Merlin hatte dafür kein Ohr frei. Er wollte keine Zeit verlieren, er musste unbedingt herausfinden, weshalb David nicht in der Schule gewesen war.

Kurz darauf lief er quer über die Wiese auf ihre Bank zu. Die Sonne malte mit Hilfe der Bäume ein Schattenbild auf die Sitzfläche. Merlin dachte, dass sie jetzt eigentlich dort sitzen müssten. Sofort bekam er ein schlechtes Gewissen. Paolo kam ihm wieder dazwischen und er ließ sich in einen normalen Schritt zurückfallen. Bevor er mit David wieder dort sitzen konnte, musste er ihm erst erzählen, was gestern abend vorgefallen war.

Als er wenige Augenblicke später den Weg verließ und die Straße betrat, wusste er bereits, dass er noch nicht bei David vorbeischauen würde. Bis gerade war es ihm das Wichtigste gewesen, erst zu wissen, was mit ihm los war. Aber jetzt hatte er mit einem Mal das Gefühl, sich eine Verschnaufpause gönnen zu müssen. Also ging er ganz normal nach Hause.

»Merlin«, sagte seine Mutter sofort. Sie stand in der Küche und trank Tee. »Willst du auch einen?«

»Nein«, antwortete Merlin knapp und wollte weiter.

»Warte einen Moment, ich muss dich etwas fragen.«

Er blieb stehen. Sein Herz schlug sofort schneller. Was wollte sie ihn fragen? Ihre Stimme klang so merkwürdig, so ernst. Wusste sie irgendetwas? Wieder bekam er Paolos grinsendes Gesicht nicht aus dem Kopf.

»Ja?«, fragte er unsicher.

»Ist gestern etwas vorgefallen?«

Merlin schwankte ein Stück vor und stützte sich am Türrahmen ab. »Wie – wie meinst du das?« Er hatte das Gefühl, dass seine Frage schon alles verriet.

»Na, zwischen dir und David«, sagte Selma.

Augenblicklich fühlte sich Merlin so leicht, dass er Angst hatte, gleich abzuheben. »Nein.« Seine Tonlage erschien ihm etwas zu hoch, also wiederholte er sich noch mal deutlicher: »Nein, nicht dass ich wüsste.«

Sie nickte.

»Wieso?«

»Ich habe David gestern gesehen. Er wollte zum Sport.«

Merlin räusperte sich. Ja, das musste ihr natürlich komisch vorkommen, schließlich waren sie ja noch zusammengewesen, als sie gestern das Haus verlassen hatte. Plötzlich fiel ihm ein, dass sie wohl erst sehr spät wieder nach Hause gekommen war. Hatte sie vielleicht mit David gesprochen? Hatte er ihr irgendwas erzählt?

»Merlin, David hatte gestern einen Unfall«, sagte sie leise, »aber es geht ihm gut.«

Eine Schockwelle erfasste ihn. Die ersten Worte waren ihm sofort durch Mark und Bein gegangen, da konnte die Beschwichtigung auch nichts mehr ändern. Merlin fühlte, wie ihm plötzlich kalt wurde. Immer wieder versuchte er sich den Nachtrag in den Kopf zu rufen – *aber es geht ihm gut.* Darauf sollte der Schwerpunkt liegen. Trotzdem verspürte er keine Erleichterung.

»Was ist passiert?«, presste er schließlich hervor.

»Er ist bei rot über die Straße. Ein Wagen hat ihn erwischt. Ich war heute morgen schon drüben, er ist wieder zu Hause.«

»Gut.« Merlin hörte das Wort schwammig aus seinem Munde. Zäh hing es in der Luft.

»Eine leichte Gehirnerschütterung«, fügte Selma noch an.

Merlin nickte. Langsam kam er wieder zu sich. Aber der Schreck steckte ihm noch in den Knochen. David hatte einen Unfall gehabt. Wenn Paolo ihn nicht fortgeschickt hätte, dann wäre das nicht passiert, dachte er sich. Plötzlich kam ihm die Tatsache an sich völlig unmöglich vor. Wie konnte David verunglücken und er merkte nichts davon? Noch schlimmer empfand er die Vorstellung, dass er vielleicht genau in diesem Moment mit Paolo ...

»Lin? Geht's dir nicht gut?«, fragte seine Mutter.

»Nein – also, doch«, stotterte Merlin. »Ich bin nur – etwas durcheinander.«

»Da war also doch etwas zwischen euch, oder?« Sie sah ihn ernst an.

Merlin schwieg.

»Ich habe dir gesagt, du sollst ihm Zeit lassen«,sagte sie leise und berührte seinen Arm. »Vielleicht drängst du ihn zu sehr?«

Merlin schüttelte den Kopf. Wie kam sie nur auf solche Ideen? Irgendwie machte ihn das sauer. »Paolo wollte gestern etwas mit mir besprechen und da ist David eben rüber. Vielleicht war ihm langweilig?«

Selma sah ihn überrascht an. »Was besprechen?«, fragte sie und Merlin wusste sofort, dass er einen Fehler gemacht hatte.

»Ja«, sagte er und bemerkte den trotzigen Unterton. »Aber das ist jetzt nicht interessant. Wie kommst du darauf, dass ich David unter Druck setze?«

Sie schwieg eine Weile. »Ich – ich weiß es nicht.« Ihre Augen wanderten zum Fenster hinaus. Merlin wusste, dass sie ihn lediglich dann nicht ansah, wenn sie ihrer Sache nicht mehr so sicher war. »Er machte so einen verstörten Eindruck. Und er ist gerannt, als müsste er vor etwas davonlaufen.«

In ihm wuchs die Wut. Wie konnte sie nur alles immer so deuten, dass es für sie einen Sinn ergab und das dann noch für wahr nehmen?

»Das heißt doch nichts«, entgegnete er aufbrausend. »Dann ist er halt gerannt.«

»Warum regst du dich so auf?«

Merlin schwieg. Mit dieser Frage brachte sie ihn vollkommen ins Trudeln. Ja, warum war er so aufgebracht?

»Ich – ich ...«, sagte er, kam aber nicht weiter.

»Vielleicht mache ich mir da ja vollkommen unbegründet Gedanken, aber ich werde das Gefühl einfach nicht los, dass da irgendwas nicht stimmt.« In ihren Augen lag Verwirrung. Dann schüttelte sie den Kopf. »Ich sollte mich wahrscheinlich besser aus allem raushalten. Das hat seine Mutter mir vorhin auch gesagt, als ich mich nach David erkundigt habe.« Sie nahm ihren Tee und trank ein paar Schlucke.

»Ich mag David«, sagte Selma nach einer Weile. »Ich will nicht, dass ihr euch irgendwie weh tut, das ist alles.«

Merlin guckte ihr geradewegs in die Augen. In ihrem Blick las er, dass sie etwas ahnte. Sie würde nicht so einfach aufgeben. Die Sache war ihr zu wichtig.

»Aber ihr bekommt das schon hin«, sagte sie schließlich und stellte die leere Tasse mit einer Gleichgültigkeit ab, die ihre Aussage noch unterstreichen sollte. Merlin nahm sie ihr aber nicht ab.

»Ich werde jetzt mal rübergehen.« Seine Stimme kam ihm lahm vor.

»Merlin?«, fragte sie noch schnell. »Was hast du mit Paolo besprochen?«

Merlin ging blitzschnell einige Möglichkeiten durch. Dann entschied er sich für eine Ausrede, die ihm günstig schien: »Ich habe ihn gefragt, warum er nicht mir einen Nebenjob angeboten hat.«

»Und?«

Kurz kam Merlin ins Schwimmen, fand aber gleich darauf eine passende Antwort. »Ich glaube, er will mich nicht so gern im Büro haben. Wegen Familie und Arbeit und so.«

Sie nickte.

Merlin ging hoch und ließ sich erschöpft auf sein Bett fallen. Er dachte darüber nach, dass er gerade wieder die Möglichkeit gehabt hatte, mit seiner Mutter über alles zu sprechen. Aber er hatte die Gelegenheit wiedermal nicht wahrgenommen. Dabei war ihm jetzt erst recht klar, dass sie irgendwann von selbst darauf kommen musste, was natürlich noch schlechter aussehen würde.

Schnell schaltete er um auf David. Er ließ sich die Worte seiner Mutter noch mal durch den Kopf gehen. Dass sie dachte, er hätte indirekt mit Davids Unfall zu tun, verletzte ihn. Natürlich war David sicher enttäuscht gewesen, dass Paolo ihn wiedermal hinauskomplimentiert hatte. Aber das bedeutete noch lange nicht, dass er deshalb vor ein Auto rennen musste. Anders sähe es vielleicht aus, wenn David die Sache zwischen ihm und Paolo mitbekommen hätte. Dann könnte man ihm sicherlich eine Mitschuld anrechnen, aber ... Er hielt seine Gedanken an. Eiskalt erwischte ihn die Erkenntnis: David wusste es!

89

Er war tatsächlich noch mal eingeschlafen, stellte David überrascht fest, während er sich die brennenden Augen rieb. Blinzelnd versuchte er die Uhrzeit auf seinem Wecker zu erkennen. Irgendwas mit fünfzehn Uhr. Vorsichtig richtete er sich auf. Seine Kopfschmerzen waren nur noch ganz leicht zu spüren. Unschlüssig saß er im Bett. Vor über einer Stunde hätte er eigentlich Schulschluss gehabt. Er dachte an Merlin. Irgendwie hatte er erwartet, dass Merlin nach der Schule zumindest kurz rüberkommen würde, um ihn zu sehen. Enttäuscht stand er auf und spähte zu ihm hinüber. Merlin saß an seinem Schreibtisch und schrieb wieder irgendwas. Selma musste ihm doch gesagt haben, was passiert war, dachte er. Seine Enttäuschung wuchs. Oder hatte seine Mutter ihn nicht zu ihm gelassen? Immerhin hatte er geschlafen und nach gestern Abend konnte er sich gut vorstellen, wie sie mit Merlin umgehen würde, wenn er ihm zu nahe kommen wollte. Langsam zog er seine Schuhe an und verließ sein Zimmer. Er versuchte, die Treppe so leise wie möglich hinunterzugehen, damit seine Mutter nicht gleich einen Anfall bekam, dass er sich überhaupt noch frei bewegte. Ein Grinsen schlich sich auf sein Gesicht.

»David!«, rief sie, als hätte sie seine Gedanken gelesen. »Bleib doch oben! Willst du irgendwas haben?«

»Nein«, antwortete David. »Danke.« Er fragte sich, ob sie tatsächlich dachte, dass er die ganze Zeit in seinem Zimmer bleiben würde, bis sie ihrgendwann befand, dass er genesen war. Nein, das würde er auf keinen Fall.

»Willst du dich ein wenig auf die Terrasse legen?«, fragte sie und sah ihn erwartungsvoll an. »Ich mache dir was zu essen.«

»Mam, ich gehe rüber zu Merlin.« In Gedanken schloss er die Augen. Sein Körper verspannte sich in Erwartung der Reaktion auf sein Vorhaben.

»Ich glaube nicht, dass das eine so gute Idee ist«, sagte sie aber nur ruhig. »Der Arzt hat gesagt, dass du Ruhe brauchst. Die hast du hier.«

»Aber ich möchte mit Merlin sprechen, und das kann ich nur drüben.«

Sie sah ihn seltsam an. David hatte das Gefühl, dass sie kurz darüber nachdachte, Merlin rüberzuholen. Aber das war dann wohl doch ein wenig zu viel für sie. Er stieg von der letzten Stufe und ging Richtung Haustür.

»David«, sagte sie noch, »es ist am Besten, du beendest die Sache. Lass dich nicht auf so ein Spiel ein.« Sie verzog bei den letzten Worten das Gesicht zu einer abfälligen Grimasse.

David nickte und verließ das Haus. Es war schön, die heiße Sommerluft zu spüren. Vielleicht hatte seine Mutter sogar recht, dachte er, während er die Straßenseite wechselte. Hatte es noch Zweck, mit Merlin zusammen sein zu wollen? Schmerzlich wurde ihm wieder bewusst, was gestern abend überhaupt geschehen war. Die Bedeutung dessen musste er sich immer erst vor Augen führen: Merlin hatte ihn betrogen! Das war eine Tatsache, die er nicht ignorieren durfte, egal, wie sehr er auch in ihn verliebt war. Plötzlich ergriff ihn Wut. Sogar seine Mutter hatte es gesehen! Sie war Zeugin seiner Untreue geworden! Wie sollte er ihr jetzt nur erklären, dass er nicht nur schwul war, sondern auch keinen Wert auf Treue legte? Und das bei ihren Ansichten ...

Er klingelte.

»Hallo David!«, rief Selma und strahlte. »Geht es dir wieder gut? Was macht der Kopf?«`

»Noch dran«, antowortete David knapp und fragte, obwohl er es ja bereits wusste: »Ist Merlin da?«

»Oben«, sagte sie und ihr Ausdruck wurde gleich ernst. »Alles in Ordnung bei euch?«, fragte sie ihn, während sie ihn hineinzog und die Tür schloss.

David zuckte die Schultern. »Ich denke schon.« Was sollte er auch anderes sagen, ohne sich mit seiner Aussage zu Erklärungen zu verpflichten? Trotzdem las er in ihrem Gesicht, dass sie nicht überzeugt war. Sie wusste, dass irgendwas zwischen ihnen nicht stimmte.

»Ich geh mal hoch«, sagte er und wandte sich ab.

»Redet miteinander!«, rief sie ihm hinterher. »Nur redenden Menschen ... Du kennst den Spruch ja.«

Als David oben ankam, blieb er zögernd vor der geschlossenen Zimmertür stehen. Er dachte an seine Mutter. Sie hätte es am liebsten gesehen, wenn er einfach zu Hause geblieben wäre. Wieder stellte er sich die Frage, warum Merlin nicht zu ihm gekommen war. Zaghaft klopfte er an. Keine Antwort. Er drückte die Klinke und öffnete die Tür. Merlin saß noch immer am Schreibtisch und tat konzentriert. Er drehte sich nicht zu ihm um.

»Merlin?«, fragte er.

»Ja?«

»Darf ich reinkommen?«

»Klar«, sagte Merlin und wandte sich endlich um.

David sah einen Moment in diese großen, traurigen Augen. Das Meer war heute grau. Dann ging er zum Bett und setzte sich. Augenblicklich dachte er wieder an das, was er durchs Fenster beobachtet hatte. Irgendwie war es seltsam, genau auf dieser Stelle zu sitzen.

Merlin drehte sich wieder um und schrieb weiter.

David traute sich nicht, etwas zu sagen. Ihm schwirrten auch zu viele Gedanken im Kopf herum, als dass er etwas Vernünftiges zustande gebracht hätte. Merlin tat ihm plötzlich leid. Aber wie konnte es sein, dass er im einen Moment so sauer war und darüber nachdachte, dass es keinen Zweck hatte, mit Merlin eine Beziehung zu führen, und im nächsten wollte er nichts lieber, als sich an ihn zu kuscheln und einfach über nichts nachdenken zu müssen. Zu denken war eh eine Strafe, dachte er. Unbehaglich zog er den Vergleich in Betracht, dass sich Merlin vielleicht genausowenig Paolo entziehen konnte, wie er sich ihm. Aber das half ihm nicht weiter. Dass er jetzt gern mit Merlin zusammen hier liegen würde, bedeutete noch lange nicht, dass er nicht verletzt war, oder dass er das, was gestern passiert war, besser verstand. Er wollte Merlin noch immer für sich allein haben. Dann schoss ihm die Frage durch den Kopf, worin denn der Unterschied bestand: Merlin hatte vorher schon mit Paolo geschlafen und er tat es jetzt auch. War das wirklich so schlimm? In ihm schrie es sofort: Ja! Niemals würde er sich damit abfinden können, dass sich Merlin jemanden anderes hingab. Und er war sich auch nicht sicher, ob er das so einfach verzeihen konnte. Dabei ging es weniger um den Akt an sich, als um die Tatsache, dass Merlin etwas mit jemanden teilte, dass er jetzt eigentlich mit ihm teilen sollte. Aber was war, wenn er selbst derjenige war, der dies nicht mit Merlin teilen wollte – zumindest noch nicht? War er dann letztlich nicht selbst Schuld?

»Wie geht es dir?«, fragte Merlin plötzlich und riss ihn aus seinen Grübeleien.

»Ganz gut«, sagte David.

Merlin stand auf und kam zu ihm rüber. Er sah ihn dabei nicht an. Automatisch ergriff David Merlins Hände und hielt ihn fest. Wie schön sie sich anfühlten und doch hatte er mit genau diesen Händen ... David ließ wieder los.

»Ich habe es erst vorhin erfahren. Gesternhabe ich – schon früh geschlafen und – heute morgen, hat meine Mutter geschlafen.« Merlin schwieg lange. »Ich hab dich vermisst«, sagte er schließlich noch.

»Ich dich auch«, antwortete David. »Eigentlich – dachte ich, dass du – rüberkommst.«

»Ich muss mit dir reden.« Merlins Stimme war kaum zu hören. David wusste sofort, dass er ihm seinen gestrigen Abend beichten wollte. Ihm schossen etliche Möglichkeiten durch den Kopf. Sollte er einfach schweigen und warten, bis Merlin ihm alles gesagt hatte? Oder sollte er es ihm ein wenig einfacher machen, ihm sagen, dass er alles gesehen hatte?

»Ich – ich weiß nicht – wie ich anfangen soll«, stammelte Merlin und strich sich mit den Händen immer wieder über die Schenkel, als müsste er etwas abwischen.

David gab sich einen Ruck. »Ich weiß«, sagte er. »Ich habe euch gesehen.«

Merlin nickte.

»Meine Mutter auch«, fügte David hinzu.

Merlin setzte sich aufs Bett. Er wusste offenbar nicht, wo er hinschauen sollte, also schloss er die Augen. Eine Ewigkeit später öffnete er sie wieder. Tränen liefen ihm über die Wangen, als er David ansah.

»Ich bin ein Arschloch«, presste er hervor.

David nickte stumm. Aber er dachte nicht mehr an den Vorfall oder das, was zwischen ihnen stand. Er hatte sich längst in der stürmischen See verloren.

90

Merlin spürte, wie Davids Augen in ihn hineinkrochen. Plötzlich hatte er das Gefühl, als könne dieser Junge in ihn heinschauen, als könne er alles überprüfen, was in seinem Kopf so vorging. Dabei war er sich selbst noch nicht mal sicher, ob er überhaupt wusste, was sich in seinem eigenen Kopf abspielte. Er sah nur diesen Blick, der völlig unerwartet voller Zuversicht steckte. Dann Davids Hand, die sich langsam seinem Gesicht näherte. Wollte er jetzt berührt werden? Merlin wich zurück. Plötzlich hatte er Angst, dass David das alles einfach so hinnehmen könnte.

Unschlüssig blieb David vor ihm stehen. Seine Augen schienen wieder in die Realität zurückzukehren. Jetzt kam auch die Trauer wieder zurück, das Entsetzen und die Wut. Merlin schob sich noch ein Stück weiter nach hinten, bis er ganz auf dem Bett saß. Es verwunderte ihn, dass er eher damit umgehen konnte, dass David wütend und enttäuscht war, obwohl er ja genau das nicht wollte. Aber die Vorstellung, dass David das einfach so hinnehmen könnte, womöglich ohne sich weitere Gedanken darüber zu machen, erschreckte ihn. Konnte man jemanden so einen Fehltritt wirklich verzeihen, ohne dass man die eigenen Gefühle berücksichtigte? Konnte man jemanden wirklich lieben, wenn einem der Betrug des Partners nichts ausmachte? Gleichgültigkeit war letztlich immer die schlechteste Möglichkeit, dachte Merlin.

»Was – was denkst du?«, fragte er mühsam.

David zuckte mit den Achseln. »Ich weiß es nicht.«

Sie schwiegen einen unendlich langen Moment. In Merlin stürzten die Gedanken durcheinander. Konnte jemand wirklich nicht wissen, was er denken sollte, wenn er sowas erfahren musste? Wie würde er sich denn selbst fühlen? Und da wurde Merlin schnell klar, dass er sich selbst längst in den Wind geschossen hätte. Wenn David eine solche Affäre hätte, wie er selbst, er würde sich von ihm abwenden. Er selbst hätte niemals so viel Verständnis gezeigt und es trotzdem mit ihm probiert. Vielleicht wollte David auch deshalb nicht mit ihm schlafen, weil er sich einfach noch nicht sicher war, ob er das alles überhaupt eingehen wollte?

»Macht es – Spaß?«, fragte David plötzlich.

Merlin zuckte innerlich zusammen. Natürlich wusste er sofort, was David wissen wollte, trotzdem fragte er noch mal nach: »Was?«

»Mit Paolo ...«, sagte David nur.

Ja, es machte Spaß, dachte Merlin bitter. Nur in dieser Konstellation ergab es sich, dass er keinen Spaß haben konnte. Oder gefiel es ihm letztlich nur nicht, weil es ihm nicht gefallen durfte? Er verstand sich selbst nicht mehr.

»Es ist ...«, fing er an, fand aber keine Worte, um den Satz zu beenden. Was war es denn? Er fühlte sich so hilflos mit einem Mal. »Ich will das nicht«, sagte er schließlich, bemerkte aber selbst, wie lahm das klang. Wenn er das wirklich nicht wollte, warum wehrte er sich nicht erfolgreich dagegen? Warum passierte es dann immer wieder? Vielleicht wollte er es ja doch, wusste es nur nicht so richtig. Doch dafür fühlte er sich einfach zu schlecht danach, als dass er es wirklich wollen konnte. Danach war es jedesmal wie ein Kater, der ihn überrollte. Nur, von Alkohol bekam man auch einen dicken Kopf und schwor sich immer wieder, dass man nicht noch mal so viel trinken würde – trotzdem wiederholte es sich, egal was man sich vorgenommen hatte, egal wie standhaft man sein wollte. Vorher dachte man vielleicht noch daran, dass man es am nächsten Tag bereuen würde, dass das alles nicht gut sein konnte. Aber sobald man erst mal dabei war und trank, verschwanden diese Befürchtungen und – man hatte Spaß.

»David«, fing er noch mal an und räusperte sich. »Ich – ich will nur mit dir zusammen sein.« Das war nicht gelogen. Genau das wollte er. Aber ... »Aber, ich habe – Angst, dass das so weitergeht.«

»Was?«, fragte David und runzelte die Stirn.

Merlin atmete tief durch. »Das mit Paolo.«

»Aber wenn du nur mit mir zusammen sein willst ...« David schob sich vorsichtig auf das Bett und kam zu ihm. Diesmal wich Merlin vor der Berührung nicht zurück. Es hatte etwas Tröstliches, auch wenn er noch immer den Gedanken nicht loslassen konnte, dass David ihn eigentlich hätte irgnorieren müssen. Mittlerweile hatte er sich aber soweit wieder gefangen, dass er nicht mehr dachte, dass er David gleichgültig war. Dafür befand sich zu viel Verletztheit in seinen Augen.

»Ich will nicht, dass wir – dass das alles jetzt zu Ende ist.« David sah ihn ernst an.

Sofort schossen wieder Zweifel durch Merlin. Hatte er letztlich nur Angst, jetzt nach seinem Coming Out allein zu sein? War das der Grund, weshalb er es sich verkniff, angemessen sauer zu sein? Wieder spürte Merlin dieses unbehagliche Gefühl in sich aufsteigen, das ihm zur Trennung riet. Wenn er die Sache jetzt mit David beendete, würde sich vielleicht noch mal alles so gerade eben wieder in normale Bahnen lenken lassen.

»Zwingt er dich dazu?«, fragte David und riss ihn aus seinen Gedanken zurück.

»Nein«, sagte Merlin sofort. Dann war er sich aber nicht mehr so sicher, ob er selbst daran glaubte. Die Antwort war so schnell aus ihm herausgeschossen, dass es ihm selbst schon aufrichtig vorkam, um daran zu zweifeln. Aber wenn er genauer darüber nachdachte, kamen die Zweifel doch. Paolo vergewaltigte ihn nicht, das stimmte, aber ein Zwang war definitiv dabei. Und damit war es auch eine Vergewaltigung, oder? Er war sich nicht sicher. Worin bestand überhaupt dieser Zwang? Wenn man mal von der Erpressung absah, die Paolo ja auch wieder zurückgenommen hatte, dann stand es Merlin ja sozusagen frei, mit ihm Sex zu haben. Und doch hatte er immer das Gefühl, sich nicht wehren zu können, sobald Paolo von ihm Intimitäten forderte. Fast kam es ihm jetzt im Nachhinein so vor, als formte Paolo ihn, wie er ihn gern haben wollte: gefügig.

»Ich kann es nicht erklären«, sagte er schließlich. »Es ist nicht wirklich Zwang, aber irgendwie doch.« Er sah David an. »Ich will mich wehren, kann es aber nicht.« Kurz dachte er an diese Art von Träumen, in denen man vor etwas weglaufen musste, die Beine sich aber einfach nicht bewegten.

David nickte nur. Es schien, als müsste er sich aus dem Gesagten nun erst mal die Bedeutung erarbeiten. Merlin fühlte sich elend. Aber letztlich blieb nichts anderes, als diese Situation durchzustehen. Wieder kam ihm der Gedanke, dass er einfach abhauen könnte – zu Christian.

»Liebst du mich?«, fragte David.

Die Frage hing im Raum. Immer hatte Merlin gedacht, dass solche Fragen einfach nur lachhaft wirkten. Doch die Naivität, mit der David den Stand der Dinge erfahren wollte, belastete ihn höchstens. Hier ging es um mehr, als nur einen albernen Spruch. Er schluckte. Was sollte er nun sagen? Liebte er David wirklich? Der Gedanke, dass er es nicht tun könnte, schmerzte ihn. Also musste er ihn wohl lieben. Es war nicht nur einfach ein schönes Gefühl, wenn er bei ihm im Bett lag. Das war mehr. Aber wenn er jetzt seine Liebe zu ihm bestätigte, würde er ihn dann nicht noch tiefer mit in diese Geschichte hineinreißen? Er ahnte, dass diese Frage darauf hinauslief, ob sich ihre Beziehung noch lohnte, oder nicht. Jetzt, in diesem Moment, hatte er die Möglichkeit, alles zu beenden und noch mal umzudenken. Christian kam ihm wieder in den Sinn und auch Paolo. Wieviel einfacher alles doch würde, wenn er nicht mehr David verpflichtet wäre. Aber es tat dennoch weh, sich vorstellen zu müssen, dass er seine Gefühle nun verleugnete, nur um ... Ja, was eigentlich? Um David zu schützen? Stimmte das überhaupt? Plötzlich schämte er sich für diese Gedanken. Nein, das würde er nicht David zuliebe tun, sondern völlig selbstsüchtig für sich. Für ihn wäre es einfacher. Er hätte eine schwierige Komponente weniger in diesem Spiel. Aber das würde auch einen Mitstreiter kosten. Er atmete tief durch. Das alles war viel zu viel auf einmal. Wie sollte er jetzt in diesen Sekunden nur sämtliche Möglichkeiten bedenken? Im Grunde war es doch absolut unmöglich, jetzt aus dem Stehgreif eine richtige Antwort zu finden. Und je länger er schwieg, desto schwieriger fiel ihm das Denken. Er traute sich kaum, David in die Augen zu sehen. Er hatte Angst, in ihnen Enttäuschung zu finden. Angespannt lauschte er dem ruhigen Atmen. Auf nichts anderes konnte er sich mehr konzentrieren.

»Also – nicht«, sagte David schließlich leise.

91

Eigentlich wollte David mit dieser Feststellung zumindest eine Reaktion provozieren. Doch Merlin blieb einfach so sitzen, den Kopf nach unten, völlig bewegungslos. David spürte, wie sein Herz höher rutschte und nun in seinem Hals wild zu pochen begann. Er hatte nicht damit gerechnet, dass er überhaupt keine Antwort erhalten würde. Irgendwie enttäuschte ihn das noch mehr. Aber er versuchte sich zu beruhigen. Vielleicht setzte er Merlin nur zu sehr unter Druck. Vielleicht war es am Besten, wenn er ihn erst mal die ganze Sache verdauen ließ.

»Du hast mich von Anfang an beobachtet, oder?«, fragte Merlin plötzlich, ohne sich zu rühren.

»Ja«, sagte David nach einer Weile.

»Ich hatte so ein komisches Gefühl.« Merlin sah ihn an. »Manchmal dachte ich, nicht allein zu sein, so als ob mir jemand über die Schulter schauen würde.«

David wurde rot. Er fand es unangenehm, dass er sich in dieser Hinsicht vor Merlin offenbaren musste. Aber letztlich waren damit die Waagschalen noch lange nicht ausgeglichen.

»Ich fand es nicht unangenehm«, gestand Merlin überraschend.

David sah ihn unsicher an.

»Ich kann das nicht so richtig beschreiben.« Merlin sah ihn mit seinen tiefen, blauen Augen an. »Aber es war eher eine unbestimmte Ahnung.«

David nickte. Nach einiger Zeit gestand er: »Seit dem ersten Tag.« Das war alles, was er sagen konnte.

Merlin lächelte. »Also hast du alles schon vorher gewusst – mit Paolo. Darum bist du auch so komisch gewesen an unserem Grillabend.«

Jetzt musste auch David grinsen. »Mann, das war ein Schock!« Er wurde aber sofort wieder ernst. »Ich wusste also, was mich erwartete.«

Merlin ließ sich nach hinten fallen und blieb auf dem Rücken liegen. »Ich hab mir ganz schön Vorwürfe gemacht«, sagte er leise.

Langsam ließen die Fluchtgedanken nach und David legte sich neben Merlin. Es hatte etwas Beruhigendes, so wie sie da nebeneinanderlagen.

Nach einer Weile sagte David: »Du hast noch nicht auf meine Frage geantwortet.« Er befürchtete schon fast, dass Merlin gar nicht mehr wusste, um welche Frage es ging, aber diese Befürchtung erwies sich als unbegründet. Merlin wusste sofort was er meinte.

»Ich weiß nicht, was ich antworten soll«, sagte er.

»Warum?«

»Ich kann mich nicht entscheiden, ob ich die Wahrheit sagen soll oder lieber das, was mir am Besten erscheint.«

»Jetzt will ich beides hören. Die Wahrheit zuerst.« David drehte sich Merlin zu und stützte seinen Kopf auf den Ellbogen auf.

»Die Wahrheit ist: Ja«, flüsterte Merlin und schloss die Augen.

David spürte wie ihn eine Woge der Erleichterung erfasste. Sie standen immer noch auf der gleichen Seite.

»Aber ich weiß im Moment einfach nicht so richtig, was ich denken soll.« Er machte eine Pause. »Es ist dir gegenüber einfach nicht fair.«

In David zog sich alles zusammen. Er ahnte bereits, was jetzt kommen musste, und das wollte er absolut nicht hören.

»Ich – ich komme damit schon klar«, sagte er schnell. Wenn er seine Wut von vorhin bedachte, kamen ihm diese Worte wie der absolute Hohn vor. Aber plötzlich zählte nicht mehr der Betrug, sondern allein die Angst vor dem Verlassenwerden. Mit einem Mal war er bereit, eine Affäre zu Paolo hinzunehmen. Wieso sagte er sowas? Ihm wurde schlecht.

»Nein«, sagte Merlin. »Ich bin derjenige, der damit nicht klarkommt.«

Sie schwiegen eine lange Zeit. Immer wieder ging David dieselben Gedanken durch. Warum hatte er das gerade gesagt? Merlin hatte ihn mit Paolo hintergangen! Und er entschuldigte ihn auch noch. Das war doch absolut arm. Aber der Gedanke, vielleicht am Ende wieder allein dazustehen, versetzte ihn schon fast in Panik.

»Es – ist so – ätzend«, stammelte Merlin schließlich. »Warum komme ich nicht einfach dagegen an?« Er fing an zu weinen und David legte seinen Arm um ihn. Das alles kam ihm so furchtbar verquer vor. Er tröstete denjenigen, der ihn betrogen hatte. Wer aber tröstete ihn? Plötzlich war die Wut wieder da. Er fühlte sich regelrecht hin- und hergestoßen von seinen widerstrebenden Gefühlen. Auf der einen Seite schaffte er es nicht, sich von Merlin loszumachen, ihn allein hier zurückzulassen, wie es wohl jeder andere gemacht hätte. Er schaffte es nicht, weil ihm die Nähe zu wichtig war und der Gedanke zu weh tat, ihn nicht mehr neben sich zu haben. Auf der anderen Seite war er genau über diese Schwäche sauer. Warum konnte er nicht einfach mal ein wenig härter sein? Würde er denn ewig das Weichei bleiben? Er nahm seinen Arm zurück und drehte sich wieder auf den Rücken. Vielleicht sollte er einfach hinuntergehen und diesen Paolo zur Rede stellen. Das würde wahrscheinlich ein richtiger Mann machen. Er würde ihm sagen, dass er seine schmutzigen Finger bei sich behalten sollte und ... Ja, und was dann? Paolo würde sicher schallend lachen und am Ende wüsste Selma dann auch Bescheid. David hielt den Gedanken fest: Selma. War sie vielleicht der Schlüssel? Aber so gut kannte er sie noch nicht, dass er wirklich einschätzen konnte, wie sie reagieren würde. Das wäre definitiv zu gefährlich. Außerdem bestand natürlich immer der Nachteil, dass Merlin ihm einen solchen Schritt wahrscheinlich nicht verzeihen würde.

»Worüber denkst du nach?«, fragte Merlin ängstlich.

David fühlte sich ertappt. Er dachte gerade tatsächlich darüber nach, hinter dem Rücken seines Freundes Steine ins Rollen zu bringen, deren Wirkung er nicht abzusehen vermochte.

»Ich – denke darüber nach, wie es – mit uns weitergeht«, sagte er. Das war nicht mal gelogen. Trotzdem fühlte er sich wie ein Verräter.

»Und?«

»Ich will mit dir zusammen bleiben«, sagte er matt.

Merlin nickte kaum merklich. »Ich auch mit dir«, flüsterte er. »Aber so kann es nicht weitergehen.«

David dachte darüber nach, wie schön es wäre, wenn er Merlin einfach mit zu sich nehmen könnte. Sie könnten zusammen in seinem Zimmer wohnen. Dann wäre die Gefahr Paolo zumindest einigermaßen gebannt. Aber das war ein aberwitziger Wunschgedanke. Nicht bei seinen Eltern.

»Wir brauchen eine eigene Wohnung«, stellte David plötzlich fest und war überrascht, dass er diesen Gedanken tatsächlich laut aussprach.

Merlin seufzte. »Wenn das nur so einfach ging.«

Da kam David plötzlich die Idee. Warum musste denn Merlin zu ihm? Warum konnte er nicht zu Merlin ziehen? Er räusperte sich.

»Was hältst du denn davon, wenn ich einfach – die meiste Zeit hier bin?«, fragte er vorsichtig. »Ich meine, deine Mutter unterstützt uns doch und ...«

»Paolo?«, fragte Merlin dazwischen.

David spürte, dass er langsam wieder sauer wurde. Warum hatte er gerade das Gefühl, dass Merlin überhaupt nicht an einer Lösung interessiert war? Wieso versuchte er nicht wenigstens, diesem Vorschlag etwas abzugewinnen? Vielleicht hatte Paolo ja am Ende gar nichts dagegen, dachte David missgelaunt. Aber er wusste, dass das nicht der Fall sein würde. Trotzdem ärgerte er sich darüber, dass Merlin diese Möglichkeit einfach so vom Tisch fegte.

»Meinst du nicht, dass wir es einfach mal probieren sollten?«, fragte er. Seine Stimme verriet die Anspannung unter der er stand.

»Und was sagen deine Eltern dazu?«, fragte Merlin.

»Was sollen die dazu sagen?« David wurde patzig. »Die freuen sich natürlich nen Ast ab, dass sie mich los sind.«

Merlin sah ihn verwirrt an. »Was ist los?«

»Verdammt, meinen Eltern sollte es lieber sein, dass ich einen Freund habe, der nur mit mir zusammen ist, als ...« Er brach ab. »Ach, vergiss es.«

Merlin schwieg betroffen. Nach endlosen Minuten sagte er leise: »Vielleicht ist es doch besser, wir versuchen die ganze Sache vernünftig zu beenden.«

David setzte sich abrupt auf und sah Merlin böse an. Er sagte aber nichts, biss stattdessen die Zähne aufeinander.

»David ...«, versuchte Merlin seine Worte wieder zu entschärfen. »Das – das geht doch so nicht. Ich meine – ich hab einfach Angst, dass es nie aufhört, verstehst du?«

»Du scheinst dir da auch nicht sonderlich viel Mühe zu geben«, sagte David grob. Fast tat es ihm leid, dass er so hart zu Merlin war. Doch der Ausdruck des Schmerzes in dessen Augen machte ihn nur noch wütender. »Warum blockst du eigentlich alle Vorschläge ab?«, fragte er aufgebracht. »Wo bleiben deine Lösungen?«

Merlin machte den Mund auf, als wollte er etwas sagen, schloss ihn aber unverrichteter Dinge wieder.

In David brodelte es. Es kitzelte ihn, noch ein paar Dinge zu sagen. »Irgendwie hab ich das Gefühl, du hast überhaupt keinen Bock, die Sache mit Paolo zu beenden«, stieß er plötzlich hervor.

Merlin sah ihn fassungslos an.

»Verdammt!«, schrie David und sprang aus dem Bett. Am liebsten würde er etwas durch die Gegend schmeißen. So hatte er sich noch nie gefühlt. Als ihm das bewusst wurde, zerbrach sein Zorn unversehens und er stand nur blöd mitten im Zimmer.

Merlin sagte immer noch nichts, glotzte ihn nur entgeistert an.

»Er muss im Bett echt was drauf haben«, zischte David und stürmte aus dem Zimmer. Keine Sekunde länger wollte er dieses Schweigen ertragen, dass seine Eingeweide zu zerdrücken schien. Grob zog er die Zimmertür hinter sich zu und wollte gerade die Treppe runter, als er neben sich eine Bewegung wahrnahm.

»So eilig?«, fragte Paolo mit einer Stimme, die sich wie eine Schlange um seinen Hals wand.

David stockte. Wüste Beschimpfungen stießen ihm durch den Kopf. Am liebsten hätte er jetzt und hier all seinen Frust hinausgelassen. Aber Paolo sah ihn durchdringend an, so als ob er ihn in Hypnose versetzen wollte.

»Ja«, sagte David nur.

»Schade.« Paolo lächelte anzüglich. Erst jetzt bemerkte David, dass der Kerl lediglich eine Shorts anhatte. Was machte der so halbnackt hier oben? Eine dunkle Ahnung durchfuhr ihn. Aber bevor er etwas sagen konnte, ergriff Paolo schon seinen Arm. Im ersten Moment fühlte es sich an, als würde ihm eine Nadel durch die Haut gestochen. Irgendwie kalt. Aber dann waren all seine negativen Gedanken mit einem Mal zerstreut.

»Du solltest es dir echt überlegen, ob du den Job nicht annehmen willst.« Paolos Stimme klang plötzlich so nah und – ja, beruhigend schön.

David nickte. Innerlich hatte er sich schon längst entschieden, diese Gelegenheit, ein wenig Geld zu verdienen, anzunehmen. Er runzelte kurz die Stirn. Eigentlich hatte er sich genau jetzt dazu entschieden.

»Ich denke, du wirst als erstes bei der Eingangspost helfen«, sagte Paolo. »Das ist nicht schwierig. Wie wäre es, wenn du morgen einfach mal vorbeikommst und dir alles ansiehst?«

David fiel ein, dass er morgen noch nicht in die Schule sollte. Aber er konnte doch auch schlecht den ganzen Tag zu Hause verbringen, oder?

»Ja«, sagte er schließlich. »Wann soll ich da sein?«

92

Merlin ballte die Fäuste und schlug aufs Bett. Warum hatte er nichts gesagt? Die ganze Zeit über hatte er gewusst, dass David über kurz oder lang gehen würde, dass alles letztlich nur an den richtigen Worten hing. Aber die richtigen Worte wollten ihm einfach nicht einfallen. Er warf sich zurück. Nein, das war nicht richtig. Eigentlich hatte er ganz genau gewusst, was David von ihm erwartete. Trotzdem waren die Worte nicht über seine Lippen gekommen. Vielleicht aus Trotz? Je länger er gewartet und geschwiegen hatte, desto schwieriger schien es am Ende, die Stille doch noch zu durchbrechen. Merlin biss die Zähne aufeinander. Irgendwie wusste er nicht, was er momentan fühlen sollte. Da war eine Unentschlossenheit, die schon fast schmerzte. Er war wütend auf sich selbst, weil er einfach nicht auf sein Gefühl hören wollte, das ihn immer wieder zu David trieb. Auf David war er auch irgendwie wütend, weil der dann doch eingeknickt war. Warum hatte er sich nicht einfach auf ihn gestürzt und ihn geschüttelt? Es tat weh, jetzt hier allein auf dem Bett zu liegen und zu wissen, dass da irgendwas zwischen ihnen kaputt gegangen war.

Draußen auf dem Flur hörte er plötzlich Paolos Stimme. Ein Gemurmel. Ob David noch vor seiner Tür stand? Merlin überlegte, ob er nicht schnell aufstehen sollte, um nachzusehen. Er könnte David ja wieder ins Zimmer ziehen und noch mal von vorn anfangen. Aber sein Körper rührte sich nicht. Es war wie vorhin, als er einfach nichts sagen konnte. In seinem Kopf liefen die Bewegungen immer wieder ab, aber letztlich blieb er einfach liegen. Dann hörte er in der Tat Davids Stimme. Nur kurz, aber er war es definitiv. Es wäre also noch nicht zu spät, jetzt aus dem Bett zu springen und ihn aufzuhalten. Was sollte er ihm sagen? Dass er selbst ein Arschloch war? Das wusste David doch bereits. Nur er wusste immer noch nicht recht, was er eigentlich wollte. Doch, im Grunde schon: Er wollte einfach nur laut schreien und heulen! Genauso fühlte er sich gerade. Merlin drehte sich auf die Seite und drückte sich sein Kopfkissen gegen den Bauch. Warum musste das alles nur so schwierig sein?

Kurze Zeit später hörte er unten die Haustür. Jetzt war es zu spät. Obwohl er natürlich immer noch rübergehen konnte. Nur, wollte er das? Musste er sich nicht erst mal seine Gedanken über alles machen?

Es klopfte an seiner Tür.

»Ja?«, rief er.

Paolo kam herein und sah ihn mit hochgezogener Braue an. »Alles in Ordnung?«, fragte er und sein Grinsen verriet, dass für ihn alles nach Plan lief.

»Ja«, sagte Merlin knapp und versuchte zu ignorieren, dass Paolo lediglich in seiner Unterhose im Zimmer stand. Warum kam er halbnackt hier rein? Plötzlich war Merlin alarmiert. Sein Blick ging sofort zum Fenster. Verdammt! Wenn David jetzt auch noch sah, dass Paolo in seinem Zimmer stand, dann konnte er alles vergessen. Hastig sprang er auf und guckte zur anderen Seite. Von David keine Spur. Er ließ das Rollo herunter.

»Oh, was hast du vor?«, fragte Paolo mit erotischem Unterton.

»Nichts«, sagte Merlin. »Ich gehe schlafen, das ist alles.«

»Gut.« Paolo grinste. »Wenn deine Mutter unten in der Küche steht, ist wohl auch nicht der geeignete Moment, was?« Er zwinkerte.

»Arschloch«, flüsterte Merlin und ließ sich wieder auf sein Bett fallen. »Was willst du?«

»Ich wollte dir nur sagen, dass dein David morgen bei mir anfängt.« Paolo lächelte breit. »Das ist doch was, oder?«

Merlin hielt sich zwanghaft zurück. Er wollte jetzt auf keinen Fall mit Paolo über irgendwas diskutieren – schon gar nicht über David. Also schloss er die Augen und blieb still.

»Ist ein ganz netter Junge«, sagte Paolo und seine Worte zogen sich wie Schleim über Merlins Gesicht. »Ich bin mir sicher, dass er gute Arbeit leisten wird.«

»Warum erzählst du mir das?«, brach es aus Merlin heraus. Aufrecht saß er plötzlich in seinem Bett und starrte Paolo wütend an.

»Ich dachte, es interessiert dich. Immerhin ist er dein Freund, oder?«

»Das weiß ich nicht«, sagte Merlin angespannt. »Zufrieden?«

Paolo lachte leise vor sich hin. Dann verließ er das Zimmer und zog die Tür hinter sich zu. Merlin lag im Dunklen. Im ersten Moment wollte er aufstehen und das Rollo wieder hochziehen, doch er entschied sich dagegen. Er wusste, wie dieses verschlossene Fenster auf David wirken musste. Erst jetzt wurde ihm richtig bewusst, dass David ihn wirklich die ganze Zeit über bespannt hatte. Darum war David auch kein Stück überrascht gewesen, als Merlin ihm seine Affäre gestanden hatte – nur weil er längst alles darüber wusste. Er hatte längst Zeit gehabt, sich über all das hier Gedanken zu machen. Warum nur kam er sich selbst bei dem ganzen Spiel immer so vor, als wüsste er selbst überhaupt nichts? Irgendwie schienen alle einen Plan zu haben oder zumindest gewisse Vorstellungen und Ahnungen. Selbst David wusste weit mehr über ihn, als er bisher zugegeben hatte. Merlin spürte in sich eine leichte Wut. Vorhin war ihm Davids Geständnis geradezu egal gewesen. Jetzt aber fielen ihm all die kleinen Dinge ein, die David beobachtet haben könnte. Die Tatsache, dass er selbst kaum etwas über David wusste, machte ihn sprachlos. Er drehte sich wieder zur Seite. Er war sauer und fühlte sich einfach zum Kotzen. Wahrscheinlich war es einfach das Beste, wenn er schlief, bis alles vorbei war. Das würde sich alles schon klären. Wenn er dann aufwachte, konnte es weitergehen.

Es klopfte wieder. Diesmal war es Selma.

»Schläfst du jetzt nur noch?«, fragte sie.

»Ja«, antwortete Merlin. »Hab gehört, das soll gut ...«

»Ähm«, unterbrach sie ihn. »Ich wollte kurz mit dir reden.«

Sofort stand Merlin wieder unter Strom. Sein erster Gedanke war, dass Paolo ihr irgendwas erzählt hatte.

»Paolo hat mir gesagt, dass du schlafen willst, da dachte ich, wir könnten vielleicht vorher noch ein wenig ...« Sie schloss die Tür und hörte auf zu reden. Merlin spürte plötzlich Druck auf seinen Ohren.

»Ma?«

»Entschuldige«, sagte Selma und schniefte.

»Was ist?« Sein Herz pochte wild.

Sie setzte sich zu ihm aufs Bett. »Ich ...«

Merlin war sich sicher, dass sie es wusste. Sie weinte. Sie war sprachlos. So reagierte sie also. Und jetzt wollte sie mit ihm darüber reden. Sie wollte von ihm wissen, wie es mit ihnen weitergehen sollte.

»Ich muss – mit dir über – unsere Zukunft – sprechen.«

Merlin wurde plötzlich schlecht. Er hatte sich die ganze Zeit nicht getraut, und jetzt wusste sie es. Irgendwas hing hinten in seiner Kehle und schien seinen Hals zu verstopfen.

»Ich – werde mich von Paolo trennen«, sagte sie schließlich.

Merlin schluckte. Das allein hieß noch nichts. Sollte er sie nach dem Grund fragen? Oder sollte er so tun, als wüsste er von allem? Er war mit einem Mal dankbar, dass er das Zimmer verdunkelt hatte.

»Ich glaube, das klappt einfach nicht mehr«, fuhr Selma fort und klang wieder einigermaßen wie sie selbst. »Er hat sich verändert und ich – ich will nicht ...« Sie schwieg einen Moment. »Ich will das nicht so hinnehmen.«

Merlin hatte das Gefühl, er müsste etwas sagen. Doch ihm fiel nichts ein. In ihm arbeitete es noch immer. Also wusste sie es doch nicht? Wollte sie sich einfach so von Paolo trennen?

»Er hat ein Verhältnis, das weiß ich«, platzte sie schließlich heraus. In ihrer Stimme klang eine bis dato ungekannte Wut mit.

Merlin schluckte wieder, obwohl sein Mund vollkommen trocken war.

»Eigentlich möchte ich dich nicht damit belasten.« Selma räusperte sich. »Ich will nur, dass du weißt, dass wir bald hier ausziehen müssen.«

»Wohin?«, fragte Merlin. Mit einem Schlag drehten sich seine Gedanken nur noch um David.

»Ich weiß nicht.«

93

»Was macht dein Kopf?«, fragte seine Mutter sofort, als er das Haus betrat. David wandte sich zur Seite und sah sie in der Küche stehen. In den Händen hielt sie ein Tablett mit geschnittenen Früchten.

»Ganz gut«, sagte er tonlos.

»Willst du dich noch zu uns setzen?«

David runzelte die Stirn. Irgendwie kam es ihm seltsam vor, dass seine Mutter plötzlich wieder so normal tat. Fast machte es den Eindruck, als wüsste sie, dass er mit Merlin Streit hatte und würde dies als Anlass zur Freude sehen.

»Ich glaube, ich lege mich lieber hin.« David erhoffte sich, dass seine Mutter diese Ausrede gelten lassen würde. Immerhin war es doch genau das, was sie die ganze Zeit gewollte hatte: Er sollte sich schonen.

»Wie war es?«, fragte sie stattdessen und mit einem Mal lag in ihrem Blick etwas Lauerndes.

»Ich will nicht drüber sprechen.«

Sie nickte. Doch das kleine Lächeln, das über ihre Lippen huschte, entging ihm nicht. Sie freute sich in der Tat.

»Außerdem muss ich mich jetzt ausruhen, weil ich morgen früh raus muss.«

»Ach?« Sie zog die Augenbrauen hoch. Dann verfinsterte sich ihr Gesicht. »Du sollst noch nicht zur Schule, David.«

»Ich gehe nicht zur Schule, ich suche mir einen Nebenjob«, sagte David und beobachtete zufrieden die Überraschung auf dem Gesicht seiner Mutter.

»Warum?«, fragte sie fast entsetzt.

»Um Geld zu verdienen«, antwortete er und zuckte mit den Achseln. Er grinste. »Damit ich mir mein Fitnesscenter leisten kann.«

»Aber – David!« Sie sah ihn ungläubig an.

»Was?«

Für einen Moment wusste sie offenbar nicht, was sie sagen sollte. Ihr Blick wanderte rasch zum Tablett, dass sie noch immer in den Händen hielt.

»Wir – wir bezahlen das schon«, sagte sie matt. »Aber – willst du wirklich da hingehen?«

David ahnte, worauf sie hinaus wollte.

»Noch habe ich nichts beendet.« David bemerkte, dass ihm diese Worte nur schwer über die Lippen kamen. Es war noch immer ungewohnt, vor seiner Mutter über solche Dinge – zu sprechen.

Sie schüttelte den Kopf.

»Außerdem denke ich, dass es nicht schaden kann, wenn ich ein wenig nebenbei arbeite.«

»Was hast du dir denn vorgestellt?«, fragte sie.

»Ach, so leichte Bürosachen«, sagte David und lächelte. »Die brauchen doch meist irgendwen, der Akten raussucht oder sowas.«

Seine Mutter nickte langsam. »Willst du das nicht noch mit deinem Vater absprechen?«

»Ach, warum?« David ging langsam zur Treppe. »Oder meinst du, er hat einen Job für mich?«

Sie lachte und David nutzte die Gelegenheit, um nach oben zu verschwinden. Die würden noch früh genug erfahren, wo er demnächst arbeiten würde, dachte er sich.

Als er sein Zimmer betrat, fiel ihm als erstes auf, dass Merlin auf der anderen Seite das Rollo heruntergelassen hatte. Er blieb wie angewurzelt stehen. In seinem Hals brannte es plötzlich. Unbewusst rieb er sich über den Adamsapfel. Was hatte das zu bedeuten?

»David?«

Er fuhr herum. Hinter ihm stand sein Vater und sah ihn fragend an. Die schnelle Bewegung brachte die Kopfschmerzen zurück. Er rieb sich über die Stirn.

»Du hast mich erschreckt.«

»Entschuldige«, sagte sein Vater, »aber deine Mutter lässt mir keine Ruhe, wenn ich nicht mit dir rede.«

David stöhnte. Er sah wieder nach draußen zu dem verschlossenen Fenster. Warum hatte Merlin plötzlich die Jalousien unten? Dann setzte er sich vorsichtig auf sein Bett, während sein Vater unschlüssig im Türrahmen stehenblieb. Fast machte es den Eindruck, als wollte er aus irgend einem Grund nicht hereinkommen. David registrierte, dass auch sein Vater aus dem Fenster auf die andere Seite sah und die Stirn runzelte. Wahrscheinlich fragte er sich, was David da so interessant fand. Er räusperte sich.

»Deine Mutter meint, du möchtest Geld verdienen«, sagte er endlich.

»Ja.«

»Wie stellst du dir das vor?«

David musste grinsen. Jetzt würde sicherlich ein Vortrag über seriöse Arbeiten kommen.

»Ich mache einfach einen Nebenjob«, sagte er. »Ein paar meiner Klassenkameraden machen das auch.« Das wusste er zwar nicht, aber sein Vater brauchte das ja nicht zu wissen. Und irgendeiner würde sich schon sein Taschengeld durch einen Job aufbessern.

»Was sind das denn für Arbeiten?«

»Keine Ahnung. Irgendwas halt«, sagte David und kam sich in diesem Moment ziemlich dämlich vor. Seine Gedanken schwirrten immer wieder um Merlin und das Fenster.

»Nicht, dass du an die falschen Leute gerätst.« Sein Vater sah mit einem Mal besorgt aus. »Ich weiß nicht, was deine Mitschüler machen ...«

»Vielleicht irgendwelche leichte Büroarbeiten«, unterbrach David ihn. Er dachte an das Angebot von Paolo. Davon musste er seinem Vater ja noch nichts erzählen. Das würde schon noch früh genug für Aufregung sorgen. Ausgerechnet Paolo holte ihn in die Firma seines Vaters!

Sein Vater nickte. »Hast du dir da auch schon was ausgeguckt?«

David legte sich zurück und schloss die Augen.

»Und glaubst du, dass das neben der Schule klappt?«, stellte sein Vater eine weitere Frage.

»Natürlich«, sagte David schnell. Er öffnete die Augen wieder und war froh, dass er nicht mehr auf die vorherige Frage reagieren musste.

»Solange deine Noten nicht darunter leiden«, sagte sein Vater, »habe ich eigentlich nichts dagegen. Aber ich würde mir den Betrieb vorher schon gern anschauen.«

»Klar«, sagte David und grinste.

»Gut, ich lasse dich jetzt wieder in Ruhe.« Sein Vater schloss die Tür hinter sich.

David dachte kurz darüber nach, dass sein Vater im Grunde auch immer alles ganz genau wissen wollte und übervorsichtig war. Aber bei ihm war das trotzdem anders als bei seiner Mutter. Dann schob sich das Fenster wieder vor sämtliche anderen Gedanken. Was wohl drüben geschah? Vielleicht hätte er Merlin seine Beobachtungen doch nicht gestehen sollen. Dabei hatte er den Eindruck gewonnen, dass Merlin sich im Grunde gar nichts aus der Sache machte. Vielleicht waren ihm aber nur noch nicht die entsprechenden Gedanken dazu durch den Kopf gegangen. Wahrscheinlich wäre er gar nicht mehr so locker, wenn er an die Momente dachte, in denen er ... Paolo! Jetzt fiel David wieder ein, dass er Paolo halbnackt auf dem Flur gesehen hatte. Dieser Gedanke war ihm vage auch schon vorhin durch den Kopf geschossen, als er nach Hause gekommen war. Doch erst jetzt wurde ihm klar, was das eigentlich bedeutete. Merlin konnte ihm nicht versprechen, dass er die Affäre wirklich beendete und Paolo stand lediglich in Shorts auf dem Flur. Und nun war das Rollo unten, wo er doch normalerweise immer alles mitbekam, was drüben abging …

David spürte das dumpfe Drücken in seinem Kopf. Trotzdem sprang er hastig aus dem Bett und stellte sich ans Fenster. Ob er rübergehen sollte? Er könnte vielleicht verhindern ... Aber was wollte er verhindern? Das letzte Mal hatte er auch nichts unternommen. Und die Male davor auch nicht. Hatte er überhaupt ein Recht dazu? Immerhin war Merlin ihm gegenüber ehrlich. Sein Hals wurde eng. Ehrlichkeit! Obwohl er genau wusste, wie vergeblich es sein würde, kramte er das Fernglas hervor und schaute damit auf die andere Straßenseite. Doch alles was er zu sehen bekam, waren diese beschissenen Lamellen, die ihm die Sicht versperrten. Dennoch wusste er, was jetzt in diesem Moment dort drüben abging. Irgendwie war es schon fast enttäuschend, wie plump Merlin das machte. Es musste ihm doch klar sein, dass man sich alles denken konnte, sobald das Rollo heruntergelassen war. Oder war ihm das schon so egal? Immerhin hätten sie ja auch ein anderes Zimmer nehmen können, in das er nicht hineinschauen konnte. David ließ das Fernglas auf den Boden fallen. In seinem Kopf stach der Schmerz wieder zu.

Mittwoch

Kalt

Ich vermisse
Deine Hand
In meiner
Suche vergebens
Ein Zeichen
Deines Lebens
Brauche ich doch
Einen Halt
Deine Hand
Ein bisschen Wärme
Doch es ist kalt

M. Nagy

94

Als Merlin die Augen öffnete und den bewölkten Himmel durchs Fenster sah, ahnte er bereits, dass er von diesem Tag nicht viel erwarten durfte. Er ertappte sich wieder dabei, die Schule heute in Gedanken einfach ausfallen zu lassen und liegen zu bleiben. Aber es dauert nicht lange, bis ihm klarwurde, dass er lieber zur Schule ging, als einen Tag lang mit seinen Gedanken in diesem Haus zu verbringen. Also stand er schließlich doch auf und stellte sich unter die Dusche. Wieder musste er dabei an Paolo denken. Aber er beruhigte sich schnell mit dem Gedanken, dass er wenigstens David gegenüber die Karten offen auf den Tisch gelegt hatte. Das machte die Sache an sich zwar nicht besser, aber es gab ihr etwas Offizielles. David wusste Bescheid und konnte nun selbst entscheiden, wie er damit umgehen wollte. Merlin schnaubte Wasser von seinen Lippen weg. Eigentlich hatte er David in die Richtung gedrängt, die ihm selbst als einzig richtige vorkam, dachte er. Eine solche Beziehung konnte keine Zukunft haben. Das würde für immer zwischen ihnen stehen, dessen war sich Merlin sicher. Und auch wenn David ihm das alles verzeihen konnte, die Selbstvorwürfe würden doch bleiben. Nein, es war richtig, mit dieser Sache abzuschließen.

Er stellte das Wasser ab und nahm sich ein großes Badetuch. Gestern abend hatte er regelrecht einen Schock erlitten, als ihm Selma einfach so mitteilte, dass es wieder Zeit wurde umzuziehen. All die Erinnerungen an früher hatten sich plötzlich mit seinen aktuellen Problemen vermischt. Die Angst, all das hier unausgefochten zurücklassen zu müssen und mit diesem Balast irgendwo anders neu anzufangen, hatte ihm geradezu den Atem genommen. Und immer wieder der Schmerz, David nun wirklich zu verlieren. Obwohl er natürlich wusste, dass es keine Alternative gab, hatte er doch still gehofft, dass sie es trotzdem irgendwie schaffen könnten. Diese Gefühle gehörten heute der Vergangenheit an. Irgendwie war er doch froh, dass er seine Probleme einfach stehenlassen konnte und mit seiner Mutter irgendwo neu anfangen würde. Das war ein befreiender Gedanke. Sie würden sich einfach ein neues Leben aufbauen und diesmal vollkommen ohne Lügen. So wie er seine Mutter kannte, würde sie auch nicht mehr lange zögern.

Plötzlich wurde die Badezimmertür vorsichtig geöffnet. Paolo sah herein.

»Guten morgen«, sagte er und grinste wie immer sein anzügliches Grinsen.

Merlin zuckte zusammen. »Erschreck mich nicht so!«, entfuhr es ihm.

»Entschuldige, aber ich muss mal aufs Klo.« Er zwinkerte ihm zu. »Stört dich doch nicht, oder?«

Langsam schüttelte Merlin den Kopf. Weshalb war Paolo überhaupt noch da? Normalerweise ging er immer schon viel früher aus dem Haus.

»Ich habe heute frei«, sagte Paolo, als hätte er seine Gedanken gelesen. Lässig schob er seine Shorts herunter und stellte sich vor die Toilette.

Merlin wusste, wie sehr sich seine Mutter am Anfang immer darüber aufgeregt hatte, dass Paolo im Stehen pinkelte. Irgendwann hatte sie ihn schließlich dann so weit, dass er sich setzte, obwohl er sich dabei angeblich nicht wie ein richtiger Mann vorkam. Jetzt sah Merlin ihn irritiert an, weil er so demonstrativ gegen die Regeln verstieß. Paolo lächelte finster. Ob Selma schon mit ihm gesprochen hatte? Wusste er etwa schon, dass ihm das Haus bald wieder ganz allein gehörte? Plötzlich wurde Merlin nervös. Für Paolo würde das bedeuten, dass er nichts mehr zu verlieren hatte. Selma wollte ihn verlassen und er, Merlin, würde selbstverständlich mit ihr gehen. Das bedeutete für Paolo, dass er nicht nur seine Beziehung sondern auch seine Affäre verlieren würde. Was sollte ihn dann noch hindern, ihnen das Leben zu erschweren, indem er die Bombe am Ende doch noch fallen ließ? Die Erleichterung, die Selmas Umzugspläne heute morgen in ihm ausgelöst hatten, zerbrach unter ihm wie eine zu dünne Eisschicht und ließ ihn unversehens in kaltes Wasser fallen. Unwillkürlich schnappte er nach Luft.

»Was hast du?«, fragte Paolo mit gespieltem Interesse. »Ist was nicht in Ordnung?«

»Nichts – also, ich meine – alles in Ordnung«, sagte Merlin schnell. Aber in Paolos Augen konnte er lesen, dass absolut gar nichts in Ordnung war.

»Du wirkst irgendwie angespannt« sagte er ruhig. »Vielleicht kann ich dir ja ein wenig helfen?«

Merlin wusste sofort, worauf Paolo hinauswollte und schnappte sich schnell seine Zahnbürste aus dem Schrank. »Ich muss mich beeilen.«

»Das ist natürlich schade«, sagte Paolo gedehnt. »Hätte sicher nicht nur dir geholfen, ein wenig lockerer zu werden.«

Mit diesen Worten verabschiedete sich Paolo aus dem Badezimmer und ließ Merlin sprachlos zurück. Was hatte das nun wieder zu bedeuten? In ihm gärte der Verdacht, dass das eine versteckte Drohung war. Also war auch Paolo angespannt und wollte sich durch Sex beruhigen lassen. Merlin schluckte. Demnach musste er schon von Selmas Plänen wissen. Und jetzt, nachdem Merlin sich verweigert hatte? Würde er nun das Geheimnis lüften? Merlin schüttelte den Kopf. Nein, er konnte nicht glauben, dass seine Mutter gestern abend noch mit ihm gesprochen hatte. Sicherlich wäre das auch nicht ruhig abgelaufen. Paolo hatte ein ausgesprochen feuriges Temperament – vor allem, wenn ihm etwas nicht gefiel – und diese Neuigkeit würde ihm absolut nicht gefallen. Trotzdem wurde Merlin seine Befürchtungen diesbezüglich nicht los. Paolo hatte es mal wieder geschafft, ihn ganz beiläufig unter Druck zu setzen. Die Tatsache, dass Paolo heute frei hatte und den ganzen Tag zu Hause sein würde, wirkte sich da nicht sonderlich beruhigend aus. Aber zumindest war das ein weiterer Grund für Merlin, doch zur Schule zu gehen.

Eine knappe Viertelstunde später ging er den Weg zur Parkbank hinunter. Heute leuchtete nichts im morgendlichen Sonnenschein. Alles lag trist unter einem grauen Himmel. Trotzdem blieb Merlin einen Moment stehen und betrachtete die Bank. Wahrscheinlich würde David trotzdem dort sitzen, wenn er heute schon zur Schule gehen dürfte.

Die Schulglocke riss ihn aus seinen Gedanken. Es war bereits fünf vor acht Uhr. Also nur das erste Klingeln vor Schulbeginn. Er würde pünktlich sein. Missmutig trottete er weiter.

Vor dem Schultor standen die üblichen Schüler und rauchten. Er wollte gerade das Schulgelände betreten, als Linda ihn am Arm festhielt.

»Hey, was ist mit David?«, fragte sie.

Merlin erzählte ihr knapp von dem Unfall. »Ich glaube nicht, dass er diese Woche schon zur Schule kommt. Zumindest würde ich es an seiner Stelle nicht.«

Linda nickte. »Und was ist mit dir?«, fragte sie schließlich.

Merlin zuckte mit den Achseln. »Was soll mit mir sein? Ich hatte keinen Unfall.«

»Blödmann.«

Es klingelte zum zweiten Mal. Acht Uhr. Mit einem Pulk von Schülern liefen sie die Treppen ins erste Stockwerk hoch.

»Mensch Lin, jetzt sag schon was los ist«, sagte Linda, als sie vor dem Klassenraum auf den Lehrer warteten. »Du machst ein Gesicht, dass kleine Kinder schreiend wegrennen würden.«

Merlin lächelte müde. »Wir werden umziehen«, sagte er knapp. »Das ist los.«

Linda machte große Augen. »Also – weit weg?«

»Keine Ahnung, aber ich denke schon«, sagte Merlin. »Meine Mutter wird sich von ihrem Freund trennen. Ich glaube nicht, dass wir dann noch in Neuss bleiben werden.«

Linda sagte eine Weile nichts. Dann seufzte sie und meinte: »Kommt doch nach Köln, dann kannst du zumindest weiter hier zur Schule gehen.«

Merlin lächelte wieder. »Ich weiß sowieso nicht, wie das funktionieren soll, wenn wir jetzt wieder durch ganz Deutschland ziehen.«

»Versuch ihr das mit Köln schmackhaft zu machen!« Lindas Stimme überschlug sich vor Begeisterung. »Wir könnten immer zusammen fahren!«

Merlin dachte an Christian. Vielleicht war das gar kein so schlechter Gedanke. Zur Not könnte er sich wirklich noch überlegen, ob er nicht bei Christian unterkommen konnte.

Als er kurz darauf an seinem Platz saß, kam ihm David wieder in den Sinn. Er würde einen weiteren Schultag ohne ihn überstehen müssen. Schon seltsam, wie schnell er sich an ihn gewöhnt hatte.

95

Selma wachte auf, weil sie Stimmen hörte. Blinzelnd öffnete sie die Augen. Es war mitten in der Woche. Aber eindeutig, es war Paolos Stimme, die sie da aus dem Badezimmer hörte. Angestrengt versuchte sie zu verstehen, was er sagte, konnte die Laute aber nicht zu Worten zusammensetzen. Dann hörte sie auch Merlin etwas sagen. Sie schaute irritiert auf die Uhr. Warum war Paolo überhaupt noch hier? Plötzlich spürte Selma eine unbestimmte Unruhe in sich. Irgendwas stimmte nicht. Sie setzte sich unsicher auf. Als sie aber Paolos Schritte hörte, legte sie sich schnell wieder hin und tat so, als würde sie noch schlafen. Paolo blieb im Türrahmen stehen. Sie konnte geradezu fühlen, wie er sie beobachtete. Dann kam er endlich herein und stieg wieder ins Bett. Selma reckte sich.

»Du bist noch da?«, fragte sie verschlafen. »Wie spät ist es?« Innerlich hoffte sie, dass er den Betrug nicht bemerken würde. Sie fühlte sich hellwach. Ihr ganzer Körper stand unter Hochspannung, weil sie fühlte, dass sich etwas anbahnte. Und es konnte nichts mit ihren Plänen zu tun haben. Davon hatte sie ihm noch nichts erzählt. Ja, sie war sich nicht mal sicher, ob sie das tatsächlich heute in Angriff nehmen wollte. Unglaublicherweise fürchtete sie sich vor seiner Reaktion. Das war ihr gestern Abend klar geworden, als sie allein im Bett gelegen hatte. Zum ersten Mal in ihrem Leben hatte sie Angst, einem Mann den Laufpass zu geben. Aber woher kam das? Mit dieser unangenehmen Frage war sie gestern letztlich doch noch eingeschlafen. Wie konnte es sein, dass sie sich, so stark wie sie war, plötzlich fürchtete? Sie sah Paolo in die Augen. Nein, sie hatte nicht wirklich Angst vor ihm, oder? Es musste vielmehr die ungewisse Zukunft sein, die ihr wieder mal bevorstand. Vielleicht wurde sie zu alt für diese Art von Leben? Dann fiel ihr auf, dass Paolo noch nicht geantwortet hatte.

»Paolo?«, sagte sie, um ihn daran zu erinnern, dass er ihr immer noch eine Antwort schuldig war.

»Ich habe heute einen freien Tag. Extra für dich.«

Selma runzelte die Stirn. »Warum hast du mir nichts davon gesagt?«

»Es sollte eine Überraschung sein.«

Selma empfand diesen leichthin gesprochenen Satz als billige Ausrede. Ob er etwas ahnte? Natürlich würde ihm nicht entgangen sein, dass sich in ihrer Beziehung so einiges geändert hatte und dass sie unzufrieden damit war, hatte sie auch schon mehr als nur ein mal zum Ausdruck gebracht. Also konnte es durchaus sein, dass er ihr einfach eine Freude machen wollte. Nur, warum kam das bei ihr absolut nicht so an? Hatte sie sich innerlich schon damit abgefunden, dass es für sie beide keine Möglichkeit mehr geben würde? Selma war verwirrt. Sie wusste nicht, wie sie ihre Gefühle sortiert bekommen sollte. Eigentlich wollte sie nichts lieber, als dem Drang nachgeben, endlich wieder auf eigenen Füßen zu stehen und ihr Leben selbst in die Hand zu nehmen. Dagegen sprach aber die

Furcht, die sie völlig unvorbereitet zum Bleiben überreden wollte. Das wusste sie gar nicht einzuordnen.

»Worüber denkst du nach?«, fragte er leise.

»Nichts«, sagte sie.

»Ach so.«

Selma fühlte sich ein wenig unfair, dass sie nicht einfach die Wahrheit sagte. Jetzt wäre ein günstiger Moment, die Probleme zwischen ihnen anzusprechen. Doch sie wollte ihm nicht damit gegenübertreten, solange sie noch selbst so hin- und hergerissen war. Ein böser Gedanke sagte ihr, dass sie lediglich warten wollte, bis es kein Zurück mehr gab. In der Tat hatte sie das Gefühl, dass sie momentan noch viel zu wackelig dastand. Wenn sie Paolo jetzt die Gelegenheit gab, Einwände zu erheben, könnte sie sich vielleicht nicht so recht auf ihren Standpunkt versteifen. Und damit wusste sie es: Sie wollte und sie würde Paolo verlassen! Es brauchte nur noch ein wenig Zeit, bis sie es ihm sagen konnte, das war alles. Aber genau das verstörte sie schon wieder. Immerhin war sie eine Frau des direkten Weges. Warum sollte sie noch warten, wenn sie doch die Entscheidung längst gefällt hatte? Sie dachte mit Unbehagen über Paolos Einfluss auf sie nach. Anfangs war er in dieser Beziehung ein absoluter Schwächling gewesen – Macho zwar, aber auf Geistesebene hatte er ihr nicht im Entferntesten das Wasser reichen können. Nun aber hatte sie Respekt vor ihm. Eine seltsame Wandlung, die ihr erst jetzt bewusst wurde, da sie ihn verlassen wollte. Ja, sie glaubte tatsächlich, dass sie ihm in einem Gefühlsgefecht unterliegen könnte! Noch nie hatte es jemand geschafft, sie auf diese Weise abhängig zu machen. Und ausgerechnet Paolo, von dem sie das am allerwenigsten erwartet hatte ...

Unten ging die Haustür. Merlin hatte sich auf den Weg zur Schule gemacht.

»Du willst mich verlassen«, sagte Paolo unvermittelt.

Selma sah ihn erschrocken an. Dann schluckte sie. Einen Moment lang dachte sie tatsächlich darüber nach, ob Paolo in ihren Kopf schauen konnte. Aber sie fing sich schließlich wieder. Das war lediglich ein weiterer Beweis, wie sehr sie diesen Mann unterschätzte.

»Ja«, antwortete sie schnell, bevor sie es sich noch mal überlegen konnte.

Er schwieg. Genau dieses Schweigen war die einzige Waffe, die er jetzt gegen sie ins Feld führen konnte. In ihr begann es automatisch zu rotieren. Der Drang, ihre Entscheidung wieder zu relativieren, kletterte mit scharfen Krallen in ihr hoch. Die Situation erzwang schon fast, dass sie ein Aber anfügte. Verkrampft hielt sie sich zurück.

»Aber?« Er lächelte.

Selma schloss die Augen. Mit einem Mal fühlte sie sich schwindelig. Dieses Lächeln! Als wenn es überhaupt nicht um ihre gemeinsame Zukunft ging, sondern um etwas absolut Belangloses. Fast hatte sie den Eindruck, dass es ihm vollkommen gleichgültig war, wie sie sich letztendlich entschied. Aber er wollte sie ärgern, er wollte nicht einfach so nachgeben. Tief atmete sie durch, dann öffnete sie die Augen wieder und versuchte, ein wenig Kampfbereitschaft für sich aus seinem Lächeln zu ziehen.

»Kein Aber«, sagte sie fest.

»Hast du eine Affäre?«, fragte er und sah sie mit gespieltem Erstaunen an.

Ihr klappte der Mund auf. Sie schüttelte vollkommen überrannt den Kopf. »Bitte was?«

»Hätte doch sein können«, sagte Paolo und zuckte mit den Achseln. »Ich weiß sehr wohl, dass ich nicht der Beste bin und immerhin hatten wir in letzter Zeit wenig Sex.«

»Das heißt aber noch lange nicht, dass ich mir irgendeinen Typen an Land ziehe!« Da war die Wut mit einem Mal, die sie kurz zovor noch vermisst hatte. »Und wie steht es mit dir?«, fragte sie scharf.

Paolo zuckte wieder mit den Schultern.

Ihr wurde schlecht. Also hatte sie recht gehabt. Sie hatte es die ganze Zeit geahnt!

»Spielt das jetzt noch eine Rolle?«, fragte er. »Du hast dich gegen mich entschieden.«

»Im Moment machst du es mir auch nicht gerade schwierig!«, fauchte Selma und sprang wutentbrannt aus dem Bett. Wie konnte dieses Arschloch nur so selbstgefällig daliegen und ihr brühwarm erzählen, dass er es mit einer anderen trieb? Plötzlich stürmten tausend Gedanken auf sie ein: Wie sah sie wohl aus? Gut natürlich. War sie jünger? Ganz sicher. Wo treffen sie sich immer? Bei ihm in der Firma? Sie wischte sich mit den Händen durchs Gesicht. Die ganze Zeit über hatte sie es gewusst! Aber sie hatte es nicht wahr haben wollen. Völlig unpassend fiel ihr ein Spruch ein, den ihre Mutter immer angebracht hatte: Ein schöner Mann gehört einem niemals allein. Selma lachte laut auf.

»Worüber lachst du?«, frage Paolo ruhig.

»Über meine Dummheit«, sagte Selma. »Wie konnte ich nur so dämlich sein und glauben, dass das mit uns beiden klappen würde?«

»Warum?« Er sah sie auffordernd an. »Klappt es mit uns etwa nicht?«

Wieder drang ein spöttisches Lachen aus Selmas Kehle. Eigentlich hatte sie sich immer vorgenommen, dass sie in einem solchen Moment die Ruhe bewahren wollte. Aber daran war nicht zu denken. Sie war viel zu sehr aufgebracht.

»Findest du es etwa in Ordnung, wenn du mit einer anderen rummachst?« Ihre Stimme klang schrill. Etwas in ihr versuchte vergeblich, sie zurückzuhalten.

Paolo grinste frech. »Eine andere?«

»Verdammt! Jetzt tu nicht so. Du hast doch gerade selbst gesagt, dass du ...« Plötzlich fiel Selma ein, dass Paolo überhaupt nichts gesagt hatte. Er hatte ihr lediglich keine Auskunft darüber gegeben, ob er eine Affäre hatte oder nicht. Der Rest war in ihrem Kopf abgelaufen. Sie hatte sein Schweigen einfach als

Zustimmung gewertet. Wie sollte sie es auch sonst werten, nachdem er ihr so bereitwillig einen Mann neben ihm gönnte? Und dann hatte die Psyche zugeschlagen und die unbestimmte Rivalin in ihrem Kopf konkretisiert.

Paolo lachte. »Was hast du?«

»Du bist ein Arschloch!«, sagte Selma und kniff die Lippen zusammen. Hastig verließ sie das Schlafzimmer.

Im Bad stand sie vor dem Spiegel und betrachtete ihr Gesicht. Noch immer ging ihr Atem beschleunigt. Sie konnte es nicht fassen, dass er sie so locker auf ihrem eigenen Spezialgebiet geschlagen hatte. Als hätte er geahnt, worüber sie noch kurz zuvor nachgedacht hatte. Wieder schlich sich in ihr der Gedanke hoch, dass sie ihm mit all dem vielleicht doch Unrecht tat. Mit einem Stöhnen legte sie ihre Hand auf die Stirn. Letztlich hatte er ihr mit dem ganzen Spielchen gezeigt, wie sehr sie ihn mit ihren Plänen verletzte. Und das genau auf die Art, wie sie es selbst vielleicht auch tun würde. Ihr wurde schlecht. Sie würde mit ihm reden müssen, jetzt gleich.

96

David beobachtete Merlin, wie er das Haus verließ und sich auf den Weg zur Schule machte. Eigentlich hatte er erwartet, dass Merlin zu ihm hochschauen würde, doch das geschah nicht. Er ging einfach über die Straße und verschwand unter der Trauerweide. David wusste nicht so recht, was er erwartet hatte – aber ganz sicher nicht das. Sein Blick glitt wieder zu Merlins Fenster, das noch immer durch die Jalousien geschützt war. Den ganzen Morgen hatte er gehofft, dass Merlin den Sichtschutz beseitigen und ihm zuwinken würde. Aber auch darauf hatte er vergebens gewartet. Das Rollo blieb zwischen ihnen und für David gab es keine Möglichkeit, die Gedanken von gestern zu verdrängen. Nichts war über Nacht besser geworden. Merlin hatte die Spuren nicht beseitigt, wenn man denn bei heruntergelassenen Rollläden von tatsächlichen Spuren ausgehen konnte. Also war es ihm ernst, dachte David. Er wollte nicht mehr mit ihm zusammen sein, er wollte sich keine Mühe mehr geben, Paolo zu widerstehen. Das Schlimmste daran war natürlich, dass David keine Entscheidungsfreiheit mehr blieb. Er konnte nicht mehr sagen, dass er mit all dem nicht einverstanden war und daher Schluss machte. Er konnte sich nicht mehr trotz der Umstände für eine Beziehung entscheiden. Ihm blieb nur, Merlins Entschluss zu akzeptieren. Fast machten diese Gedanken auf ihn den Eindruck, als gäbe es eine Möglichkeit, Paolo als Affäre hinzunehmen. Er setzte sich auf sein Bett. Könnte er das tatsächlich tolerieren? Oder entstanden diese Gedanken letztlich nur aus dem Frust heraus, handlungsunfähig zu sein? Ihm fiel wieder ein, dass Merlin mögliche Lösungsvorschläge gar nicht erst in Betracht gezogen hatte. Er wollte ihrer Beziehung erst gar keine Chance geben!

David sprang auf und zog sich an. Die Tatsache, dass Merlin offenbar so gegen ihn arbeitete, machte ihn wütend. Am liebsten würde er jetzt in die Schule gehen und ihm eine reinhauen. Er atmete tief durch und wischte sich Tränen aus den Augenwinkeln. Wann war er eigentlich jemals so wütend gewesen? David konnte sich nicht an ein vergleichbares Gefühl in der Vergangenheit erinnern.

Lustlos ging er ins Bad und führte eine oberflächliche Katzenwäsche durch. Er würde heute zu Paolo auf die Arbeit gehen und ihm zusagen, dass er ab sofort bei ihm arbeiten würde. Allein weil Merlin aus irgendeinem Grund dagegen war! David lächelte bitter. Was hatten sie sich jetzt schon noch zu sagen? Die Sache zwischen ihnen war aus. Warum sollte er sich also von Merlin den Nebenjob ausreden lassen? Der Gedanke, dass sich Merlin darüber ärgern könnte, gefiel ihm. Er hatte sowieso nicht verstanden, weshalb es so schlimm war, wenn er für Paolo arbeitete. Sicher, David verabscheute diesen Mann, aber letztlich arbeitete er für die Firma, in der sein eigener Vater tätig war. Daran konnte nichts falsch sein. Vielleicht war Merlin ja nur eifersüchtig auf ihn. David hielt inne. So hatte er darüber noch gar nicht nachgedacht. Was war, wenn Merlin nur nicht wollte, dass er sich in der Nähe von Paolo aufhielt, weil ihn das eifersüchtig machte – und zwar nicht auf Paolo, sondern auf ihn? David fühlte sich wie gelähmt. Dann schüttelte er aber den Kopf und verließ das Bad. Er wollte nicht über solche Dinge nachdenken. Schließlich konnte er nicht wissen, was in Merlin vorging. Langsam stieg er die Treppe nach unten.

»Guten morgen, David«, sagte seine Mutter und strahlte ihn an. »Wie geht es dir?«

»Geht so«, antwortete David knapp. Es verunsicherte ihn, dass seine Mutter offensichtlich gute Laune hatte.

»Ich habe dir Frühstück gemacht.«

»Danke, aber ...« David wollte schon ablehnen, als ihm auffiel, dass er eigentlich doch Hunger hatte. Er folgte seiner Mutter in die Küche.

»Ich habe gestern noch mit deinem Vater gesprochen«, sagte sie beschwingt.

»Ach«, machte David.

Sie sah ihn mit einem erwartungsvollen Ausdruck in den Augen an. »Wir sind zu dem Schluss gekommen, dass du vielleicht wirklich ein wenig Taschengeld nebenher verdienen solltest.«

David sah überrascht auf.

»Das heißt, solange die Schulnoten nicht darunter leiden.« Sie lächelte breit.

»Und?«, fragte David. Natürlich wusste er, dass sich seine Mutter das Beste für den Schluss aufbewahrte. Er mochte diese Spannungsmasche nicht.

»Dein Vater fragt heute bei sich auf der Arbeit nach, ob die da Bedarf haben. Er meint, irgendwas werden sie schon zu tun haben.«

Davids Mund klappte auf. Fast hätte er laut losgelacht. Dann nickte er.

»Es wird dich ein wenig ablenken und vielleicht – kommst du dann wieder auf die richtige Bahn«, fügte seine Mutter leise an.

»Ich bin auf der richtigen ...«

»Ja«, sagte sie schnell. »Aber du musst was mit deiner Freizeit anfangen. Und wenn du arbeiten gehst, hast du nicht mehr so viel Zeit für – Unsinn.«

David biss die Zähne aufeinander. »Das ist kein Spaß, Mam!«

»Ich weiß«, sagte sie und sah ihn plötzlich ernst an. »Ich weiß – leider.« Sie stellte ihm einen Teller mit Broten vor die Nase. Augenblicklich war sein Hunger verschwunden. In ihm drängte es, einen Kommentar abzugeben, seine Mutter zur Rede zu stellen. Aber er fühlte sich mit einem Mal zu schwach. Wie sollte er auch argumentieren? Merlin, die einzige Person, die ihm da hätte zur Seite stehen können, war ihm in den Rücken gefallen. Wie sollte er eine Liebe rechtfertigen, von der jeder wusste, dass sie längst gescheitert war? Wieder spürte er Wut in sich aufsteigen. Er war wütend und enttäuscht, dass seine Eltern von Merlins Fehltritt wussten. Dann hielt er inne. Fehltritt. Er entschuldigte das Verhalten immer noch!

»Was wirst du heute machen?«, fragte Hanne.

»Keine Ahnung«, sagte David mürrisch und biss in eines der Brote. Es schmeckte nach nichts. »Ich werde wohl zu Paps auf die Arbeit gehen und mich schon mal vorstellen.« Er schluckte. »Dann vielleicht zu Merlin rüber.« Seine Stimme klang gedämpft.

»Weiß seine Mutter eigentlich davon?«

»Wovon?«, fragte David automatisch. Im selben Moment wusste er, was seine Mutter meinte und bedauerte seine vorschnelle Frage.

»Dass ihr Freund und ihr Sohn ...«

»Noch nicht«, unterbrach David sie schnell. Er wollte diese Worte nicht aus dem Mund seiner Mutter hören. Es reichte ihm, wenn sie das gesehen hatte und nun über alles Bescheid wusste. Das reichte vollkommen.

»Noch nicht?«, fragte sie und zog eine Augenbraue hoch.

David stand auf und stürmte zur Treppe.

»David?«, rief seine Mutter schrill hinter ihm her.

Als er in seinem Zimmer stand, pochte sein Kopf wieder. Solche Anstrengungen waren noch nicht gut für ihn. Aber darauf konnte er jetzt keine Rücksicht nehmen. Immer wieder wälzte sich die Frage seiner Mutter in seinem Schädel hin und her. *Noch nicht?* Was hatte das zu bedeuten?

Er setzte sich wieder auf sein Bett und dachte nach. Wollte er tatsächlich Merlins Geheimnis aufdecken? Die Antwort kam unvorbereitet und viel zu schnell: Ja! Sein Atem beschleunigte sich. Was hatte er schon zu verlieren? Die Beziehung mit Merlin gehörte doch eh schon der Vergangenheit an. Es gab keinen Grund mehr, ihn zu schützen. Letztlich wollte Merlin selbst es doch auch. Immerhin hatte er ihm mehrfach erzählt, dass er mit seiner Mutter sprechen wollte. Jetzt aber sah es ganz so aus, als würde die Geschichte immer so weitergehen. Merlin hatte den Störenfried entfernt, die geheimen Machenschaften konnten fortgesetzt werden. Davids Zähne knirschten. Und die

Einzige, die von allem nichts wusste, war Selma. Ausgerechnet sie! Nur, wollte er tatsächlich derjenige sein, der ihr eine solche Nachricht überbrachte? Hatte er das Recht dazu? Ein dumpfes Gefühl sagte ihm, dass er das alles nur aus Rachsucht tun wollte. Es ging also nur um ihn selbst. Er wollte Merlin eins auswischen, weil er ihn verletzt hatte. David schüttelte den Kopf. Nein, Selma hatte ein Recht darauf, es zu erfahren. Und Merlin hatte die Pflicht, sie aufzuklären …

»David?« Seine Mutter schob die Tür ein Stück auf und sah herein. »Was ist los?«

»Nichts, nur ein wenig Kopfschmerzen. Ich bleib noch ein bisschen liegen, okay?«

97

»Du hast was?«, fragte Linda entsetzt. Mit großen Augen sah sie ihn an und schüttelte ungläubig den Kopf.

Merlin hatte nicht mit einem solchen Ausbruch gerechnet. »Ich – ich glaube, es ist das – Beste für uns, wenn wir ...«, sagte er matt.

»Warum?« Sie kniff die Augen zusammen. »Warum sollte es das Beste sein? Das versteh ich nicht.«

Merlin schwieg. Was sollte er ihr sagen? Dass er mit David nicht mehr zusammen sein wollte, weil er selbst nicht treu sein konnte? Dann würde er nicht umhin kommen, ihr auch zu sagen, mit wem er eine Affäre hatte. Damit würde er sicher noch das letzte bisschen Achtung in ihren Augen verlieren. Auf der anderen Seite musste er sich wohl oder übel eingestehen, dass er nicht einen Funken Achtung mehr wert war. Was hatte er also zu verlieren?

»Willst du es mir nicht sagen?«, fragte Linda ernst.

Merlin blinzelte. Natürlich wusste er, was er noch verlieren konnte: Das Geheimnis gegenüber seiner Mutter. Irgendwie hatte er das Gefühl, dass er Linda diesbezüglich nicht trauen konnte. Frauen hielten zueinander. Sie würde ihn ganz sicher dazu bringen, seine Mutter aufzuklären und wenn nötig auch selbst aktiv werden.

»Wovor hast du Angst?«

»Ich – ich weiß nicht«, sagte er, obwohl er es natürlich genau wusste. Er wusste einfach nicht, ob er Linda in dieser Sache vertrauen konnte. Seine Befürchtung, dass sie gleich loslaufen und alles seiner Mutter erzählen könnte, war natürlich albern. Aber letztlich hatte er genau davor Angst.

Er stellte sich vor, wie sie ihn ansehen würde. Der vorwurfsvolle Blick, die Sprachlosigkeit.

»Hey, ich bin deine beste Freundin, schon vergessen?« Sie versuchte ihn mit einem breiten Grinsen aufzumuntern. »Mir kannst du doch alles sagen!«

Merlin sah auf die Uhr. Jeden Moment würde die Pause vorbei sein. Jetzt lohnte es sich nicht mehr, ein großes Thema anzuschneiden. Dann schoss ihm die Idee durch den Kopf, dass Linda keine Möglichkeit haben würde, ihm unangenehme Fragen zu stellen, wenn er mit dem Klingeln das Geheimnis lüftete.

»Ich weiß nicht«, murmelte er.

»Was weißt du nicht?«

Merlin sah Linda irritiert an. Er hatte nicht gemerkt, dass er seinen Zweifel laut ausgesprochen hatte. Er war sich unsicher, ob er Linda wirklich von Paolo erzählen sollte und kämpfte gegen den Drang, es doch zu tun. Er wollte mit ihr darüber reden, er wollte wissen, was sie zu all dem sagte. Er brauchte eine Verbündete. Doch die Furcht, dass sie nicht auf seiner Seite stehen würde, schreckte ihn ab.

Sie runzelte die Stirn. »Merlin?«

»Ja«, sagte er schwach. »Ich – ich bin ...«

Es klingelte. Er sah auf die Uhr, dann auf das Gebäude, in dem sie gleich Unterricht haben würden. Massen von Schülern drängten sich vor den Eingängen.

»Wenn du es mir nicht sagen willst, ist es okay«, sagte Linda. Sie konnte ihre Enttäuschung kaum verbergen.

»Linda!« Merlin hielt sie zurück.

Sie sah ihn mit einem strengen Blick an. »Was?«

»Ich hab einfach Angst, dass du danach nicht mehr zu mir hältst«, presste er hervor.

»Zu wem soll ich denn sonst halten, wenn nicht zu dir?«, fragte sie und klang dabei immer noch schnippisch. »Mensch, wir sind Freunde!« Sie schnappte nach Luft. Dann schüttelte sie ohne weiterzureden den Kopf.

»Es ist halt nicht so einfach für mich.«

»Das hoffe ich für dich.« Sie verzog das Gesicht zu einer grotesken Grimasse. »Denn wenn das nicht der dickste Knaller ist und du den ganzen Aufstand für nichts gemacht hast, dann raste ich aus!«

Merlin musste lachen. Dann riss er sich zusammen und sagte schnell: »Ich gehe fremd.«

Linda hielt inne. Es dauerte einen Moment, bis das Gesagte in ihrem Kopf ankam und verarbeitet war. Dann leuchteten ihre Augen auf.

»Hallo?«, fragte sie vollkommen baff und lachte.

Merlin wusste nicht, was er darauf sagen sollte. Sehnsüchtig sah er auf den Eingang, der sich mittlerweile wieder gelichtet hatte. Wenn sie noch lange hier draußen herumstanden, würden sie zu spät kommen. Aber Linda schien das nicht im geringsten zu stören. Mit einem durchdringenden Blick sah sie ihn an.

»Du meinst das ernst, oder?«

Merlin nickte kaum merklich.

»Okay, das ist – wirklich ein dicker Hund.« Ihre Mundwinkel zogen sich zu einem breiten Grinsen auseinander. »Mit wem?«

Merlins Herz pochte in seinem Hals. Er schluckte, doch das Gefühl blieb.

»Wir kommen zu spät«, sagte er und hoffte, dass Linda das als Grund für einen Aufschub gelten lassen würde. Er konnte ihr doch jetzt nicht die Wahrheit sagen!

»Weiß er davon?«, fragte sie unbeirrt weiter.

»Wer?«

»Na, David natürlich!«

»Oh.« Merlin nickte schnell.

»Und? Was sagt er dazu?« Die Sensationslust hatte sich wieder von Lindas Gesicht verabschiedet. Jetzt sah sie lediglich besorgt aus und Merlin ahnte, dass diese Sorge dem Opfer des Betrugs galt, nicht ihm.

»Ich glaube, er will weiterhin mit mir zusammen bleiben«, sagte Merlin. »Das ist es ja, was mir die Sache so schwer macht. Für ihn ist das nur so ein Ausrutscher oder was auch immer. Aber für mich – ich habe Angst, dass es eben nicht nur ein Ausrutscher war.« Er bemerkte, dass er vollkommen nervös wurde. »Ich – ich fühl mich echt scheiße deswegen. Und – ich bin derjenige, der nicht mehr will. Irgendwie habe ich das Gefühl, dass es ihm schon fast egal ist.«

Linda sah ihn schweigend an. Dann sagte sie schließlich: »Mensch, das ist ja schon fast sympatisch.«

»Was?«

»Na, du als Fremdgeher möchtest die Beziehung nicht weiterführen, weil du es nicht ertragen kannst – und das, obwohl David dir verzeiht? Sie schüttelte den Kopf.

»So einfach ist das nicht«, sagte Merlin.

»Liebst du ihn?«, fragte Linda.

»Ja.« Die Antwort kam prompt und ohne Überlegung. Merlin war selbst überrascht.

»Dann ist es doch sonnenklar, oder nicht?« Linda lächelte wieder. »Er liebt dich und verzeiht dir und du liebst ihn und machst in Zukunft keinen Scheiß mehr, fertig.«

Merlin sah sie hilflos an. »So einfach ist das aber nicht.«

»Warum nicht?«, frage Linda. »Ich meine, du gehörst doch nicht zu denen, die wirklich den gleichen Fehler noch mal machen, oder?«

Merlin schwieg. Natürlich wollte er nicht zu diesem Schlag Mann gehören, auf den Linda nun anspielte. Aber die Wahrheit sah nunmal anders aus.

»Oh nein«, machte sie entgeistert, als sie sein Schweigen deutete. »Da schätze ich dich aber anders ein.« Sie kniff die Augen zusammen. »Dann ist da also doch noch was mit dem anderen Kerl, oder?«

»Was meinst du?«

»Du bist in ihn verknallt und kannst dich nicht entscheiden.«

Merlin schüttelte den Kopf. »Nein.«
»Reine Sexgeschichte?«
Er nickte.
»Aber, du und David, ihr macht doch auch ... oder?«
»Nein, noch nicht«, sagte Merlin. »Aber daran liegt es auch nicht. Das ist irgendwie alles viel – komplizierter.«
»Warum müssen Schwule immer alles noch komplizierter haben?«, fragte sie theatralisch und legte sich grazil die Hand an die Stirn. »Reicht es denn nicht, eine normale Affäre zu haben?«
»Das ist fies«, sagte Merlin und drehte sich ab. Hastig ging er auf das Schulgebäude zu.
»Warte!«, rief Linda und holte ihn ein. »Kenne ich ihn eigentlich?«
Merlin schwieg.
»Ich wette, du bist doch verknallt in ihn!«
»Nein«, antwortete Merlin genervt. Er spürte Hitze in seinen Kopf steigen.
»Sag schon, wer ist es denn jetzt?« Sie hopste neben ihm her. »Jemand aus der Klasse?« Sie lachte. »Jan etwa?«
Eigentlich hätte Merlin über den Witz, dass er mit dem Klassensprecher eine sexuelle Beziehung haben könnte, lachen müssen, aber stattdessen blieb er plötzlich verkrampft stehen.
Linda sah ihn mit hochgezogenen Augenbrauen an.
Dann würgte Merlin endlich den Namen heraus: »Paolo.«

98

David atmete tief durch. Der Gedanke, seinen Freund zu hintergehen, machte ihm immer noch zu schaffen. Er runzelte die Stirn. Lag nicht genau darin der Denkfehler? Merlin war nicht mehr sein Freund. Und Merlin war derjenige, der ihn hintergangen hatte! David bemerkte, dass er die Fäuste geballt hielt. Er wollte nicht wütend sein, aber irgendwie gelang ihm das nicht. Wieder schlich sich der Verdacht ein, dass er Selma lediglich deshalb über den Betrug aufklären wollte, um Merlin eins auszuwischen. Je mehr er darüber nachdachte, desto unangenehmer wurde die Gewissheit. Ja, wenn er ehrlich war, dann musste er sich eingestehen, dass es ihm schon gefiel, Merlin einen Denkzettel zu verpassen. Aber das war nicht alles. Im Grunde hoffte er auch darauf, dass Merlin zur Vernunft kam und sich vielleicht doch noch für ihn – und zwar nur für ihn – entscheiden würde.
Entschlossen verließ er sein Zimmer und ging die Treppe hinunter. Seine Mutter schien bereits auf ihn zu warten.
»Wohin gehst du?«, fragte sie neugierig.
»Rüber«, sagte David knapp.

»Ist denn schon Schulschluss?«

»Nein.«

»Was willst du dann drüben?« Sie sah ihn mit leicht zusammengekniffenen Augen an, so als ob sie abschätzen wollte, ob er auch wahrheitsgemäß antwortete.

»Ich will mit Selma reden, okay?« David legte seine Hand auf die Türklinke und warf seiner Mutter einen herausfordernden Blick zu. Doch sie sagte nichts mehr und nickte nur. Er drehte sich um, schloss für einen Moment die Augen. Dann ging der Moment vorbei, ohne dass er über etwas Greifbares nachgedacht hatte. Er blinzelte kurz und öffnete die Tür. Die Luft fühlte sich heute deutlich kälter an. Unsicher sah er zum Himmel. Graue Wolken. Irgendwie war das passend. Er lief auf die andere Straßenseite und legte den Finger auf den Klingelknopf. Wieder zögerte er. Mittagszeit. Wahrscheinlich kochte Selma gerade und hatte überhaupt keine Zeit für ihn. Vielleicht war das alles doch ... Er drückte. Hinter der Tür ertönte das klassische Glockenspiel. Zu spät. Jetzt musster er auf jeden Fall mit Selma reden. Aber noch immer bestand die Möglichkeit, mit ihr einfach über etwas anderes zu sprechen. Womöglich war sie aber auch gar nicht da. Die Tür öffnete sich.

»Ja?«, fragte Paolo und zog überrascht seine rechte Augenbraue hoch.

»Oh«, machte David. Damit hatte er nun überhaupt nicht gerechnet. Irritiert sah er Paolo an. »Ich wollte ...« Er stockte.

»Ja?«, wiederholte Paolo.

»Ist Selma da?«, fragte David endlich.

»Ja, komm rein.« Paolo trat ein Stück zur Seite, damit David ins Haus konnte. Der wusste aber plötzlich gar nicht mehr so recht, ob er überhaupt zu Selma wollte, wenn ihr Freund ebenfalls da war. Damit stand eigentlich schon fest, dass er ihr nichts über Merlins Affäre sagen konnte. Überhaupt wollte er auf keinen Fall in der Nähe sein, wenn Selma Paolo zur Rede stellte. Zum ersten Mal dachte er daran, dass Selma das Ganze ja auch alles andere als rational aufnehmen könnte. Was war, wenn sie vollkommen ausrastete? Und wie vor allem würde sich Paolo verhalten? Irgendwie wurde David das üble Gefühl nicht los, dass Paolo genau der Machotyp war, der in einer solchen Situation auch mal zuschlagen konnte. So wie er immer aus der Wäsche schaute, war ihm so allerhand zuzutrauen, dachte David. Und er selbst hätte eine solche Auseinandersetzung dann hinaufbeschworen …

»Merlin ist aber noch nicht da«, sagte Paolo und riss ihn unvermittelt aus seinen Gedanken.

»Ah«, machte David und nickte. Dann fügte er an: »Aber Selma ist da, oder?«

»Das hast du ja schon gefragt.«

David schluckte. Paolos Augen schienen ihn zu durchleuchten. Mit einem Mal hatte er das Gefühl, dass der Kerl über sein Vorhaben Bescheid wusste.

David lächelte unsicher.

»Sie ist oben«, sagte Paolo.

David nickte. Zwischen ihnen herrschte eine unangenehme Spannung.

»Selma?«, rief Paolo laut nach oben. »Du hast Besuch!« Dann ging er in die Küche, während David mit einem unbehaglichen Gefühl am Fuß der Treppe stehen blieb. Flüchtig warf er einen Blick hinauf. Dann hörte er endlich Geräusche.

»Kleinen Moment noch!«, rief Selma von oben. Unsicher sah David zur Küchentür. Fast erwartete er, dass Paolo ihn beobachtete.

Kurze Zeit später kam Selma die Treppe hinunter. »Hallo David!«, sagte sie mit einem Lächeln. Sie drückte sich einen feuchten Waschlappen neben das linke Auge.

»Hallo«, antwortete David. »Was ist ...«

»Ach nichts.« Sie zuckte mit der Schulter. »Ich bin einfach ein wenig trottelig. Lass uns ins Wohnzimmer gehen.« Sie schob ihn mit der freien Hand durch die Tür.

Vorsichtig setzte sich David auf den Sessel, während Selma es sich auf der Couch bequem machte. Sie nahm den Lappen kurz von der Schläfe und entblößte eine rote Stelle, die sich ganz sicher zu einem Bluterguss auswachsen würde. David hielt unbewusst die Luft an. Paolo? Gerade hatte er noch darüber nachgedacht, dass der Typ ganz sicher zu sowas fähig war und jetzt ...

»Was ist passiert?«, versuchte es David noch mal.

Selma lachte auf. »Ich bin die Treppe runtergefallen, was glaubst denn du?«

David wusste nicht so recht, wie er Selmas Spruch einordnen sollte und sah sie verdattert an.

»Ich habe mich gestoßen«, erklärte Selma daraufhin.

David nickte unsicher. Er dachte an Paolos durchdringenden Blick und sein Machogehabe.

»Warum bist du rübergekommen?«, fragte Selma plötzlich ernst. Ihr Gesichtsausdruck verriet, dass sie wusste, dass er nicht nur so zu Besuch kam.

»Ich – mir war langweilig«, sagte David schnell und beobachtete misstrauisch, wie Selma sich wieder den Waschlappen an die Schläfe hielt. »Das gibt sicher ein schönes Feilchen, was?«

»Ich hoffe nicht!« Selma lache. Sie wollte noch etwas anfügen, aber plötzlich stand Paolo im Türrahmen.

»Soll ich euch etwas bringen?«, fragte er.

»Mir nicht, aber David will sicher was zu trinken«, antwortete Selma.

Paolo nickte und verschwand. Kurz darauf kam er mit einem Glas Cola wieder und stellte es vor David ab. Dann setzte er sich neben Selma. Schon fast demonstrativ legte er den Arm um sie. David spürte, wie es ihm gleich die Sprache verschlug. Er wusste, dass er in Paolos Anwesenheit nichts würde sagen können.

»Hast du schon mit deinen Eltern gesprochen?«, wollte Paolo von ihm wissen.

David schluckte. »Ja«, krächzte er.

Paolo nickte.

»Was soll das heißen?«, fragte Selma.

»David wird bei mir als Aushilfe anfangen.« Paolo lächelte. David lief es bei diesem Anblick kalt den Rücken hinunter.

Selma sah ihn fragend an. »Und was haben sie gesagt?«

»Mein – mein Vater will, dass ich bei Elco arbeite«, presste David hervor.

Selma nickte anerkennend.

»Siehst du, Schatz, alles halb so wild«, sagte Paolo und zwinkerte David dabei zu. Dann richtete er sich ganz an ihn: »Wann wolltest du eigentlich vorbeischauen?«

»Ich dachte heute. Das war doch so verabredet«, sagte David und ärgerte sich über das Wackeln in seiner Stimme.

»Natürlich, aber um wieviel Uhr«, lachte Paolo. »Ich muss ja wissen, wann ich mich auf den Weg machen muss.« Mit einem Mal wirkte er angespannt.

»Hattest du dir nicht heute für mich freigenommen?«, fragte Selma spitz.

»Klar, aber wie du ja siehst, kann der Junge es gar nicht erwarten, bei mir anzufangen.« Paolo richtete sich wieder an David. »Was hältst du davon, wenn wir jetzt gleich fahren und ich dir ein wenig die Frima zeige? Und wenn dein Vater einen Moment Zeit hat, können wir auch sofort das mit dem Vertrag regeln.«

David nickte zögerlich.

99

Selma beobachtete Davids Gesicht. Irgendwie wurde sie das Gefühl nicht los, dass der Junge jetzt gerade absolut nicht mit Paolo ins Büro wollte. Er war wegen etwas ganz anderem hier. Aber weshalb, das konnte er ihr jetzt nicht mehr mitteilen, weil Paolo dazwischenfunkte. Wahrscheinlich hatte er sich auch zu sehr von ihrem Auge ablenken lassen. Für einen Moment dachte Selma wieder an das wütende Gesicht ihres Freundes. So hatte sie ihn noch nie erlebt. Ja, natürlich hatte er sie geschlagen, ihre Ausrede entsprach diesbezüglich vollkommen dem Standard. Aber was sollte sie auch sagen? Dass sie sich in ihrem Alter noch von einem Machotyp schlagen ließ? Das Schlimmste daran war: Irgendwie konnte sie es verstehen. Sie hatte versucht, ihn von sich zu stoßen, indem sie ein paar Gemeinheiten losgelassen hatte. Natürlich waren ihr schon oft schlechte Dinge widerfahren, aber noch nie hatte sie die Achtung vor sich selbst verloren. Noch nie hatte sie so sehr das Gefühl gehabt, etwas vollkommen Falsches zu empfinden. Sie liebte Paolo noch immer. Damit war sie zu einer jener Frauen geworden, über die sie bislang immer verständnislos den Kopf geschüttelt hatte. Ja, sie wollte hier weg, sie wollte ausziehen und diesen Kerl für immer zurücklassen. Aber sie konnte nicht. Das war ihr heute bewusst geworden. Sie konnte ihn einfach nicht verlassen. Sie hatte genug davon, immer wieder ein neues Leben beginnen zu müssen und am Ende vielleicht keines gelebt zu haben. Aber war das überhaupt noch ein Leben? Ihre Hand befühlte automatisch die Schwellung an ihrer Schläfe. Nein, sie war nicht besser als diese Weiber, die sie immer verachtet hatte, weil sie so mit sich herumspringen ließen und nicht die Kraft aufbrachten, sich endlich mal zur Wehr zu setzen.

»Selma?«, fragte David plötzlich und riss sie aus ihren Gedanken.

»Entschuldige«, sagte sie aufgeschreckt, »ich war gerade nicht ganz da.« Irritiert sah sie zu David auf, der vor ihr stand.

Auch Paolo war bereits aufgestanden und lächelte dümmlich. »Kann ja mal passieren.«

Selma beachtete ihn erst gar nicht. Ihr Blick wurde von David aufgefangen. Er wollte ihr irgendwas sagen, durchfuhr es sie wieder. Und dazu Paolos Verhalten, als wenn er den Jungen daran hindern wollte.

»Willst du nicht nachher noch mal rüberkommen?«, fragte sie schnell. »Wir könnten zusammen – was kochen.«

Paolo zog die Augenbraue hoch.

»Er kocht gern«, erklärte Selma sofort und hoffte, dass David ihre Ausflüchte verstand und mitspielte.

»Klar, gern.« David grinste.

»Ist ja toll«, sagte Paolo. »Können wir jetzt?«

»Wann kommt ihr denn zurück?«, fragte Selma mit betont beiläufiger Stimme.

Paolo hielt inne. »Bei mir wird's wohl wie immer. Du weißt ja, wenn ich einmal da bin ...« Dann drehte er sich um und ging in den Flur.

»Ach so.« Selma zwinkerte David zu. Augenblicklich schmerzte die Schwellung an ihrer Schläfe wieder. David runzelte die Stirn.

»Du solltest es weiter kühlen«, sagte er.

Sie nickte und schob ihn nach draußen. Als kurz darauf die Haustüre ins Schloss fiel, atmete sie erleichtert auf. Irgendwie hatte sie das seltsame Gefühl, dass sie Davids Geheimnis gar nicht wissen wollte. Unsicher ging sie in die Küche und schaute aus dem Fenster. Paolo stieg in den Mercedes, aber David sah noch mal zur Tür zurück. In Selma stieg die Angst hoch. Sie ahnte, was nun passieren würde. Und in der Tat öffnete David die Beifahrertür und beugte sich lediglich hinunter um etwas zu sagen. Dann kam er wieder zurück zum Haus. Selmas Beine wurden weich. Also war es doch so wichtig, dass David nicht einfach so gehen konnte. Er musste es ihr vorher noch sagen, sie durfte keine weitere Stunde unwissend bleiben. Ihre Knie wurden weich. Sie wollte es nicht wissen, definitiv nicht. Aber als es klingelte, bewegten sich ihre Beine automatisch. Wie in Trance schwebte sie zur Tür. Es war etwas mit Merlin. David wollte ihr etwas über Merlin sagen, ganz bestimmt. Ihre Hand legte sich auf die Türklinke. Sie spürte das kalte Metall wie feine Nadeln durch die Haut stechen. Noch konnte sie einfach wieder loslassen, nach oben gehen und sich ins Bett legen. Doch sie wusste, dass es dafür bereits zu spät war. Die Gedanken würden sie nicht mehr loslassen. Und über kurz oder lang musste sie es erfahren, ob sie wollte oder nicht. Zumindest schien David fest entschlossen. Die Türglocke schellte zum zweiten Mal. Selma drückte die Klinke hinunter und zog die Tür auf.

»Oh«, machte sie, als hätte sie nicht mit ihm gerechnet. »Hast du etwas vergessen?« Sie lächelte ein wenig zu doll.

David antwortete nicht. Stumm schob er sich an ihr vorbei in den Flur.

Selmas Lächeln verschwand, als sie die Tür wieder zumachte. »Was ist los?«, fragte sie, ohne sich zu David umzudrehen. In ihrem Hals klopfte es. Sie schluckte. Dann drehte sie sich um und sah ihn an.

»Ich – ich muss dir was sagen«, presste David hervor.

Selma wartete, aber der Junge sprach nicht weiter. Sie nickte vorsichtig. Aber auch davon ließ sich David nicht ermutigen.

»Geht es um Merlin?«, fragte Selma. Ihre Stimme klang überraschend fest.

David nickte und senkte den Blick zu Boden. Selma bemerkte, dass er zitterte, und plötzlich bekam sie Angst. In ihrem Kopf wirbelten zahllose beängstigende Vorstellungen durcheinander. Je länger dieser Augenblick verweilte, desto klarer manifestierte sich ihre Angst. Etwas Schlimmes war passiert.

»David«, platzte sie unerwartet hervor. »Was ist los? Ist er krank? Jetzt sag schon!« Ihre Stimme zitterte leicht.

»Nein.« David sah sie mit nassen Augen an. »Er ...« Wieder kam er nicht weiter.

»Sag es schon endlich!« Selma hatte ihn bei den Schultern gepackt und schüttelte ihn grob.

»Er – er ist nicht – treu«, stammelte David.

Selma ließ ihn los. Mit einem Mal fielen all ihre Ängste von ihr ab. Es ging nicht in erster Linie um Merlin selbst, sondern um David. Er hatte Liebeskummer.

»Oh David«, sagte sie leise und nahm ihn in den Arm. »Es tut mir leid.« Im gleichen Moment schämte sie sich für ihre Erleichterung. Der Junge kam zu ihr, um sein Herz auszuschütten und sie freute sich, dass es nichts Schlimmeres war, als ein Fehltritt ihres Sohnes ...

»Ich – ich wusste davon«, hauchte David leise und löste sich aus ihrerer Umarmung. »Ich hab es gewusst, noch bevor ich Merlin richtig kannte.«

Selma sah ihn verwirrt an. Erst jetzt kam das Gesagte wirklich bei ihr an. Merlin sollte eine Affäre haben? Warum wusste sie nichts davon? Sie erzählten sich doch sonst alles. Außerdem war Merlin doch gar nicht der Typ, der sich etwas aus Liebschaften machte. Er wollte doch immer auf seinen Traumprinzen warten. Selma verstand gerade gar nichts mehr. Was erzählte David ihr hier eigentlich?

»Du hast es gewusst?«, fragte sie ungläubig. »Du hast gewusst, dass Merlin sich heimlich mit einem anderen Jungen trifft?« Selma konnte es einfach nicht glauben. Ihr Sohn sollte ein Doppelleben führen? Warum? Wieso sollte er etwas vor ihr verstecken? »Ich verstehe das nicht«, schloss sie und sah David forschend in die Augen.

»Ich – also – es tut mir leid.« David sah wieder auf den Boden. »Es ist – es ist – Paolo.« Das letzt Wort sprach er kaum aus.

Aber Selma hörte den Namen ihres Freundes dennoch überdeutlich. Plötzlich spürte sie wieder ihre weichen Knie, die jeden Moment unter ihrem Gewicht nachgeben konnten.

»Geh jetzt!«, zischte sie. Die Schärfe in ihrer Stimme war das einzige, was sie noch aufrecht hielt. »Verschwinde!«

David beeilte sich hinauszukommen. Selma hatte die Augen geschlossen und gab sich dem Schwindelgefühl hin, als die Haustüre ins Schloss gezogen wurde.

100

»So, so, was vergessen«, sagte Paolo, als David zu ihm in den Wagen stieg.

»Ja«, entgegnete David zögerlich, »hab ich doch gesagt, mein Portemonnaie.«

Paolo grinste breit. »Aber das hattest du doch die ganze Zeit in der Hose.« Sein Blick durchbohrte David. »Oder hast du mehrere?«

»Also – nein«, presste David hervor. »Ich – ich dachte nur, ich hätte es vergessen ...« Er wusste genau, dass Paolo die Lüge durchschaute. Aber was wirklich passiert war, das konnte er nicht wissen. Oder etwa doch? Paolos Augen waren so unergründlich, dass er alles hineininterpretieren konnte. Irgendwie war dieser Blick nicht menschlich, durchfuhr es ihn. Dann startete Paolo endlich den Motor und ließ den Mercedes langsam vor der Trauerweide wenden. David wurde das Gefühl nicht los, dass Paolo alles wusste. Aber wenn, dann störte er sich kein bisschen daran. Seinem selbstgefälligen Gesichtsausdruck nach, schien es eher, als liefe für ihn alles genau nach Plan. Das war natürlich absurd. Paolo konnte von nichts wissen. Und heute abend stand ihm eine Überraschung ins Haus, deren Auswirkung sein Leben grundlegend verändern würde. David schloss die Augen. Und was war mit ihm selbst? Auch er würde diese Auswirkungen zu spüren bekommen.

»Bist ja schwer in Gedanken, was?«, fragte Paolo und lachte. »Hast du doch noch was vergessen?«

»Nein«, sagte David schnell. Misstrauisch betrachtete er Paolos Profil. Vielleicht hatte er doch etwas vergessen? Er dachte kurz an Merlin und seine wunderschönen Augen, die ihm die Freiheit versprachen. Hatte er richtig gehandelt?

Paolo bremste den Wagen ab und lenkte ihn auf einen Parkplatz direkt hinter einem großen Bürogebäude. Sie waren schon da, stellte David erstaunt fest.

»Dann wollen wir deinen Vater mal ein wenig überraschen, was?« Paolo lachte und zwinkerte ihm zu.

David fühlte sich plötzlich leichter. Für einen winzigen Augenblick hatte er in Paolos Augen eine Aufrichtigkeit entdeckt, die ihn erstaunte. Er stieg aus.

»Hast du Angst?«, fragte Paolo und schob ihn auf den Eingang zu.

»Nein«, antwortete David automatisch. Die Frage überrumpelte ihn ein wenig. Natürlich machte er sich Gedanken. Was würde sein Vater wohl sagen, wenn er jetzt einfach so mit Paolo auftauchte. Sicher würde er das als eine Art Betrug empfinden. Aber auch die Tatsache, dass er noch gar nicht genau wusste, was eigentlich für Arbeit auf ihn zukommen würde, machte ihn unsicher. Vielleicht konnte er das, was nun von ihm verlangt wurde, ja überhaupt nicht. Womöglich würde er seinen Vater noch blamieren.

Die Empfangsdame lächelte ihnen grüßend zu. David nickte nur automatisch. Er spürte auf seinem Rücken Paolos Hand, die ihn sanft aber bestimmt zu den Aufzügen dirigierte.

»Du brauchst dir keine Sorgen zu machen«, sagte Paolo unerwartet. »Keiner verlangt von dir, dass du alles sofort kannst. Und wenn du erst mal richtig eingearbeitet bist, wirst du über deine Bedenken lachen.«

David schluckte. »Ich habe keine Bedenken«, log er. Die Aufzugtüren glitten lautlos auseinander und Paolos Hand schob ihn in den Lift. Einen Moment standen sie sich schweigend gegenüber. David wartete darauf, dass sich die Türen endlich wieder schlossen. Irgendwie empfand er es als seltsam, mit Paolo in diesem engen Raum zu stehen. Kurz blitzte das Verlangen in ihm auf, im letzten Moment doch noch aus dem Aufzug zu springen und einfach nach Hause zu rennen. Dann schoben sich die Metalltüren zusammen und trennten sie von der Empfangshalle ab. Mit einem weichen Ruck setzte sich der Lift in Bewegung.

»Liebst du Merlin?«, fragte Paolo unvermittelt.

David sah Paolo überrascht an. Wie konnte dieser Mann ausgerechnet jetzt eine solche Frage stellen? Vor nicht mal zwanzig Minuten hatte er der bislang einzigen Liebe in seinem Leben den Todesstoß verpasst, und jetzt fragte ... David war sprachlos. Hilflos richtete er seine Aufmerksamkeit auf den Boden.

»Entschuldige«, sagte Paolo sanft. »Ich wollte dich nicht in Verlegenheit bringen.«

David spürte eine Hand auf seiner Schulter. Er war hin- und hergerissen.

Einerseits verabscheute er diesen Mann. Ja, er hasste ihn regelrecht. Paolo hatte mit Merlin geschlafen, er hatte Selma betrogen und geschlagen! Trotzdem empfand er plötzlich auch eine angenehme Vertrautheit. Die Wärme, die durch das Shirt auf seine Haut drang, breitete sich tröstend über seinen Körper aus. Aber es war noch immer dieselbe Hand, die auch Merlin berührt hatte – und Selma. David wusste nicht, wo er hinschauen sollte. Seine Gefühle purzelten wild durcheinander. Erleichtert registrierte er, dass Paolo seine Hand wieder an sich nahm und der Aufzug hielt.

»Du kannst doch telefonieren, oder?«, fragte Paolo.

David atmete erst mal tief durch, als er auf den Flur trat. Dann sagte er: »Ich denke schon.«

»Schön, dann haben wir vielleicht noch eine weitere Einsatzmöglichkeit für dich.« Paolo zwinkerte ihm zu. »Es soll ja auch nicht langweilig werden, was?«

»Nein«, murmelte David und folgte Paolo in ein großes Call-Center. Überall saßen Telefonisten mit Headsets auf dem Kopf und schauten konzentriert auf die beiden Monitore, die sie vor sich stehen hatten, während sie mit irgendwelchen Leuten sprachen.

»Das wird dann dein zukünftiger Arbeitsplatz sein«, sagte Paolo und sah ihn stolz an. »Aber keine Angst, deine Aufgabe wird für den Anfang wohl ganz normale Postbearbeitung sein, nichts Wildes.«

David wollte sofort etwas fragen, aber Paolo ging schon weiter.

»Das alles erklärt man dir schon früh genug. Ich denke, ich zeige dir erst mal den Arbeitsplatz deines Vaters und dann kümmern wir uns um den Vertrag.« Paolo lächelte ihm bei diesen Worten über die Schulter hinweg zu.

David folgte ihm einfach. Er wurde das dumpfe Gefühl nicht los, dass das alles viel zu schnell ablief, dass es letztlich gar nicht um ihn, sondern um etwas ganz anderes ging.

»Hier arbeitet dein Vater.« Paolo blieb abrupt stehen und deutete auf eine Art Glaskasten.

David schluckte. Sein Vater arbeitete sozusagen in einem gläsernen Käfig. Zwei Männer saßen bei ihm und sie sprachen über etwas. Vorsichtig ging David zu der Glastür und blieb stehen. Es schien fast, als sei sein Vater zu beschäftigt, um ihn zu bemerken, aber dann sah er plötzlich zu ihm raus und ... Der Gesichtsausdruck, erst Überraschung, dann Erschrecken, warf David aus der Bahn. Hatte er denn wirklich etwas anderes erwartet?

Sein Vater gab den Männern ein Zeichen und eilte zur Tür.

»David! Was machst du denn hier? Ich habe jetzt gerade keine ...«

»Er schaut sich ein wenig um«, fuhr Paolo dazwischen.

Sein Vater sah verwirrt zwischen Paolo und ihm hin und her. David fühlte sich mit einem Mal richtig schlecht.

»Mam hat gesagt, dass ihr euch überlegt habt, dass ich vielleicht hier arbeiten kann«, sagte David schnell, um sich zu erklären.

»Ach«, machte sein Vater nur. »Ja«, sagte er schließlich. »Ich muss jetzt wieder rein, ich habe ein wichtiges Gespräch.« Ein wenig zerstreut griff er neben die Türklinke, korrigierte sich schnell und schob dann die Glastür wieder ins Schloss.

David hörte noch, wie sein Vater sich bei seinen Gesprächspartnern für die Störung entschuldigte und wieder zum Tagesgeschäft überging.

»Daran wirst du dich gewöhnen müssen«, sagte Paolo. »Die Geschäftsführung hat eigentlich immer und überall wichtige Gespräche und für nichts anderes Zeit.«

David hörte den leicht spöttischen Tonfall aus der Bemerkung heraus. Es ärgerte ihn, dass Paolo seinen Vater schlechtmachte. Aber er unterdrückte das Verlangen, dagegen anzugehen. Wenn er den Job hier haben wollte, dann durfte er sich wohl nicht an solchen Spitzen stören.

»Ich zeige dir jetzt mein Büro. Ich denke mal, dass dich der Vertrag eh am meisten interessiert.« Paolo stolzierte auf eine geschlossene, weiße Tür zu.

David blieb verdutzt stehen. Irgendwie hatte er erwartet, dass Paolo ebenso wie sein Vater in einem gut einsehbaren Büro sitzen würde. Aber offenbar war sein Vater der einzige, der in einem solchen Glaskäfig sitzen musste. Sogar die Sekretärinnen hatten einigermaßen abgeschlossene Räume.

Unschlüssig folgte David Paolo in dessen Büro.

»Komm, setz dich«, sagte Paolo.

David fühlte sich unwohl. Der Raum war komplett von den anderen Büroräumlichkeiten abgeschlossen. Niemand würde sie sehen können, wenn er jetzt die Tür schloss. Während sein Vater sozusagen auf dem Präsentierteller saß, hatte Paolo hier sein eigenes Reich.

Paolo zog ihn rein und schloss die Tür. »Willst du dich nicht setzen?«

David zögerte. »Doch, aber ...« Er blieb stehen.

»Aber?«, fragte Paolo und sah ihn durchdringend an. »Du hast Angst.«

David schluckte. Ja, er hatte Angst. Auf eine unbestimmbare Art fürchtete er sich davor, mit diesem Mann in einem geschlossenen Raum zu sein. Wieder legte sich Paolos Hand auf seine Schulter.

»Warum hast du Angst vor mir?« Seine Stimme war tief und einschmeichelnd.

»Ich – ich weiß nicht«, stammelte David und wich einen Schritt zurück. Er spürte die Wand in seinem Rücken.

»Doch, ich glaube schon, dass du es weißt«, sagte Paolo sanft und rückte wieder an ihn heran. Seine Hand striff Davids Brust und glitt über dessen Flanke zur Hüfte.

David zitterte. Aber zu seinem Entsetzen war es nicht nur die Furcht, die ihn beben ließ. Überdeutlich nahm er Paolos Hände wahr, die ihn an den Hüften hielten und gegen die Wand drückten. Niemand konnte sie hier drin sehen. Sein Vater hatte eine Besprechung. Trotzdem, es war jederzeit möglich, dass jemand hereinkam und sie sah.

Paolo bemerkte Davids ängstlichen Blick auf die Tür. Er lächelte. »Wenn diese Tür geschlossen ist, wird keiner reinkommen. Das traut sich niemand, nicht mal dein Vater.«

Die Worte hallten in Davids Kopf nach. Wieder verspürte er den Wunsch, sich loszureißen und davonzurennen. Er hasste es, wie Paolo seinen Vater kleinredete. Aber die Hände, die sich langsam unter sein Shirt schoben, hielten ihn gefangen.

»Und? Liebst du Merlin?«, flüsterte Paolo ihm zu. Seine Augen schienen in diesem Moment vollkommen schwarz.

David zog scharf die Luft ein. Die Frage verbrannte ihn. Er zuckte, wollte sich von Paolo losmachen. Doch mehr als ein hilfloses Winden brachte er nicht zustande.

»Ja«, presste er schließlich hervor.

»Aber du weißt, dass ich mit ihm schlafe.« Paolo lächelte ihn überlegen an. Seine Fingerkuppen strichen über Davids Brustwarzen. »Und trotzdem liebst du ihn?«

David verzog das Gesicht. Er wünschte sich, er könnte jetzt in diesem Moment unbewegt zustimmen, doch die Frage schmerzte ihm zu sehr, als dass er sich beherrschen konnte.

»Du fragst dich bestimmt«, hauchte Paolo ihm ins Ohr, »weshalb Merlin dir nicht treu sein kann, oder?«

David kniff die Augen zusammen. Tränen ihm über die Wangen. Dann spürte er Paolos Zunge, die sich in seine Ohrmuschel schob. Unter den geschlossenen Lidern verdrehte er die Augen. Mit einem Mal schien sein Körper zu schweben und er wusste, dass er nichts anderes wollte, als hier und jetzt mit Paolo zu schlafen. In diesem Moment machte alles plötzlich Sinn. Merlin hatte ihm nicht widerstehen können, warum sollte dann er?

101

»Ich kann das ja immer noch nicht fassen«, sagte Linda, als sie noch mal vor dem Schultor stehen blieben, um sich zu verabschieden. »Du verarschst mich wirklich nicht, oder?«

Merlin atmete tief ein und ließ die Luft langsam wieder entweichen. Wie sehr wünschte er sich, das alles wäre wirklich nur eine Verarsche. Aber leider war es nicht so. Es war die Wirklichkeit. Also schüttelte er den Kopf.

Linda sah ihn mitleidig an. »Bring das in Ordnung.«

Das hatte sie ihm in den letzten Schulstunden immer und immer wieder gesagt. Merlin wusste, dass er sie mit diesem Geständnis enttäuscht hatte. Für sie war er bislang der perfekte Mann gewesen. Doch jetzt war er nur noch einer von vielen Fremdgängern. Dabei hatte er ihr nicht mal seine ganze Geschichte erzählen können.

»Wenn du mich nicht verarschst, bring das in Ordnung.« Sie sah ihn eindringlich an. »Und falls das doch ein Scherz ist, kannst du was erleben!« Ihr Gesicht hatte allerdings jeglichen Zweifel verloren. »Ich finde das wirklich Scheiße!«, sagte sie noch, drehte sich um und ging.

Merlin blieb noch eine Weile wie betäubt stehen. Linda musste ihren Bus erwischen, deshalb war sie so kurz angebunden, das war alles. Oder war sie tatsächlich sauer? So ganz genau wusste er das nicht, immerhin hatte sie in den letzten Stunden mehrfach den Eindruck vermittelt, dass sie ihm kein Wort glaubte. Letztlich blieb aber das dumpfe Gefühl, dass er Linda nicht auf seiner Seite hatte. Sie hielt natürlich zu den Betrogenen, auch wenn er ihr bester Freund war. Das hatte er sich zwar schon längst gedacht, trotzdem tat es weh, so ganz ohne Verbündeten dazustehen. Er hatte sich Linda endlich anvertraut und am Ende wusste er nicht mal, ob sie ihm überhaupt glaubte oder einfach nur gegen ihn war, weil er sich ihrer Meinung nach wie der typische Klischeemacho verhalten hatte. Als wenn er es sich ausgesucht hätte, David zu betrügen – und seine Mutter.

Gedankenverlohren ging er los. Seine Mutter. Warum dachte er immer erst zuletzt an sie? Die Feststellung, dass er viel mehr um David besorgt war, erschreckte ihn. War seine Mutter nicht die Einzige, die wirklich betrogen wurde? Merlins Schritte wurden unbewusst länger. Plötzlich packte ihn die Furcht, dass sich Linda vielleicht genau solche Gedanken machte. Sie würde ganz sicher sogar über kurz oder lang zu dem Schluss kommen, dass sie weder auf seiner noch auf Davids Seite stand, sondern allein auf Selmas Seite. Frauen mussten zusammenhalten. Das sagte sie schließlich oft genug. Merlin blieb abrupt stehen. Hatte er Linda deshalb von seiner Affäre mit Paolo erzählt? Theoretisch gab es jetzt kein Zurück mehr. Es war nur noch eine Frage der Zeit, bis Linda auf die Idee kam, seine Mutter anzurufen und ihr von dem Betrug zu erzählen. Das Letzte, was er sich in seiner Situation noch wünschen konnte, war, dass seine Mutter von irgendwem und nicht von ihm selbst von seiner kleinen Affäre erfuhr. Nein, das wollte – das musste er ihr schon selbst gestehen. Am Ende sähe es womöglich noch so aus, als hätte er es ihr überhaupt nie sagen wollen.

Merlin befand sich schon hinter der Schule, als er aus seinen Gedanken auftauchte. Quer über die Wiese sah er ihre Bank in der Sonne stehen. Er verdrängte die Sehnsucht, seinen Kopf auf Davids warmen Schoß zu legen und sein Haar streicheln zu lassen. Irgendwie erschien das so unpassend, als erwartete er von seiner Mutter, dass sie ihm nach seiner Beichte noch einen Kuchen backte. Und wieder hatte er zuerst an David gedacht!

Er lief los. Plötzlich hatte er das Gefühl, zu spät zu kommen. Was war, wenn Linda schon längst angerufen hatte? Das war natürlich Quatsch und das wusste er auch, aber dennoch konnte er nicht aufhören zu laufen. Immer schneller rannte er über den schmalen Weg auf die Bank zu. In seinem Kopf hatte er nur noch den einen Gedanken: Er musste seiner Mutter endlich die Wahrheit sagen. Viel zu lange hatte er es schon hinausgezögert.

Erst als er an der Haustür ankam, stoppte Merlin seinen Lauf. Hastig kramte er seinen Schlüssel hervor und schloss die Tür auf.

»Ma?«, rief er sofort. Seine Stimme klang irgendwie fremd. Als er die Tür hinter sich wieder ins Schloss drückte, wurde ihm bewusst, dass es genau diese Stimme war, die gleich seiner Mutter erzählen würde ...

»Ma?«, rief er schnell noch mal. Er wollte diesen Gedankengang erst gar nicht bis zu seinem Ende verfolgen. Selbstverständlich wusste er, was ihm nun bevorstand. Das spürte er an dem wilden Pochen in der Brust. Sein Magen rumorte auch. Aber er würde sich von solchen Erscheinungen keinesfalls aus dem Konzept bringen lassen. Jetzt ging es einzig darum, schnell genug zu sein, damit er es sich nicht anders überlegen konnte. Das war der Trick. Einfach nicht darüber nachdenken und losschießen, bevor alles wieder aufgeschoben werden konnte.

»Ma!« Jetzt schrie er fast. Das Einzige, was ihn noch an einem Geständnis hindern konnte, war die Möglichkeit, dass seine Mutter erst gar nicht zu Hause war. Aber es war Mittwoch, sie musste da sein. Merlin ließ seine Tasche fallen und stürmte die Treppe hinauf in den ersten Stock.

»Ma?« Er sah sich kurz um. Alle Türen standen offen. War sie tatsächlich nicht da? Hastig stürzte er auf das Schlafzimmer seiner Mutter zu und blieb augenblicklich stehen.

»Ma?«, fragte er noch mal leise.

Selma lag auf dem Bett und starrte die Decke an. Das linke Auge war blutunterlaufen und geschwollen, das rechte lediglich rot und verheult. Merlin schluckte.

»Ma?« Vorsichtig trat er ins Zimmer. Eine furchtbare Vorstellung setzte sich in seinem Kopf fest: Seine Mutter hatte sich irgendwie am Auge gestoßen und war nun auf dem Bett an einem Gerinsel oder was auch immer gestorben. Sein Atem beschleunigte sich.

»Wie oft willst du jetzt noch ›Ma‹ sagen?«, fragte Selma plötzlich tonlos.

Merlin zuckte zusammen. Sein Herz setzte für einen Moment schmerzhaft aus. Sie lebte! Seine Knie wurden vor Erleichterung ein wenig weich. Gleichzeitig kam wie aus dem Nichts der Gedanke, dass der Tod seiner Mutter ihm das Geständnis erspart hätte. Diese Vorstellung wirkte wie ein Schlag in die Magengrube. Seine Knie gaben wirklich nach und er ließ sich mehr schlecht als recht gerade noch auf die Bettkante sinken.

»Wie war die Schule?«, fragte Selma monoton.

»Geht so«, antwortete Merlin. Resigniert stellte er fest, dass ihn die unerwartete Situation völlig aus der Bahn geworfen hatte. Vor wenigen Minuten noch wollte er seiner Mutter von sich und Paolo erzählen. Aber jetzt war die Luft raus. Trotzdem machten er den Mund auf, um vielleicht irgendwie anzufangen. Doch wie er es erwartet hatte, blieb er stumm. Das Rumoren seines Magens hatte bereits aufgehört, als er seine Mutter hier hatte liegen sehen. Jetzt beruhigte sich auch langsam sein Herzschlag wieder. Er dachte daran, dass er noch einen Versuch starten könnte. Aber viel Hoffnung hatte er nicht.

»Willst du mir was sagen?«, fragte Selma.

Merlin räusperte sich. »Was ist mit deinem Auge?«

»Deshalb hast du aber sicher nicht wie ein Verrückter nach mir gerufen, oder?«

Er schluckte. Es dauerte eine unangenehme Weile, bis seine Mutter die Stille wieder brach.

»Paolo«, sagte sie nur.

Merlin wurde augenblicklich heiß. Sie wusste also doch Bescheid, durchfuhr es ihn.

»Er hat mich geschlagen.« Ihre Stimme war nur noch ein Flüstern.

»Ah«, machte Merlin nur und versuchte sich wieder zu entspannen. Die Hitze des Schrecks blieb aber noch auf seinem Gesicht und ließ ihn sich unwohl fühlen.

»Was für eine Reaktion!«, spöttelte Selma.

»Ich – entschuldige«, sagte Merlin schnell. Es drängte ihn, noch etwas anzufügen, etwas zu fragen. Doch jetzt kam es ihm komisch vor. Er hatte seinen Einsatz verpasst, um noch glaubhaft Interesse rüberbringen zu können. Wenn er ehrlich war, wunderte es ihn nicht, dass Paolo seine Mutter geschlagen hatte. Merlin dachte an die letzten Male, als er sich gegen Paolo behaupten wollte. Er kannte das Gefühl, nur knapp an einer Tracht Prügel vorbeigeschrammt zu sein. Demnach stellte die Herkunft des blauen Auges keine sonderliche Überraschung dar. Außer natürlich, dass es Merlin sauer machte. Paolo war ein solches Arschloch. Allerdings ging dieses Gefühl ein wenig in den zahlreichen anderen Gefühlen unter, die gerade in ihm tobten.

»Ich will wegziehen«, sagte Selma plötzlich.

102

David hatte ein flaues Gefühl im Magen, als er vor seiner Haustür stand. Wollte er jetzt wirklich nach Hause? Er zögerte. Seine Lippen brannten noch immer von Paolos kratzigen Küssen. Irgendwie konnte er es kaum fassen, was vor nicht mal einer Stunde geschehen war. Er hatte sich von Selmas Freund begrapschen und küssen lassen! Und das Schlimmste: Es hatte sich keine Sekunde falsch angefühlt. Ganz im Gegenteil.

Bei dem Gedanken wurde David schlecht. Schnell wandte er sich ab und lief auf die Straße zurück zu dem schattigen Weg, der ihn hinunter zur Wiese führte. Einen Moment stand er unschlüssig dort unten und betrachtete das leuchtende Grün der sonnenbeschienenen Fläche. Die Wolken hatten sich über den Tag verzogen. David dachte darüber nach, dass Sonnenschein absolut nicht zu seinen momentanen Gefühlen passte. Er fühlte sich gerade viel mehr nach einem düsteren Tag, so wie er heute morgen begonnen hatte. Doch das Wetter hielt sich komischerweise nicht an die Gefühlsregungen einzelner Leute. Der Gedanke ließ ihn nicht los. Wie konnte es ausgerechnet jetzt schön werden, da er seinen Freund nicht nur verraten sondern auch noch betrogen hatte?

Er schüttelte den Kopf und ging zur Bank. Angespannt ließ er sich nieder. Immer wieder tauchte die Erinnerung an Paolo auf, wie er sich vor ihn stellte und dann ... David konnte sich kaum über seine Gefühle klar werden. Einerseits hatte er eine überwältigende Ablehnung verspürt. Im ersten Moment hatte er nichts anderes gewollt, als diesen Kerl von sich wegzustoßen. Irgendetwas hatte ihn aber zurückgehalten. Fast war es, als habe ihn eine fremde, nicht fassbare Macht unterdrückt.

Er schloss die Augen und versuchte sich ganz genau an die Situation zu erinnern. Augenblicklich verspürte er wieder das Unbehagen. Aber auch die Erregung kam wieder zurück. Es war ein absolut merkwürdiges Gefühl von Unterdrückung und Lust gewesen. Er hatte sich nicht wehren können und war im Grunde gezwungen worden, etwas zu ertragen, dass ihm sogar gefiel. Ja, der Kuss war trotz allem grandios gewesen. Paolos Hände waren weich und geschmeidig über seine Haut geglitten und hatten ein Kribbeln hinterlassen, das er auch jetzt noch spüren konnte.

David schüttelte sich. Erstaunt bemerkte er, dass er eine Gänsehaut hatte. In diesem Augenblick verstand er, wie es Merlin gehen musste. Er schluckte, als er feststellte, dass er selbst keinen Deut besser war. Wieder stellte sich die Übelkeit ein. Keine halbe Stunde bevor er Selma ebenfalls betrogen hatte, hatte er ihr von Merlin erzählt. Er hatte genau das getan, wofür er Merlin verurteilte. War das nicht der größere Betrug?

Die Sonnenstrahlen wurden von ein paar kleinen Wolken geteilt und huschten in einem lustigen Spiel über das Gras. Ruckartig sprang David auf. Es kam ihm falsch vor, jetzt hier zu sitzen und die Natur zu genießen. Eher sollte er zu Hause sein und im Bett liegen. Zumindest würde das viel besser zu seiner derzeitigen Lage passen.

Schnell machte er sich auf den Weg hinauf zur Straße. Als er später die Haustür aufschloss, ahnte er bereits, dass seine Mutter ihn schon erwartete.

»Und? Wie ist es gelaufen?«, fragte sie sofort.

David nickte. Er wusste, dass sie ihm keine Verschnaufpause gönnen würde. Nicht heute und erst recht nicht in dieser Situation.

»Es war gut«, sagte er knapp.

»Was heißt denn das?« Sie sah ihn vorwurfsvoll an und stemmte die Hände in die Hüften.

»Ich habe den Job.« David hielt kurz inne. »Paps war auch da, aber er hatte nicht wirklich Zeit.«

»Na, das hättest du dir doch denken können, oder nicht?« Sie lachte. »Und was ist mit – deinem Freund?«

David stockte. Er hatte damit gerechnet, dass seine Mutter Fragen über seinen Job stellen würde, aber dass sie ihn nach Merlin fragen würde ... Er schluckte schwer.

Hanne machte ein ernstes Gesicht. »Jetzt mach nicht wieder so ein Theater daraus!«

»Ich – ich habe mit Selma gesprochen«, presste David hervor. Im gleichen Moment fragte er sich, warum er seiner Mutter das überhaupt erzählte. Sie interessierte sich nicht für Selma – und Merlin mochte sie auch nicht. Ihr war es doch ganz recht, wenn er mit den Nachbarn nichts mehr zu tun hatte. Und trotzdem hatte er gerade so ein Bedürfnis, mit jemanden zu sprechen. Aber mit seiner eigenen Mutter?

»Wie hat sie reagiert?«, fragte Hanne.

David beobachtete sie. In ihren Augen spiegelte sich aufrichtiges Interesse, keine Anzeichen von Schadenfreude oder was auch immer er seiner Mutter noch zutraute, wenn es um die böse Hexe von nebenan ging.

»Ich glaube, sie ist völlig runter mit den Nerven.«

Hanne nickte. »Das glaube ich.« Nach einem Augenblick fügte sie noch an: »Arme Frau.« Dann räusperte sie sich. »Aber was kann man auch anderes erwarten. Ich meine, welche Frau in ihrem Alter lässt sich auf so einen Kerl ein? Da kann doch nichts bei rumkommen!«

David wurde rot. Noch nie hatte er seine Mutter so reden hören. Also bekam sie doch mehr von der Welt mit, als sie zugab, dachte er. Der Gedanke, dass seine Mutter sogar über Sex Bescheid wissen und ihn zumindest in der Vergangenheit schon mal praktiziert haben musste, ließ seine Gesichtsfarbe noch eine Spur dunkler werden.

»Was ist?«, fragte sie. »Meinst du, ich weiß nicht, was da drüben läuft?« Noch bevor David irgendwas antworten konnte, fuhr sie fort: »Die ganze Familie ist doch auf die falsche Spur geraten. Die Mutter sucht sich einen jungen Machokerl, weil sie nur an das Eine denkt. Der betrügt sie natürlich nach Strich und Faden, was ihr wahrscheinlich nicht mal das Geringste ausmacht, weil sie ganz sicher für eine offene Liebe ist und für derlei Spiele Verständnis hat. Der Sohn hat weder Vater noch eine anständige Erziehung. Kein Wunder, dass er homosexuell geworden ist. Und der Kerl, der kann vor lauter Trieben nicht anders, als gleich mit ihm in die Kiste zu hüpfen. Gott, ich will gar nicht wissen, wie lang dieses traurige Spiel schon läuft. Da kann doch kein vernünftiger Mensch herauskommen. Und am Ende greift das dann um sich!« Die letzten Worte schrie sie förmlich in den Flur.

David stand völlig geschockt vor seiner Mutter. Sie hatte ein hochrotes Gesicht und ihre Haare waren durcheinander geraten.

»Mam!«, sagte er nur und schüttelte vollkommen überfordert den Kopf.

»Ist es denn nicht so?«, fragte Hanne erschöpft. »Ist es denn nicht ganz genau so?«

»Nein«, flüsterte David. »Merlin ist ein – er ist – ich weiß auch nicht ...« Plötzlich standen ihm Tränen in den Augen, die er nicht mehr rechtzeitig unterdrücken konnte. »Ich liebe ihn einfach«, schluchzte er, »und ich hab ihn verraten. Ich – ich – ach, Scheiße!« Er drehte sich um und spurtete die Treppe hinauf. Völlig außer Atem geraten warf er sich auf sein Bett. Das war alles ein wenig zu viel für ihn. Zum ersten Mal in seinem Leben hatte er einen Menschen, den er wirklich liebte, mit dem er am liebsten den ganzen Tag zusammen sein wollte. Und ausgerechnet dann brach die Welt um ihn herum auseinander. Seine Mutter spielte verrückt und sah überall nur das Böse, als wäre sie plötzlich Mutter Teresa. Zu dem was drüben bei Merlin abging, fiel ihm auch nichts mehr ein. Irgendwie – ja, irgendwie hatte seine Mutter sogar recht. Wenn man das alles mal zusammenzählte, dann ergab sich eine unglaubliche Geschichte, die es so doch einfach nicht im realen Leben geben konnte.

»David?«

»Lass mich bitte«, sagte er. Er wollte jetzt nur noch allein sein und schlafen. Einfach mal für kurze Zeit an nichts denken müssen.

»Ich wollte dir nur sagen, dass ich nicht gegen dich arbeite. Auf keinen Fall will ich deinem Glück im Wege stehen. Aber ...«

»Mam!« David drehte sich zu ihr um. »Das alles hast du mir schon oft genug gesagt. Ich brauche das bestimmt nicht schriftlich.«

Plötzlich sah sie ihn wütend an. »Verdammt, was ist nur los mit dir? Ich versuche dir mitzuteilen, dass ich auf deiner Seite bin und du auf mich zählen kannst, aber du ...«

»Es ist einfach der falsche Zeitpunkt!«, schrie David.

Sie sah ihn einen Moment ungläubig an. Dann wiederholte sie fassungslos: »Was ist bloß los mit dir?«

»Verstehst du das nicht?«, fragte David genervt. Ein schmerzverzerrter Ausdruck schob sich auf sein Gesicht. »Ich habe mich in Merlin verliebt. Aber ich kann nicht einfach schweigen, wenn er – sowas macht. Ich mag Selma. Sie ist echt eine tolle Mutter und sie hat das nicht ...«

»Bin ich keine tolle Mutter?«

David sah sie irritiert an. Dann schüttelte er langsam den Kopf. »Du hörst nicht mal zu, wenn ich dir was erzähle. Das Einzige, was dich interessiert, ist doch die Tatsache, dass ich jetzt nicht mehr mit Merlin ficken kann.«

Hanne stürzte vor und gab David eine Ohrfeige. Der Knall hinterließ ein sattes Brennen auf Davids Wange. Entfernt hörte er, dass seine Mutter noch etwas schrie. Aber sein Ohr nahm nur ein dumpfes Wabbern auf. Der

Kopfschmerz, der heute über den Tag hinweg verschwunden war, setzte wieder ein.

103

Merlin saß an seinem Schreibtisch und las seine letzten Gedichte immer und immer wieder. Beim Schreiben hatte er sich nicht wirklich viele Gedanken darüber gemacht, aber jetzt, da er sie sich alle noch mal vornahm, fiel es ihm besonders deutlich auf: Alles was er geschrieben hatte, seit er David begegnet war, handelte von ihm. Er konnte sich nicht erinnern, dass er jemals zuvor so konzentriert Gedichte an eine einzige Person gerichtet hatte. Was ihn dabei noch mehr irritierte, war die Tatsache, dass diese Gedichte nicht mal wirklich gut waren. Objektiv betrachtet hatte er einiges in der Schublade, was sich bedeutend besser las. Trotzdem hatte gerade die letzte Woche etwas aus ihm herausbefördert, das ihm trotz seiner nicht ganz zufriedenstellenden Qualität viel wichtiger erschien. Und das, obwohl gerade in der letzten Woche etliches passiert war über das er eher hätte schreiben können. Warum hatte er kein einziges Gedicht über seine Mutter geschrieben? Überhaupt, warum kam er nicht mal auf diesen Gedanken? Er schrieb doch über alles andere.

Merlin dachte niedergeschlagen an seinen gescheiterten Versuch, endlich Klarheit zu schaffen. Im Grunde war es dafür noch nicht zu spät, aber er konnte sich trotzdem nicht aufraffen. Die Befürchtung, dass Linda plötzlich weiblichen Zusammenhalt ausleben und anrufen würde, hatte er längst beiseitegeschoben. Linda war seine beste Freundin, sie würde ihn nicht verraten. Auch wenn er wusste, dass er ihrem Drängen nach Gerechtigkeit über kurz oder lang nicht standhalten würde, wenn sie ihm die Geschichte erst mal abgenommen hatte. Aber dazu würde es unter Umständen gar nicht kommen. Wenn seine Mutter sich tatsächlich von Paolo trennen wollte, dann bedeutete das auch logischerweise, dass sie wieder umziehen würden. Und wenn Merlin ehrlich war musste er sich eingestehen, dass dies die Lösung für all seine Probleme sein konnte, auch wenn das bedeutete, dass er David zurücklassen musste. Jedenfalls würde seine Mutter einen möglichen Vorschlag, nicht nur ans andere Ende der Stadt zu ziehen, ganz sicher positiv aufnehmen.

Unten ging die Haustür. Sofort war Merlin wieder in der Realität. Das musste Paolo sein. Er warf einen prüfenden Blick auf die Uhr. Seine Mutter hatte das Schlafzimmer nicht verlassen. Unvermittelt fühlte Merlin Wut aufkommen. Paolo hatte seine Mutter geschlagen! Kurz darauf folgte das schmerzliche Gefühl der Niederlage. Was sollte er schon tun? Er war kaum der Typ, der Paolo eins reinhauen konnte und noch weniger in der Position, Druck auszuüben – ganz im Gegenteil. Aber er konnte seine Mutter bei ihren Plänen, Paolo zu verlassen, unterstützen. Und das würde er tun.

Entschlossen schaltete er seinen Computer ein. Als Erstes würde er eine kurze Mitteilung an Christian schicken. Der würde ihm schon sagen, was er von den Plänen hielt. Selbstverständlich erwartete Merlin nichts anderes als Zustimmung. Vielleicht konnte Christian ja auch ein wenig helfen. Merlin überlegte kurz, ob er ihn nicht nach einer Übernachtungsmöglichkeit für den Übergang fragen sollte. Aber Christians Bude war ganz sicher nichts für seine Mutter, obwohl sich die beiden bestimmt gut verstehen würden.

Während Merlin das Mailprogramm öffnete, hörte er Paolos Schritte auf der Treppe. Sofort verkrampfte er. Kurz darauf stand Paolo in der Tür, wie er es befürchtet hatte.

»Arbeitest du für die Schule?«, fragte Paolo betont beiläufig. Merlin hörte sofort den Unterton heraus.

»Nein«, sagte Merlin. »Aber ich habe trotzdem keine Zeit für dich.«

Paolo zog eine Augenbraue hoch und lächelte süffisant.

»Aber meine Mutter wird sich gern mit dir – unterhalten.« Merlin legte ein gemeines Lächeln auf. Dann fiel ihm ein, dass es eventuell nicht so klug war, Paolo auf die kommenden Veränderungen hinzuweisen. Wahrscheinlich hatte Selma noch nicht mit ihm gesprochen. Oder war das etwa der Grund für das blaue Auge?

»Heute sind wir aber wieder sehr spitzfindig – mit der Zunge«, sagte Paolo laut.

Merlin schluckte. Die Anspielung auf ihr Verhältnis hatte er absichtlich so laut ausgesprochen. Wusste seine Mutter etwa schon etwas?

Paolo schien die Wirkung seiner Aussage zu genießen. Breit lächelnd lehnte er sich an den Türrahmen. »Du kannst mir ja sagen wenn du da fertig bist, wir können dann eine Runde – Fernsehen gucken.«

Im Schlafzimmer polterte es. Etwas musste auf den Boden gefallen sein. Augenblicklich erstarrte Merlin. Flehend sah er Paolo an, der ihn immer noch genüsslich musterte. Merlin verfluchte sich, dass er seine Chance nicht wahrgenommen hatte, seine Mutter selbst aufzuklären. Jetzt war es wohl zu spät.

»Oder hast du keine Lust?« Paolo zwinkerte ihm zu.

»Ich überleg's mir, okay?«, sagte Merlin. Seine Stimme klang wackelig. Aber er hoffte, Paolo mit diesem Zugeständnis vertrösten zu können.

»Klar«, sagte Paolo laut und fügte leise an: »Ich verlass mich auf dich.«

Merlin drehte seinen Kopf mechanisch wieder zum Monitor. Plötzlich fiel ihm nicht mehr ein, was er Christian schreiben wollte. Er schloss das Programm und rief wahllos eine Website auf. Nebenan hörte er seine Mutter mit Paolo reden. Nichts ließ darauf schließen, dass etwas nicht normal war – kein Streit, kein Schreien. Er schaltete den Computer aus, ohne das System vorher runterzufahren und legte sich erleichtert aufs Bett. Also hatte er Paolo noch mal rumgekriegt – oder er ihn, dachte Merlin bitter.

»Ich bin beim Sport«, rief Selma wenig später.

Merlin hielt die Luft an. Nein! Das konnte sie ihm jetzt nicht antun. Fast wäre er aufgesprungen und hätte nach ihr gerufen, um sie zurückzuhalten. Aber das wäre eine ganz schlechte Idee gewesen. Paolo hätte ihn sofort durchschaut und die Konsequenz folgen lassen. Also blieb er kerzengerade liegen und wartete darauf, dass unten die Haustüre ins Schloss fiel.

Ein paar Minuten später war es soweit. Merlin hielt seine Augen geschlossen. Er wusste, dass Paolo bereits im Türrahmen stand und ihn beobachtete. Warum musste seine Mutter ausgerechnet jetzt zum Sport gehen? Für einen Augenblick dachte Merlin darüber nach, dass Paolo das vielleicht so veranlasst hatte. Aber würde das nicht am Ende bedeuten, dass seine Mutter doch irgendwas wusste? Nein, definitiv nicht. Seine Mutter spazierte ganz bestimmt nicht so seelenruhig aus dem Haus, wenn sie wüsste, was daraufhin folgen würde. Merlin schüttelte den Kopf und öffnete die Augen. Paolo lächelte ihm wie erwartet zu. Sein Hemd war bereits aufgeknöpft.

»Worüber denkst du denn so angestrengt nach?«, spottete er.

»Nicht über dich, sonst müsste ich mich jetzt übergeben«, sagte Merlin spontan.

Paolos Lächeln verschwand. »Das war wohl der falsche Start für ein angenehmes Schäferstündchen.«

Merlins Stimme zitterte. »Du hast sie geschlagen, oder?«

Sofort tauchte das Lächeln wieder auf. »Wenn du das so sehen willst, ja.« Er trat ans Bett und ließ seine Hose hinunterrutschen. »Aber ich würde sagen, dass es im Eifer des Gefechts passiert ist.«

»Was denn für ein Gefecht?«, rief Merlin laut. In seinem Inneren formte sich das Bild von Paolo, der mit seiner Mutter Sex hatte. Nein, daran wollte er jetzt absolut nicht denken.

Paolo schien seine Gedanken zu lesen. »Wir hatte eine heiße, anregende ...« Er machte eine lange Pause, dann beendete er seinen Satz endlich mit: »Diskussion.«

Merlin hatte seine Zähne fest aufeinandergebissen. Jetzt ließ er langsam locker. »Du hast sie geschlagen«, flüsterte er.

»Ja«, sagte Paolo knapp. »Können wir jetzt anfangen?«

»Arschloch!« Merlin sprang vom Bett runter. »Du bist ein widerliches Arschloch!«

Paolo grinste. »Da sind nicht alle deiner Meinung.«

Merlin hielt inne. Etwas in Paolos Blick sagte ihm, dass er wachsam sein musste. »Was meinst du?«

»Nichts.« Paolo zwinkerte. »Ach, habe ich dir schon gesagt, dass David heute seinen Vertrag unterschrieben hat? Die Unterschrift von seinem Vater hat er auch schon bekommen.«

Plötzlich fühlte sich Merlin, als wären seine Innereien durcheinandergeraten. »Was hast du mit ihm angestellt?«, rief er aufgebracht. »Hast du ihm auch eins reingehauen, oder was?«

Paolo lachte. »Ich hab dir gerade gesagt, dass er bei mir arbeiten wird und dass seine Eltern einverstanden sind. Wieso sollte ich ihn schlagen.« Er machte eine Pause bevor er fortfuhr. »Ich bin nicht das Ekel für das du mich hältst. David zumindest mag mich.«

»Das glaube ich kaum.«

»Du hast einen guten Geschmack, was Jungs angeht.«

Merlin suchte in Paolos Augen einen Hinweis, dass er bluffte, aber er fand nichts. Plötzlich lag alles so klar auf der Hand. Paolo hatte David umgarnt, wie er es anfangs auch bei ihm gemacht hatte, dachte Merlin. Wahrscheinlich war es nicht mal schwierig gewesen, immerhin hatte er selbst David mit Paolo betrogen. Warum sollte nicht auch er?

»Du bist ...«, fing Merlin an, brach aber ab.

»Geil?«, beendete Paolo den Satz und schubste Merlin aufs Bett zurück.

Merlin versuchte sofort wieder aufzuspringen, aber Paolo warf sich einfach auf ihn. Das Gewicht drückte ihm die Luft aus den Lungen. Dann spürte er Paolos Hände unter dem Shirt, seine Lippen auf dem Mund und seine Zunge, die sich langsam einen Weg hinein suchte.

104

Als David wieder aufwachte, fühlte er sich kein Stück besser. Er hatte die Hoffnung gehabt, dass die Welt nach einem kurzem Schlaf anders aussehen würde. Aber das Gegenteil war der Fall. Ihm fiel wieder ein, dass er in Gegenwart seiner Mutter tatsächlich das Wort ›ficken‹ benutzt hatte. Wenn das nicht eine Premiere war. Vor seinem inneren Auge sah er noch mal ihren Gesichtsausdruck, bevor sie ihn geschlagen hatte. Das war definitiv einer der peinlichsten Höhepunkte in ihrer Beziehung, und David schämte sich dafür. Wie hatte er sich vor seiner Mutter dazu hinreißen lassen können? Er rieb sich über die Augen und stand auf. Erleichtert stellte er fest, dass sie beim Verlassen des Zimmers wenigstens die Tür geschlossen hatte. Momentan fühlte er sich alles andere als in der Lage, seiner Mutter ins Gesicht zu gucken. Er fühlte sich vielmehr nach einem Sprung aus dem Fenster, um all das hier ein für alle Mal zu beenden. Aber dazu befand sich sein Fenster glücklicherweise ein wenig zu nah am Boden, als dass er diese Möglichkeit tatsächlich in Betracht ziehen wollte.

Sein Kopf schmerzte, aber er verspürte kein Schwindelgefühl. Das war doch schon mal was. Wenn er jetzt noch den Rest des Tages in seinem Zimmer verbrachte – oder am Besten gleich die ganze restliche Woche – dann bestand noch Hoffnung. Allerdings glaubte er nicht ernsthaft, dass seine Eltern ihn wirklich in Ruhe lassen würden. Ganz bestimmt würde seine Mutter die neueste Entwicklung zwischen ihm und Merlin und vor allem zwischen ihm und ihr weitertragen, bis sein Vater gezwungen war, auch noch mal ein ernstes Wort an ihn zu richten. Das versprach ein wirklich netter Abend zu werden. David seufzte bei dieser Vorstellung. Resigniert setzte er sich auf seinen Drehstuhl und schob sich an das Fenster heran. Seine Hände griffen automatisch nach dem Fernglas, das er hinter seinem Regal versteckt hatte. Vielleicht konnte er sich seinen Tag damit weniger langweilig gestalten, dachte er bitter. Dann fiel ihm ein, wie unpassend dieser Gedanke letztlich war. Immerhin hatte er dafür gesorgt, dass heute Abend ihm Nachbarhaus garantiert keine Langeweile aufkam. Auch wieder ein Grund, für den es sich zu schämen galt. Sicher, seine Mutter war natürlich vollkommen auf seiner Seite, weil es doch letztlich bedeutete, dass er den Kontakt zu Merlin und Selma verlieren würde – zumindest erhoffte sie sich das. Aber David selbst war sich nicht mehr so sicher, ob seine Entscheidung tatsächlich die Richtige gewesen war. Er hätte vielleicht doch lieber noch mal mit Merlin reden sollen, hätte ihm sagen müssen, wie ernst es ihm mit der Treue war. So aber hatte er einfach seinen negativen Gefühlen Merlin gegenüber nachgegeben und damit wahrscheinlich alles zerstört.

Er setzte das Fernglas an und schaute hinüber. Das Haus lag ruhig da. Fast erwartete er, dass dies nur eine Täuschung war und er jeden Moment alles in Aufruhr und Streit sehen würde. Doch nichts deutete darauf hin. Vielleicht hatte Selma auch bei dieser Geschichte eine ganz eigene Art, mit Problemen umzugehen. Vielleicht, überlegte er, glaubte sie ihm aber auch nur nicht. Vorhin, nach seinem Verrat, war in ihm schon mal die Vermutung aufgetaucht, dass sie ihm die Geschichte nicht so richtig abnehmen könnte. Er hatte sie mit diesen Worten verletzt, das war klar. Ihre abweisende Reaktion ging ihm nicht aus dem Kopf. Sicher, wahrscheinlich war es normal, dass man in einer solchen Situation den Überbringer der schlechten Nachricht nicht mehr sehen wollte. Aber er hatte sich ihre Reaktion trotzdem etwas anders vorgestellt. Immerhin war er der Meinung gewesen, als eine Art Vertrauter zu gelten. Nun aber fühlte er sich als Eindringling, den es aus dem Haus zu weisen galt.

Merlin saß vor dem Fenster und blätterte in einem Ordner. Offenbar schien drüben wirklich alles in Ordnung zu sein, wenn er jetzt Hausaufgaben machte. Kein Anzeichen dafür, dass etwas nicht stimmte. David setzte das Fernglas ab. Unwillig spürte er Enttäuschung in sich aufsteigen. Sofort verachtete er sich dafür. Was hatte er erwartet? Dass drüben die Hölle losbrach und alle neu und gereinigt aus ihr hervorgingen, nur damit er sich völlig frei mit Merlin einlassen konnte? Wer sagte ihm überhaupt, dass Merlin jemals wieder ein Wort mit ihm wechseln würde? Die Chancen dafür standen zumindest denkbar schlecht, wenn er erfuhr, dass David hinter dem Verrat steckte. Und momentan schien man eher ihn als denjenigen zu sehen, der versuchte, die mühsam zusammengehaltene Familienidylle zu zerstören. Wahrscheinlich war er jetzt in ihren Augen nichts anderes, als der Spross seiner biederen Eltern. Womöglich würde Merlin da nicht mal gegensprechen, nur um sich und sein Geheimnis zu schützen.

David schüttelte den Kopf, um die Gedanken loszuwerden. Seine Mutter hatte recht, er hatte sich verändert, und jetzt gerade erkannte er sich selbst nicht mehr. Entnervt nahm er das Fernglas auf und spähte hinüber. Nichts, außer dass sich Merlin erhob und an den Computer setzte. Das konnte er nicht richtig sehen, aber David wusste, dass an dieser Stelle der Computertisch stand. Ein paar Minuten schaute er gelangweilt zu, während er sich weiter Gedanken über sich selbst machte. Genau jetzt empfand er sich als unerträglich. Er hatte das Gefühl, sich nicht mehr leiden zu können, ja, sich selbst auf die Nerven zu gehen.

Gerade als er das Fernglas wieder absetzen wollte, tauchte der Wagen von Paolo auf. David sah überrascht auf die Uhr. Erstaunt registrierte er, dass es schon recht spät war. Er musste sicher drei Stunden geschlafen haben. Dann verfolgte er das Geschehen auf der Straße weiter. Paolo stieg aus dem Wagen. Augenblicklich fiel David wieder ein, wie er diesen Mann geküsst hatte. Es war unglaublich gewesen. Der Gedanke, dass er tatsächlich Paolos Hände auf seinem Körper gespürte hatte, ließ seine Haut kribbeln. Paolo war ein erwachsener Mann, Firmenchef und er trug einen Anzug. Wer würde jemals vermuten, dass ein solcher Mann sich für einen Jungen ... David brach diesen Gedanken ab. Natürlich interessierte sich Paolo für Jungen, nicht umsonst unterhielt er ein Verhältnis mit Merlin. Und auch hier war er schnell wieder an einem seiner neuerdings häufig auftauchenden seelischen Abgründe angelangt. Er hatte sich von Paolo küssen lassen, weil er wusste, dass diese Lippen regelmäßig auch die von Merlin berührten. Eigentlich hatte er es genossen, weil er Merlin damit eins auswischte. Natürlich war er dem auch körperlich nicht abgeneigt gewesen, aber sein Anstand wehrte sich jetzt noch vehement. Doch am Ende ging es hier nicht mehr um Anstand oder Lust. Zwischen ihm und Merlin war unversehens ein Kampf entfacht, den es plötzlich zu gewinnen galt. So dämlich sich das auch anhören mochte, aber David konnte nicht verleugnen, dass er Lust verspürte, seine Enttäuschung gegenüber Merlin heimzuzahlen. Es fühlte sich auf eine nicht wirklich befriedigende Weise gut an, mit Paolo herumgemacht zu haben. Was Merlin konnte, das konnte er auch, selbst wenn es nicht das war, was er wirklich wollte. Letztlich wollte er doch nur Merlin.

Während sich David über seine verzwickten Gefühle klarzuwerden versuchte, vergaß er vollkommen das Fernglas, das ihm das Gespräch zwischen Merlin und Paolo hätte zeigen können. Er tauchte erst wieder aus seinen Grübeleien auf, als Selma das Haus verließ. David zuckte regelrecht zusammen. Irgendwie hatte er nicht damit gerechnet, dass sie zu Hause war. Jetzt konnte er sie vollkommen ohne Fernglas beobachten, wie sie ihre Sporttasche überschwang und die Straße hinunterging. Selma war weg, Paolo und Merlin noch da. Würde Paolo etwa von seiner kleinen Fummelei mit ihm erzählen?

Wie er es erwartet hatte, tauchte Paolo unmittelbar nach Selmas Verlassen in Merlins Zimmer auf. David spürte Aufregung in sich aufsteigen. Es war

Eifersucht, die ihm das Atmen schwermachte. Aber so ganz konnte er sich nicht entscheiden, auf wen von beiden er nun eifersüchtig war. Auf der einen Seite stand Merlin, der sein Freund war, mit dem er sich eine Beziehung wünschte, dem er aber auf keinen Fall eine Affäre zu diesem Mann gönnen konnte. Andererseits gönnte er auch Paolo nicht, sich mit Merlin zu vergnügen. Aber das hatte wohl eher den Ursprung darin, dass Merlin ihm mehr geben konnte, als er selbst ihm heute gegeben hatte. Am Ende bedeutete das nur, dass er und Merlin nicht gleichwertig waren. Paolo hatte sich bei ihm heute Mittag Appetit geholt, den er nun mit Merlin stillen würde. David schluckte schwer. Wollte er denn wirklich etwas von Paolo? Die Antwort auf diese Frage schockte ihn selbst. Die Tatsache, dass er wiedermal außen vor stand, brannte in seinem Hals. Er wollte Sex. Plötzlich konnte er Merlin mehr als gut verstehen. Nichts wünschte er sich mehr, als eine echte und ehrliche Beziehung zu Merlin. Er wollte mit ihm zusammen sein und sich auf ihn verlassen können. Doch Paolo war etwas anderes. Dieser Mann war Sex pur. Etwas Verbotenes, das man unbedingt probieren wollte, obwohl man wusste, dass es absolut nicht gut war.

Dann sah David dem üblichen Kampf zu. Merlin stieß Paolo von sich, wie er es vorhin selbst gern getan hätte. Dabei wusste David schon jetzt, dass Merlin keine Chance haben würde. Die Frucht war einfach zu verlockend, als dass man ihr tatsächlich widerstehen konnte. Wahrscheinlich wusste Merlin es selbst auch. Vielleicht baute er es auch nur deshalb in das Spiel mit ein, um einen Anschein von Anstand zu bewahren. Er wollte das nicht, was gleich passieren würde und er gab vor, sich zu wehren, obwohl er schon jetzt wusste und vielleicht sogar hoffte, dass er Paolo unterliegen würde. Und so kam es schließlich auch. David bleib als Zuschauer auf der anderen Seite zurück. Dies war nicht sein Spiel. Er verspürte Hass in sich aufsteigen. Sein Hals brannte wie Feuer. Jetzt in diesem Moment war er sich ganz sicher, dass er mit seinem Geständnis gegenüber Selma richtig gehandelt hatte. Nur dass eben doch nicht das dabei herausgekommen war, was eigentlich hätte herauskommen müssen. Stattdessen gab es eine weitere Vorstellung von dem, was David auf keinen Fall sehen wollte. In seiner Wut beschloss er, dass er gleich morgen zu Paolo auf die Arbeit gehen würde, um es mit ihm in seinem Büro zu treiben. Ja, er würde diesmal nicht gegen ihn angehen und sich vor dem Ziel von ihm freimachen, sondern bis zum Ende warten, um es Merlin heimzuzahlen. Am Besten, er würde es gleich vor seinen Augen mit Paolo tun.

Selma riss ihn aus seinen Racheplänen heraus. Verwundert sah David, dass sie mit hastigen Schritten wieder die Straße hinuntergeeilt kam. Augenblicklich stahl sich ein Lächeln auf seine Lippen. Also würde es doch noch zu einem glücklichen Ende kommen, dachte er finster. Ein Blick durchs Fernglas versicherte ihm, dass Selma weder zu früh noch zu spät auftauchte.

105

Selma hatte sehr wohl die Anspielungen ihres Freundes verstanden, die er so bereitwillig ausgesprochen hatte. Das war auch der Grund gewesen, weshalb sie sich dazu entschlossen hatte, doch noch ihre Sachen zu packen und zum Sport zu gehen – zumindest offiziell. Für sich selbst war zu diesem Zeitpunkt natürlich längst klar, dass sie nicht ins Fitnesscenter gehen würde. Sie wäre auch kaum in der Lage unter diesen Vorraussetzungen ruhig auf dem Crosstrainer ihre Zeit abzustrampeln. Nein, sie wollte es wissen. Als David ihr heute Mittag das Geheimnis anvertraut hatte, war sie regelrecht in eine Art Narkose gefallen. Einerseits hatte sie das Gefühl, es eigentlich schon längst wissen zu müssen, andererseits fingen die üblichen Mechanismen sofort mit der Verleugnung an. Auch jetzt war sie sich noch nicht wirklich sicher, ob sie David glauben sollte. Es handelte sich schließlich auch um eine Geschichte, die man als Mutter nicht so einfach glauben konnte. Was Paolo betraf, da würde sie niemals eine Garantie für geben. Er war ein Mann, und von Männern konnte sie mittlerweile nichts mehr anderes erwarten als herbe Enttäuschungen. Nach dem Gespräch und ihrem frisch erworbenem Feilchen erst recht nicht. Paolo war ein Schwein. Aber was war mit Merlin? Konnte sie sich vorstellen, dass ihr eigener Sohn sie betrog? Nein, das ging beim besten Willen nicht. Sie hatten eine freundschaftliche Beziehung. Sie würde es doch merken, wenn er ihr etwas verheimlichte, oder etwa nicht? Der Gedanke, dass Merlin ihr sowas antun konnte, warf sie förmlich um.

Unversehens waren ihre Schritte immer länger geworden. Sie rannte geradezu die Straße wieder hinunter. Es war vielleicht eine Viertelstunde her, da sie das Haus verlassen hatte. Aus Paolos Andeutungen konnte sie schließen, dass er die erste sich bietende Gelegenheit zu nutzen gedachte. Sie hatte dem Platz gemacht. Jetzt galt es für sie, der Wahrheit ins Auge zu sehen. Selma kam sich fast ein wenig albern vor. Als wenn Paolo und Merlin gleich nach ihrem Verschwinden übereinander herfallen würden. Das war doch absurd. Aber war es nicht genau das, was ihr David heute Mittag gesagt hatte? Wollte sie nicht genau das überprüfen?

Selma bremste ihren Schritt. Wollte sie das wirklich? Wenn sie jetzt in dieses Haus ging und nichts vorfand, als das, was sie zurückgelassen hatte, musste sie sich eingestehen, dass sie langsam paranoid wurde. Und David war ein Lügner. Doch ihre Menschenkenntnis glaubte nicht an einen David, der Lügen verbreitete, auch wenn man den Leuten immer nur vor den Kopf schauen konnte. Trotzdem glaubte sie genausowenig an einen Merlin, der es mit ihrem Freund trieb, während sie mal kurz zum Sport ging. Sowas existierte in diesen ätzenden Talkshows, die den ganzen Vormittag über die Flimmerkisten liefen und armen Menschen die Möglichkeit zur Darstellung ihrer noch ärmeren Probleme gaben. Nein, das hier war keine Freakshow.

Sie blieb stehen und sah zu Merlins Fenster hinauf. Sicher saß er an seinem Computer oder er schrieb wieder oder was auch immer. Selma drehte sich kurz um und schaute zum Haus der Gessens hinüber. Oben huschte jemand vom Fenster weg. Sie erriet, dass David die ganze Szene beobachtete. Plötzlich überfiel sie Unsucherheit. Schätzte sie diesen Jungen tatsächlich richtig ein? Woher wollte er von der Affäre zwischen Merlin und Paolo wissen? Die Antwort darauf war einfach: Er schaute aus seinem Fenster, wie er es bis gerade eben noch gemacht hatte. Er beobachtete. Aber warum hatte er es ihr gesagt und nicht Merlin? Immerhin waren die beiden doch ein Paar. Der Verdacht, dass sich David vielleicht nur rächen wollte, stieg in ihr auf. Irgendwas stimmte hier nicht, dachte sie. Dann drehte sie sich wieder um und ging zur Haustüre. Sie lauschte, konnte aber nichts hören. Durch das raue Sichtfenster in der Tür schimmerte auch kein flackerndes Fernseherlicht, das sie normalerweise sah, wenn sie nach Hause kam und Paolo wieder mal vor der Kiste hing. Sie atmete tief durch. Bis jetzt hatte sie nicht mehr als eine Behauptung und ihre wirren Gedanken und Vermutungen dazu. Wenn sie es wissen wollte, musste sie sich schon hineinwagen. Aber was dann? Wie sollte sie reagieren? Stets hielt sie Ruhe für die beste Methode, unvorhergesehenen Problemen zu begegnen. Doch sie spürte in ihrer Brust bereits den Druck, der ihre Anspannung explodieren lassen würde, wenn sie tatsächlich das erleben würde, was man ihr vorhergesagt hatte. Nein, sie hätte ganz sicher nicht die Kraft, dem besonnen gegenüberzutreten. Aber das musste sie auch nicht. Sie war immerhin auch nur ein Mensch.

Vorsichtig schob sie ihren Schlüssel ins Schloss. Ihre Hand wollte bereits umdrehen und die Tür öffnen, doch sie hielt sich zurück. Wie wollte sie reagieren? Sie musste diese Frage vorher klären. Was war, wenn sie Merlin und Paolo tatsächlich überraschte? Sie musste sich darauf einstellen, dass dieser Alptraum tatsächlich wahr wurde. Mit Paolo hatte sie bereits abgeschlossen, aber was war mit Merlin? Ihren Sohn konnte sie nicht so einfach loswerden und er würde auch weiterhin ihr Sohn bleiben, egal, was er gerade tat. Nur, sollte sie tatsächlich probieren, verständnisvoll zu sein? Das konnte sie nicht, nicht in einer solchen Situation.

Ihre Hand drehte sich plötzlich. Ein leises Klicken entriegelte die Tür, ohne dass sie es wirklich wollte. Aber ihre Hand hatte recht. Es brachte nichts, jetzt hier draußen zu stehen und ewig lang darüber nachzudenken, wie sie handeln würde. Sie musste hinein und mit dem kämpfen, was sie vorfand. Und wenn sie nichts vorfand, dann musste sie es ansprechen. Sie musste es einfach wissen. Ihr Herz hoffte, dass es keine weitere Enttäuschung erleben musste.

Sie zog die Tür auf und gab sich Mühe, leise zu sein. Ihre Tasche ratschte aber an der rauen Hauswand vorbei. Augenblicklich blieb sie stehen und lauschte. Es war nichts zu hören. Sie betrat das Haus. Am Ende des Flurs lag das Wohnzimmer dunkel da. Paolo musste also entweder im Keller oder oben sein. Selma ließ die Haustür einfach offenstehen und stellte ihre Tasche mitten im Flur ab. Auf leisen Solen ging sie zur Treppe und horchte hinauf. Kaum hörbar vernahm sie einen unterdrückten Laut. Ihr Herz beschleunigte sich. Schweiß trat auf ihre Stirn. Eine naive Stimme in ihr versuchte sie davon zu überzeugen, dass Merlin sicher nur mit jemanden telefonierte. Dann wurden sämtliche Erklärungsversuche aber auf einen Schlag vernichtet, als ein lauter Aufschrei von oben zu ihr hinunterdrang. Diesen Schrei kannte sie. Sie hatte ihn schon oft genug selbst gehört, als sie mit Paolo beisammen lag und er – und er – Sie verlor den Halt und taumelte zur Seite. Ihre Finger glitten an der Wand vorbei und betätigten den Lichtschalter bevor sie auf den Handlauf der Wendeltreppe aufschlugen und sich festklammerten. Wie aus weiter Ferne hörte sie einen erneuten Schrei. Dann wesentlich näher ihr eigener Laut, der klang, als bräche sie unter unvorstellbaren Schmerzen zusammen. Sämtlicher Sauerstoff hatte mit einem Mal ihren Körper verlassen und vor ihren Augen tanzten schwarze Schmetterlinge auf und ab. Dann gab es einen Riss und auf einen Schlag war sie wieder da. Vor ihr die Treppe, die sie nach oben führte. In ihrem Kopf gab es nur diesen einen Gedanken: Nach oben! Und Selma stieß sich nach vorn, während ihre Füße die Stufen meisterten, die Beinmuskeln sie immer weiter nach oben trugen und ihre Hände ganz knapp einen Sturz verhinderten.

Dann brach sich endlich ihr eigener Schrei einen Weg nach draußen: »Paolo!« Sie wusste in diesem Moment nicht recht, was für einen Sinn es machte, den Namen des Mannes zu rufen, den sie gerade mehr verachtete als irgendwas anderes auf der Welt. Aber sie schrie noch mal. »Paolo!«

Vor ihren Augen verwackelten die Wände und Türen wie in einem aktionreichen Lauf mit der Handkamera für einen von Paolos blöden Fernsehfilmen. Langsam schob sich Merlins Tür ins Sichtfeld und gab immer mehr vom Zimmer preis. Selma taumelte fast daran vorbei. In ihr schrie alles, dass sie sich einfach fallen lassen sollte, damit sie nicht sehen musste, was sie nun sehen würde. Das Bett tauchte auf. Sie fing sich mit den Armen am Rahmen ab und stand vor einem verwischten Etwas, das einmal Merlins Zimmer gewesen war. Nichts gehörte da hin, wo sie es gerade sah – und mittendrin Stücke nackter Haut. Sie schloss die Augen. In ihrem Kopf drehte es sich kurz noch ein Stück weiter. Dann hielt der Schwenk an. Als sie die Augen wieder öffnete, stellte sie zu ihrem Schrecken fest, dass sie wieder richtig sehen konnte.

Vor ihr stand Paolo, nackt. Sein Gemächt stand noch prall von ihm ab und sein Grinsen zeigte ihr Befriedigung. Sie blendete ihn einfach aus.

Merlin hatte das Bettlaken um sich geschlungen. Sein Gesicht war rot und verschwitzt – oder verheult?

»Merlin«, sagte sie brüchig. Aber er reagierte nicht auf sie. Hastig sprang er vom Bett hinunter, trat auf eine Ecke des Lakens und fiel hin. Sie hörte ein Schluchzen.

»Was macht ihr hier?«, hörte sich Selma fragen, obwohl sie auf all das schon längst die Antwort von David bekommen hatte. Warum fragte man in

Situationen, die die eigene Vorstellungskraft überstiegen, immer so einen Mist?

Sie hörte Paolos Stimme und sah ihn wieder für einen Augenblick. Aber sie verstand nicht, was er ihr sagte. Es interessierte sie auch nicht. Paolo war gestorben. Er war tot. Dann tauchte sein Gesicht trotzdem vor ihr auf. Plötzlich rissen sich ihre Hände von den Türpfosten los und schlugen auf ihn ein. Sie traf ihn mit der rechten Hand schallend auf die Seite. Die Linke verfehlte ihn knapp, aber zwei ihrer Fingernägel rissen ihm die Haut auf der Stirn auf. Dann war Paolo wieder verschwunden. Es gab ein Flackern vor ihren Augen und weg war er.

Ihre Beine trugen sie wackelig weiter ins Zimmer. Merlin weinte. Sie wollte ihn trösten, aber er lief vor ihr weg. Sie sah ihm stumm hinterher und beobachtete, wie er Sachen von seinem Schreibtisch zusammensuchte und in eine Tasche steckte. Auch aus seinem Kleiderschrank riss er scheinbar wahllos etwas heraus. Dann trat er wieder auf das Laken und entblößte sich. Ein Schluchzen drang an ihre Ohren. Er ließ das Laken liegen und flüchtete. Selma blieb.

106

Merlin rannte nackt die Treppe hinunter. Er hoffte, dass seine Mutter ihm nicht folgen würde. Das Schlimmste was hätte passieren können war geschehen. Eigentlich war es nur eine Frage der Zeit gewesen. Die Tatsache, dass es gerade jetzt geschehen war, als Merlin seine Chance zur Aufklärung vertan hatte, tat besonders weh. Dieser Tag war von Anfang an dazu verurteilt zu scheitern, das hatte er doch gespürt. Doch er hatte nicht auf sein Gefühl gehört. Ein Gespräch wäre natürlich ebenfalls unangenehm geworden, schließlich hätte er sich mit seiner Mutter auseinander setzen müssen. So jedenfalls war das eingetreten, wovor er letztlich noch mehr Angst gehabt hatte: Sie hatte ihn bei seinem Betrug erwischt.

Unten warf Merlin seine Tasche hin und rammte seine Beine erst mal in eine Jeans. Eilig knöpfte er zwei der sechs Knöpfe zu, dann riss er sich ein Shirt über. Erst jetzt fiel ihm auf, dass er seine Schuhe oben vergessen hatte. Bei dem Gedanken, noch mal hochzumüssen und seine Mutter immer noch am Tatort stehen zu sehen, schossen ihm wieder die Tränen in die Augen. Verdammte Scheiße, bekam er denn nicht mal eine Flucht hin? Wieso hatte er nicht einfach heute Mittag mit ihr geredet? Überhaupt, warum waren Menschen so gestrickt, dass sie etwas Unangenehmes nur schwer aus eigenem Antrieb auf sich nahmen und stattdessen lieber auf das Schicksal warteten, das eigentlich grundsätzlich Schlimmeres für sie bereithielt? Vor dieser Situation jetzt hätte er sich schützen können. Das Ganze war allein seine Schuld. Doch er hatte die Wahrheit lieber so lange wie möglich zurückgehalten, um noch ein wenig Zeit zu gewinnen. Nur wofür? Es war nicht mal gewonnene Zeit, weil er sich immer wieder Gedanken über seinen Betrug hatte machen müssen. Dennoch war es ihm viel zu schwer gefallen, seiner Mutter die Wahrheit zu sagen. Dabei wäre es ihr letztlich sicher auch lieber gewesen, es von ihm zu hören, anstatt es selbst erleben zu müssen.

Paolo tauchte plötzlich in der Wohnzimmertür auf. Merlin hatte gar nicht gemerkt, dass er sich dort im Dunklen versteckt hielt. Warscheinlich wollte er auch flüchten. Doch als Merlin ihm ins Gesicht sah, fand er lediglich das typisch gehässige Grinsen vor, dass Paolo so gern auflegte.

»Ich glaube, ich hole wohl besser mein Kopfkissen runter, was?«, sagte Paolo locker und zwinkerte ihm zu.

Merlin musste würgen. Krampfartig krümmte er sich vor und übergab ein wenig Flüssigkeit auf den Fliesenboden.

»Das machst du aber noch weg, bevor du gehst!« Paolo deutete auf das Erbrochene. »Damit wir uns verstanden haben. Deine Mutter hat jetzt andere Sorgen, als sich um deinen Mist zu kümmern.«

Merlin würgte wieder. Das alles kam ihm so unwirklich vor, als befände er sich genau jetzt in einem Geisterhäuser auf der Kirmes. Nichts schien noch real zu sein. Alles machte plötzlich überhaupt keinen Sinn mehr. Was redete Paolo da eigentlich? Wie konnte er in Anbetracht der Situation überhaupt noch ein Lächeln zustande bringen? Merlin drehte sich von ihm weg und griff seine Tasche vom Boden. Taumelnd lief er zur Tür, die noch immer offen stand. Auch das war eine Sache, die absolut nicht passte. Ein Haus, dessen Tür einfach so offen stand – das konnte doch nichts anderes bedeuten, als dass etwas Schreckliches passiert war. Für einen Moment blitzte in Merlins Kopf die Erkenntnis auf, dass seine Mutter die Tür hatte offenstehen lassen. Gerade sie, die immer so sorgfältig darauf achtete, dass alles seine Ordnung hatte, sie geriet in eine Situation, in der sie vollkommen vergaß, die Haustüre zu schließen. Dann verschwand der Gedankengang wieder in den Tiefen seines verwirrten Kopfes. Egal. Er konnte sich jetzt nicht mit seltsamen Gedanken aufhalten. Momentan gab es nur noch eine Möglichkeit für ihn: Dieses Haus so schnell wie möglich zu verlassen. Was davor geschehen war und was danach geschehen sollte, konnte er draußen immer noch überdenken. Aber solange er sich hier in Paolos Haus befand, würde er nicht einen einzigen klaren Gedanken fassen können. Also stürzte sich Merlin barfuß auf die Straße. Einen Moment blieb er verwirrt stehen, weil es um ihn herum tatsächlich noch hell war. Irgendwie hatte er einen Nachthimmel erwartet. Die schrecklichen Dinge des Lebens geschahen doch meist in dunklen Nächten, oder nicht? Ein Lachen drang aus seiner Kehle, das sich identisch zu einem Schluchzen anhörte. Dann wurde seine Aufmerksamkeit auf das Haus gegenüber gezogen. Er sah hinauf und erblickte David, der an seinem Fenster stand und auf ihn hinuntersah.

Merlins Herz tat einen Sprung. David. Das war seine Rettung. Er konnte einfach zu David gehen und sich dort erst mal von dem Schrecken erholen.

Doch seine Füße weigerten sich, auch nur einen einzigen Schritt in diese Richtung zu tun. Obwohl sein Verstand es als absolut korrekt und logisch ansah, sich erst mal bei David zu verkriechen, hielt sein Gefühl ihn zurück. Etwas in Davids Gesichtsausdruck hinderte ihn. Er spürte die Sehnsucht, sich jetzt in Davids Arme fallenzulassen und seine Nähe zu spüren. Doch da war auch Furcht. Etwas stimmte nicht. Merlin konnte seinen Blick nicht von ihm abwenden. Warum bewegte er sich nicht? Starr blickte er weiter zu ihm hinunter ohne sich auch nur ein Stück zu rühren. Sicher, er hatte bestimmt mitbekommen, was vorgefallen war. Wahrscheinlich hatte er es sogar ganz genau von seinem Platz aus beobachtet. Aber ... Merlin schloss die Augen. Er spürte, dass etwas mit David nicht stimmte. David wollte ihm nicht helfen. Und dann kam ihm der Gedanke, dass David ihn nicht geschützt hatte. Wenn er schon die ganze Zeit dort an seinem Fenster stand, hatte er auch gesehen, dass seine Mutter wieder zurückkam. Er hätte anrufen können, hätte sie irgendwie warnen ... Was waren das für Gedanken? Konnte er wirklich von David verlangen, dass er ihm half, seine Affäre mit Paolo zu verheimlichen? Merlin öffnete seine Augen wieder. David stand noch immer dort und blickte kalt auf ihn hinunter.

»Willst du nicht wieder reinkommen?«, fragte Paolos Stimme hinter ihm.

Ohne sich noch mal umzudrehen, stürmte Merlin die Straße hinunter. Er wollte alles, nur nicht mehr mit Paolo unter einem Dach sein. Doch das stimmte nicht ganz. Wenn er ehrlich war, wollte er nur die Gefahr meiden, seiner Mutter noch mal begegnen zu müssen. Das verkraftete er heute nicht mehr. Paolo war ihm im Grunde vollkommen egal.

Noch während des Laufens kam ihm die Lösung für seine Probleme: Christian. Er hielt an und kramte in seiner Tasche. Einen furchtbaren Augenblick war er sich sicher, dass er nicht nur seine Schuhe, sondern auch sein Handy vergessen hatte. Doch dann fand er es. Wenn alles um ihn herum zusammenfiel wie ein Kartenhaus, auf Christian war Verlass. Er rief die Nummer aus dem Kurzwahlspeicher auf und wartete das Freizeichen ab. Es klingelte nur zwei Mal, da war er auch schon dran.

»Ja?«

»Hallo Chris«, sagte Merlin und fing sofort wieder zu weinen an. Es war einfach zu schön jemanden am Telefon zu haben, der nichts mit all diesem Desaster hier zu tun hatte.

»Mein Gott was ist los?«, fragte Christian erschrocken. »Ist was passiert?«

Merlin konnte nicht antworten. Er war zu überwältigt von dem Gefühl, dass Christian sich um ihn sorgte, dass er zu ihm halten und ihm helfen würde.

»Mensch, sag doch was!«

»Ich – ich kann – nicht«, würgte Merlin hervor.

»Wo bist du? Soll ich dich holen?«

Merlin nickte stumm.

»Hallo?«

»Ja«, sagte Merlin endlich. »Ich – bin zu – Hause – auf der – Straße – ich ...«

»Ich komme!«, sagte Christian sofort. »Bleib einfach wo du bist, okay? Ich bin in zwanzig Minuten bei dir!«

Merlin nickte wieder. Dann wurde die Verbindung abgebrochen und er lauschte dem monotonen Tuten. Er atmete tief durch. Christian würde kommen und ihn abholen. Morgen konnte er sich neue Schuhe kaufen, oder die von Christian anziehen. Und seine Mutter konnte er vielleicht irgendwann ... Er beugte sich vornüber, während sein Magen sich zu übergeben versuchte.

107

David saß noch immer am Fenster, als es draußen bereits dunkel wurde. Wie festgefrohren lag sein Augenmerk immer noch genau auf der Stelle, an der Merlin vorhin gestanden und ihn Hilfe suchend angesehen hatte. Warum hatte er nicht einfach gewunken? Er hätte nur ein Zeichen geben müssen und Merlin wäre zu ihm gekommen. Was seine Mutter oder sein Vater dazu zu sagen hatten, das wäre letztlich doch überhaupt nicht interessant gewesen. Sie hätten es einfach hinnehmen müssen. Doch entscheidend waren weder seine Eltern noch Merlin gewesen. Er selbst hatte sich nicht zu einer Geste aufraffen können. In seinem Kopf gab es nur diesen einen Gedanken an Paolo, der Merlin mal wieder herumbekommen hatte – und natürlich Merlin, der sich wieder mal hatte von ihm besiegen lassen. Nein, so sehr er sich auch Merlins Nähe wünschte, so schmerzlich es ihm gerade vorkam, Merlin nicht zu sich geholt zu haben, so sehr wollte er ihm seine Hilfe auch versagen. Dabei hätte genau diese Situation der neue Start für ihre Beziehung sein können. Merlin war von zu Hause geflüchtet. Seine Welt brach für ihn zusammen und es gab nur noch diesen einen Weg nach vorn. Warum hatte er nicht reagiert und ihm ein Zeichen gegeben, dass er hier auf ihn wartete? Dann müsste er jetzt nicht allein am Fenster darüber nachdenken, was er heute alles falsch gemacht hatte. Sie hätten sich von ihrem Chaos ausruhen können. David hätte die Tür zu seinem Zimmer einfach abgeschlossen und sie wären erst wieder nach draußen gegangen, wenn der Sturm sich gelegt hätte. Aber das hatte er in dem Moment, da er Merlin vollkommen hilflos dort unten hatte stehen sehen, nicht gewollt. Eigentlich unbegreiflich. Trotzdem, so war es gewesen. Er hatte es einfach nur genossen, dass Merlin nun dafür bezahlte, dass er ihn betrogen hatte, dass er nicht stark genug war, um Paolo zu widerstehen. Für dieses Gefühl schämte David sich vor sich selbst. Wie konnte er sich nur wünschen, dass sein Freund, der Junge, mit dem er zusammen sein wollte, eine Niederlage erlitt, nur damit es ihm selbst besser ging? Das Schlimmste daran war, dass es ihm am Ende überhaupt kein bisschen besser ging. Dafür aber hatte er Merlin allein gelassen und seine Chance vertan, endlich alles in eine einigermaßen gute Bahn zu lenken.

David seufzte. Eine Stimme in ihm sagte ihm, dass er es so oder so nicht hätte abwenden können. Früher oder später hätte Merlin schon erfahren, dass er dieses ganze Spektakel ihm zu verdanken hatte. Da würde es sicherlich keinen Unterschied machen, wenn er ihm jetzt half. Er war derjenige, von dem Selma die Wahrheit wusste. Er war derjenige, der Merlin die Möglichkeit genommen hatte, das ganze Chaos selbst zu beenden. Allerdings, und da musste sich David in Schutz nehmen, hatte Merlin auch genügend Zeit gehabt, seine schmutzige Wäsche selbst zu waschen. Doch die Zeit war ungenutzt verstrichen und statt das Theater zu beenden, hatte er sich immer wieder auf Paolo eingelassen. Jetzt war es zu spät.

David setzte das Fernglas wieder an. Drüben lag alles im Dunklen. Das letzte bisschen Abenddämmerung ließ ihn aber erahnen, dass Selma noch immer auf dem Bett ihres Sohnes saß. Vielleicht war es aber auch nur eine Täuschung. Konnte ein Mensch so lange fast ohne jegliche Regung sitzen und über das Geschehene nachdenken? Dann fiel ihm ein, dass er selbst nichts anderes tat. Er hatte sich kein Stück gerührt seit Merlin vorhin die Straße hinuntergelaufen war. Worauf wartete er eigentlich? Anstatt immer und immer wieder die Situation durchzuspielen, die er nun eh nicht mehr ändern konnte, könnte er sich lieber einfach vor den Fernseher setzen und versuchen, zumindest für einen Moment alles zu vergessen. Oder er könnte ein Buch lesen. Aber er wusste schon jetzt, dass nichts dergleichen wirklich funktionieren würde. Also blieb er sitzen und dachte nun darüber nach, warum er eigentlich hier sitzen blieb. Nach einer Weile wurde es ihm klar. Er saß nicht wie Selma fest, weil er so geschockt war, sondern schlicht und einfach, weil er wartete. Er wartete, dass Merlin wieder zurückkam.

Aber Merlin kam nicht zurück. Daran änderte auch die unaufhaltsam voranschreitende Zeit nichts. Es wurde immer dunkler und schließlich Nacht. Doch Merlin kam nicht zurück. Und irgendwann musste David der Wahrheit ins Gesicht sehen, auch wenn er es nicht wahr haben wollte: Er hatte seine Chance vertan. Merlin würde sich nicht noch mal vor sein Fenster stellen und darauf warten, dass er ihn in seiner unendlichen Güte zu sich hinaufwinkte. Wahrscheinlich war er jetzt bei diesem Freund – Christian. Wieder spürte David Eifersucht. Er konnte sich kaum erklären, woher sie plötzlich kam. Immerhin hatte er selbst doch nicht reagiert. Er selbst war doch derjenige, der all das hier hinaufbeschworen hatte. Wie konnte er da jetzt eifersüchtig sein? Er selbst hatte Merlin betrogen und versucht, ihn für seinen Betrug zu bestrafen. Er hatte ihm eine Falle gestellt und zugesehen, wie diese zugeschnappt war. Er hatte ihn nur voller Verachtung angeschaut, als er sich verwundet befreit und auf die Flucht begeben hatte. Wie konnte er ihm jetzt einen Vorwurf machen, wo er doch selbst alles genau so ins Rollen gebracht hatte?

David schluchzte plötzlich los. Erschrocken hielt er sich beide Hände vor den Mund. Das war die erste wirkliche Regung, seit er sich vorhin gesetzt hatte. Dann kamen die Tränen. Es war ein Gefühl, als müsste er ertrinken. Sein

Brustkorb schmerzte mit einem Mal und am liebsten hätte er sich einfach auf den Boden fallen lassen.

Ein paar Minuten später war der Anfall vorbei und er konnte wieder halbwegs klar denken. Prüfend schaute er durch das Fernglas auf die andere Seite, ob sich vielleicht etwas verändert hatte. Doch es war noch immer alles dunkel. Jetzt konnte er wirklich kaum noch etwas sehen. Aber er vermutete, dass der Schatten, den er vorhin für Selma gehalten hatte, noch immer an seinem Platz saß. Gerade als er das Fernglas abstellen wollte, ging unten in der Küche das Licht an. Selma stand plötzlich am Küchenfenster und begann Tee aus den Schränken herauszuholen und zusammenzustellen. Also hatte er sich bei dem Schatten doch getäuscht. Dann war es vielleicht ... Merlin? Konnte es möglich sein, dass Merlin wieder nach Hause gekommen war, ohne dass er ihn bemerkt hatte? David glaubte nicht daran. Er hatte die ganze Zeit auf den Eingangsbereich des Hauses gestarrt. Doch er wollte es gern glauben. Er wünschte sich, dass dieser Schatten Merlin war.

Selma hantierte unten mit ihren Tees. Sie sah ein wenig krank aus, aber sie bewegte sich ganz normal. Vielleicht – vielleicht sollte er einfach nachfragen. Immerhin könnte sie ihm sagen, ob Merlin tatsächlich oben auf seinem Bett saß und sich einfach nur nicht bewegte. Und wenn er es nicht war, dann konnte sie ihm vielleicht die Nummer geben von diesem – Freund, bei dem Merlin immer Zuflucht suchte. David fiel ein, dass Merlin ja sogar eine Handynummer hatte. Die zumindest würde Selma bestimmt wissen. Aber würde sie ihm die auch geben, nachdem er Merlin verraten hatte?

David setzte das Fernglas ab. Das war ein absurder Gedanke. Die meisten Gedanken dienten nur dazu, stellte er überrascht fest, die unbewussten Wünsche durchzusetzen. Er schämte sich. Er wollte nicht mit Selma sprechen, weil sie wusste, dass er Merlin hintergangen hatte. Aber sie würde wahrscheinlich nicht so denken, weil sie es ohne ihn schließlich nie erfahren hätte. Demnach gab es eigentlich keinen Grund, ihm Merlins Nummer vorzuenthalten. Überhaupt, warum wusste er sie nicht längst? Auch wenn sie sich täglich sahen, weil sie keine zehn Meter auseinanderwohnten, sollte man doch meinen, dass Merlin ihm seine Handynummer gab – immerhin waren sie ein Paar. Auch das war wieder etwas, was David eifersüchtig machte.

Langsam stand er auf und ging zur Tür. Er fühlte sich noch immer nicht sicher, ob er rübergehen sollte. Was war, wenn Merlin tatsächlich in seinem Zimmer saß? Musste er dann nicht zu ihm hoch? Im Grunde reichte ihm doch nur das Wissen, dass Merlin da war und nicht irgendwo anders. Er wollte wissen, dass sein Freund in Sicherheit war. Und damit meinte David nicht mal Merlins Sicherheit, sondern schlicht die Gewissheit, dass er nicht bei jemanden anderes in den Armen liegen konnte.

Während David die Treppe hinunterging, fragte er sich, worin er genau das Problem sah. Wenn er selbst den Trost verweigerte, warum sollte Merlin dann auf den Trost anderer Leute verzichten? Als er unten angekommen war, hielt er inne. Plötzlich wurde ihm klar, dass auch das wieder eine dieser selbstsüchtigen Aktionen war. Er wollte Merlin nicht wirklich helfen, aber er wollte auch nicht, dass es andere taten. Etwas in ihm wünschte sich, dass Merlin einfach nur litt.

Er blieb einen Moment stehen.

»David?«, rief seine Mutter aus dem Wohnzimmer. Sie hatte wohl die Treppe gehört und wollte jetzt wissen, was los war. Aber er wollte nicht antworten. Also drehte sich um und schlich wieder in sein Zimmer zurück.

Donnerstag

Seine Fänge

Er nimmt dich
Mir fort
Mit seinen Fängen
Betört dich
Wie einst mich
Mit Trieben
Mit Drängen
Doch lieben
Wird er dich
Nicht

M. Nagy

108

Der Himmel zeigte sich strahlend blau. Nicht eine Wolke war zu sehen. David machte die Augen noch mal zu und blieb einfach liegen, obwohl sein Wecker schon zwei mal geklingelt hatte. Wollte er heute wirklich schon zur Schule? Seine Mutter würde es sicher verstehen, wenn er diese Woche ganz zu Hause blieb. Allerdings musste er sich dann irgendwann ihrem fragenden Gesicht stellen. Und Fragen hatte sie immer – jetzt wohl mehr denn je.

Das helle Licht von draußen drang rot durch seine Lieder. An Schlaf jedenfalls war nicht mehr zu denken, dafür hätte er gestern das Rollo noch herunterlassen müssen. Ob Merlin wohl irgendwann nach Hause gekommen war? David erinnerte sich an seine Gefühle von gestern Abend. Er versuchte die Erinnerung daran zu verdrängen, doch die Gedanken kamen immer wieder hoch. Also richtete er sich irgendwann auf und zog sich an. Es konnte nicht schaden, wenn er heute trotz seiner Krankschreibung zur Schule ging. Er musste es ja nicht übertreiben. Außerdem würde er dann Merlin sehen und ... David hielt inne. Was und? Was wollte er ihm sagen? Gab es überhaupt noch etwas, das er Merlin sagen konnte? Wollte Merlin überhaupt noch, dass er ihm etwas erklärte oder dass sie in irgendeiner Weise Kontakt hatten? Die Geschichte von gestern erschien David plötzlich so weit weg, dass er schon fast daran zweifelte, dass sie überhaupt geschehen war.

David drängte die Zweifel beiseite. Er würde in die Schule gehen, fertig. Dann konnte er immer noch weitersehen. Aber er musste wissen, wie es Merlin ging, wollte ihn fragen, was er gestern gemacht hatte, wollte ihm nachträglich anbieten, ihm zu helfen und vielleicht sogar darum bitten, dennoch sein Freund sein zu dürfen. Es konnte doch nicht so schwierig sein, dass sie nach all dem, was sie in den letzten zwei Wochen für Veränderungen durchlebt hatten, nicht zusammenfanden. Sicher, das Leben war kein Liebesfilm, aber ganz so übel konnte die Realität doch auch nicht aussehen. Sie war nur bedeutend komplizierter.

Als David zwanzig Minuten später die Treppe hinunterging, wartete seine Mutter bereits mit einem gigantischen Frühstück auf ihn.

»Guten Morgen«, flötete sie. »Ich hoffe du hast Hunger.« Dann sah sie ihn mit großen Augen an. »Du bist schon angezogen?«

»Ich gehe zur Schule«, sagte David knapp.

»Aber der Arzt hat doch gesagt ...«

»... dass ich zur Schule kann, sobald ich mich wieder fit fühle.«

Seine Mutter machte ein ernstes Gesicht. »Ich dachte, wir könnten uns mal in Ruhe über den gestrigen Vorfall unterhalten.«

David wusste, dass sie das Frühstück aus zwei Gründen gemacht hatte. Sie wollte ihm erstens das Gefühl geben, dass hier in diesem Haus alles richtig lief, dass man hier zusammenhielt und er hier zu Hause war, auch wenn sie über ein paar unangenehme Dinge sprechen mussten. Und zweitens sollte er wohl ihre Mühe als eine Art Belohnung dafür ansehen, dass er sich gegen Merlin und seine Mutter gestellt hatte. Sie dachte wohl immer noch, dass er damit einen entgültigen Bruch vollzogen hatte. Oder hatte er das tatsächlich und wusste es selbst nur noch nicht so richtig?

»David?« Sie sah ihn mit hochgezogenen Brauen an.

David verwarf seinen Gedanken. »Ich – ich will mich gerade nicht unterhalten, okay?«

»Gut«, sagte sie und lächelte, was David vollkommen aus der Bahn warf. »Dann iss aber wenigstens etwas.«

»Mam, ich ...«

»Oder nimm was mit. Das soll mir gleich sein.«

David kniff die Augen zusammen. Was war denn jetzt auf einmal los? Irgendwas stimmte nicht. Seine Mutter würde doch niemals einfach so hinnehmen, wenn er sich gegen sie entschieden hatte.

»Mam? Was ist los?«, fragte er.

»Was soll los sein?« Sie lächelte ihn an.

»Du bis so – seltsam.«

Sie schob die Stirn in Falten. »Wenn du meinst, dass du dich vor dem Gespräch drücken kannst, dann hast du dich geschnitten. Aber dein Vater hat vielleicht recht, es muss nicht immer alles nach meinem Tempo gehen. Wir werden uns irgendwann die Tage zusammensetzen und über die Sache reden.«

David schluckte. Fast hätte er gefragt, worüber sie schon großartig reden sollten. Aber er verkniff sich die Frage im letzten Moment. Seine Mutter machte ihm ein Angebot und das sollte er auf keinen Fall ausschlagen. Der Gedanke an ein ernsthaftes Gespräch mit seinen Eltern über etwaige sexuelle Verfehlungen und sein Verhalten gegenüber seiner Mutter wurde dadurch nicht schöner, aber zumindest musste er sich jetzt im Vorfeld nicht damit auseinandersetzen. Also nickte er nur.

»Wieso willst du eigentlich zur Schule?«, fragte seine Mutter, während sie ihm das Frühstück einpackte.

»Warum nicht?« David zuckte mit den Achseln und tat so, als hätte er wirklich keinen bestimmten Grund.

»Ach, ich dachte nur, dass so ein paar Tage zusätzliche Freizeit sicher verlockend sein müssten. Also andere Kinder hätten sich bestimmt nicht freiwillig aus dem Bett gequält.«

David traute wieder seinen Ohren nicht. ›Andere Kinder!‹ Typisch für seine Mutter, dass er noch als Kind zählte. Er dachte kurz daran, ihr einfach zu sagen, dass er nicht zu Hause bleiben wollte, weil sie ja schließlich noch hier war. Aber das erschien ihm doch zu gemein. Sie gab sich offensichtlich Mühe. Trotzdem traute David dem Frieden nicht.

»Ich dachte, ich könnte vielleicht noch mal mit Merlin sprechen«, antwortete er schließlich. Damit würde er seine Mutter schon aus der Reserve locken.

»Oh«, machte sie und drehte sich zu ihm um. »Ich glaube, da kannst du gleich zu Hause bleiben.«

»Wieso?«, fragte er vollkommen verblüfft. Was wusste sie, was er nicht wusste?

»Ich glaube, unsere Nachbarn sind heute morgen ausgezogen. Zumindest ein Teil.« Sie legte eine Miene des Bedauerns auf, was David ihr aber nicht abnahm.

Das war es also! Sie musste sich nicht allein darauf verlassen, dass Davids Beziehung zu Merlin unter einem schlechten Stern stand, sondern sie hatte sogar die Gewissheit, dass sie sich vorerst nicht mehr so oft sehen würden. Aber, woher wusste sie das alles?

»Woher ...«, begann er, bekam die Frage aber nicht heraus.

»Diese Selma wurde heute morgen abgeholt. Berliner Kennzeichen. Und so wie es aussah, hat sie nicht nur Gepäck für einen Urlaub mitgenommen. Es tut mir leid.« Sie konnte trotzdem ein zartes Lächeln nicht verhindern.

»Und Merlin?«, fragte David ungläubig. »Er muss doch noch zur Schule hier!«

Seine Mutter zuckte mit den Achseln. »Ich habe ihn nicht gesehen, aber ich glaube kaum, dass seine Mutter ihn hier zurücklässt – bei diesem Mann.«

David konnte das alles nicht so schnell verarbeiten. Selma war heute morgen nach Berlin gegangen? Und Merlin war nicht dabei? Er konnte sich das natürlich ganz gut vorstellen, immerhin hatte Selma doch allen Grund, sich gegen Merlin zu entscheiden. Aber würde sie das tatsächlich tun? David schüttelte unbewusst den Kopf. Nein, sie würde ihn bestimmt mitnehmen. Nur dass ihm diese Erkenntnis noch weniger gefiel. Berlin! Vielleicht hatte sich seine Mutter ja auch nur vertan und es war ein Kennzeichen aus Bonn.

»Hier, dein Frühstück«, sagte sie und reichte ihm zwei Plastikdosen. »Ich bin mir sicher, es ist so das Beste für alle. Du kannst dich doch viel besser auf die Schule konzentrieren, wenn dieser Merlin nicht immer neben dir sitzt und ...«

»Du hast noch immer keine Ahnung, oder?«, fragte David grimmig.

Seine Mutter sah ihn prüfend an. Dann antwortete sie: »Oh doch, ich habe eine Menge Ahnung. Und ich weiß, dass es das Beste für dich ist.«

»Darüber können wir dann ja auch noch mal reden, wenn wir unser Familienkreuzverhör veranstalten«, sagte David.

Seine Mutter wollte noch etwas erwidern, aber David drehte sich einfach um und ging. Er wollte jetzt keine Diskussion. Er wollte nur Merlin.

109

»Hey, willst du nicht mal langsam aufstehen?«

Merlin kniff die ohnehin noch geschlossenen Augen zusammen, bevor er blinzelte, um zu sehen, wer da mit ihm sprach. Es war Christian.

»Man, du siehst fertig aus«, sagte der gerade und lachte. »Am Besten du verschwindest gleich mal ins Bad und – ähm, badest möglichst lange.«

Zerknirscht erhob sich Merlin aus seiner ungemütlichen Lage. Sein Körper war total verspannt. Aber immerhin wachte er nicht zu Hause auf. Wahrscheinlich hätte er auch nackt auf irgendeiner Verkehrsinsel geschlafen, nur um nicht nach diesem grauenvollen Tag bei seiner Mutter und Paolo aufzuwachen.

»Ich glaub, ich mach dir besser mal einen Kaffe, was?« Christian erhob sich und verschwand. Kurz darauf klapperte Geschirr und ein Wasserhahn war zu hören. Kaffe wäre jetzt in der Tat nicht schlecht, dachte Merlin. Dann bemerkte er, dass er vollkommen nackt unter der Decke lag. Sein Gehirn suchte sofort in den Erinnerungen an den gestrigen Abend nach einer verfänglichen Situation, konnte aber nichts finden. Überhaupt konnte er sich nicht so recht an das erinnern, was gestern geschehen war. Die Erinnerungsstücke, die ihm geblieben waren, verhüllten sich allesamt in einen dichten Mantel aus Nebel. Nichts bekam er richtig zu fassen. Das änderte aber kein bisschen daran, dass er genau wusste, was passiert war: Seine Mutter hatte ihn mit Paolo erwischt und es war grauenvoll gewesen. Wie er das Haus verlassen hatte, was danach passiert war, wie seine Mutter wirklich reagiert hatte, was mit Paolo war, all das konnte er nicht wirklich klar erinnern. Aber die Tatsache, dass das alles irgendwie passiert war, reichte ihm auch schon. Wahrscheinlich war es sogar besser für ihn, wenn manche Details im Dunklen blieben.

Christian kam mit einer Tasse zurück. Merlin zog schnell die Decke wieder über sich und konnte einen fragenden Blick nicht verhindern.

»Keine Bange, ist nichts passiert«, sagte Christian sofort und reichte ihm die Tasse. »Ich kann mir Erotischeres vorstellen, als vollgekotzte Jungs abzuschleppen.«

Merlin versuchte ein Lächeln, aber es wollte nicht gelingen. Er konnte sich nicht daran erinnern, dass er sich übergeben hatte. Aber er wollte genausowenig nach Einzelheiten fragen. Also nippte er an der Tasse und bekam etwas von dem heißen Getränk mit köstlichem Milchschaum darauf zu schmecken.

»Warum machst du das überhaupt?«, fragte Merlin.

»Na, ich mag den normalen Kaffee eben nicht so gern, außerdem macht so eine Espressomaschine ja schon was her.«

»Das meine ich nicht.«

»Ich weiß«, antwortete Christian.

Sie schwiegen eine Weile, während Merlin den Kaffee trank und sich mehrfach dabei verbrannte.

»Ich hoffe einfach, dass du dich irgendwann doch noch in mich verliebst«, sagte Christian schließlich. »Ich meine, welcher Typ nimmt dich schon von oben bis unten besudelt mit nach Hause, wäscht deine Klamotten und bringt dir auch noch Kaffee ans Bett?«

Merlin musste wohl sehr dumm geschaut haben, weil Christian augenblicklich in schallendes Gelächter ausbrach.

»Man, dein Gesicht hättest du gerade sehen sollen, Kleiner!«

»Ach«, machte Merlin, der immer noch nicht so recht wusste, wie er das einordnen sollte.

»Ich mag dich einfach, okay?« Christian drückte einmal kurz beide Augen zu und lächelte gönnerhaft. »Das ist alles.« Dann räusperte er sich und fügte noch an: »Ach ja, und ich erwarte keinerlei Gegenleistung. Nur für den Fall, dass du dir Gedanken über mein Sexualleben machen solltest, ich habe vorgestern jemanden kennengelernt. Scheint was Ernstes zu werden, obwohl man das ja nie so genau weiß.«

Merlin nickte. Das war alles ein wenig viel so früh am morgen und nach einem solchen Tag wie gestern.

»Bevor ich es vergesse: Wie lang gedenkst du hierzubleiben?«, fragte Christian. »Nicht dass ich dich loswerden will, aber ...« Er schaute mit einem Mal verlegen. »Ich hatte gedacht, dass ich meine neue Eroberung mit hierherbringen könnte am Wochenende. Ich meine, es wäre kein Problem, wenn du trotzdem da wärst, aber ...«

»Kein Problem«, sagte Merlin schnell. »Ich – ich musste nur ...« Ja was? Was musste er nur? Er wollte von zu Hause weg und möglichst viel Entfernung zwischen sich und seine Mutter bringen, um das alles einigermaßen zu verdauen. An was für eine Zeitspanne hatte er da gedacht? Sowas war doch nicht von heute auf morgen gegessen, da brauchte es doch schon ein wenig mehr Abstand, oder nicht?

»Schon gut«, sagte Christian. »Du kannst so lang bleiben wie du willst, wenn es dich nicht stört, dass ich mich nicht die ganze Zeit um dich kümmern kann, okay?«

Merlin wurde rot.

»Das bekommen wir schon irgendwie hin«, fügte Christian an. Aber Merlin bemerkte zum ersten Mal, dass es Christian doch nicht so recht war. Er führte auch ein eigenes Leben, ob Merlin das nun glauben konnte oder nicht. Christian war auch nur ein Mensch und würde gewiss nicht ewig auf eine unerwiderte Liebe warten. Merlin grinste. Und das war gut und okay. Trotzdem ergab sich daraus natürlich das Problem, dass er ihm nicht länger auf die Nerven gehen konnte, als gerade nötig. Womit er wieder bei seinem ultimativen Problem war: Was nun?

»Mach dir nicht so viele Gedanken«, sagte Christian und wuschelte ihm durchs Haar. »Geh lieber endlich baden, damit ich hier aufräumen kann und du wieder wie ein normaler Schwuler riechst und nicht wie ein Penner.«

Merlin wurde wieder rot. Schnell erhob er sich, wobei er darauf achtete, die Decke um seinen Körper zu halten.

»Du weißt ja wo alles ist«, rief Christian noch, als Merlin ins Bad verschwand.

Merlin lehnte sich erleichtert gegen die geschlossene Tür und legte den Kopf in den Nacken. Egal was auch in seinem Leben vorging, er musste sich abgewöhnen, bei Problemen Christian aufzusuchen. Sicher, er würde nicht nein sagen, wenn es noch mal vonnöten sein sollte. Aber Merlin fühlte sich nicht wohl bei dem Gedanken, ihn in Anspruch zu nehmen. Er musste endlich allein mit seinem Leben klarkommen. Dann hörte er draußen sein Handy klingeln. Noch kein bisschen frischer verließ er wieder das Badezimmer, um das Telefon aus seiner Tasche hervorzukramen.

»Das war ja ein schnelles Bad«, spöttelte Christian, während er das Laken von der Couch zog.

»Geht bei mir immer so flott«, sagte Merlin geistesabwesend. Dann schaute er auf das Display, auf dem zwei Buchstaben aufleuchteten: ›Ma‹. Er schluckte schwer. Christian sah ihn fragend an, schien aber sofort zu wissen, dass es wichtig war. Merlin schloss die Augen. Sollte er wirklich drangehen? Aber noch bevor er sich diese Frage gestellt hatte, drückte sein Daumen auf die Annahmetaste und er hob das Telefon an sein Ohr.

»Ja?«, sagte er tonlos.

»Ich bin's, deine Mutter.« Selmas Stimme wurde von Fahrgeräuschen überlagert. Also befand sie sich in einem Auto.

»Ja«, bestätigte Merlin.

»Ich wollte nur wissen, wo du bist und wie es dir geht.«

»Gut, ich bin bei Chris.« Merlin wusste nicht, was er sonst noch sagen sollte. Konnte er wirklich fragen, wie es ihr ging, ohne dabei lächerlich zu wirken? Wie sollte es ihr schon gehen nach einem Abend wie gestern?

»Wie lange wirst du bleiben?«

»Ich weiß nicht.«

»Gut, ich bin auf dem Weg nach Berlin. Heute komme ich bestimmt nicht mehr zurück. Aber morgen im Laufe des Tages. Sag mir, wo wir dich abholen können.«

Fast hätte Merlin das Handy fallen lassen. Berlin! Und sie hatte ›wir‹ gesagt! Das konnte nur bedeuten, dass sie ihren Vater alarmiert hatte. Merlin wurde wieder schlecht. Seinen Großvater kannte er so gut wie ausschließlich von alten Fotos und einigen wenigen Erzählungen seiner Mutter, die allesamt nicht ganz so berauschend waren. Fakt war, die beiden hatten alles andere als ein gutes Verhältnis.

»Merlin!«, sagte seine Mutter scharf. »Wo können wir dich morgen abholen?«

»Ich werde zu Hause sein«, sagte Merlin wie hypnotisiert. »Soll ich meine Sachen packen?«

»Das habe ich schon zum größten Teil getan. Aber schau lieber noch mal durch.«

»Ja«, sagte Merlin. Dann wartete er, bis seine Mutter ohne ein Wort zum Abschied aufgelegt hatte.

»Was ist los?«, fragte Christian und riss ihn in die Realität zurück.

»Das – das war meine Mutter«, sagte er noch immer vollkommen aus der Bahn geschmissen. »Sie will mich morgen abholen. Wir ziehen zu meinem Großvater nach Berlin.«

Christian machte ein verdutztes Gesicht. »Einfach so?«

»Einfach so«, bestätigte Merlin.

110

David bleib auf der Straße stehen und sah zu Merlins Haus rüber. Genaugenommen war es ja Paolos Haus. Wenn Merlin ein Haus hätte, wäre sicher so manches nicht passiert, was nun passiert war. Wieder dachte er daran, wie schön es doch wäre, wenn er einfach ganz normal mit Merlin zusammensein könnte. Sie hätten eine gemeinsame Wohnung und alles wäre ganz normal. Nur leider lief das Leben nicht immer so, wie man es sich wünschte. Und in Davids Fall lief es ganz und gar nicht so.

Er überlegte kurz, ob er nicht doch mal klingeln sollte. Vielleicht machte ihm ja wie durch ein Wunder Merlin die Tür auf und bat ihn hinein. Dann müsste er auch nicht zur Schule. So aber war die Schule der einzige Ort, an den es sich heute zu gehen lohnte. Insgeheim hatte er nämlich die Hoffnung, dass Merlin doch dort auftauchen würde. Er konnte doch nicht einfach so alles aufgeben und nach Berlin ziehen. So ging das nicht. Erst musste er sich hier abmelden und womöglich ging ihm sogar ein Jahr verloren, je nachdem wie ungünstig sich das alles gerade traf. Nein, David war sich eigentlich ziemlich sicher, dass er Merlin heute in der Schule antreffen würde, auch wenn seine Mutter ihn deutlich verunsichert hatte.

Als er aber später an seinem Platz saß und Merlin weder in der ersten noch in der zweiten Stunde auftauchte, musste er sich eingestehen, dass seine Mutter wohl doch recht hatte. Trotzdem konnte er sich nicht vorstellen, wie Merlin den Schulwechsel so ohne weiteres vollziehen wollte. Oder hatte er etwa vor, gar nicht mehr zur Schule zu gehen? Immerhin sagten die Lehrer doch andauernd, dass man nicht mehr verpflichtend zur Schule ging, sondern nunmehr freiwillig. Konnte man da einfach so mir nichts dir nichts aufhören? David wollte es nicht glauben. Er musste Merlin noch mal wiedersehen. Aber er hatte nicht mal seine Telefonnummer.

Der Pausengong sorgte heute weder für Freude noch Erleichterung bei David. Die anderen Schüler packten schnell ihren Kram zusammen und liefen hinaus. David fiel auf, dass er seine Bücher nicht mal ausgepackt hatte. Also nahm er seine Tasche und schob sich einfach zu den anderen. Völlig desinteressiert ließ er sich von ihnen auf den Schulhof spülen, wo er orientierungslos in der Sonne stehen blieb und nicht wusste, was er nun machen sollte.

»Hey, wo ist denn dein Schatzi?«, fragte Jan und grinste ihn dumm von der Seite an.

David beschloss, nicht darauf zu reagieren. Doch Jan schien sich in den Kopf gesetzt zu haben, jetzt ein Gespräch mit ihm führen zu müssen.

»Ich wollte nur sagen, dass mir das im Grunde egal ist mit euch. Ich meine, toll, dann seid ihr halt schwul. Solange ihr mich nicht anmacht, ist doch alles okay.«

David sah Jan ernst an. Wie konnte dieser Hampelmann nur andauernd so einen Mist daherlabern? Wenn man es genau betrachtete, konnte Jan mühelos als superschwul durchgehen mit seinen trendig gestylten Haaren und den Klamotten im Retrostyle. Aber David beschloss ihn deswegen nicht aufzuziehen. Sollte er doch machen und denken, was er für richtig hielt.

»Bist heute wohl nicht so gesprächig, was?«, fragte Jan unsicher.

»Könnte hinkommen«, meinte David und ließ den Klassenclown stehen.

»Man, was wollte der denn schon wieder?«

David drehte sich zur Seite und sah Linda, die sich ihm angeschlossen hatte.

»Keine Ahnung«, murmelte er.

»Wahrscheinlich hat er sich in dich verschossen oder was. Echt schlimm! Ich sag dir, wenn der nicht schwul ist, dann lass ich mich piercen!«

David konnte ein Lachen nicht unterdrücken.

»Was ist? Findest du, das steht mir nicht?« Linda setzte ein freches Grinsen auf. »Muss ja nicht gleich für alle sichtbar sein. Gibt ja ein paar Stellen, die ein wenig geheimer sind.« Sie zwinkerte.

»Und was macht das nun für einen Sinn, sowas zu wetten, wenn du eh vorhast, dich durchlöchern zu lassen?«

Lindas Grinsen wurde noch breiter. »Was macht ein Piercing für einen Sinn?«

David zuckte mit den Achseln.

»Na siehst du, dann passt doch wieder alles zusammen«, sagte sie und lachte laut. Dann wurde sie plötzlich vertraulich: »Sag mal, weißt du was mit Merlin los ist?«

David schluckte. Natürlich, Linda redete mit ihm, damit sie etwas über Merlin herausbekam. Wahrscheinlich hatte er ihr schon längst alles erzählt und sie wollte nun prüfen, inwieweit er damit zu tun hatte. Er schüttelte den Kopf.

»Ich habe eine voll komische SMS von ihm bekommen.« Sie zog ihr Handy aus der Hosentasche und hielt es ihm vor die Nase. David blinzelte. Aufgrund der Sonneneinstrahlung konnte er nichts auf dem Display erkennen.

»Er schreibt«, fing Linda an zu erklären, »dass er erst mal eine Zeit lang bei Christian leben wird.« Sie sah ihn mit zusammengezogenen Brauen an. »Wer ist dieser Christian überhaupt?«

»Wohl einer seiner Freunde«, sagte David so belanglos wie möglich. »Ich kenne ihn jedenfalls nicht.«

»Was ist passiert?«, fragte Linda. »Bei euch stimmt doch was nicht.«

David wusste nicht, was er sagen sollte. Vor allem wusste er nicht, wie viel Linda wusste, und ob sie überhaupt etwas wissen sollte.

Linda ließ nicht locker: »Seid ihr noch zusammen?«

David hob die Schultern langsam an und ließ sie wieder sinken.

»Verdammt, ich hab's gewusst. Also hat er es dir erzählt, oder?«

»Was erzählt?«, fragte David automatisch.

Linda sah ihn mit großen Augen an. Sie schien abzuwägen, ob sie ihm wirklich sagen sollte, was sie wusste, oder besser nicht. Dann entschied sie sich aber für einen Sprung ins Wasser.

»Er hat mir gestern gesagt, dass er wohl nicht immer – treu ist.« Ihre Augen tasteten ihn nach seiner Reaktion ab und drückten schließlich Erleichterung aus, als sie das sahen, was sie gehofft hatten: David wusste Bescheid, sie hatte nichts kaputt gemacht.

»Ja, ich weiß es«, sagte David.

»Ich wusste gestern nicht, was ich tun sollte«, stammelte Linda plötzlich. »Ich meine, da kommt er auf einmal so daher und sagt mir, dass er neben dir noch einen anderen hat. Er weiß doch, wie ich zu solchen Dingen stehe! Ich habe ihm erst mal kein Wort geglaubt, weil ich nicht glauben konnte, dass er auch so ein – Schwein ist.« Ihre Hände griffen nach seinen. »Und dann sagt er mir am Ende, dass er nicht nur dich betrügt, sondern auch – seine eigene Mutter. Ich meine, was erwartet er von mir? Ich kenn sie doch, ich weiß doch, was das für eine tolle Frau ist. Und da kommt er einfach so damit um die Ecke, dass er mit dem Freund seiner Mutter schläft!«

»Linda?«, fragte David. Es war ihm unheimlich, dass Linda sich immer mehr in die Sache hineinsteigerte. Ihre Stimme war immer lauter und schriller geworden.

»Was?«, fragte sie schon fast panisch.

»Beruhige dich, okay? Muss ja nicht gleich der ganze Schulhof wissen.«

Sie biss sich auf die Lippen. Dann sagte sie: »Das, was ich gestern erlebt habe, gehört zu den seltsamsten und unheimlichsten Dingen, die mir je passiert sind, David.« Sie lächelte kurz. »Ich habe mich entschlossen, dass ich Merlin glaube und gestern abend versucht, seine Mutter zu erreichen. Ja, ich wollte ihr alles erzählen. Ich meine, man muss ja nichts behaupten, aber ich hätte ihr zumindest sagen können, dass mir Merlin sowas gesagt hat.«

Sie schwieg plötzlich.

»Ja und?«, fragte David ein wenig ungeduldig. Er konnte sich nicht vorstellen, weshalb Linda so aus dem Häuschen war. Offensichtlich wusste sie ja über alles bestens Bescheid.

»Ich habe angerufen und hatte ihn am Draht«, sagte sie. In ihrem Gesicht spiegelte sich blankes Entsetzen. »Ich habe ihn noch nie gesehen, aber als er gestern am Telefon war, wusste ich ganz genau wie er aussieht.«

David musste lächeln.

»Ich weiß, dass sich das irgendwie verrückt anhört«, sagte Linda, »aber es war ein ekelhaftes Gefühl. Mein ganzer Körper stand unter Spannung und ich hatte überall eine Gänsehaut. Es fühlte sich an, als könnte ich jeden Moment durchs Telefon in seine Klauen fallen.«

David dachte über die Beschreibung des Gefühls nach. So ähnlich hatte es sich tatsächlich angefühlt, als er sich von Paolo in dessen Büro hatte küssen lassen.

»Und was hat er gesagt?«

Linda schnappte nach Luft. »David, ich bin mir total sicher, dass ich nichts gesagt habe am Telefon!« Ihre Hände drückten seine mit einer Kraft, die David ihr nicht zugetraut hatte. »Ich bin mir total sicher. Er hat sich gemeldet und ich habe sofort gewusst, dass er es ist und nichts gesagt.«

David nickte. »Was hat er denn gesagt?«

»Er hat meinen Namen gesagt und gefragt, ob ich weiß, wer bei diesem Spiel sterben soll!«

»Das ist doch Schwachsinn«, sagte David und machte sich von Linda frei. Die nächste Stunde hatte schon längst begonnen und sie mussten schleunigst hoch.

»David!«, schrie Linda.

Er blieb stehen. Es erschütterte ihn, dass sie sich in ihre kleine Horrorgeschichte dermaßen hineinsteigern konnte.

»David, bitte« Ihre Stimme hatte wieder normale Lautstärke angenommen. »Du musst mir glauben. Er wusste meinen Namen. Einfach so.«

»Vielleicht haben sie ein Telefon mit Rufnummerübertragung und Merlin hat sie unter deinem Namen eingespeichert.«

Linda sah ihn entgeistert an. »Das – du ...« Sie brach ab.

David grinste. Damit hatte sie nicht gerechnet. Trotzdem machte er sich in den nächsten beiden Stunden eine Menge Gedanken darüber, was Linda ihm in der Pause aufgetischt hatte. Die Energie, die sie in ihren kleinen Vortrag gesteckt hatte, wirkte noch nach.

111

»Warum konnte dein Sohn nicht gleich mitkommen?«, fragte Hans in gereiztem Tonfall.

Selma schloss die Augen und atmete durch. Ihr Vater hatte ja recht. Wieso lief gerade eigentlich alles schief? Wenn sie darauf eine Antwort hätte, würde sie wahrscheinlich erst gar nicht in diesem Wagen sitzen und sich solche Fragen stellen.

Dann spürte sie die Wut auf ihren Vater. Wie immer kehrte er seine typische Haltung hervor, die ihr stets den Vorwurf zu machen schien, dass sie nicht in der Lage war, irgendwas richtig zu machen. Sie öffnete die Augen wieder und verstaute das Mobiltelefon in ihrer Handtasche. Das Schlimmste war, dass er ja so recht hatte!

»Ist dein Sohn bei einer Freundin?«, fragte Hans und erinnerte Selma an das Gespräch. Seine Stimme zumindest klang nun ein wenig versöhnlicher. Er gab sich Mühe, das merkte sie. Dennoch würde sie sich keine Hoffnungen machen. Ihr Vater war und blieb ein Mistkerl.

»Mein Sohn ist zufällig dein Enkel und heißt Merlin«, sagte sie schließlich, während sie sein Profil betrachtete. Er war alt geworden. Seine Wangen hatten seit dem letzten Mal, da sie sich gesehen hatten, deutlich an Fülle verloren und hingen nun schlaff herunter. Das Haar war fast komplett ergraut. Aber er sah dennoch gut aus, sehr gepflegt und – darauf legte er wahrscheinlich den größten Wert – reich.

»Du weißt, dass ich mir solche Namen nicht merken kann.« Er setzte zu einem Überholmanöver an.

»Merlin hat keine Freundin«, sagte Selma. Am liebsten hätte sie ihm auch gesagt, dass ihr Sohn sich überhaupt nichts aus Frauen machte und sie das für absolut in Ordnung hielt. Aber damit hätte sie Merlin in seiner Freiheit beschnitten und wahrscheinlich einen Unfall bei Tempo hundertfünfzig provoziert.

»Ich verstehe das nicht«, sagte Hans und klang wieder verärgert. »Du weißt doch, wie teuer der Kraftstoff wieder geworden ist ...«

»Du kannst es dir leisten«, erinnerte Selma ihren Vater an sein prall gefülltes Bankkonto.

»Bleibt nur die Frage, ob ich es mir wirklich leisten will.«

Selma seufzte. »Es tut dir nicht weh und dir bricht auch kein Zacken aus der Krone.« Sie musste unwillkürlich grinsen. »Außerdem wird es mal Zeit, dass du Merlin kennenlernst. Dann kannst du dir auch seinen Namen merken.«

Selma war davon überzeugt, dass sich ihr Vater gut mit Merlin verstehen würde. Und genau das war es wahrscheinlich, was ihm am meisten Angst machte. Er versteckte sich viel lieber hinter seinem Schutzschild aus Gemecker. Aber wenn er erst mal eine Weile mit Merlin unter einem Dach wohnte, dann würde er schon irgendwann auftauen. Vielleicht konnte ihm Merlin noch eine ganz andere Sicht auf das Leben geben. Sie selbst hatte es damals aufgegeben, aber Merlin war noch unbelastet und würde in ihrem Vater sicher einen besseren Menschen sehen. Dann dachte Selma bitter daran, dass die beiden immerhin eine Gemeinsamkeit hatten: Sie gingen fremd.

»Und was macht dein Sohn gerade?«, fragte Hans. Es schien ihm keine Ruhe zu lassen, dass er den ganzen Weg noch mal für etwas zurücklegen musste, dass seiner Meinung nach nicht wichtig genug war.

»Er muss sich noch von der Schule abmelden.« Daran hatte sie überhaupt nicht mehr gedacht. Sie griff sofort wieder nach ihrer Tasche, um Merlin noch mal anzurufen und ihn darauf aufmerksam zu machen. Im letzten Moment fiel ihr aber ein, dass das wahrscheinlich ein wenig befremdlich auf ihren Vater wirken könnte. Also ließ sie es und machte sich eine Notiz auf ihren imaginären Merkzettel.

»Der arme Junge«, murmelte Hans vor sich hin.

»Bitte?« Selma versuchte ihr Stimme nicht zu spitz klingen zu lassen.

»Ich sagte: Der arme Junge!«

Selma schluckte. Sie wusste, dass sie jetzt nur wieder einen Streit provozieren würde, wenn sie sich auf diese Anmerkung einließ.

»Er ist einverstanden«, sagte sie schließlich betont ruhig.

»Weil er es nicht anders kennt.« Hans setzte eine verächtliche Miene auf.

Selma schwieg, die Zähne fest aufeinandergebissen.

»Im Grunde kenne ich ihn doch schon, oder nicht?«, lachte Hans plötzlich. »Dunkler Typ, weil du schon immer eine Vorliebe für Ausländer hattest, intelligent, aber vollgepumpt mit ätzenden Weisheiten und Naturesoterik, verweichlicht und hoffnungslos emotional, unfähig, seine Probleme zu bewältigen, anstatt vor ihnen davonzulaufen und am Ende womöglich noch schwul.«

Selma lachte kurz auf, dann sah sie starr aus dem Fenster und betrachtete die anderen Autos. Sie hatte es gewusst, ihr Vater war immer noch das selbe Arschloch wie früher. Nur dass sie mittlerweile erkannte, dass er gar nicht mal so falsch lag mit seinen Angriffen. Es konnte nicht überraschen, dass er den Grund für ihre Flucht erahnte. Sie hatte schon immer Probleme mit Männern gehabt und war seit jeher vor ihnen davongelaufen. Die traurige Statistik ließ sich bis zu ihrem Vater zurückverfolgen.

»Und habe ich recht?«, fragte Hans und grinste.

»Merlin kann nichts dafür«, sagte Selma. »Du kennst ihn nicht.«

»Natürlich kann er nichts dafür, du bist schließlich seine Mutter. Er hat es nicht anders gelernt. Wie lange willst du eigentlich bleiben?«

»Nicht lange«, sagte Selma sofort. »Wenn ich etwas anderes wüsste, würde ich dich nicht bemühen, glaub mir.«

»Du hast mir immer noch nicht vergeben«, stellte Hans fest. »Noch eine deiner Macken.« Er lachte. »Starrköpfig, verbohrt und das Gedächtnis eines Elefanten.«

Selma schloss wieder die Augen. Vor ihr tauchte das Bild ihrer Mutter im Sterbebett auf, während Hans sich mit einer anderen Frau traf. Wie sollte sie das jemals verzeihen können? Ihr Vater hatte ihre Mutter zu Lebzeiten betrogen und auch nicht aufgehört, als sie schließlich krank geworden war und im Sterben lag. Immer wieder hatte sie sich in der Vergangenheit gefragt, was das für ein Mensch sein musste, ihr Vater. Heute konnte sie sich die gleiche Frage zu Merlin stellen und würde ebenfalls keine Antwort finden. Ihr Blick ging starr nach vorn. Es war für sie immer noch unfassbar. Merlin und Paolo. Wie konnte Paolo überhaupt ... Sie brach den Gedanken ab, bevor sich Bilder dazu in ihrem Kopf formten.

»Hätte ich es ihr sagen sollen?«, fragte Hans unvermittelt.

Selma war dankbar, dass sie aus ihren Überlegungen gerissen wurde. »Was?«, fragte sie.

»Hätte ich ihr sagen sollen, dass es neben ihr auch immer andere Frauen gegeben hatte?«

»Natürlich!«, brach es aus Selma heraus. »Wahrscheinlich hätte sie dich verlassen und ein anderes Leben angefangen. Du hast ihr die Chance genommen.«

Hans schwieg lange. Dann sagte er: »Ich habe es ihr nie gesagt, weil ich sie nicht verletzen wollte.« Er machte ein Pause bevor er fortfuhr. »Ich hatte eine solche Angst davor, ihr weh zu tun, dass ich es einfach nicht geschafft habe. Und als sie schließlich krank wurde, stand für mich fest, dass ich es ihr niemals sagen konnte.«

Selma schwieg. Schließlich fragte sie aber doch: »Warum hattest du überhaupt etwas mit anderen?«

»Ich weiß es nicht«, sagte Hans. »Wahrscheinlich bin ich einfach kein Mann für eine einzige Frau allein.«

Selmas Hände ballten sich zu Fäusten. Wie sie solche Sprüche hasste. War Merlin etwa auch ein Mann geworden, der sich nicht mit einem einzigen Menschen begnügen konnte und immer wieder betrügen würde?

»Ich habe sie geliebt, trotz allem.« Er räusperte sich. »Und ich denke, ich habe mich richtig entschieden, sie in dem Glauben sterben zu lassen, dass sie allein mich glücklich gemacht hat.«

Tränen schossen völlig unerwartet in Selmas Augen. Hastig griff sie nach ihrer Tasche und zerrte eine Packung Taschentücher hervor.

»Es tut mir leid«, sagte Hans leise.

»Schon gut.« Selma hielt sich die Hände vors Gesicht. »Schon gut«, wiederholte sie.

112

David klingelte. Nichts rührte sich im Haus. Er drückte den Klingelknopf noch mal. Aber auch hierauf blieb es still. Trotzdem konnte David nicht so einfach gehen. Unsicher warf er einen Blick über die Schulter zurück. Fast befürchtete er, dass seine Mutter ihn durch das Küchenfenster beobachtete. Er betätigte die Schelle zum dritten Mal. Innerlich zählte er die Sekunden herunter. Es half nichts. Weder Merlin noch Selma waren zu Hause. Eigentlich hatte David mit nichts anderem gerechnet, trotzdem war er enttäuscht. Nicht mal Paolo war da und konnte ihm die Nummer von Merlins Handy geben. Niedergeschlagen wandte er sich ab und ging über die Straße. Nach kurzem Überlegen entschloss er sich aber, doch noch nicht nach Hause zu gehen. Entschieden eilte er die Straße hinunter zur Hauptstraße. Dort bog er nach rechts ab, entgegen der Richtung, die ihn zu dem Fitnesscenter führte, in das er und Merlin nun doch nie gemeinsam gehen würden. Als er an der Kreuzung am Ende der Straße ankam, überlegte er kurz. Dann fiel ihm der Weg wieder ein. Eine halbe Stunde später stand er vor dem großen Bürogebäude, in dem jetzt sein Vater und Paolo saßen und arbeiteten. David zögerte, bevor er schließlich die Empfangshalle betrat. Die blonde Empfangsdame grüßte ihn mit einem Lächeln. Irgendwie hatte David erwartete, dass sie ihn fragen würde, was er denn wollte, aber das tat sie nicht. Sie ließ ihn einfach zu den Aufzügen gehen, als wäre er schon fester Mitarbeiter.

Die Aufzugtüren glitten auseinander und David stieg ein. Er dachte daran, wie er gestern mit Paolo zusammen hier gestanden hatte. Es war unangenehm gewesen, aber jetzt im Nachhinein empfand er den Gedanken daran als spannend. Wenn er sich jetzt vorstellte, dass er diesen Mann gestern noch geküsst hatte, konnte er es kaum glauben. Fast schien es so, als hätte er das lediglich geträumt, so surreal kam ihm die Vorstellung vor.

Der Aufzug setzte sich in Bewegung. Gleich würde er Paolo wiedersehen. Und plötzlich wusste er gar nicht mehr, ob er überhaupt stark genug war, diesem Mann noch mal in die Augen zu schauen. Sicher, er hatte den ersten Schritt gemacht, aber David war derjenige, der sich letztlich hatte küssen lassen. Konnte er jetzt einfach so tun, als wäre nichts geschehen? Wie sollte er reagieren, wenn Paolo ihn darauf ansprach?

Die Türen öffneten sich und vor ihm breitete sich der Flur der Elco GmbH aus. David holte tief Luft und entschied sich, dass er sich durch solche Gedanken nicht von seinem Vorhaben abbringen lassen durfte. Wie realistisch war es, dass Paolo ihn ausgerechnet darauf ansprach? Wahrscheinlich war es ihm ja selbst unangenehm. Zumindest sollte man das meinen.

David betrat die Geschäftsräume. Niemand hielt ihn auf, niemand fragte, was er denn hier suchte. Alles war beschäftigt. Einen Moment überlegte er, ob er bei seinem Vater vorbeischauen sollte, entschied sich dann aber dagegen. Er wollte Merlins Nummer in Erfahrung bringen, er durfte keine Zeit verschwenden. Trotzdem ging er alles andere als zielstrebig in den Trakt, in dem sich die Büros der Geschäftsführung befanden. Erleichtert stellte David fest, dass sein Vater gar nicht anwesend war. Sicherlich hatte er eines dieser Meetings, von denen er vor ein paar Tagen beiläufig erzählt hatte. Irgendwas zur Einarbeitung in den Betrieb.

Die Tür zu Paolos Büro war geschlossen. David dachte daran, was Paolo ihm über das Eintreten in sein Büro gesagt hatte. Ohne Voranmeldung lief nichts. Vielleicht saß er ja gerade mit seinem Vater in einer Besprechung. David überlegte, ob er sich einfach auf einen der Sessel setzen sollte, die hier in allen Ecken zu finden waren. Er könnte sich eine Zeitschrift nehmen und warten, bis Paolo für ihn Zeit hatte. Aber dann war es womöglich schon zu spät. David runzelte die Strin. Zu spät wofür? Merlin war doch eh schon längst weg. Als er aber einen Moment darüber nachdachte, bemerkte er, dass er irgendwie glaubte, Merlin würde doch noch nicht auf dem Weg nach Berlin sein. Irgendwas sagte ihm, dass es noch Hoffnung gab. Aber wie würden seine Chancen stehen, dass er ihn davon überzeugen konnte, hier zu bleiben? Und wollte er das überhaupt? Selbst wenn Merlin nicht mit seiner Mutter gehen würde, so konnte er doch wohl unmöglich weiter bei Paolo wohnen bleiben. Der Gedanke machte David ganz krank. Nein, er wollte nur nachfragen, wie es Merlin ging und ... Er wusste auch nicht. Aber er wollte mit ihm telefonieren, er musste.

David gab sich einen Ruck und ging auf die Tür zu. Ohne zu Überlegen streckte er die Hand aus und drückte die Klinke hinunter. Für einen Augenblick war er sich sicher, dass abgeschlossen sein würde. Doch die Tür schwang auf. Paolo sah ihm geradewegs in die Augen.

»Ah ...«, machte David kraftlos. Paolos Blick wirkte wie ein betäubender Schlag. Es schien Ewigkeiten zu dauern, bis er aus seiner Starre wieder freikam.

»Ich, äh ...« Er konnte nicht weitersprechen. Irgendwie fühlte sich sein Kopf absolut leer an. Und Paolos Augen stachen immer noch auf ihn ein, ließen ihn keine Sekunde außer Acht. Eine aufmerksame Stimme in David bemerkte, dass Paolo ihm schon in die Augen geschaut hatte, noch bevor er wissen konnte, wer gleich das Zimmer betreten würde. Doch David registrierte diesen Einfwurf nicht. Das waren die üblichen albernen Gedanken.

»Besuch!«, sagte Paolo und lächelte mit unnatürlich weit auseinandergezogenen Mundwinkeln. »Wie schön.«

»Ich – ich ...« David dachte daran, sich für sein plötzliches Eindringen zu entschuldigen, aber die Worte wollten nicht über seine Lippen.

»Schon okay«, sagte Paolo und erhob sich aus seinem Sessel. David bemerkte, dass der Schreibtisch leer war. Nicht ein einziges Blatt befand sich darauf. Der Laptop, der neben der Kaffeetasse stand, war zugeklappt. Das alles sah kein bisschen nach Arbeit aus, dachte David irritiert. Saß man in einer solchen Position einfach nur an seinem Schreibtisch und wartete darauf, dass endlich jemand den Mut hatte, durch die Tür zu stürmen?

»Ich hab schon auf dich gewartet.« Paolo lächelte während er an ihm vorbeiging. Mit einem schwungvollen Stoß warf er die Tür zu. David blieb starr stehen. Was hatte das zu bedeuten? Wie konnte Paolo auf ihn gewartet haben? Sie hatten doch nichts ausgemacht.

Vorsichtig legten sich Hände auf Davids Schultern und griffen bestimmend zu.

»Ich wollte – also«, sagte David schnell und drehte sich um, »ich brauche Merlins Handynummer.« Erleichtert registrierte er, dass Paolo keinen weiteren Versuch unternahm, ihn anzufassen. Dennoch spürte er noch immer seine Hände auf den Schultern, als lägen warme Gewichte auf ihnen.

»Merlin hat ein Handy?«, fragte Paolo und grinste kalt.

»Ja«, sagte David. »Ich ...« Erst jetzt verstand er, was Paolos Aussage für ihn bedeutete. Entweder hatte er tatsächlich keine Ahnung von Merlins Mobilnummer, oder aber er wollte sie ihm nicht geben. Letztere Möglichkeit brachte David ein wenig aus dem Konzept.

»Ja?« Paolo setzte einen mäßig interessierten Gesichtsausdruck auf.

»Ich dachte, dass du ...« Plötzlich kam ihm das ›Du‹ absolut komisch vor und er stockte. Es dauerte einen Augenblick, bis er weitersprechen konnte: »Vielleicht kannst du mir da weiterhelfen?«

»Ich habe seine Nummer nicht«, sagte Paolo und zwinkerte ihm unpassenderweise zu.

»Habt ihr nicht so ein Telefonbuch zu Hause, wo alle Nummern drin stehen?«

»Kann schon sein.« Paolo wirkte gelangweilt. »Wenn du willst, können wir ja mal nachschauen.«

»Nachschauen?«, fragte David überrascht.

»Ja, ich habe gerade eh nichts zu tun. Den ganzen Tag langweile ich mich schon zu Tode.« Paolo schnappte geschwind seinen Aktenkoffer und deutete ihm zu gehen.

David war total perplex. Irgendwie kam ihm das ziemlich befremdlich vor. Aber es machte auch Eindruck. So war es also, wenn man der Chef von einem solchen Laden war. Niemand konnte einem etwas sagen und man nahm einfach mal so eine Auszeit wenn man gerade wollte. Trotzdem schien ihm das mit der Langeweile nicht ins Bild zu passen.

Paolo schnaubte und ging ungeduldig an ihm vorbei. David sah ihn verwirrt an. Er konnte nicht recht begreifen, weshalb Paolo sich plötzlich so genervt gab.

»Sag mal ...«, begann Paolo unerwartet und drehte sich wieder zu ihm. Sein Ausdruck hielt sich wieder typisch zwischen freundlichem Lächeln, Lüsternheit und Spott. Er sah ihn einen Moment forschend an.

David kam näher. »Ja?«

»Hat es dir gefallen?«, fragte Paolo wobei seine linke Augenbraue kurz nach oben zuckte, was keinen Zweifel ließ, wovon er redete.

David wurde rot. Vorhin hatte er noch darüber nachgedacht und sich eingeredet, dass Paolo ihn nicht darauf ansprechen würde. Aber als hätte dieser seine verborgenen Befürchtungen ausgelotet, traf er mit dieser Frage genau ins Schwarze.

»Schon gut«, sagte Paolo leise, ich erzähle es keinem. Er zwinkerte. Dann reichte er ihm seine Hand.

David zögerte. Er wusste was passieren würde, wenn er diese Hand nahm. Wollte er das wirklich? Er rief sich in Erinnerung zurück, dass er eigentlich nur wegen Merlin hier war. Er wollte die Nummer haben, mehr nicht. Aber war er letztlich nicht deshalb hier, weil Merlin einfach zu schwach war?

Ehe er sich versah, spürte David, wie sich Paolos Finger um seine Hand schoben und zugriffen. Er wurde nach vorn gezogen. Die Augen geschlossen, landete sein Mund auf dem von Paolo. Dann öffnete sich die Tür.

»David!«

David zuckte zusammen. Die Stimme seines Vaters ließ ihn aus Paolos Fängen wieder auftauchen.

113

Hanne konnte ihr Glück kaum fassen. Lächelnd stand sie in der Küche und wusch mit Begeisterung die Schränke ab. Sie sprühte förmlich vor Energie, dass es ihr ein Leichtes war, die Hausarbeit ein wenig auszudehnen. Wie positiv sich doch eine gute Nachricht auf das Gemüt auswirken konnte. Endlich war die Gefahr gebannt, endlich hatten sie ihren David wieder zurück. Natürlich machte sie sich nichts vor. Die Sache war dennoch ernst, immerhin hatte David mit diesem Jungen ein Verhältnis gehabt. Hanne konnte sich das noch immer nicht richtig vorstellen – oder wollte es erst gar nicht. Jedenfalls glaubte David wohl noch immer, in diesen Merlin verliebt zu sein. Doch das würde sich mit der Zeit legen. Die Zeit war einfach stärker und begrub unerwiderte Leidenschaften unter sich. Wahrscheinlich hatte das alles so oder so ein Ende, wenn David die erste Freundin mit nach Hause brachte. Sicher, momentan glaubte er noch daran, homosexuell zu sein. Doch das würde sich mit der Zeit geben, da vertraute sie voll und ganz Ansgars Worten. Manchmal war Erwachsenwerden auch mit Komplikationen verbunden. Hanne empfand diese Art von Komplikation zwar als äußerst unangenehm, aber andere Eltern hatten auch mit Problemen zu kämpfen. Und die Sterne standen letztlich wider Erwarten gut für sie.

Sie sah auf die Uhr und runzelte die Stirn. Eigentlich hätte David schon längst wieder zu Hause sein müssen. Kurz überlegte sie, ob er womöglich doch in der Schule auf diesen Merlin gestoßen war. Aber das konnte sie sich kaum vorstellen. Sie hielt Selma zwar für alles andere als eine zuverlässige Mutter, doch dass sie ihren Sohn bei diesem Mann zurückließ, traute sie ihr dann doch nicht zu. Im Grunde fand Hanne sie ja sogar ganz nett, wenn da nur nicht die Sache mit dem Jungen wäre. Wie konnte sie sich einfach damit abfinden? Hanne schüttelte ihren Kopf. Nein, so durfte sie nicht denken. Sollten sie doch ihr Leben führen, wie sie wollten. Sie selbst hatte noch mal Glück erfahren. Der schlechte Einfluss war gebannt und David konnte sich von nun an wieder in die richtige Richtung entwickeln. Davon war sie überzeugt.

Als David aber zehn Minuten später immer noch nicht nach Hause kam, wurde sie doch ein wenig nervös. Was war, wenn er diesen Merlin tatsächlich getroffen hatte und die beiden jetzt dort drüben – beieinanderlagen? Hanne überlegte, dass kein normaler Junge sich zu sowas hinreißen lassen würde. Hatte sie letztlich doch etwas falsch gemacht bei ihrer Erziehung? Vielleicht hätte sie ihn ein wenig mehr auf Mann trimmen sollen? Sie schüttelte wieder den Kopf. Komischer Gedanke. Dann erstarrte sie mitten in der Bewegung.

Draußen fuhr der Nachbarswagen im Schritttempo vorbei. Hanne blinzelte und schon bog der Wagen auf den Stellplatz ein. War das David gewesen auf dem Beifahrersitz? Die Türen öffneten sich. Auf der Fahrerseite stieg der Kerl aus. Ein widerlicher Mann, dachte Hanne. Und dann sah sie David, wie er aus dem Auto sprang und die Tür zuwarf. Hanne hielt die Luft an. Was sollte das bedeuten? Sie rief sich ins Gedächtnis zurück, dass David ja nun einen Nebenjob bei Elco ausübte. Bisher hatte sie noch keinen Gedanken daran verschwendet, dass er damit nicht nur in Ansgars Firma arbeiten würde, sondern auch diesen Mann als Chef hatte. Aber das ergab noch immer keine Erklärung, weshalb David aus diesem Auto ausstieg und dann auch noch dort stehenblieb. Hanne lauschte am offenen Fenster. Die beiden redeten. Aber sie konnte nichts verstehen. Allerdings nahm sie mit Genugtuung zur Kenntnis, dass der Ton angespannt war. Trotzdem ließ ihr die Vorstellung, dass dieser Kerl mit dem Jungen rumgemacht hatte, keine Ruhe. Vielleicht dachte er ja, dass er auch bei David einen Versuch starten könnte. Aber da war er ganz falsch gewickelt. David würde ihm schon zeigen wo es lang ging. Das Bild von diesem Merlin und dem Kerl verließ trotzdem nicht ihren Kopf. Sie erinnerte sich daran, wie geschockt und sprachlos sie gewesen war. Nicht mal Ansgar hatte sie davon erzählen können. Es war ihr einfach zu unangenehm gewesen. Die Tatsache, dass David mit diesem Jungen auch noch verkehrt hatte, ließ ihren Mund trocken werden.

Das Telefon schreckte sie aus ihren Gedanken. Automatisch sah sie noch mal zur Uhr. Sicherlich Ansgar, dachte sie düster, wahrscheinlich konnte er nicht zum Mittag vorbeikommen. Hanne blieb aber fassungslos stehen, weil der Mann auf der anderen Straßenseite gerade die Haustür aufschloss – und David ging mit hinein. Was wollte David denn da?

Das Klingeln hörte nicht auf. Hanne riss sich endlich los. Fast befürchtete sie schon, dass das Telefon bei ihrer Ankuft wieder aufgehört haben würde. Doch es läutete beharrlich weiter, bis sie den Hörer abnahm.

»Gessen, guten Tag«, sagte sie und lauschte erwartungsvoll.

»Hanne!« Es war Ansgars Stimme, die ihr da völlig außer sich entgegenschlug.

»Was ist los?«, fragte sie sofort. Augenblicklich befand sie sich in alarmbereitschaft.

»Ist David bei dir?«

»Warum?«

»Ist David da?«, fragte Ansgar noch mal lauter. »Es ist wichtig!«

»Nein«, sagte Hanne. »Was ist denn los?« Sie hörte Ansgar etwas Unverständliches sagen.

»Hallo?«, rief sie in den Hörer.

»Ich bin noch dran.« Plötzlich klang ihr Mann niedergeschlagen.

»Was ist denn mit David?« Hanne hörte ihr Blut durch die Ohren rauschen.

»Ich glaube – er ...« Ansgar brach ab.

»Jetzt sag schon!«, schrie Hanne fast. Die Vorstellung, dass etwas nicht stimmte, machte sie verrückt. Aber sie hatte David gerade noch gesehen, daher machte sie sich nicht allzu große Sorgen. Wenn sie ihn nicht gerade noch beobachtet hätte, wäre sie jetzt sicher schon gestorben vor Angst um ihren Sohn.

»Er hat ein Verhältnis mit Jobim!«

»Mit wem?«, kreischte Hanne.

»Mit meinem Chef, mit dem Nachbarn!« Auch Ansgar war laut geworden.

Hanne sagte eine ganze Weile nichts mehr. Ihr Kopf weigerte sich einfach, die Information zu verarbeiten. David ein Verhältnis mit diesem Ekel? Nein, das war unmöglich. Das durfte einfach nicht wahr sein. Dabei hatte sie gerade noch selbst gesehen, wie ihr Sohn das Nachbarhaus betreten hatte.

»Ich habe die beiden in seinem Büro erwischt«, sagte Ansgar betont ruhig. »David ist sofort weggelaufen, ohne dass ich noch etwas sagen konnte, und Jobim natürlich hinterher. Ich hatte – eigentlich gehofft, dass David bei dir ist ...«

Wie hypnotisiert lauschte Hanne ihrem Mann und sah dabei immer wieder David, wie er hinter diesem Kerl ins Haus ging.

»Hanne?«

»Ja«, sagte Hanne matt.

»Ich muss auflegen, ich habe gleich einen wichtigen Termin. Wenn David nach Hause kommt, halt ihn fest.«

»Er ist drüben.« Hanne hörte sich wie aus weiter Ferne sprechen. »Er ist bei ihm.«

Ansgar fluchte. Hanne kannte ihren Mann so gar nicht. Dann ertönte das charakteristische Tuten, das ihr anzeigte, dass er aufgelegt hatte. Trotzdem hielt sie den Hörer noch einen Moment ans Ohr gedrückt. Das war doch alles nur ein Traum! Das musste einfach ein Traum sein, sowas konnte nicht wirklich passieren! Dann legte sie endlich auf und drehte sich wie in Zeitlupe um. Das Haus erschien ihr mit einem Mal viel zu groß.

Was jetzt? Diese Frage stellte sie sich immer wieder. Ein Blick durchs Küchenfenster zeigte ihr ein ganz normales Haus. Nichts deutete darauf hin, dass gegenüber Dinge geschahen, die eigentlich nicht geschehen durften. Sollte sie hinübergehen? Krampfhaft hielt sie sich an der Fensterbank fest. Erst zehn Minuten später, als sich Ansgars Wagen in ihr Blickfeld schob, kam sie wieder zu sich. Sie rannte raus.

114

»Meinst du, dein Vater wird sauer sein?«, fragte Paolo gelassen, als er aus dem Wagen stieg.

David schob sich mit zusammengebissenen Zähnen aus der Fahrgastzelle. Grimmig schlug er die Tür zu. Was bildete sich dieser Kerl eigentlich ein? Natürlich war sein Vater sauer. Irgendwie wurde David das ungute Gefühl nicht los, dass sich Paolo überhaupt nicht darum scherte. Er legte eine Überheblichkeit an den Tag, als liefe für ihn alles nach Plan. Unbehaglich stellte David fest, dass es ja vielleicht genau so war. Es musste Paolo nicht ein bisschen kümmern, was sein Vater über die Szene gerade dachte, schließlich war er der Chef des Ladens. Und dass zwischen Paolo und seinen Eltern niemals mehr sein würde, als offene Feindseligkeit, das war seit dem Grillabend wohl kaum ein Geheimnis.

»Hm?«, machte Paolo, um ihn an seine Frage zu erinnern.

»Ach, halt dich doch einfach da raus!«, sagte David plötzlich. Er spürte neben der ganzen Aufregung und Unsicherheit nun auch deutlich die Wut auf Paolo. Merlin hatte ihm gesagt, dass Paolo niemals etwas Gutes im Schilde führen konnte, indem er ihn bei Elco einstellte. Jetzt, da es zu spät war und sie hier vor dem Haus standen, das Merlin und Selma nicht mehr bewohnten, glaubte David ihm plötzlich.

»Nicht so zickig!« Paolo grinste ihn affektiert an. »Lass uns reingehen.«

»Ich will nur die Nummer, okay?« David fühlte sich mit einem Mal nicht mehr so wohl bei der Sache. Die Art, wie Paolo seinen letzten Satz ausgesprochen hatte, ließ ihn gleich an etwas anderes denken. Trotzdem folgte er ihm den Weg zur Haustüre entlang. Paolo verschwand schon durch die Tür. David zögerte. Wieder dachte er an die Berührungen und das zwielichtige Verhalten. Irgendwie verstand er diesen Mann nicht. Erst wollte er ihm an die Wäsche, im nächsten Moment war er total abweisend und genervt und dann, als hätte man einen Knopf betätigt, drehte er sich um und küsste einen. Die unterschwellige Gewissheit, dass Paolo zu diesem Zeitpunkt schon gewusst hatte, was passieren würde, verursachte ein leichtes Übelsein. Allerdings konnte das auch von dem Gedanken kommen, dass sein Vater ihn erwischt hatte, wie er einen Mann küsste – und nicht irgendeinen, sondern dessen Chef!

Vorsichtig trat David ein und schloss die Tür hinter sich. Nur das

Telefonbuch, sagte er sich in Gedanken immer wieder vor. Von Paolo fehlte jede Spur. Wahrscheinlich war er nach oben gegangen oder wohin auch immer. David beschloss, dass er sich seine Informationen selbst besorgen und Paolo erst gar nicht beachten würde.

Das Wohnzimmer lag dunkel vor ihm. Er trat langsam näher. Die Jalousie war heruntergelassen. David fand das seltsam. Als er eintrat und das Licht einschaltete, sah er die Playstation, die vor dem Fernseher aufgebaut war. Im ersten Moment dachte David, dass sie Merlin gehören musste, doch dann wurde ihm klar, dass Merlin nicht mehr hier wohnte und das Gerät sicher mitgenommen hätte. Also musste die Spielekonsole Paolo gehören. Irgendwie passte das wieder so gar nicht zu einem Firmenchef.

Nach einer Weile entdeckte er das Telefon. Wie bei seinen Eltern stand es gleich neben dem Sofa auf einem kleinen Tisch. David ging hin und nahm sich das Büchlein, das davor lag. Gleich auf den ersten Seiten standen etliche Nummern. Aber die Handschrift sah nicht aus, als könnte sie Selma gehören. Auch die Namen machten eher den Eindruck, als handelte es sich hier um Geschäftspartner von Paolo. Aber würde ein Firmenchef sich wirklich die Nummern seiner Geschäftspartner neben sein Privattelefon zu Hause legen? Das alles war ziemlich seltsam.

»Ich glaube, darin wirst du seine Nummer nicht finden«, sagte Paolo unmittelbar hinter ihm.

David zuckte zusammen. Der Schreck zog ihm für einen Moment jegliche Kraft aus den Beinen. Wie hatte sich Paolo so anschleichen können?

»Entschuldige, ich wollte dich nicht erschrecken.«

David spürte eine Hand auf seinem Rücken. Augenblicklich wich er zur Seite.

»Was sind das für Nummern?«, fragte er, nur um überhaupt etwas zu sagen.

»Ich habe sie irgendwann aufgeschrieben«, antwortete Paolo. »Ein paar davon werde ich bald besuchen.«

David runzelte irritiert die Stirn. Warum hatte er nur das Gefühl, dass Paolo kurz davor war, wahnsinnig zu werden? Er wirkte bei allem was er tat so überaus siegessicher und überlegen. Aber wenn man versuchte ihn zu verstehen, kam man auf keinen vernünftigen Nenner.

»Das verstehst du nicht«, sagte Paolo. »Es ist eine Art Hobby.«

Damit hatte Paolo recht, dachte David, er verstand gerade überhaupt nichts. Trotzdem wollte er prüfen, ob Merlins Nummer wirklich nicht darin stand. Er blätterte hastig weiter bis er die Seite mit dem Buchstaben N für Nagy vor sich hatte. Schnell überflog er die Nachnamen, die Paolo hier in seiner gestochenen Schrift notiert hatte: Nehring, Heinz; Nette, Ursula; Nebel ... Merlins Name war nicht dabei. Schon wollte David das Büchlein wieder zuklappen, als er den letzten Namen noch mal betrachtete. Plötzlich wurde ihm kalt. Erschrocken sah er auf, aber Paolo stand nicht mehr vor ihm. David fuhr herum. Er war allein im

Zimmer. Dann hörte er aus der Küche Geräusche. Erleichtert atmete er auf. Trotzdem blieb er nervös. Ungläubig schaute er noch mal auf den Eintrag: *Nebel, Linda*

Das konnte doch nicht sein! Wenn das wirklich Paolos Telefonbuch war, dann ... David dachte an die Geschichte, die ihm Linda in der Pause erzählt hatte. Sie war regelrecht außer sich gewesen. Und jetzt sah er ihren Namen in diesem Büchlein, in das Paolo hobbymäßig die Namen irgendwelcher Leute eintrug. Irgendwas stimmte da doch nicht. Ob das ein Zufall war? Oder wollte Linda ihn irgendwie verarschen? Beides konnte David sich nicht so richtig vorstellen.

»Hast du gefunden was du suchst?«, fragte Paolo plötzlich.

Wieder zuckte David zusammen. Diesmal stand Paolo aber lediglich im Türrahmen. Er hatte sein Hemd aufgeknöpft und ließ die braungebrannte Brust hervorblitzen. Das zumindest musste David ihm lassen: Er sah toll aus.

»Nein«, antwortete er und legte das Telefonbüchlein wieder auf den Tisch zurück. Dabei bemerkte er, dass seine Hände zitterten. Das alles war einfach zu viel für den Augenblick. Linda, die durchdrehte, Paolos Annäherungen, Merlins Auszug, das überraschende Auftauchen seines Vaters, und irgendwo dazwischen er selbst mit all seinen Fragen und Ängsten.

»Du siehst ziemlich angespannt aus«, bemerkte Paolo. »Vielleicht brauchst du etwas, das dich wieder lockerer macht?«

David schüttelte den Kopf. »Nein, ich gehe jetzt.« Aber genau in diesem Moment fiel ihm ein, dass er noch gar nicht in Merlins Zimmer nachgeschaut hatte. »Oder ...« Er zögerte.

»Ja?« Paolo lächelte aufreizend und schob sich eine Hand unters Hemd.

»Darf ich hoch in Merlins Zimmer?«

Augenblicklich benahm sich Paolo wieder ganz nüchtern. »Natürlich.«

David drängte sich an Paolo vorbei. Er wollte nur so schnell wie möglich rauf. Als er aber vor Merlins Zimmer angekommen war, hielt er inne. Alles war noch so, als würde Merlin noch hier wohnen. Das Bett war zerwühlt, es lag noch Schreibmaterial auf dem Tisch, der Computer stand auch noch da. Aber es schien, als hätte jemand hier aufgeräumt. David konnte sich nicht vorstellen, dass Merlin sein Zimmer einfach so hinterließ, wenn er vorhatte, nie wieder zurückzukommen.

Aber zumindest sah es so aus, als hätte er einen kleinen Hinweis, wo er zuerst suchen konnte. David ging durch den Raum auf den Schreibtisch zu. Mehrere Notizbücher und Hefte lagen darauf verteilt. Sicherlich Terminkalender oder ähnlich Spannendes. David nahm eines der Bücher und schlug es auf. Gedichte. Ja, Merlin hatte irgendwann mal erwähnt, dass er gern schrieb. Aber bevor er eines auch nur ansatzweise lesen konnte, schob sich eine Hand in sein Blickfeld und zog ihn nach hinten. Sein Aufschrei wurde erstickt. Das Nächste, was David sah, war das Laken auf Merlins Bett. Auf sich spürte er ein Gewicht und braune Arme, die ihn umschlangen. Er versuchte sich zu wehren, womit er die Arme nur provozierte, ihn fester zu halten.

»Pscht«, machte Paolo in sein Ohr. »Wehr dich nicht.«

David ließ wie auf Komando den Kopf auf die weiche Matratze fallen.

»Lass mich!«, sagte er, obwohl er wusste, dass es vollkommen nutzlos war.

»Du willst es, ich weiß es.« Paolos Stimme klang heiser. David spürte etwas Hartes durch die Jeans an sein Hinterteil drücken. Nein, er wollte nicht. Er durfte es nicht wollen.

»Ich weiß es«, flüsterte Paolo. »Und es wäre ein guter Weg, es Merlin heimzuzahlen.«

Nein! David versuchte sich zu befreien. Aber je mehr er versuchte gegen Paolo anzugehen, desto weniger ernsthaft wurden seine Versuche. Schließlich ertappte er sich dabei, dass ihm das Spiel sogar gefiel.

»Paolo«, sagte er. »Bitte lass mich los.«

Er spürte den Atem auf seinem Hals. Fühlte, wie die Lippen seinen Nacken liebkosten. Dann gab Paolo seine Hände frei. Fast war David enttäuscht. Aber das Gefühl der Erleichterung überschattete ein aufkeimendes Verlangen. Er war froh wieder sein eigener Herr zu sein und drehte sich zur Seite.

»Ich weiß nicht was mit euch Jungs los ist«, sagte Paolo unerwartet kameradschaftlich. »Auf der einen Seite wollt ihr gern einen Freund haben, der euch richtig zeigt wo es lang geht, der weiß, was euch gefällt. Aber auf der anderen Seite verliebt ihr euch dann in einen gleichaltrigen Milchbubi.«

David sah Paolo erstaunt an. Niemals hätte er gedacht, dass Paolo auch ganz normal sprechen konnte.

»Küss mich!« Paolo schloss die Augen.

David war völlig perplex. Aber so wie er Paolo dort liegen sah, erinnerte er ihn an einen unschuldigen Jungen, der auf seinen ersten Kuss wartete. Und dann geschah das, was er selbst niemals geglaubt hätte. Er beugte sich vor und küsste Paolo.

115

»Ansgar!« Hanne fasste ihren Mann am Arm. Er sah sie erschrocken an.

»Was?«, blaffte er.

Hanne wusste nicht mehr, was sie sagen wollte. In ihr tobte die Gewissheit, dass sie zu viel Zeit hatten verstreichen lassen, dass alles schon geschehen war und sie zu spät kamen, um Schlimmeres zu verhindern.

»Sie sind immer noch im Haus?«

Hanne nickte, doch Ansgar hatte sich bereits abgewandt und stürmte auf die Haustür zu. Sie eilte ihm hinterher. Ansgar klingelte Sturm, doch die Türglocke ließ sich nicht drängen. Immer erst, wenn ein Glockenspiel durchgespielt war, konnte man erneut klingeln. Es schien Hanne Ewigkeiten zu dauern. Aber sie war nicht in der Lage sich zu regen. Starr stand sie neben ihrem Mann, als gehörte sie überhaupt nicht dazu. Wie eine unbeteiligte Betrachterin nahm sie alles in sich auf. Nur die Unruhe in ihr wuchs von Sekunde zu Sekunde. Erst als Ansgar begann, sich mit seinem vollen Gewicht gegen die Tür zu werfen, erwachte sie aus ihrem katatonischen Zustand.

»Ansgar!«, rief sie wieder und wollte ihn zurückhalten.

»Was?«, brüllte Ansgar und Hanne ließ ihn erschrocken los.

»Das – das – dürfen wir nicht«, stammelte Hanne.

»Der Kerl ist mit unserem Sohn da drin! Und ob wir das dürfen!« Ansgar war vollkommen außer sich. »Ruf die Polizei!«

»Ansgar«, versuchte Hanne ihn zu beschwichtigen. Sie erkannte ihren Mann nun überhaupt nicht mehr wieder. Was war hier eigentlich geschehen? Das alles erinnerte sie eher an einen verrückten Film als an das reale Leben.

»Kann ich vielleicht helfen?«, fragte plötzlich eine Stimme wie aus dem Nichts.

Hanne und Ansgar sahen erschrocken zur Haustür, die nun offen stand. Paolo lehnte lässig im Rahmen und grinste.

»Wo ist mein Sohn?«, schrie Ansgar aufgebracht und wollte schon auf Paolo losgehen. Hanne hielt ihn aber im letzten Moment zurück.

»Hey, hey, nicht so aufbrausend«, sagte Paolo und lachte. »David ist noch da.«

»Das wissen wir«, sagte Hanne herablassend und zog ihren Mann ein Stück zu sich. Sie wollte, dass er sich zurückhielt. Ganz sicher war seine untypische Agressivität nicht der richtige Weg, diese Sache hier zu bewältigen. Irgendwas sagte ihr, dass man sich vor Paolo Jobim in Acht nehmen musste.

»Wo liegt also das Problem?«, fragte Paolo.

»Wir würden es begrüßen, wenn David sich nicht bei Ihnen aufhält.« Hanne bemühte sich um einen ruhigen aber eindeutigen Tonfall. Nur damit, glaubte sie, konnte man dem Chef ihres Mannes beikommen.

»Wie alt ist David?« Paolos grinsen wurde breiter.

»Das tut jetzt nichts zur Sache!«, schrie Ansgar dazwischen. Hanne hielt ihn eisern fest.

Paolo leckte sich über die Lippen. Hanne wusste sofort, dass dies eine Anspielung auf Ansgars Schilderung sein musste. Dieser Mann hatte David geküsst und nun wollte er Ansgar mit seiner Geste provozieren.

»Er ist siebzehn und damit minderjährig, das sollten sie wissen«, sagte Hanne kalt.

»Aber er darf sich aufhalten wo er will, oder nicht?«

»Nicht solange wir seine Eltern sind«, sagte Ansgar.

»Ansgar, was ist eigentlich dein Problem?«, fragte Paolo und setzte eine verwirrte Miene auf.

»Das weißt du ganz genau.« Ansgars Stimme war zu einem dunklen Grollen geworden. Hanne befürchtete, dass er jeden Moment wieder auf seinen Chef losgehen wollte. Wenn sie ehrlich war, hätte sie nicht mal etwas dagegen, so wie sich dieser Kerl hier aufspielte. Wo blieb eigentlich David? Er konnte doch unmöglich überhören, was hier geschah. In Hannes Kopf reihten sich mit einem Mal Bilder von ihrem geknebelten Sohn in den unterschiedlichsten Versionen auf. Sie konnte sich nicht vorstellen, dass David sich einfach in diesem Haus aufhielt und sie ignorierte.

»Wo ist David?«, platzte es aus ihr heraus.

Paolo sah sie verwundert an. »Im Haus, wo sollte er sonst sein?«

Hanne ließ Ansgar los und trat auf Paolo zu. Fast erwartete sie, dass er ihr den Eintritt verwehren würde, doch der Kerl machte ihr Platz, sodass sie sich an ihm vorbei ins Hausinnere schieben konnte. »David?«, rief sie laut, bekam aber keine Antwort.

»Was hast du mit meinem Sohn gemacht?«, hörte sie draußen ihren Mann fragen.

»Es ist nichts geschehen, was er nicht auch wollte«, sagte Paolo genüsslich.

Hanne drehte sich um und sah diesen ekelhaften Mann, wie er sich wieder vollkommen überheblich gegen den Türrahmen lehnte. Ihr Blick wurde kurz in die Küche gelenkt. Dann sah sie zurück zu Paolo, der ihren Sohn ... Ja was? Was hatte er mit ihm gemacht? So wie Ansgar es beschrieben hatte, war David ihm tatsächlich freiwillig in die Fänge gegangen. Trotzdem fühlte Hanne in sich das Verlangen, eine der gusseisernen Pfannen aus der Küche zu nehmen und damit auf diesen Kerl einzuschlagen, bis er sich nicht mehr regte. Die Vorstellung erschreckte sie.

»Er ist oben«, sagte Paolo plötzlich zu ihr.

Hanne zuckte zusammen. Sie hatte überhaupt nicht mitbekommen, dass er sich umgedreht hatte. In seinen Augen funkelte es. »Es sei denn, sie haben hier unten etwas gefunden, das ihnen mehr bedeutet.« Er zwinkerte ihr zu. »Habe ich gewonnen?«

»Ansgar!« Hanne war plötzlich panisch. Hatte dieser Mann gerade tatsächlich ihre Gedanken erraten?

»Was ist?«, fragte Ansgar, der nun auch ins Haus kam und Paolo dabei zur Seite stieß. »Was ist los?«

Paolo lächelte. Mehr tat er nicht, mehr schien er nie zu tun.

»Ich ...« Hanne brach ab. Was sollte sie sagen? Für das, was sie soeben empfunden hatte, gab es keine Erklärung. Sie war sich nicht mal mehr sicher, ob sie diesen Augenblick tatsächlich erlebt hatte.

»Hanne! Was ist?« Ihr Mann sah sie böse an.

»Nichts«, sagte Hanne schließlich. Doch in Paolos Augen konnte sie lesen, dass es stattgefunden hatte. Irgendwas war gerade passiert.

»Er ist oben«, sagte Paolo leise, so als ob er sich geschlagen gab.

Hanne drehte sich augenblicklich um und stürmte die Treppe hinauf. Je weiter sie von diesem Mann weg kam, desto besser fühlte sie sich. Erst auf dem oberen Absatz blieb sie wieder stehen.

»Er hatte Sehnsucht nach seinem Freund«, hörte sie Paolo unten erklären. »Darum ist er zu mir gekommen. Er wollte die Nummer von Merlin haben.«

»Und das hast du ausgenutzt?« Ansgar klang zwar immer noch wütend, aber er schien sich nun wieder unter Kontrolle zu haben.

»Ich weiß auch nicht, wie das passiert ist, Ansgar.«

Hanne schüttelte den Kopf. Es war unglaublich, wie dieser Mann die Facetten wechselte. Von hier oben schien ihr alles viel klarer.

»Und was macht er jetzt hier?«, fragte Ansgar mit drohendem Unterton.

»Er liegt in Merlins Bett und liest dessen Gedichte«, sagte Paolo ruhig. »Alles in Ordnung.«

»Wer es glaubt ...« Ansgar schnaubte.

Hanne hatte genug gelauscht. Vorsichtig ging sie weiter. Die Türen standen allesamt offen. Sie brauchte einfach nur vorzutreten und überall hineinzusehen.

»David?«, fragte sie trotzdem leise. Sie fürchtete sich vor dem, was sie möglicherweise zu sehen bekam. Aber es kam keine Antwort. Also ging sie auf das Zimmer zu ihrer Linken zu. Wenn David tatsächlich auf Merlins Bett lag, dann musste es das Zimmer nach vorne raus sein, in das man von drüben einsehen konnte. Wieder dachte Hanne an die Szene zwischen Merlin und diesem Mann. Der Gedanke, dass sich Ähnliches zwischen David und ihm abgespielt haben könnte, machte sie schier wahnsinnig.

Dann sah sie ihren Sohn aber tatsächlich auf dem Bett liegen. Zusammengerollt lag er da und blätterte in einem Büchlein.

»David?«, fragte sie noch mal. Aber er rührte sich nicht. Augenblicklich stellte sich die beängstigende Vorstellung ein, dass David vielleicht unter Drogen stand, die er von diesem Widerling verabreicht bekommen hatte.

»David!«, sagte sie, diesmal forscher.

David ließ das Büchlein zufallen und drehte sich auf den Rücken. Sein Blick war starr auf die Decke gerichtet. Hanne schluckte.

»David, jetzt sag doch was!«

»Was soll ich denn sagen?«

Erleichtert atmete Hanne aus. Es war alles in Ordnung! Sie eilte zum Bett und setzte sich neben ihren Sohn.

»David, was ist denn los?«, fragte sie. »Dein Vater und ich sind rasend vor Sorge. Wie kannst du ...«

»Was hat das mit mir zu tun?«, fragte David tonlos. Seine Augen waren immer noch bewegungslos auf die Decke gerichtet.

Hanne fasste sich automatisch an den Hals als hätte sie sich verschluckt. »Was das mit dir zu tun hat?«, fragte sie fassungslos. Wie konnte er nur solch eine Frage stellen? »Du bist unser Sohn!« Ihre Stimme wurde lauter. »Wir sind für dich verantwortlich!«

David rührte sich nicht.

»Wir – wir wollen, dass du mit rüberkommst«, sagte Hanne und erhob sich wieder.

David blieb liegen.

»Du kannst die Hefte mitnehmen.« Hanne hoffte, dass sie ihren Sohn damit überzeugen konnte, musste aber schließlich feststellen, dass sie genauso gut mit einem leblosen Gegenstand hätte sprechen können.

»David«, versuchte sie es noch mal, »wir wollen nicht, dass du hierbleibst.« In ihr brannte es. Wie konnte David nur so eisern gegen sie arbeiten? Was war geschehen? Plötzlich stieg Wut in ihr auf, die sich gegen ihren eigenen Sohn richtete.

»Hast du schon vergessen, dass dieser Mann deinen Freund ...« Sie konnte die entscheidenden Worte nicht aussprechen.

116

David spürte wie sich die Tränen in seinen Augen sammelten. Er versuchte sie zurückzuhalten, blinzelte ein paar Mal, aber es war zu spät. Also schloss er die Augen und wartete einfach, dass es aufhören würde. Letztlich hatte seine Mutter recht. Was suchte er hier drüben? Merlin war fort. Warum wollte er dennoch hier bleiben? Er dachte an den Kuss, der ihn unerwartet hinweggespült hatte wie die Welle einen Strandkrebs. Es hatte sich so unglaublich angefühlt. Die ersten Küsse von Paolo hatten zwar ebenfalls Feuer gehabt, doch das Erzwungene hatte seiner Leidenschaft ein wenig den Appetit genommen. Nun, da er ihn aber selbst geküsst hatte, war ihm mit einem Mal alles, was er vorher mit Merlin erlebt hatte, wie ein längst vergangener Traum vorgekommen. Fast war es so, als wäre Merlin mit diesem Kuss ein Stück weit gestorben. Zwischen ihnen lag jetzt nicht nur die Entfernung, sondern auch diese Kluft, die er so zwischen sie gebracht hatte.

Und genau das hielt ihm seine Mutter nun vor. Sie hatte zufällig ins Schwarze getroffen. Er war im Begriff, sich genau mit dem Mann einzulassen, der seinen Freund – gefickt hatte. Das waren doch die Worte, die seiner Mutter nicht über die Lippen wollten.

»David«, sagte seine Mutter erneut und setzte sich wieder auf das Bett.

David wünschte sich, seine Eltern würden einfach gehen und ihn hier lassen. Vorhin hatte er noch Wut in sich gespürt, als er mit Paolo hier ankam. Paolo hatte das alles nicht gewollt. Aber jetzt hatte sich die Welt ein Stück weiter gedreht und es erschien ihm als eine Art Schicksal mit Paolo hierzubleiben. Er hatte gewonnen. Und David wusste nicht mal, wie er das angestellt hatte.

»Komm mit rüber, David, bitte.« Ihre Stimme klang traurig und schwer. So wie er sich gerade fühlte.

Er dachte darüber nach, wie er sich auf Paolo gesetzt und ihn immer wieder geküsst hatte. Er fühlte wieder Paolos aufregende Körpermitte gegen seinen Hintern reiben. David hatte noch immer seine Jeans an, aber er stellte sich vor, dass er sie nachher ausziehen würde, sobald seine Eltern wieder verschwunden waren.

»Du kannst die Gedichte mitnehmen«, sagte seine Mutter flehend.

David öffnete irritiert die Augen. Woher wusste sie, dass es Gedichte waren? Er sah sie an, konnte in ihrem Gesicht aber nichts finden, dass ihn Zuneigung spüren ließ. Nein, er wollte hier bleiben und sie sollten einfach gehen. Bevor er die Augen wieder schloss, fiel sein Blick noch mal auf den Gedichtband, den Merlin wohl für ihn zu schreiben angefangen hatte. Doch er fühlte sich irgendwie nicht mehr angesprochen. Als Paolo vorhin aufgestanden war, um seinen Eltern die Tür aufzumachen, hatte sich David gelangweilt Merlins Büchlein geschnappt. Während unten der Streit zwischen Paolo und seinen Eltern im vollen Gange gewesen war, hatte er hier oben gelegen und gelauscht. Die Gedichte von Merlin vor den Augen, hatte er nichts anderes getan, als gehofft, dass seine Eltern einfach wieder verschwinden würden, damit er sich Paolo hingeben konnte. Er hatte die Gedichte vor sich gehabt, die Merlin geschrieben hatte! Und selbst jetzt fühlte er nichts dabei. Es war, als wäre Merlin aus seiner Erinnerung verschwunden. Trotzdem fühlte er sich traurig und schlecht, aber so ganz genau konnte er nicht fassen, woher dieses Gefühl kam.

Plötzlich polterten Schritte die Treppe hoch. David öffnete die Augen und sah seinen Vater in der Tür auftauchen.

»Was ist los?«, fragte er.

»Er will nicht«, sagte seine Mutter tonlos. »Er steht einfach nicht auf.«

»David!« Sein Vater brüllte ihn an. Das hatte er noch nie getan.

David richtete sich auf. »Was ist?«

»Du kommst jetzt mit rüber«, sagte Ansgar und fasste ihn am Arm.

Schlaff ließ sich David aus dem Bett ziehen. Seine Beine wollten nicht so recht stehen bleiben.

»Was ist mit dir los?«, schrie sein Vater und schüttelte ihn.

David wartete bis das Schütteln aufhörte, dann sagte er: »Ich will nicht mit zu euch.«

Seine Mutter schluchzte auf.

»Es geht nicht darum was du willst«, sagte Ansgar knapp und zerrte ihn hinter sich her. Auf der Treppe knickte David zwei mal um und wäre fast hinuntergestürzt, wenn sein Vater ihn nicht rechtzeitig an sich gerissen hätte. Als sie unten ankamen, empfing Paolo sie mit seinem typischen Lächeln.

»Sie haben ihm Drogen gegeben, nicht wahr?« Die Stimme seiner Mutter schnitt durch die Luft wei ein Pfiff.

»Nein«, sagte Paolo wahrheitsgemäß.

»Warum seid ihr immer so?«, hörte sich David fragen. Automatisch wollte er auf Paolo zugehen, doch seine Eltern hielten ihn zurück.

»Du kannst zu mir kommen wann immer du willst«, sagte Paolo an ihn gerichtet. David war über diese Worte froh. Er beschloss schnellstmöglich von diesem Angebot Gebrauch zu machen.

»Meinen Sohn werden Sie nie wieder sehen!«, platzte es aus seiner Mutter hervor.

David fühlte sich kurz schwindlig. Doch dann war es so, als ließe eine unsichtbare Macht von ihm ab und alles um ihn herum wurde mit einem Mal klar.

»Ich gehe«, sagte er laut und riss sich von seinem Vater los. Hinter sich hörte er noch die überraschten Laute seiner Eltern, doch David kümmerte sich nicht um sie. Er wollte nur noch weg von ihnen, von ihren spießigen Ansichten und Vorschriften. Im Laufschritt schoss er durch die Tür nach draußen. Als er auf die Straße kam, sah er, dass sie nicht mal die Türe ihres eigenen Hauses geschlossen hatten. Kurz überlegte er, ob er tatsächlich nach Hause laufen sollte. Da würde er sich vor einer Aussprache jedenfalls nicht drücken können. Trotzdem lief David auf die offene Türe zu. Wo hätte er auch sonst hinlaufen sollen? Er kannte niemanden hier. Aber er würde sich sofort in seinem Zimmer einsperren und heute nicht mehr herauskommen. Als er aber im Flur angekommen war, würgte er. Sein Magen boxte in kräftigen Bewegungen von innen gegen seinen Bauch. Ihm wurde klar, dass er es nicht mehr rechtzeitig bis nach oben ins Bad schaffte. Fahrig riss er die Tür zum Gästeklo auf. Aus den Augenwinkeln sah er seine Mutter, die ihm über die Straße folgte. David keuchte. Im letzten Augenblick schaffte er es, sich über die Toilettenschüssel zu beugen.

»David!«, kreischte seine Mutter im Flur.

David stöhnte bevor sich sein Magen wieder zusammenkrampfte und er erneut würgen musste. Nicht mal beim Kotzen ließ man ihn allein, durchfuhr es ihn. Dann spuckte er einen weiteren Schwall gelblichen Magensaft.

Nach einigen Minuten klang der Anfall ab und David konnte sich zitternd erheben. Mit dem Handrücken wischte er sich die Tränen aus den Augen, um wieder halbwegs sehen zu können. Seine Mutter stand ihm gegenüber und sah ihn mit großen Augen an.

»Du hast doch was genommen, oder?«, fragte sie. »Man übergibt sich nicht einfach so.«

David ignorierte sie und beugte sich über das Waschbecken. Süßliches Wasser lief ihm in den Mund. Er spülte. Dann trocknete er sich an einem der Gästehandtücher.

»David, dein Vater und ich wollen mit dir reden«, sagte seine Mutter und deutete auf das Wohnzimmer.

Die Haustür war wieder geschlossen. Das konnte nur bedeuten, dass sein Vater schon auf ihn wartete. David atmete tief ein. Wenn er jetzt schnell nach oben lief, konnte er sich immer noch einsperren. Aber die Chance, dass seine Eltern ihn in Ruhe lassen würden, standen mehr als schlecht. Also kam er der Geste seiner Mutter nach und betrat das Wohnzimmer.

Wie er es erwartete hatte, saß sein Vater auf dem Sofa und sah ihn finster an.

»Du hast uns einiges zu erklären«, sagte Ansgar und ließ keinen Zweifel daran, dass er nicht aufgeben würde, bevor nicht alles erklärt war.

David schwieg. Wie er solche Momente doch hasste! Komischerweise kannte er sie erst, seit sie hier in Neuss wohnten, seit er Merlin und seine Familie kennengelernt hatte.

»Was war das vorhin auf der Arbeit?«, fragte Ansgar.

David sah, dass sein Vater sich mühsam zurück hielt. Er dachte über die Frage nach. Was sollte das? Was erwartete sein Vater darauf für eine Antwort? Sollte er ihm etwa sagen, dass er sich von Paolo auf eine nicht begreifliche Art angezogen fühlte? Er zuckte mit den Schultern.

Sein Vater sprang auf. »Verdammt! Ist dir eigentlich klar, dass du mit meinem Chef geknutscht hast und es alle Leute sehen konnten?«

David schluckte. Nein, das war ihm so nicht wirklich klar gewesen. Bisher hatte er noch keinen Gedanken daran verschwendet, dass es außer seinem Vater noch jemand gesehen haben könnte.

»Ihr hättet wenigstens die Tür zulassen können!«, schrie sein Vater.

»Ansgar!«, sagte seine Mutter vorwurfsvoll.

»Die Tür war zu.« David fühlte sich wieder schwindelig. »Wenn du sie nicht aufgemacht hättest ...«

Sein Vater sah ihn vollkommen fassungslos an. »Keiner geht in dieser Firma einfach so in Paolos Büro«, sagte er leise. »Das ist das Erste, was man lernt.«

David dachte einen Moment darüber nach. Ja, das hatte ihm Paolo auch sofort gesagt. Trotzdem hatte doch sein Vater ... Oder hatte etwa Paolo ... David wusste nun nichts mehr. Um ihn herum drehte sich alles. Er drehte sich herum und lief taumelnd nach oben. Er konnte jetzt nicht länger mit seinen Eltern sinnlose Gespräche führen. Etwas geschah, das er sich nicht erklären konnte.

117

Merlin saß hilflos auf der Couch. Er hatte sich den ganzen Tag über von Christian ablenken lassen, aber jetzt war der Moment gekommen, da er sich endlich Gedanken über seine Zukunft machen musste.

»Du siehst aber nicht gerade aus, als würden dir Euromünzen aus dem Arsch purzeln«, stellte Christian auf seine gewohnt charmante Art fest.

Merlin lächelte kurz. Doch seine Gedanken hatten ihn schnell wieder im Griff. Seine Mutter befand sich jetzt gerade wohl in Berlin bei ihrem Vater. Die

Vorstellung, dass er nun nach so vielen Jahren seinen Großvater kennenlernen sollte, erschreckte ihn irgendwie. Was würde der wohl von ihm halten.

»Jetzt mach dich nicht fertig«, sagte Christian und stellte ihm einen Wodka mit Lemon hin.

»Ich muss mir aber Gedanken machen«, antwortete Merlin leicht gereizt. »Ich meine, da wartet wohl ein komplett neues Leben auf mich und ich habe keine Ahnung, ob es mir gefällt.«

Christian setzte sich auf den Sessel gegenüber. »So wie ich das verstanden habe, gefiel dir dein bisheriges Leben auch nicht gerade, oder?«

Merlin schwieg. Natürlich hatte Christian recht. Wie oft hatte er schlaflose Nächte verbracht, weil er nicht wusste, wie er seiner Mutter beibringen sollte, dass er mit Paolo schlief, ohne dass alles gleich aus dem Ruder laufen musste? Allein dafür lohnte es sich doch ein neues Kapitel aufzuschlagen, oder nicht? Er seufzte. Sein Hauptproblem blieb aber David. Doch daran wollte er im Augenblick überhaupt nicht denken. Er musste sich daran gewöhnen, dass sein neues Leben ohne David stattfinden würde. Wenn er mit seiner Mutter nach Berlin ging, dann kannte er plötzlich niemanden mehr außer sie. Als Kind war ihm sowas nicht so schwergefallen. Doch er war kein Kind mehr. Zweifelnd überlegte Merlin, ob nicht genau das der Plan war, den seine Mutter sich für ihn ausgedacht hatte.

»Stößchen!«, rief Christian und hielt ihm sein Glas hin.

Merlin nahm es gedankenverloren. Dann sah er Christian an, der einen kräftigen Schluck Wodka Lemon trank. »Würdest du einfach so nach Berlin gehen?«

»Warum nicht?« Christian zwinkerte ihm zu. »Da gibt es eine Menge knackiger Typen.«

Merlin schnaufte. »Schon gut.«

»Mensch, ich weiß es doch nicht«, sagte Christian. »Ich wohne in Köln und ich gehe davon aus, dass ich in den nächsten Jahren nicht meinen Standort ändern werde.« Er stellte sein Glas ab. »Egal was ich jetzt sage, es kann doch nur falsch sein. Wenn ich dir Berlin schmackhaft mache, bist du am Ende sauer auf mich, weil es doch nicht so toll ist. Wenn ich sage, du sollst hier bleiben, stelle ich mich gegen deine Mutter und bin Schuld daran, dass du eins von ihr auf den Deckel bekommst.«

Merlin trank gierig sein halbes Glas aus. Dann sagte er: »Ich hab einfach nur Schiss.«

»Wer hätte das nicht an deiner Stelle?« Christian sah ihn mütterlich an. »Du hast einen riesigen Bock geschossen, Kleiner, das geht nicht ohne Verluste ab. Du kannst nur versuchen das Beste draus zu machen.«

»Wahrscheinlich hast du recht«, sagte Merlin, »aber ich finde das alles momentan ein wenig komisch. Ich meine, woher soll ich denn wissen, dass das mit meiner Mutter wieder ins Reine kommt?«

»Sie hat dich doch immerhin angerufen und nach Berlin beordert, oder?«

»Ja, das ist noch so ein Ding. Sie kann ihren Vater nicht leiden!« Merlin schüttelte den Kopf. »Es sieht ihr überhaupt nicht ähnlich, dass sie zu ihm ziehen will. Das macht mich irgendwie wahnsinnig.«

»Was sollte sie denn sonst deiner Meinung nach tun?« Christian räusperte sich. »Und du solltest bedenken, dass sie sich in einer Ausnahmesituation befindet.«

»Danke dass du mich daran erinnerst, fast hätte ich es vergessen.« Schnell kippte Merlin die andere Hälfte seines Drinks hinunter und knallte das Glas auf den Tisch. »Trotzdem kann ich es nicht fassen. Sie mag ihren Vater nicht und jetzt sollen wir zu ihm ziehen. Das passt doch irgendwie nicht.«

»Du hast Panik deinen Opa kennen zu lernen, was?«

Merlin schwieg eine Weile. Christian lag mit seiner Vermutung mal wieder genau richtig. Natürlich war es ihm unheimlich mit fast achtzehn Jahren seinen Großvater kennenzulernen, von dem seine Mutter kaum mehr erzählt hatte, als dass er ein schlechter Mensch war.

»Er ist ein Fremder für mich«, sagte Merlin schließlich. »Die Bilder, die ich von ihm gesehen habe, sind alle mindestens hundert Jahre alt. Meine Mutter hat mir irgendwann erzählt, dass er mich mal gesehen hat als ich zwei oder so war. Hallo? Das ist doch abgefahren oder nicht?«

Christian nickte.

»Was mache ich denn, wenn es mit ihm auch Probleme gibt?«

»Du willst doch nicht mit ihm ...«, entfuhr es Christian.

»Nein, verdammt!« Merlin musste lachen. »Du denkst auch nur an das Eine, was?«

»Bei dir doch kein Wunder.« Christian zwinkerte.

Merlin blieb das Lachen im Hals stecken. »Ich meinte damit, dass er wahrscheinlich ein Problem damit haben wird, dass ich auf Jungs stehe.«

»Klar«, sagte Christian und riss sich zusammen. Verlegen nippte er an seinem Wodka.

»Ich wünschte, ich könnte einfach hier bleiben«, sagte Merlin wehmütig.

»Kannst du doch!« Christian strahlte mit einem Mal. »Du bleibst einfach hier. Wir schaffen das schon irgendwie.«

Merlin lächelte matt. Natürlich musste Christian ihm das jetzt anbieten. Er wollte wohl den blöden Scherz von gerade wiedergutmachen und hatte zudem noch Alkohol im Blut.

»Nein, das geht nicht«, sagte Merlin niedergeschlagen.

»Was ist denn eigentlich mit deinem Freund?«

Merlin dachte an David. Sollte er Christian davon erzählen, wie seltsam er sich benommen hatte gestern Abend? Nein, das war sicher keine gute Idee, Christian würde David nur verurteilen. Und Merlin war sich nicht mal mehr sicher, ob er seiner Erinnerung diesbezüglich trauen durfte.

»Du weißt doch, der hat absolut spießige Eltern. Das fehlt denen sicher noch, dass ich da mit meinen Sachen stehe und einziehen will. Abgesehen davon will ich das bestimmt nicht.«

»Dann sieht es wirklich schlecht aus, wenn du nicht hier bleiben willst.«

»Danke, Chris, aber ich werde ganz bestimmt nicht hier wohnen. Ich finde es echt nett von dir, dass du das auf dich nehmen würdest, aber ...« Merlin ließ den Satz einfach unvollendet. Es fiel ihm doch nicht so leicht bei seiner Entscheidung zu bleiben. Immerhin drohte ihm ein Umzug nach Berlin und die Bekanntschaft zu seinem Großvater.

Wortlos nahm er sein Glas vom Tisch und ging zur Küche. Er brauchte jetzt unbedingt noch einen Wodka Lemon. Und dann würde er bei David anrufen. Dass er bei ihm wohnen konnte war zwar absolut keine Option, doch das hieß nicht, dass er keine klaren Verhältnisse schaffen konnte. Wieder dachte er mit Furcht an Berlin. Ob er seine Mutter vielleicht noch mal davon abbringen konnte?

»Wie machst du das eigentlich mit der Schule wenn du gehst?«, fragte Christian, der mittlerweile auch aufgestanden war und nun sein leeres Glas neben das von Merlin stellte.

Merlin mischte ihm ebenfalls einen weiteren Drink. »Ich weiß es nicht«, sagte er. Darüber hatte er in all dem Chaos noch gar nicht nachgedacht. »Aber in Berlin haben die doch sicher auch Schulen, oder etwa nicht?«

»Ganz sicher bin ich mir da nicht« Christian zwinkerte ihm schelmisch zu.

»Ich hab keine Ahnung.« Merlin setzte das Glas an und leerte es fast ganz. Dann stellte er es zur Seite. »Aber ich weiß, dass ich jetzt David anrufen werde.«

Indem er es laut sagte, nahm er sich selbst in die Pflicht. Bisher hatte immer noch die Möglichkeit bestanden, den Anruf einfach aufzuschieben und womöglich zu vergessen. Doch jetzt gab es kein Zurück mehr. Nur dumm, dass er Davids Handynummer nicht kannte. Er wusste nicht mal, ob David überhaupt ein Mobiltelefon besaß! Aber zum Glück hatte er die Nummer der Eltern frühzeitig bei Paolo erfragt. Er holte tief Luft und drückte den Wahlknopf.

117

Draußen wurde es bereits dunkel als David unten das Telefon hörte. Das Geräusch war hier oben kaum zu hören, doch er stand sofort unter Strom. Das Telefon! Wer sonst sollte um diese Zeit anrufen außer Merlin? Hastig sprang er aus dem Bett und lief zur Tür. Mit klopfendem Herzen lauschte er.

»Gessen«, meldete sich seine Mutter unten.

David schlich sich zur Treppe und ging in die Hocke. Wenn es tatsächlich Merlin war, wie würde sie wohl reagieren? Er überlegte kurz, ob er nicht lieber runterlaufen sollte, um ihr den Hörer wegzunehmen. Leider konnte er sich nicht sicher sein, dass der Anrufer tatsächlich Merlin war. Und eine solche Aktion würde nur wieder Ärger einbringen. Dabei hatten ihn seine Eltern nach der Flucht vorhin erstaunlicherweise in Ruhe gelassen.

»Nein«, sagte seine Mutter.

David wurde nervös. Wenn sie tatsächlich Merlin am Ohr hatte, dann hätte sie doch schon längst nach ihm rufen müssen. Oder bedeutete ihre Antwort, dass sie Merlin nicht mit ihm sprechen lassen wollte? Unruhig ging er ein paar Stufen hinunter, um besser hören zu können.

»Ich denke nicht, dass er noch Interesse hat.« Die Stimme seiner Mutter klang abweisend.

David schluckte. Jetzt hatte er keinen Zweifel mehr daran, dass seine Mutter Merlin von ihm fernhalten wollte. Trotzdem konnte er nicht glauben, was er da gerade hörte.

Seine Mutter wiederholte: »Wie ich schon sagte: Nein.«

David riss sich aus seiner Starre los und stürzte ins Wohnzimmer. Seine Mutter drehte sich erschrocken um.

»Was machst du da?«, fragte David heiser.

»Ich telefoniere«, sagte sie tonlos.

David blieb hilflos vor ihr stehen. Dann streckte er seine Hand aus. »Lass mich mit ihm sprechen!«

Seine Mutter schüttelte den Kopf. »Er hat aufgelegt.«

»Mam!« David konnte es nicht fassen. »Warum machst du das?«

»Ich möchte, dass es dir gut geht.« Sie lächelte ihn liebevoll an.

»Was wollte er?«

Sie schwieg.

»Mam, was wollte er?«, wiederholte David eindringlich.

»Er hat gesagt, dass – er wollte wissen ...«

David bemerkte sofort, dass seiner Mutter nicht die passende Ausrede einfiel und sie deshalb durcheinander war.

»Warum hast du mich nicht gerufen?«

»Weil er nicht mit dir sprechen wollte«, sagte sie schlicht.

»Du lügst!«, platzte es aus David heraus.

»David!«, schrie sein Vater plötzlich. »Geh wieder hoch in dein Zimmer!«

Ungläubig sah David seinen Vater an. Auch seine Mutter schien einigermaßen erschrocken. Gerade sein Vater gab immer den ruhigen Part. Doch heute war er alles andere als der Fels in der Brandung.

»Er ist mein Freund«, begann David beherrscht, »und ich finde, dass ich ein recht darauf habe ...«

»Wir finden das nicht«, sagte sein Vater drohend. »Deine Mutter und ich versuchen das Chaos, in das du uns hineingezogen hast, wieder in Ordnung zu bringen.« Er stand auf und funkelte ihn böse an. »Und du wirst uns dabei helfen!«

David schluckte. Noch nie hatte er seinen Vater so erlebt. Sicher gab es den einen oder anderen Moment, da auch er laut wurde, doch das war nichts im Vergleich zu dem Mann, den er gerade vor sich hatte.

»Geh rauf in dein Zimmer, du hast ab sofort Hausarrest!«, sagte sein Vater und deutete auf die Tür.

In David brodelte es. Wie konnten sie nur so – so ... Ihm fiel das passende Wort nicht ein.

»Ich lasse mich nicht von euch einsperren«, sagte er schließlich. »Ich bin alt genug, um ...«

»Du bist nicht alt genug«, sagte seine Mutter sofort. Ihre Hand legte sich automatisch auf Ansgars Arm, so als müsste sie ihn zurückhalten, damit er nicht auf seinen eigenen Sohn losging.

»Hausarrest«, sagte sein Vater, »das ist mein letztes Wort.«

David war total perplex. Was war hier eigentlich los? Seine Eltern kamen ihm vor, als seien sie ausgetauscht worden.

»Ich – ich habe lange genug das getan, was ihr für richtig haltet«, sagte er mit wackeliger Stimme. »Ich habe einfach keine Lust mehr ...«

»David!« Sein Vater brüllte.

Automatisch wich David ein paar Schritte zurück, während sich seine Mutter neben ihren Mann stellte und ihn nun mit beiden Armen hielt.

David beobachtete erschüttert, wie das Gesicht seines Vaters immer dunkler wurde. Fast befürchtete er, dass der Kopf jeden Moment platzte. Und alles nur, weil er den Augenblick für richtig gehalten hatte, seinen Eltern mal zu sagen, dass er mehr Freiheit brauchte. Eigentlich hätte er da gerade von seinem Vater auf Unterstützung hoffen dürfen. Doch die Szene mit Paolo heute hatte das Blatt deutlich gewendet.

»Geh hoch!«, grollte sein Vater.

David konnte sich nicht rühren. Es kam ihm auch irgendwie falsch vor, jetzt einfach so nachzugeben. Wenn er den Kampf jetzt verlor, würde er wahrscheinlich niemals von seinen Eltern loskommen.

»Geh!«

»Ansgar«, versuchte Hanne ihren Mann zu beschwichtigen.

»Der Junge hat zu tun, was ich sage!« Sein Vater trat einen Schritt vor.

»Ansgar!« Panisch hielt Hanne ihn fest.

David blieb trotzig stehen, obwohl seine Beine zitterten. Niemals hätte er gedacht, dass er mal vor seinem eigenen Vater Angst haben würde.

»Geh hoch!« Es war mittlerweile mehr eine Drohung als ein Befehl.

»Nein«, presste David hervor und spürte die Wand in seinem Rücken.

Sein Vater atmete tief durch. Wie ein Stier stand er am anderen Ende des Zimmers. Seine Mutter flehte ihn unter Tränen an. Und dann brach er los.

David zuckte zusammen. Wie in Zeitlupe sah er seinen Vater auf sich zukommen. Die Gewissheit, dass er dieses Aufeinandertreffen nicht überleben würde, ließ ihn zur Seite springen. Vor sich sah David die Haustür. Seine Rettung! Nicht die Treppe rauf, wie in all den dummen Horrorfilmchen. Hinaus! Er musste hinaus!

Viel zu langsam kam die Tür auf ihn zu. Er war sich sicher, dass er es niemals schaffen konnte. Hinter ihm brüllte sein Vater wie ein Tier. Wahnsinnig, durchfuhr es ihn, alles war wahnsinnig geworden. Als seine Hände endlich die Klinke erreichten, hörte er seinen eigenen Angstschrei. Niemals würde er die Türe rechtzeitig aufbekommen. Jeden Moment mussten ihn die Pranken seines Vaters zurückreißen und zu Boden schleudern. Doch er bekam die Tür auf und floh hinaus.

Erst als er an der gegenüberliegenden Tür ankam, traute er sich, einen Blick zurückzuwerfen. Die Tür zu seinem Elternhaus stand einen Spalt breit offen, aber keine Spur von seinem Vater. Dann bemerkte er, dass er noch immer wie wild auf den Klingelknopf drückte.

»Komm rein«, sagte Paolo, der vor ihm in der Tür stand.

David schreckte mit einem Aufschrei zurück. Doch Paolo fasste ihn an der Hand und zog ihn ins Haus.

»Mein Vater«, begann David völlig außer Atem, »er ist ...« Und dann kamen die Tränen, die ihn wie ein kleines Kind überwältigt vor Paolo stehen ließen.

»Du bist in Sicherheit«, sagte Paolo leise und lächelte. »Du bist bei mir.« Er breitete die Arme aus und wartete, dass David sich darin einfand.

Als das Schluchzen langsam abebbte, nahm David Paolos Körper unter der Kleidung war. Jede Regung drang zuckend durch den Stoff und versetzte seiner Haut ein wohliges Kribbeln.

»Ich wusste, dass du wiederkommst«, sagte Paolo und streichelte ihm über den Kopf.

David wischte sich die Tränen aus den Augen und sah Paolo an. Sein Gesicht wirkte merkwürdig verzerrt. Dennoch schloss er die Augen und empfing den Kuss. Mit einem Mal war die Welt außerhalb der Tür, an der sie nun lehnten, nicht mehr relevant. Das Einzige, was jetzt zählte, war Paolo und diese Hände, die sich in Davids Hose schoben.

Freitag

Meine Seele

Sie sagt
Er will deine Seele
Wie er es
Zuvor bei mir versucht
Weiß er denn nicht
Verflucht
Dass er meine bekäme
Ließe er dich nur gehn

M. Nagy

119

Merlin wurde vom Klingeln seines Handys geweckt. Verschlafen suchte er das Gerät und meldete sich.

»Hallo, hier ist deine Mutter«, sagte Selma.

»Hi Ma.« Merlin richtete sich auf und rieb seine Augen.

»Ich wollte nur nicht, dass du den Tag verpennst«, sagte sie. »Du musst noch zur Schule und dich schlau machen, wie du dich abmelden kannst.«

Merlin kratzte sich am Kopf. Dann kam langsam sein Gedächtnis zurück. Soweit er sich erinnern konnte, war er erst vor ein paar Stunden schlafen gegangen. Ihm war noch immer schwindelig vom Alkohol.

»Merlin?«

»Ja?«

»Ich meine es ernst!« Die Stimme seiner Mutter klang entschlossen.

»Ähm – Ma?« Merlin lehnte sich zurück. Irgendwie wusste er bereits, dass er keine Chance haben würde. Trotzdem fragte er: »Gibt es eine Möglichkeit, dass ich nicht mit nach Berlin muss?«

Sie schwieg. Jetzt war er derjenige, der noch mal fragte: »Ma?«

»Merlin, ich will dir nicht vorschreiben, was du tun sollst.« Sie schluckte. »Das kann ich wohl auch nicht mehr. Wenn du eine andere Lösung hast – bitte.«

Merlin hatte schon fast mit dieser Reaktion gerechnet. Sie war verletzt und erwartete von ihm, dass er mit ihr ging. Er konnte es jetzt schlimmer machen, indem er einfach hier blieb und womöglich noch weiterhin bei Paolo wohnte. Oder aber er würde in den sauren Apfel beißen müssen. Berlin! Das war auch nicht aus der Welt.

»Ich will noch zu David«, sagte er leise.

»Mach das!« Seine Mutter klang fast ärgerlich.

»Warum ausgerechnet Berlin?«

»Weil ich nicht vorhabe, nur ein Haus weiterzuziehen.« Sie schnaubte. »Außerdem ist es an der Zeit, dass dein Großvater auch mal etwas für uns tut.«

Merlin bemerkte den gutmütigen Tonfall. Irgendwas hatte sich wohl an ihrer Einstellung zu ihrem Vater geändert.

»Wann sollen wir dich abholen?«

Merlin zögerte. Was sollte er sagen? Ein Blick auf die Uhr zeigte ihm, dass es erst kurz nach sieben Uhr war. Wie lange würde es dauern, bis er sich in der Schule vernünftig abgemeldet hatte? Ging das überhaupt so schnell? Merlin bezweifelte es. Und dann wollte er auch noch zu David. Das würde ihm sicherlich alles andere als leicht fallen.

»Ich ...«, begann er.

»Ich fahre jetzt gleich los«, sagte seine Mutter knapp. »Ich rufe dich noch mal an, okay?« Dann folgte nur noch Tuten.

Verwirrt sah Merlin das Handy in seiner Hand an. Sie hatte einfach aufgelegt. Wahrscheinlich hatte ihr das alles zu lange gedauert. Für einen Moment überlegte er, ob er sich nicht einfach wieder hinlegen sollte. Sie würden frühestens gegen Mittag wieder in Neuss sein. Aber Merlin fühlte sich nicht mehr in der Lage noch mal einzuschlafen. Das Gespräch hatte ihn hellwach gemacht. Vorsichtig erhob er sich von der Couch und suchte seine Sachen zusammen. Christian schlief noch, wie er unschwer an dem Schnarchen erkennen konnte. Wahrscheinlich würde er auch ein Nebelhorn brauchen, um ihn zu wecken. Schwankend lief Merlin ins Bad und machte sich frisch.

Eine halbe Stunde später saß er im Zug Richtung Düsseldorf, um eine weitere halbe Stunde später in Neuss auszusteigen. Wenn heute ein normaler Tag wäre, überlegte er, würde er jetzt mit David zusammen in der Schule sitzen und ganz normal den Unterricht über sich ergehen lassen. Die Vorstellung machte ihm ein schlechtes Gewissen. Wenn er nicht so einen Mist gemacht hätte, müsste er seine Schullaufbahn hier jetzt nicht unterbrechen. Die Angst vor dem unbekannten Leben kam wieder hoch. David würde hier bleiben und sein Leben einfach weiterleben. Doch er musste sich von grundauf neu einrichten. Er hatte das Gefühl, sowas nicht mehr ertragen zu können. Er war kein kleines Kind mehr.

In seinen Gedanken verloren stieg er in die Straßenbahn, die ihn geradewegs über die Einkaufsstraße durch die City führte. Überall sah er Menschen, die sich über nichts anderes Gedanken machen mussten, als ihren nächsten Einkauf oder ob sie es noch rechtzeitig zur Arbeit schafften. Wie gern würde er jetzt einfach aussteigen und sich unter sie mischen. Er fuhr an dem Buchladen vorbei, in dem er immer seine Bücher kaufte. Jetzt würde er sich in Berlin einen anderen Stammbuchladen suchen müssen. Plötzlich kam ihm die Idee, dass er über das, was ihm in den letzten beiden Wochen widerfahren war, unbedingt ein Buch schreiben musste. Das war alles so unglaublich, dass es einfach festgehalten werden musste. Nur fragte er sich, wie dieses Buch enden sollte. Während die Realität ja meist nicht grade gnädig mit ihren Protagonisten umsprang, würden die Leser eines Buches sicherlich enttäuscht sein, wenn man sie um ihr gutes Ende brachte. Merlin sinnierte darüber, wie wenig Bücher es doch gab, deren Autoren doch tatsächlich den Mut hatten, den Erwartungen der Leserschaft nicht zu entsprechen. Er selbst konnte sich da nicht mal ausnehmen. Wenn er ein Buch las, dann wollte er auch ein Happy End. Nur in dieser Geschichte würde es keines geben, dachte er bitter.

An der entsprechenden Station stieg er aus. Wie würde ein gutes Ende bei einer solchen Geschichte denn aussehen, ohne dass die Glaubwürdigkeit gleich den Bach hinunterging? Definitiv konnte er sich die Wunschvorstellung abschminken, dass David ihn gleich von seinem Fenster aus zu sich hinaufwinken würde. Sowas passierte in Filmen, aber nicht im realen Leben. Und doch spürte er, dass er die Hoffnung darauf noch nicht aufgegeben hatte. Es käme einem Traum gleich, wenn er jetzt noch eine Lösung für sein Problem finden würde. Die Welt musste sich quasi auf den Kopf stellen. Davids Eltern wären plötzlich von ihm als Schwiegersohn begeistert und seine Mutter würde ihm verzeihen und zu Paolo zurück ... Nein, das war totaler Humbug!

Zehn Minuten später bog Merlin auf seine Straße ein. Er bemerkte, dass sein Herz schneller schlug. Vielleicht war das Leben ja doch nicht so weit von einem Märchen entfernt. Je näher er aber kam, desto sicherer war er, dass David auf keinen Fall aus dem Haus gerannt kommen würde, um ihn zu umarmen. In dieser Beziehung hatte seine Mutter absolut recht. Er musste den Gedanken endlich über Bord werfen, dass er irgendwann mal seinem Prinzen begegnen und mit ihm für den Rest seines Lebens glücklich werden würde. Trotzdem schaute er sehnsüchtig zu Davids Fenster hoch. Als er aber am Eingang zu Paolos Haus – ja, jetzt war es wieder Paolos Haus und nicht mehr sein zu Hause – angekommen war, schüttelte er den Kopf und trennte sich von seinen Hoffnungen. David saß jetzt sicherlich in der Schule. Wahrscheinlich war er nicht mal über den leeren Platz neben sich traurig.

Merlin stellte zufrieden fest, dass Paolos Auto nicht da war. Dann kramte er seinen Schlüssel hervor und schloss die Haustür auf. Das Haus lag dunkel vor ihm. Irritiert blieb er stehen und drückte die Tür leise wieder ins Schloss. Es kam ihm seltsam vor, dass das Wohnzimmer noch immer verdunkelt war. So ungemütlich und bedrohlich hatte er dieses Haus noch nie wahrgenommen. Dann schlich er sich durch den Flur zur Treppe. Irgendwie fürchtete er sich plötzlich davor, sich hier frei zu bewegen. Es war, als könnte jeden Moment etwas aus der Dunkelheit hervorschießen und ihn anfallen. Vorsichtig stieg er die Treppe hinauf und sah auf das Schlafzimmer, das nun wieder Paolo allein gehörte. Auch hier war es dunkel. Rasch huschte er in sein Zimmer und blieb wie angewurzelt stehen. Vor ihm auf dem Bett lagen seine Gedichtsbände. Er schluckte. Hatte Paolo sich etwa hier hingelegt und seine Gedichte gelesen? Merlin konnte sich das kaum vorstellen. Mit einem dumpfen Knall ließ er seine Tasche auf den Boden fallen und schnappte die Büchlein und Hefte vom Bett. Die aktuellsten lagen obenauf. Hastig stopfte er seine Werke in die Tasche zu den schmutzigen Anziehsachen. Er konnte selbst nicht sagen, was er so schlimm daran fand, dass Paolo diese Gedichte gelesen hatte, aber es ... Und dann wusste er es plötzlich. Das waren Gedichte, die er für David geschrieben hatte und Paolo hatte sie sozusagen – entehrt? Merlin fuhr sich mit den Händen durchs Gesicht. Jetzt nur die Ruhe bewahren und nicht durchdrehen, sagte er sich. Er sah sich kurz im Zimmer um. Es gab nicht viel, das er unbedingt mitnehmen wollte. Nach kurzem Überlegen entschied er sich, dass er als erstes mit dem Computer anfangen sollte. Er zog den Tower hervor und riss fahrig die Kabel heraus. Dann zerrte er Maus und Tastatur vom Tisch herunter und warf sie aufs Bett. Gerade wollte er den Monitor nehmen, als ihn ein Geräusch hochfahren ließ. Still blieb er stehen, beide Hände noch am Monitor. Da war es wieder! Es war definitiv das Knacken des Bettes im Schlafzimmer ... Merlin bekam eine

Gänsehaut. Blitzschnell ließ er den Monitor los, als wäre er plötzlich heiß geworden und huschte zur Tür. Dann lauschte er wieder. Also war Paolo doch da, durchfuhr es ihn. Er war allein mit Paolo! Sein Blick glitt zur Wendeltreppe. Wenn er schnell genug war, konnte er vielleicht noch unbemerkt das Haus verlassen. Dann hörte er ein weiteres Knarren und unsichere Schritte. Zu spät! Merlin blieb wie angewurzelt stehen. Starr blickte er auf die Schlafzimmertür ihm gegenüber. Sein Herz schlug immer schneller und sein Hals wurde langsam eng. Innerlich versuchte er sich auf die Konfrontation einzustellen. Er nahm sich vor, einfach so zu tun, als wäre alles ganz normal. Aber Paolo würde natürlich wissen, dass er nur hergekommen war, um seine Sachen zu holen. Wahrscheinlich würde er versuchen, ihren neuen Standort aus ihm herauszupressen.

Noch während er sich eine Schreckensvision nach der anderen ausmalte und versuchte, auf alles gefasst zu sein, passierte das, worauf er absolut nicht gefasst war: David kam verschlafen aus dem Zimmer herausgetaumelt – nackt.

120

Als David aufsah, schrak er zurück. Sein Mund formte sich zu einem Aufschrei, den seine Kehle nicht verwirklichen konnte. Hilflos stolperte er nach hinten und hielt sich schließlich am Türrahmen fest. Dann realisierte er erst, was hier eigentlich geschah. Wie von einem alten Geschichtenerzähler wurde alles noch mal unendlich langsam erklärt. Er war von zu Hause geflüchtet und hatte mit Paolo geschlafen. In seinem Kopf schrillten die Alarmglocken. Er hatte mit Paolo geschlafen! Dann war er von Geräuschen wachgeworden, die er ganz selbstverständlich Paolo zugeschrieben hatte. Und jetzt stand er nackt vor seinem Freund.

David reagierte endlich und stürzte ins Schlafzimmer. Hastig griff er seine Klamotten vom Boden und sprang hinein. Verdammt! Merlin hatte ihn gesehen. Was sollte er ihm jetzt bloß sagen? Aber war es nicht genau das, was er eigentlich mit der ganzen Aktion bezweckt hatte? Wollte er es Merlin nicht heimzahlen?

»David ...«, keuchte Merlin hinter ihm.

David zerrte sich brutal sein Shirt über. Irgendwo riss eine Naht, aber das war ihm gerade absolut egal. Er drehte sich um und versuchte halbwegs gefasst auszusehen. Doch als er Merlins Gesicht sah, wusste er, dass er es nicht schaffen würde.

Merlin sprach nicht weiter. In seinen Augen kämpfte Entsetzen mit der Gewissheit, dass es keine andere Erklärung für diese Situation gab, als die, die er sich gerade vorstellte.

David wollte etwas sagen, wollte irgendwie ungeschehen machen, was geschehen war. Aber es fiel ihm nichts ein.

»David ...«, sagte Merlin noch mal. In seinen Augen sammelten sich Tränen und er presste die Lippen aufeinander. Die Gewissheit hatte gesiegt.

Unsicher tat David einen Schritt auf ihn zu.

»Bleib da!« Merlin streckte seine Hand vor, als könne er ihn damit auf Abstand halten.

Davids Hals wurde immer enger. Plötzlich hatte er das Gefühl, nicht mehr atmen zu können. Wie hatte er sich eine solche Situation jemals wünschen können? Nichts war von dem Rachegefühl zu spüren, dass er sich vorgestellt hatte. Es tat nur weh, Merlin verletzt zu sehen. Die Nacht mit Paolo war schön gewesen. Er hatte ihn ganz zärtlich behandelt und war erst nach und nach leidenschaftlicher geworden. Aber Merlins Anblick ließ diese Erinnerung wie einen unechten Kristall zerbröseln. Plötzlich wusste David, dass seine Rache eigentlich ihn selbst traf. Er wollte Merlin für seinen Betrug bestrafen und hatte sich selbst zu einem hinreißen lassen.

»Merlin«, sagte er matt, »ich – ich ...« Seine Stimme versagte.

Merlin schüttelte den Kopf und drehte sich um. David starrte noch eine Weile auf den Abschnitt in der Tür, den Merlin bis gerade ausgefüllt hatte. Dann vernahm er wieder die Geräusche aus dem Nebenzimmer. Wie hatte er nur denken können, dass Paolo sich noch im Haus aufhielt? Plötzlich wurde ihm heiß, obwohl alles schon geschehen war. Wenn er nur einen Moment nachgedacht hätte und nicht sofort schlaftrunken aus dem Zimmer gelaufen wäre, dann hätte sich diese Situation sicherlich vermeiden lassen. Merlin war offenbar nicht auf die Idee gekommen, dass sich jemand außer ihm im Haus aufhielt. Aber was hätte das letztlich gebracht? David wäre liegen geblieben und hätte sich nicht rühren können, bis Merlin schließlich wieder gegangen wäre. Gut, Merlin hätte nichts von dem Betrug erfahren, aber eigentlich änderte das auch nichts. Ihre Beziehung hatte keine Zukunft. Am Ende spielte es keine Rolle mehr, ob er sich noch Mühe gab, Merlin zurückzuhalten oder nicht. Die Sache war gelaufen. Und dennoch hätte David im Nachhinein gern darauf verzichtet, seinem Freund wehzutun.

Plötzlich hörte er unten die Haustüre. Im ersten Moment dachte David, dass Merlin vielleicht das Haus verließ. Doch dann fiel ihm ein, dass er die Treppe nicht gehört hatte. Im Nebenzimmer war es still. David schluckte. Entweder kam Selma nun auch noch, oder aber Paolo war es wieder langweilig geworden auf der Arbeit. Dann polterte jemand die Treppe hinauf. Davids Atem setzte aus. Wie versteinert lag er auf dem Bett und wartete. Kurz darauf erschien Paolo in der Tür.

»Na? Lust auf eine kleine Runde?«, rief er ausgelassen.

David schloss die Augen und wünschte sich weit weg. Doch sein Wunsch wurde nicht erhört. Dafür hörte er Merlin.

»Du Schwein!«, drang Merlins Stimme an sein Ohr. »Warum hast du das gemacht?«

Paolo lachte.

Das Bett unter David begann sich plötzlich zu drehen. Immer wieder hörte er Merlin Schimpfwörter schreien und dazwischen Paolos Lachen. Wenn er nur lange genug die Augen zuhielt, dachte David, würde sich am Ende alles als böser Traum herausstellen. Paolo würde sagen, dass ja alles nur ein Scherz war und Merlin käme zu ihm, um ihn zu umarmen. Aber nichts davon passierte. Stattdessen tauchte David langsam wieder in eine Realität auf, die ihm absolut nicht gefiel.

Er öffnete die Augen und sah Merlin, wie er versuchte, auf Paolo einzuschlagen. Doch der hielt ihn mühelos von sich weg und lachte dabei. David war hin- und hergerissen. Einerseits wollte er seinem Freund helfen und mit ihm zusammen auf Paolo einschlagen – schließlich war der an allem Schuld. Er wollte diesem Kerl das fiese Lachen aus dem Gesicht prügeln. Auf der anderen Seite fühlte er sich mit der Situation einfach überfordert. Irgendwie wurde er das Gefühl nicht los, dass alles ein wenig zu überspitzt bei ihm ankam. Warum wollte Merlin auf Paolo einschlagen? Warum lachte dieser?

»Ruhe!«, schrie er schließlich und war überrascht, dass Merlin tatsächlich mit seinen Angriffen auf Paolo aufhörte. Sogar Paolo sah ihn an. Es war, als hätte er die Szenerie einfach so angehalten.

»Ja?«, fragte Paolo.

David fiel nichts ein, was er sagen konnte. Einen Moment verharrten sie alle in ihren Positionen. Dann riss sich Merlin schließlich los und stürmte die Treppe hinunter. Das Geräusch der zuschlagenden Tür hallte immer und immer wieder in Davids Kopf nach. Er wusste, dass er Merlin damit verloren hatte. Wahrscheinlich hatte er ihn damit auch zum letzten Mal gesehen. Tränen schossen ihm in die Augen.

»Nicht weinen«, sagte Paolo sanft und legte sich zu ihm aufs Bett.

David spürte eine Hand auf seinem Bauch. Ein leichtes Kribbeln breitete sich aus. Es war, als würde etwas in ihm bewegt. Er presste die Augenlider fest zusammen. Was auch immer mit ihm passierte wenn Paolo in seiner Nähe war, es schien genau das zu sein, was er brauchte. Die tröstende Hand auf seinem Bauch, der erste Kuss in seinem Büro. Alles war stets von einem Widerwillen begleitet, aber letztlich doch willkommen und – schön.

»Er war eifersüchtig«, sagte Paolo. »Merlin war immer schon eifersüchtig. Er kann es nicht vertragen, dass ich dich ausgewählt habe.«

David hörte diese Worte und entlarvte sie sofort als Lüge. Trotzdem spürte er, dass sie tief in ihn eindrangen und wirkten.

»Aus uns kann etwas werden.« Paolos Stimme war ein kaum hörbares Flüstern geworden. Fast schien es, als käme sie gar nicht von ihm, sondern hätte ihren Ursprung geradewegs in Davids Kopf. »Wir beide sind etwas Besonderes.«

David dachte über sich und Paolo nach. Konnte er tatsächlich mit diesem Mann zusammensein? Es gab so viele negative Dinge an ihm, wie zum Beispiel ... David suchte angestrengt nach etwas, das ihm an Paolo nicht gefiel, doch überrascht stellte er fest, dass ihm nichts einfallen wollte. Tatsache blieb aber, dass er Paolo nicht liebte. Liebe empfand er ausschließlich für Merlin. Doch das war Vergangenheit. Konnte er trotzdem mit Paolo zusammen sein? Wie wichtig war Liebe eigentlich? David versuchte sich ein Leben mit Paolo vorzustellen. Er würde ihn niemals lieben, aber musste das tatsächlich sein? Reichte es nicht, wenn er sich bei ihm wohlfühlte? Immerhin sah Paolo gut aus, hatte Geld und war offensichtlich in ihn verschossen. Er müsste nicht mehr bei seinen Eltern wohnen und konnte endlich so sein, wie er tatsächlich war.

»Willst du bei mir bleiben?«, fragte Paolo in seinem Kopf.

David nickte.

Nach einer Weile richtete sich Paolo aber auf. »Ich muss noch mal zur Arbeit«, sagte er. »Ein wichtiger Vertrag.«

David nickte wieder. Ihm war alles egal, Hauptsache, er konnte einfach hier liegen bleiben.

121

»Wo bist du denn?«, fragte seine Mutter durch das Handy.

»Ich bin in ein paar Minuten da, okay?« Merlin unterbrach die Verbindung. Christian saß schweigend am Steuer seines Wagens und lenkte sie durch den Verkehr. Sicher durfte er sich für seine Verspätung auch noch mal etwas anhören, dachte Merlin. Und dafür, dass er sich noch nicht von der Schule abgemeldet hatte. Irgendwie glaubte sein Herz immer noch, dass das alles nur ein böser Traum war. Aber das war es leider nicht.

»Und?«, fragte Christian. »Weißt du mittlerweile was du willst?«

»Was ich will weiß ich«, sagte Merlin niedergeschlagen. »Aber ...« Er sprach nicht weiter. Von dem Vorfall mit David und Paolo war er einfach nur zurück nach Köln geflüchtet. Christian war momentan seine einzige Konstante. Aber von David und Paolo konnte er ihm einfach nichts erzählen. Trotz seiner Wut und Enttäuschung hatte er noch immer das Gefühl, David irgendwie in Schutz nehmen zu müssen. Er wollte nicht, dass Christian schlecht von ihm dachte.

»Aber?«, fragte Christian nach einer Weile.

»Ich gehe mit meiner Mutter, fertig.« Merlins Stimme klang so unsicher, wie er sich selbst fühlte.

»Es wird dir bestimmt gefallen in Berlin«, sagte Christian. »Und wenn nicht«, fügte er kurz darauf an, »kommst du einfach wieder zurück und wir finden schon eine Lösung.«

»Danke.« Mehr konnte Merlin im Augenblick nicht sagen. Tränen stiegen ihm in die Augen und er versuchte sie wegzublinzeln.

»Mensch, wenn ich nur die Hälfte von dem erlebt hätte, was du mir so erzählt hast, wäre ich einfach nur froh, endlich hier wegzukommen.« Christian lächelte ihm mutmachend zu. Dann bogen sie in die Straße ein, die Merlin heute wohl zum letzten Mal sah. Vorne vor Paolos Haus stand ein wuchtiger Mercedes. Das musste der Wagen seines Großvaters sein, dachte Merlin unbehaglich.

»Okay, du kannst hier halten.« Merlin sah angestrengt aus dem Fenster. Verstohlen wischte er sich über die Augen, weil ihm schließlich doch ein paar Tränen über das Gesicht gelaufen waren. Dann drehte er sich zu Christian um.

»Wir machen es kurz, in Ordnung?«

Christian nickte still.

»Gut«, flüsterte Merlin. »Danke noch mal.« Er beugte sich zu Christian und nahm ihn freundschaftlich in den Arm. Einen Moment später riss er sich los und stieg eilig aus dem Wagen. Ohne sich noch mal umzudrehen, ging er auf den Mercedes zu. Er hatte einfach zu viel Angst, dass er doch wieder zurücklaufen und mit Christian davonfahren könnte. Aber das tat er nicht.

Seine Mutter stieg auf der Fahrerseite des Mercedes aus. »Halb zwei!«, sagte sie vorwurfsvoll.

»Hi Ma.« Merlin wusste nicht, was er sonst sagen sollte. Schüchtern schaute er in den Fond des Wagens.

»Ich bin allein«, sagte Selma. »Dein Großvater hat sich doch noch überreden lassen, mir den Wagne zu geben und nicht noch mal die ganze Strecke mitzufahren. Das wäre für uns alle zu anstrengend geworden.«

»Ah«, machte Merlin, als wüsste er genau, wovon seine Mutter sprach. Im Grunde wusste er aber nichts. Sie sah gut aus, kein bisschen so, wie er sich seine Mutter nach dem Geständnis vorgestellt hatte. Und dann der Wagen. Das alles passte kein Stück zusammen. Aber das sollte letztlich wohl Teil des neuen Lebens sein, in das sie gleich starten würden.

»Hast du deine Sachen?«, fragte sie.

»Ich muss nur – ich hole sie.« Merlin lief zum Hauseingang ohne eine Antwort abzuwarten. Seine Hände zitterten, als er die Tür aufschloss. Noch immer lag das Wohnzimmer im Dunklen. Auch hier hatte ein neues Leben begonnen. Er dachte kurz an David, der offenbar Teil dieser Veränderung war. Merlin konnte sich überhaupt nicht vorstellen, dass dieser schüchterne Junge tatsächlich mit Paolo geschlafen hatte. Dann schüttelte er den Gedanken ab. Das war Vergangenheit, jetzt ging es in die Zukunft. Eilig lief er die Treppe und begann, nach und nach alles nach unten zu tragen.

Als er sich knapp zehn Minuten später zum letzten Mal in seinem Zimmer umsah, überkam ihn wieder die Wehmut. Er dachte an die wunderbaren Augenblicke, die er hier erlebt hatte. Wie er die Jugendlichen unten im Park immer beobachtet hatte. Seine Abende, an denen er vollkommen zufrieden Gedichte schreiben konnte. Das war, bevor alles aus den Fugen geraten war. Dann fiel ihm aber ein, dass er auch schon zu dieser Zeit unter seiner Affäre mit Paolo gelitten hatte. Nein, dieser Schritt war richtig. Er musste nach Berlin.

Entschlossen zog er die Tür zu. Einen Moment blieb er stehen. Er war fertig hier, jetzt konnte er gehen und alles hinter sich lassen. Aber er ging nicht die Treppe hinunter, sondern auf das Schlafzimmer zu. Plötzlich war er sich vollkommen sicher, dass er David noch mal sehen würde, bevor er ging. Vorsichtig trat er an die Tür heran, bis das Bett langsam in Sicht kam. Und da lag David tatsächlich – mit geschlossenen Augen kerzengerade auf dem Rücken. Mit einem Mal waren all seine Gefühle wieder da. In diesem Augenblick hätte Merlin schreien können vor Wut und Trauer. Er wollte sich auf den Jungen werfen und ihn küssen. Ihn schütteln und im Arm halten und ... Merlin hatte plötzlich das Bedürfnis, noch etwas zu sagen bevor er ging. Etwas wie ›Ich liebe dich‹ oder ›Leb wohl‹ vielleicht. Er schluckte, als ihm klar wurde, dass es immer noch stimmte. Er liebte David. Das war der Grund, weshalb er nicht von hier fort wollte.

Nachdem er aber ein paar Minuten reglos und stumm dort gestanden hatte, gab Merlin auf. Er würde nichts sagen zum Abschied. Leise schob er sich wieder zurück und stieg die Treppe hinunter. Seine Schritte wurden immer schneller, bis er schließlich rannte. Fast panisch zog er die Haustür auf und lief hinaus.

Seine Mutter sah ihn fragend an, als er wie wild in den Wagen sprang.

»Fahr!«, rief Merlin. Dann drang ein Kichern in ihm hoch, das er nicht unterdrücken konnte. Und während Selma den Wagen drehte und die Straße hinunterfuhr, lachte Merlin richtiggehend.

»Kannst du mir mal erklären was los ist?«, fragte Selma nach einer Weile.

Merlin biss die Zähne aufeinander. Sein Lachanfall hatte sich mittlerweile verflüchtigt und wieder der Trübsal Platz gemacht.

»Ich weiß auch nicht«, sagte er schließlich. »Das ist alles irgendwie – zu viel.«

Selma nickte. »Für mich auch.«

Merlin fühlte das schlechte Gewissen in sich hochsteigen. Natürlich konnte es seiner Mutter kein Stück besser gehen, schließlich war sie diejenige, die betrogen worden war. Unangenehmes Schweigen machte sich breit.

»Willst du drüber reden?«, fragte sie.

Merlin hätte am liebsten verneint. Natürlich wollte er nicht über das reden, was sie gerade zurückließen. Aber er riss sich zusammen.

»Willst du denn?«, fragte er zurück.

»Was hat dir an Paolo gefallen?« Selma sah starr nach vorn.

Merlin schluckte. »Ich – ich weiß es gar nicht wirklich«, sagte Merlin. »Er sieht gut aus.«

»Das ist aber bitte nicht alles!«

Merlin zögerte. »Irgendwie – geht von ihm eine komische Magie aus.«

»Inwiefern?«

Lange Zeit fuhren sie schweigend weiter. Merlin war sich nicht sicher, ob er wirklich sagen sollte, was er dachte. Die Angst, dass sie ihm nicht glauben könnte ... Dann gab er sich aber einen Ruck.

»Ich wollte das alles gar nicht«, sagte er und klang tatsächlich so banal, wie er befürchtet hatte. Doch Selma reagierte nicht darauf.

»Es war, als hätte mich etwas dazu gezwungen, obwohl ich wusste, dass es absolut falsch war.«

Selma räusperte sich.

»Was?«, fragte Merlin.

»Ich habe Paolo als ehrlichen und vernünftigen Mann kennengelernt.« Sie lachte bitter auf. »Wenn ich mir die letzte Zeit noch mal so durch den Kopf gehen lasse, dann könnte man echt sagen, dass er sich um hundertachtzig Grad gedreht hat. Aber bemerkt habe ich es nicht. Seltsam, oder?«

Merlin wusste nicht, was er sagen sollte. Er kannte Paolo erst seit sie eingezogen waren, aber da war er schon ... Mitten in seinen Gedanken hielt er inne. Es stimmte! Fast hätte er laut aufgelacht bei der Erinnerung, als Paolo erfahren hatte, dass Merlin schwul war und daraufhin vor Scham rot geworden war.

»Wenn man so eng mit einem Mensch zusammenlebt, fallen einem Veränderungen vielleicht nicht so auf«, sagte Selma. »Ich weiß auch nicht.«

Merlins Herzschlag beschleunigte sich. Seine Mutter hatte recht, Paolo hatte sich verändert. Und David auch, obwohl er ihn ja noch nicht lange kannte. Trotzdem: Wie konnte ein Junge, der so schüchtern war, mit Paolo einfach so ins Bett gehen? Von heute auf morgen. Und zu ihm selbst passte das auch nicht!

122

Keine halbe Stunde war seit Merlins Auszug vergangen, als David wieder die Haustüre hörte. Er hatte die ganze Zeit seit Merlins Verschwinden reglos hier gelegen. Sein Kopf war einfach leer gewesen und er hatte ins Nichts gestarrt. Doch jetzt tat sein Herz plötzlich einen Sprung. Die Haustüre! Merlin kam zurück! Vollkommen ausgefüllt von diesem Gedanken setzte er sich auf und wollte gerade aus dem Bett springen, als Paolo die Treppe hinaufkam. Kraftlos ließ er sich zurückfallen. Paolo ...

»Wie ich sehe, haben wir das Haus jetzt für uns allein, was?«, sagte Paolo, als er das Schlafzimmer betrat.

David versuchte seine Gedanken beiseitezuschieben und einfach nur wieder an die Decke zu schauen. Aber es gelang ihm nicht. Also nahm er Paolos Satz auf. Sie hatten das Haus jetzt für sich allein. Das war immer noch besser, als über seine Gefühle zu Merlin nachdenken zu müssen. Aber was bedeutete das eigentlich? Sollte er jetzt hier einziehen und seine Eltern meiden? Paolo stellte sich das vielleicht einfach vor, aber David glaubte kaum, dass das letzte Wort mit seinem Vater gesprochen war. Außerdem, dachte David, klang das fast so, als hätte Paolo nur darauf gewartet, dass Selma und Merlin endlich verschwanden. Er schloss die Augen und sah Merlin vor sich. Jetzt war er doch bei diesem Thema.

Paolo legte sich neben ihn. »Was hältst du davon?«

»Wovon?«, krächzte David.

»Von uns beiden und dem Haus?«

David schluckte. Mit einem Mal fühlte er sich von Paolo unter Druck gesetzt. Verstand er eigentlich nicht, dass er gerade seine erste große Liebe verloren hatte und nicht auch noch seine Eltern in die Wüste schicken konnte?

»Ich – ich – weiß nicht«, sagte er nach einer Weile.

Paolo lachte auf. »Woher hab ich das gewusst?«

David schlug die Augen auf und sah Paolo irritiert an. »Was?«

»Dass du mich auch verlassen wirst.«

»Ich – ich ...«

»Ist es dein Vater?«, fragte Paolo dazwischen.

David wusste nicht so recht was er sagen sollte, also nickte er. Letztlich stimmte es doch auch. Seine Eltern würden niemals genehmigen, dass er hier bei Paolo lebte. Sie würden nicht mal kampflos dulden, dass er sich mit ihm traf.

Paolo schüttelte den Kopf. Dann zog er seufzend einen Brief aus der Hemdtasche und faltete ihn umständlich auf.

»Was ist das?«, fragte David perplex. Langsam kam ihm das Ganze komisch vor. Er ahnte, dass sich die Welt gleich wieder einen Schwung schneller drehen würde.

»Ein Vertrag«, sagte Paolo und sah ihn ernst an. »Ich gebe zu, dass ich in dich verknallt bin und dich wirklich gern hier behalten würde, aber ich fürchte, ich kann das nicht entscheiden.« Er reichte ihm das zerknitterte Blatt. »Das musst du wohl in die Hand nehmen, wenn du es überhaupt willst.«

David verstand plötzlich kein Wort mehr. Verdutzt nahm er das Papier und las ›Unterlassungserklärung‹. Davids Augen rutschten sofort nach unten zu den Unterschriften. Paolo und sein Vater hatten das Schriftstück beide signiert. Dann las er: *Hiermit erkläre ich, Paolo Jobim, mit sofortiger Wirkung ...*

Die Buchstaben verschwommen vor seinen Augen. Sein Vater wollte doch tatsächlich vertraglich verbieten, dass Paolo sich noch mit ihm abgab. Eine utopische Summe stand da geschrieben, die bei Vertragsbruch fällig sein sollte und ... David konnte nicht weiterlesen. Er lachte. Dann nahm er den Vertrag noch mal auf, als könne er nicht glauben, was er da in den Fingern hielt. Doch, es war ein richtiger Vertrag und sein Vater hatte unterschrieben.

»Du bist den Vertrag eingegangen?«, fragte David schließlich heiser und schüttelte ungläubig den Kopf.

»Hör zu, ich will mich nicht zwischen dich und deine Eltern stellen«, sagte Paolo. »Ich mag dich wirklich gern, aber wenn deine Eltern so sehr dagegen sind ... Ich will dir einfach keinen Ärger machen.«

Die Worte wälzten sich in Davids Kopf hin und her. Paolo wollte ihm keinen Ärger machen und unterschrieb einen irrsinnigen Vertrag, den sein Vater offenbar entworfen hatte. David nahm das Schriftsück wieder hoch, um es sich noch mal anzugucken. Sowas konnte es einfach nicht geben. Doch als er gerade willens war, den kompletten Vertrag zu lesen, nahm Paolo ihn an sich.

»Ich kann da nichts machen«, sagte er sanft. »Ich habe unterschrieben – für dich.«

Unter Davids Haut begann es plötzlich zu kribbeln. Wie konnte sein Vater nur einen solchen Vertrag aufsetzen und das auch tatsächlich ernst meinen? Durfte er denn nicht selbst entscheiden, mit welchen Leuten er sich abgab?

»Ich meine, ich finde das freilich auch ein wenig ungewöhnlich, immerhin entscheidet er ja über deinen Kopf hinweg.« Paolo machte eine Pause, dann fuhr er fort. »Aber ich denke es ist okay, weil er ja nur Aktivitäten von meiner Seite unterbindet. Und wenn du ...« Er verstummte.

»Wenn ich?«, forderte David ihn auf, den Satz zu vollenden.

»Ach, ich dachte nur darüber nach, dass ich mich niemals an den Vertrag halten könnte, wenn du tatsächlich dagegen wärst.«

»Glaubst du etwa, ich finde das okay?«, fuhr David sofort auf. »Ich – ich – ich bin einfach nur sprachlos!«

Paolo lächelte müde. Dann schüttelte er den Kopf. »Nein, ich glaube nicht, dass du dich gegen deine Eltern stellen wirst, nur um mit mir zusammensein zu können.«

»Und ob ich das kann!«, schrie David. Er spürte, dass sein Herzschlag immer schneller wurde. Was bildete sich sein Vater eigentlich ein? Für einen Moment gerieten seine Gedanken vollkommen durcheinander. Er schüttelte den Kopf. Dann sagte er: »Ich will bei dir bleiben.«

»Wirklich?«, fragte Paolo und grinste zufrieden.

David dachte einen Moment darüber nach, was er jetzt gerade eigentlich gesagt hatte. Wollte er das wirklich? Er konnte mit einem Mal keinen klaren Gedanken mehr fassen. Sein Blick klebte an dem Handy, das Paolo gerade ans Ohr nahm.

»Paolo hier«, sagte er schließlich, »ich wollte nur noch mal kurz etwas zu unserem Vertrag loswerden.«

David schluckte. Er rief tatsächlich seinen Vater an. Leise drang die blecherne Stimme aus dem Aparat zu ihm hinüber. Irgendwas schien seinen Vater aufzubringen.

Dann sagte Paolo schließlich matt: »Der Vertrag ist gültig, keine Bange. Und ich weiß, dass es viel Geld ist. Den Vorschuss kannst du sowieso behalten.«

David runzelte die Stirn. Gerade hatte er noch damit gerechnet, dass Paolo seinem Vater die Meinung sagen würde. Aber jetzt hörte es sich ganz so an, als hätte sein Vater das Sagen.

»Nein, der Vertrag ist nach wie vor gültig«, sagte Paolo leise. »Ich werde ihn einhalten, sobald dein Sohn aus meinem Haus ist.«

Paolo reichte ihm wortlos das Handy. Überrascht nahm David es an. Was sollte er sagen? Aus der Muschel hörte er seinen Vater noch sprechen.

»Paps?«, fragte er unsicher.

»David! Was machst du bei diesem Kerl zu Hause?« Die Stimme seines Vaters klang panisch.

»Was ist das für ein Vertrag?«, fragte David gefasst.

»Das ist so ein Schwachsinn von Paolo«, schnaubte sein Vater. »Ich weiß auch nicht, was er damit bezweckt, aber ...«

David kniff die Augen zusammen. Sein Vater klang absolut überzeugend. Aber trotzdem passte das nicht zu Paolos Verhalten. Warum hatte sein Vater dann dem Vertrag zugestimmt, wenn das alles Schwachsinn war? Wieso sollte Paolo überhaupt einen solchen Vertrag verfassen?

»David?«

»Ja, ich bin noch – dran«, sagte David lahm.

»Geh nach Hause! Ich mache gleich Schluss und dann können wir über alles reden. Aber halte dich von diesem Mann fern, hörst du?«

Konnte sein Vater tatsächlich auf die Idee kommen, seinem eigenen Chef vertraglich zu verbieten, mit ihm Kontakt zu haben?

»Ich – ich bleibe bei Paolo«, sagte er schließlich. Die Worte quollen zäh aus seinem Mund. Aber einmal ausgesprochen, bekammen sie plötzlich Gewicht.

»Was soll das?«, schrie sein Vater los.

»Ich bleibe hier!«, sagte David fest. »Du kannst niemandem mit einem Vertrag verbieten, dass ich hier bin!«

Paolo legte seine Hand auf Davids Bein und streichelte ihn.

»Und jetzt werde ich mit ihm schlafen!«, schrie David und drückte seinen Vater weg. Sein Atem ging so schnell, als hätte er gerade einen Sprint hinter sich. Langsam dämmerte ihm, was er da gerade getan hatte. Aber Paolo beugte sich zu ihm hinüber und küsste ihn.

123

»Ma?« Merlin räusperte sich.

Selma beschleunigte gerade den Wagen und zog an einem Lastzug vorbei. »Ja?«, fragte sie, ohne Merlin anzusehen.

»Warum schläft man eigentlich mit jemanden, den man überhaupt nicht liebt?«

Selma lachte bitter auf. »Das wüsste ich gern von dir!«

Merlin wurde rot. Augenblicklich wünschte er sich, er hätte diese Frage erst gar nicht gestellt. Doch nun war es zu spät. Die Worte hatten seinen Mund verlassen und die Gegenfrage seiner Mutter schwebte im Raum.

»Ich – ich weiß nicht«, sagte er schließlich.

»Dachte ich mir schon.« Selmas Stimme klang spöttisch, aber Merlin erkannte den gutmütigen Unterton. Er atmete erleichtert auf. Warum hatte er sich eigentlich so sehr gefürchtet, seiner Mutter die Sache zu gestehen? Sicher war es auch jetzt noch nicht angenehm, aber er wusste, dass Paolo nicht mehr zwischen ihnen stand. Die Schlacht war ausgestanden. Wieder fiel Merlin auf, wie untypisch sich seine Mutter verhielt. Jede andere hätte ihren Sohn doch hochkant vor die Tür gesetzt und nie wieder mit ihm gesprochen, oder nicht? Oder war es das, was Mütter ausmachte: Ihre grenzenlose Liebe?

»Warum redest du überhaupt noch mit mir?«, fragte Merlin mit gedämpfter Stimme.

Selma antwortete knapp: »Du bist mein Sohn.«

»Aber das hindert andere doch auch nicht, sich mit ihren Kindern zu zerstreiten.« Merlin dachte an die zahlreichen mittäglichen Talkshows.

»Vielleicht hast du es noch nicht bemerkt«, sagte Selma gespielt geheimnisvoll, »aber ich bin nicht wie die anderen.« Dann wurde sie ernst. »Merlin, ich glaube, hier geht es um etwas, das viel größer ist.«

Merlin war verwirrt. »Viel größer als was?«, fragte er dümmlich. Er konnte sich nicht vorstellen, was seine Mutter damit meinte. Aber offenbar hatte sie mal wieder einen ihrer verrückten Pläne. Augenblicklich wurde ihm mulmig zumute.

»Manchmal schlafen Menschen miteinander, auch wenn sie sich nicht lieben«, sagte Selma ruhig. »Das passiert sicherlich bedeutend häufiger, als alles andere.« Sie machte eine Pause. »Besonders Männer können das gut, will ich meinen.«

Merlin schluckte. Irgendwie könnte der letzte Satz eins zu eins von Linda stammen. Kurz dachte er wieder an seine Befürchtung, dass Linda mit seiner Mutter gesprochen haben könnte. Er schüttelte den Kopf. Nein, darüber wollte er jetzt nicht spekulieren.

»Hast du mit Linda gesprochen?«, fragte er unvermittelt und war selbst überrascht, dass die Frage einfach so aus ihm hervorschoss.

»Wie kommst du denn jetzt darauf?« Selma sah ihn kurz verblüfft an.

»Na, die sagt auch immer sowas.«

Selma lachte auf. »Nein, keine Sorge.« Sie schmunzelte. »Manchmal habe ich auch selbst einen hellen Moment.« Dann wurde sie wieder ernst. »Ich wollte damit auch nicht sagen, dass Männer die Schweine sind. Das wäre ein bisschen zu einfach. Aber ich glaube, dass Männer generell weniger Probleme haben, sich auf eine schnelle Nummer einzulassen.«

Merlin spürte sein Gesicht heiß werden. Er wusste zwar, dass seine Mutter die Dinge lieber beim Namen nannte, aber dennoch würde er sich daran wohl nie gewöhnen.

»Worauf ich eigentlich hinauswollte«, lenkte Selma das Gespräch wieder auf ihre Bahn zurück. »Männer sind die eine Seite. Von Männern erwarte ich sowas vielleicht nicht anders. Dazu gehört dann auch leider Paolo. Ich habe zwischendurch immer mal wieder geahnt, dass etwas nicht stimmt.« Sie machte eine kurze Pause. »Komischerweise bin ich meinen Zweifeln nie wirklich auf den Grund gegangen.«

Selmas Schweigen zwang Merlin dazu, sich Gedanken über das Gesagte zu machen. Wie oft hatte er sich gefragt, wie lange es dauern würde, bis seine Mutter die ganze Geschichte durchschaute. Ja, er hatte eigentlich erwartet, dass sie ihnen schon nach der ersten Woche auf die Schliche kam. Aber stattdessen war alles so weitergelaufen. Sie hatte ihnen quasi freie Bahn gegeben, hinter ihrem Rücken eine richtige Affäre aufzubauen. Jetzt im Nachhinein empfand Merlin diese Tatsache schon fast als absurd. Seine Mutter bemerkte sonst immer alles, aber in dieser Sache war sie blind geblieben. Unmöglich eigentlich, wenn er bedachte, wie seine Mutter sonst war.

»Ich habe es gemerkt«, sagte Selma schließlich. »Ich habe gewusst, dass Paolo mich betrügt. Aber irgendwie habe ich diese Erkenntnis immer vor mich hergeschoben.« Sie schüttelte ungläubig den Kopf. »Ich war nicht blind, ich habe meine Augen nur davor verschlossen.« Ihr Gesichtsausdruck wurde schmerzlich. »Kannst du das glauben?«

»Nein«, murmelte Merlin kleinlaut. Er konnte es in der Tat nicht.

»Wie betäubt muss ich gewesen sein.«

»Ma?« Merlin wurde die Richtung des Gespräches unangenehm. Er wollte nicht, dass seine Mutter sich am Ende womöglich noch Vorwürfe machte, weil sie das Spiel nicht rechtzeitig aufgedeckt hatte.

»Ja?« Ihr Blick ging weiterhin geradeaus auf die Autobahn.

»Ich ...«, begann Merlin, aber er wusste nicht mehr, was er sagen wollte. Die Situation überforderte ihn plötzlich.

»Es tut dir leid«, sagte Selma ruhig. »Ja, das tut es. Ganz sicher.«

Merlin nickte stumm.

»Merlin, du bist nicht wie die anderen.« Sie klang fast feierlich. »Männer sind bisweilen Arschlöcher, aber nicht du.«

Mit einem Mal fühlte sich Merlin noch unwohler in seiner Haut. Das erinnerte ihn jetzt doch zu sehr an die Sorte Mütter, die sich um nichts in der Welt vorstellen konnten, dass ihr geliebter Sohnemann etwas Unrechtes tat.

»Ma ...«, begann er, aber Selma schüttelte sofort den Kopf.

»Nein, Merlin, es stimmt. Du bist einfach nicht so. Ich wäre nie auf den Gedanken gekommen, dass du ...« Sie räusperte sich. »Nein, da steckt etwas anderes hinter.«

»Ma ...«, versuchte es Merlin noch mal. Er schämte sich plötzlich, diesen unverdienten Zuspruch zu erhalten. Natürlich war er schuldig. Daran bestand überhaupt kein Zweifel. Wie oft hatte er versucht, sich gegen Paolo zu wehren und war ihm dennoch immer erlegen. Wenn er nur genug Durchsetzungsvermögen gehabt hätte, dann ...

»Du bist nicht der Typ, der einfach so mit einem anderen Kerl in die Kiste springt«, sagte sie fest. »Ich kann einfach nicht glauben, dass du dich freiwillig von einem Kerl entjungfern lässt, den du nicht mal liebst!«

Merlins Gesicht brannte. Beschämt sah er aus dem Fenster, um nur ja nicht in Versuchung zu kommen, seine Mutter anzusehen. Er dachte an sein erstes Mal. Es war alles andere als romantisch gewesen. Natürlich hatte er sich das immer anders vorgestellt, und natürlich hatte er das so auch niemals gewollt. Doch es war auch aufregend gewesen. Irgendwie wurde er das Gefühl nicht los, dass seine Mutter ihrem Selbstschutz erlag. Sie brauchte eine Erklärung für all das. Sie musste wissen, dass er keine Schuld an der ganzen Geschichte trug, damit sie ihn weiterhin lieben konnte. Er war ihr Sohn, aber er hatte sie richtig verletzt, und weil sie ihn nicht aufgeben wollte, musste sie einen anderen Schuldigen finden. Wer konnte dafür besser herhalten als Paolo? Wahrscheinlich war das auch letztlich der Grund, weshalb sie gerade nach Berlin fuhren. Sie wollte möglichst viel Distanz zwischen sie und Paolo bringen, damit ihre Version der Geschichte nicht doch noch irgendwie durch andere zerstört werden konnte. Merlin fühlte Übelkeit in sich aufsteigen. War das tatsächlich seine Mutter?

»Ma«, sagte er endlich, »ich bin genauso schuldig, wie Paolo.« Er schloss die Augen und wartete angespannt auf die Antwort. Doch sie blieb aus. Selma saß ruhig am Steuer als hätte sie ihn gar nicht gehört.

»Ma?«

»Ich habe es gehört«, sagte sie leise, »aber das heißt nicht, dass ich zustimmen muss. Ich bleibe dabei, da ist etwas am Werk, das wir nicht begreifen.«

»Ich weiß nicht wovon du redest.« Merlin verschränkte die Arme. Für ihn war das Gespräch damit beendet. Verstohlen schaute er auf die Uhr. Sie waren nicht mal eine halbe Stunde unterwegs.

»Du musst es auch nicht verstehen«, sagte sie sanft. »Ich weiß, dass du nicht der Typ für solche Sachen bist und dafür steht für mich deine Unschuld fest, fertig.«

Merlin schloss die Augen und versuchte sich zu beruhigen. Die Verbohrtheit seiner Mutter regte ihn auf. Bitter dachte er, dass es so kein Wunder war, dass sie nichts von ihm und Paolo mitbekommen hatte. Plötzlich sah er wieder das Bild von dem schlaftrunkenen David vor sich. Er hatte auch mit Paolo geschlafen. Niemals hätte Merlin das für möglich gehalten, aber es war dennoch passiert. Vielleicht war er letztlich kein Stück hellsichtiger als seine Mutter, aber er würde nicht den Fehler machen und die Schuld allein Paolo geben, auch wenn das sicherlich einfacher war. Nein. So weh es auch tat, David hatte freiwillig mit Paolo geschlafen. Sicherlich hatte Paolo ihn ein wenig dazu gedrängt, ihn womöglich noch überredet, aber letztlich hätte er sich doch auch verweigern können. Die gleiche Geschichte wie bei Merlin selbst.

»Und was hältst du von David?«, fragte Merlin.

Selma zögerte. »Ich hab wirklich gedacht, dass ihr für einander geschaffen seid. Aber du hattest ja offenbar ...« Sie brach den Satz ab. Doch Merlin wusste genau, dass sie sich die Anspielung auf Paolo verkniff.

»Das meine ich nicht«, sagte er schließlich. »David hat mit Paolo geschlafen.«

124

Paolo rollte sich von David herunter. Für einen Moment blieb David erschöpft liegen, doch dann brach die Leere in ihn ein. Die Leidenschaft hatte den Orgasmus nicht überlebt und alles was blieb war dieses Nichts, das er nun spürte. Eigentlich sollten jetzt zärtliche Berührungen folgen, sollten sie sich in den Armen liegen und er ein Gefühl von Geborgenheit wahrnehmen. Doch stattdessen war es trotz der Hitze kalt. Plötzlich kam er sich benutzt vor, wie er hier so breitbeinig auf dem Bett lag. Schnell drehte er sich zur Seite und zog das Bettlaken über seinen nackten Körper. Doch Paolo sah ihn nicht mal an. Er saß auf der Bettkante und zog genüsslich an einer Zigarette. David hatte nicht mal gewusst, dass Paolo rauchte. Im Grunde kannte er diesen Mann überhaupt nicht. Er wusste nur, wie sich die paar Minuten anfühlten, wenn er mit ihm schlief. Es war aufregend, aber wenn danach die Ernüchterung kam ...

Es klingelte. David fuhr auf.

»Keine Panik«, sagte Paolo tonlos. »Sicher nur der Postbote.« Er stand auf und streckte sich. Dann verließ er das Zimmer.

David wusste nicht genau, was er erwartet hatte, aber das war ihm definitiv zu wenig. Dafür stellte er sich gegen seine Eltern? Dafür hatte er Merlin betrogen? Er schluckte schwer. Sein Herz krampfte sich in der Brust zusammen.

Wieder ertönte die Türglocke.

»Es ist dein Vater!«, rief Paolo von unten.

Noch bevor David etwas sagen konnte, hörte er Paolo, wie er seinen Vater begrüßte. Geschockt blieb David im Bett sitzten. Paolo hatte ihm tatsächlich die Tür aufgemacht! Paolo hatte seinen Vater hereingelassen, obwohl er noch vollkommen nackt hier oben ... Eilige Schritte polterten die Treppe hinauf, während Paolo irgendwas rief. Hastig sprang David auf. Ein Wimmern drang aus seiner Kehle, weil er nicht wusste, was er tun sollte.

»David!«, schrie sein Vater.

Panisch zerrte David das Laken hoch und wickelte es um sich. Dann stand sein Vater auch schon in der Tür und sah ihn mit aufgerissenen Augen an.

»Was ist los, verdammt?«, brüllte er. Sein Gesicht war wieder dunkel vor Zorn.

David sah sich vor der gleichen Situation wie gestern. Nur hatte diesmal er selbst seinen Vater provoziert. Und Paolo öffnete ihm natürlich bereitwillig die Tür. David spürte die Verzweiflung in sich toben. Es gab keine Möglichkeit, dem Desaster zu entfliehen.

»Ich weiß es nicht«, krächzte er. Dann kippte er aufs Bett zurück und schluchzte unbeherrscht los. Plötzlich sah er alles so klar vor sich. Wie hatte er nur jemals nicht wissen können, auf welche Seite er gehörte? Seine Eltern hatten gewusst, dass dies der verkehrte Weg für ihn war. Aber er musste es erst selbst erfahren. Die Leere in ihm brannte noch immer.

»David«, sagte sein Vater nur. Aber David konnte ihn nicht ansehen. Er fühlte nichts als die Niederlage, die er sich selbst zugefügt hatte. Ja, seine Eltern hatten recht!

»Es – tut mir – leid«, schluchzte er schließlich und hatte das Gefühl, an jedem dieser Worte zu ersticken.

»Zieh dich an und komm runter«, sagte sein Vater. Kurz darauf hörte er Schritte auf der Wendeltreppe.

Mit geschlossenen Augen, das Gesicht in die Matratze gedrückt, blieb David noch eine Weile liegen und wartete, bis er wieder halbwegs normal atmen konnte. Dann dreht er sich langsam zur Seite und schaute zur Tür. Paolo stand da und rauchte. Gekonnt bildete er einen Kringel aus Zigarettenrauch und zwinkerte ihm zu.

David schluckte. Wieder fragte er sich, wie Paolo bei all dem so gelassen bleiben konnte. Warum regte er sich nicht auf? Immerhin hatte er doch gerade mitbekommen, dass David nicht bei ihm bleiben würde. Dann dachte er an den Vertrag.

»Du – hast deinen Vertrag gebrochen«, sagte David mit Genugtuung. Plötzlich war er vollkommen hasserfüllt.

Paolo schmunzelte.

David schob sich wieder aus dem Bett, wobei er darauf achtete, dass das Laken ihn stets verhüllte. Paolo sah ihn belustigt an. Einen Moment stand David hilflos da und wartete, dass Paolo sich von ihm abwandte. Doch Paolo hatte offensichtlich nicht vor, ihm seine Privatsphäre zu gönnen. Also schnappte David seinen Slip, ließ das Laken fallen und zog sich hastig an. Erst als er komplett bekleidet war, sah er wieder zur Tür. Seine Kehrseite klebte feucht an der Unterhose. David zog den Stoff zurecht, nur um festzustellen, dass das eklige Gefühl sich nicht vertreiben ließ. Amüsiert grinste Paolo ihm zu. David empfand plötzlich nur noch Abscheu für diesen Mann.

»Der Spaß kostet dich was«, sagte er hasserfüllt.

Paolo lachte auf.

»Ich an deiner Stelle fänd das ja gar nicht so lustig.«

»Es ist nicht mein Geld«, sagte Paolo leichtfertig. »Und die Wahrscheinlichkeit, dass dein Vater überhaupt was davon sieht, ist eher gering.« Paolo zwinkerte ihm zu. »Er hat verloren.«

David spürte, wie die Wut in seinem Körper gegen die Wände lief. Am liebsten hätte er Paolo gleich hier und jetzt angefallen. Aber er hielt sich zurück. Er dachte an Merlin und seine nutzlose Attacke. Paolo war stark.

»Wir verklagen dich trotzdem«, sagte David hilflos und ging auf die Tür zu. Er musste unbedingt hier weg.

»Ach ja?«, fragte Paolo und verstellte ihm den Weg.

»Lass mich durch«, fauchte David und war selbst überrascht, dass seine Stimme so bedrohlich klang. »Lass mich durch oder ich bring dich um!«

»Ich liebe es«, sagte Paolo mit einem breiten Lächeln, »wenn ich den Menschen ein wenig ihrer innersten Gefühle entlocken kann.« Er gab den Weg frei.

David sah ihn verdutzt an. Er konnte nicht recht fassen, dass er die Drohung tatsächlich ausgesprochen hatte. Dann riss er sich endlich zusammen und ging zur Treppe. Paolo kam ihm schlendernd nach.

»Du kannst ruhig hier bleiben«, sagte David kalt, »wir finden schon raus.« Unten wartete sein Vater und sah ihn säuerlich an.

Paolo lachte. »Ansgar, was machst du denn für ein Gesicht?«

»Das geht dich einen Scheißdreck an«, sagte Ansgar.

David dachte plötzlich daran, dass sein Vater ja immer noch mit Paolo zusammenarbeiten musste. Er schluckte. Wenn man es so sah, konnte man schon fast sagen, dass er mit dieser ganzen Aktion den Arbeitsplatz seines Vaters gefährdete.

»Keine Angst, Kleiner«, sagte Paolo plötzlich an David gerichtet, »ich werde deinen Vater nicht feuern.« Er grinste.

David wurde rot.

»Und wenn doch, dann könnt ihr ja immer noch von dem kleinen Vatrag leben, von dem du meinst, ich hätte ihn gebrochen.«

»David, komm jetzt«, sagte Ansgar.

Aber David konnte sich nicht rühren.

»Du musst Verträge gründlich lesen, Kleiner«, sagte Paolo und fletschte die Zähne zu einem enormen Lächeln. »Nicht wahr, Ansgar?«

David sah hilflos zwischen Paolo und seinem Vater hin und her. In Paolos Augen funkelte es schelmisch. Für ihn war das alles eine Art Spiel, mehr nicht. Aber sein Vater wurde wieder dunkel im Gesicht.

»Los David«, sagte er nur.

Mühsam setzte David einen Fuß vor. Er konnte sich nicht erklären, weshalb es ihm plötzlich so schwerfiel, das Haus zu verlassen.

»Ansgar, dein Sohn ist im Bett – na ja, wie soll ich es sagen – nicht gerade die Granate.«

Sein Vater drehte sich noch mal um. In seinen Augen stand der Hass. Dann sah er ihn an. Der stumme Vorwurf und der Ausdruck des Verletztseins nahmen David die Luft zum Atmen.

»Komm endlich! Mit diesem Mann sind wir fertig«, raunter er.

Aber David sah die Lüge in den Augen seines Vaters. Der Kampf war noch lange nicht vorbei. Und da trat Paolo plötzlich vor und küsste seinen Vater mitten auf den Mund.

125

Selma trat mitten auf der Autobahn auf die Bremse. Der Wagen hinter ihnen konnte gerade noch ausweichen und bretterte hupend an ihnen vorbei.

»Ma!«, schrie Merlin auf.

Selma zog den Wagen nach rechts. Hilflos sah Merlin, wie sie geradewegs auf den Beginn der Leitplanke nach der Ausfahrt zufuhren. Noch immer bremste Selma kräftig ab. Wieder wichen Autos im letzten Moment aus.

»Was machst du?«, kreischte Merlin. Die rotweißen Pfeile, die die Leitplanke markierten, rasten auf sie zu.

»Selma!« Merlin zog die Beine an und machte sich für den Aufprall bereit. Doch er blieb aus. Um ein paar Zentimeter verfehlten sie die Spitze und schlitterten in die Kurve der Ausfahrt. Dann hatte Selma den Wagen wieder ganz unter Kontrolle.

»Was sollte das?«, fragte Merlin atemlos. Der Schreck hielt ihn noch fest umklammert.

»Wir müssen zurück«, sagte Selma als wäre nichts passiert.

»Was?« Merlin verstand die Welt nicht mehr. Aber in ihm kochte Zorn. »Was soll der Scheiß?«

Sie hielten am Ende der Ausfahrt an einer roten Ampel. Selma sah ihn durchdringend an.

»David hat also auch mit ihm geschlafen, was?« Sie schüttelte den Kopf und lachte ungläubig. »Das kann nicht wahr sein ...«

»Doch, ist es«, sagte Merlin ungehalten. »Müssen wir deshalb gleich sterben?«

»Ist doch noch mal gutgegangen, oder nicht?« Selma wirkte seltsam abwesend.

»Ma!« Merlin konnte nicht fassen, wie ruhig sie mit der Tatsache umging, dass sie um ein Haar bei Tempo hundertachtzig von der Bahn abgekommen wären. »Warum willst du zurück?«

Sie sah ihn irritiert an. »Da fragst du noch?«

»Ja, da frage ich noch«, sagte Merlin gereizt.

»Wir schauen nach, ob mit David alles in Ordnung ist.«

Die Ampel schaltete auf grün und sie gab Gas. Zwei Minuten später befanden sie sich auf der anderen Seite der Autobahn und fuhren zurück. Merlin traute kaum sich zu bewegen. Irgendwas ging in seiner Mutter vor, das ihm Angst machte. Und jetzt, da der Wagen wieder auf Höchstgeschwindigkeit beschleunigte, wollte er ganz gewiss nicht die falschen Fragen stellen. Der Schock von gerade saß ihm immer noch in den Gliedern.

»Irgendwas stimmt da nicht«, murmelte Selma. »Ich hab dir doch gesagt«, sagte sie dann zu Merlin, »da ist was Größeres im Gange ist.«

Merlin nickte zaghaft.

»Keine Angst, wir drehen nicht noch mal um.« Selma lachte irre.

»Okay«, presste Merlin hervor. Dennoch hielt er es für besser, seiner Mutter keine weiteren Fragen zu stellen, solange der Motor lief.

»Das was ich über dich gesagt habe«, fuhr Selma ernsthaft fort, »gilt auch für David. Ich kann mir nicht vorstellen, dass er einfach so mit anderen Typen Sex hat.«

»Hmm«, machte Merlin. Er fand das vollkommen absurd.

»Ich weiß, dass du mich für verrückt hältst.«

»Nein«, sagte Merlin sofort.

»Doch, tust du.« Sie widersprach so grimmig, dass sich Merlin nicht mehr traute, noch etwas zu entgegnen.

»Für dich gibt es nur das, was du auch sehen und anfassen kannst. In der Beziehung bist du mal wirklich typisch Mann. Das ist vielleicht das größte Problem, dass die Leute einfach nicht mehr auf die Gefühle achten.«

Merlin sah zur Seite aus dem Fenster. Diese Leier hatte er schon etliche Male gehört.

»Es gibt bedeutend mehr auf der Welt, als nur das, was man sehen kann«, sagte Selma, als hätte sie soeben eine grandiose Entdeckung gemacht. »Manchmal versteht man etwas nicht sofort. Dann überlegt man und denkt vielleicht, dass das alles nicht sein kann, aber ...«

Merlin sah den Glanz in den Augen seiner Mutter. Sie schien mit einem Mal geradezu besessen zu sein.

»Aber wenn man dann das richtige Puzzlestück zum richtigen Zeitpunkt bekommt, erschließt sich einem das Bild.«

»Was hat das jetzt mit mir und David zu tun?«, fragte Merlin vorsichtig.

»Ich kenne zwei Jungen, die ich offenbar vollkommen falsch eingeschätzt habe und einen Mann, den ich am Ende überhaupt nicht mehr durchschauen konnte. Merlin, ich kann es hinnehmen, dass du mit Paolo in die Kiste gehüpft bist. Da kann ich mir wirklich einreden, dass es vielleicht ein Ausrutscher war oder was auch immer. Aber ich kann nicht glauben, dass David plötzlich den gleichen Fehler macht.«

»Du kennst ihn doch gar nicht«, gab Merlin zu bedenken.

»Ich spüre das einfach«, sagte Selma trotzig. »David ist ein ehrlicher und lieber Junge.«

Merlin hatte langsam das Gefühl, dass seine Mutter überschnappte.

»Es muss an Paolo liegen!« Ihre Stimme war vollkommen überzeugt. »Er ist die einzige Unbekannte in diesem ganzen – Desaster.«

»Ja, natürlich liegt es an Paolo«, stimmte Merlin zu. »Er kommt zu einem hin und sagt, dass er Sex will.«

»Und dann?«, rief Selma.

»Wie und dann?«

»Und dann sagst du einfach so ›ja‹, oder was?«

»Nein, man ist erst mal vollkommen überrumpelt.«

»Die erste Reaktion ist nicht Abwehr?«, fragte Selma.

»Schon, aber er lässt nicht locker und dann ...« Merlin verstummte. Wie sollte er seiner Mutter dieses Gefühl erklären? Das alles hörte sich doch ganz so an, als wollte er keine Verantwortung für sein Handeln übernehmen.

»Ich meine«, korrigierte er, »wenn man es natürlich wirklich wollte, könnte man ...«

»Nein«, sagte Selma. »Ich glaube nicht, dass du mit ihm geschlafen hättest, obwohl du wusstest, was das für Konsequenzen haben wird. Er hat dich dazu gebracht und du konntest dich einfach nicht wehren. Auch David wird ganz sicher gewusst haben, dass es dich treffen wird. Hat es doch, oder?«

»Ja.« Merlin musste es sich eingestehen. Es hatte ihn zutiefst verletzt. Doch er durfte David keinen Vorwurf machen. Vielleicht hatte seine Mutter in dieser Hinsicht ja recht, wenn sie sagte, dass es etwas war, wogegen sie sich nicht hatten wehren können. Vielleicht musste man das einfach so hinnehmen und neu beginnen? Merlin schüttelte erschrocken den Kopf. Er wollte erst gar nicht so anfangen. Dass seine Mutter jetzt wieder zurückfuhr hieß noch lange nicht, dass es für ihn und David noch mal ein Zusammenkommen geben würde. Sie würden nach Berlin gehen, das stand fest.

»Paolo hat etwas Bösartiges an sich«, sagte Selma schließlich.

Merlin wollte schon fast widersprechen, als sein Blick auf die Tachonadel fiel.

»Er setzt uns ein wie Spielfiguren und ich weiß einfach nicht, was er damit bezweckt.« Selma machte eine kurze Pause. Dann sagte sie: »Aber ich werde es herausfinden.«

Merlin schluckte. Die Art, wie sie diese Worte sagte, verhieß nichts Gutes. Eigentlich wollte er sich gar nicht ausmalen, wie ein Zusammenprall zwischen Paolo und seiner Mutter ausgehen würde.

»Ich kann einfach nicht verstehen, wie ich die ganze Zeit so bescheuert sein konnte«, fluchte sie plötzlich und hupte einen Wagen vor sich aus dem Weg. »Verdammt, müssen die denn immer auf der linken Spur schleichen?«

»Hier ist ja auch nur hundertzwanzig erlaubt«, merkte Merlin zaghaft an.

»Ich hoffe, wir kommen noch rechtzeitig. Ich habe ein komisches Gefühl seit du mir das mit David gesagt hast.«

Merlin überlegte, was seine Mutter damit meinen könnte. Irgendwie fiel es ihm schwer, das alles nachzuvollziehen. Aber vielleicht ging es auch nicht darum. Seine Mutter hatte sich etwas in den Kopf gesetzt und er folgte ihr einfach, auch wenn er noch nicht absehen konnte, wo die Reise enden würde.

126

Wie hypnotisiert stand David da und starrte auf Paolo und seinen Vater. Ihre Münder waren fest aufeinander gepresst, die Abwehr seines Vaters mitten in der Bewegung eingefroren. Kraftlos rutschten die Finger an Paolos Brust ab. Fast sah es so aus, als wären die beiden Männer an den Lippen zusammengenäht worden. Doch dann geschah etwas, das David noch viel mehr erschreckte, als der Kuss an sich: Sein Vater schlug die Augen auf und lächelte gewinnend. David hätte alles erwartet, nur nicht das. Und dann sah er das Funkeln in den Augen seines Vaters, jenes Aufblitzen, das er bisher nur von Paolo kannte.

Einen Moment blieb Paolo noch ruhig stehen. Es sah aus, als hinge er einfach so in der Luft, als müsse er erst mal selbst begreifen, was er da überhaupt getan hatte. Dann taumelte er einen Schritt zur Seite und hielt sich am Türrahmen zur Küche fest. Er keuchte.

David wurde schwindelig. Was ging hier eigentlich vor? Das alles passte doch überhaupt nicht zusammen. Er sah das Lächeln im Gesicht seines Vaters und war sich sicher, dass sein Vater niemals so reagieren würde.

»Komm David, wir gehen«, sagte er wie ein Tonband, das zu langsam abgespielt wurde.

David blieb stehen. Er fühlte sich außerstande, auch nur einen weiteren Schritt zu tun.

»Was bist du?«, kreischte Paolo plötzlich. Sein Gesicht war von Panik verzerrt.

David wich automatisch einen Schritt zurück, stolperte über die erste Stufe der Wendeltreppe und setzte sich unsaft darauf.

Sein Vater lächelte verschlagen. »Halt den Mund, Paolo.« Dann sah er zu David rüber. »Komm jetzt!«

David schüttelte den Kopf. Um ihn herum drehte sich alles.

»Du bist der Teufel!«, kreischte Paolo wie von Sinnen. Sein Vater schlug ihm kräftig ins Gesicht. In einem Wirr von Bildfetzen sah David Blut aus Paolos Mund spritzen. Sein Vater hatte ihn geschlagen! Sein Vater hatte seinen eigenen Chef geschlagen! David schloss die Augen. Er fühlte die Holzstufe überdeutlich unter seinem Hintern. Dann war es, als befände er sich im freien Fall. Um ihn herum wurde es dunkel und das Gefühl des Fallens wollte nicht aufhören.

»Wir haben einen Vertrag!«, hörte er seinen Vater aus der Ferne.

»Nein!«, schrie Paolo als Antwort. Dann würgte er. David sah in seinem Kopf, wie sein Vater weiter auf Paolo einschlug. Mehr Blut spritzte aus dessen Lippen und langsam rutschte er am Türpfosten hinunter. Wimmernd hockte er am Boden, während sein Vater den überlegenen Part gab, noch immer mit einem gleichgültigen Lächeln auf ihn hinabsah. Dann war es ruhig. David versuchte das Drehen in seinem Kopf zu stoppen, indem er sich mit beiden Händen am Geländer festhielt. Nach einer Weile öffnete er wieder die Augen.

»Wieder da?«, fragte sein Vater direkt vor ihm.

David schrie auf. Er wusste nicht warum, aber er wollte seinem Vater auf keinen Fall zu nah kommen.

»Nur die Ruhe«, sagte dieser und reichte ihm die Hand. »Komm, es ist vorbei.«

David spürte seinen Herzschlag in der Kehle. Er schaute an seinem Vater vorbei zum Kücheneingang. Lediglich Paolos Füße waren zu sehen.

»Was hast du mit ihm gemacht?«, keuchte David.

Sein Vater grinste breit. »Ich hab ihm das gegeben, was er verdient hat.«

David blieb die Luft weg. Hilflos sah er seinen Vater an.

»Wir können uns nicht alles gefallen lassen, Davi«, sagte der und beugte sich zu ihm hinunter. »Er hat uns weh getan.«

David versuchte sich die Treppe hinaufzuschieben. Er hatte plötzlich Angst, sein Vater könnte auch ihm das geben, was er verdient hatte. Aber das geschah nicht. Stattdessen sah er ihn nur fragend an.

»Was ist los, Davi?«

»Ich – ich ...« David rutschte wieder auf seine Stufe hinab. »Ist er tot?«

Sein Vater lachte heiser. »Nein, Davi, natürlich nicht – noch nicht.«

David zitterte. Ihm war plötzlich so kalt, als hätten sie Winter. »Und was machen wir jetzt?«, fragte er mit brüchiger Stimme. »Ich meine – Gott, du hast ihn geschlagen!« David schrie die letzten Worte.

»Ganz ruhig, Kleiner«, sagte sein Vater.

David erstarrte. Kleiner! Sein Vater hatte ihn noch nie Kleiner genannt!

»So viel ich weiß, hat er gegen deinen Willen mit dir geschlafen, oder nicht?« Erneut ertönte ein heiseres Lachen aus seiner Kehle. Wie fremd das doch klang.

David wurde wieder schwindelig. Irgendwas stimmte hier doch nicht! Irgendwas war nicht richtig. Er versuchte sich am Geländer hochzuziehen, aber sein Vater drückte ihn zurück.

»Es ist doch gegen deinen Willen passiert, oder?«

Unscharf sah David das Funkeln in den Augen, die ihn nun durchstachen. Dann hörte er sich antworten: »Ja.« Was sollte er auch anderes sagen? Und war es letztlich nicht sogar die Wahrheit?

»Dann komm jetzt, Davi.« Sein Vater reichte ihm die Hand.

Zögernd nahm David an und ließ sich auf die Beine ziehen. Als er seinen Vater wieder losließ, kribbelten ihm die Finger, als seien sie eingeschlafen.

Plötzlich klingelte es. David zuckte zusammen.

»Keine Panik, Kleiner, sicher nur der Postbote.« Sein Vater lachte gutmütig und ging zur Tür.

Davids Blick folgte ihm. Schon wieder hatte er ihn ›Kleiner‹ genannt. Das passte einfach nicht zu seinem Vater. War das überhaupt noch sein Vater? Irgendwie kam es ihm schon fast so vor, als hätten er und Paolo die Rollen getauscht. Irgendwas war passiert bei dem Kuss.

Schwankend tat er einen Schritt vor, als ihm auffiel, dass Paolos Füße verschwunden waren. Sein Herzschlag setzte aus. Paolo! Und noch bevor es geschah, wusste er, was passieren würde. Davids Beine gaben nach und er sank lautlos in sich zusammen. Wie betäubt sah er dem Schauspiel zu.

Mit einem animalischen Schrei stürzte Paolo aus der Küche. In seiner Hand ein langes Fleischmesser. Dann wirbelte das Bild vor Davids Augen durcheinander. Schemenhaft nahm er Paolos Arm wahr, der immer und immer wieder vorstieß aber seinem Vater dennoch keinen Laut entlocken konnte. David stützte sich mit den Händen auf dem Boden auf. Die Welt hielt endlich an und seine Sicht wurde langsam wieder klar. Das Hemd seines Vaters war rot getränkt. Auch er hielt sich auf den Knien leicht vornübergebeugt. Sein Gesicht zeigte im Kontrast dazu ein müheloses Lächeln.

»Du hast verloren«, sagte er gurgelnd. Dann zog er die Haustür auf und kippte zur Seite.

Vor ihnen Stand der Paketdienst. »Morgen, ein Paket für Frau ...«, begann der Mann, verstummte aber jäh.

Paolo ließ das blutige Messer fallen und wich zurück.

»Was ...«, entfuhr es dem Paketzusteller fassungslos und ließ das Paket fallen. Dann fiel sein Blick nach unten auf Ansgar.

»Oh mein Gott!«, rief er.

Davids Vater keuchte und versuchte wieder auf die Beine zu kommen. »David«, presste er rasselnd hervor.

Der Paketmann blieb überfordert stehen, während Paolo wimmernd zurückwich. Dann drehte Paolo sich schließlich um und lief an David vorbei die Treppe hinunter in den Keller.

Vor Davids Augen drehte es sich erneut. Seine Hände fühlten sich vollkommen taub an.

»David«, sagte sein Vater wieder, diesmal deutlich schwächer. »Hilf mir!«

Aber David sah nur verschwommen. Er hatte keine Kraft, sich wieder hochzuhieven.

»Komm her«, keuchte sein Vater und spuckte Blut auf den Boden.

David blinzelte ein paar Mal, um wieder halbwegs sehen zu können. »Ich rufe einen Krankenwagen«, presste er hervor. Dann stemmte er sich mit einem Ruck hoch. Vor seinen Augen flimmerten bunte Punkte. Er hielt sich an der Wand fest und wartete, bis sein Kreislauf wieder einigermaßen zuverlässig war.

»Ruf den Notarzt!«, rief der Zusteller plötzlich und riss ihn in die schreckliche Wirklichkeit zurück.

David sah, wie der Mann sich zu seinem Vater beugte und etwas zu ihm sagte. Die Arme seines Vaters schlangen sich plötzlich um den Hals des Fremden und zogen ihn zu sich heran. David drehte sich schwindelig um. Er musste endlich einen Notarzt rufen.

127

Als David den Hörer wieder auflegte, fühlte er sich vollkommen erschöpft. Einen Moment dachte er daran, sich einfach hier auf die Couch zu legen und zu schlafen. Wenn er später aufwachte, würde schon alles wieder im Lot sein.

Da drang plötzlich die Stimme des Paketzustellers zu ihm: »Oh nein, bitte nicht, bitte ...«

David gefror das Blut in den Adern. Mit einem Mal war er alles andere als müde. Er hatte das dringende Bedürfnis, von hier fortzulaufen. Irgendwas in diesem Haus war – böse.

Als er aber um die Ecke trat und in den Flur blicken konnte, vergaß er seinen Fluchtgedanken. Im Hauseingang lag sein Vater, den Kopf im Nacken, die Augen starr nach oben gerichtet und Blut lief ihm aus dem Mundwinkel. Der Zusteller kniete über ihm und wimmerte. Davids Beine wurden wieder weich, doch er hielt sich am Türrahmen fest. Das alles war ein einziger Alptraum. Und David konnte noch immer nicht begreifen, was da genau zwischen Paolo und seinem Vater abgelaufen war.

»Verdammte Scheiße, verdammte Scheiße ...«, jammerte der Fremde und wischte sich dabei immer wieder über den roten Mund.

Davids Hals zog sich zu. Er sah die blutigen Lippen des Fremden und das Blut, das aus dem Mund seines Vaters sickerte. Nur mühsam bekam er noch Luft. Er hatte sich kein Stück bewegt und trotzdem war er völlig außer Atem. Mit einem Kuss fing alles an, mit einem Kuss sollte es enden. Er taumelte nach vorn, nur um in der Mitte des Flurs wieder stehen zu bleiben. Sein Vater ... Sein Vater ...

Der Bote erhob sich langsam und ließ Ansgar ganz auf den Boden rutschen. Für einen Moment wirkte er vollkommen aufgelöst, doch dann fasste er sich und sah David an, als wüsste er ganz genau, was hier passiert war.

»Ist er ...«, begann David, obwohl er längst wusste, dass sein Vater tot war.

Der Mann nickte. »Ja, Kleiner, er ist tot.« Noch immer war sein Mund von Blut verschmiert. David dachte daran, dass Paolo seinen Vater geküsst hatte, bevor alles ins Chaos gestürzt war. Jetzt wurde er den Gedanken nicht los, dass auch der Paketzusteller seinen Vater geküsst haben musste. Woher sollte sonst das Blut stammen? Aber das machte doch gar keinen Sinn … Das konnte nicht sein, das durfte nicht …

Vor Davids Augen verwischten die Farben wieder. Vorsichtig trat er zurück und blinzelte. Seine Umgebung fügte sich langsam wieder zu einem zusammenhängenden Bild. Paolo hatte seinen Vater umgebracht! Und endlich verspürte er Wut in sich aufsteigen.

Auf der anderen Straßenseite lief seine Mutter schreiend aus dem Haus. Immer wieder rief sie völlig außer sich den Namen seines Vaters.

David fasste sich unwillkürlich an die Brust. Es erschreckte ihn, seine

Mutter so zu erleben. Er tat noch einen Schritt zurück, trat auf etwas drauf und knickte mit dem Fuß um. Doch bevor er stürzen konnte, fing er sich wieder. Dann sah er das Messer, mit dem Paolo seinen Vater getötet hatte. In der Ferne hörte er Sirenen. Das Geschrei seiner Mutter überlagerte sie aber.

Paolo hatte ihn benutzt, dachte David. Er hatte von Anfang an gewusst, was passieren würde. Er hatte seinen Vater provoziert. Es hätte ihm doch klar sein müssen, dass es irgendwann so enden würde, oder nicht?

Seine Mutter warf sich im Eingang auf die Knie und riss seinen Vater an sich. Sie schrie und weinte hysterisch. David konnte kaum atmen. Die Wände begannen sich wieder zu drehen und als er nach unten schaute, war das blutige Messer alles, was er wirklich erkennen konnte. Furchtbar langsam hob er es auf. Mit einem Schlag war wieder alles klar. David sah sich um. Seine Mutter saß in weiter Ferne und hielt seinen Vater. Sein Blut verschmierte ihre weiße Bluse. Der Zusteller stand unbeteiligt daneben und leckte sich die noch immer roten Lippen.

David riss sich los und lief die Treppe hinunter in den Keller. Mit einem Mal befand er sich in einer anderen Welt. Hier war alles dunkel und – es roch nach Benzin. Nervös suchte David die Wand nach dem Lichtschalter ab. Das Messer hielt er vor Anspannung zitternd in der Hand. Endlich fand er den Schalter. Es dauerte einen Moment, bis die Neonröhren ihr kaltes Licht in den Keller streuten. David sah vor sich zwei Türen, beide geschlossen. Zu seiner Rechten ging es eine schmalen Gang runter mit einer weiteren Tür am Ende. Automatisch ging David darauf zu. Mit wackligen Beinen trat er tiefer in den Keller hinein. Dann hörte er Geräusche und blieb stehen. Hinter der Tür schepperte etwas. David atmete tief durch. Eigentlich könnte er genauso gut auf die Polizei warten. Doch irgendwie hatte er das Gefühl, dass er dann nicht mehr die Gelegenheit haben würde, Paolo Fragen zu stellen. Und er musste Fragen stellen. Was war das mit dem Kuss? Was sollte all dieses Durcheinander? Es musste eine Erklärung dafür geben!

In seinem Hals kratzte es. Und was war, wenn Paolo ihn ebenfalls ... Seine Hand legte sich auf die Klinke. Nein, Paolo würde ihn nicht umbringen. David schloss die Augen und drückte die Tür auf.

Paolo fuhr panisch herum. »Nein! Bleib weg!«, schrie er. »Ich will mit dir nichts mehr zu tun haben!« Seine Hände streckte er abwehrend vor.

David trat automatisch einen Schritt zurück. Dann nahm er das Zimmer wahr. Überall standen Benzinkanister. Der Boden war komplett nass und es stank bestialisch. Mitten im Raum stand ein Stuhl, darüber hing eine Schlinge, die aus einem Abschleppseil geknotet worden war. David sah kurz nach oben. Das Seil war an irgendwelchen Kellerrohren befestigt.

»Lass mich in Ruhe!«, schrie Paolo und stieg hastig auf den Stuhl.

David ließ das Messer fallen. »Was ...«, begann er und tat wieder einen Schritt näher.

»Bleib wo du bist!«

Augenblicklich blieb David stehen. Er war vollkommen verwirrt, weil er wieder mal etwas anderes erwartet hatte. Diesen Paolo, den er da vor sich hatte, durfte es eigentlich gar nicht geben.

»Du hast meinen Vater umgebracht!«, hörte David sich ruhig sagen.

Paolo sah ihn überrascht an. Dann lachte er irre auf. »Deine Tricks kannst du dir sparen!«

»Was für Tricks?«, rief David und ging einen weiteren Schritt auf Paolo zu.

»Bleib wo du bist!«, kreischte Paolo wie von Sinnen.

David hob beschwichtigend die Hände. »Okay, okay«, sagte er. »Ich will dir nur ein paar Fragen stellen.«

Wieder lachte Paolo. Dann hielt er mitten im Lachen inne und sah ihn ernst an. »Du bist verrückt!«

»Ich glaube viel eher, dass du der Verrückte von uns beiden bist, Paolo.«

Fahrig zerrte sich Paolo die Schlinge über den Kopf. »Er ist in dir, nicht wahr?«

David schüttelte verständnislos den Kopf. »Warum hast du meinen Vater umgebracht?«

»Das war ich nicht!«, schrie Paolo und sein Gesicht war plötzlich eine Fratze des Hasses. »Das warst du!«

David wich sicherheitshalber wieder zurück. Paolo beobachete ihn wachsam.

»Hat er dich geküsst?«, fragte er nach einer Weile.

»Wer?«

»Dein Vater, wer sonst?« In Paolos Augen glühte der Wahnsinn. »Sag schon! Hat er dich geküsst?«

»Natürlich nicht«, sagte David bemüht gelassen. »Und jetzt sag mir endlich, warum du ihn umgebracht hast!«

»Ich habe ihn nicht umgebracht.« Paolo klang mit einem Mal wehmütig. »Und ich habe auch nicht mit dir geschlafen!« Sein Gesicht verzog sich angeekelt. »Das war alles er!«

»Du bist vollkommen durchgeknallt«, murmelte David.

Paolo lachte. »Sei froh, dass du ihn nicht in dir hast!« Er kramte aus seiner Hosentasche eine Schachtel Zigaretten hervor. »Darum habe ich ihn abgestochen, das Schwein.«

»Paolo ...«, sagte David und deutete auf die Benzinkanister. Doch er brach seine Warnung ab, weil er endlich verstand, was das alles sollte. Im gleichen Moment zündete sich Paolo eine Zigarette an. David stolperte nach hinten, verlor das Gleichgewicht und stürzte geradewegs in einen Stapel Benzinkanister. Einer fiel ihm schmerzhaft aufs Bein.

»Er hat dich wirklich nicht geküsst?«, fragte Paolo und ließ das Feuerzeug fallen. Gierig zog er an der Zigarette.

»Nein, verdammt!«, fluchte David und rappelte sich wieder auf.

»Weißt du was das Verrückte ist?«, sagte Paolo und lachte. »Ich weiß nicht mal woher er kam. Auf einmal war er da und ist in mir gewachsen!«

David schnaubte. »Wer?«

»Er! Oder Es!«, rief Paolo außer sich. »Dieses Etwas! Es kontrolliert einen, es lässt einen Dinge tun, die man niemals tun würde!« Seine Augen waren vom Wahnsinn weit aufgerissen. »Und jetzt ist es weg! Es springt von Mensch zu Mensch!« Paolo zitterte am ganzen Körper.

David schluckte.

»Pass auf dich auf! Es lauert irgendwo auf dich! Es liebt unschuldige Menschen, aber verbreiten kann es sich nur über die Sünde!«

»Die Sünde, ja!«, platzte es spöttisch aus David heraus.

»Geh jetzt!«, sagte Paolo. »Geh jetzt! Oder bleib hier, mir egal. Mir ist alles egal. Es hat mir meine Firma genommen, mein Leben, meine Würde. Mir ist alles egal …«

Und dann trat Paolo einen Schritt vor. Das Seil riss seinen Kopf brutal nach vorn und es knackte. Kurz darauf fiel der Stuhl auf den Boden. David hielt sich schützend die Arme vors Gesicht. In seinem Kopf hörte er das *Wusch* der Flammen um sich herum. Doch das geschah nicht. Als er die Augen wieder aufmachte, sah er, dass Paolos Zigarette gerade ein Loch in die Brusttasche des Hemdes brannte. Blitzschnell riss David sein Shirt über den Kopf und drückte damit die Glut auf Paolos Brust aus. Dann drehte er sich um und lief zur Treppe. Mit einem Mal stürzten die Ereignisse der letzten Minuten lawienenartig auf ihn ein. Er hatte das Gefühl, nicht schnell genug voranzukommen. Die Gefahr saß ihm noch immer im Nacken. Doch da war nichts mehr. Es war vorbei. Paolo war tot – und sein Vater auch. Blind stürzte er vorwärts. Dann sagte jemand seinen Namen. Er prallte gegen die Person, sah aber nicht, wer es war. Er wollte nur ...

»Raus!«, keuchte er.

128

Wie eine Irre trat Selma aufs Gas. Der Wagen schlingerte um die Kurve. Hinter ihnen fuhr ein Polizeiwagen mit Blaulicht und Sirene. Merlin hielt sich mit nassen Händen am Türgriff fest.

»Wir kommen zu spät, wir kommen zu spät«, sagte Selma immer wieder und ließ sich von dem Polizeiwagen hinter sich nicht beeindrucken.

Merlin hatte es längst aufgegeben, seine Mutter zum Anhalten oder zumindest zu einem vernünftigen Fahrstil zu bewegen. Sie war irgendwann in eine Art Trance gefallen, in der man sie nicht mehr erreichen konnte. Jetzt bretterten sie gerade mit Tempo achtzig die Hauptstraße hinunter. Kurz vor der entsprechenden Straßeneinfahrt stieg Selma auf die Bremse und riss das Lenkrad rum. Sie rutschten ein paar Meter seitlich weiter, bevor die Reifen wieder griffen und sie nach vorn schossen.

»Scheiße, Scheiße, Scheiße!«, schrie Selma.

Merlin glaubte im ersten Moment, sie hätte endlich ihre Verfolger mit den Sirenen bemerkt, doch dann sah er den Krankenwagen vor Paolos Haus. Sein Magen drehte sich augenblicklich um. Selma hatte es gewusst. Sie hatte gespürt, dass etwas passieren würde. Nur was?

»Ma?«, rief Merlin ohne dass er es richtig mitbekam. Selma brachte den Mercedes mit quietschenden Reifen zum Stehen. Sofort löste sie den Anschnallgurt und sprang aus dem Wagen. Merlin sah sie wie in einer Zeitlupe auf das Haus zurennen. Etwa zwanzig Meter. In ihm tobte das Pflichtgefühl, dass auch er aussteigen und zum Haus laufen musste, dass auch er nachsehen musste, was wem passiert war und ob er eventuell helfen konnte. Aber er blieb wie festgeklebt sitzen. Links und rechts liefen nun Polizisten auf das Haus zu. Einer sah kurz zu ihm rein, rief irgendwas nach hinten und entschied sich dann doch seinen Kollegen zu folgen. Im Außenspiegel sah Merlin einen weiteren Polizisten, der auf den Wagen zukam. Der sollte sich sicher um ihn kümmern, durchfuhr es Merlin. Das war es, was der eine gerufen hatte. Hier saß noch jemand im Wagen. Plötzlich war es, als bekäme er einen Stromstoß. Seine Hände rissen den Gurt von sich und stießen die Tür auf.

»Hey!«, rief der Polizist neben ihm. Aber Merlin ignorierte ihn. Er rannte los. Das Haus vor ihm wackelte unter seinen Laufschritten auf und ab und erzitterte immer wieder. Das Blaulicht des Krankenwagens blitzte ihm in die Augen. Dann hörte er das Weinen. Als Merlin ankam, hatte er das Gefühl auf Watte zu stehen. Davids Mutter hielt sich schreiend an der Bare fest, die zwei Sanitäter gerade aufnahmen. Ein weißes Laken war über den Körper gelegt.

Stimmengewirr drang von überall zu ihm. Er hörte seine Mutter aufgeregt sagen: »Im Keller! Seien sie vorsichtig!«

»Brauchen wir Verstärkung?«

Merlin kam sich wie in einem Traum vor. Wie konnte seine Mutter Angaben zum Vorfall machen. Sie wusste doch gar nicht … Dann wurde er von einem Polizisten grob beiseite gestoßen. Plötzlich eilten überall Einsatzkräfte herum.

»Die Frau hat was von einem Irren gesagt«, kam die Antwort aus einer anderen Richtung.

Merlin taumelte zur Seite und trat ins Blumenbeet. Einen Augenblick wollte er einfach nur in diesen Vorgarten fallen und nichts mehr mitbekommen müssen. Doch dann sah er David aus dem Haus stürmen und fing sich wieder.

»David!« Der Schrei brach heiser durch all das Durcheinander vor ihm. David drehte sich suchend zu ihm um. Er wischte sich über die Augen, als könne er nicht richtig sehen. Doch dann kam er zu ihm rüber. Tränen liefen ihm übers Gesicht und seine Schritte waren unsicher.

»David!«, sagte Merlin und warf sich ihm entgegen. Erst als er ihn wirklich in den Armen hielt, konnte er sich ein wenig beruhigen. Er hatte diesen Jungen in den Armen und spürte dessen Tränen an seinem Hals hinunterlaufen. David war nichts passiert. Erleichtert schloss er die Augen. Sein Kopf hatte ihm in den letzten Sekunden immer wieder Bilder von Davids Tod gezeigt. Doch nun hielt er ihn und fühlte seinen viel zu schnellen Atem. Egal was passiert war, David war noch da.

»David«, sagte er noch mal und drückte ihn fest an sich. »Ich – ich – ich hab gedacht, du bist ...«, er brach ab, weil seine Stimme versagte.

»Gesichert!«, rief eine Stimme aus dem Haus. »Ruf die Spurensicherung!«

Ein weiterer Krankenwagen brauste unter Sirenenalarm herbei.

Merlin öffnete die Augen wieder und sah, dass ein Polizist Davids Mutter zurückhielt. Ein Sanitäter kümmerte sich um sie. Vielleicht brauchte David auch ärztliche Hilfe? Er löste die Umarmung und sah seinen Freund an.

»David?«

David nickte abwesend. Seine Augen waren trüb und blickten geradeaus ins Leere.

»Komm, ich bring dich ...« Er sprach nicht weiter, sondern nahm David einfach bei der Hand und zog ihn hinter sich her.

Sofort kamen zwei Männer in weiß angelaufen und kümmerten sich um David. Merlin blieb hilflos stehen.

»Brauchen Sie auch ärztliche Versorgung?«, fragte ihn einer der Sanitäter schließlich.

»Nein, danke«, sagte Merlin und kam sich sogleich absolut dumm vor. »Was ist mit meinem Freund?«, fragte er schnell.

»Er steht unter Schock«, sagte der Sanitäter. »Wir haben ihm ein leichtes Beruhigungsmittel gegeben.«

Merlin nickte. Er ging zu David hinüber und nahm seine Hand.

»Sind Sie ein Familienmitglied?«, fragte einer der anderen Sanitäter.

»Nein«, sagte Merlin. Er beugte sich vor und gab David einen Kuss auf den Mund. Dann trat er beiseite.

Der erste Krankenwagen setzte sich langsam in Bewegung und fuhr schließlich weg. Davids Mutter saß auf der Mauer des Vorgartens. Selma hielt sie im Arm. Dann kamen weitere Polizeifahrzeuge an und ein neuer Krankenwagen. Merlin sah die Straße hinunter. Mittlerweile hatten sich etliche Bewohner zusammengefunden, um das Spektakel zu beobachten. Für einen Moment blieb auch Merlin stehen, um den Beamten bei ihrer Arbeit zuzusehen. Dann zog er sich aber zurück und ging in Davids Haus. Es fühlte sich komisch an, einfach hier reinzugehen. Aber die Tür stand offen und in Paolos Haus konnte er nicht. Also stieg er die Treppe zu Davids Zimmer hinauf und stellte sich ans Fenster. Erst jetzt spürte er, dass sein Herz noch immer wie wild schlug. Er versuchte sich zu beruhigen. Alles war in Ordnung. David lebte!

Irgendwann kamen zwei Polizisten zu Selma und Davids Mutter hinüber und sprachen sie an. Merlin sah, wie seine Mutter mehrmals den Kopf schüttelte. Schließlich hielt sie Davids Mutter ein Stück von sich weg und fragte sie etwas. Die nickte. Kurz darauf erhoben sie sich und kamen auf das Haus zu. Merlin richtete sich auf, blieb aber weiterhin am Fenster stehen. Er kam sich komisch vor, von hier oben alles zu beobachten. Dann fiel sein Blick plötzlich auf ein Fernglas. Überrascht nahm er es auf und spähte damit hinüber. Er konnte geradewegs in sein ehemaliges Zimmer sehen.

Unten hörte er seine Mutter etwas erzählen. Merlin konnte nur hoffen, dass sie den Polizisten jetzt nicht irgendwas über das große Ereignis erzählte, das sie schon die ganze Zeit erahnt hatte. Überhaupt, woher hatte sie das alles nur gewusst? Jetzt im Nachhinein machte das komische Verhalten seiner Mutter tatsächlich Sinn.

Merlin zuckte mit den Achseln. Auch seine Mutter konnte mal einen Glückstreffer landen, das bedeutete noch lange nicht, dass sie wirklich eine Hexe war – oder was auch immer sie sich manchmal einbildete.

Er setzte das Fernglas wieder an und beobachtete die Sanitäter, die sich noch immer um David kümmerten. Ob er wohl ins Krankenhaus musste? Doch gerade als er sich diese Frage stellte, half ihm einer der Männer in weiß aus dem Wagen. Stützend hielt er ihn und stellte wohl Fragen. David nickte.

Merlin legte das Fernglas beiseite und eilte hinunter. Offensichtlich musste David nicht ins Krankenhaus. Aufgeregt stürmte er aus dem Haus und lief ihm entgegen.

»Er braucht Ruhe«, sagte der Sanitäter, der ihn vorhin gefragt hatte, ob er ein Familienmitglied sei. »Am Besten ins Bett – und geben Sie ihm was Warmes zu Trinken.«

Merlin nickte.

»Komm, ich bring dich in dein Zimmer«, sagte er und nahm David am Arm.

Epilog I

Zu mir

Nach der Ebbe kommt die Flut
Glättet die Spuren im Sand
Verwischt all die Wut
Die sich gesammelt
Dort am Strand
Wäscht sauber
Was dreckig war
Für einen neuen Beginn
Drücke ich meinen nackten Fuß
Klar und wunderbar
Als ersten Schritt
Auf unseren Weg
Und du kommst mit
Zurück
Zu mir
Lässt mich baden
In deinen Augen
In deinem Meer
In dir

D. Gessen

Das Telefon klingelte. Es war der direkte Anschluss. Gessen nahm mit einem mulmigen Gefühl das Mobilteil aus der Ladestation.

»Du willst mit mir sprechen?«, fragte Jobim.

Ja, das wollte er in der Tat, dachte Gessen, und auch wieder nicht. Er wusste nicht, wie er sich richtig verhalten sollte. Gestern war er fast seinem eigenen Sohn an die Gurgel gegangen. Solche Gefühle kannte er eigentlich nicht. Doch seit das mit David und seinem Chef passiert war ...

»Ja«, sagte er mechanisch.

»Ich habe Zeit.« Jobim legte ohne ein weiteres Wort auf.

Eine Weile lauschte Gessen noch dem Tuten, dann stellte er das Mobilteil auf die Station zurück. Die Situation war ihm wieder mal suspekt. Eigentlich sollte er derjenige sein, der ihn zur Rede stellte. Stattdessen rief Jobim hier an und tat so, als hätte er sich nichts zuschulden kommen lassen. Gessen rieb sich mit einem Taschentuch über die Stirn. Ja, fast konnte man meinen, er selbst hätte etwas angestellt, das nun diskutiert werden musste.

Unbehaglich erhob er sich aus seinem Sessel und ging zur Tür. Wie sollte er das Gespräch bloß beginnen? Es widerstrebte ihm irgendwie, die Sache beim Namen zu nennen. Er schämte sich für seinen Sohn. Und auch das war wieder seltsam, denn eigentlich müsste er sich genauso für Jobim schämen. Der war erwachsen! Was machte ein erwachsener Mann mit einem halbwüchsigen Jungen?

Zögerlich ging er zu Jobims Büro rüber. Vor der Tür verweilte er einen Moment. Er ließ sich alles noch mal durch den Kopf gehen. Vielleicht war es wirklich das Beste, wenn er einfach geradeheraus sprach. Er atmete noch mal tief durch und klopfte dann an.

»Herrein«, ertönte es.

Gessen drückte die Klinke und trat ein. Wie immer saß Jobim in seinem Sessel weit nach hinten gelehnt und hatte die Füße auf dem teueren Sekretär.

»Türe zu!«, sagte Jobim und fügte eine Sekunde zu spät ein »Bitte« an.

Gessen schloss die Tür und trat näher.

»Ich dachte mir schon, dass du mit mir sprechen willst, darum habe ich die Aussprache mal ein wenig vorgezogen. Ich hoffe, das ist ganz in deinem Sinne.«

Gezwungen zog Gessen die Mundwinkel zu einem Lächeln auseinander. »Kein Problem«, sagte er. Natürlich war ihm klar, dass Jobim auf diese Weise den Überraschungsvorteil auf seiner Seite hatte und ihm erfolgreich den Wind aus den Segeln nahm.

»Setz dich doch!« Jobim deutete auf die Besucherstühle vor seinem Schreibtisch.

Gessen nahm Platz.

»Lass mich raten, es geht sicherlich um deinen Sohn, was?« Jobim grinste ihn neckisch an.

»So würde ich das gar nicht mal sagen«, entgegnete Gessen kühl. »Meiner

Meinung nach geht es vielmehr um dich.«

»So?« Jobim zog eine Augenbraue hoch und setzte gekonnt eine Unschuldsmiene auf.

»Ich würde sagen, wir können uns das Drumherum sparen«, sagte Gessen. Er hatte absolut keine Lust auf die typischen Spielchen seines Chefs.

»Oh«, machte Jobim und schwang die Beine vom Tisch. Mit einem Ruck saß er gerade. »Dann lass uns Klartext reden.«

Gessen räusperte sich. »Ich will, dass du deine Finger von meinem Sohn lässt.«

»Ist das eine Drohung?« Jobim beugte sich vor. Seine Augen funkelten wachsam.

»Bis jetzt ist es noch ein Wunsch«, sagte Gessen. Nervös rieb er die Hände über seine Anzughose.

»Aber?«, fragte Jobim.

»Aber es könnte durchaus noch etwas nachdrücklicher werden, wenn wir uns nicht darauf verständigen können.«

Jobim lachte amüsiert. »Mensch Ansgar, hab ich dir eigentlich schon mal gesagt, dass du wirklich einen gigantischen Sinn für Humor hast?«

»Das war kein Spaß«, sagte Gessen ernst.

»Genau das meine ich!«, rief Jobim und zwinkerte ihm zu. »Klasse, wie ernst du dabei bleiben kannst.«

Gessen spürte das Verlangen in sich aufsteigen, seinem Chef eine reinzuhauen. Sicher, Jobim war ihm von Anfang an alles andere als sympathisch gewesen, und in Anbetracht, dass er sogar seinen Sohn ... Trotzdem hatte Gessen noch nie den Drang gehabt, einen Mensch zu schlagen. Bis gestern, als er seinem Sohn gern die Flausen aus dem Kopf geprügelt hätte – und jetzt. Er ballte die Fäuste.

»Du bist so angespannt«, bemerkte Gessen. »Stimmt was nicht?«

»Ich meine es ernst, Paolo. Ich will dass du meinen Sohn in Ruhe lässt, hast du das verstanden?« Gessens Stimme war wieder zu dem dumpfen Grollen geworden, das er gestern zum ersten Mal angewandt hatte.

»Und wenn es Liebe ist?«, fragte Jobim mit einem treudoofen Blick.

»Es ist mir scheißegal, was es ist!«, schrie Gessen plötzlich und schlug seine Faust auf den Tisch. Jobim wich zurück und sah ihn mit großen Augen an.

»Entschuldigung«, sagte Gessen nach einem Moment. »Die Sache geht mir einfach ein wenig zu nah.«

»Warum?«, fragte Jobim mit einem unverbindlichen Lächeln. »Weil ich mit deinem Sohn schlafen will?«

Gessen sprang aus dem Stuhl. Noch bevor er sich zurückhalten konnte, hatte er Jobim eine Ohrfeige verpasst. Sein Herz raste. Unwillkürlich lockerte er seine Krawatte ein wenig. Jetz war es doch passiert, dachte er, und es fühlte sich großartig an. Dann dachte er an die Konsequenzen.

»Dafür kommst du in die Hölle«, sagte Jobim.

Gessen drehte sich unbeholfen um. Er musste hier weg.

»Setzen!« Jobims Tonfall ließ keinen Widerspruch zu.

Gessen blieb hilflos stehen. Was hatte er sich eigentlich dabei gedacht? Immer wieder schwirrte ihm diese Frage durch den Kopf.

»Setz dich!«, wiederholte Jobim.

Gessen drehte sich um und ließ sich auf den Stuhl zurückfallen. Was jetzt kam, konnte er sich nur zu gut denken. Doch dann lächelte Jobim ihn an.

»Ich denke, die Ohrfeige habe ich mir verdient«, sagte er und zwinkerte. »Wahrscheinlich hätte ich um Davids Hand anhalten sollen, bevor ich mich mit ihm vergnüge, was?«

Wieder spürte Gessen den Zorn in sich aufwallen. Wollte der Mann ihn denn noch mehr provozieren?

»Ich mache dir einen Vorschlag«, sagte Jobim. »Wir setzen hier und jetzt einen Vertrag auf, dass ich deinen Sohn ab sofort nicht mehr sehe.«

Gessen klappte der Mund auf. »Bitte?«, fragte er perplex.

»Du hast schon richtig verstanden.« Jobim machte ein ernstes Gesicht. »Ich muss mir das mit den Jungs einfach abgewöhnen. Das geht so nicht weiter. Ich meine, sieh mich doch an, ich bin ein erwachsener Mann, ich bin Firmenchef. Ich kann mir sowas nicht wirklich leisten.«

Gessen nickte zögerlich.

»Eigentlich habe ich dich genau dafür in mein Büro gerufen.« Jobim holte einen Vertrag aus einer der Schubladen. »Ich will, dass wir das hier unterschreiben, damit ich nicht mehr in Versuchung komme.« Er schob das Dokument über den Tisch.

Gessen nahm es auf und las. Ein Lachen entfuhr ihm, als er die Summe sah, die Jobim als Strafe bei Vertragsbruch eingetragen hatte. Dann legte er den Vertrag zurück auf den Tisch.

»Und?«, sagte Jobim.

»Das ist doch Quatsch.« Gessen machte eine wegwerfende Handbewegung.

»Was hast du zu verlieren?«, fragte Jobim. Lässig nahm er einen Füllfederhalter und setzte in großen Schnörkeln seine Unterschrift auf das Dokument. Er reichte es Gessen. Dann unterschrieb er auf dem zweiten Exemplar.

Gessen zögerte. Das alles kam ihm zu sehr wie eine von Jobims verrückten Maschen vor. Aber er schien es ernst zu meinen. Und auch wenn es letztlich wohl nur simbolischen Charakter hatte, vielleicht half es ihm ja wirklich, sich von David fernzuhalten. Gessen unterschrieb.

»Ach, und bevor ich es vergesse«, sagte Jobim, »was die Ohrfeige angeht, brauchen wir noch einen weiteren Vertrag.«

Gessen schloss die Augen und atmete tief durch. Er hatte es gewusst! Die ganze Sache war nur ein übler Scherz. Doch als er die Augen wieder öffnete, sah

Jobim ihn ernst an.

»Ich will, dass sowas nie wieder passiert, Ansgar.«

»Das wird es nicht«, sagte Gessen sofort.

»Schön, aber das reicht mir nicht.« Jobim drehte sich zu seinem Laptop und tippte etwas hinein. Wenig später nahm er zwei Blatt von einem sehr edlen Papier und legte sie in den Drucker. Mit einem Surren druckte er zwei Ausfertigungen eines weiteren Vertrages aus. Jobim nickte ihm ernst zu.

»Ich kann ein solches Verhalten nicht dulden«, sagte er.

»Es tut mir leid, es wird nie wieder ...«, begann Gessen, doch Jobim hob den Zeigefinger und brachte ihn zum Schweigen.

»Ich bestehe auf diesen Vertrag, sonst bin ich leider gezwungen, andere Maßnahmen in Betracht zu ziehen.«

Gessen schluckte. Er ahnte bereits, das auf diesem Dokument, dass er nun unterschreiben sollte, etwas Ungeheuerliches stehen würde.

Doch als Jobim ihm den Vertrag reichte, musste er wieder ein Lachen unterdrücken.

»Das ist nicht dein ernst, oder?«

»Doch«, sagte Jobim. »Wenn es dir nichts bedeutet, dann wirst du wohl kein Problem haben, deine Unterschrift darunterzusetzen.«

»Bist du katholisch?«, fragte Gessen.

»Ich bin Spanier, was erwartest du?«

Gessen hörte auf zu lachen. Halbherzig setzte er seine Unterschrift auf das Dokument, das ihm mehr als albern vorkam. Er reichte es Jobim mit einem Kopfschütteln zurück.

»Ich glaube aber weder an das Böse noch an die Hölle«, sagte er schließlich.

»Ich glaube für uns beide«, antwortete Jobim und lächelte. »Und solltest du mich je wieder schlagen, verlierst du Deine Seele.«

Epilog II

Wanderer

So wird er weitergehen
Immer weiter ...

P. Jobim

David wachte auf. Die Sonne ließ ihn nicht mehr schlafen. Dabei hatten sie doch Ferien. Sommerferien. Neben ihm lag Merlin und schlief friedlich weiter. David hatte sich nicht nur einmal gefragt, wie ein Mensch nur einen solch guten Schlaf haben konnte. Er selbst hatte seit der Sache vor fast einem Jahr oft mit Alpträumen zu kämpfen. Doch auch das ließ mit der Zeit nach. Und Merlin ging damit immer sehr fürsorglich um. David dachte daran, wie er ihm letzte Nacht die Stirn geküsst und gesagt hatte, dass er hier war und ihm nichts passieren könnte.

Vorsichtig schälte er sich aus der dünnen Bettdecke und stand auf. Vor dem Fenster hingen nun Gardinen, die die Sicht auf das Nachbarhaus versperrten. Etwa zwei Monate nach dem Vorfall war dort eine Familie mit drei kleinen Kindern eingezogen. Selma und seine Mutter waren sich einig, dass man den Kindern auf keinen Fall zumuten konnte, eventuell zwei nackte Jungen im Bett zu erwischen. Darum nun also doch Gardinen. Aber dieses Zugeständnis war es wert. David musste bei diesem Gedanken schmunzeln. Selma hatte einen wunderbaren Einfluss auf seine Mutter.

Er schnappte sich frische Klamotten und verschwand ins Bad. Zwanzig Minuten später war er geduscht und fertig angezogen. Gut gelaunt lief er die Treppe hinunter und hörte das Gelächter von Selma und seiner Mutter. Die beiden verstanden sich wirklich prima.

Als er in die Küche kam, sahen sie ihn überrascht an.

»Nanu? Aus dem Bett gefallen?«, fragte seine Mutter.

»Du weißt schon, dass ihr Ferien habt, oder?«, reihte sich Selma in das Gespött mit ein.

»Wenn es mir heute zu viel wird, kann ich ja einen Mittagsschlaf machen«, sagte David und tat so, als hätte er ein Rückenleiden.

»Der Junge wird immer frecher!«, sagte Hanne zu Selma und schüttelte den Kopf. »Das hast du verbockt!«

»Ich?«, fragte Selma empört. »Was habe ich denn damit zu tun?«

»Na, du bist doch die mit dem flotten Mundwerk!« Seine Mutter lachte.

»Bekomme ich auch noch mal was zu essen?«, meldete sich David wieder zu Wort.

Selma und seine Mutter kicherten los wie zwei junge Mädchen. David schüttelte den Kopf und nahm sich ein Brötchen aus dem Korb.

»Genau, selbst ist der Mann«, sagte Selma.

»Oh, erwarte aber nicht zu viel von meinem Jungen« Hanne grinste verschmitzt. »Am liebsten wäre es ihm, wenn ich ihm das Brötchen noch in mundgerechte Stücke schneiden würde.«

»Ihr seid einfach schrecklich!« David biss in das Brötchen und beobachtete die beiden bei ihrem morgendlichen Kaffeklatsch. Als er fertig war, belegte er eilig noch drei weitere Brötchen und packte sie auf einen Teller.

»Oh, Frühstück im Bett?«, fragte Selma. »Dann war die Nacht sicher gut.«

»Selma!«, tadelte seine Mutter sofort. Sie sah ihre Freundin böse an und knuffte sie in die Seite. »Du weißt, dass ich das nicht mag.«

Selma verkniff sich ein Grinsen. »Okay, schon gut.«

»Ich – ich hab Merlin heute Nacht geweckt«, sagte David.

»Wieder schlecht geträumt?« Seine Mutter sah ihn mitleidig an.

David nickte.

»Ich werde dir mal einen neuen Tee mischen«, sagte Selma. »Irgendwie scheinen die Mischungen mit der Zeit ihre Wirkung zu verlieren.«

David musste lächeln. Selma und ihre Tees!

»Na los«, sagte seine Mutter, »bring deinem Jungen Frühstück ans Bett.« An Selma gerichtet sagte sie: »Ich könnte das ja nicht, im Bett essen. Die ganzen Krümel. Allein wenn ich daran denke, bekomme ich eine Gänsehaut.«

David verließ grinsend die Küche. Wer hätte gedacht, dass seine Mutter mal so locker damit umgehen würde, dass er seinem Freund Krümel im Bett bescherte? Das waren ja gleich zwei Sünden auf einmal!

Oben stellte David den Teller erst mal auf seinen Schreibtisch. Dann beugte er sich über Merlin und küsste ihn sanft auf den Mund. Merlin lächelte verschlafen.

»Guten morgen«, sagte David.

»Mmh«, brummte Merlin.

»Ich hab dir Frühstück mitgebracht.«

Merlin blinzelte. »Super«, murmelte er und grinste breit. »So muss das sein.« Er streckte sich und gähnte. Dann drehte er sich zur Seite und sah ihn auffordernd an. »Her damit!«

David stellte lachend den Teller auf die Matratze. Gemeinsam aßen sie die Brötchen auf.

Als Merlin den letzten Bissen runter hatte, fragte er: »Willst du dich nicht noch mal zu mir legen?«

David grinste. »Ich weiß genau was du vorhast!«

»Dann kann dir die Entscheidung ja nicht so schwer fallen.« Merlin legte sich zurück. »Außerdem pieken die Krümel so schön, das willst du dir doch nicht entgehen lassen, oder?«

David lachte. »Sag das bloß nicht meiner Mutter!«

In dem Moment klingelte Merlins Handy.

»Verdamt«, fluchte Merlin. »Immer wenn's gerade schön wird!« Genervt sprang er auf, schnappte das Gerät und nahm das Gespräch an. »Hi Linda!«

David fegte derweil die Brötchenkrümel aus dem Bett.

»Nein, Linda, der Postbote war noch nicht da«, sagte Merlin und verdrehte die Augen. »Ja, natürlich, ich rufe dich dann sofort an.« Merlin beendete das Gespräch.

»Was wollte sie denn schon wieder?«, frage David.

»Ach, sie musste mir unbedingt einen Packen Bücher schicken«, sagte

Merlin. »Sie hat mich doch vor ein paar Monaten gefragt, welche Bücher sie denn unbedingt mal lesen müsse und ich habe ihr halt eine Liste gemacht. Die hat sie auch alle gelesen.«

»Klingt, als würde jetzt der Haken kommen«, lachte David.

»Ja, sie hat mir auch eine Liste gemacht. Lauter Frauenromane.«

»Na dann ...«

»Natürlich hab ich mich geweigert, mir die Liste reinzuziehen. Und jetzt besorgt sie mir nach und nach alle Bücher gebraucht über Ebay.«

»Verlangt sie, dass du am Ende Inhaltsangaben machen kannst?«

Merlin lachte los. »Würde ich ihr auf jeden Fall zutrauen, so ernst wie sie die Sache nimmt.«

»Warum schickt sie den Kram eigentlich per Post?«, fragte David verwundert.

»Weil sie eine Frau ist?« Merlin schüttelte den Kopf. »Ich habe echt keine Ahnung.«

In diesem Moment klingelte es.

»Das sind doch sicher deine Bücher«, sagte David und lief aus dem Zimmer. »Ich geh schon!«, rief er hinunter.

Als er an der Küche vorbeikam, fragte Selma mit einem Augenzwinkern: »Hast du was Schönes bestellt?«

»Selma!«, sagte seine Mutter wieder empört.

»Man wird doch mal eine harmlose Frage stellen dürfen, oder nicht?« Selma gab die Unschuldige.

»Harmlose Frage!«, murrte Hanne.

David öffnete mit einem Grinsen die Tür.

»Guten Morgen«, sagte ein junger, gutaussehender Mann. »Ein Paket für Merlin Nagy?«

»Klar, der wohnt hier.« David wollte das Paket annehmen.

»Sorry, Kleiner, persönliche Zustellung«, sagte der Mann und hielt die Sendung zurück. In seinen Augen funkelte es und ein seltsames Lächeln huschte über sein Gesicht.

David wurde kalt. »Oh, einen Moment.« Er schloss die Tür und ging zur Treppe. Sein Atem ging schnell. »Merlin?«, rief er.

»Komme!«, kam es von oben zurück. Kurz darauf polterte sein Freund die Stufen hinunter. »Mein Paket?«, fragte er. Dann blieb er wie angewurzelt stehen. »Was ist denn mit dir los? Du siehst ja aus wie die Wand!«

»Persönliche Zustellung«, presste David hervor.

Merlin sah ihn irritiert an.

»Alles in Ordnung Jungs?«, frage Selma und streckte den Kopf aus der Küche.

»Ja«, sagte David.

Merlin ging unsicher zur Tür und öffnete. »Hallo.«

David war sich sicher, dass sein Freund das Funkeln auch sehen würde. Aber noch verhielt sich Merlin ganz normal. Nichts deutete darauf hin, dass irgendwas nicht stimmte. Paketzusteller! David begann zu zittern. Vor ihm tauchte sein toter Vater auf und der Paketzusteller, der sich das Blut vom Mund wischte. Und nun ein anderer Paketzusteller. Wenn man eins und eins zusammenzählte …

»Ist dir nicht gut?«, fragte Selma und hielt ihn bei den Schultern. »Hanne!«

»Nein – alles – in Ordnung«, stammelte David.

Oben klingelte wieder Merlins Handy.

»Mir geht's – gut!« David machte sich von Selma los. Seine Mutter kam gerade aus der Küche.

»Was ist denn?«, fragte sie.

»Nichts«, antowortete David knapp. Dann stieg er die Treppe hinauf. Alles war in Ordnung, sagte er sich immer wieder. Als er oben ankam, nahm er das Handy und sah Lindas Name auf dem Display leuchten.

»David hier«, sagte er.

»Oh, hi David. Ist Merlin gerade in der Nähe?«

»Der ist unten und nimmt dein Paket entgegen.«

Linda jauchzte. »Sag ihm, er soll mich unbedingt gleich noch mal anrufen. Ich will seine Meinung wissen.«

»Seine Meinung?«, fragte David irritiert. »So schnell wird er die Bücher sicher nicht lesen können.«

»Witzbold«, sagte Linda. »Seine Meinung zu meinem neuen Freund.« Sie kicherte. »Ich bin mit eurem Paketzusteller zusammen!«

David ließ das Handy fallen. In seiner Erinnerung sah er Paolos Notizheft in dem mit gestochener Handschrift geschrieben stand: *Nebel, Linda*

Christian Weichselbraun
The first cut

Jonar ist ein junger Schwuler, der unter seinem merkwürdigen Namen und zu geringem Selbstbewusstsein leidet. Da trifft er auf Tobias und es ist Liebe auf den ersten Blick. Doch Tobias beendet die Beziehung und hinterlässt einen am Boden zerstörten Jonar. In einem Taumel der Selbstzerstörung setzt Jonar sein ganzes bisheriges Leben aufs Spiel. Nicht einmal der hübsche und sensible Krankenpfleger David schafft es, Jonar auf andere Gedanken zu bringen. Es scheint kein Ende in Sicht.
Im Angesicht dieser Probleme erkennt Jonar endlich, dass es Wichtigeres gibt als Selbstmitleid. Denn das Leben nimmt keine Rücksicht auf innere Verletzungen. Es geht einfach weiter. Mit voller Wucht …
220 Seiten ISBN 978-3-940818-05-8

Benjamin B. Morgner
Wenn der Liebe Flügel wachsen

Sören (16) findet seine erste große Liebe in Rico (19), dem jungen Italiener, der sich schon längst für ihn interessiert. Beide verbringen ein fantastisches Wochenende am Gardasee in Italien. Wie aber soll Sören es seinen Eltern beibringen, dass er schwul ist und nur auf Jungs steht? Sein Bruder Maik, der gleichzeitig Ricos Freund ist, hilft ihm über die schwierigen Klippen hinweg. Ein überaus gefühlvoller Coming-Out-Roman, der einen Blick in die Gefühlswelt eines sympathischen Jungen gibt, der seine ersten Schritte in Sachen Liebe durchlebt.
136 Seiten ISBN 978-3-940818-06-5

Jan Tillmann
Gegen den Wind

Auf einer ausgelassenen Schüler-Party verliert Jannik seine Unschuld. Und er entdeckt, dass Jungs ihn mehr anziehen als Mädchen. Seine erste große Liebe heißt Benny, doch die Beziehung zerbricht, als der Freund mit seinen Eltern wegzieht. Amon, ein neuer Mitschüler, lässt die ungewöhnlichen Gefühle erneut aufkeimen. Während einer Klassenfahrt entwickelt sich zwischen den beiden Jungs eine zärtliche Liebe, die beiden scheinen endlich am Ziel ihrer Wünsche. Doch zu Hause entdecken sie schnell, dass sie plötzlich zu den Außenseitern der Gesellschaft zählen, Mitschüler und Erwachsene scheinen sich gegen die beiden zu verschwören. Doch sie geben nicht auf. Plötzlich erfährt ihr Leben eine unerwartete Wende.
148 Seiten ISBN 978-3-940818-07-2

www.himmelstuermer.de